MEMORY HOUSE

记忆坊文化

你是我的乐章

上

YOU ARE MY MOVEMENT

南绫 著

江苏凤凰文艺出版社
JIANGSU PHOENIX LITERATURE AND
ART PUBLISHING, LTD

C O N T E N T S

目录

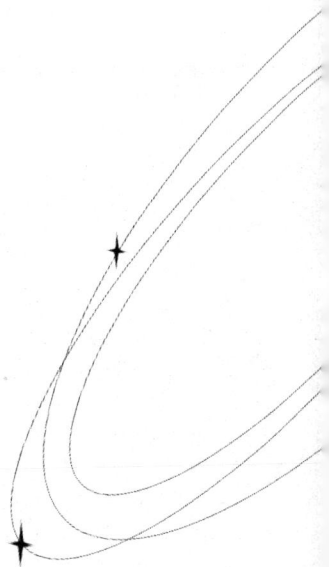

楔子

七月。

阳光灼目，他从外间走进别墅，厚重的遮光窗帘让整栋别墅暗淡灰沉。

他闭了闭眼，适应了片刻才又睁开，随即开口问迎面而来的黑发男子："他怎么样？"

"还是老样子，在房间的时候多。"对方恭敬地答道。

"开过口吗？"

"中午时要了一些工具。"

闻言，正欲踏上楼梯的清俊男子停下脚步："工具？别墅里哪儿来的工具？"

"别墅里什么都没有，所以中午时我派人去他原来的公寓取了之前的那些。"

"全部？"

"全部。"

男子的眉头皱了起来。几个月前，他的确在电话里和他说过打算做一件礼物，可在她未经他同意离开后，就再也没碰过。

别墅二楼朝北的房间内，窗帘全拢，光线暗沉。烟灰色的墙壁搭配深色系的木质地板，没有任何装饰，单调到近乎粗糙。

房间很空荡，一张用以摆放工具材料的矮桌，一盏立灯，还有此刻被男人坐在身下的一把方椅。

男人穿了身黑色的轻薄居家服，面容清冷，此刻正在灯下专注打磨着修长手指间的材料。他看起来比清俊男子年轻许多，露出袖口的肌肤白皙干净，侧颜的线条非常优美，浓密的睫毛随着他打磨的动作微动。分明是个优雅的男人，眉宇间却透着疏离的冷色，让人不敢接近。

当然，不包括他。

清俊男子跨过满地废料，走至男人面前。对方许久不碰工具，动作却依旧娴熟，这是已经刻入他骨髓的技艺。

"来了？"黑衣男人抬头看他，眸色深幽，语气虽然冷淡，但相较对待其他人的态度已好太多，"我以为你整个夏天都在布拉格。"

"那里去了那么多次，也没什么好待的，处理完工作就回来了。"清俊男子无处可坐，于是半靠在矮桌旁，低头看好友继续手里的工作。

许久，两人都没再说话，直至暮色降临，之前的黑发男子送来晚餐。

临走之前，清俊男子站在别墅门口问黑发男子："我记得今天下午应该有医生过来？"

后者一怔，随即道："一周之前，医生就不再过来了。"

"他的意思？"

"嗯。"

"医生也同意？"

"他自己和医生谈的。"

片刻沉默，男子才开口："照顾好他，有事……打电话给我。"

九月。

工作间里始终静默，每一日，男人都坐在同样的位置重复同样的工作。

虽然知道这是他习惯了的工作，但这种从白日至黑夜沉闷而反复的单调终是令清俊男子忍耐不住。

"她不会回来了。"他烦躁地去摸烟，随后才想起烟盒被自己落在了车上，"你做得再好也没有用，她不会知道。"没有地址，没有电话，又远在地球另一端，这种方式的离开意味着永不再见。

忙碌的手指赫然停了下来，空气里有一丝凝实的冷意，许久，男人才开口："我知道。"

他知道。

但那是她单方面的选择，并不是他的。

他会找到她。

不会太久。

Chapter 1

面试中的空降兵

晨珀活到二十三岁，只后悔过两件事。

其中一件，是在少不更事的时候得罪了唐晗。

那是七八年前的事了，后来她听从老爸的命令去国外留学，有一部分原因也是为了躲开他。可惜，躲来躲去最后还是没躲成。

抵达S城的两周后，纵使她再不愿意，也不得不在老爸的电话催促下去声世报到。

声世是一家民办交响乐团，在国内，除了几大耳熟能详的国家级乐团外，声世无论在薪资待遇、实力还是影响力上都名列前茅。

声世大厦三楼会客室的圆环沙发上，坐着八位神情严肃的年轻男女。

两周时间，层层筛选，他们几人都是从数百位应聘者里脱颖而出的。

不过听说这次最后录取的乐队团员只有三位。

今天是最后一次筛选，众人都很紧张。

他们里面大部分都是管弦乐专业的毕业生。对他们来说，无论是从待遇、背景、实力还是前程来看，声世都是非常好的选择。

能进入声世，便意味着踏上了一条通往国际音乐舞台的康庄大道。

会客室玻璃门被推开的时候，室内的人都齐刷刷地朝来人看去。

那是个黑发女生，看模样非常年轻，感觉只有十七八岁，长着一张白嫩丰盈的瓜子脸，五官很精致，瞳仁漆黑，气质恬淡清纯。

深秋十一月，她却只穿了件米白色的长款羊绒开衫，里面是白色衬衣，下身一条简单的牛仔裤，将她匀称纤长的双腿勾勒得非常漂亮。

晨珀缓缓扫视了一圈沙发上的人，选了个空位坐下，并将手里的琴盒搁在一旁。有人看到她搁下的小提琴盒，皱起了眉。

连日来数场竞争，应聘者之间就算不说话也都相互认识，这个年轻女生，并不在先前的面试名单内。

声世的门槛向来很高，三个名额，两三百人竞争，能走到今天这一步很不容易。这种情况下，空降兵是最让人讨厌的。

两位大提琴手和一位长笛手倒还好，其他几位小提琴手的脸色立刻难看起来。片刻后，几个女生开始交头接耳地议论起来。会客室内很安静，就算她们压低嗓音，依旧能听到"走后门""不要脸"等话。

晨珀靠在沙发背上，半合着眼睛一动不动。

"小妹妹，你也是来参加今天面试的吗？"一个怯怯的女声从她身侧响起。

晨珀回过头去，对上了一张五官酷似男生的圆脸，对方是个留着波波头的胖女生，表情和善，抱着小提琴盒。

原本的报到变成了面试，还用这种存心想让她树敌的空降方式。她不用想都知道是谁在背后搞鬼。

晨珀的心情有点不好，撑着下巴随意地"嗯"了一声，并不愿意开口说话。

对方却像是没有感觉到她的冷淡，不但靠坐过去，而且再度开口问道："奇怪，怎么之前都没有见过你？你是拉小提琴的吧，我也是，照理说我应该见过你才对啊！"

那人的声音怯怯的，性子却有些自来熟，也不管晨珀理不理她，径自絮絮叨叨地和她说话。几个交头接耳的女生里有人发出不屑的嗤笑："你们看那傻瓜，又拿热脸去贴人家冷屁股了！"

"谁让你们总不理她，她也得找个人说说话刷刷存在感啊！"

"只可惜别人根本不搭理她。"

"呵呵，人家可是关系户，会搭理才怪！"

"……"

压低的冷嘲热讽中，晨珀依旧不为所动。

倒是和她搭讪的波波头女生，咬着唇委屈又懦弱地辩驳："你们胡说，我根本不是这样想的……"

这样苍白的辩驳如同落在湖面的枯叶，激不起半点波澜，几个女生连看都不看她一眼，继续低笑嘲讽。

波波头女生气得眼睛发红，耳边却传来另一阵笑声。

发笑的是晨珀，她见波波头女生震愕地看着自己，再度冲她一笑，倒让对方呆住了。

她五官虽精美，气质却很恬淡，不说话的时候给人一种温柔的感觉。可这一笑，那种恬淡的感觉一下子变得明媚生动起来，就像陈列在玻璃柜里五彩缤纷的马卡龙，绚烂得让人移不开目光。

波波头女生回过神，却越发地委屈："你也在笑话我吗？"

晨珀并不答话，懒洋洋地拨了拨额前的斜刘海，朝另一侧那几个女生道："你们话也太多了吧，就不怕我这个关系户等会儿和面试官多说几句悄悄话？"那声音绵软而清润，带着漫不经心的慵懒。

这话让她们心头一跳，虽然有点不甘心，但今天的面试很重要，口舌之争闹闹就算了，万一她真有关系，她们也麻烦。想到这一点，那几人迟疑片刻后纷纷噤了声。

波波头女生仍有点呆呆的，片刻之后才反应过来对方是为了自己才开口的。她原本看到晨珀不怎么理自己，以为是嫌她烦，没想到她居然会为自己说话。

"小妹妹，谢谢你帮我说话！"她顿时感动起来，又朝晨珀靠近了些，"我叫文蕊，今年二十四岁，拉琴已经十五年了，你呢？"

"我不是小妹妹。"晨珀看着她，答非所问，"我只是嫌她们吵。"这话说完整了应该是这样——她嫌她们吵，才会开口，并不是要和她做朋友才帮她说话。

不过她嫌解释费事，就只丢了一句。

文蕊愣了一下，像是听懂了，又像是没懂，话倒是不再说了，两只眼睛却紧紧地盯着她不放。

只要对方不吵，晨珀倒是不介意，她打了个呵欠，倒回沙发里开始闭目养神。

最后一次面试的地点是在三楼的大型练习室。

包括晨珀在内的九位面试者，同时进入练习室。

在声世，这样的大型练习室有很多间，每一间都配备镜面墙和隔音壁。

朝南的落地窗前搁着一张长桌，桌子后面坐了三位面试官，两男一女，看起来均在四十岁上下，见众人一一进来，依旧坐在那里面无表情。

带领他们进来的那个工作人员走到长桌一侧，开始解释最后一次面试的方式和要求。

刚说了个开场白，练习室的门就被人推开了，三位面试官投去视线，之后纷纷起身。

来人是个年轻男子，身形纤长，穿了套黑色修身西服，西服的下摆处绣着暗金色的花纹，让原本风格严谨的正装显得时尚而特别。

他表情微敛，五官精致秀美，薄唇轻抿，下颌尖尖，男生女相。尤其一双眼睛，弧线极美，眼尾带着上挑的弧度，眸光微转间秋水澹澹，黏得人舍不得挪开视线。可偏偏眉峰凌厉，整个人不显女气，反而透出一股逼人的英气。

"唐总！"三位面试官及那个工作人员恭敬问好，这么一来无疑透露了来人的身份。

能让面试官如此恭敬的人，在声世的地位应该不低，众人心里又多了些紧张。

唐晗经过那些面试者时淡然地投去视线，然后又轻轻挪开。他在工作人员搬来的第四把椅子上坐下，长腿交叠，靠着椅背，示意面试官和工作人员继续。

那几个被唐晗的出色外表和高层身份吸引的女生，在工作人员开始讲述面试方式时纷纷拉回心神，专注倾听。

最后这一关，采取协奏合作模式。组合的方式、人数随意，曲目则从面试官给出的两首曲子中自选一首。

选择曲目和确认组合之后，面试官会给他们单独练习的场所，以及六个小时的时间。这期间，他们可以以任何方式研究练习，只是不能离开——午餐他们会提供。

六小时后，众人回到这里按分组先后演奏，至于最后录取的人选，可能在不同的组里产生，也可能都在同一组。

在场的面试者里，小提琴手有六位，大提琴手两位，长笛手一位。

这样三类乐器，只要分组不太离谱，一般的协奏曲都能够完成。

面试官给出了两首曲目，第一首是舒曼的《梦幻曲》，中规中矩的世界名曲，但凡学器乐的都练习过。

这首曲子是舒曼所作的十三首《童年情景》中的第七首。曲子主题简洁，风格抒情充满幻想主义色彩，旋律婉转起伏，细腻缠绵而优美梦幻。

曲子并不难，众面试者听后，心下一定。

随后，面试官又宣布了第二首曲目——帕格尼尼的《D大调第一号小提琴协奏曲》。

几乎是曲目一报，几位面试者都面露惊色。

《D大调第一号小提琴协奏曲》比起《梦幻曲》难太多了，根本不是一个级别的，而且面试官指定的是技巧难度最大的《第三乐章》。且不提曲子里那些跳跃的断奏奏法和音乐跨度极大的和弦，就说曲子本身——长达六分半钟的快板，要在六小时里和从来没有合作过的竞争者一同完整演奏出来，便已是一大挑战。对方一个不慎，就会影响自己的演奏，从而破坏整体。

但这些，都没有太多时间来思考，面试官只给众人五分钟的分组时间。

除晨珀和文蕊之外的那四个小提琴手率先聚在了一起，帕格尼尼的《D大调》虽不如《梦幻曲》那般普及，但学器乐的也都知道并接触过，只是谁都不能保证在这种情况下不出错地完成演奏。

《梦幻曲》的话，则完全没有问题，就怕难度不够，万一其他组演奏《D大调》，他们会被比下去。

四人踌躇，这四人里，一位男生，三名女生，虽各有各的心思，但大致想法都差不多。

这时，两位大提琴手也走了过来加入讨论。长笛手是个二十六七岁的女人，比在场的面试者都大一些，她等在一旁并不着急，因为长笛手就她一人，如无意外，她应该会入选。

一阵窃窃私语后，众人很快做出决定——大提琴演奏《D大调》不太合适，于是两名大提琴手和四位小提琴手一组共同演奏《梦幻曲》。

人多和音效果也会比较好，剩下那两个拉小提琴的和一个长笛手，他们就管不了了。

当然，这也是因为那几个女生对晨珀和文蕊没有好感。她们也想看看剩下他们三人，要怎么解决这个困境。

文蕊见那边六人似有了默契，有点着急地拉着晨珀，问："我们怎么办？"

怎么办？

晨珀叹了口气，她倒是也想去《梦幻曲》那组，毕竟难度低一点，不过人家明摆了不欢迎她。她瞥了眼有点置身事外的长笛手，开口道："问问她。"

长笛手慢慢走了过来："他们好像选了《梦幻曲》，你们呢？"

"你有什么想法？"文蕊怯怯地问。

"无所谓，《梦幻曲》谁都会，就算是《D大调》，长笛的部分也不太多，你们决定好了。"她是真的无所谓。

听到这话，文蕊又去看晨珀："你呢？"

"帕格尼尼那首我不太熟。"这首曲子她拉过，但因为需要极高的技巧，她嫌太烦琐，只拉过几次，就那几次也基本没有一遍是完整的……

这件事，那人也知道，当初她为了学校演出练这曲子时，对方还被她折磨过耳朵。

晨珀侧目去看那人，他神色自若地坐在面试官旁边，西装革履，容貌耀眼，看见她的目光投来，原本紧抿的唇角微微上扬，眼底掠过一抹戏谑。

晨珀懒洋洋地摸摸鼻子，虽然她对今天的面试并不太在意，但这种掉入陷阱的感觉真的不太好。

都这么多年了，唐晗你可真够小气的。

"既然小妹妹不熟……"长笛手很帅气地打了个响指，"那就《梦幻曲》！"

文蕊的脸慢慢皱了起来，她原本就小鼻子小眼五官长得很紧凑，如此一来更有种快要挤到一起的感觉："可是，我们只有三个人，又没有大提琴，同样演奏《梦幻曲》拼不过人家的。我不想输……我努力了这么久好不容易等到今天这个机会，我真的不想失败……"低声说了几句，文蕊的眼泪便下来了。

　　晨珀："……"

　　长笛手显然很无语："你要想演奏帕格尼尼你就直说，我不是说了我无所谓吗？"

　　"那……"文蕊噎噎地抽气，有些忐忑地看向晨珀，"你愿意吗？"

　　晨珀慢条斯理地道："如果你不怕我出状况的话……"

　　"不怕不怕！我可以帮你，她也……"文蕊破涕为笑，转向长笛手时又停了下来，"你的名字是？"

　　"你们叫我露易丝吧。"长笛手说着抬手去拨头发，还没碰到发梢就被文蕊一把抓住了手。

　　"我叫文蕊！"她看起来有些激动，拽着露易丝的手，又去拉晨珀的手，"你呢，小妹妹？我们现在是一组啦，这回你总该告诉我你的名字了吧？"

　　"晨珀，二十三岁。"

　　年龄一报，不仅文蕊一脸吃惊，连露易丝都有些诧异："你这张脸，也太嫩了吧！"

　　晨珀心里觉得很气，不过还是得保持微笑："所以，请不要再叫我小妹妹了。"

　　露易丝忍笑点头，文蕊也有些不好意思地"嗯"了声。

　　分组完成，唐晗笑了声，身体前倾，修长的手指搁在桌上轻轻交叉，朝面前的九人说道："各位，好好努力，我拭目以待！"

　　众人领了两首曲目的曲谱，当下跟着工作人员去了各自组的练习室。

曲谱并不是已完成编曲的协奏曲曲式，而是根据不同器乐给出的单独曲谱，如何合作，如何简单安排演奏，也是这次面试的内容之一。

不过胜在人少，这方面不算太难。

练习室在四楼，这一层全部都是类似的房间，因不同需要被隔成不同大小。晨珀三人的练习室大约有五六十平方米，原木色地板铺砌，房间里有朝南的落地窗，采光很好，一侧墙边整齐地堆着一些椅子和谱架，另一侧还有个不算太小的茶水间。

《D大调第一号小提琴协奏曲·第三乐章》是回旋曲式，音调华美，诙谐而充满趣味。而演奏那些轻松欢快的旋律需要极高的技巧，所以一般演奏这个乐章最常见的问题是——因缺乏掌控能力而导致乐曲变得拖沓沉重。

当然，大量的练习可以使这个情况稍稍好转，但她们现在最缺的就是时间。

文蕊和露易丝翻看曲谱的时候，晨珀拖了张椅子坐在落地窗前的阳光里，手里那沓厚厚的乐谱和密密麻麻的音符只要多看几眼，就让她有种昏昏欲睡的感觉。

文蕊很认真，加上对这曲子熟悉，没过多久就拉着露易丝讨论演奏安排。

简单来说，乐曲分成五个部分：主部、第一副部、主部二次重复、第二副部、主部三次重复。

比较起来，对技巧运用要求较高的是第一副部和第二副部各自的第二乐段，旋律如河流般奔腾不止，六连音和十六分音符上下进行，急速的三连音跳弓下行，十八个音符的连顿弓，音域跨度极大的和弦和飞速上行下行的三连音……

这个部分的存在也是当初晨珀弃曲不练的原因之一——实在难得有些变态啊！

结尾处虽然也难，但毕竟不多，而且可以合奏，不像前面的两个副部，更适合独奏。

文蕊觉得她们只有三个人，演奏的时候气场和渲染力不够，建议不要分开演奏，小提琴从头至尾一起整曲演奏更好，长笛则依照现有的曲谱，在第一副部、第二副部及最后的主部高潮部分加入。

这是最中规中矩的方法，文蕊觉得露易丝应该不会反对。

然而还没等露易丝开口，晨珀慢腾腾的声音就从一旁传来："两个副部那里，我有点问题，有些小节技巧要求太高，我拉不了……"

文蕊呆呆地看向她："你副部哪个小节拉不了？"她刚问完，又紧接着道，"没关系，刚才就说了嘛，你拉不了的地方我可以教你！"

晨珀与她对视了会儿，觉得自己还是得说实话："整个第二乐段。"

文蕊："……"

"扑哧！"露易丝的笑声传来，见文蕊一脸怨念地看向自己，她打了个响指，"我觉得不用因为人少就一定要合奏，其实这首乐曲的一些部分独奏效果更好，也更容易令面试官印象深刻。"她看着文蕊，显然意有所指。

文蕊轻轻噘了噘嘴："可我们三个现在是一个整体。"

晨珀没有翻看乐谱，她虽然有些地方不会拉，但清楚地记得整首曲子："不如这样吧，五个部分的第一乐段，都比较容易，我和文蕊可以分别独奏；五个部分后的乐段，我们合奏。"

露易丝点头："把难易不同的乐段切割开分配比较合理，如果觉得单薄，合奏的部分我都可以加入，不必刻板地在副部才出现。"

"但是，你的谱子上很多小节并没有乐谱。"文蕊显然不赞成。

"改一下。"晨珀拖了台谱架放在椅子前，从包里找出笔，准备先把长笛可以加入的小节勾画出来。

"可这是小提琴的乐谱，和长笛是不一样的！"

露易丝这时已经听懂了晨珀的话，解释道："晨珀的意思是在小提琴的乐谱上简单配个和声，只要音调还在和弦上就可以，实在不行，网上肯定有《D大调》的交响乐谱子，拿来简化一下也是OK的！"

露易丝说话的时候，晨珀快速翻动谱子，在可以合奏的小节打上钩。

"这样行吗？"文蕊越听越不安。

"试试好了，只要演奏出来不突兀就行，反正有六个小时。"露易丝一直站在晨珀身边看她勾画小节，不时给出自己的意见，同时用手机上网搜索乐谱，"不是说任何求助都可以吗，我们去找工作人员打印和复印谱子！"

晨珀突然想到了什么，停下来问文蕊："两个副部，你都可以独奏？"

那双黑白分明的眼睛在逆光中美得有些炫目，文蕊愣了好一会儿才反应过来，随后咬咬下唇，郑重地道："我很喜欢帕格尼尼，这首曲子我花费了很多时间练习过，没问题！"

"行。"晨珀也是随意问问，其实当初在国外汇报演出中共同演奏这首曲子的几个同学里，只有她嫌太烦琐弃曲了，其他几人都无功无过地完成了表演，虽然有小瑕疵，但这曲子毕竟难度超高，瑕不掩瑜。

下午四点，九位面试者准时出现在面试官面前。

面试官前面的长桌上多了台笔记本电脑，在他们进去前，几人正在关注电脑上的画面。工作人员见人到齐后便让他们各自派代表抽签。

晨珀被推了出去，结果她手气不好，抽到第一组，另一组则在面试官的吩咐下在旁等待。

工作人员替她们摆谱架和乐谱的过程中，文蕊一直双手合十，紧闭双眼默念。练习室的门开了又关，上午出现过的年轻高层再度出现，看着他迈动长腿安静地走来，有人心潮澎湃，也有人紧张不安。

唐晗坐定，面试官做了个可以开始的手势。

晨珀架起弓弦，垂眸看向谱架。

《D大调第一号小提琴协奏曲·第三乐章》主部，第一乐段，是晨珀的独奏。

休止符后，欢快诙谐的音符开始跳跃，抛弓、跳弓、急速六连音，重复……短暂的一分钟后，另一架小提琴和长笛加入，旋律与和音共鸣，以强烈有力的间奏转入第二乐段。

第二乐段是三人的合奏。

合奏顺利，主部完成，接着进入第一副部的第一乐段！

这一段的旋律与主部完全不同，双泛音主题，音色轻柔旖旎，旋律悠长，犹如婉转动人的歌剧。

这是三人合奏的部分，华丽的经过句后，乐曲进入最难的快速技巧部分。从这里开始，是文蕊的独奏。晨珀和露易丝只在需要加强处伴奏。

第一副部全部结束后，曲子进入主部二次重复，晨珀再次独奏。

三人虽然是第一次合作，但好歹都是专业的，又都接触过这首曲子，加上几个小时的练习，从开头至主部二次结束都还算顺利，偶尔出现一些漏拍和音准问题都属于小失误。

这种情况一直维持到第二副部。

第二副部从原本的D大调转入G大调。在练习时，晨珀和露易丝听文蕊单独拉过，因为她拉得不错，商量之后决定由文蕊全程独奏，晨珀露易丝伴奏。

大概因为变调了，第二副部开始的几个小节里，文蕊出现了一个比较明显的错误，她皱了皱眉，继续拉了下去。然而很快，她左手一滑，又出现了第二个错误。

文蕊咬住下唇，视线却不自觉地瞥向对面的面试官，她留意到对方拧紧的眉头，心绪开始乱了。这两个地方都不难，练习时她从来没在这里错过，这是不该有的失误！

她凝神，瞪大眼睛盯住乐谱，努力不再让这种低级错误发生。

可有的时候就是这样，任你私下练习时再好，最后让你呈现的机会只有这么一次，压力叠加，太过担心反而更容易出错。

在晨珀和露易丝伴奏下的一串主音符彻底脱离了轨道。随着不和谐的刺耳音调响起，文蕊整个人都僵在了那里，翻飞的手指停了下来，晨珀和露易丝的伴奏显得异常奇怪空洞。

晨珀侧目看她，几乎是同时，露易丝压低的声音传来："想办法继续！"

这话是朝着晨珀说的，小提琴的主旋律，只有她才能救场，若她也停了，整个演奏就彻底失败了。

晨珀的眸光轻轻地看向乐谱，之后的小节都是飞快的三十二分音符，这段她没练习，但救场不容迟疑，她微微皱眉，在还未想好怎么拉下去之前手指已经动了。

悠长华丽的双泛音响起，她将第一副部第一乐段三人合奏过的部分拉了过来，同时将D大调改换成了G大调，并提醒露易丝道："帮我和，注意变调！"

露易丝趁着还没吹笛的间隙忙问："副部的第二乐段不要了？"

"我拉不了，十三个小节后G大调和弦收尾转回D调，直接进入主部三次重现。"如果可以，晨珀也想把乐曲完整演奏出来，可是因为这部分她不负责主旋律，而且也太难，所以她压根没练，之前只练习了伴奏部分。所幸她记忆力很好，即便不翻页，也清楚地记得第一副部第一乐段的每个音符。

明显的错误，然后是被替换的乐段。

几个面试官的眉头都皱了起来，唐晗抚了抚右手食指上的黑曜石戒环，无声地笑了笑。

十三个小节后，露易丝趁着间隙低声提醒文蕊，记得加入最后一部分的合奏。

最后的主部三次重现，原本计划就是三人合奏，需要演奏出雄壮有力的感觉。僵了许久的文蕊默默架好小提琴，终是加入了合奏。

最后一个和弦结束，晨珀长长地出了口气。

三人的视线对上，文蕊在眼眶里忍了许久的眼泪终于流了下来："对不起，是我的错，害你们过不了面试……"

晨珀被她突如其来的号啕吓了一跳："……"

面试官一言不发，两组交换位置，第二组演奏《梦幻曲》。

他们没有出现太明显的错误，大提琴与小提琴交替演奏，动听优美，是场不错的表演。

随后三位面试官开始低语交流，大概是因为文蕊的失误，《梦幻曲》那组底气十足。两个女生甚至私下低语了两句。

"哎，你说那个帅哥高层会不会钦点某人？"

"说不好，但如果他真选了那组的几个，我一定要抗议到底。"

几分钟后，面试官公布了结果，声世最后录取的人是——露易丝、晨珀，以及拉大提琴的一个叫钟文的男生。

文蕊的脸刷地变得惨白，到最后小提琴只录取了晨珀，这个结果让其他几个女生也大吃一惊。

有性格强硬的女生不服，竟真的当场问起了面试官。

三人看看她，没有说话，只是转过了桌上的笔记本电脑。上面是两个分格画面，俨然是他们在这六个小时里的有声监控录像。

"声世录取新人，从来不会单单从演奏的方面考量，难度技巧、编排能力、应变能力、练习时协调能力都是录取的考量标准之一。你们当初选择《梦幻曲》，基础分就已经比另一组低了。在古典乐的世界里，光无功无过表现中庸是远远不够的。"说到这里，面试官顿了顿，脸上露出一抹玩味的笑，"而且，我们从来没有规定，你们一定要分成两组以上，即便所有人都在同一组也是可以的。"

那女生一下子哑然，分组时她们几个拉小提琴的就在刻意排斥晨珀和文蕊。幕后练习的时候，她们几个又因为谁负责更出挑的独奏部分吵得很厉害。最关键的是，挑曲子时，她们面对帕格尼尼的确胆怯了。

谁都没想到，声世会全程监控幕后的练习过程！

在几人安静下来后，唐晗清朗的嗓音缓缓响起："如果你们仍然想加入声世，可以报名两周后的学习班，课程为期两个月。两个月后，声世会举办公开赛，能进入决赛的人依然有机会加入乐团。"

高层都发话了，几人忙拉住那女生，示意她少说几句。

片刻后，从工作人员手里接过学习班报名章程的几个人都走了，文蕊边哭边取出手机，让晨珀和露易丝把电话号码留给她。

"记得我们是朋友，以后有演出时一定找我来看，你们千万别忘了我！"她的语气像是生死离别。

晨珀："……"

露易丝："……"

正当文蕊伤心之时，那个动听清朗的声音再次响起："你叫文蕊是吗？"

被点名的文蕊愕然回头。

唐晗朝她笑笑："我看过你的资料，你的成绩很好，不过在学校几次公开演出时都怯场了。"

"我……我每次上台都会紧张……"被唐晗那双漂亮的桃花眼凝视着，文蕊的脸孔涨得通红。

"临场紧张其实是可以克服的，你的技巧很好。"说着，他转向三位面试官，"不如这样吧，这次添个名额，就让她一起进吧。"

三位面试官面面相觑，高层都发话了，还有理有据，他们当然不会反对。

直到工作人员将录取通知书发到文蕊手里，她才如梦初醒："您、您的意思是我也被录取了？！"

"好好加油，我期待你下次的演奏。"唐晗笑道，起身离开，经过她们时，视线在晨珀的脸上停留片刻，"你也不错，只是下次，希望你能把心思用在演奏技巧的提高上。"

他的语气虽和缓，但显然对晨珀的表现并不满意，且已经不满意到了当着众人的面点名批评的地步。

文蕊很惊讶，连露易丝都瞥向晨珀。

然而，当事人只是朝唐晗微微笑了笑，转身朝看着她的两人道："走吧。"

四人与声世正式签约的日子在两天后。

晨珀看着桌上的合约，迟迟没有落笔签字。

露易丝、文蕊和钟文都在几分钟前完成签约并离开了，文蕊看她没签，倒是想上前询问，不过很快就被露易丝拽了出去。

偌大的会议室里，只剩下她和签约负责人。

"有什么问题？"负责这次签约的是负责乐队人员调动管理的行政经理，她姓范，三十多岁，是个八面玲珑的女人。

"抱歉，范经理，这份合约上的签约时间是不是写错了？"

范芯看了她一眼，答道："五年，没错，大家的合约都是一样的。"见对方没出声，她继续笑道，"如果对其他条款还有疑问，可以问我。"

晨珀迟疑片刻，礼貌地问道："我可以考虑一天吗？"

范芯有些意外，但她还是点头："可以。你可以把合约带回去考虑，我们声世给出的条件绝对是其他乐团比不了的。"

晨珀道谢，表示自己明天一定会给答复。

会议室外，文蕊和露易丝在等着她。

"你怎么了？没签？"文蕊上前。

"有点小问题。"

文蕊不解想追问，却被露易丝拉住："她自己的事，自己能决定，你别多问了。"说着，她问晨珀要不要和她们一起走。

"你们先走吧，我还有事。"

露易丝很爽快地"嗯"了声，文蕊还想上前说什么，但看见露易丝已经转身走了，犹豫了一下朝晨珀做了个打电话的动作便匆匆去追露易丝。

晨珀取出手机，点开通讯录，看着某个名字想了想，还是将手机放好，然后坐电梯下到一楼。

她来到接待处，表示自己想见唐晗。

"唐总？"接待小姐笑得礼貌客气，问她有没有预约。

"没有，麻烦你帮我转告，就说我姓晨，早晨的晨。"

"好的，请稍等。"

对方很快拨通了电话，听对话，拨打的应该是助理的座机。很快，接待小姐挂上电话，依然礼貌地朝她道："很抱歉，唐总现在有个很重要的会，如果你愿意的话可以在沙发那边等一会儿。"

"大概要多久？"

"我也不是很清楚。"接待小姐说完便不再理会她了。

晨珀想着这件事最好能今天解决，于是便去沙发那里坐下等待。

一个小时后，已近午饭时间，她再次来到接待处询问。

那位接待小姐看她一眼，又帮她打了个电话上去，随后朝她道："唐总的助理说，唐总还在开会，但应该快结束了，你可以上十五楼等。"

晨珀道了声谢，坐电梯上了声世大厦的顶楼。

当初在国外的时候，她就从唐羽琦口中得知唐晗去了声世，只是当时唐羽琦说得随意，她也没多问。直至回国后，被老爸逼着来S城前，她才知道唐晗在声世的职位。

虽然唐家是声世的股东之一，唐晗也算半个太子爷，但上面毕竟还有董事会，他能在二十六岁做到这个职位很不简单。

她其实知道，他对这行没什么兴趣，之前和人合伙开了家电子商务公司，做得还不错。

放弃自己的公司来做一份并不是十分喜欢的工作，她有点无法理解。

"晨小姐吗？"身着套装的美女助理迎了上来，"唐总还在开会，请先到这边休息室等一下吧。"

"谢谢。"十五层被一道巨大的磨砂弧形玻璃墙隔成里外两块，外间类似一个展览大厅，墙上挂了很多乐队演出和得奖的照片，靠近落地窗的地方搁着一架三角钢琴。

美女助理带她去的休息室在里间入口处，对面是一小块办公区域，晨珀简单地看了眼，沿着走廊蜿蜒进去，还有数间大小不一的办公室，此刻门都紧闭着，也没什么人出入。

美女助理安置好她之后就退了出去，晨珀一头歪在沙发上，继续等待唐晗。

半个小时后，她看了看手机，开门走了出去。休息室对面办公桌后的美女助理像是刚刚挂上电话，随后朝晨珀表示，唐总因为公事外出用餐了，可能要一个多小时才会回来，问她还等不等。

晨珀笑了笑，心里并不意外："唐总刚走吗？我怎么没听见有人经过？"

"唐总是乘里间直达电梯下楼的。"对方仍旧很有耐心地解释，再次问她等不等。

"等啊，不过既然他去吃饭了，我也先去吃个饭吧，一会儿再过来，可以吗？"

"没问题，可以的。"

晨珀不再多说，离开进了电梯。

声世大厦外，秋色明媚。

晨珀取出手机，最终还是拨打了唐晗的电话。长久的等待之后，无人接听。

她摇摇头，懒洋洋地放好手机，就近找了家咖啡厅。她在午后阳光暖人的落地窗边坐下，要了份简餐，之后又点了咖啡。两个小时后，算算时间差不多了，才又闲晃着回了声世。

那美女助理见她隔了这么久才回来，显然有些意外。

"唐总现在有空了吗？"

"抱歉，刚才乐团临时出了点问题，唐总去了五楼的演播厅。"对方回道。

"你们唐总真的好忙啊！"晨珀拨了拨刘海，仍旧只是笑。

"乐团晚上有演出，唐总一时三刻可能上不来。晨小姐还等吗？"

晨珀瞅了她一眼："等啊。"说着，也不用对方说，自己推门进了休息室。

晚上六点，唐晗始终没有现身，美女助理的理由也换了几轮，晨珀自觉已经尽了人事，加上不想耽误人家下班，于是离开了声世。

交班时候，很难打车，幸好声世大厦的位置很好，出门朝东走两个路口就是步行街。晨珀决定先去吃东西，等过了下班高峰再坐车回去。

因为是周五，步行街人潮涌动，一路走去，饭店餐厅基本都已客满。不过晨珀一个人也不打算吃什么大餐，最后来到一家生意相对冷清的牛肉面馆。

坐下看餐单的时候，她感觉面前有人影一晃，抬头时桌子对面已经多了个人。

对方一身商务打扮，西裤衬衣挺括无比，她看去时，他正脱下铁灰色长款风衣，见她目光投来，他眼眸微眯，秀丽的脸庞上浮起笑容："吃什么？"

晨珀只当没看到他，很快勾好要的餐点，叫来服务员把餐单给对方。

唐晗朝服务员道："我和她点一样的。"

晨珀虽然心里早有预料，但被故意刁难等了一天到底不是什么愉快的事，所以始终懒得搭理他。

面很快上来了，红汤辣牛肉面，让她胃口大开。她全情投入在食物上，把对面的人当空气。吃到一半，筷尖的牛肉掉进汤里，溅了点红汤在她脸上。晨珀伸手去翻包，唐晗的手却已经伸了过来，用指腹轻轻抹掉她颊边的汤汁。

"多大的人了，还总这样。"他语调温柔，唇角带着笑，那笑容带了抹宠溺，"这么久没见，你怎么一点变化都没有？"

晨珀："……"被晾了她一天的人"温柔以待"的感觉好诡异啊！

她端着碗朝旁边挪了挪，避开与他面对面的位置。

唐晗失笑，撑着线条优美的下颌侧目看她："真生气了？不会吧，不就让你多等了几个小时。我这不都自动现身了？"

"……"

对方叹了口气，语气里多了抹无奈："你啊，做事明明可以更好，却总是不够努力。就像今天，你完全可以去演播厅找我，怎么不来？"

晨珀瞥他一眼。找到他，他就会理她？他要起人来哪回不彻彻底底的？不过这话她都懒得回。次数太多，开口她觉得浪费。这些些年，他总是这样，会在她没有准备的时候嘲笑讥讽，有时态度极其恶劣，事后又会特别温柔地来几句安慰，起初她还以为他是精神分裂。

后来经唐羽琦说破，她才知道一切都是因为她那次得罪了他，他看她不爽，整她罢了。

"听行政部的人说，你对签约的时间有异议？"他转入正题，声音里的软意收了几分。

晨珀见他主动提及，不想浪费时机，开口道："你知道进入声世不是我自己的意思，五年太长了，我最多待一年。"她知道自己辜负了父亲的期望，这次来声世最主要还是为了给老爸一个交代。

他这次没有马上接口，低低地笑了声，缓缓道："怎么，在国外闹得还不够？以为声世也是你晨大小姐想来就来、想走就走的游乐场？"

他的语气忽然带上了嘲讽，她抬头看去，正瞥见他眉宇间一掠而过的冷意。

晨珀看着他，淡淡道："你是当事人吗？别随意对根本就不清楚的事情下定论。"

两人间的气氛瞬间变冷，晨珀没法继续对着他吃饭，她取出纸巾擦了擦嘴唇，起身离开前朝他道："我最多和声世签约两年，如果你同意，麻烦让行政部的人重新出一份合同。如果你不同意，那就算了。"她的确被老爸拿捏着，有非留下不可的理由，但这并不代表她愿意在声世待上五年。

她从皮夹里取出一百块搁在桌上："这顿我请，多出来的钱你重新点一份面吧。"其实他根本就吃不了辣，刚刚那两口不过是强撑罢了。

晨珀拨拨斜刘海，在对方那双桃花眼的凝视下转身离开。

唐晗看着晨珀推门离开，上挑的漂亮眼眸慢慢眯了起来，他下意识地抚着右手食指的指坏，许久之后才哧地笑了声。

三年多不见，她到底还是不同了。

以往每回都被他整得面红耳赤气急挠人的丫头是真的长大了。

三年零五个月，这么长的时间没见，她居然也不知道和他寒暄问候几句。

果真是个心肠冷硬的丫头啊……

晨珀在回公寓的出租车上给唐羽琦去了电话。

"那事你告诉你哥了？"

"呃……"好友来电，唐羽琦原本是要甜言蜜语温存一番的，不过她开门见山地问了这事，她有点尴尬，"其实也没有全说，只是他问起你休学的原因，所以……"

晨珀扶额："他到底知道多少？"

"隐约知道你是为了个男人……"唐羽琦心里发虚，也怪不得晨珀问罪，休学这事的理由晨珀在她爸妈面前说的不是这个。要让他们知道她是为了男人休学，恐怕就不是她乖乖在声世待一两年能解决的了。

晨珀在电话那头沉默了会儿，又问："你哥什么时候知道这件事的？"

"也没有太久，一个月前。他还拿江枫的事威胁我，让我不许告诉你他已经知道了，你知道我爸妈反对我和江枫也不是一天两天了……小珀，你骂我吧，是我重色轻友！"

唐羽琦连连道歉，晨珀听完心里却轻松了几分。

唐晗一个月前就已经知道了，如果他要说，早就告诉她爸妈了，既然还没说，那就是还想借着这件事拿捏她。那份合同，如果他真不愿意改成两年，她恐怕暂时还得先签了。

她的初步计划是，先遵照老爸的命令待在声世，达成他的要求；再找机会和爸妈坦白从宽；最后找个理由和声世解约。老爸虽然对她严格，但家里还有个宠她的老妈，这次说到底是休学的事惹怒他了，才会勒令她必须进声世。

毕竟这是他早就替她规划好的未来之路，现在不过是提前了。

晨珀想到这里，也不再紧张，听唐羽琦还在那头态度良好地自我责怪，便低低笑了声："行了，别顺毛了，我又不是猫。"唐羽琦每回重色轻友完了都来这套，反反复复都那几句台词，她都能背了。

唐羽琦自然也知道她不会真和自己生气。

晨珀这人，初次见她的人都会被那张恬静淡雅的娃娃脸所骗，自动将她归为性子温柔、乖巧懂事的那类，以为软纯白的很好糊弄。等到在她面前碰了壁，明白过来这不是个善桩，又会反过来对她产生怨怼。其实只要不先入为主或是一开始就抱着别样的心思，自然就不会产生落差感。

虽然她平时待人有点慢热，会显得高冷，但那只是个性使然，只要不是什么天塌下来的大事，晨珀一般都懒得和人生气。

晨珀租下的公寓在老城区和新城区的交界处，严格来说属于老城区，离市中心有段距离，但也不算太远。

房子位于一栋旧式洋房的顶层，楼一共五层，有些年头了，但室内的装修很新，显然被人重新设计改造过，米白色墙砖加深灰色地板。她住的是五层加阁楼，进门处便是一个地陷式的L型厨房加餐厅，洗手间在右手侧。朝南顺着几步台阶而上是个带窗的客厅，楼梯在右侧，上去便是敞开式卧房，这半层是隔出来的，只有楼下的一半面积。床头朝南，左侧依旧是楼梯，楼梯比床头前的围栏高不了多少，上面是落地玻璃门和四扇落地窗，通向外面一个十几平方米的露台。

房子的面积算上露台也不过七八十平方米，但胜在装修风格简约时尚，色调清爽，厨卫几乎都是崭新的，明亮通透，天气晴好的时候，阳光从露台的落地窗铺洒进来，满床都是温暖的光晕。

看房的时候，她一眼便喜欢上了这里。

临睡之前，晨珀收到短信。

"合约的时间我吩咐人改成了一年，明天上午十点过来签约吧。"

晨珀回了句"谢谢"过去。

电话那一端，唐晗的视线从手机屏幕上移开，投向落地窗外的无边夜色和闪烁霓虹。

Chapter 2

电音天后

　　晨珀看着手里的乐团工作时间表，一时间有种重返校园的感觉。

　　个人练习、集训练习、演出活动……每周除了周六和周日白天之外，时间基本排满。不过就算是这两天，也随时有可能因为晚上的演出活动而增加彩排练习。

　　怪不得新人就有这样的薪酬，的确是人尽其用。

　　当然对其他乐团成员来说，忙碌才是好事，忙就代表演出多。声世除了底薪之外，演出酬劳另算，依个人在乐团演出时的位置而论。

　　以专业性来说，这次招聘的晨珀等四人，在乐团里属于中上水平。只是四个人里除了露易丝，都没有过和大型乐团演奏的经验——起码从他们递交的履历表上来看并没有。

　　所以起初两周，晨珀暂时没有演出，每天只需要按时进行练习和集训。

随乐团工作时间表一起发下来的还有七份乐谱，分别是《梁祝》、克莱斯勒的《小行板（马提尼风格）》、萨拉萨蒂的《巴斯克随想曲》，以及莫扎特的《g小调第四十号交响曲》第一乐章至第四乐章。

晨珀这两周的任务就是练熟属于她的部分，并在两周后正式加入乐队彩排。

声世的交响乐演出一般以欧洲古典乐为主，当然偶尔也会演奏一些国内名曲，例如《茉莉花》《二泉映月》等。据闻以前声世演奏国内名曲的比例比较大，走的是接地气路线。在唐晗接手之后，便逐渐将重心转移，且诸多涉猎流行现代乐，在传统古典乐里融入了现代流行乐的元素，开辟出了独树一帜的演奏方式。在数次拿下国内的演奏奖项后，声世旗下数位特别优秀的器乐演奏者也在声世管理人的明星式包装下走上国际舞台，成为颇有名气的演奏家。

"唐总说过，时代不同了，观众对西方古典乐的兴趣日益增加。而且交响乐毕竟是外国人的东西，气场和国内名曲总是不太合。要让乐团与国际接轨，改革是第一步，与其为了国内观众演奏接地气的曲子，不如直面西方古典乐，想办法让观众接受。"练习休息时，文蕊总喜欢凑在晨珀身边说话，当然一般都是她自己说，对方纯粹听。

严格来说晨珀和她并不熟，但比起一同集训的其他人，文蕊还是比较喜欢找她说话。其实文蕊也试过和其他人聊天，但不知道是因为其他人早已形成团体，她融入不了，还是其他什么原因，她凑过去说话时，他们看她的时候眼里总带着几分不屑和戏谑。

晨珀虽然也冷淡，但她不会用那种眼神看她，和她说话让文蕊觉得很自在，她可以随心说自己感兴趣的话题。

文蕊开口，十之八九和唐晗有关。

晨珀进乐团近两周，发现"唐晗"两字在耳旁出现的频率居然比之前七八年加起来都多。

这样的情况，一直持续到某人怒闯集训练习室。

那女孩很年轻，最多不过二十出头，留着一头直长的黑发，五官明丽张扬，一双丹凤眼，颧骨略高，显得有些高傲。她来势汹汹，眼底带着怒意，神情却很冷淡，视线缓缓扫过室内众人，开口问道："谁是文蕊？"

室内，有压低的诧异对话。

"是艾丽？"

"电音天后怎么来乐队这边了？"

"嘘，冲新人来的……"

……

室内，除了晨珀、文蕊及钟文这三个新人，其他人显然都认识来者。

文蕊咬了咬下唇，缓缓站起："你好，我是文蕊，请问找我有什么事？"她原本就不是漂亮的女生，身材也偏胖，加上不太会打扮，留着波波头，站在一群人里显得越发不起眼。

田艾丽看了她一眼，随即露出一种难以置信的嫌恶眼神，就像是吃完饭才发现自己不小心吞了只苍蝇。

涂着枣红色唇膏的嘴唇冷冷一勾，她踩着高跟长筒靴直直走了过来，将手里捏着的一个淡蓝色饭盒丢给文蕊："你有完没完？！别再送了，没人会吃！"

饭盒虽然盖紧了，但因为是被丢过去的，里面的汤汁溢了些出来，不但弄脏了文蕊的衣服，也溅了几滴到一旁的晨珀身上。

晨珀回国后的工作都在晚上，白天日子过得散漫，习惯晚睡晚起，忽然开始朝九晚五地上班，周末还得加班，每天觉都不够睡。一睡不够，她心情就不太爽，原本打算趁着休息时间坐在地板上靠着椅子睡一会儿，结果刚刚闭眼就被打扰了。

她瞥了眼白色毛衣上的点点汤汁，冷淡地看向来人。对方气势正盛，完全没注意被殃及的旁人。

"看你献殷勤的频率我还以为是什么天生丽质的美女，最起码也得在清秀线以上，真没想到你这副尊容也敢妄想！你是不是从来不照镜子？"

这话太难听了，甚至带着恶毒，众人又是一阵低语，猜测文蕊可能的反应。

虽然是新人，但集训这些日子大家也看得出她水平不低，以后说不准也会成为乐队里的重点人物，虽然长得不好，性格也古怪，但交响乐队演出从来不用看脸，这和个人演出不一样。

文蕊将来的发展未必会在田艾丽之下，也就是说，面对这样的羞辱，文蕊不必因为自己是新人而忍耐。

可奇怪的是，文蕊听到这话竟然没有生气，反而有些唯唯诺诺地看着手里的饭盒："是他亲口说不喜欢我送东西吗？如果他自己和我说，那我以后就不送了，但如果……"她说到这里，突然抬头注视对方，表情执拗而认真，"这只是你的意思，那以后送不送东西是我的事，你无权管！"

田艾丽气得冷笑："你还真是有意思！唐总这样的高层，会和你这样的小新人纠缠这种问题吗？你以为送这些东西他就会注意你，喜欢你？"

她这句话里透露的信息，令众人哗然。

文蕊居然追求唐总？！还因此把一向在声世里和唐总有金童玉女之称的田艾丽给惹毛了？！

这——众人不由自主地看向外形酷似胖男生的文蕊，这人到底是真的没有自知之明，还是勇气大到惊人？

文蕊握紧拳头，全身都在发抖："我是喜欢他，但我没想要他喜欢我，我只是想给他送一些东西，因为我很感激他让我进入声世，这样也不行吗！"

"别找借口说感激，说到底不过就是喜欢他想引起他的注意！"田艾丽冷嗤了声，"你才进声世多久，不好好练习，净动这种歪脑筋，也不想想自己什么德行，你有靠近他的资格吗？"

文蕊忍了半天的眼泪终于流了下来。

见她哭，田艾丽心里对她越发厌恶，正准备再开口，却冷不丁看见一只手从自己腿前冒了出来。

田艾丽被吓了一跳，低头看去，这才发现文蕊旁边还坐了个黑发女孩。对方半靠着椅子，头歪倒在手臂上，动作不算太雅观，但看她的表情似乎很舒适惬意。

柔软的黑发从她脸侧垂落下来，衬得一张脸越发小巧精美。她举起的手里夹了张纸巾，递到文蕊面前晃了晃。

文蕊是站着的，她的手只够得到文蕊腰间，晃了几下文蕊才觉察，睁着一双泪眼不解地看向她。

"别哭了，本来就不漂亮。"她张口道。

文蕊更伤心了，眼泪鼻涕流个不停。

"你是谁？"田艾丽打量着她，总觉得她很眼熟，一时又想不起来。

晨珀像是没听见田艾丽的话，她瞥了眼呆呆看着自己的文蕊，将纸巾塞到她手里："擦了。"

"可是……"文蕊的眼泪倒是止住了，眼底却浮起了委屈。

"别闹了，你不累？"下午的集训时间是三个小时，中间只休息十五分钟，她本来还想睡一会儿的。

"不是我想闹，是她……"

"小女孩年轻不懂事，你也不懂事吗？"晨珀的声音轻软得很，语气却带上几分老成，只是她一张娃娃脸，气质又恬淡，相比成熟明艳的田艾丽，看起来反而要小上几岁。所以明明是一本正经说的话，众人听了却只觉得好笑。

笑声里，田艾丽的脸一沉，视线狠狠投在晨珀身上。数秒之后，后者才似有觉察，缓慢而无声地抬头回视她，然后给了她一个明媚的浅笑。

她的话没让田艾丽跳脚，这个笑容却有些惹到她了。她皱眉盯住晨珀，脸色不善。

气氛正尴尬时，负责集训的乐队副团走了进来，休息时间已过，他们得继续练习。田艾丽虽然强势，但也不会当着副团的面处理私事。

她不屑地看了眼文蕊，之后视线冷冷地扫过晨珀，转身走了出去。

副团并不清楚具体发生了什么事，但看到文蕊衣服上带着油渍，脸上又一片狼狈，便让她先去整理一下，等弄干净了再回来集训。

文蕊硬是把晨珀拉了起来陪她。

洗手间内，文蕊在镜子前抬起冲洗干净的脸，冰冷的水让她的脸色显得有些青白，平庸的五官越发难看。她看了自己一会儿，又去看镜子里晨珀巴掌大的白嫩小脸。她已经处理完自己的毛衣，正把用水擦拭过的外套放在干手机下吹着，从文蕊的角度看去，她眼帘微垂，浓密修长的睫毛在挺翘的鼻子上方勾出一抹诱人的弧度，美得赏心悦目。

"如果我长得像你这么漂亮就好了……"文蕊喃喃低语。

晨珀淡淡道："漂亮有什么用，不喜欢就是不喜欢。"再说，虽然和文蕊相比，她的长相的确称得上漂亮，可比起真正的美女，她顶多算是甜美动人。就连唐晗那张脸，都比她精致清秀得多。

"你是说内在美更重要？可如果我长得好一点，最起码别人不能用长相说事。晨珀，你是不是也觉得我异想天开，癞蛤蟆想吃天鹅肉？"

晨珀转过身，干手机自动停下，洗手间内一时间安静无比："不要为了个男人就无底线地贬低自己。"她来到文蕊面前，将外套递给她，"你喜欢谁是你的个人自由。"暗恋是个人自由，但暗恋一旦变成明恋，有些事就不是个人能控制得了。

晨珀记得田家也是声世的股东之一，刚刚那位应该是董事千金。

这次的事，说到底是争风吃醋。晨珀不觉得意外，那家伙皮相好，有一双总是带着温柔笑意的桃花眼，加上在声世身处高位，站出来气场十足，年轻女生见了都会心动。

文蕊的眼睛又亮了起来："所以，你也支持我继续努力吗？"

晨珀："……"她到底是怎么思考的？

"不，我不支持你。"她的话犹如一盆冷水，朝着文蕊当头浇下。

"可是你明明说喜欢谁是个人自由！"

晨珀叹了口气，难得耐心地解释道："虽然刚才田艾丽说的话做的事都很过分，但有一点她说对了，你才进声世，连集训都没结束，怎么就净想着这些事？喜欢可以，但因为喜欢弄得公私不分，别人怎么会没意见？"

"我哪有公私不分！"

晨珀示意了下衣服上残留的油渍，文蕊脸一红，辩解道："我说了只是感激唐总让我进入声世……"

"他录取你是公事，你送一次叫感谢，但是天天送，就变成公私不分了，别人才会找你麻烦。"

文蕊自嘲地笑了笑："所以你也和田艾丽一样，觉得是我不要脸，单方面纠缠唐总？我知道自己什么样子，唐总他是高层，长得那么好看，人也好，这些事我从来不敢想！可是……"

她拽住晨珀，突然有些激动，原本苍白的脸上透出一抹红晕："不管你信不信，之前碰巧遇到他时，是他主动和我说话的！那天他带我去吃饭，和我聊天，最后还开车把我送回宿舍……简直就像做梦一样，我坐在他的车里，和他离得那么近，他的眼睛是我看过的所有眼睛里最漂亮的，睫毛好长好长，我甚至能闻到他身上的香水味……"

文蕊的眼睛里闪动着憧憬、羞涩、沉迷，以及自卑，复杂又生动："所以，哪怕只有一丝可能，我也不愿意错过！"

晨珀目色淡凉，眉宇却微微蹙起："你会受伤……"

"我不怕受伤！"她打断晨珀，平凡的脸上满是义无反顾的勇气，"从小到大，我一直都没有真正勇敢过一次！这次，我想试着努力一下！即便会被人骂，被人排斥，就算所有人都说我不配，就算以后会万劫不复——我也不会后悔！"

晨珀叹了口气，压下原本想说的话："那就祝你好运吧。"

田艾丽闯集训室的事，副团没有深究，大多数人也都明白谨言慎行的道理。可惜当时人员众多，总有那么一两个是死也要八卦的，所以到第二天的时候，这事还是暗地里传遍了声世。

当然，八卦出来的版本五花八门。有讥笑文蕊自不量力脑洞大开的，也有不屑田艾丽跟新人找事的——毕竟她和唐总不是真的男女朋友，要管也轮不到她。

也有少数人佩服文蕊的勇气，毕竟在声世，对唐晗动心的人不在少数，可他毕竟是主事人，就算少女怀春又有哪个敢三不五时地送早餐送爱心盒饭？

结束两周的练习集训后，晨珀、文蕊、露易丝三人开始参加乐队演出的彩排练习。

声世旗下的交响乐团成员加起来有一百二十多人，但因木管人数的制约，最多只能组成"三管"编制的乐队。

也正因如此，不是每次演出都需要所有成员出动，具体编排由乐队指挥及正副团长开会讨论，定下名单，再递交上去让乐团总监过目走个流程。

眼下不是演出旺季，之前的全国巡演也已顺利结束。乐团以"双管"编制登台居多，每两周在本城或者附近城市做两场演出，曲目每两个月替换半数，保留一些观众回应较好的曲目，再适当添加新曲目。

这期间的演出，正适合新人登台。

晨珀被编入小提琴二组，文蕊在一组，露易丝在木管乐组。露易丝之前已经跟着乐队演出过，集训虽然不用去，彩排却是要到场的。

彩排地点在声世五楼的演播厅，开始后十分钟，众人发现最前排的观众席上多了一人。原本凝神观看彩排的乐团总监侧着身体，正面带笑容地和对方说话。后者西服笔挺，修长的双腿交叠，挺直白皙的鼻梁上架着一副墨镜，额发垂落了一缕，衬得额前肤色越发白得诱人。

唐总居然亲自下来看彩排了？

这类走流程的彩排每周有很多场，除非出现需要决策的事，否则他是不会过来的。

年轻的CEO就坐在台下，众人自然越发认真，虽然有人会抱着八卦的心态去看文蕊的表情，但大多数时候都凝神专注于演奏。

于是这天的彩排顺利得出奇，每首曲子最多不过两遍，连素来要求极高的指挥也难得地赞扬了几句。

彩排结束时，乐团总监站起来朝众人击了击掌："唐总说了，今天有新人加入，他请客聚餐，就在旁边酒店，晚上有空的都来吧！"

众人一时有些诧异，声世以前虽然也有聚餐，但基本都是在大型音乐会成功演奏之后。不过就是三个新人，居然劳动这位请客，还真是少见。

难道是为了文蕊？几个年轻的女孩子看着一脸激动、面露喜色的文蕊，内心都不太平衡。早知道唐总这么好追，她们就自己上了……

聚餐的酒店从声世步行过去只要十分钟，之前有几次聚餐，地点也选在这里的自助餐厅。彩排的乐队成员有六十多人，但聚餐这事毕竟通知晚了，不少人晚上有事，向乐团总监告假后都被放行了。最后林林总总，去聚餐的大概有三十多人，这里面也有不请自来的。

看到田艾丽的时候，文蕊才刚刚找到机会和唐晗说话，明知众目睽睽之下会被人议论，她还是鼓起勇气开了口。好不容易说了句谢谢，便见到田艾丽踩着高跟靴，风风火火地从宴厅大门走了进来。

文蕊的脸色顿时难看起来，看着对方越走越近，她握紧拳头，嘴唇紧抿，做好随时"迎战"的准备。结果对方却从她身边径自走了过去。

文蕊诧异地回头，发现田艾丽四下环视一圈，朝着落地玻璃前的沙发座走去。

"和我比一次怎么样？"

来人的手重重拍在桌上，晨珀手指一松，刚剥出来的蟹腿肉擦过她的大腿落在地上。

晨珀："……"她剥了很久才剥出来一根完整的！她眉头一皱，抬眸看向来人："女孩子家，有话好好说。"

"我说了，和我比一次！"田艾丽盯着面前的白嫩小脸，神色严肃。

晨珀慢条斯理地舔了舔手指，凝视着对方不说话。她这几天心情不好——应该说自她进声世后心情就没好过，偏偏总有麻烦来找她。

"一个月以后，声世举办的器乐公开赛即将开始，我要你也参赛！"田艾丽刻意提高了音量，整个宴厅里的人原本就竖着耳朵注意这边的动静，当下都听到了这句话。

什么意思？电音天后这是在向一个新人……下战书？！

可等等，她是不是把对象搞错了？和她有私怨的人应该是文蕊啊！

晨珀漆黑的瞳仁掠过一丝笑意："你要和我比赛？"

"是！"田艾丽盯着她的目光无比认真，既然她能弄清楚她是谁，想必对方也应该知道她是谁了。她们之间，势必要分出个高低来！

晨珀再次取了条蟹腿，唇间淡淡吐出三个字："我拒绝。"

"为什么？"田艾丽拧眉。

她瞥了眼立在不远处纹丝未动的挺拔身影，懒洋洋地丢话："没兴趣。"

"你不可能没兴趣，你……"

"胃口都没了。"她终是不耐烦起来，丢了蟹腿，擦干净手，在众人的窃窃私语里离开。

走出酒店大门的时候晨珀的手机响了起来，她看着屏幕上闪烁的两个字——唐晗，皱眉挂断。

深秋的夜风带着萧瑟的冷意袭来，不知怎么的，她突然想起半年前在西雅图的那个夜晚。同样是高楼林立的都市，夜晚的天空被闪烁的霓虹灯光映成深蓝色，让人有种陌生而遥远的抽离感。

最近，她偶尔会感觉不安，这种感觉来得莫名其妙又毫无道理。

已经过了半年多，又隔着大半个地球……她不相信那人可以能耐到这个地步。

应该，只是她多心了吧。

晨珀裹紧外套，转身走向远处的公交站台。

在她身后马路对面的停车位上，一辆不起眼的黑色轿车缓缓升起车窗，驾驶座上的人低头查看相机，片刻后拨通了一个电话。

"喂？……我应该找到她了……"

晨珀没想到那晚后田艾丽竟缠上了自己。

比赛、比赛，还是比赛！她每次出现说的都是同一件事，简直就像疯魔了一样。

很快，整个声世都知道电音天后不知何故又瞄上了另一个新人，非要在专业上一决高下，这对田艾丽来说根本没有意义。

声世两年一度的器乐公开赛其实是为了挑选重点培养对象而设的，而田艾丽便是凭实力在两年前的小提琴项目上拿下了冠军，此后成为声世重点包装宣传的明星小提琴家。她拉的是外界印象中炫酷狂拽的电子小提琴，凭着声世为其打造的一首快节奏原创小提琴曲，她很快就在国内崭露头角。

田艾丽虽然后台强硬，但自身实力也不差，走红并不全靠关系。

这样一个在业界已颇有名气的电音小提琴手，向刚进声世一个月都不到的新人下战书，实在让人无法理解。

这几天文蕊有点郁闷,虽然田艾丽不再找她麻烦,但是她开始找晨珀的麻烦,而且找麻烦的方式还是她的长项。每回看见田艾丽在声世堵到晨珀,她的心情都很复杂:一方面庆幸自己被忽略了,一方面又惋惜田艾丽之前为什么不用这种方式找自己麻烦。

单从技术上来讲,她不觉得自己拉得比田艾丽差,只是在长相和背景上吃亏罢了。

可惜田艾丽像是完全遗忘了她这个人,就连她重新开始给唐晗送东西都没再理会过。

晨珀屡屡被纠缠,起初还会回对方几句话,后来干脆直接无视,可被烦得多了到底有些受不了,这两天趁着声世没有演出,她向副团请了假,窝在小公寓里补觉。

接到唐晗的电话是晚上九点多,她刚拍完一首新的曲子放到网上。

这是她放上网的第二十五首小提琴曲。近几年网络文化繁荣,很多不甘于平凡生活的人以各自的方式在网上秀生活秀日常。现代都市生活喧嚣而寂寞,大众无比渴望通过网络去看不同的世界。

两年多前,她看到米拉在网上玩直播贴视频玩得兴起,便在一个很有名气的网站上随手注册了一个账号,偶尔放一些自己拉的小提琴曲视频上去。不过和身边喜欢秀脸蛋身材的朋友不同,她从不在视频里露脸,每次录制视频时,她都是背对着摄像头拉琴。倒不是她故弄玄虚,而是怕哪天运气不好被自己老爸看到这些视频。毕竟网络时代,信息瞬息千里,而她所有的小提琴视频里演奏的无一例外都是他最讨厌的现代乐及流行乐。

戴维的名曲*Smooth Criminal*(《犯罪高手》),久石让的*Summer*(《菊次郎的夏天》),《克罗地亚狂想曲》,*Diana*的*Snow Hill*(《雪山》),贾斯汀的*Cry Me A River*(《让我泪流成河》),阿南亮子的*Refrain*(《其实我想做很多事》),*Michelle Branch*的*One Of These Days*(《总有一天》),*Lady Gaga*的*Bad Romance*(《糟糕的浪

漫》），陈奕迅的《浮夸》……二十多首，从器乐类到轻音乐再到流行歌曲，每一首她都是因为喜欢才会拉，并且想要分享给大家。

　　起初她比较懒，遇到喜欢的非小提琴版本的曲子，会全网搜索其小提琴谱，拉的时候再做简单的调整；后来她慢慢发现，网上这些小提琴版本质量参差不齐，大多数拉出来的效果都不如原曲版本。为了让小提琴拉出来更好听，她便收了犯懒的心思，开始自己将钢琴谱改成小提琴谱；再后来，简单的版本转换也满足不了她了，尤其在改一些流行音乐的时候，因为没有歌词，为了让小提琴版本听起来更丰满，她开始适当地增加旋律改编节奏，并用电脑制作添加了简单的伴奏。不顺利的状况时有发生，不过和学校里冗长沉闷又繁复的古典乐比起来，这些改编即便再难也是她心甘情愿并乐意为之的，每次完成一首曲子放上网的时候，她心里都充满了成就感。

　　不知道是不是人的劣根性作怪，越看不见的就越好奇。虽然她两年多来从没露过脸，也没有刻意宣传，她这个账号的订阅量却并不算少，几年下来也有十几万，偶尔单个视频点击量也会有六七十万。在她疏于打理的情况下，这算是非常高的浏览量了。

　　订阅量和点击率增加后，她在米拉的帮助下申请了网站的广告分成，一年的收入并不多，也就几千美元，不过放在国内，已经等同于实习期的工资。

　　这几年即便再忙，她都坚持一个月左右放一首新的小提琴曲上网。因为近几首小提琴曲都是她将流行音乐直接颠覆改编的，不少人在看完视频后留言求小提琴曲谱的出处，她懒得一一回答，便统一将自己改编的那些添上了"本人原版改编"等字样。

　　唐晗打来电话时，她正看着网上增加的点击率和留言，享受劳动成果，看到手机上唐晗的名字跳出来，她想也不想直接挂断。

　　刷新页面的时候，手机再次响起，晨珀朝嘴里塞了颗糖，又一次挂断。

　　片刻，手机屏幕上跳出一条讯息："我在你住处楼下，要么你下来，要么我上去。”

晨珀闹心地看着手机，回了条讯息过去："我睡了。"

唐晗的电话紧接着追了过来，这次她接听了："干吗？"

"我知道你还没睡，下来吧，我们去吃夜宵，这附近有家不错的海鲜烧烤。"电话里，他声音温柔，带着诱哄。

晨珀："……"

如果说这世上还有一件事能敌过晨珀的懒散，无疑只有美食。她挣扎了会儿，在睡衣外裹了件厚厚的粉色长毛衣，换了双旅游鞋就出门了。

楼下的车道上停着一辆骚气的黑色阿斯顿马丁。车的主人靠在车门上，穿了件比车更骚气的黑白格子长款薄呢风衣，漂亮的眉宇微微拧起，秀美精致的五官在夜色里显得立体而深邃。他手臂交叠，盯着楼道口的方向，目光深沉。

见到粉红色的身影脚步轻快地从楼道走出，他敛起眼底的暗色，露出笑意："真睡了？"

她含糊地嗯了两声，绕去副驾上车，见他在车外看着自己，催促道："快上车，都快十点了，明天我还要上班呢！"

"你不是请了三天假？"他上了车，毫不留情地戳穿了她。车子启动后，见她仍不说话，他又道："这几天怎么都不接我电话？"

"你有打给我？大概是我太忙没留意吧。"她轻描淡写地说完，靠着椅背闭起了眼睛。

他上挑的漂亮眼眸瞥向身旁的人，她那种连敷衍都一副漫不经心的模样让他很不喜欢。他本想再开口，然而又像想到了什么，还是把话忍了下来。

唐晗说的店不大，位于一条深巷里，巷子虽然干净，但很狭窄，两边是各种夜宵饭店，车子开不进去。

唐晗在远处停了车，带着她从巷子穿过去。

他身高腿长，衣衫整齐，人又生得唇红齿白，一路走去回头率高得惊人。他带她进的烧烤店生意很好，外间已经没了位置，一个二十多岁的年轻男人笑着迎了上来。

唐晗上前和他说了几句，对方的视线投向他身后的晨珀，一瞥之后又笑着朝唐晗低语了几句。店里有些吵，晨珀上前时那人已经说完了，她只隐约听见对方说"原来是这类型的……"。

"你好，我是韩阙，这家小店的老板，让唐晗带你上楼吧，上面是自家用的包厢，很安静。"韩阙说这话时，那双带着笑意的眼睛有些放肆地在晨珀身上打量。

晨珀感觉到他没有恶意，朝他笑了笑。对方眼底掠过一抹惊艳，随后看向唐晗，正要说什么，唐晗已拉着晨珀直接上楼了。

上楼之后，她不着痕迹地抽回自己的手，唐晗蹙眉看她，她已径自进了包厢。

"你怎么会来这样的店？"她在靠窗的位子坐下，侧头看向楼下的小巷。在她的印象里，唐晗从来不会在这样的地方吃饭。高中时，她和唐羽琦最喜欢放学后去校外的路边摊吃泡泡馄饨，有次碰巧唐晗来接唐羽琦，见状竟二话不说当场拖着唐羽琦离开。

那是她第一次见到唐晗，她至今仍记得他瞥向那碗馄饨的嫌恶目光，连带地，对她这个"带坏"他妹妹的同学也厌恶起来。

"这样的店怎么了？"唐晗将点好的菜单交给服务员。

"唐家少爷，可是非星级酒店不进的。"她回头看他，笑容熠熠。

"你少拿这种话来刺我。"他笑了声，本来有些不悦，但见面前的女孩笑容明媚逼人，心里又生出酥软来，再开口时，语气不自觉地温和下去，"你是不是有话想问我？真有事就直接说，别总话里有话。"

晨珀摇摇头："没话。"

他压低眉宇盯着她看了片刻："真没事要和我说？那好，你没事，我有事。"他转了转右手食指上的黑曜石戒环，正色开口，"声世的器乐公开赛是个不错的机会，我劝你参加。"

晨珀一手撑着下巴，一手拿了根筷子去戳桌上盘子里切好的水果："她是电音，我是古典，有什么好比的？"

"我现在不和你谈她，就只谈比赛。"

"有没有她，我都不会参赛。"声世这么大的乐团，公开赛规模不会小，在这样的比赛上以个人演奏的方式露面，对现在的她来说太冒险了。

她的拒绝干脆彻底，唐晗的眉头再次蹙起："你为什么不肯参赛？别告诉我你是因为害怕，什么时候变得这么胆小？"

晨珀冷淡地动了动唇："关你什么事。"

他冷笑了声："不关我事？那你爸呢，你爸的话你听不听？"

晨珀立刻警觉起来："你和我爸说了什么？"

"当然是说了比赛的事。他觉得这是个很好的机会，要我督促你认真参赛。"能拿捏着她的短处，于唐晗来说是件颇为得意的事。

"你有病啊！"晨珀一下就火了，啪地丢了筷子，"谁让你和我爸说这些的？"

"你现在在我的乐团上班，我为什么不能说？"见她冲自己发火，他扬眉冷声，心里也不爽了。

"行，你是老板，那以后麻烦除了公事之外，别再私下找我！"她裹紧衣服，起身就朝外走。

正巧韩阙亲自端着烧烤进来，见她脸色沉沉地走出去，不禁诧异："怎么就吵上了？喂，这么晚她自己回去？这附近可没车啊！"

唐晗本来就不放心，不过是在气头上，现在听韩阙一说，取了风衣便朝外追去。他出了店，才发现她脚步很快，已经走出很长一段距离。

他迈步跟了上去，到底还是腿长走得快，终于在巷口路灯下拦住了她："多大的人了，脾气还这样，说走就走很没礼貌，人家东西都端上来了！"

　　"你有礼貌你回去吃啊。"她懒洋洋地回了一句，说着就想绕过他，结果被他长指一抓，牢牢地扣住了手腕。她看了眼腕上的白净手指，挣了几下没挣脱："放了！"

　　他的手指纹丝不动，她叹了口气，朝他笑道："唐晗，老实说，你看到自己身边总有女人为了你闹来闹去，是不是挺有成就感的？"

　　他身体一僵："你说什么？！"

　　"你身边已经有人为你争风吃醋了，麻烦别再硬拉上我！"趁着他分神，她挣开手腕快步离开。

　　然而她没走几步，便被他从后面拖拽回去。她踉跄了一下，后背抵上冰冷硬物，自己已经被他按在了街边的墙上。

　　他比她高了一头，当他低头朝她压过来的时候，一旁的路灯完全被他的身影隔离开。她眼前霎时昏暗一片，刚有点反应过来，他的唇已经压在了她的唇上。

　　呼吸交错，有些混乱的男性气息袭来，带着幽淡的香水味，在她的唇上碾压。

　　"你干什么！"她用力推他，堪堪推开些许距离，又被他大力压了回去，禁锢住脸，堵上了唇。

　　相比他手上强迫的力度，他的嘴唇薄软得有些过分，带着初冬夜里的凉意，压在她的唇上。浅浅的厮磨之后，他的动作忽而加重，扣着她的后颈强迫她抬头，好让自己能更深入地吻她。

　　她的嘴唇很嫩很软，就像樱花味的果冻，他看了那么多年，终于还是尝到了味道。

　　晨珀咬紧牙关，努力侧头躲开他的唇，他仍不依不饶地追着她。混乱中，他的气息落在她的脸颊和耳垂上，好在她每回都避得及时，他始终没法深入。

　　晨珀终于挣脱开他的禁锢，想也不想，抬手就朝他的脸上打去。他没有躲，伺机又堵上她的唇，重重厮磨后才抓住自己脸上的手，拽在手里捏了捏："别闹了，小珀。比赛的事我也是为了你好，别再和我闹了，好不好？"

其实到现在他还不明白她为什么会突然去欧洲留学，但的的确确是她这次离开，才让他看清楚了自己的内心。

他是个很骄傲的人，从小生活环境优渥，也十分清楚自己的优秀，这让他在很多方面都不肯轻易妥协。学业上事业上是这样，感情上也是这样。

他一直都是讨厌她的，逗弄她，欺负她，享受她生气跳脚的模样……这种心情究竟是什么时候变质的？喜欢上一个原本不放在眼里的人，曾让骄傲的他十分抗拒。

也因此，那时他明明看见了她眼底隐隐的情愫，却故意视而不见，宁可和其他女生暧昧，忽冷忽热地继续逗着她。

他一方面喜欢着她，另一方面又不想轻易承认自己的喜欢，毕竟两个人从认识开始就彼此看不顺眼，更别提让他拉下面子去示好。

他甚至一度觉得喜欢上谁是件很容易的事，他这么年轻优秀，喜欢他的女孩太多了，一个晨珀而已，不值得他低头。

直到后来，她远行，一走三年多，他才慢慢明白，喜欢上一个人的确是很容易的事，但要等那样一个人出现，实在太难太难。

Chapter 3

陈年旧事

闹？

晨珀觉得可笑。谁和他闹？他以为他是谁？不想要的时候就忽冷忽热逗着她玩，想要的时候就不顾她的意愿干涉她的生活，甚至直接抓着她吻！

真当她是玩具吗？

她抽回手，朝他腿上重重踢了一脚："晚了。"

那一脚很重，他痛得嘶了一声，见她要走，又从后面扣住她的腰，将人按在怀里。

他的呼吸埋在她头顶发间，有沉沉的叹息声传来。初冬夜冷，男子的气息温热而湿润，那股幽淡的香水味如看不见的丝网般将她层层缠绕。他的怀里很温暖，即便隔着层层衣物她也能感觉到。

他比她大三岁，晨珀和唐羽琦刚升高三那会儿，唐晗已经考到了驾照，一周有一两天时间，他都会开车来学校接羽琦。

黑色敞篷小跑，外加长腿美男，几乎他每次来，学校的女生们都会簇拥着围观，甚至将校外的路堵上一半。唐晗家境不凡，爷爷那一辈都是艺术家，父从商，母从文，也算半个书香门第，家教自然严谨。不管唐晗本身个性如何，在外人面前，他早已习惯了礼貌以对。

那些女生们簇拥围观，他便露出淡淡的微笑。他的长相无可挑剔，眉峰虽凌厉，但偏偏生了双桃花眼，一笑之下，温柔尽显，面容混合了少年的秀气和成熟男子的沉稳气质，比起屏幕里闪耀的明星不遑多让，根本不是学校里那些尚未发育完全的青涩男生可以比的。女生们心防失守，没几回便将他捧成了男神偶像。

有大胆的女生甚至会提前准备一些小礼物，在唐晗来学校时赶在唐羽琦出现前送给他。面对一群青春年少的女生的崇拜，唐晗始终温柔以待，那些小礼物也无一例外地收下放在车上。

唐羽琦每回上车时看到都会朝自家哥哥翻个大白眼，明明转头就将这些小礼物丢进垃圾桶，可等到下回别人给的时候又将礼物一一收下。这种表里不一的虚伪，唐羽琦不屑极了。

唐羽琦向晨珀抱怨这事之后，晨珀对唐晗的印象就更不好了。同班的女生几乎把唐晗当成明星来崇拜，那些小礼物虽然简单，但都是她们费尽心思准备的，一些吃的用的更是她们省下了零花钱买来的。

他如果拒绝倒还好，起码她们知道他不收，以后就不会再送了。

可唐晗在人前笑着收了，人后却不在意地丢掉，这种行为真让人无语。

整件事情的转折点发生在唐羽琦生日当晚。唐家虽然显赫，但唐羽琦毕竟还小，唐母不想把女儿的生日弄得太过隆重，就决定在湖区的别墅里替她举办一个小型生日会，让她自己请些朋友来。

自从唐晗在学校现身后，唐羽琦就受到了广大女生的关注，聪明的女生会故意和她搞好关系，想借着"妹妹好朋友"的关系和唐晗拉近距离。

唐羽琦脾气很好，但也看得清谁是虚情假意，加上实在不耐烦这些乱七八糟的事，所以最后只邀请了晨珀及几个在学校里一直和她关系不错的女生。

生日宴会当天是周六，唐羽琦下午去了造型沙龙化妆打扮，她原本是想带上晨珀一起去的，可惜那天下午她要上小提琴课。

当时给晨珀授课的是一位很有名的小提琴教授，课程时间不能变更，上课时间是下午三点到五点。唐羽琦怕她来不及去别墅，就遣了自家哥哥开车去接。

唐晗去学校接过唐羽琦这么多次，自然也见过晨珀好多回。因为路边摊事件，这女孩给他的第一印象并不好，所以后来见到她，并不像对其他女生那样礼貌微笑，就连唐羽琦提出要顺路送晨珀回家，也找理由拒绝。当然，唐羽琦可不管他怎么想，反正拖了晨珀上车，就下命令让他先开车送晨珀回家。

一般女生遭到男性嫌弃，多多少少会有些情绪变化，不过晨珀倒是个例外，坐在车里不但没有不自在，反而在唐晗从后视镜里打量自己时，总是神情淡淡地看回去。

她的眼瞳很黑，眼神很清澈，看起来娇娇小小，一副乖巧、单纯、柔顺的模样。那神情虽然让唐晗有点意外，但没有让他不舒服，送了几次后，他对她的排斥反而少了些。

所以唐羽琦生日这天，接到妹妹电话被勒令去接人时，他很爽快地答应了。

从晨珀上课的地方到聚会的别墅几乎要横穿整个城市，唐晗怕迟到，上了高架后车速就快了起来。他倒是没什么感觉，晨珀看起来却有些紧张，将原本搁在腿前的小提琴盒拿起来紧紧抱着。

她那时留着齐耳短发，黑色的齐刘海浓密而可爱，挡去了大半额头，衬得一张巴掌大的脸越发小巧白嫩。这还是他第一次和她单独相处，见她抱着琴盒一动不动地看着前方，也不说话，那明明紧张却安静乖巧的模样让他心里莫名一软。

"怕了？"他勾唇笑道，脚却下意识地松了些油门。

她没出声，隔了会儿才似乎反应过来："你在和我说话？"

唐晗不信有人的反射弧能长到这个地步，以为她故意装傻，心想是自己看走眼了，还以为她单纯，原来也这么会装。

他瞥向她："这车上还有第三个人吗？"

那双漆黑的眼瞳朝他看了过去，女孩像是没听见他的嘲讽，脸上仍淡淡的："我不是怕速度快。我是怕你开太快，刹车时会撞到我的琴。"

唐晗的眉头皱了起来，这话怎么听起来有点不爽？

"你想太多了，以我的车技，这根本不可能发生。"他姿态高傲地说道，同时将她怀里抱着的小提琴盒转移到后座上。他手长，动作又快，前后不过几秒的时间，晨珀完全没反应过来。

她似乎有些着急地朝后看去，那模样让他更不爽了，他伸手揉乱了她可爱顺滑的短发："坐好！开车呢！"

说话的同时，他加大了油门，车速一下子提了上去。

跑车优越性能带来的推背感让晨珀身体一直，这次倒是真的有点怕了。

他一路飙车，下高架转入湖区后车速也没减多少。初春时节，天黑得很快，湖区有一小段路正在修，恰好今晚路灯也坏了，不过唐晗不常去别墅，并不知道。

当车前灯照到前方一个大坑时，唐晗想要刹车已经晚了，小跑车像越野车挑战极限路段那样上下剧烈地颠簸了数下。即便系着安全带，晨珀的头也狠狠撞上了车顶。

车子很快在路边停下，唐晗没系安全带，头撞得更重一点，正按着头部回神之际，却听见身旁的女孩担忧而焦急的声音："没事吧？没事吧？"

他一时没缓过来，只是冲她摆摆手，她却似乎更急了，解了安全带整个人朝他靠过去："你有没有事？有没有事？"

这发自肺腑的关心让他心下一暖，之前那点恼意倒是全消了，尽管仍然痛得厉害，他还是温柔地回了句"我没事"，然后抬头打算也关心一下她。

结果他抬头，发现女孩几乎大半个身体趴在了后排，只剩脚留在前排，鞋底还在他前方的车载屏幕上蹬了两下。

她的声音听起来更焦急了，似乎在快速打开她的小提琴盒："没事吧，Messiah！你可不能有事！"黑暗中，她看不清琴的情况，又用力蹬着脚，整个人翻去了后排，开了后面的车内灯细细查看她的琴。其间，她的鞋子不小心踩中了他的腿，留下一个灰色的脚印，她居然完全没感觉到。

唐晗："……"

他在心里狠狠骂了句粗话。这丫头担心的居然不是他这个大活人，而是后排的小提琴！

Messiah？

他这辈子还是第一次见到会和一架小提琴说话的人！而他唐晗，居然还比不过一架小提琴！

一时间，各种古怪的情绪汹涌而来，震愕、恼怒、难堪……他从来没被这样无视过。后来，直至抵达湖边别墅，那女孩都没想过开口关心他一句。剩下的路，她一直坐在后排，默默低头看着她的琴，不时动作温柔地抚摸一下。

那晚，唐晗自虐地看着后视镜，嘴角抽搐了整整十五分钟……

很久之后，当晨珀终于从唐羽琦口中知道所有事情的源头时，她已经被唐晗翻来覆去折腾了个遍。

看着好友在一旁咬牙切齿地指责自家哥哥的不耻行为，晨珀倒没有多大怒意。该气的，该恼的，这两年也都散得差不多了。

可就算让她重来一次，她第一时间关心的仍然会是小提琴。

因为那天装在盒子的并不是她平常练习的普通小提琴，而是被她老爸视若珍宝的"弗朗切斯科·瓜达尼尼1898"。

这把小提琴是弗朗切斯科·瓜达尼尼一生中最好的作品,是仿照着安东尼奥·斯特拉迪瓦里1716"救世主"(Messiah)制作的,虽然不能和天价的斯氏琴相比,但流传至今,也是不可多得的昂贵名琴。

因为太珍贵,平时她老爸根本不让她碰,更别提拉了。

她从六岁开始跟着父亲学习小提琴,那个年纪还不懂所谓梦想,就连对喜好一说也是懵懵懂懂的。那时她不过是比较喜欢听音乐,每次听到老妈弹钢琴都会和着节奏摇头晃脑地拍手,老妈问小小的她要不要学弹琴,她点头说要,结果被老爸看到,于是最后成了跟他学拉小提琴。

小提琴并不是一门容易的器乐——至少比钢琴要难得多。父亲的小提琴水准只能说一般,连进交响乐乐队当个普通的小提琴手都做不到,但给她启蒙是绰绰有余了。起先一家三口谁都没当真,父母只当她增加了一个兴趣爱好,于她而言则是多了架会发声的木头玩具。然而,两年之后,当她参加小提琴院外五级等级考试取得"优秀"的成绩后,一切全变了。

院外器乐考试一般分十级,小提琴虽然上手难一点,但两年五级也不是没有人能做到,关键是"优秀"二字。

考级成绩分为优秀、良好、合格及不合格四等。

一般七八岁的小孩过级评分都是合格,良好很少,优秀更是凤毛麟角。

每一年考级,一旦取得优秀的成绩,不仅考生可以在当届考级的颁奖典礼上演出和领奖,就连考生的老师也能获得学院颁发的优秀老师证书——且邀请的颁奖人都是极有名气的器乐家。

这对考生和老师,都是一种莫大的荣誉和肯定。

晨父钟爱小提琴,无奈能力有限,水平普通,从未在这方面获过奖。他没有想到,人生第一个小提琴奖项,居然是年仅八岁的女儿带给他的！

上台领奖那天，他从著名小提琴演奏家冯光生手里接过证书的时候，连手都是抖的。

那天晚上，晨珀第一次见到父亲从琴盒里取出收藏已久的瓜达尼尼。

她好奇这把琴，伸手想去拿，但父亲只是拿着琴给她摸了摸，并告诉她，如果想要这把琴，就努力学习小提琴，以后进入大型交响乐团当首席小提琴手，在舞台上发光发热。到那个时候，这把琴才会属于她。

那会儿晨珀才八岁，对于首席小提琴手根本没有概念，倒是对这把百年名琴惦记上了。

第一次背着老爸拉它是在十一岁那年，那次她终于找到了老爸藏起来的琴盒钥匙。虽然还不太懂，但那种如钻石般闪亮的音色，以及承载着百年历史的古旧琴身，根本不是她练习用的小提琴可以比拟的。

那次后，她每隔一段时间就会找机会偷偷去拉Messiah，这是她仿照那把斯氏琴取的名字。

说实在的，晨珀虽然在小提琴方面很有天赋，但她并不十分喜欢拉琴——尤其在她得到考级优秀的成绩，父亲开始重视并严格规划她的小提琴演奏之路后。她喜欢音乐，但更喜欢现代流行乐，而演奏那些曲子在父亲眼中恰恰是浪费时间和不务正业，但凡听到她拉那些，他都会语重心长地和她聊一聊。

然而，每次拉Messiah——即便是拉自己讨厌的古典乐，她心里也会有种奇妙的感觉，除了因为它的历史和意义，音质和手感，更是因为她父亲的不许可。

她喜欢这把琴，反正它早晚是她的，只可惜老爸盯得紧，她也怕被发现，所以每回都是趁着爸妈不在家偷偷拉一下，之后又匆匆放好。

唐羽琦生日那几天，她老爸老妈被几个老朋友拖去旅行了，大约四五天时间都不在家。所以去上课之前，她把Messiah小心翼翼地取出，放在了自己的小提琴盒里。

后来回想起来，之后一连串发生的事，大概都是从这个举动开始的。

就像是连锁反应一样，一件连着一件，无法避免，也无路可退，让人措手不及，却像是命中注定。

即便到了事隔七年多的现在，这个连锁反应还是没有结束，依然在影响着她的人生。

晨珀觉得有点不可思议，那晚唐晗抱着她明明只有很短暂的片刻，她脑海中却翻涌出那么多往事。她再次挣脱离开时，他没有勉强，只是坚持要送她回家。

一路无话，车上的气氛有点尴尬。

她下车关门的时候，却听见他在身后喊她："晨珀，今晚我说的那些话……是认真的。"他的声音有些迟疑，少了一贯的自信与骄傲，带了些不确定的试探。

夜色里，他隔着车窗与她遥遥相望，眸光如星。见她回视自己，他对她笑了笑："记得不要让我等太久，太久的话我会消失不见的！"那笑容美丽而灼目，带着他一贯的自信飞扬。

车窗升起，车子飞快驶离。

唐晗始终是唐晗，哪怕示软也不过片刻。他条件太好，太有自信，连一句喜欢都没有，就已经强硬地想听她的答案吗？还是，无论她给出什么答案，他都会将她划入私人领域？

这未免太想当然了吧！

三天的假期结束后，晨珀不得不继续投入工作。

她有些不耐地拿起小提琴，面前的谱架上是《巴斯克随想曲》繁复冗长而快速的跳弓部分曲谱，这段她总是拉不好。速度太快，对技巧的要求也高，想要在短时间内掌握，需要一遍遍反反复复地练。偏偏她这个人，对于单调枯燥的练习向来不喜欢。

这部分本来不是她负责的，结果休息回来，副团却给了她新的任务——三天之内，完成《巴斯克随想曲》整曲独奏。

至于理由，当时副团看了她一眼，淡淡道："这是乐团给你的任务，你现在先拉一次给我听。"

晨珀："……"

在副团看来，集体演奏和独奏并无太大区别，总归是同一首曲子。而且这曲子也不是第一次作为演出曲目，乐团几个小提琴手都会，不过是拉好拉差的问题。

他忘记了，实际上独奏的乐谱和合奏乐谱并不一样。尤其是这首，之前已被鲁夫斯——声世从莫斯科爱乐乐团高薪挖来的乐队指挥改动过。因为难度大，所以协奏的地方都切得很碎，由乐队成员合作，各司其职，反而不难。

独奏就不同了，即便届时台上有钢琴伴奏，但她用小提琴演奏原曲，一个音符都不能漏。

他要听，晨珀便拉了。

几分钟后，副团的脸色变得十分诡异，随后吩咐她这几天不用参加集训，所有时间都待在琴房练习《巴斯克随想曲》。

三天下来，有古典乐反复恐惧症的晨珀表示有点想吐了……

声世乐队副团叫林栋，是个三十来岁的男人，面貌普通，演奏技能中上，但胜在非常有经验，人又正派耿直，所以乐团里面一些大大小小的零散事务，都交由他处理。

他在声世数年，但凡交到他手里的任务，不说全部，九成九都能完成。

然而这几天，他却有些烦恼，尤其中午吃饭前跑了一趟四楼的某间练习室，在门外借着缝隙听了会儿壁脚后，整个人都不好了。

"总监，我想知道，是不是上面谁看我不顺眼在整我？"午餐时间，林栋把乐团总监堵在了办公室里。

乐团总监耿硕东推推眼镜，笑问他怎么了。

晨珀独奏《巴斯克随想曲》这个任务，其实是耿硕东交代给他的，说是高层决定。乐团演出时节目常有变动，不是很大型的演出，独奏、小协奏也会适当添加，但是让一个新人独自负责一个节目却从来没有过。

林栋觉得意外，但也不是太担心，毕竟集训也有一段时间了——直到之前听完晨珀的独奏。

他只能说，晨珀拉琴的方式散漫到了极点。

萨拉萨蒂的这首名曲的确不算容易，他也没指望她一上来就能拉出完美成品，不过就算速度慢一点，音符节奏总要正确吧。晨珀倒好，一扬弓，速度半点没减，但其间各种漏音不计其数，连续弓根断奏被直接拉成连奏，击弓加左手拨弦那段直接删了拨弦的音符，至于最后那段华丽快速的跳弓，她直接停了下来，表示自己没练过……林栋当时就很想问候一下她的小提琴授课老师，不过想着怎么也是声世录取进来的，就当之前没怎么练过吧，好歹大体她还是会的，突击训练几天应该可以吧？

结果刚刚他去琴房的时候，透过门上的小玻璃窗口，看见练习室内散落了一地的纸飞机。仔细一看，发现折纸飞机的纸张居然都是乐谱——整个《巴斯克随想曲》的谱子居然被折成了大大小小的飞机！

而罪魁祸首却靠坐在阳光充沛的落地窗旁，闭着眼睛用小提琴拉《两只老虎》……

两、两只老虎？！

林栋："……"

"散漫，不努力，不重视乐团的任务……我真不知道，这样的新人怎么有资格上台独奏？"林栋越说越生气，连带着情绪也激动起来。

耿硕东却还是笑，耐着性子听对方说完才道："说不定她已经练熟了呢，任务下得急，再怎么练习也得休息不是吗？好了，这件事我知道了，反正距离演出还有几天，再等等看吧。"

林栋生气大部分不是为了晨珀，而是因为上面丢下来的这个明摆着无法完成的任务。现在向总监说明了情况，心里虽然还是不快，但郁闷之气倒是去了些。

等到林栋离开后，耿硕东拨打了桌上的电话，电话接通之后，他的声音里多了些恭敬："唐总，关于您之前吩咐下来的事，稍微出了点问题……"

午餐时间，声世二楼至四楼大大小小的练习室里仍可见勤奋的身影。有没有演出任务的只要不与集训和彩排时间冲突，都会在这里练习。

四楼角落的练习室里，背朝门口的黑发女孩坐在落地玻璃旁的高脚圆椅上，正用一种缓慢而优美的姿势拉着曲子。唐晗在门外站定，无声地将门旋开，透出一道缝隙，原本因隔音而无声的优美演奏场面顿时演变成了诡异而古怪的曲调。

唐晗听了半天，才听出晨珀拉的是《葫芦娃》……

就算他早有准备，也被这"声情并茂抒情版"的《葫芦娃》雷焦了。

这丫头一定是故意的吧，正经的曲子不练，光拉这些不伦不类的，算是抗议吗？

他正无奈笑着，却听见里面曲调一转，她大概是拉腻了儿歌，终于拉起了抒情优美的正规小提琴曲。唐晗进声世这几年，背后也是下过很大功夫的，不过几个小节，就听出她拉的是日本小提琴手宫本笑里的《风笛》。

宫本笑里在日本很红，他也在现场听过她的演出。《风笛》这首曲子唯美缠绵，清雅宁和，但严格来说曲调稍显单薄素雅，所以每回演奏，都是配有钢琴伴奏的。两者相和，才能达到最完美的演奏效果。

但现在晨珀只有一个人，却凭借手里的小提琴，连带钢琴伴奏那部分也拉了出来，这就大大增加了演奏难度。

唐晗有些意外，但看她的表情十分放松，像是兴致到了随手拉的，根本没感觉到难度。旋律柔美，情绪饱满，连一个错音都没有。

正当唐晗错愕之际，晨珀弓弦一转，一连串快速而激昂的音符流泻而出，居然又换了曲子。初一听，他以为她拉的是贝多芬的《悲怆》第三乐章，然而过了片刻，他就觉察到不对，随后越发震愕。

这样犹如瀑布般倾泻而下的激烈音符，并不是《悲怆》第三乐章原版，而是那位保加利亚殿堂级电子小提琴家Diana Boncheva演奏的改编版本《贝多芬病毒》。

这首曲子是她在韩国参赛的成名作，只要对电子小提琴感兴趣的人差不多都听过。原曲《悲怆》是钢琴曲，曲速很快，《贝多芬病毒》虽以电音小提琴来演奏，却依旧保持了曲速，后段曲速甚至更快一些，光这一点就比原曲要难。

只是，电音小提琴与古典小提琴完全不同，音色更为丰富明亮，以电子小提琴演奏改编版《贝多芬病毒》再恰当不过。

现在晨珀使用的却是古典小提琴。

让唐晗震愕的最重要一点就在这里，晨珀用一架古典小提琴，拉出了电子小提琴的激情与刺激！

虽然在细节方面仍有很多瑕疵，但这样的水准已经超乎他的想象了。

她把古典乐《巴斯克随想曲》拉得支离破碎，却可以用古典小提琴驾驭烦琐的现代音乐，这让他完全弄不明白。

他在门口站了很久，最终没有进去。

那天之后，林栋又从高层那里得到了一个新的任务，这个任务让他大大松了口气。

任务内容是——从即日起，将乐队新人晨珀从古典交响乐团调去电音组。

晨珀得知自己莫名其妙被调去电音组，将和田艾丽成为抬头不见低头见的"同伴"的当天，便直接向副团请了假。

这次用的理由很光明正大 ——事情来得太突然了，她需要几天时间静静……

圣诞节快到了，街上到处都洋溢着节日的气氛，晨珀的生日就在十二月二十五日。请假的第二天，她收到了一份快递，是个包装严实的纸箱子，没有落款。

箱子里面是个漂亮的纸盒，晨珀打开一看，里面是一条精美的黑色露肩小礼裙。虽然纸盒上没有印品牌名称，但凭直觉，这条裙子应该价格不菲。

裙子上躺着一张素色卡片，上面是手写的Happy Birthday（生日快乐），虽然没有落款，但她猜测这应该是唐羽琦送的。

昨晚她才和唐羽琦通过电话，对方问她圣诞回不回家过。

"不回去了，我爸气还没消呢，而且我昨天刚请了假，圣诞那几天应该要待在声世。"

唐羽琦在电话里笑了起来："我就知道是这样，还好我早有准备，等着惊喜大礼吧！"

她在电话里没说是什么礼物，不过她对好友一向大方，这条裙子倒像是她的风格。晨珀将裙子挂入衣柜，给唐羽琦发了条微信，表示礼物已经收到，她很喜欢。

结果唐羽琦却打个问号过来，问她什么礼物，她没有寄啊。

晨珀不解，用手机拍了张裙子的照片给她传过去。

隔了片刻，唐羽琦回了条微信过来："你先等着啊！"

等着？晨珀回了个问号过去。

结果这一等就是一个小时。一个小时后，公寓的门被人用力拍响，晨珀打开门，身材高挑、打扮时尚的短发俏丽女生已经朝她扑了过来："大惊喜！没有想到吧！"

晨珀身高164厘米，唐羽琦则将近173厘米，还穿着8厘米的高跟鞋，这么大的个子朝她扑来，晨珀的脸直接埋入了对方胸口。

晨珀："……"

"所以，你的惊喜大礼就是你自己？"晨珀斜靠在沙发的一头，手里捧了杯热奶茶，用不以为然的眼神看着沙发另一头的好友。

"你这嫌弃的眼神算什么意思？我专程飞过来给你过生日，你夸奖我一句会死吗！"

晨珀沉默了会儿，视线缓缓下移落在对方胸前，诚恳道："你的胸好像大了点。"

"……"这算是哪门子的夸奖！唐羽琦有点抓狂，不过，不得不承认这话让她挺高兴的，"真的大了吗？我最近换了个内衣牌子！你要吗，回头我寄两套给你！"

"……"

"其实沟这种东西，真的是要挤的，你现在虽然是B，但只要穿上这个牌子绝对能挤出C！"

"……"晨珀歪在沙发上放空，她真不该夸奖她的胸部……

两人聊了几句"日常"，唐羽琦注意到桌上的纸盒，她看了看，随后惊讶起来："这不是MIO么？"

"什么？"

"MIO啊！英国一个极其奢侈却又异常低调的贵族品牌，据说只为少数贵族和上流人士供货，没有任何样衣现货，客人购买前，直接翻看设计图挑选，选中后才按照给出的尺寸定做。因为每个款式仅此一件，加上几乎每一款设计都出自设计大师之手，所以贵到离谱。"

"有多贵？"晨珀眯起眼。

"差不多一辆中档轿车的价。"

"……"这样的品牌真是好无聊啊。

"居然这么大手笔，难道是我哥？"唐羽琦看到那张素色卡片，查看之后发现没有落款，"不过如果是他送的，应该不会不留下名字！他那个人这么高调骚气！"唐羽琦细细打量，片刻后盯着素色卡片的背面看了又看。

"怎么了？"晨珀凑过去。

"后面有字！"

"什么字？"

唐羽琦轻轻读了出来："J？"

晨珀愣了愣，随即脸色赫然白了下去。

她取过那张卡片，对着光仔细查看，素色卡片的背面，原本一片馨白的地方，一个大写的银色字母在阳光下若隐若现——J。

晨珀整个人僵在那里，她看着好友，缓缓道："他找到我了。"

Chapter 4
他

今年的圣诞和生日，晨珀过得有点糟心。

发现礼物卡片上的落款字母后，她便准备整理行李返回Z城，后来还是唐羽琦阻止了她，理由很简单，假如那个人可以找到这里，未必会不知道她在Z城的地址。

与其想着逃，不如计划一下如何应对。

对方没有亲自出现，只是送了礼物，或许他是有所顾忌，也或许他因为一些理由不方便出现。

"也是，他再有背景，这里也不是欧洲。"晨珀的情绪很快稳定下来。

头脑虽然可以理智分析，但这件事到底成了扎在晨珀心头的一根刺，她就更没心思去声世了。她陪着唐羽琦玩了几天，两人一起过了平安夜。圣诞那天，许久没出现的唐晗接她们出去一起吃了顿饭，一是陪晨珀过生日，二是赶自己的妹妹回去读书。唐羽琦还在读研，用唐父的话来说，家里不需要她挣钱养家，她可以自由选择生活方式。目前阶段，唐羽琦觉得简单舒适的生活更适合自己。

这是那夜之后唐晗和晨珀第一次见面，因为有唐羽琦在，气氛倒也算不上尴尬。只是整个晚上晨珀都没怎么搭理唐晗，就连他取出送她的礼物，也没多看他几眼。

倒是唐羽琦，被自家哥哥吓了一跳——居然是Cartier的钻石手镯，怎么会送这么贵的礼物？以前晨珀生日，他通常只送些香水和化妆品之类的。

唐羽琦的目光在两人之间来回游移，她很快确定，他们之间应该发生了些她不知道的事，不过看晨珀的样子，大概并不是什么好事。

她估计自家哥哥是怕晨珀知道礼物太贵不肯收，所以手镯并没有装在原本的盒子里，而是换了个什么标记也没有的普通黑色绒盒。如此花心思，赔罪讨好的意味真是太明显了。

不过他这样纯属多此一举，晨珀这人向来对奢侈品没概念，就算见到原装盒也完全不会去注意上面的牌子……

生日次日，唐羽琦刚走，唐晗就来了电话催促她返回声世上班。

声世大厦前楼高十五层，十层以下是古典乐部，从十一层开始是电子器乐部。

后楼只有八层，两楼之间是个格局精美大气的喷泉花园，这一片是公共休闲区，周边有很多大大小小的餐饮咖啡店及其他配套设施。

两栋大楼的墙身皆为大幅的落地玻璃，前楼设计传统，挺拔矗立，后楼则别具匠心，建筑外部线条优美，里面的装修时尚华丽，收藏了大量艺术珍品。不过晨珀并没有机会进去，那里面是声世里一些大牌演奏家的私人练习室及休息室。声世接待重要客户或艺术家时，也会安排在后楼。

为了方便高层走动，两楼之间的第五层有一道全玻璃的空中走道，走道很长，两侧的墙面上，挂着声世自创办以来培养的个人或团队在国际大赛上取得大奖的照片。

非国际性比赛，或一般的小型国际比赛，是没有资格挂在这里的。

所以照片的数量目前不算多。

相比古典乐部，电子乐部的人并不多，所占的四个楼层，大部分都是练习室，十四楼更是有声世花重金打造的两间录音室。

除了像田艾丽这样的电音独奏家，声世还养着几个电子乐队，在圈内也小有名气。纵观整个声世，无论古典乐还是流行乐，唐晗都有其完整的发展计划。只是就目前而言，声世在正统的古典乐领域并不算十分突出。所以说他是个非常聪明的商人，懂得随市场应变，找到稳步发展和拓展新业务的平衡点。

晨珀报到的地点是十四层的电乐监理室。

相比乐团总监，电乐监理这个职位清闲得多。交响乐团需要大量的练习彩排，加上团内成员多，管理起来自然比较费事，所以乐团总监下，还有正副团长协助。

电子乐部则不然。三个乐队加七八名主奏，也就二十多人，平时都各自练习，不时去外地演出，或是进录音棚录制成品曲，拍一些写真，出席符合形象的活动，配合宣传，有些类似明星经纪公司。

晨珀曾听文蕊说过，声世旗下其实有几个很有才华的顶级演奏家，在队里担任客席乐队（小提琴、中提琴、大提琴、长笛、双簧管等）首席，只是常年不在国内，且与声世只是合作关系，基本不受合同制约，算是声世最大的几张王牌。而在电子乐部被冠以"电音天后"的田艾丽与他们一比，还差得远呢。一边是真正有实力的古典乐演奏家，另一边却是哗众取宠的电音玩者，没法比。

文蕊说这话一方面是因为不喜欢田艾丽，但从另一方面也可以看出学古典器乐的人对电子器乐的态度——轻视有之，不屑有之，反正就是玩票，充其量是个包装出来的明星，还挨不上艺术家、演奏家的边。

晨珀对电子乐没有太大意见，她只是弄不明白以唐晗如今的身份，居然还能公私不明到这个地步。她学了十几年古典小提琴，进声世不到两个月，居然把她丢去电子乐部，要人也不必这么明显吧！

晨珀从电梯升上十一层开始就各种心塞。

监理是个三四十岁的男性，叫祝霍，年轻时也组过乐队发过唱片，可惜没怎么大红就解散了。祝霍有才，但运气着实不好，也不太会做生意，连开乐器行也最终以倒闭收场。

唐晗可以说是他的伯乐，如今这份工作是他喜欢的，收入稳定，又受人尊重，所以他进声世后一直对工作很认真。

祝霍原本对晨珀来电子乐部报到却带着古典器乐有些不满，不过见她长得恬淡温柔，加上又是唐晗下达的调令，便也没为难她，和颜悦色地问道："有用得称手的电子小提琴吗？"

"我没有用过电提。"

他闻言又看了她一眼："从来没用过？"

"没有。"

祝霍一时无语了，电提和古典小提琴虽然功用一样，使用起来的技巧也相同，但演奏方式完全不同，也就是一般所说的手感。虽然不算什么大问题，但也是需要练习才能掌握的。

就算是靠裙带关系调过来的，这也有点太离谱了吧！

他考虑了下，最后吩咐了一件令晨珀心塞加N次方的事。

田艾丽坐在斜对面的靠背椅上，双腿交叠，坐姿优雅，笑得……很不怀好意。

"躲？你躲来躲去最后却自己送上门！你看，连老天爷都在帮我！"

晨珀："……"关老天爷屁事，分明就是唐晗吃饱了撑的！

她瞥她一眼，继续慢条斯理地调试小提琴。

"别调了，这里是电子乐部，监理让我陪你练几天电提，你还是尽快挑一架吧！"田艾丽指指左侧玻璃柜里摆放整齐的一排形状各异的电提。

"我不喜欢电提。"她虽然讨厌古典乐的烦琐和古板，但对古典小提琴的手感情有独钟，所以即便到了电子乐部，也不代表她要改换乐器。

"这不是你喜不喜欢的问题！"田艾丽很讨厌她这种目中无人的散漫模样，像是对什么都不在乎，只凭自己的喜好做事，"唐晗私下和我说过，除非你参加器乐公开赛的电提分赛，否则你就得在电子乐部一直待下去。"虽然她刚听到的时候很心塞，不过现在觉得也不错。

"只要参加就行了是吧？"她就知道，绕来绕去还是绕回比赛的事。反正现在那个人连她租住的地方都知道了，她也没什么好躲的，参加就参加吧！

见她松口，田艾丽站了起来，将玻璃柜门打开："还不来挑琴？这里可都是声世的收藏品，一般人想拉还拉不了呢！"

晨珀也不多话，上前随意拿了一架黑色的电提，抬头见田艾丽有些吃惊地看着自己："怎么了？"

田艾丽脸上的表情纠结了一阵，冲她哼道："没什么！"

电提和古典小提琴最大的区别在于，电提不插电是没有声音的，因为电提都是实木做的，没有共振，需要借助音箱。也因为如此，电提的舞台效果更好更炫酷，适合快节奏的摇滚和流行乐。

田艾丽也不可能真的教晨珀使用电提，她纯粹就是来看热闹的，见对方自己适应了一阵没闹什么笑话后，也就没兴趣继续陪着了。

田艾丽听自家母亲说过，最近声世有个非常重要的客人要来，届时唐晗会亲自招待。饭局、各种娱乐活动是少不了的，以她董事千金和"电音天后"的双重身份，肯定也会参与，这是和唐晗拉近距离的好机会，她打算提前去购物和美容。

晨珀在电子乐部待了几天，很快发现这里比交响乐团轻松多了，因为没有集训和彩排，以她的水平也还没到和乐队合奏的程度，至于个人练习的事，监理几乎不管。

声世虽然提供练习室，但也不反对个人在家练习。所以，在领了电提和厚厚一沓乐谱后，晨珀开始了每天睡到自然醒的舒坦日子。

这天不是休息日，晨珀照例睡到自然醒，正在浴室刷牙时唐晗来了电话。

"在家？"

"嗯。"

唐晗听出了电话那头的刷牙声，他抬腕看看手表，已经十点半了："刚起？"

"嗯。"

"给你二十分钟，把自己收拾好下楼。"

"又干什么？"好心情瞬间全没了。

"公事，下来吧，我们不能迟到。"他说完便挂了电话。

二十分钟，化妆自然是不够的，当然她也没想打扮，刷牙洗脸后，她吃了一碗牛奶泡谷物，换上牛仔裤和驼色薄呢短大衣便出了门。

这次停在楼下的不是阿斯顿马丁，而是一辆七座商务车。

她刚踏出楼道，车厢门就开了，唐晗露出脸："快上来吧，对方不喜欢别人迟到，我们提早点过去。"

晨珀："……"还真是公事啊？

她几步上了车，司机关上移门，她刚把座椅调了个舒服的角度，他的手已经摸到她脸上。

晨珀："……"不是公事吗？

她躲开，斜了他一眼。

他的手指微微一顿，改了方向，在她额上一弹，问道："没化妆？"见她揉着额头一副温顺安静的模样，尽管这只是表面的假象，他还是忍不住笑了，"你不化妆也一样漂亮。"

刻意压低了的声线里透出一种低哑的磁性，这种接近挑逗的话由他这样容貌的男子说出来，足以令任何一个正常女人面红耳赤。

晨珀不耐烦地伸出手，挡住他的脸，用力推开："请你正经点。"

她一本正经的语气引得他低笑，他拽住推自己脸的小手，在对方白嫩柔软的掌心亲了一口："你觉得是你的手心软还是我的唇更软？"

晨珀："……"

午餐地点在S城以奢华著称的度假酒店内。

晨珀他们抵达的时候，已经有几个助理模样的人等在门口。从酒店大堂拐入庭院里的喷泉通道后，周围变得安静下来。和人来人往的大堂相比，这里寂静得完全不像酒店，周围连一个人影都看不到。

要不是在酒店大堂碰见迎出来的乐团总监耿硕东和行政经理范芯一行人，晨珀都要以为这是唐晗为约她要的花招了。

大概是感觉到晨珀的疑惑，唐晗向她解释道："对方喜静，不喜欢人多。"

"那你还让我来？"

"不是欠着你一顿饭吗？"他意有所指，"整个S城，这里海鲜做得最好吃，算是补给你的。"

晨珀克制了一下蠕动的胃部，面上仍淡淡道："你早说我就不来了。"

唐晗唇角带笑地看她一眼，并不拆穿她。

众人沿喷泉通道绕过庭院，来到一栋复古的小楼前。这栋小楼只有两层高，周围遍植树木，与酒店其他的建筑都离得很远，前方是个设计精美的玻璃房花园。现在虽然已是冬日，花房内却姹紫嫣红一片。

几个身着西装的男子身姿笔直地站在小楼大门处，看模样不太像酒店服务员。

唐晗一行人走进小楼时，他们微微低头以示恭敬，同时小楼玄厅内迅速走出一位衣冠楚楚的男性，对方三十岁上下，长相俊逸，见到唐晗笑着问候，随后礼貌地在前面引路。

"我还以为我够早了，想不到他已经到了。"唐晗朝身侧的耿硕东笑了声。

耿硕东看起来有些紧张："我也是之前到的时候才知道他上午就过来了，不过他的助理一再强调他只是过来喝早茶，不用特意催唐总您。"

其实他和范芯只不过比唐晗早到了十来分钟，还在考虑要不要打给唐晗时他就来了，所以他们也只来得及告诉他一声对方已经到达。

唐晗笑了笑，并没有责怪耿硕东的意思。

早到总比迟到好，说明对方也有合作的诚意。这么看来，也许另一件事今天也能提一提。唐晗心思在公事上，快到包厢门口时才发现晨珀落在了后面。

他停了脚步，笑着朝她温柔地伸出手："过来。"

如此亲昵的语气和动作，使得原本忽略晨珀的耿硕东和范芯都留意到了她。虽然因为合约，以及钦点她独奏《巴斯克随想曲》的事，这两人都看出了些端倪，不过今天这么一来，这件原本还在被猜测的事无疑是实打实了。

在众人或好奇或羡慕的眼光中，晨珀很干脆地道："不要。"

唐总这是被当面拒绝了吗？怎么办，好尴尬，大伙儿该消失吗？

好在气氛尴尬之际，在前面引路的俊逸男子打开了包厢门，说了声"请"。

众人皆松了口气。

唐晗虽然对晨珀的态度不满，但也不会在这个时候和她较真。之前叫她到身边不过是见她落在人后，下意识不想冷落她才开的口。他冲那名俊逸男子笑了笑，缓步走进包厢。

包厢里，红木圆桌的靠窗处坐着一人。他正低头看手里的一叠资料，窗外金色的暖阳透进来，落在他清隽的脸上。

男人一袭修身西服，剪裁得严丝合缝，一看就是手工定制的高级衣料。

他坐在那里，身上带着优雅而清俊的气质，捏着白瓷茶杯的手指修长而干净，整个人温雅清宁得仿佛一幅水墨画。

门口处的脚步声让他缓缓抬起了视线，他的眼神投来的瞬间，众人不由得心头一颤。

那双眼瞳平静而幽深，一瞬间，几乎所有人都有种被他看透的错觉。

这个男人，仅凭一个眼神就震住了所有来人，可见气场有多强大。偏偏这种气场并非强势和带有攻击性的，只是在凝视时，眉目间自然而然地流露出一种上位者气质。

唐晗脱下外衣落座，俊秀的脸孔上露出笑意："简先生，真抱歉，我来迟了！"

"是我来早了。"对方开口，声线低沉清冷，并没有太过凌厉的感觉。

"还没点菜吧？"唐晗客气地询问。严格来说，这是他第二次和对方见面，之前那次不过寥寥数语。这次见面前，两人开过几次视讯会议，唐晗对他的个性脾气也算稍有了解。知道他性格清冷，言谈时话不算多，与人交际并不热情，有些严谨和古板，却极有诚信，不爱弄虚作假那套，但凡他首肯的事，基本便是定下了。

这次对方来国内举办拍卖会，声世也是花费了一番工夫才让他们把地点定在S城的。

唐晗今天过来，就是想谈合作的事，由声世为其提供场地，安排整个流程，以此换取优先购买对方藏品的机会。

"还没。"简墨准缓缓回了一句，将手里的资料理了理，放入一侧的资料袋中。

他身旁那名俊逸的助理方谌朝唐晗笑道："唐总，这里您比较熟，还是您做主点菜吧！"

唐晗刚笑着应下，范芯已经起身，小心开口询问方谌简先生是否有不吃的东西。

简墨准这时已经将资料袋口子重新封好，瞥向桌子对面的几个人，目色平淡："我没有忌口的东西。"

淡淡一句话，一个眼神，竟让范芯心跳加速起来。他进声世这几年，陪着唐晗出入各种饭局，与各种大腕打过交道，推杯换盏，自认从不怯场。今天却不知怎么了，对方明明客气礼貌，她却分外紧张，每说一句话都带着忐忑。

范芯稳下心神，唤来服务员，走到包厢后方的沙发前开始点菜。

因为整栋小楼今天就只招呼这一桌客人，所以上菜很快。范芯向对方介绍了酒店的几道特色菜后，又挑了本城几个比较有人文历史气息的著名景点简单介绍了一番。

换作以前的那些饭局，有范芯这么美艳大方的陪客，这会儿对方估计早你干我干地喝开了，不然就是大声笑谈，或者说一些带颜色的笑话。

但从众人动筷开始，简墨准就保持着一种安静的倾听模式，他执筷的动作缓慢而优雅，连带饭桌上的气氛也渐渐变得安静。

范芯有些气馁地看向唐晗，唐晗倒是无所谓，对方的餐桌习惯礼仪显然和他们不一样，用餐安静不是坏事，这种气氛下谈公事更清晰直白。

唐晗直切主题的交谈方式很有效果，双方之前早已就此次拍卖开过视讯会议，这次敲定了最重要的几个细节后，便定下了正式签约的日期。

公事解决，唐晗这边几个人都有松了一口气的感觉，这才有心思去品尝这里大厨的手艺。范芯眼见气氛轻松，又向对方介绍了一下这次跟来的几人，表示对方在S城期间，有任何问题都可以找他们，他们会帮着办妥。

那几位助理各自简单做了自我介绍，方谌也笑着介绍了下自己，随后把视线落在唐晗身侧的黑发女生身上。

众人围坐的红木圆桌很大，足可坐二十人，因为角度问题，她坐下后整个人隐没在唐晗挺拔的身形后，没有什么存在感。如果不是唐晗不时夹一些菜到她碗里，方谌几乎都注意不到她。然而单从唐晗亲自替她夹菜这一点，就可以得知对方的身份并不简单。

方谌的视线唐晗自然注意到了。老实说，他也觉得晨珀今天过于安静了些，自进入包厢后，她就乖巧得有些过分，一直挨着他坐在那里，他夹什么菜给她她都吃，甚至在他恶作剧般去捏她的手时也没有挣扎。

虽然知道她不会一直这么乖，但难得看到一次也让唐晗觉得很高兴。

"对了，还没介绍，这位是晨珀，晨小姐是声世未来两年重点培养的对象。她是小提琴手，刚从欧洲回来。之前我在视讯会议时向简先生提过的公开赛，她也会参加！"唐晗言谈间明显有捧她的意思，他之前在电话里倒也不算说假话，今天带她出来的确有一部分原因是公事。声世下个月即将举办的器乐公开赛，唐晗希望能拉到简墨准的赞助，如今也算是让他提前见见参赛选手。

然而唐晗示意了几次，晨珀才像是很勉强地站了起来，表情有点古怪地朝对方说了声"你好"。

如同之前其他几位助理自我介绍时一样，简墨准同样给了她一道波澜不惊的视线，礼貌地回了声"你好"。

唐晗感觉到桌子下面握在他手里的小手一片冰凉，再看她的模样觉得有些不对，忙靠过去询问："怎么了，不舒服吗？"

"嗯，我想先走。"

唐晗见她脸色也变得苍白，心下担心："不舒服怎么不早说？我让司机送你回去。"

"不用，我自己打车。"晨珀说着，已经起身去拿自己的外套。

唐晗上前替她理了理衣服，见她坚持，也就不再勉强，只叮嘱她回到家时记得打个电话给他。

"我知道了。"她一一应下，态度温驯得连那几个助理都目瞪口呆，一致侧头目送她离开。

桌子对面，简墨准淡淡收回了瞥向门口的视线。

冬日的阳光铺满整座城市，晨珀走在马路上，被地上灼眼的反光照得有些晕眩。

她走过两个街口，反应过来想去打车的时候，一辆黑色商务房车悄无声息地滑到她身侧的马路旁。她停住脚步，蹙眉看着黑色玻璃车窗，又收回脚步重新向前走。

商务车慢慢启动，以极其缓慢的速度跟在她身后。

她走了片刻，到底没忍住，再次停下脚步。

商务车的副驾驶门开了，一个陌生的高大男子下车来到她面前，礼貌地问道："晨小姐，需要我们送您回去吗？"

"别跟着我。"晨珀冲他皱眉。

"很抱歉，晨小姐，这是先生的吩咐。如果您不希望我们送您，您可以选择自己坐车，我们会在后面跟着，直到您平安到家。"对方的脸上没什么表情，语气却很恭敬，"需要我替您叫车吗？"

"不要。"她的心情坏透了，匆忙绕过商务车，走到马路上拦车。因为不是高峰时段，她很快坐上了出租车。车子启动后，她回头看去，那辆黑色商务房车果然不紧不慢地跟了上来。

直至她上楼到家的半个小时后，商务房车才缓缓掉头离去。

晨珀反锁了公寓大门，下意识地上楼拖出了行李箱，她胡乱丢了几件衣服进去，又突然停下动作。不行，这样太不理智了，她不能慌，得静下心来好好想想这件事！

次日，晨珀顶着两个黑眼圈去了声世，想了一夜的决定是——在还没弄清楚对方的意图前，待在声世反而比待在家更让她安心。

晨珀露面的消息很快传到了田艾丽耳中，她之前向晨珀发起过挑战，明确地表达了敌意，虽然对个中原因众人只是猜测，但讨好董事千金的机会自然有人不想错过。

田艾丽原本正和乐队排练新的演出单曲，得知晨珀现身，连排练也喊了停，匆匆寻上门去。

单人练习室内，空调开得很暖，晨珀倒在沙发上补眠，她昨天一直绷着神经，就怕有人打来电话或是敲门，快天亮才睡着。现在好不容易放松下来，倦意袭上，没几秒就睡着了。

迷迷糊糊之际，她感受到有一股"邪恶"的视线射在自己脸上，一个激灵睁开眼，对上田艾丽怒意燃烧的双眼，顿时放下心来。

田艾丽手臂交叠，蹬着高跟鞋，居高临下刚要放话，窝在沙发上的黑发女生打了个哈欠，换了个姿势又闭眼睡去。

难道她看起来不够生气？田艾丽摸摸自己的脸，怒道："起来！"

"……"对方继续睡。

"我叫你起来你听见没有！"

晨珀闭着眼睛，伸手扯过脱在一旁的大衣，将自己连人带头兜在里面。

被无视得太彻底，田艾丽也顾不上摆架子，一把拽开晨珀的衣服："你昨天跟唐晗去吃饭了？"

晨珀瞥她一眼："知道的事情你还问。"

"哼，得意什么！昨天要不是我正好没空，怎么轮得到你！"事实上，她直到昨天晚上才从她母亲口中得知了这件事，为此她还冲母亲发了脾气，结果自然是被削了一顿。

她憋了一肚子火，碰巧今天晨珀来声世，自然要发作一下："想和我争唐晗，就别耍小心机，堂堂正正和我在公开赛里比一场，谁输了就放弃唐晗！"

"同一个比赛参加两次，你不无聊？"

"不无聊！"

"你拉了多久电提？"晨珀懒洋洋地伸了个懒腰，丝毫没有起身的打算。

"八年，怎么了？"

"我才拉了五天。"

"你是说我欺负你？"田艾丽大怒，"那好，只要你能拿下公开赛里古典小提琴的冠军，就算我输！"

"然后呢？"

"我输了，我自动退出。但如果你拿不到冠军，就必须放弃唐晗！"

晨珀沉默了片刻，像是在考虑，然后很干脆地道："不要。"

"你必须比赛，我要你心服口服！"

"我没说不参加比赛。"

"你到底什么意思？"田艾丽有点抓狂。

晨珀重新扯过大衣，在把自己兜起来前朝田艾丽微微一笑："我会参加电提比赛，但输赢和唐晗没有任何关系。你喜欢谁是你自己的事，我没兴趣为了你的想法承诺什么。"事实上，那人已经找到她了，老爸也知道了比赛的事，她现在完全没有理由不参赛。

"你！"说了半天，她被耍了？！

"出去时把门关上，我要休息。"晨珀重新闭上眼。

"晨珀！我一定会让你为今天说的这些话后悔！"

这次，任凭田艾丽怎么说，晨珀都没再理会过她。

Chapter 5
赛前演出

　　元旦之后没多久，晨珀接到了她进入电子乐部后的首个工作任务——作为伴奏者，和田艾丽一起参加声世公开赛的赛前演出。

　　这是类似鼓励及宣传性质的热身表演，演奏节目一共八个，有不同器乐的独奏及小协奏，主角都是过去几年在公开赛里获得奖项的优秀演奏者。

　　主奏也好，伴奏也好，晨珀对演出本身并不排斥，只是合作的对象让她很无语。

　　与以往两人短兵相接的那几次不同，她们这一回需要长时间待在一起练习，搞不好会打起来……

　　赛前演出的曲目很快敲定，是田艾丽两年前参加声世公开赛夺冠的曲目《晴空》，曲子由一首摇滚英文歌改编，改编者是声世电子乐部的王牌编曲人。田艾丽的母亲毕竟是声世的董事，董事千金要参加公开赛，总会有些特殊待遇的。

《晴空》开端优美流畅，短短八个小节之后，曲速骤然攀升，犹如无数烟火赫然绽放于静谧的夜空之中，华美、奔放、热情、青春洋溢……四分多钟的演奏，会带给观众一场极震撼的听觉盛宴。

田艾丽取得电提组冠军后，声世没多久就为她推出了首张迷你电音专辑，这首《晴空》亦收入其中。成品曲加入了摇滚乐队的伴奏，视听效果更佳，而这种绚烂、奔放、热情的演奏方式也自此成为田艾丽的代表风格。就像艺人出道时需要一个被大众媒体接受的定位，清纯或成熟，知性或呆萌。这种风格，或许并非本人想要呈现的，只是因为机缘巧合，成为留给观众的最深刻的印象，再在刻意的营销和包装下，演变成个人风格。

"电音天后"自被包装推出以来，大部分作品都是这种类型的，其间也偶尔尝试过清纯幽静的演奏风格，不过市场反应平平，也就作罢了。

田艾丽出道两年，在各地举办过不同类型的演奏会，也应邀参加过亚洲区的演出。炫酷的红色电提，明艳的长相，再加上她自小锦衣玉食、养尊处优的傲气范儿，吸引了不少粉丝。

在这样的田艾丽眼里，连一次演奏会都没开过的晨珀根本没资格和她同台。之前向她下战书，说到底，不过是为了唐晗。

这次得知晨珀要和自己同台，她一早就向唐晗抗议过，可惜抗议无果，还被他训了。田艾丽心里憋着一口气，打定主意要把这口气撒到晨珀身上。

"陈老师，这段效果还是太单薄了。"声世十三楼的彩排室内，田艾丽搁下电提，丢出她今天第五个需要重新编曲的理由。

双电提的演奏不比乐队，本来就易显单调，《晴空》又是她自己的成名曲，演奏过无数次，只要她想，她可以一直这么冠冕堂皇地挑剔下去。

室内几个音乐老师和器乐老师对视几眼，这次都很默契地选择不反驳。两天下来，就算是之前对田艾丽和晨珀之间的事情不了解，这会儿也该有数了。

这首曲子，田艾丽是主奏，改来改去，主旋律是不会有太大变动的，每次需要重新练习的都是伴奏。

所以这两天来，一刻不停修改练习再修改再练习的人都是晨珀。

几人交换了下意见，示意暂时休息一下。陈烁接过工作人员递上来的热茶，忍不住去看谱架后面的另一人。

那还是个很年轻的女孩子，脸孔白嫩，五官清秀，气质恬静淡雅，一头笔直的黑发，看起来很乖。这两天，她几乎没有开过口，长长的斜刘海挡住她的半侧眉宇，那双墨黑的瞳眸在安静凝视乐谱的时候，总是格外专注，认真得让人忍不住在心里叹息。

她不拉琴的时候就靠在沙发上假寐，似乎连半点提出抗议的想法都没有，懂事乖巧得惹人怜惜。

所以，就是这样的女孩子让年轻优秀的唐总心动了吗？难怪田艾丽会这样，这个女孩的确是和她完全不同的类型！

大约是顾及晨珀，陈烁再次改编的伴奏比起之前易上手得多，晨珀只拉了一次就能和田艾丽合奏。

这明显的偏帮让田艾丽很不满意，于是，仅仅半个小时后，今天的第六次挑剔出现了。

"陈老师，你不觉得这一次的伴奏听起来像是只有我一个人在拉琴吗？"

田艾丽话音未落，身侧的晨珀已经绕过谱架走向门口，途中经过沙发时顺手搁下了黑色电提。

"晨珀，怎么了？"另一个器乐老师不悦地开口，毕竟不是每个人都像陈烁一样对晨珀有好感。

"抱歉，等我十分钟。"晨珀说完，推门离开。

"十分钟？"田艾丽不屑地哂了声，"不会打算躲到厕所里哭一会儿吧？这点压力都承受不住，还敢和我同台？"

陈烁闻言皱起眉，他虽然不赞同田艾丽的做法，但也觉得她这次说得没错。一个合格的电提演奏家，台上短短几分钟的演出，台下却需要成百上千次的编曲彩排。电提和古典提琴不同，它没有历史底蕴，依靠的不是婉转动人的音色，它更加直白激烈，需要改变、创新，以及一次次的尝试。

晨珀如果有想法，她可以提出，甩手离开是最不妥当的做法。

正在众人议论纷纷之时，练习室的门又开了，晨珀走进来，手里多了束花。

田艾丽拧眉盯着她。就算是想炫耀有人送她花，也不至于蠢到离开后又带着花出现吧？她正思量着，对方却直接走到她面前将花束丢在她怀里。

"什么意思？"田艾丽有些蒙了，"我……我对你没兴趣！"

晨珀歪了歪头："我对你也没兴趣。"

"那这什么意思！"

"给你表白用的。"她面无表情，在田艾丽震愕的目光里继续道，"既然已经喜欢他到了这种地步，为什么不去表白？总在我这里浪费时间，很无聊。"

如果可以，晨珀并不想费口舌说这些。换了以前她大概早甩手不干了，可近来她麻烦缠身，每天只要外出都会被同样的车跟着，待在声世工作，多少能让她安心一点。

"你怎么知道我没有……"田艾丽很快意识到场合不对，连忙掐断自己脱口而出的话，敛了表情，扬声道，"现在到底是谁浪费时间！离演出没多久了，你还想这些乱七八糟的……"田艾丽话到一半，晨珀却突然把她手里的花束拿了回去："你这人怎么回事！莫名其妙的，有毛病啊！"

晨珀看她一眼，转身朝门口走。

"站住！你又想去哪儿？让所有老师等你一个不觉得自己太任性了吗！"田艾丽厉声责问，"晨珀，你最好对你今天这种不负责任的行为给出一个合理的解释，否则赛前演出的舞台你就不必上了！"如果能在众目睽睽之下找到一个踢她出局的完美理由，就算是唐晗，也不可能再更改已定的局面。

已经拉开练习室大门的晨珀停步转身，她安静地回视田艾丽片刻，忽而灿烂一笑："既然你不想去，那就我去吧。与其因为不存在的事实被你各种折腾，还不如把这件事做实了。"

晨珀说完，在众人目瞪口呆的注视下，第二次推门离开。

田艾丽怔在原地，这事……这事的发展不对啊！她并不想要这样的结果！

"你以为你是谁！可笑！"她不屑地冷嗤了声。拿着一束花向唐晗表白？她以为她是谁！唐晗会理她才有鬼！

等等！她、她不会真的上十五楼吧？以唐晗之前对她的维护——搞不好真的会答应她！

如果他们两个就这样在一起了，那她岂不是成了撮合他们的白痴？！

"艾丽，晨珀的态度我们都看到了，这件事我们会找唐总说明的，你……"器乐老师清清嗓子，正要公布他们几人商量的结果，田艾丽已经追着晨珀推门而出。

田艾丽冲上走廊时已经看不见晨珀的身影，她加快脚步来到电梯前，焦躁不已地用力按电梯按钮。

"找我？"

熟悉的清润女声从她背后响起，田艾丽猛地回头，看见晨珀捧着花束斜靠在楼梯间门口，见她瞪着眼睛还朝她笑了笑："你的动作比我想象的还要快。"

"晨珀！你又耍我！"田艾丽一想到自己刚才从练习室冲出来的模样，就恨得咬牙切齿。

"哪有，我只是想让你明白一些事。"晨珀上前，将花重新塞回她怀里，"田艾丽，别成为推我去唐晗身边的笨蛋。"

"哼，难道你想假惺惺地告诉我你不喜欢他？"

晨珀看她一眼，动了动这两日因为高强度练习而酸胀的手指："你想听真话？"

"当然！"田艾丽拧起眉。

她丢下一个懒洋洋的笑容："我不告诉你。"

田艾丽可真想抽她……

器乐比赛需要造势，因此赛前演出的场地选在S城的六星级湖光酒店，台下观众基本为受邀而来的媒体、赞助商、上流人士及行内名家。演出会全程录像，作为声世比赛宣传的一部分，在媒体平台上播放。

声世器乐赛举办了数届，得奖者人数众多，声世并非每个都会签约。总会有那么一两个得过小奖却运气不佳至今仍没混出头的人，于他们来说，这次演出虽非商演，却是一次非常好的露脸机会。

晨珀将手里的琴盒搁在化妆台的一侧，透过化妆镜，刚好可以看见对面的田艾丽。她比她来得早，已经化好妆换上了演出的小礼裙，她身前站着一名记者和一名摄影师，看样子正在接受采访。

在后台串场的文蕊看到晨珀，拉着露易丝及另一个和她同来的同事上前和她打招呼。

这阵子晨珀太忙，加上换了组，很少有机会像以前那样和她们见面。那同事应该也是古典乐部的，不过看样子和文蕊、露易丝两人不算太熟，见到晨珀手边的琴盒，低低嗤笑了声："连小提琴都换了呀，果然有背景就是不一样！那时田艾丽气势汹汹地去找文蕊麻烦，我们都以为新人里她会是最先出头的那个，想不到最后是你抢先了一步。"

晨珀面无表情："你谁啊？"

那人一脸菜色："你少来！我们一起彩排过！"

露易丝被逗笑了，朝那人道："你不爱看别看，有本事你也找个背景去！"

"这么呛干吗，我这不是替文蕊抱不平吗！"那人说着，拍拍文蕊的肩，"就说你傻，白当了出头鸟！"

文蕊的脸色有些不好，咬着下唇道："你别这么说，我和晨珀是朋友！"

大概是被文蕊弱弱的模样逗笑了，那人哼笑了声，径自转身离开。

露易丝对文蕊交朋友的眼光很无语："以后这种人别往晨珀面前带。"

"你也别这么说，她只是嘴巴坏。"文蕊说着，上前拉晨珀的手，一脸担心地道，"黄钰就是心直口快，人还是不错的。你调去电子乐部后，她帮过我几次呢！你千万别生她气啊！"

她看起来像很生气吗？晨珀摸了摸鼻子，问道："我这次参加演出的事，难道声世里还有人羡慕？"

露易丝点头："何止羡慕，根本是招人恨！"

文蕊立刻补充道："声世每年的赛前演出都是备受瞩目的一次演奏会，上台的基本都是往届比赛的得奖者，新人上台的先例以前还没有过！"

"可我只是伴奏。"还是被虐待的伴奏……

"可是伴奏的人只有你一个啊，这不等于两人协奏吗！更何况，你合作的对象是声世的'电音天后'……"文蕊虽然不喜欢田艾丽，但是她很清楚田艾丽目前在国内的名气。

三人说着，视线都不由自主地扫向正在接受采访的人。

大概是觉察到了这边的目光，田艾丽那双被黑色眼线勾勒得万分妩媚的丹凤眼，朝晨珀投来似笑非笑的一瞥，眸底带着藏不住的傲气。

那天之后田艾丽没再找过她麻烦，每天的练习彩排也都准时出现完成，只是从不和她说话。

旁观的众人对这种转变议论纷纷诧异不解，唯独晨珀对此表示满意。

对方只要不找她麻烦就是好事，她懒得去探究她的心思。只要过了今天完成演出，两人就不必天天碰面了，也自然闹腾不起来。

然而今天，注定会是漫长曲折的一天。

演出前最后一次走场彩排的时候，晨珀在台下看见了最不想见到的人。

相比他身旁身着衬衣西服领结，装扮正式隆重的唐晗，他的穿戴低调得多，烟灰色圆领毛衣外搭深色薄呢大衣，下身是和大衣同款的长裤，容颜清隽，目色深幽。

两人身边都没跟助理，坐在最前排的左侧，正对着晨珀出场的位置。

男人抬头，视线在空中与她对上，一如前次般平定无波。

晨珀的指尖抖了抖，捏紧了手里的弓弦。

没什么好意外的，他既然和声世有生意来往，今天会出现也合情合理。

曲子不长，四分多钟的演奏彩排，她却感觉度秒如年。她没再往那个方向看上一眼，却感觉始终有道清冷的目光在注视着自己，令她犹如芒刺在背。

直至返回后台化妆间，她鼓噪的心仍久久无法平复。

猫终于找到了老鼠，却没有下一步举动，这不合理。

他到底想干什么？

晨珀努力在记忆里翻找细节，却发现自己对他的了解竟如此贫瘠。

暮色降临，所有的彩排完成之后，正式演出很快便要开始。后台的媒体记者都撤了出去，工作人员穿行在化妆间内，最后一次和表演者们确定顺序和流程。

《晴空》是开场节目，虽然演奏者只有两个人，但田艾丽名声在外，自然被安排在第一个出场。

上场前十五分钟，晨珀突然发现，自己的电提不见了。

唐晗闻讯很快赶来后台，这时离上场只剩下十分钟。

早一步来到后台的祝霍正在冲晨珀发火，身为演奏者，居然在演出前把自己的电提弄丢，这简直闻所未闻！

"电提是什么时候不见的？为什么临上场了你才发现不见？早干吗去了！你平时散漫也就算了！现在可是演出！你到底知不知道声世里有多少人想取代你的位置参加今晚的演出？还有，你知不知道那把黑提值多少钱！"祝霍气得火冒三丈，捶胸顿足。

"对不起，是我的疏忽。"晨珀道歉，垂落的斜刘海挡住了她的眼睛，一旁的人都看着他们窃窃私语。

唐晗心生不悦，一眼扫去，旁人怯怯散开，只剩下田艾丽靠在不远处的化妆台上抱臂拧眉看着他们。

"先把事情解决，现在不是发火的时候。"唐晗看了看手表，还剩下九分钟，他连询问清楚事情原委的时间都没有，"场内还有电提吗？"

"没有！八个节目，每个节目的器乐都不相同！今晚所有表演者里，只有她和艾丽使用的是电子小提琴！现在其中一架电提不见了，一时之间根本找不到其他电提临时借用！如果能早点发现……唉！"祝霍骂完才后知后觉地想起面前女孩和唐总的关系，语气缓和了两分，"实在不行，就让艾丽一个人上！反正她也只是伴奏……艾丽，你一个人没问题吧？"为今之计，祝霍也只能指望她了。

"我当然没有问题。"田艾丽朝祝霍肯定地点点头，脸上并没有露出独自上台的喜悦，反而态度中肯地继续道，"只是，这样等于临时更改节目单，加上又是开场节目，影响很不好。"

"我也知道，但是除了这样还能怎么办？"被田艾丽这么一说，祝霍对晨珀的不满又多了几分。

晨珀看了田艾丽一眼，随后朝祝霍道："祝监理，能帮我借一把古典小提琴吗？我记得第四个节目是小提琴协奏，顺序上应该来得及。"

"什么？"祝霍听明白后，顿时震愕，"你是想用古典小提琴给艾丽伴奏？你疯……咳，你是不是太想当然了？"在这么开阔的双层大厅内，以一架古典小提琴的微弱之音给一架插电的电提伴奏，不跟没伴奏一样吗！

唐晗开口道："可以用话筒收音。"

"就算那样在音量上也会完全被电提盖过，因为差不多所有的伴奏都是跟着主旋律进行的，音色会被吞，出来的效果只会断断续续……"祝霍头痛极了，"你确定要那样上场？"他看了看晨珀，又看向唐晗，说实话，他不希望冒这个险。

时间所剩无几，唐晗凝视晨珀，目光反而放柔了几分："你坚持吗？"

不问她上场后准备怎么解决，也不问她有几分把握，就只是问她是否坚持，比起演出，他竟更重视她的个人意愿？还说他没有公私不分？这分明偏袒到了极点！

田艾丽脸一黑，拿起自己的电提就朝外走："没时间了，我先过去，这件事你们自己决定吧，大不了我一个人上场！"

她蹬着高跟鞋气势汹汹地走出化妆间，一人正要进去，闪避不及和田艾丽撞在一起，她鞋跟一扭，眼看就要摔倒，却被人牢牢扶住手臂。

对方扶着她站稳后才放手，田艾丽抬头，一位衣冠楚楚的俊逸男子正朝自己礼貌微笑："这位小姐，没事吧？"

田艾丽一腔怒意无处可发，本来张口便要骂人，却在瞥见俊逸男子身侧的另一人后顿住。

那是个很高大的男人，身高接近一米九，身形优雅修长，眉宇清俊，五官无可挑剔，神色略微清冷，一双深幽的眸朝她淡淡扫来，竟让她原本暴躁的心瞬间跳了几下。

田艾丽怎么说也是个富家千金，自小就眼界高，参加过无数宴会也结识过诸多优秀男子，除了唐晗，她自认早已对异性的魅力免疫。可面前这个男人，仅仅与她目光对视，却让她的心里生出局促和不安来。她仿佛瞬间回到十四岁那年第一次出席公开宴会，满场都是优秀成熟的世家子弟，她却还是个青涩懵懂的小女生。

田艾丽顿时有些尴尬，她又不是没见过世面的小丫头，怎么突然就局促起来了？

因着这一尴尬，她也没了骂人的兴趣，拎着提琴故意目不斜视地从两人身边走过。

"先生，要进去吗？"方谌看着半开的化妆间门，从他们的角度刚好可以看见里面的动静。

"不必。"简墨准眸色清淡，"今晚我不想打扰她，这件事你出面解决。"

"明白了，先生。"方谌点头应下。

晨珀出现在幕布旁的时候，手里果然抱了架木质小提琴。

田艾丽蹙了蹙眉："你要上场可以，不过别把我的演出弄砸了。"

晨珀专心调着琴弦，似乎没听见。又有一人匆匆来到幕布旁，此刻距离上台还剩三分钟。

"晨小姐。"那人的声音让田艾丽侧目，发现来者竟是片刻前在化妆间门口撞到她的人。

他依旧带着那种礼貌的笑容，将提在手里的琴盒小心翼翼地平举着递到晨珀面前："事出突然，临时找不到电提，不过先生说了，这把小提琴应该会比你手里的小提琴更适合一些。"

听见"先生"二字，晨珀的指尖又抖了下："不用了，这把琴我已经调好音了。"她尽量选择合理的措辞。

方谌笑容不变："这把小提琴也已经调好音了，你可以放心使用，晨小姐不看一下再决定吗？"说着，方谌将琴盒打开。

纯黑色的天鹅绒上，躺着一把色泽古朴泛黄的木质小提琴，看起来和普通的小提琴没有任何区别。

田艾丽看见不由笑了："用这么漂亮的盒子装一把旧琴，这位先生太有意思了！"

方谌没有说话，只是仍旧举着琴盒，看着对方。

"不，这是一把新琴。"晨珀凝神看着盒子里的小提琴，眼中有一瞬间掠过一丝异样，但又很快否定了。她也不是第一次见到那把小提琴的仿琴，有些人喜欢把琴身颜色做成全新的样子，也有些人喜欢从头到尾一丝不漏地仿制。

最重要的是，那把琴绝对不可能出现在这里，自1775年它被卖给意大利收藏家塞拉波后，一直辗转被人珍藏家中。意大利古琴商人塔里西奥、法国小提琴制作家维奥姆、英国提琴商希尔都曾是它的主人。

如今，它应该远在牛津的阿什莫尔博物馆。

不过比起她手里这把，盒子里的仿琴确实更吸引她。

在晨珀反应过来前，她已经拿起了盒子里的那把小提琴，方谌顺势接过她手里原先的琴，表示自己会替她送还给原主。

"那么，我就不打扰了，祝晨小姐演出顺利。"方谌匆匆离开，幕布外，台上的主持人正在介绍开场节目。

晨珀捏起弓弦，任工作人员上前给她将微型话筒固定在衣领上，跟在田艾丽身后走了出去。

舞台上灯光灼目，台下座无虚席。

晨珀架琴扬弓，前八个小节，《晴空》的旋律优美而婉转，她的演奏完全配合田艾丽的旋律而出，犹如夜色里的呢喃。如今电提换成木提，这一段无论如何都会被淹没，可当她手里那架小提琴被拉响的那一刻，她却惊讶地发现这架琴的音色异常丰满厚实，传送力极强，竟与电提的音量不分伯仲。

田艾丽投来错愕的一瞥，随即笑了笑，旧琴的音色虽然不错，但这只是因为旋律柔缓安静，一旦曲速攀升，木提的音色就会被完全盖过。

然而，田艾丽料错了。如果晨珀以最后敲定的伴奏方式演奏，木提伴奏的确会像一场笑话，可她临时改了伴奏方式。

说起来，这还得感谢田艾丽前阵子的刁难，那么多的伴奏方案她都练得烂熟，脑子里都是伴奏，想怎么拉都可以，根本不必贴合主旋律进行。

倒是田艾丽，被晨珀临时更改的伴奏弄得措手不及，脸色青青紫紫地变幻，再没工夫去瞪晨珀。

同样脸色难看的还有幕布旁的祝霍，他是个保守派，向来循规蹈矩，在声世工作这几年，还是第一次见到临场乱改演奏方案的表演者。最绝的是，原本贴合突出主旋律的伴奏，如今听起来更像是相互配合的协奏。

那把木质小提琴的音色毫不逊色于田艾丽的电提，旋律犹如一场辩论，又犹如一次赛跑，激烈而飞扬，在两人飞速起落的手势里轮流绽放。

直至最后一个音符结束，台下响起热烈的掌声，祝霍仍感觉自己的心在胸腔里怦怦狂跳。

还好没有演砸！

太疯狂了！

这个晨珀的胆子实在太大了！

掌声中，两人退下舞台，田艾丽一脸铁青地走在前面，经过祝霍面前，直接将手里的电提塞到他手里，头也不回地走了。

晨珀歪头看着她的背影，缓缓眯起了眼。

后台走廊拐角的尽头，一间杂物室的门被人打开，有人踩着高跟鞋脚步匆忙地走进来，那人推开两个空置的大纸箱，搁在下面木箱里的提琴盒顿时露了出来。

昏暗室内，田艾丽怨恼地盯着琴盒，早知道她就不藏这把电提了！

她藏了她的琴，反倒给了她机会在演出时出风头！好好的独奏变成协奏，硬生生被人抢了半个主奏身份！真是气死她了！

更麻烦的是，她该怎么处理面前的电提？

如果只是一把普通的琴倒也罢了，最多丢在这里不要。可这把黑提是小提琴女王品牌Alice的限量纪念版，国内目前仅此一架，是电子乐部的藏品之一，当初晨珀从诸多电子提琴里挑中这把琴的时候，她就曾感叹过她的运气。

她不可能丢了这么重要的琴！

正当田艾丽踌躇着该怎么不着痕迹地把提琴放回化妆间去时，一道男声自她身后传来。

"田小姐，灯光这么暗，请问你在这里……做什么呢？"那声音优雅而礼貌，似乎还带着一丝笑意，"啊，这琴盒看起来很眼熟啊，莫非……是晨小姐的那架吗？"他惊讶起来，随后朝身旁的什么人说道，"原来是找到了晨小姐失踪的提琴，唐总，田小姐真聪明。"

田艾丽整个人都僵硬了。

她慢慢回过头去，果然看见了熟悉的秀美脸孔。

只是这一刻，他眉宇紧拧，那双总是带笑的桃花眼含着让她身体发寒的冷厉。

"唐晗……"田艾丽喊了一声，努力让自己镇定，"我刚好来这里，没想到找到了提琴……"

男子一言不发地走上前，弯下腰，修长的手指拎起琴盒。片刻后，他的脸色猛地一沉，带着疑问和审视的目光再度看向田艾丽，随后带上浓浓怒意："怎么回事？"

听到质问，田艾丽蒙了。

"怎么了？"一旁的方谌走上前。

唐晗脸孔紧绷，同时将手里的琴盒打开，沉声道："琴碎了。"

田艾丽不可置信地看过去，琴盒里，那把珍贵的黑提支离破碎地躺在那儿，就坏损程度来看已不可能再修复。

晨珀是后来从祝霍口中知道这件事的。

田艾丽到底是董事家的千金，整件事被压了下来，知道实情的人就那么几个。但就算是祝霍，那天接到唐晗通知时也吃了一惊。

倒是此刻站在他面前的晨珀，闻言只是哦了声，并未露出太诧异的表情。

"你是不是早就知道是她藏了你的提琴？"祝霍皱眉。

"不算。"晨珀摸摸鼻子。不能说知道，充其量只是猜测，毕竟提琴又不会自己长脚跑了，而在声世里，和她不对盘又在场的人只有田艾丽。

"你……"祝霍欲言又止，想到那天冲她发的火不禁有些尴尬，"对了，你过来找我什么事？"

"我已经报了名参加比赛，想问问公司能不能再借一架电提给我，本来想自己去买一把的，不过去了几家店，音色都没有那架黑提好。"

祝霍闻言顿时有些无语，要是公司还有第二架黑提，唐总那天至于发这么大脾气吗？其实那天唐总本来也没想当着外人的面训斥田艾丽，只是叫了他过去接手，显然还是想私下解决。田艾丽倒好，见他一去反而先发了脾气，直说唐总偏心，连解释的机会都不给她，死活不肯走，惹得唐总大怒，把她一顿狠骂。

当时在场的还有一个面生的男子，据闻是唐总合作对象的特助。

田艾丽发脾气的时候可能没想到唐晗竟会真当着外人的面骂自己，当下自尊心受创，最后竟哭着跑了，后面的亮相和拍照环节通通没参加。

之后，倒是有记者意外拍下她匆匆驾车离开的照片，第二天"电音天后"负气离场的新闻随同赛前演出的宣传一同出来。稍微懂行的人一对照节目单就能发现，原本的独奏加伴奏不知怎么变成了两人协奏，行内名家也颇有议论，认为依声世以往的严谨，不该出现临场变更的情况，于是将之评价为演出纰漏。

田艾丽这两天连脸都没露过，祝霍正头疼她之后的演出行程呢！

不过再头疼，这些事都怪不到晨珀身上，加之有唐晗这层关系，祝霍当下让助理带她去收藏室重新挑了一架电提。等她离开后，想了想，他又打电话给陈烁，表示晨珀之后会参赛，让他照顾一下，尤其是在编曲方面，她毕竟是拉古典的，很多情况都不熟悉。

片刻后，领着晨珀去挑琴的助理回来了，脸色有点微妙。

祝霍猜到了什么，心里一颤："挑了哪架？"

"这次倒没挑限量版的。"

祝霍脸色刚缓和，就听见助理又继续道："不过挑了最贵的那把……"

临下班的时候，唐晗给晨珀去了电话。

"晚上一起吃饭吧。"他这几天心情不好，忙完了公事就想见她。他以为约她总要费点口舌，结果刚开口，她就在电话那头干脆地问他地点时间。

"半小时后你去大门处，我把车开上来。"

"我直接去停车场吧，天冷。"声世的停车场在负二层，她从内部坐电梯直达再坐唐晗车子离开的话，今天守在外面的那辆商务房车就跟不到她了。

晨珀提着两个琴盒下楼的时候，他已经等在车里了。

她刚踏出电梯间，他就看见了她，这几天温度骤降，今天白天就到了零下六度，南方城市很少有这样的低温。晨珀怕冷，羽绒服外又裹了件毛茸茸的大披风，连帽子都是白色长毛的，远远看去就像是一只动物慢吞吞挪了过来。

唐晗红润的嘴唇一点点勾起，笑意舒展了他的眉宇，眉目间冷色散去，只留下缱绻的温柔，以及……犹如看宠物般的专注眼神。

晨珀突然有点后悔应邀了，怎么办？

"吃什么？"他边问边发动了车子。

"随便，简单点就行。"她的重点并不在吃饭，而是想借他的手把这架小提琴还给那人。虽然是仿琴，但她感觉这架琴价格应该不低，她不能平白无故留着，但也不想自己送上门去，"对了，后面那个银色提琴盒你记得还给简墨准，顺便帮我说声谢谢。"

唐晗看她一眼，长眉拧起："他借了小提琴给你？"

"上台前他助理拿给我的，这把音色更好。"晨珀面不改色。

唐晗没再说什么，脸色却有些不好。

她巴不得他安安静静开车，自然不会主动说话。他最后带她去了家西餐厅，餐厅位于一家星级酒店的顶层，环境清静，客人也不多。

晨珀猜测这应该和餐厅只接待会员有关。

服务员递来菜单后，他直接替她点好了东西，依旧以海鲜为主。其实晨珀原本想试试牛排，不过有的吃就好，她不挑剔。

唐晗给自己点的是牛排，主菜送上来时她多看了两眼，他大概是觉察到了，搁下刀叉端起盘子递到她面前。

"和你换。"

"你吃过了。"她没接。

他眯起眼，盯着她看了好一会儿才开口："晨珀，你是不是欠收拾？"

她倒是挺想顺嘴回一句："你准备怎么收拾我？"不过想到上次吃的亏，这种口头上的便宜她就不占了。再加上还想让他去还小提琴，便把盘子接了下来。

他唇角勾了勾，又伸手将她面前的盘子取过去。餐桌上的气氛缓和了些，唐晗心里总归有些不爽，想开口再问时，手机响了。

电话是耿硕东打来的，这个点若非重要公事，对方一般不会打扰他。

"什么事？"

"唐总，胡崇光刚刚转发了一条我们赛前演出的微博，你看了没有？"

耿硕东说的这个胡崇光是国内非常有名的一位小提琴收藏家，据闻在他的上亿身家里，除了几处不动产，其他全部投资在小提琴收藏上。

他虽然不会拉琴，但是对小提琴本身非常有研究。

"转发怎么写的？"唐晗有些不解，胡崇光虽然喜欢小提琴，但对古典乐一窍不通，所以从来不对演奏会做出任何评价。

"唐总，我建议你还是自己看一下吧。"

"你先别挂。"唐晗点开微博，快速查找浏览，片刻后，他赫然抬头，看着餐桌对面的黑发女孩。

"怎么了？"晨珀被他盯得不太舒服。

他没有回答，朝电话那头的耿硕东说了句"过会儿联系"，然后挂了电话。

晨珀觉察出了异状："什么事，你直接说吧！"

女孩眉目似水，精美的五官淡雅恬静，顶层餐厅柔和朦胧的光线下，那双黑瞳仿佛融入了星光，让被注视的人有一种被重视依赖的错觉。

她这张脸的欺骗性太大，就算是他，曾经很长一段时间也以为她是个单纯的乖巧女孩。

可后来才发现，她其实比谁都任性。

他靠向椅背，白皙面容随着他的动作陷入了黑暗。他身侧的落地玻璃外，雪不知道什么时候开始下了，在城市的高处看雪和在地面看雪是完全不同的感觉。

晨珀被吸引了注意力，贴在玻璃上朝脚下的城市望去，却听到他问："你和简墨准到底什么关系？"

她回头，对上他阴郁的脸。

她摸了摸鼻子，慢慢反问："他不是你的朋友吗，怎么问起我来了？"

"斯特拉迪瓦里名琴1716，现今价值无法估计，原本应该存放在英国的阿什莫尔博物馆，却在国内一场名不见经传的赛前热身演出上出现，那个年轻的伴奏者究竟是何身份……"唐晗将手机缓缓推到她面前，声音里带着讽刺，眼神却逐渐锐利，"恭喜你，即将成为明天行内的头条人物。现在，请你告诉我，如果你和简墨准不认识，为什么他会将一把这么名贵的小提琴借给你？"

Chapter 6

简先生

　　"为什么？"唐羽琦一边朝脸上敷面膜，一边表达对自家傲娇哥哥的不屑，"问得倒是理直气壮，和他有关系吗？真是的！"

　　电话这头，晨珀开了免提，将手机搁在厨房吧台上，准备给自己做早餐。

　　其实唐羽琦对晨珀和唐晗的事也不是全然没感觉，只不过一个是死党好友，一个是亲哥，加上两人从来没正式踏出那一步，所以她也不想干涉太多。她了解晨珀，如果她有需要一定会和自己开口，而她也一定会全力帮她。只是一些事，连晨珀自己都尚未决定，而唐晗的态度，她这个做妹妹的也几乎看不懂。

　　要说有意思吧，这几年他单身的时间可不长；要说没那意思，这么多年了，也没见他对谁真正上过心。

　　假如说这是喜欢，那这种喜欢的方式唐羽琦可不敢恭维。不过眼下，这不是她最关心的部分。

"说真的，我也很想知道为什么。"唐羽琦是唯一知道内情的人，所以对那位简先生的举动更无法理解。依之前那些事，见面装不认识就已经够诡异了，居然在送礼、派人跟踪甚至出借名贵小提琴的同时，私下连一次都没找过她，到底算几个意思？

晨珀叹气："他不用主动找我，声世正跟他谈合作，只要我还在声世一天，碰见的次数只会多不会少。"

就像这次，她明明想借着唐晗的手将小提琴还了，结果那条微博一出，唐晗从她这里要不到答案，次日居然直接约了简墨准。

她是在下班的路上直接被拽进车里的。她好好走在路上，唐晗的车从后方过来，一个急刹拦在她面前。他推门下车，冷着脸，二话不说就揪着她推上副驾，替她系上安全带，还捏着她的下巴强硬地吻了一下："乖一点！"

他的动作实在太快，一吻即退，还替她关了车门，晨珀扇过去的手直接打在了车玻璃上。

手真痛……

她刚来得及揉揉手掌，他已经从另一面上了车，再然后……她就莫名其妙被带去和简墨准吃饭了。

那是家她从没去过的法国餐厅，整个餐厅只有两桌，一桌一个房间，据说一晚上只接待这两桌。晨珀刚进房间时还在担心这家餐厅是如何盈利的，在看清房间内沙发上坐着的人时，才明白今晚她最该担心的是她自己。

简墨准身边只有方谌一人，两人原本在说话，当他见到跟在唐晗身后的人时，目光微有变化，随后缓缓看向唐晗。

唐晗脱下大衣朝身后的服务生递去，冲简墨准勾唇一笑："我觉得她应该亲自来道谢。"

餐桌席位依用餐的人数而定，今晚的餐桌是四人方桌，方谌坐在她对面，唐晗和简墨准分别坐在她左右侧。

悬在头顶的水晶灯明澈剔透，他的每一根睫毛都清晰可见。一瞬间晨珀有些恍然，似乎她还是在欧洲，和他认识没多久的时候。他吃饭总是很安静，动作缓慢优雅，甚至在她挖鹅肝酱时用力过猛将整块酱弹到他胸口时，仍能不疾不徐地擦掉衣服上的污迹，并取过罐子亲手替她挖好并均匀地涂抹在面包上。

那时她曾为这种优雅和风度动心，后来才明白，所有类型的男人里，这样永远不慌不忙保持自己惯有节奏的，是最深不可测，也是她最应该敬而远之的。

晨珀正发着愣，一块已经涂好鹅肝酱的面包被一只修长的手递到她面前，简墨准那双深沉的眼正静静地看着她。

晨珀心里微颤，下意识就接了过来："谢谢。"

简墨准只淡淡点了点头，方谌笑着道："你是该和先生说谢谢，那架小提琴原本是这次拍卖的神秘压轴，现在为了你提早曝光了！"

晨珀知道这个时候不接话才是正确选择，然而最后理智还是被激动的情绪击败："真的是Messiah吗？"

简墨准觉察到她的情绪，眼底掠过一丝诧异，随后朝她缓缓摇头："那架是仿琴，不是真的。"

"仿琴？"她感觉自己一口气卡在喉咙里，"可是一位很有名的小提琴收藏家公开宣称那架琴是真品！如果只是仿琴，怎么可能达到那种水平！"

"是吗？"简墨准笑了笑，那是个细微而浅淡的弧度，若不仔细看，根本觉察不到，"那架的确是仿琴，真的Messiah还在博物馆里，它是藏品，不可能被私人拥有。"

"原来是仿的……"其实唐晗给她看那则转发的微博时她就隐约觉得这不太可能，但心里有另一个声音希望这是真的。Messiah之所以珍贵，是因为它是斯氏琴里唯一一架从未被人使用过的小提琴，它在不同的收藏家手里流转，历经几百年的光阴，却保持着全新的琴身，它是争议之琴、传说之琴！

倘若这把是真品，那她就是历史上第一个使用Messiah的人，这种事情只是想想就令她心潮澎湃。

方谌见她沉默，忍不住开口："仿品也分等级，能达到以假乱真的地步，这架小提琴的价值远超乎你的想象。"

晨珀从方谌的语气里觉察出不满，顿时有些啼笑皆非。她只是在感慨自己与Messiah无缘罢了，又不是嫌弃仿品。古典器乐的仿制品和其他物件的仿品有着完全不同的意义，这样公开性质的仿造，其实是对原件的一种致敬。现在的小提琴制造水平虽然远超数百年前，但是机器再先进，在某些方面都无法和纯手工制的小提琴相比。

纯手工的木提倾注了制造师的心血，具有浓烈的个人风格和色彩。手工不像机器似的毫无温度，木料选材，曲线形状，制造师的心情、年龄、境遇……每一个细微处的不同都会使得最终制成品带有别具一格的特点。

就像是一个孩子的诞生，纯手工的木提是有温度的，是一个生命，所以它们才会有名字。

她自家珍藏的瓜达尼尼1898也是Messiah的仿琴，而简墨准借给她的这把仿琴音色犹在瓜达尼尼之上，说不准是哪个大师的作品，可能也有很多年的历史了。

也不对，如果这把仿琴真的有多年历史，不可能到今天还是全新的。毕竟不是每一把仿琴都有Messiah这样的待遇，就说瓜达尼尼，在被她老爸买回来前也不是新的……

晨珀懒得解释这么多，啃着面包思绪游走。方谌面露不悦，只是简墨准还坐在这里，再重一点的话他是不可能说的。

餐厅服务生进来准备撤掉前菜，晨珀在他的询问声里回神，一抬头却对上唐晗沉郁的视线。明光下，年轻的男子肌肤瓷白，侧脸线条优美，嘴唇带着比女性更柔媚的色泽，容颜美好得令人心悸，只是那目光实在太锐利。她突然觉得有些好笑，当下撑着下颔，毫不避忌地回视过去。

唐晗眉头微挑，眼底分明有怒意，唇角却带着笑容，转头看向简墨准："简先生似乎和小珀很投缘，我也是刚刚才知道，那把小提琴竟然是这次拍卖会的压轴拍品。想不到您竟然把这样重要的物品借给了小珀，现在看来，我该亲自向您说声谢谢。"

简墨准淡淡看向唐晗："不必客气。"他脸色未变，方谌却敏锐地觉察到他情绪的变化。

先生，有点不高兴了。

主菜送上了桌，简墨准和唐晗时不时聊几句，大部分都是关于公事，话题没再落到她身上。晨珀的心思从小提琴上收了回来，想起和她同桌吃饭的人，开始坐立不安。

法国菜本来就不对她的胃口，兴致寥寥地吃了几口，她就借口去洗手间，实则是去了楼上餐厅自带的酒水吧。直到她估摸着楼下晚餐快结束了，才下了楼。

房间里的几个人果然在穿外套，唐晗见她出现，取过服务生手里的衣服替她穿起来："去哪儿了，这么久？"

"在楼上喝了杯饮料。"她看他一眼，拉过衣服自己穿。

唐晗也不坚持，只是笑着看她穿好，随后亲昵地在她发上揉了揉："我以为你掉洗手间里了。"说着，又朝一旁注视着他们的简墨准道，"不好意思，小珀这丫头被我宠坏了，真失礼。"

简墨准没说什么，先一步走出房间。一行人行至餐厅门口的时候，他却突然停下脚步，回头凝视着晨珀："下周六有时间吗？"

"没时间，要练习。"她全身僵硬，干巴巴地回答。

方谌皱起了眉，简墨准清隽的脸上却连一丝波纹都没起："难得一天不练习也没什么，下周六的拍卖会，你一起来吧。"

拍卖会的时间早就敲定了，只是唐晗没想到简墨准会突然问晨珀，然而对方话已至此，他纵然不愿意也不好当面拒绝。

那天送她回去的路上，唐晗车开得飞快，薄唇紧紧抿着，始终看着前方。

车在晨珀住所楼下停稳后，她才算缓了口气："下周六我不去可以吧？"

唐晗蹙眉回视她。

晨珀的表情很认真："我对拍卖会没兴趣，也不想去，到时你就说我生病了。"

他的目光在她脸上来回扫了两次，紧蹙的眉心才慢慢松开："放心，我也没打算让你去。"

"那就好，我先上去了。"她转身去推车门，他的手臂却越过她身前，将她圈在了椅背上。

这条路上没有灯光敞亮的店铺，车窗外的路灯昏黄暗淡，车内的光线更是暗沉。他身上带着幽浅的熏香，撑着玻璃的纤长手指上，黑曜石戒环闪出迷离的光，衬得那手指越发白皙通透。

他目光专注地凝视着她，神情认真得让她心里有点发毛："你和他以前就认识。"这句话不是疑问句，而是肯定句。

晨珀回视他，并没有出声。她早就知道，今晚他之所以安排这个饭局，一定是想亲自寻找答案。现在他已经找到了，她再否认也没什么意思。

虽然心里已经肯定，但见到她默认，唐晗还是拧起了眉："我不管你们是什么时候认识的，以前又是什么关系，总之现在，我不许你和他再有什么瓜葛。"他说这话时的语气并不重，听在晨珀耳里却可笑无比。她从来都没答应过他什么，他又凭什么过问她的私事？

她微微勾唇，语气十分不善："唐晗，我不是你的女朋友。"

他的眸光瞬间就阴郁下来，车内的气氛再次变得凝滞。

晨珀见状也懒得再开口，伸手去拨挡住她下车的手臂，然而他并没有松手的意思。她试了几次都没成功，心情也开始变糟了。

在糟心的时候，哪怕面前的人长得再漂亮也会觉得碍眼："看来是我上次没有和你说清楚，那么你现在听好了，唐晗，我不喜欢你了，你以前的那套对我也不管用了。"若是时光倒退数年，无论何种情况下她都不可能对他说出这种话。

"说谎。"他眯起眼，想也不想就反驳。

她失笑："我为什么要说谎？"

"因为你生我的气。"

"原来你知道我生气。"

"我当然知道，否则你不可能一声不响地跑去欧洲。"

晨珀看着他，一时竟无言以对。当年走得匆忙，她甚至都没和他见上一面——当然，即便有机会她也不会见他。事后他从没联系过自己，她一直以为他对她离开的事漠不关心，也无所谓。可原来，他竟然知道她是负气离开的。

"明知我生气，却从来没想过找我？"这话她早就想问了。

听到这话，他眸底的阴郁淡了几分："你莫名其妙就走了，你以为我就不生气？"

她愕然，所以他的言下之意是，因为他也在生气，甚至比她更生气，所以才不联系她。说到底，她那年会在学校里待不下去，始作俑者也是他，可事实上，他连她为什么会离开都不知道。

有淡淡的悲凉感从晨珀心底升起，这几年，她明明早就想明白了他是哪种人，也已经不再期待，可现在听到这话竟还会觉得难过。

她看着面前这张白皙秀丽的熟悉脸孔，缓缓笑了："是啊，我走得莫名其妙，你那么生气，又怎么会去主动寻找原因。"

所以，即便一别数年再见，他依旧是那个高高在上的完美男神，而她也依然是那个呼之则来、挥之则去的蠢女孩。

在他眼里，他们之间，从来都是她欠他的。

十六岁之前，晨珀的世界里只有小提琴和音乐，对于唐晗，唯一的印象不过是唐羽琦的哥哥。

她自小性子就有些散漫，眼里从来只看得到自己想看的东西。唐晗再完美，也和她没什么关系，所以丝毫没有觉察到，那晚一次小小的意外，让自己被人"惦记"上了。

直到后来被他忽冷忽热地要来要去，才真正注意到了他。

在高三的那个暑假，她收到了Royal Academy of Music（伦敦大学皇家音乐学院）的面试通知，这本该是她梦寐以求的，或者说这是她父亲梦寐以求并早已替她安排好的路，如果不出意外，她会沿着这条路继续走下去，成为大型交响乐团的首席小提琴手——父亲最骄傲和自豪的女儿。

可是她迟疑了。

如果去欧洲的话，就意味着她再也无法像现在这样见到唐晗。那个时候她才明白，自己和学校里其他女生一样喜欢上了他。

暗恋，是青春里最俗不可耐却又最无法避免的事。

有些人喜欢，会很激烈地表达，会有强烈的企图心。

她不一样，她的喜欢没有太过强烈地表现出来，毕竟她还小，家教严格，恋爱于她来说仍是不能过早碰触的禁忌。

她不知道唐晗是否觉察出她的喜欢，他对她的态度始终忽冷忽热。有时因为她的一个电话，可以丢下其他人不管来找她，可当她鼓起勇气约他出来时，他却带着其他漂亮女生现身，全程对对方呵护宠溺。他带她出去吃饭，跟人介绍她时总说是他妹妹，开始几次她不高兴，他明明看在眼里却什么也没说。后来她习惯了，觉得当个妹妹也不错，他却带她看日出、放烟花，几乎把所有浪漫的事做了个遍。

晨珀虽然小，但是也明白，他陪她做的那些事，是不会陪唐羽琦做的。

她像是陷入了一个怪圈，有时觉得唐晗伸手可触，可一个转身，却又发现对方在另一个世界里。别说那时她完全没有恋爱经验，就算是有，也会被他这种忽近忽远的暧昧击溃。

因为他，晨珀在高中除了唐羽琦外没什么女性朋友。升入大学后，这种情况也没有好转。

她参加了Royal Academy of Music的面试，却向学校及父亲请求将留学时间推迟。

那是她第一次违逆父亲的意愿，她说她想留在国内读书，就考B城的音乐学院，那里也有很好的教授，可以继续学小提琴，她不想离家那么远。父亲不同意，她便缠着母亲，最后得到了一年的宽限期——理由是巩固语言，为留学做准备。

B城的音乐学院距离他们的城市很近，因为离得近，唐晗有时会开车去学校找她。

他不是那种懂得收敛的人，偶尔几次高调现身，引来她身边几个女生炽热的视线后，便会很风度地邀请她们一同出行。

起先那几个女生以为唐晗是她男友，还都收敛着，可在唐晗笑着亲口否认之后，大胆的便起了心思。他依然喜欢在人前扮演温文尔雅的完美男神，待所有人都一视同仁，甚至偶尔会甩开晨珀单独应邀赴某个女生的约会。然后在约会之后，又会带着礼物来找她，在抱怨其他女生肤浅无趣的同时，温柔地抚着她的头发说，果然只有他的小珀才是最可爱的。

她不懂他为什么总是这样。她是喜欢他，愿意为了他在国内多留了一年，但对他赴自己同学的约会很生气，也很反感他那种表里不一的态度。别人抱着真心，而他永远置身事外地看戏。

她劝不了他，只能对身边的女生旁敲侧击，然而半劝诫半警告的话不是谁都听得进的。有人觉得她是妒忌而疏远她，偏偏唐晗这人，兴趣来得快去得也快。当他不再和某个女生约会见面后，身边人的矛头便一致指向了她。

所有的人里，童冰是闹得最厉害的一个。

后来她想，童冰大概是真的非常非常迷恋唐晗。曾有一阵子，童冰夜夜晚归，回来后又总是在她面前炫耀她和唐晗约会的细节，他亲自去接她，带她去哪里吃饭哪里玩，买了什么给她……她完全以唐晗的女友自居，后来还义正词严地警告晨珀以后不要再缠着唐晗，她才是他的女朋友。

之后，当童冰撞见唐晗在校外等晨珀下课并上前纠缠时，晨珀才知道那些所谓的约会都是童冰编造的，事实上，他只带她出去吃过一次饭。

唐晗对童冰自然没什么好态度，这件事彻底刺激了她，那天之后，学校里开始流传晨珀插足别人感情当第三者的传闻。童冰把事情闹得很大，生病、上课晕倒、演出失常、哭闹，甚至还割腕自杀……

童冰的方式是过激，可说到底，若是没有唐晗的撩拨，事情怎么也不会发展到这一步。

童冰因为割腕割得太深影响到了手指的灵活度，无法再拉小提琴了。事情在学校里传得沸沸扬扬，无论真相如何，旁人总是更容易站在弱者的一方。

那阵子，唐晗因为开公司的事很久没来B城，也根本不知道这些。

童冰在医院的时候，晨珀给唐晗打了个电话，希望他能抽空来一趟，看看童冰，毕竟这个心结是他造成的，也只有他才能解开。

然而可笑的是，电话那头是嘈杂的音乐声和女性柔媚的劝酒声，她的声音夹在其中好不容易说完整件事后，他却在那头不解地问："童冰是谁？"

那一刻，晨珀感觉自己整个人都被丢进了冰水里。她在学校因为他千夫所指，当事者却根本不知道自己做过什么。

那年暑假的时候她没有回家，在父母的协助下办妥一切手续，直接坐上了飞往欧洲的客机。

那晚，她在他明暗不定的眼神里下车离开，两人终是不欢而散。

晨珀心里那些小小的情绪波动很快调整过来，她目前的注意力都集中在下周五的比赛上。

吃完早餐，她带着电提去了声世。

参赛曲目虽然已经选好，但电子提琴她毕竟才接触，正式比赛前还是让有经验的老师听一听比较稳妥。

陈烁已年过五十，是电子乐部资深的电提老师兼编曲人。他原先对晨珀的印象还是不错的，在之前和田艾丽合作时还帮过她。但这阵子外界对于赛前演出时两人演奏节目的一番报道，以及后续的"Messiah"事件，让陈烁对晨珀产生了反感。

田艾丽私藏黑提的事，声世里除了唐晗和祝霍，只有晨珀知道。祝霍的意思是，田艾丽是不对，但她毕竟是声世重点包装的明星电提家，这种黑点曝出去对公司影响很大，所以之前就和她打过招呼，让她暂时别说。

晨珀当时拿了祝霍的好处——不花钱的电提，加上这事也没给她带去实质性的损害，所以就应下了。

然而整件事落在声世其他人眼里，就成了她弄丢黑提后，仗着神秘的背景凭借"传奇之琴"Messiah在赛前演出上抢了田艾丽的风头。

Messiah的名声实在太响，引来众人诸多议论，对晨珀的来历也众说纷纭，但当着她的面什么都不敢说，生怕惹上不必要的麻烦。

可陈烁不同，他在声世受人尊敬，很看不惯这种事，之前没机会也就算了，如今让他私下辅导晨珀，等于给了他发泄不满的机会。

练习室内，陈烁端着杯子喝了口普洱，许久才抬头看向面前的年轻女生。

印象里眉目慈祥、眼带怜悯的陈老师从她进门就一言不发，此刻脸更比锅底还黑，一直盯着她手里的电提。

"谁给你的电提？"他声音里有压不住的火。

晨珀歪头看了眼左手拿着的透明提琴，有点不解："没人给，我自己拿的。"

自己拿的？！陈烁老脸抽搐。她可真敢说啊！这架电提，当初他最得意的学生开小型演奏会的时候想要借去使用，却被祝霍委婉拒绝了。当时拒绝的理由只有一个——太贵，他做不了主，除非陈烁直接去找唐总。

陈烁有点艺术家的清高，到底拉不下脸为了借琴去找唐晗，这事就不了了之了。

现在看到晨珀这个才学电提没几天的小姑娘不当回事地拿着这琴练习，只感觉一口闷气憋在胸口，噎得他好想骂人。

"胡闹！电子乐部最贵的藏品，怎么能随便拿来用！"

"最贵的？"晨珀不解，"玻璃制的，能有多贵？"

"玻璃？"陈烁这回真要一口老血喷出来了，"三百五十万的全水晶镶钻电提，你说它是玻璃？"

拽着透明电提的手指僵了僵，晨珀的脸色也开始不好了。

之前因为黑提被毁事件，她再次选琴时才选了这把透明的电提，想着玻璃做的估计不怎么值钱，也免得再被人算计，就算真弄丢也没事。

她怎么会知道，自己的手气居然这么好！

"水晶的？"她把电提举到面前，屈起手指在造型优美狭长的琴身上敲了敲，"居然有人把真钻镶在小提琴上！吃饱了撑的，等着被抢吗？"

"敲什么！"陈烁脸都绿了，顾不得手上还拿着茶杯，起身就去护水晶电提，结果杯子没端稳，一杯茶全翻在晨珀的手臂上。虽然是冬天，衣服穿得厚，但这会儿是在室内，外套早脱了，毛衣挡不住七八十度的热水，晨珀手臂痛得一抖，捏在手里的小提琴直直朝下坠去。

闯祸的陈烁老师顿时慌了。

好在晨珀反应快，提琴脱手的瞬间两手朝下用力一捧，才险险把这把贵到离谱的提琴抱住。

陈烁拍着心口，感觉自己的老命都快被吓掉了。

三百五十万！开玩笑，要摔坏了，他也不要活了！

晨珀长嘘了口气，感觉自己和声世的电提果然没什么缘分，于是道："今天我会去把琴还了。"

经过这场惊吓，加上她识趣的态度，陈烁对晨珀的不满淡了几分，见她再来上课时果然换了把普通的电提，便也没再为难她，倒是认真给她准备起初赛的曲子来。

初赛在三天后，这一轮人很多，属于大浪淘沙，远没到惊动媒体的地步。比赛方式也很简单，按序号依次进声世演播厅演奏自备曲目，台下来自声世的三位评审及一位特邀的国内专业评委各自打分，满分四十分，总分超过二十分即可进入复赛。

器乐赛分四个组，分别是古典小提琴组、电子小提琴组、钢琴组及大提琴组。

这四类器乐受众比较广，也比较常用，举办比赛较为适合。

为表公平，从初赛开始所有比赛过程都会进行拍摄，后期同样会放到网上。

这年头，学器乐的年轻人虽然多，但有点成绩的人都会往欧洲跑。所以严格来说，国内有自信来报名参加公开赛的人并不算多。

晨珀的自备曲目是现代曲*Break*（《破》），和《风笛》一样，这首也是宫本笑里的名曲，原版是用古典小提琴演奏的，当时编曲时选用了一些古典名曲，如帕海贝尔的《卡农》，巴赫的《无伴奏大提琴组曲》，拉威尔的《波兰舞曲》，以及莫扎特的*Rondo Alla Truca*（《土耳其进行曲》）重新组织编曲。

*Break*整体欢快而愉悦，音色明亮，易上手。缺点是主旋律过于简单，若没有背景音的衬托，拉出来会显得单薄而惨淡。然而麻烦的是，初赛不允许有任何伴奏。

晨珀对此不担心，她并非没有比赛经验。初赛而已，只要不出大错，演奏*Break*通过没有问题。

她这么不重视的模样让陈烁忍不住骂了几句，骂完却很认真地给她改起了原曲。时间紧张，大改是不可能的，只能适当改编过于单薄的几处，另外他调整了曲速，用加速的方式弥补没有背景音这个缺点。

除了向她下战书的田艾丽之外，文蕊也参加了这次比赛，她在古典小提琴组，大概是因为报名晚，序号比她靠后得多。文蕊身边是那个叫黄珏的女生，两人看到她，文蕊朝她笑着挥挥手，说了句加油。黄珏的视线扫过她，唇角扬起轻慢嘲讽的笑，相比上次，态度摆得异常高冷。

晨珀只当没看见，冲文蕊点点头，就进了演播厅。

一天时间，初赛已全部结束。

如晨珀所料，她没有任何悬念地进入了复赛，文蕊和黄珏也进了。

田艾丽也来参赛了，但晨珀没有见到她，只是在旁边人议论时听到的。她久不现身，一出现就是来参加公开赛，来去匆匆，甚至都没有等结果出来，拉完就离开了。

众人对她二次参赛议论不已，就连评审在看到她的名字时也有些狐疑。毕竟和其他参赛者相比，她已是颇有名气的电音天后，又跑来参赛意义何在？

不过声世公开赛并没有规定不能二次参赛，加上田艾丽是董事的女儿，技术也没的挑，评审便没有多问。只是电子小提琴组的其他参赛者们哀叹运气不好，和一个前冠军同台，这次比赛会艰难得多。

四组进入复赛的一共有六七十人。复赛将在四周后举行，那些选手在初赛结果出来的同时会收到一份曲目单，上面一共有十首曲目，难易度和适合的器乐各不相同。有类似《卡农》这样的万能曲目，也有非常适合小提琴演奏的《流浪者之歌》，帕格尼尼的超长曲《罗西尼主题变奏曲1》也在其列，小提琴王子戴维的*Smooth Criminal*则非常适合电子小提琴。

评审表示，他们可自由选择其中一首参加四周后的复赛，届时将会增加新的评审。

四周时间，将过年假期也考虑在内。

相关事宜结束后，晨珀瞥见了不知何时坐在演播厅一隅的唐晗，她看到他正要起身朝她这边走来。晨珀的第一反应是扭头离开，连在一旁叫她的文蕊都没顾上。

门被人敲响时，晨珀还没吃完早餐，或者说是午餐。

她之前一周都在忙比赛的事，陈烁如果嫌弃她不搭理她倒也罢了，可晨珀发现他是真心在为她比赛的事忙碌后，也不好意思闲着，每天都很早起床准点去声世练习。

太规律的生活让她忽略了一件事。

这套公寓室内装修虽新，门却没有换过，旧式的门，被漆成怀旧的军绿色，没有装猫眼。晨珀先前在网上买了东西，以为是快递到了，结果拉开门发现，敲门的是两个西服笔挺的高大男人。

"晨小姐，您好！"两人朝她恭敬地问好后，左边的人开口道，"先生吩咐我们来接您。"

晨珀愣了两秒，随后反手将门关上。

两个男人的手一左一右撑在门板上，晨珀使出全身力气，门硬是纹丝不动。那两人只是推着门，没有进屋的意思，等她力竭，他们也缓缓收了力。

晨珀揉了揉因晚起还没整理的乱发，有些心塞地看着两人："这才几点？我牙还没刷呢！"

"先生吩咐我们来接您。"

"你们肯定是听错了，我上次没答应参加拍卖会！"

"先生吩咐我们来接您。"

"你们看我像是有钱参加拍卖会的人吗？"

回答她的还是恭敬的重复："先生吩咐我们来接您。"

家里杵了两个门神，晨珀只得草草梳洗一番，换上牛仔裤、毛衣，裹上羽绒服跟着两人出了门。

黑色商务房车内，空调打得恰到好处，驱散了她一身的寒气。

靠左侧窗的椅子已调整至最舒适的角度，临窗的小吧台上放着一杯还在冒热气的英式花茶，旁边的茶色骨瓷碟内搁着松软的布朗宁蛋糕。

两个男人替她关上车门，一左一右进了驾驶位。

车子缓缓开动，花茶的香味在空气里氤氲。他似乎总是这样，即便从来没问过，也清楚地知道一些最细节的东西。

哪个女生不喜欢细心体贴的男人？经历过唐晗若即若离的暧昧，简墨准的成熟体贴简直让她受宠若惊。可后来……想到那一晚，晨珀端着茶杯的手不自觉地抖了一下。

多想也没用，该面对的总要面对，她调整呼吸，重新让自己平静。

大半个小时后，车速减缓。

依旧是那间以奢华著称的度假酒店，然后是那栋位于庭院深处安静的复古小楼。

晨珀有些不解："不是去拍卖会吗？"

门神A和B自然不会给她答案，他们一左一右跟在她后方，直接将人送入小楼二层的一间套房。

晨珀惴惴不安的心在见到房间内几张陌生的脸孔后平静下来，只要不是单独见面，其他都好说。

"午安，晨小姐。"方谌面带笑容地从套房里间走出，"准备好了吗？"

晨珀突然有种不太好的预感。

三个小时后，晨珀黑着一张脸重新上车。

方谌跟在她身后，帮她提着换下来的衣物，搁在房车的后座。下车之前，他的视线在晨珀身上略作停留，觉察出她的情绪，有些不解："晨小姐还有哪里不满意吗？"身为一个高级助理，方谌自认已经安排得事无巨细，但凡他经手的事，从未出过任何问题。

她身上这款小礼裙是Chanel还未上市的春季限量款，连欧洲那边都尚未有人入手，靴子和包包是Prada的，更别提她脖子上这条钻石项链的价格。至于化妆师及发型师，都是为明星艺人工作的。方方面面他都安排妥当了，相信任何一个女人都不会不满意。

晨珀看了方谌一会儿，最后歪头朝他软软一笑："没有。"

她被反复折腾了三个小时，得有多傻才会在这时候说出自己哪里都不满意这种话，难道想被拖上楼再虐一次？

"那就好。"方谌下车关门的同时朝她道，"祝晨小姐周末愉快！"

愉快你妹啊！

五分钟后，房车再度停下，车门打开时，晨珀只想呵呵方谌一脸。

冬日的阳光从车右侧的移门铺洒进来，落在来人深灰色的薄呢大衣上，呈现出一种暖融融的色泽。因为身高问题，他需要将腰弯下才能进入车内，原本宽敞的车厢变得拥挤起来。她看见他修长的手轻轻搭在车座扶手上，落在她身上的视线似乎顿了一下。

晨珀的眼皮轻跳，刚才他一直没出现，她还以为车子会直接开去拍卖会现场，那样至少能免去单独相处。大庭广众，即便他想说什么做什么也得顾及环境。

"什么时候到的？"低沉而清冷的声音在她耳边响起。

晨珀抿住唇角，又是这种无关痛痒的语气，就好像两个关系不错的朋友闲话家常，真是愁人……

"三个小时前。"她侧着头，尽量把视线放在窗外，也因此错过了他眼底掠过的诧异。

"早了这么久？"

"嗯。"她从喉咙里挤出一个字。

"喜欢现在这份工作？"

"嗯。"

"不打算回欧洲了？"

"嗯。"

"我知道了。"

努力挤出声音的晨珀很想直接砸了玻璃跳车，这么不明不白的对话简直能把人逼疯。什么叫"他知道了"，知道了想做什么？

她用额头抵着玻璃，闭上眼装睡，打定主意无论他再说什么都不给反应。

好在之后的时间简墨准没再开口，大半个小时后，车子终于来到举办拍卖会的酒店。

晨珀舒了口气，趁着车门打开，率先走下去，正要离开却被人从后面拉住手臂。

接触的瞬间她身体一僵，下一刻，一件带着体温的薄呢大衣落在她的肩膀上。

她抬头，对上简墨准神色平淡的脸。她已经穿了十厘米的高跟鞋，可身高依然只及他下巴。她看着他身上单薄的白色衬衣，感觉到他靠近的气息，开口竟有些结巴："我、我、我不冷……"

他恍若未闻，甚至看都没看她，只低着头专注地替她将头发从大衣里取出理顺，并为她扣上了一颗纽扣。他的衣服很大，即便她还裹着御寒的披肩，依然宽松地将她整个人包裹在里面。

"这不合适。"看着面前人来人往的拍卖会入口，晨珀想去解扣子。

"还记得当初我和你说过的话吗？"他突然把目光转向她的眼睛。

不知是因为他的眼神还是这句话，晨珀的心脏狂跳不止。

她当然记得！她怎么可能不记得，就是因为记得太清楚，所以当初才会匆匆忙忙地退学，只为了能躲开他！

晨珀拧起眉，已经准备好"迎接"他之后的话。

面前的男人却只是旋身，握住她的手，朝拍卖会场走去。

坐另一辆车的方谌已先他们一步抵达，见简墨准走来，立刻迎上

♪

去，点开手里的平板准备报告。

简墨准抬手制止了他，开口道："她怕冷。"很突兀的一句话。

如果说向来以工作为先的老板的这句话让方谌十分愕然，那么接下来的一句话，直接让一个钻石级助理第一次对自己的工作乃至自我价值产生了浓重的怀疑："这种事，我不希望再有下次。"

方谌愣了片刻才反应过来简墨准指的是他私自提前去接晨珀，并做主替她换装的事。

身为一个高级助理，他居然被嫌弃多事，嘤嘤嘤……

简墨准虽然是这次拍卖会所有拍品的主人，但拍卖会主办人并不是他，所以他抵达的时候，场内贵宾基本都已到达入座。

这里面，自然也包括唐晗。

他坐在第一排的左侧，一旁的助理注意到入口处的动静，在他耳边说了几句。他起身离座，沿旁侧的走道朝上方的入口处走去。

直到走近，他才发现站在简墨准身后的人。她脸上化着清纯柔美的妆，身上裹着男款大衣，手还被对方牵在长指间，看起来没有丝毫挣扎的意向。

唐晗唇角的笑容僵住，气氛一瞬间降至冰点，他的视线仿佛要在她身上凿出一个洞来。她信誓旦旦地说过不会来，结果却和对方手牵手出现，这记耳光真是打得响亮。

唐晗气到极点，反而笑了，浅色的薄唇张开："简先生还真是言出必行。"

男人一言不发，只点头回应。

方谌笑着道："唐总，拍卖会已经开始，还是先入座吧。"

唐晗的笑容似乎更盛了，衬着那张白皙细致的脸和如星眼眸，实在养眼："我在前面给你们留了位置。"

"谢谢。"简墨准礼貌开口。

方谌跟着道："唐总不必这么客气，先生喜欢清静，坐在后面也是一样的。"

"好，那就不勉强简先生了。"唐晗的余光瞥向一旁当背景板的晨珀，认识她这么多年，他从没见过她盛装打扮的模样。那双漆黑的瞳仁原本就水润，经过眼线描绘勾勒，更显深邃沉静，仿佛旋涡般吸引着别人的目光。见他看向她，她居然还冲他软糯地笑了起来。

臭丫头，还知道挑衅！以为他不知道她在想什么吗？

唐晗哼笑，做了个请的手势："失陪了，几位。"

晨珀手指微动，忍下了照着那冷傲背影踹一脚的冲动。

你妹的！她都笑成这样了，他居然装看不见！她莫名其妙和简墨准出现在这里，稍微动动脑筋就该明白这里面有问题啊！

晨珀身不由己被带入座，方谌则识趣地坐在了前面一排。

手被放开，她还没来得及松口气，身侧的男人又俯身靠近，晨珀再度全身僵硬。她觉得这样多来几次，搞不好自己会得肌肉硬化症……

修长的手指替她解开了大衣的纽扣，似乎是觉察到她的反应，男人的视线投向她的脸："怎么了？"

"我想去洗手间。"晨珀一脸乖巧。

他点头，坐回位置让开了路。

手机振动时，正进行第一件物品的拍卖。

唐晗取出手机查看，上面的名字让他心头不爽，于是直接掐断。手机第二次振动时，他直接将它丢给了助理。

洗手间内，晨珀对着手机直骂"你妹"。这种关键时候，他闹什么情绪！

骂完，她倒真的想起他妹妹来了。

这次，电话很快就接通了，不过对方似乎有点忙，还有点喘……

"喂，小珀啊……哎呀，你别闹……有事吗？……好了，你等等行不行！急什么啊！……喂？小珀，你说，我听着……啊……你轻点！……"

晨珀头顶仿佛有一群乌鸦飞过……

"我没事，你先忙吧……"挂上电话，她扶墙而出。

洗手间外，门神A和B不知何时悄然出现，站在唯一的通道口，如铁塔般屹立不动，见到她出来，上前低头问了声好："先生说，如果晨小姐对拍卖会没兴趣，可以去后面的收藏室欣赏今天拍卖的藏品，若是喜欢哪件，可以直接取走。"

先生先生先生！先你妹啊先！

她上个厕所都要派人跟着！怕她会逃啊！她逃得了吗！她逃了大半个地球，他都有本事把她揪出来！

如果一开始她知道他是什么样的人，绝对不会去招惹他！

这是晨珀二十三年，不！是二十四年的人生里另一件后悔——也是最后悔的事。

假如能时光倒转，她发誓，绝对绝对不会在一年半前的那个夏天去招惹简墨准！

Chapter 7

最初的不夜城

　　从小到大，晨珀最常听到的一句话，就是邻里亲朋当着她爸妈的面夸赞她聪明、文静、乖巧。小的时候不太懂事，听别人夸赞她乖，多少有些心理暗示，觉着自己就应当乖一些，这样才对得起爸妈脸上舒心的笑。

　　可当她慢慢长大，才明白，让自己看起来乖一点，和真正乖巧、文静完全是两回事。

　　后来唐羽琦给她归纳总结——聪明倒是真的，学小提琴两年考五级得了优秀，再过两年直接考了八级，到她小学毕业已经过了十级，且次次考级成绩都是优秀；别人说她乖巧则是因为她长了一张极具欺骗性的脸；至于文静，大约是她时常犯懒不太爱说话导致的。

　　事实上，晨珀的很多想法、观点常常和别人不一样，可解释又费劲，毕竟她不可能和每个人都处得来，她也不需要那么多朋友，所以在花费唇舌让别人理解接受自己和由着别人误会之间，她选择了后者。

单从这点，就能看出晨珀是什么德行的人了。

无论如何，唐羽琦一直认为，好友会在"乖巧"的大道上一路走下去。就连晨珀自己也觉得，这是她多年的生活习惯，即便人生路上有波澜，也会以最平静的方式度过，更不可能出现所谓的青春叛逆期。

她没有料到的是，自己的叛逆期，在进入Royal Academy of Music的两个月后，悄然而至。

相隔大半个地球，完全不同的人文气氛和教育理念，让她开始有一种难以言说的奇妙感。要求严苛的父亲，学校里那些异样的眼神和流言蜚语，还有与唐晗之间的暧昧不清，仿佛一夕间都远去了。

剩下的，只有小提琴、伦敦，还有自由。

她尝试以前从未试过的穿衣风格，偶尔会化成熟的妆容；会为了自己的意见和教授据理力争；可以尽情地拉除上课和考级之外的现代流行乐；对不想搭理的人直接漠视，再不会为了别人眼中的晨珀而刻意乖巧。

她很快有了关系不错的异国朋友，上课时间一起认真练习，等到了假期，便想着法子出去玩。第二年的暑假，因为考分不错，她和几个朋友被推荐去了Royal Festival Hall（皇家节日音乐厅）演出，虽然是很多人一起的表演，但因为连演数场，每个人都得到了不少酬劳。

兴头上的几个人最终决定来一次最炫的远行，他们带着这笔钱，登上了飞往拉斯维加斯的班机。

虽然身上的钱不多，但这不妨碍他们进赌场一试身手的热情。长街的夜晚流光溢彩，身边的人都仿佛失去了分辨白天和黑夜的能力，在这里，只要你满二十一周岁，只要你有钱，赌场的大门永远为你敞开。

他们一行两男三女，两个亚洲人，三个欧洲人，都属于很会玩但又有自制能力的。

每个人都有各自的每日输钱底线，只兑换相应的筹码，输完就结束，赢了就请吃饭。

不知道是不是因为第一次赌钱，晨珀的运气好到爆棚，连着两个晚上翻倍赢钱。第三天的时候，她豪爽地在米高梅的Pearl Restaurant（珍珠餐厅）订了晚餐位。

米高梅是拉斯维加斯最大的酒店，据说这里最贵的别墅一个晚上要一万五千美金，都快抵得上她半年的食宿学费了。Pearl Restaurant是一家中餐厅，主厨来自香港，曾多次获得世界大奖。

其实能进Royal Academy of Music学音乐的人，家庭环境都不差，平时接触的教授也大都是名人名家，眼界也不算窄小。

但这晚，他们五个站在米高梅酒店前的车道上，一个个都看傻了眼，络绎不绝的豪车，活色生香的艳妆美女，不苟言笑的名流富人和态度毕恭毕敬的酒店服务生，将阶级这个词演绎得如此生动。

就在晨珀忍不住感叹有钱真好的时候，米拉——棕发的苏格兰女孩用力拽了她一把，让她看酒店门口。

那是她第一次看到简墨准。

近一米九的身高让他在西方人的世界里也显得醒目突出，穿着简单的白衬衣黑西裤，属于东方人的侧脸线条流畅而清隽。他微微低着头，站在一辆加长林肯的后座门前，似乎正在听车内的人说话。

"亚洲人！不知道是哪个国家的，这绝对是我这辈子见过的所有亚洲男人里最好看的……高富帅！"米拉抱着晨珀，用了一个她以前说过的词，后者赞同地点点头。

一旁的帕分哼了声，显然不同意："不就高了一点，五官端正了一点，外加站在豪车旁边，就让你们产生了错觉！我敢打赌，这个人不是酒店的服务生就是司机！"帕分是来自马来西亚的华人，他暗恋米拉几乎是公开的秘密了，只有米拉自己不知道。

见米拉不以为然，帕分又道："嘿！你们注意看他扶在车顶上的手，那是酒店服务员常做的动作，以免客人上下车时撞到车顶。还有他站在那里应该有一会儿了，显然是在听车里人的吩咐，如果是车主或是车主的朋友，没有理由站在车外说话，这很不礼貌！还有，你们不觉得他的表情有点糟糕吗，好像……是在挨训！"

虽然几个女生都不想承认，但帕分说得很对，尤其是他的神态。虽然男人的气质清冷，气场看起来也很强大，但他脸上带着恭敬。在这个车不宜久停的场合，能态度恭敬地倾听这么长时间的人，不太像是居上位者。

要到很久以后，晨珀才明白，这样的场景，这个男人这样的状态，很难为人所见。能让简墨准如此沉默静立挨训的人，这个世界上也只有那么一个而已。

这寥寥可数的场面被她撞见，不得不说，真是他们孽缘的开始。

Pearl Restaurant的中餐很合其他四个非中国人的口味，晨珀则怀念口味正宗的口水鸡和水煮鱼，所以一晚上都精神恹恹。

餐后他们几个又去酒店的酒吧小坐，几个人酒量都不好，却热闹地喊着要喝酒。

酒店的客人大都被赌场和米高梅历险游乐园吸引过去，酒吧里人并不多，安安静静的，正好能聊天。

酒精让晨珀突如其来的"思乡情绪"越发汹涌——对象大部分都是各种川菜烧烤海鲜小吃点心……米拉的声音勉强让她拉回思绪："亲爱的Amber，我是不是你最美最可爱的室友兼饭友？"

晨珀摸摸脸："你有事能不能直说？"

"都怪帕分那个脑残，非要和我打赌，他就是见不得别人比他优秀！赌就赌，我怕什么，这几天他在赌台上比我输的多了去了……"

"说重点。"

"我们打赌，看刚才那个东方男人究竟是有钱人还是没钱的司机或是服务生！我赌有钱，他赌没钱，谁输谁就跑到胡佛大坝上穿着超人服拉Annihilator的*Lunatic Asylum*（《疯人院》）！"

用小提琴拉重金属乐《疯人院》？果然这两只都疯了……

"所以你懂啊，我绝对不能输！这么丢脸的事我才不干！"

是想出这种赌约的你们才丢脸吧！晨珀嘟囔："那这事和我有什么关系？"

米拉闻言一下子坐直身体："当然有关！整个赌约里面你最重要！我们五个人中就你长得最美，头发最黑，眼睛也最亮，更重要的是……你是纯种东方人！"

晨珀忍着恶心，不为所动地斜视着她："说重点。"

"所以我们决定派你去接近他，从他口中套话……"

"他现在就在酒吧外面呢！看下面！你想，米高梅这么大，我们一个晚上和他遇到两次！这么强烈的缘分，怎么能就这样放过？"米拉一面说个不停，喷了晨珀满脸酒气，一面拿起酒杯一个劲地让她喝。

所以说，年轻人的旅途中一旦加上了酒，就会增添很多无聊而诡异的回忆。

晨珀后来怎么都想不明白，当时自己到底是酒喝多了头脑发昏，还是存在于她内心的叛逆因子作祟。反正异地陌生人，他不知道她是谁，她也不用认识他，弄清楚想知道的就撤呗。

米拉连搭讪的开场白都给她想好了，虽然很老套，但胜在实用。

酒吧外是个庭院，晨珀下楼出去后，对方似乎正要离开，人已走至出口处。晨珀忙几步上去，直接勾住了他的手臂。

"亲爱的，你怎么来了不进去，我都等你好久了！"她用的是英语，就算对方不是中国人也能听懂。

简墨准回头投来视线，目光清冷而平淡。

站在他面前的是一个东方女孩。第一眼的印象，着实没能在他的视网膜上停留太久。

晨珀那时化着烟熏妆，热裤加洞洞衫，露出一双纤长美腿，脖子和手腕上挂了一圈圈的皮绳和银饰，完全是不良少女的标配。真要说优点的话，大概就是那头长及腰际的波浪卷发，又黑又浓密，非常漂亮。

"真不好意思，我认错人了！"她一脸吃惊地松开手，近距离的对视令她不得不费力地仰起头，"你的背影和我朋友真像！你是中国人吗？"

一般情况下，对方总要说些什么的。

然而他只是看了她一眼，稍稍点头，便转身离去。

连个嗯、啊、哦之类的语气词都没给她。

傻站在原地的晨珀叫道："喂……"

说好的最完美纯种东方人呢？

晨珀完全没想到，这个晚上，他们一行还会第三次遇到那个男人。

那时他们正在沿街的一家酒吧续摊。

七月份的拉斯维加斯白天酷热，晚上却很凉爽，他们坐在露天的大阳伞下，扑面而来的夜风里带着沙漠地区特有的干燥气息。

接近夜晚十一点，这个城市依旧喧嚣如同白昼，道路两侧各种灯牌霓虹闪烁，灯下来往着肤色各异的旅人，马路上车辆飞驰。

一辆红色的敞篷跑车在隔壁的甜品店前停下，米拉无意间瞥见下车的人，顿时双眼一亮，忙压低声音朝几人道："快看后面！"

她的声音里带着兴奋，几人都转过头去，果然看到了熟悉的人。那样醒目的身高和清隽干净的东方脸孔，无论出现在哪里都很惹眼。

晨珀收回视线时，正对上米拉双手合十满含乞求的双眼。

晨珀今晚喝得太多，头隐隐作痛，此刻连手指都不想动："他刚才根本没搭理我。"

"换个表情再试一次！"她先前那种面无表情的搭讪，人家会搭理才有鬼呢！

"太丢人了，不要，你自己去。"

"假如她敢去刚才就去了。"艾玛开口嘲笑，"搭讪而已，和哪国人有什么关系！那男人看起来冷冷淡淡的，气场很强，又长得那么帅，去搭讪还要打听职业，这种事米拉哪里有脸做！"

"就知道说我，你不是也不敢！"米拉无奈，只能看向剩下的乔治。

"开什么玩笑，我可是男人！"乔治撇嘴。

"你们都不用去，我已经赢了！"帕分这时得意地开口，"你们只看见从驾驶座下来的男人，却没看见副驾驶座上的女人！"

几人再度看去，发现副驾上果然坐着一个年轻漂亮、打扮优雅的女人，棕发红唇，看五官像是混血儿。她神色自在地坐在车里，并没有下车的打算。

"你们瞧，那位看起来像千金小姐，那个男人大概是她的司机兼保镖可能还兼暖床，主人想吃甜品，他独自下车去买理所当然。"

"嘿！车子是双座，这种跑车谁会配司机？他下车买东西只能说明他很绅士！就那女的，配当我男神的主人吗！"

"你才见过人家几次，男神？你的标准未免也太低了！"

"你还不是看了一眼就说人家是千金小姐！"

两人很快争执起来，帕分的反驳让米拉很生气，吵到最后他们两人谁都忘了这件事的开端不过是个无聊的赌约。

艾玛一脸受不了，朝晨珀和乔治示意了下，三人默默拿起各自的酒瓶换位置。酒吧区几乎都坐满了，晨珀三人去了隔壁甜品店的露天座位区域，找了个空位坐下继续喝酒。

又一瓶啤酒下去大半时，她看到那个东方男人提着打包的甜品走出店铺。

不得不承认，米拉的确有眼光，这男人身高腿长，面容完美，气质清俊高冷，光这样缓步从露天座经过，就引得周围的异性纷纷侧目。那些年轻的女孩儿，什么国家的都有，此刻却都看着同一个男人浅笑低语。其间似乎有女孩蠢蠢欲动想起身搭讪，但碍于他目不斜视的冷然气场，到底还是坐了回去。

这种感觉异常熟悉，让她突然想起了某个人，突然觉得……很不爽！

后来回想，其实他和唐晗在外貌气质上没有任何相似之处，只是受女人欢迎的程度完全一样。这恰好是她最讨厌的一点。

在对方即将从她面前经过时，晨珀突然蹬向面前的黑色铁艺靠背椅，椅子哐啷一声倒在他的脚前。

乔治和艾玛齐齐喷出一口酒，这是……在发酒疯？

男人的目光缓缓投来，依然清冷，只是多了一分深幽。

可惜晨珀喝多了，并没有感觉到这眼神里的压力，她有些吃力地站起身，抬脚踩住倒地的椅子，将啤酒瓶递到他面前，懒洋洋地开口，说的是中文："帅哥你好眼熟，要不要坐下喝一杯？"

简墨准静静地看着面前醉醺醺的女孩，空气似乎有些凝滞。

"韩国人？日本人？"晨珀等了几秒，不见他有反应，这才改用英文，"我们之前见过，在美高梅，你忘记我了吗？"

"麻烦让一下。"男人这回开口了，嗓音偏低，英文的发音很纯正。

她盯着他，突然就笑了，露出八颗小巧而洁白的牙齿，那明媚灿烂的笑容让对方一愣。

"我朋友说搭讪别人的时候不能面无表情，现在这样有没有好一点？"

艾玛、乔治他们从不知道晨珀喝多了会是这个样子。

好丢人……

艾玛和乔治互相对了个眼神，默默换了稍远一点的座位。

也幸亏这两人位置换得早，使得他们幸运地避开了稍后的麻烦。

男人的视线落在她手里的酒瓶上："你还没成年吧？"在内华达州，法律明令规定，只有年满二十一周岁的人才可以赌博和喝酒，否则就是违法。

他完全可以报警。

"你这是在问我问题？"晨珀笑眯眯地反问道，"如果我回答你了，你也可以回答我一个问题吗？"

然而还没等她开口，一个隐含不悦的女声就打断了她："为什么还不上车？"

她回头，原本坐在车里的混血美女不知何时已站在那里，掠过她的目光带着不满和冷意。这会儿她头脑昏涨，反应也跟着迟钝，愣了好一会儿才反应过来自己被当成觊觎别人男伴的碍眼人士了。

"她是谁？"眼见混血美女眼底怒意飙升，晨珀忙收回腿，顺便摆好椅子，朝对方诚恳地道："谁都不是，刚才我只是在和你男朋友问路。"

不知道是不是措辞的问题，这句话出口后，美女眼里的不满淡了几分，与之相反的则是男人视线里加重的冷色。

"你的甜品。"简墨准将手里的袋子递过去，对方并没有接，反而交叠双臂，姿态轻慢地看着他："她解释了，你是否也该给我一个解释？"

她没接，他也不勉强，将袋子搁在晨珀面前的圆桌上，却没有开口的意思。

见他这样，她反倒笑了起来，她长得实在漂亮，大胸细腰长腿，五官立体，这么一笑完全像是真人版的芭比娃娃，晨珀身为女人都有些移不开目光。"亲爱的，态度这么差可不行，乔尔先生既然把你'借'给了我，这几天你就是我的人！你得明白，这三天我让你干什么你就得干什么！"她说着，视线再次掠过晨珀，"怎么，你喜欢这款？可惜啊，就算要三人行我也是很挑剔的！"

大概是见到晨珀醉醺醺的样子，或是对方本来就无所谓，芭比美女说话没有太多顾忌，她的英文发音不太标准，带了些卷舌的俄国腔，偶尔有些词晨珀听不太懂，可大意还是明白了个七七八八。

面前的男人大概是替乔尔先生工作的，不过因为长得太好，被芭比美女看中了，所以要过来几天。这位美女的背景应该很不寻常，他没办法拒绝，但也并不太配合。这也许便是他此刻表情冷淡，态度却礼貌的原因。

晨珀想到这里，觉得自己再待在旁边听下去太不人道，于是打算悄悄走。她刚起身，肩膀却被男人的大手摁住，那手指整齐而修长，骨节分明，异常好看，她沿着对方的手看去，对上了男人毫无波澜的黑眸。

他微微俯身到她耳旁，声音沉缓地朝她道："抱歉，一会儿就好。"随着男人的靠近，有浅淡的熏香袭入她的鼻腔，晨珀一时失语，正要开口问，却已经被对方扣着手腕拉离座位。

晨珀被莫名其妙拉着走了几步，才用力停下，想挣脱对方的手，他回头朝她看过来，眼神依旧轻淡，可指下的力道却明显加重了，她根本无法挣脱。

"简！"芭比美女的声音冷了下去，她没有伸手阻拦，视线在晨珀身上扫了一圈，脸上笑意不改，"你敢！"

男人没有开口，侧目看了对方一眼，晨珀被他拉在另一侧，没有看到他的眼神，却能明显感觉到气氛的变化，芭比美女脸上的笑容似乎有些僵。

随后，她便再度不由自主地被拖着走。

"简！"芭比美女有些恼怒地咬着这个发音，男人却充耳不闻，直接走到马路旁，拉开R8的车门，将晨珀推了上去。

她被他从驾驶座推到了副驾驶座，晨珀挪到副驾驶位后刚想推门下车，原本就没熄火的跑车便如离弦的箭一般飞驰出去。

酒吧座位区那边，看到这一幕的米拉也顾不上和帕分吵架，匆忙跑去找艾玛和乔治："什么情况！我让她去搭讪而已，她居然……就这么跟人跑了？"

后来简墨准向晨珀坦白，当时拉全然陌生的她上车，固然有请她帮忙的意思，但也是因为她之前的搭讪。那时他对她的印象并不好。未成年的中国少女，喝醉了酒在赌城胡乱搭讪陌生男人，而且还是两次，他并非教训她，只是想让她看一看这种行为可能带来的后果。

说这些话的时候，简墨准正坐在限量加长版凯迪拉克的后排，宽敞奢华的空间和量身订制的西服令他看起来优雅而高贵。他长腿交叠，目色幽深，全然不似她在赌城里以为的那种身份。

直到那一刻，她才明白初见时对方为何会有与身份完全违和的气场和气质。

"所以，你当时以为我的职业是？"

还能是什么？

芭比美女误导太深，再加上之前帕分的猜测——所以，司机兼保镖再兼暖床咯……

莫名其妙被不认识的人带上车后，晨珀的酒彻底醒了。

车子飞驰，道路两旁的光影明明灭灭，驾驶座上男人的侧颜干净而优美，那些掠过他面颊的光影绚烂多彩，却撼动不了他眉宇间的漠色。

他似乎心情不太好，只是不想发作，于是便保持沉默，哪怕此刻拉了她上车，也没有开口解释的意思。

不过晨珀也不傻，稍稍冷静便明白过来。芭比美女刚刚说她不够格"三人行"，现在他就甩掉她，和她"两人行"，不费任何言辞，直接以行动打了她的脸。

只是这样惹恼对方，他可能会被那位乔尔先生责备。

看来，并非每个长得好看的男人都一样，他们虽然具备吸引异性的条件，可有时这种条件也会带来麻烦。换成唐晗，如果对方的身材、脸蛋、家世样样出挑，他估计会坦然地接受并享受整个过程。而这个人，明显很排斥。

"抱歉。"耳旁传来对方的声音，这次他的嗓音里带上了几分温度，"你住在哪家酒店，我送你过去。"

他等了片刻，没听到她回应，在等红灯的间隙转头看她。

副驾上的女孩正支着脑袋看车窗外的不夜城，大抵是感觉到他的目光，转头朝他看过来。黑色的烟熏妆衬得她的双眼格外大，在明灭变幻的霓虹中，犹如两丸沉在水底的黑色珍珠。

"二十二岁。"她答非所问，"马上就要满二十三周岁了。"这是回答他之前的质疑，她很合法，并没有做触犯法律的事。

说完年龄，晨珀直接报了酒店名字。她的手机和房卡都在米拉的包里，这会儿身上除了一张信用卡，连一分美金都没有。她原本还想着出租车不能刷卡要怎么回去，现在他既然提出送她，她自然不会客气。

"好。"酒店位置和他开车的方向相反，他打算在下一个路口掉头，车身却突然遭到猛烈的撞击。幸亏之前为了掉头已经减速，撞击虽然让车子打滑，但只是片刻他便调整过来。

晨珀压着被风吹乱的头发回头，在后方不远处，一辆黑色的厢型车正紧紧跟在他们车后。就在晨珀回头这几秒的时间，厢型车再次加速，车头狠狠地撞上他们的车尾。

晨珀只感觉身体被甩出椅背又立刻被安全带勒回去，她原本以为是意外，可看这架势，对方根本是故意撞上来的！

伪不良少女顿时慌了："……为什么那辆车要撞我们？"

简墨准瞥了眼后视镜，看清车的型号和车牌时眼底掠过一抹疑问。搁在一旁的手机响了起来，他看了眼号码，拿起接听。

片刻后，他朝电话那头的人淡淡道："我已经看见车了，你自己先去医院吧。"挂掉电话的同时，车子瞬间提速，他有些抱歉地朝她开口，"对不起，暂时不能送你回酒店了。"

这种时候晨珀的关注点根本不在酒店上："那辆车为什么要撞我们？"这话她已经问过一遍，原以为他还是不会回答，哪知一番疾驰后，他开口答道："开车的人是刚才那位。"

刚才那位？混血芭比美女？！

晨珀愕然："她这是……想做什么？"

"大概是想取回车。"

"什么？"这种动机和行为完全不搭好不好！为了拿回车，所以开着另一辆车撞他们？得多有病才能干出这事！

两人对话的这几秒内，后面的黑色厢型车又阴魂不散地追了上来。看那辆车以蛇形路线疾驰的模样，要不是情况不对，她还真想给芭比美女点个赞！

"追过来了！你是否考虑过停车，把车还给人家？"

他在换挡转弯的同时淡淡瞥了她一眼，颇为认真地答道："那样会更危险。"

这答案背后的意思真是让她不寒而栗……

"坐好，我要绕小道甩掉她。"他吩咐了句，车子的顶棚瞬间升起，随后他调了挡，车身传来发动机的轰鸣声，车子再次提速，晨珀只感觉整个人被压在椅背上，一时间竟有种错觉——她在坐过山车。

这种感觉和唐晗那次小打小闹的飙车根本不可同日而语，过程实在不想回忆，她本来就喝多了酒，这么一颠簸，感觉胃都快翻出来了。

反观驾驶座上的男人，全程都很淡然，哪怕后来时速飙到120迈，后面隐隐传来警车的声音，他依旧神态平静，打方向盘及甩尾的动作甚至可以用优雅形容。

在胃部强烈翻腾的时候，晨珀突然意识到今晚碰到的这两位绝对不是普通人，在拉斯维加斯这样的地方，一个肆无忌惮地追尾，一个面无表情地超速，背景都不会简单到哪里去。

她错了，她不该看人家脸好就胡乱搭讪的……

Chapter 8
田艾丽的青春纪事

　　在发生了种种事情后再回想，那时分明已隐隐觉察到简墨准背景的特殊，可后来晨珀却没有让自己保持足够的清醒并远离他。

　　或许是那晚发生的事太像电影剧情，或是拉斯维加斯的夜晚太过迷人，心里的忌惮并没有达到令她警惕的地步。

　　她以为自己足够聪明，只要心里清楚底线在哪儿，旁观一下无伤大雅。可有些事，并非一加一等于二这么简单明了。

　　等到她觉察的时候，已经完全陷了进去。

　　落地窗外，冬青矗立在格局精美的花园里，喷泉水流清澈，远处的天空颜色渐深，才不过五点多，暮色已至。

　　冬天的夜晚总是来得特别早，这里是酒店顶楼的宴厅，下午的拍卖会早已结束。晨珀在洗手间外被人堵住后，因为找不到机会离开，也不想回会场坐在简墨准身边，最后只能选择去了收藏室。

她当然不是真想去观赏藏品，也没那个心思，那些木提再好，也不是她的。收藏室很大，分里外几间，她找了间有沙发的，窝在那儿打了一下午游戏，其间又给唐晗打了数个电话。

唐晗一直没接，也没回她电话，她知道他是故意的。

上次她亲口说过不再喜欢他，之后又对他视而不见，紧接着就跟简墨准出席拍卖会，在他看来，很像是故意报复。

这男人骄傲自负得很，心里认定的事情她说再多也没用。她是想躲开简墨准，可是要她一再去求故意冷待她的唐晗，她又不愿意了。

事情发展到这个地步，她早已无处可逃。为了躲避他，她付出了休学的代价，再逃下去，难道连这份工作都要放弃？

别说她老爸不会放过她，她自己也不愿意。

没办法和那人保持距离，在没弄清楚他的目的前，她只能走一步看一步。

晨珀半靠在落地玻璃上，她站的位置灯光有些暗，很不显眼。这个宴会是为拍卖会而设，在场的基本都是下午拍品的买家和懂行的收藏家，以及一些业界的权威人士和记者。

小提琴收藏家胡崇光也在邀请名单内。他不久前发的微博将声世和晨珀推上了风口浪尖，后来声世联系了牛津的阿什莫尔博物馆，在网上晒出真正的Messiah照片作为回应，间接给了胡崇光重重一击。他不相信以自己的经验和眼光，居然会发生这种错误！

一张照片证明不了什么，于是他一边坚持称自己鉴别无误，一边指出声世有拿传世名琴为其公开赛炒作的嫌疑。

一段小小的插曲，竟引发了网络热议。

声世公开赛的知名度是有了，可骂名也增加了不少，比赛的公正性也被人质疑。故而此次拍卖会，唐晗亲自邀请了胡崇光，赛前演出使用的小提琴究竟是真品还是仿琴，到时一看便知。

胡崇光自然不会拒绝这次邀请，虽然心里也怀疑过，但他事后反复看了那天赛前演出的视频，虽然没有亲眼看到小提琴的细节，但那样明亮的音质和多层次的音色，分明就是斯式琴无疑。

于是他信心满满地来了，却在拍卖会上大跌眼镜。这把被命名为"怀念"的小提琴，果然并非Messiah——虽然它们极其相似。

胡崇光是真心喜爱小提琴，不屑于故意撒谎，在坦率承认自己失误后，他表达了购买"怀念"的意向———一把拥有斯式琴所有音质特点的仿琴，他非常清楚这把琴的收藏价值。

然而主持人充满歉意地告诉他，"怀念"原本的确是拍品之一，但现在因为一些私人原因成为非卖品，只展出，不对外出售。

胡崇光大失所望，他爱琴心切，晚宴时主动找上唐晗，希望见一见"怀念"的收藏者，想亲自打动他，让对方割爱。

唐晗一整个下午都脸色阴郁。

他不接晨珀电话，却将她的频频来电视为理所当然。他本以为自己不接，她就会亲自找他解释，假如她的理由他能接受，便打算适可而止不再生气。

当然，作为不生气的交换条件，他会趁势把两人的关系确定下来。

他自认已经很大度了，要不是因为心里真舍不得她，他又何时低过头。然而他耐着性子等了一下午，她却始终没出现。电话也是，几次之后就再没打来。

一下午，唐晗的脸色从冷淡到阴云密布。胡崇光这个时候找上门去，还提到"怀念"和背后的主人，唐晗又怎么会有好脸色给他。

被答复了几句不冷不热的客套话后，胡崇光的表情也有些难看起来。他不知其中原委，只觉得是对方为之前微博的事刻意冷待自己，自此心里也有了隔阂。之后机缘巧合，当唐晗有事求到他这里时，胡崇光毫不客气地给了唐晗十足的难堪。

当然，这是后话。

晨珀端着盘子坐在角落，一边填肚子一边看向宴厅门口，那里站着两个黑衣门神。

简墨准带她进宴厅后没多久接到一个电话，几句简单对话后，她注意到他眉心蹙起，看得她心跳加快——别误会，她是高兴的！

果不其然，简墨准挂上电话后就对她说自己有点事要处理，需要先离开，问她是跟他一起走，还是留在宴会上。

"留在这里。"她答得太急切，惹来他淡淡一眼。晨珀立刻整理表情："我饿了，在这里吃点东西再走。"

"也好。"他颔首，朝身侧的助理方谌伸手，后者撇撇嘴，将搭在手臂上的大衣递给晨珀。

"车子留给你，宴会结束后司机会送你回去。"

接过大衣时，晨珀光裸的手臂上不由自主地冒出一片鸡皮疙瘩。方谌离得近，自然看见了，他的眼神里多了丝不满，忍不住补充道："晚上温度更低，先生怕你感冒，影响之后的比赛。"

晨珀捧着男款大衣，正寻思着是不是应该说声谢谢，简墨准已经旋身朝门口走去。

直到身着衬衫的高大身影消失在视线里，晨珀整个人才放松下来。

她身上穿着小礼服，手里却捧着男款大衣，样子有点傻，但到底不敢将他的衣服随便乱丢，于是忍着不耐走到一个黑衣门神面前，将大衣递给对方。

"走的时候我再拿。"

"是的，晨小姐。"对方接过，看来他们的确是简墨准留下的人。晨珀歇了离开的心思，看完落日果断去填肚子。

唐羽琦打来电话时她刚吃没几口。

"那个，小珀，刚刚你找我有事吗？"素来爽朗的唐羽琦今天在电话里格外矜持，晨珀想到之前让人扶墙的通话，回道："我是四个多小时前找你的。"

"哎呀，讨厌啦！他哪有四个小时这么厉害！"

晨珀嘴角抽动：“口误，我是五分钟前打给你的。”

田艾丽跟着田母走进宴厅时，吸引了不少人侧目，倒不全是因为之前赛前演出的那些报道，毕竟是声世有名的“电音天后”，很多人都认识。

她今晚穿了条极显身材的无袖红色短礼裙，直长的黑发及腰，配上烟熏妆及脖间光华璀璨的钻石项链，那种明艳青春的美被渲染到了极致，引得场内几个青年才俊情思大动。

田艾丽无论家世背景还是在器乐界的光环都无可挑剔，这也令她成为众人向往的联姻对象。何况她本人长得的确漂亮，气质也好，一看便是名流之家培养出来的千金。

以上种种，田艾丽心知肚明，因此向来自信。才俊们倾慕的目光令她近来低沉的情绪有所好转，其实今天这场合她并不想来，虽然她想见唐晗，可之前到底丢脸狠了，尤其是几篇报道中，记者把她哭着离开的模样拍得很是狼狈。

正因如此，除了声世初赛，她基本没出过门，原定的几次演出她都以身体抱恙为由推脱了。田母知道后，狠狠训了她一顿。

田唐两家相交已久，又是生意伙伴，自己女儿那点心思田母又怎么会不清楚。其实她并不赞成，只是女儿还小，唐晗也还未定性，所以她也只当是小孩子玩玩闹闹，随她去了。

玩闹怎样都可以，但为了一个男人连自己的事业都不顾就不好看了。

田母知道这阵子自家女儿私下联系过唐晗，只是对方一直没接电话，弄得她难过又气恼，可偏偏拉不下脸跑去找他。

田母是个强势的女人，不屑于柔声劝慰，所以直接带她来了宴会，把她丢到唐晗面前，让她自己去面对。当然，身为母亲，一定的庇护还是要有的，所以她也陪同在旁。

有她在，想来唐晗那小子也不敢给自己女儿冷脸。

果不其然，有名流和记者在场，唐晗面对公司旗下的明星电提手笑得如沐春风。田母看着唐晗不动声色地朝自己投来深意一瞥，以及脸上找不出一丝破绽的笑意，再看看自家女儿信以为真的眼神和傲娇的神态，忍不住在心里叹息。

自家女儿果然不是唐晗的对手，看来等这阵子事情过去，她得亲自给女儿物色合适的对象了。

自从晨珀跟简墨准进入宴厅后，唐晗一直在忍。

两人靠近对话，她捧着对方的大衣目送他离开，一切画面都刺眼至极。甚至是后来她独自接电话时露出的笑容，也让他分外厌恶。

到了这个时候，唐晗哪里还想不到两人之间的关系。

羽琦曾说过她休学归国是为了一个男人，他知道简墨准长居英国。

他还记得简墨准初次现身时晨珀也在，半途却脸色难看地离开了。

后来赛前演出时，晨珀的电提不见了，他出借高价藏品。

这次，对方直接绕过他将人接了过来，以女伴的身份带在身侧。

所以，他们不仅仅是认识，应该确实在一起过！

意识到这点后，他的情绪变得很难控制，有一种隐隐的暴躁在心里跳动，明知已发生的事不可能改变，却固执地想时光重来。

如果当年她没有去伦敦，如果她一直待在他看得见的地方，他又怎么可能让她身边出现别的男人？！

唐晗抬手将杯中的红酒一饮而尽，上挑的漂亮眼睛看向面前用傲娇语气和他说话的艳丽女孩。他很不耐烦，很想离开，却又不想被她看到独自离场。

报复心起，唐晗将空酒杯搁在一旁服务生的托盘里，朝田艾丽勾唇浅笑："这里人太多了，我们换个地方聊天吧。"

"啊？"田艾丽有些蒙，她其实想表达的是自己还在生气，他如

♪

果不好好哄她，她以后就真的不理他了。哪知唐晗竟突然来了这么一句。她还在犹豫到底要不要答应，会不会显得掉价，手腕已被对方轻轻握住。

"来吧。"他微微俯身，在她耳旁低语。

离得近了，她能闻到他身上独特而迷人的幽香，在她耳旁低语时的气息如此暧昧，让她有些发晕。

田艾丽根本拒绝不了，本想故作骄傲地推拒一番，可人已经被他拉走了。

众目睽睽之下，他拉着她向自己的母亲打了声招呼后，便直接带她离场。一旁的人都震惊地看着他们，像是直到这一刻才看懂两人的关系。

田艾丽感觉脚步轻飘飘的，每一步都像是踩在棉花上。

男子的手指细长而漂亮，黑曜石戒环在水晶灯下闪着迷离光泽。她太过沉醉，甚至忽略了身前男子回眸时视线的所在。

他其实并没有在看她，他的目光穿越宴会的人群，落在了远处另一个女孩的身上。

田母与人交际的间隙，将这一切收入眼底，忍不住再次叹了口气。

自己生的女儿，怎么连自己十分之一的情商都没遗传到？

也不知道什么时候，自家女儿才能真正看得明白透彻，清醒过来……

田母不知道，她忧心的事情，会在这一晚彻底解决。

而解决这事的人，完全在她意料之外。

司机急刹车的时候，晨珀正躺在放低的椅子上玩手机游戏，这个刹车太过猛烈，她又没系安全带，整个人都滑下了座位。

"晨小姐，您没事吧？非常抱歉！"

对方忙不迭的道歉声里，她摆摆手爬了起来："怎么了？车祸吗？"

"不是，晨小姐，刚才有个人突然冲了出来。"

"撞到了没？"

"应该没有。"司机的声音顿了下，又道，"不过她好像站不起来，还在哭。"

坐在副驾的另一人推开门下了车，晨珀趴在前座的椅背上，想看却看不清楚，于是让司机开了门。

"怎么样？"晨珀走到车前询问。

"晨小姐，她应该没受伤，不知为什么不肯起来。"

晨珀闻言看去，正巧对方听见男人说话也抬起了头。

昏黄路灯下，坐在地上的人分明就是田艾丽。她抽抽搭搭的，烟熏妆已完全晕开，哭得像只熊猫。她红色的短裙外只裹了件毛呢大衣，一只脚还光着，看起来好不可怜。

发现来人果然是晨珀，田艾丽用红肿的眼睛狠狠瞪了她一眼。

不久之前，她分明还害过她，可不知怎么的，晨珀居然有点想笑。

"笑什么笑！没见过别人高跟鞋坏了！"田艾丽哪里肯示弱，抽泣着犟嘴。

晨珀忍笑，答非所问："为什么不用防水化妆品？"她纯粹只是好奇，不过在对方听来更像是讽刺。

"你……"田艾丽恨恨地瞪着她，一时间找不到话反驳，又想起今晚的委屈，顿时号啕大哭起来。

冬天夜晚在人少偏僻的路上见到"仇人"光脚坐在地上哭怎么办？急！在线等……

片刻后，她问："要上车吗？"

"……要！"

晨珀说："我只是客气一句。"

"你……"田艾丽觉得自己要被气死了，"我鞋子坏了，身上又没钱！你难道想见死不救！"

"你可以打电话找你妈。"

"手机……"田艾丽想起自己刚才因为太过气愤，下车下得急，根本没顾上拿手机。

当时她以为自己生气下车，他不会真的开走，最终还是会送她回家的。没想到他居然真的飞驰离去，半点犹豫都没有，她等了一会儿，又沿着马路朝前走，却始终不见他的车开回来，后来她还扭到了脚，一只高跟鞋的鞋跟断了，她气愤之下把鞋子丢进一旁的树丛里。等到一瘸一拐的她发现脚冻到不行，却已经找不回鞋了。举办宴会的酒店在开发区，位置偏僻，周围是大片的树林草地，连辆经过的车都没有，好不容易等到一辆车过来，她第一时间就冲了出来，哪知却被晨珀看到自己这副模样。

田艾丽还在心酸委屈，面前的女孩已经递了手机过来："借给你打电话，叫你妈来接你吧，我走的时候她还在酒店，开过来不远。"

她没接，却再次大哭起来："我不想回家！我不想别人看到我这个样子！你嘲笑够了吧！满意没有！都是你，都是因为你！我已经够丢人了！全世界都知道我被你抢了风头！我都不敢回声世！你为什么还要出现！"

晨珀冷笑了声："我被声世的人误会弄丢电提，又被黑靠男女关系抢了你的风头也没说出你做的好事，你还好意思和我吵，有病是不是？"

"我是藏了你的琴，可是琴不是我弄坏的！"

"什么？"晨珀拧眉。

"你听不懂吗！琴不是我弄坏的！你们都以为是我，连他也不相信我！我又不傻，声世我家也有股份，那把琴那么贵，我至于蠢到弄坏我自己家的东西吗！"再怎么说她也是电提手，那种珍藏版的电提，她根本没动过弄坏的心思。

晨珀注视了地上的人片刻，最终缓缓道："先上车吧。"

两小时后。

晨珀捧着热可可，听到卫生间的门被打开，摇了摇头。洗了一个小时，她家热水器里的水估计都见底了。

田艾丽一边用新毛巾擦拭头发，一边嫌弃地拉着身上粉红色的小熊棉睡衣："这里居然连个吹风机都没有，还有这种可笑的睡衣，你到底是不是女人？"

"大门在你身后。"晨珀头也没抬地说道。

"我抱怨几句，你要不要老威胁我？"

"不想听威胁就闭嘴。"

"都说了琴不是我弄坏的，凶什么！"

晨珀抬眼，看向已自动坐在沙发另一侧的人："藏琴的总是你吧。"

"这个我承认！"

"好，那今天我们来谈谈，争取一次性解决这事。"她最近麻烦缠身，又要参加比赛，实在不想再被田艾丽冷不丁地阴一把。

"谈就谈。"

"来说说，到底为什么看我不顺眼？可别说为了唐晗，第一，我不是他女朋友；第二，我也不想当他女朋友，这你应该知道。"就算是针对吧，可她后来想想，唐晗身边从来不缺女人，声世里喜欢他的多的是。而且一开始田艾丽针对的分明是文蕊，却在看到她之后转移了目标。

田艾丽放下毛巾，眼神有些复杂："你……真不记得我了？"

晨珀靠着沙发歪头："你谁啊？"

田艾丽的脸色有点发黑："就是因为这样我才生气！"

晨珀面无表情："难道你暗恋的其实是我？"

每个人都有青春，晨珀的青春记忆里从未出现过一个叫田艾丽的人，可对于田艾丽来说，晨珀这个名字却贯穿了她的整个青春。

只因为，晨珀身边，永远站着她喜欢的那个人。

她是晨珀的校友，比她小两届，晨珀读高中的时候，田艾丽还在附近读初中，因为唐晗，她经常翘课来她们学校看他。

田唐两家不算世交，但也是朋友，小的时候还和唐家兄妹吃过几次饭。只是她当时太小，又娇娇气气很爱哭，所以和他们玩不到一块儿。

可是唐晗实在太亮眼。她想见他，越见不着越喜欢，越喜欢越想见。她自小娇生惯养，性子傲脸皮薄，自己开不了口就让远在美国忙碌生意的母亲回来，只为了安排他们见面。

所以后来，当她偶尔发现他常去他妹妹的学校后，便时不时地跑去看他。那时除了唐家兄妹，她见到最多的人就是晨珀。

只因为晨珀和唐羽琦是朋友，所以就能常常见他，还能坐他的车回家。

她多想让他也送自己回家，哪怕只有一次。

为了接近唐晗，她报考了这所高中，还故意接近唐羽琦，甚至努力讨好她。唐羽琦大约记不得她了，毕竟唐家的朋友不止他们田家，每一家都有些年龄差不多的孩了。

唐羽琦朋友不多，交友挑剔，她当时高三，田艾丽才高一。不在同一个班，又不了解对方，所以田艾丽努力了一个多月，效果并不好。而唐羽琦因为看出她接近自己的目的，待她一直不冷不热。

后来田艾丽直接准备了礼物，想着至少能让唐羽琦替她转交。之前对方替不止一个女生转过礼物，当然也有一些大胆的女生在校外堵着唐晗，直接送礼。

她算着唐晗的生日，花了很久挑选礼物，又亲手画了生日卡片，留下自己的手机号码，并附上一张他们儿时的合影。她想象着唐晗看到照片时的诧异，猜测对方可能因为好奇拨打她的手机，期待得睡不着觉

可后来，这份礼物根本没能送出去。

因为晨珀！

她让唐羽琦不要转送她的礼物。

她至今还记得她当时说这话的表情，有点不满，像是很排斥这种事。那阵子她总是出现在唐羽琦身边，哪怕她讨好的对象只是唐羽琦，可出现了这么多次，晨珀不可能不认识她。

可她只是淡淡看了她一眼，就挪开视线，张口粉碎了她所有的期待。

她后来背地里厚着脸皮再去找唐羽琦，对方仍旧拒绝替她转送礼物。也对，在那时的唐羽琦眼里，除了被冠以"小提琴天才少女"之名的晨珀，谁都不算一回事。

直到后来，她高中毕业，考上了S城的大学，出落得明艳照人，才在一次酒宴上和唐晗说上话。

这么多年下来，她努力成为所有人眼里唐晗的绯闻女友，可只有她自己清楚，他心里真正喜欢的人是谁——那次她借他的手机打电话，趁着对方离开的片刻翻看他的手机，在相册里发现了一个名为"Messiah"的文件夹。文件夹并没有上锁，应该没有想到会有人看，也或许是不怕被人看到。

她点开，里面满满地，全都是同一个人的照片。

从她高中到毕业，再到大学。

从稚气少女到精致的女孩——恬静的侧脸，灿烂的大笑，摔倒时生气的模样，拉琴的背影……每一张，都是晨珀。

Chapter 9

波涛暗涌

如果晨珀知道，偶然一句话，便为自己树立了一个潜在的"敌人"，她当时或许会保持沉默。

她不让唐羽琦转送礼物，是因为她不久前才发现，女生们送的礼物唐晗从来不看。他总是笑着收了，回头又丢进垃圾箱。别人的真心，他弃如敝屣。

她开口劝阻，只是不想让别人的真心再被唐晗糟蹋，哪里想到会让田艾丽记恨多年。

田艾丽不懂，这样一个外貌、家世、气质样样都不如自己的女生，有什么地方值得唐晗上心。她想要用事实证明，晨珀根本比不过自己。同样的比赛，她曾取得冠军，那么她呢？她想看看，曾经被冠以"小提琴天才"之名的晨珀如今能走到哪一步！

拉古典的又怎么样！电子提琴一样是小提琴，她那时是比不过她，可现在她早已把她远远甩在身后。

藏起晨珀的电提，恐怕是田艾丽这辈子做得最不入流的事。为了唐晗，她连原则都不要了，可就算如此，她仍有底线。她没有弄坏电提，只是想给晨珀点教训。

但唐晗不信她！

他看她的眼神，让她委屈崩溃！

可她能怎么办呢？她还是喜欢他，心里在怪他，可一见到他冲她笑，靠近她说话，就什么委屈都忘记了。

她以为唐晗带她离开，是想换个安静的地方和她谈，可一离开宴会，他脸上的笑容便全部消失了。

他松开她的手，独自走在前面，不顾她穿着高跟鞋在后面跌跌撞撞地追，他甚至忘记了她只穿着单薄的裙装，连大衣都是服务生追着送出来的。

他没有给她开车门，甚至对坐上副驾的她微微蹙眉，似是不满。她生气抱怨，他便直接开口让她闭嘴。那语气是她从未听过的冰冷，带着毫不掩饰的不耐。

她气到不行，大声让他停车，说要回去。她不过在说气话，他却真的停下车，开了车锁，然后用冷淡的眼神看着她，像是在问她为什么还不下去。

她赌气下了车，而他绝尘而去。这么冷的天，如果他心里有一丝在乎自己的话，绝不会留她一个人在路边。直到那一刻，田艾丽才真的明白，不爱就是不爱，她生气也好，哭闹也罢，所有的一切在那个男人眼里不过是麻烦而已。

她突然觉得自己这二十一年的人生就像一场笑话。

她想放声大哭，可最终只是默默流泪，之后被自己的"情敌"撞见。田艾丽觉得，这世上恐怕不会有比她更惨的女人了……

"所以，电提的确不是你弄坏的。"这句是肯定句，不是疑问句。

"你这人怎么这样，我可是把自己的青春隐秘都说给你听了，你居然只关心那把碎掉的电提？"田艾丽狠狠地瞪着她。这女人果然从小到大都这么让人讨厌！

晨珀充耳不闻，眉头却慢慢皱起："这么说，弄坏电提的另有其人。会是谁？还有谁看我不顺眼？"

"你这种德行，看不顺眼的人很多吧，不奇怪！不管是谁，都干得漂亮！"

晨珀瞥了她一眼："这个人，让你背了黑锅。"

田艾丽心道，自己到底哪根筋不对，要上这个女人的车，还来了情敌的家……

折腾一整天，晨珀早累了，她喝完最后一口热可可，去厨房洗了杯子，又去浴室刷了牙，便径自朝楼上走去。

"喂……"田艾丽看着她走到一半，还是没忍住，"你上楼了，我怎么办？"

晨珀望着仰头看向自己的素颜女孩，退下成熟的衣饰和妆容，她也不过是个二十岁出头的普通女生，看起来居然也没那么讨厌了。

"门口的鞋柜上有零钱，你可以选择打车回家。要是想睡沙发，楼梯下的柜子里有干净的被褥。记得用座机给你家里打个电话，省得回头有人借故找我麻烦。"

"什么！你居然让我睡沙发？"

田艾丽还在抱怨着什么，晨珀已经上楼关灯钻进了温暖的被窝。

周日本来是晨珀的最爱，但这个周末注定与安宁无缘。

家里多了个不速之客，且大有久住的势头。晨珀以为田艾丽周日会离开，结果周日过去了，周一她还在，周二过去了，周三她仍在……

晨珀头两天没去公司，一则快过年了，公司里也有其他人请了假；二来她要准备复赛的曲目，以为在家清静点，至少不用对上唐晗那张好像欠了他几百万不还的债主脸。

哪知道她半途捡回家的人觍着脸不肯走了，每天一边挑剔一边穿她的睡衣，啃着她的零食，用她的护肤品，还拿着她的平板打游戏……

两天之后，晨珀毅然决定去上班。

那天晚上回家时，打扰她三天的不速之客终于离开了。晨珀松了口气，这么一个奇葩的人在眼前，虽然不讨厌，但是她嫌烦。

厨房的吊柜上，贴了张醒目的便签。

便签是叫艾丽留的，表示这几天她穿过的衣服都送去干洗店了，之后干洗店会送回来。至于用了她的新内裤和洗漱用品等东西，也已经买了新的，过几天同样会送来。便签上的最后一段话，晨珀却没有看懂：

> 对了，你男朋友今天让人送了礼物过来。呵呵，原来你有男朋友了，怎么不早说！还这么高大上，送个礼物都要出动两个保镖，害得我差点报警！

直到晨珀看见客厅茶几上搁着的银色提琴盒，才反应过来田艾丽说的男朋友是谁。

她打开盒子，果然是那架非卖品"怀念"。琴盒里还有一张熟悉的素色卡片，一面印着大写字母J，另一面是隽秀的手写字："它现在属于你。"

晨珀看着色泽古朴的琴身，终是没忍住伸手摸了上去。这么贵重的东西，真收下来是不可能的，不过目前她也没办法还回去，就先暂时保管着吧。

她将琴盒盖上，想了想又取了把锁将盒子锁好，然后将它和之前拍卖会晚宴上换下来的那身衣物首饰，以及最初简墨准送来的小礼裙放在一起，打算以后找机会还给他。

晚饭后，文蕊给她来了电话，问今天是不是去了公司。其实她周一就找过她，关于比赛的事，她想问问她的意见。末了，又问她次日还去不去公司。

"不去公司，我在家备曲。"晨珀原本就是为躲田艾丽才去的声世，现在田艾丽走了，她自然也懒得去。

"那……我明天可以去你家找你吗？"文蕊小声询问。

"可以，你直接过来吧，我明天不出门。"

"谢谢你，晨珀！"对方似乎很高兴，从声音里能听得出激动的情绪。

晨珀有点无语，每回只要她或是露易丝答应文蕊一些小要求，文蕊就会露出受宠若惊的模样来。这人以前到底是有多不招人待见！所以才会连这种稀疏松平常的事，都看成是一种特殊的优待。

文蕊第二天来得很早，不仅给她带了早餐，还拎了礼物。

"晨珀。"文蕊看到裹着睡衣、披散着头发来给她开门的人，露出怯怯不安的表情，"我是不是来得太早？打扰到你了，对不对？"

晨珀瞥了眼时钟，七点都不到，违心地说了句"没有"。

她让文蕊随便坐，自己则进了一楼卫生间洗漱。等她出来时，厨房旁的小餐桌上已经摆好了两副碗筷，几个盘子里分别是油条、炒面、小笼包、茶叶蛋，另外还有两份打包的白粥。

文蕊见她出来，忙招呼她坐过去："我也不知道你爱吃什么，所以都买了点。快吃吧，一会儿冷了就不好吃了。"

"谢谢。"突然有种在别人家做客的感觉……

吃完早餐，文蕊又忙着收拾。

"我来。"晨珀起身。

"没事，我来！我在家也总做这个，今天不方便，下次让你尝尝我的手艺。我爸妈还有弟弟都喜欢吃我做的菜！"文蕊摸摸并不挺拔的鼻子，有些憨厚和不好意思地笑起来。收拾完桌了她又卷起衣袖，打开水龙头，大有给她洗碗碟的架势。

"不用洗。"晨珀拉住她，"你不是有比赛的事想问我，过来坐吧！"

"没事，就几分钟的事，我洗完了就来！"文蕊笑眯眯地说着，同时拿起海绵挤了洗碗剂，然后动作麻利地开始刷碗。

晨珀感觉完全插不上手："你是在用贤惠衬托我的废柴吗？"

"漂亮的女孩能干才叫贤惠，我这不过是劳碌命！"她又是一笑，"尤其你这么漂亮的，天生就是少奶奶命！"

"……谢谢。"

她原以为文蕊找她是为了比赛备曲的事，然而对方踟蹰了半晌，却问她有没有常去的比较好的美发店和服饰店推荐。

"你也知道，我长得丑嘛，大家都不喜欢我。以前参加别的比赛曾因为长相问题被刷下来过，所以这次我想换一下造型。可我又没什么眼光，也不知道穿什么好看……"

"能别说自己长得丑吗？哪有人这么说自己的？"

"可这是事实啊！"文蕊见面前的女孩眸光定定地看着自己，提起唇角做了个鬼脸，似乎很不在乎地道，"反正我从小到大都是这副男人婆模样，早就习惯了，但这次比赛对我很重要，哪怕我长得不好看，也想努力改变一次！"

晨珀原本想说看脸的那种比赛本身就有问题，根本和她的长相无关。再者，若声世真是看脸的公司，当初也不会破例录取她了。

然而文蕊言辞恳切，晨珀知道她的个性，也就没再说什么。她来S城时间不长，对服饰店和美发店了解得不多，就把自己之前去过的几家告诉了她。晨珀图省事，打理头发、采购衣物甚至吃饭喝咖啡都是在大型购物中心解决的，倒是很方便文蕊找。

然而文蕊怯怯地看着她，问能不能陪她一起去，她不怎么敢一个人逛商店，问完又说如果太麻烦的话就算了。

"嗯，的确有点麻烦。"晨珀颇为认真地点头，见文蕊情绪低落地低下头，不由失笑，"我开玩笑的，你当真了？我本来就打算陪你去。"

"真的吗！谢谢你！"

晨珀有点无奈："谢什么，过几天要回家过年了，我也得给我爸妈买点礼物啊！"

这是她和文蕊认识后第一次一起逛街，对方似乎很高兴，看中什么都要询问她的意见。

文蕊在美发店修剪头发的时候，晨珀也顺便在旁边摆弄发型。她头发长得快，刚来S城时才过肩膀，现在已经到背部了，她修了刘海，想起一年前简墨准曾说过黑发很适合她，只犹豫了片刻，就让发型师将头发染成浅栗色。

文蕊见她染发也想要染，她的脸型五官虽然不好看，但皮肤还算白，在发型师的推荐下决定染成酒红色。

文蕊头发短，比较容易上色，一个多小时就完成了，先去洗发区冲水，田艾丽就是在这个时候出现的。

她手臂交叠，朝晨珀面前的镜台上一靠："我说呢，从外面看背影就像你！怎么今天不去上班了呀，果然是为了躲我才跑声世去的吗？"她的语气虽不算礼貌，但比起以往好多了，且这样碰巧遇到还主动过来和她说话的情况，还是头一次。以往看见她，田艾丽不是找麻烦冷嘲热讽就是直接无视。

一时间，晨珀心里竟诡异地浮现出"受宠若惊"四个字。

"干吗这么看着我？不认识我了？"田艾丽撇撇嘴，摸了摸自己妆容完美的脸，朝面前的人高冷地哼了声，"这家店是我一个朋友开的，等会儿我打个招呼，给你免单。"

晨珀眯起眼看了对方片刻，缓缓道："我对女生真的没兴趣。"

"我说你……"田艾丽正要发作，视线却突然定在她身后某处，表情瞬间变得难以形容，"我去！"

晨珀侧目看向镜中，文蕊已经洗完头过来了。

这家店用的东西正，上色效果非常好，纯正的酒红色，十分亮眼。染发可以说很成功，红色确实更显肤白，但不知怎么的，这种颜色配上文蕊那张有些浮肿的脸，出来的效果只能用一言难尽来形容。

田艾丽原本就讨厌文蕊，这下哪里还忍得住，回过神之后爆笑起来："哈哈哈哈！你是跟自己有仇吗！怎么几天不见就把自己弄成这样了？"

文蕊还没来得及看自己染发后的模样，原本充满期待，田艾丽的嘲笑却让她脸色瞬变。她不知道对方怎么会突然出现在这里，她不由自主地去看周围人的反应，似乎随着她的话，旁人看她的目光都变了味道，充满嘲笑、鄙夷和戏谑。

"怪不得别人总说丑人多作怪，原来这句话是真的，你是嫌自己不够丑吗？"田艾丽还在笑，嘴下毫不留情，正欲再说，却瞥见晨珀看向自己的目光，并不冷，只是平静的直视，眸色很深。不知怎么的，她想起那夜遇见她时自己的窘态，突然有些讪讪。

"好啦好啦，我不说就是了！"她低咳一声，招呼从进店后就一直恭敬立在一旁提着大大小小购物袋的司机上前，从一个袋子里取了四五个精致的小盒子出来，搁在晨珀面前的镜台上，"吃喝用了你几天，可别说我小气，香奈儿新款口红，我所有颜色都买了，这几支你用着玩吧。"说着，瞥了眼还站在那里紧握双手的文蕊，朝她身侧的发型师道，"阿瑞，和你们老板说一声，她们今天的费用记我那里。"

"不用……"晨珀话音未落，田艾丽已经拎起小包，冲她摆摆手，离开了美发店。

直到田艾丽窈窕的身影完全从镜子中消失，文蕊才脸色苍白地在晨珀旁边的椅子上坐下。

晨珀朝她道："不用理她说什么，自己喜欢就好。"

"我自己喜欢有什么用，真的很难看吗？"

"这种颜色的确比较挑人。"染发后的效果的确不太好，她不想为了安慰人而故意说谎。换作是她，根本不会在意田艾丽的话，可看文蕊的样子，应该对刚才的话很在意，于是她又道："不过也没有她说的那么夸张，不用理会她！"

"我原本挺喜欢酒红色的。"文蕊冲她笑了笑，"还以为染个颜色能变漂亮，看来是我想太多了。"她的表情看起来很轻松，脸上一点难过的痕迹也没有，"对了，你怎么和田艾丽做朋友了？她和你的关系不是一直不好吗？"

"的确不好，现在也没好。"要真是朋友，刚才那些话她就不会说了。

"可她送这么多口红给你，还说给你免单。"

文蕊问到这里，晨珀身旁的发型师催促她去冲水，她连忙让晨珀先去。等她回来后，文蕊也没再追问，像是忘记了。

这个插曲到此为止，晨珀不知道的是，在她洗发的时候，文蕊坚持将自己今天染发的费用付掉了。

周五晚上，声世举办年会。除却早早请假回老家的一些成员，其他人都到场了。

这晚在女性中最亮眼的仍是田艾丽，以她的名气和家世，想要在一众女生中打扮得出挑醒目是很简单的事。然而，最令人大跌眼镜的还是田艾丽。

任谁都知道，在声世里和田艾丽关系最差的，非晨珀莫属。

田艾丽一早就向晨珀下了战书，又在合作训练时对她频频刁难，最后晨珀在赛前演出时抢了她的风头，田艾丽哭泣离场的照片满网络流传。两人之间的八卦，声世的人个个都清楚。

可这晚，素来喜欢与唐晗同进同出的田大小姐，竟然挽着晨珀的胳膊出现在年会上。

众人纷纷表示眼瞎。

刚下楼就被田大小姐豪车堵门的晨珀表示，她真的不喜欢女人啊……

田艾丽傲娇地冷哼一声，并未表态。

声世年会上，不少平日忙于个人演出的电子乐手都会出现，田艾丽到场后不久就被熟人拉去聊天。

露易丝走到晨珀身边，目送田艾丽离开的背影，啧啧感叹："这位大小姐真是一天一个样！她这又是闹哪出？”

“我猜，她大概以为我已经有了男朋友。”想来，对方态度发生改变是在简墨准命人送来“怀念”之后。

这句话透露了不止一个讯息，露易丝反应过来：“所以，她之前突然针对你，是把你当成情敌了？”也就是说，晨珀和唐晗之间可能真的有什么。不过这一点太八卦，她也不好直接问。

“我也才知道不久。”

“怪不得文蕊说你和田艾丽成了朋友，我原本还不信……”

“是啊，你怎么会信，你不是从来不把文蕊的话当回事吗？”突来的女声打断了露易丝的话。

晨珀和露易丝回头，只见黄珏交叠双臂，似笑非笑地看着她们两人，她今晚特立独行地穿了身白色的男款西装，在一众裙装的女生里面虽不算最漂亮，但也清丽出挑。她身旁的文蕊也是差不多的打扮，一身黑色的男款西服，脸上上了妆，衬着她新染的酒红色短发，虽然算不上好看，但比那天在美发店时和谐了不少。

“你过来做什么，我们和你熟吗？”赛前演出后，露易丝和黄珏之间发生过一些事，对她的态度比上次还要冷淡，就连和黄珏一起的文蕊都直接无视了，拉着晨珀就要走。

“我和你的事，何必总牵扯别人，你们和文蕊不是朋友吗？这就是你们所谓的友谊？”黄珏瞥了眼晨珀，又看向露易丝，“说真的，你要是不甘心，大可以来抢我的，只要你有那个本事，我无所谓啊！”

“我不稀罕，你可以滚了。”露易丝拧眉。

“我又不是来找你的！”黄珏笑着转向晨珀，“听说你和田艾丽做朋友了？看你们刚才一起进来的模样，关系应该还不错，既然如此你为什么还眼睁睁地看着她当众侮辱文蕊呢？就因为她个性憨厚，她不爱计较，你就可以当什么都没看到吗？”

这声音高了几分，引得附近不少人的侧目和窃窃私语。

晨珀感觉膝盖中了一箭。

她看了黄珏片刻，才开口："你是谁？"

黄珏的脸不自然地扭曲了一下："晨珀，你别太过分！我知道你有背景，不过这不代表你就可以高高在上看不起人！"

"小珏！"文蕊着急地拉她，"晨珀不是这样子的！你别误会她，我都说过和她没关系！是我自己长得不好看，别人会那么说也很正常。"

"正常？哪里正常了？长得漂亮点，家里有几个钱，就能随意侮辱别人？"黄珏冷笑几声，眼神里的不屑与嘲讽显而易见，"如果你不把文蕊当回事，麻烦你以后离她远点，别总把她扯在身边当绿叶。外貌不代表一切，在我看来，她拥有远胜于你的才华！"

"小珏！"文蕊像是真生气了，"我说过你误会了！你不能这么说晨珀，她是我的朋友！"

黄珏一脸恨铁不成钢地看着拉住她手臂的人："你还要当傻瓜到什么时候？明明是她和别人牵扯不清，你却成了炮灰！你知道其他人都在背后怎么说你吗？"

"无所谓，让他们去说，从小到大我真的已经习惯了，没事的……"

晨珀无语，她不就问了句"你是谁"……

露易丝看着身旁晨珀木然的脸，凑上去："你在想什么？"

"你觉得黄珏是不是看我不太顺眼？"

露易丝扶额："岂止是不顺眼啊！"

"那你觉得以她的性格，有没有可能……"晨珀话音未落，那头已爆发出一片惊呼。她再抬头时，原本白衣胜雪的帅气女人已被泼了一身红酒。

田艾丽将空掉的高脚杯放入一旁侍应的盘中，抬高下颌冲目瞪口呆看着自己的黄珏示意了下出口的方向："马上离开，你已经被开除了。"

"什么？"

"就在刚才，我代表声世开除了你，手续和赔付的工资稍后我会让财务给你结清，你可以走了。"

场内鸦雀无声，这一幕"霸道总裁"护短的戏码实在让人大跌眼镜……

黄珏并非和晨珀他们同批进来的新人，虽然在乐队的位置不上不下算不得突出，但毕竟跟随乐队演出了几年，也是场内不少人的前辈，怎么可能被田艾丽一句话就打发走。她原本就是能言善辩的人，眼下被泼酒在先，又被无故辞退，当下冷冷一笑，和田艾丽对峙起来。

声世的高层都还未抵达，年会已被搅和得一团乱。

文蕊像是被吓蒙了，愣了一会儿拉着晨珀让她想办法："晨珀，你快帮帮小珏啊，她真的没有恶意，只是心直口快，有时候容易得罪人！你别和她生气，劝劝田艾丽……"

露易丝看向文蕊，赶在晨珀开口前道："心直口快并不代表为人正派，真正的坦荡和故作坦荡是两回事。"对于黄珏，其实露易丝了解得更多些，"其实她一直很不平，来了声世几年，在乐队却毫无存在感，而晨珀刚来没多久，就因为拉不好《巴斯克随想曲》被转去了电子乐部……"

"这话听着怎么怪怪的？"晨珀有点心塞。

"你喜欢木提，当然觉得不开心。可有些人却是想尽办法也要挤进电子乐部，平庸地湮没于大型乐队中和培养明星的单人舞台，你们觉得哪个更吸引人？"

"不、不会的……"文蕊使劲摇头，"小珏不是那种人！"

露易丝回了她一个"呵呵"。

这场发生在年会上的事端，最后以声世高层现身，并带走几个当事人私下解决而完结。

这位高层，自然是姗姗来迟的唐晗。

酒店某层套房内。

黄珏一身狼狈，看起来是整个事件里的唯一受害者，田艾丽不愿面对唐晗，走出宴厅后就径自离开了。离开前，田艾丽叮嘱范芯将事情的前因后果跟唐晗说明一下，尤其是黄珏为文蕊抱不平向晨珀出言不逊的那段。

　　范芯眼底不是没有疑惑，但她毕竟经验老到，面不改色地直接应下。告诉唐晗实情本来就是分内的事，她只是奇怪田艾丽竟然会这么帮着晨珀，她在声世多年，非常了解田董事这位千金的脾气。她虽然有些嚣张跋扈，但实际上是个直来直去的脾气，之前在她针对晨珀时，几乎全声世上下都感受到了她对晨珀深深的敌意。

　　现在她却突然帮起了晨珀，从恶感到好感的转变也太快了吧！

　　唐晗看着刻意站在远处的晨珀，脸色不太好看。

　　晨珀假装没看到他的目光，她和露易丝原本就是打酱油的，凑上去干什么。至于田艾丽维护自己——她倒觉得，与其说田艾丽是在维护她，不如说她是在出手教训黄珏。连她都开始怀疑黄珏和碎琴事件的关系，田艾丽又怎么会不起疑，毕竟她才是背黑锅的人。

　　叙述经过时，范芯没有任何偏袒，可黄珏刚才的话，大部分都是指责，尽管范芯不可能逐一复述，一旁的文蕊也听得忐忑起来，数次想要插嘴，却被黄珏拉住。

　　文蕊一脸委屈，黄珏却神态隐忍，这种隐忍的模样配上她一身的狼狈，倒是万分贴合。

　　直到范芯说完，黄珏这才缓缓开口道："唐总，我承认我的言辞有些激烈，对于这点我可以道歉。但是，这件事本来是我们几个私下里的事，田艾丽却将它上升为公事，这才是整件事的重点。她没有随意开除员工的权力，所以她所谓的开除，我不会认。"

　　黄珏眉头微蹙，神态平静，丝毫没有对坐在她面前的人露出乞色，而且她这话说得倒也在理，连原本对她稍有意见的范芯听了，脸色也缓和了几分。

　　唐晗没有说话，他双腿交叠靠在沙发上，有些漫不经心地旋转着右手食指的戒环。

室内的气氛变得有些尴尬，黄珏的指尖微不可见地抖了起来，她很快收紧手指，将自己紧张的情绪收起。

许久，唐晗才瞥了黄珏一眼："所以你的意思是，今天这件事的起头人虽然是你，但你是为了你的朋友讨公道，所以并没有错？"

听到对方开口，黄珏忙道："不，唐总！我也有错，我不该意气用事，在年会上找晨珀理论——起码，应该等到年会结束后。"

唐晗忽而低笑了声，这笑容来得太过突兀，舒展了他漂亮凌厉的眉眼，分外迷人。

黄珏呼吸一滞，几乎能听见心脏在胸膛里跳动的声音。她用余光瞥见一旁的文蕊，她显然也被面前男子展露的笑容吸引，表情近乎迷恋地注视着他，那张宽大乏味的脸上露出这种表情，让黄珏觉得有点反胃。

"你知道晨珀和我是什么关系吗？"片刻后，他再度出声。

黄珏抬头看他，对方笑意不减，盯着她的潋滟长眸里却渐渐带上利色，她的表情渐渐僵硬起来："唐总……"

"你说晨珀有背景，又肯定她和别人牵扯不清，你这么了解她，却不知道她和我的关系？"唐晗交换了一下重叠的双腿，纤长的手指在沙发扶手上轻轻敲打，"明天收拾自己的东西，然后去财务那里领你该得的工资。"

"唐总，您这样……"黄珏脸色突变，再也维持不了平静的表情，可她随即脸色一暗，仿佛因无可奈何而悲伤，"好吧，您是唐总，如果这是您的决定，那我只能接受。但是，我不会后悔今天说的这些话，对于那些不公正的事情，别人不敢说，可我不怕！我原本觉得声世是个很公平的地方，每个人都会在努力后得到该有的机会，我也一直很尊敬您，可真没想到……"

"范芯，带她出去。"唐晗抬抬手指，没兴趣再听下去。

范芯还在惊讶，听到上司叫自己才反应过来，上前拉住黄珏，拍拍她的肩膀示意她不必多说了，唐总已经决定，再说什么都没用。

黄珏没想到对方连说话的机会都不给自己。

她从文蕊那里听说晨珀和田艾丽成为朋友的时候，嗤之以鼻。她不觉得田艾丽那种富家千金会真心和普通人做朋友，不过是利用和被利用的关系。这世界上的友谊有很多种，就像她和文蕊，有那样一个听话老实又其貌不扬的人在自己身边，才能凸显出她的美丽气质和智商。

相比田艾丽，黄珏更看不顺眼的是晨珀，长了一张人畜无害的恬静脸孔，看似对什么都无所谓，却暗地里勾引唐晗，为自己铺路，实在太恶心！她今晚找晨珀麻烦，自认理由很充分，只是没想到田艾丽会横插一脚，最后惊动了唐晗。

她隐隐觉得会坏事，但又在心里期待起这难得的机会——一个可以在唐晗面前展示自己与众不同的一面的机会。她自认不比晨珀差，连她都能得手，她没道理不行。

可她没想到，最后竟会是这样的结果！

黄珏心里不甘，不愿挪步，范芯无奈，叫过露易丝，两人半拉着将人带了出去。经过门口时，黄珏狠狠地瞪了晨珀一眼，那眼底的敌意让晨珀有点不舒服。

文蕊愣愣地看着黄珏被带出去，回头看向已从沙发上起身的唐晗："唐总，小珏她也是因为我，她真没恶意……"

听到文蕊的声音，唐晗这才发现房间里还有一个人，他挥了挥手："你也出去。"

文蕊瞬时住口，有些不知所措地看向他，对方已几步走到晨珀面前，看都没看她。文蕊只得低头离开房间。

晨珀也想跟着离开，结果房门被人关上，唐晗伸出手臂，将她堵在门口的墙上。

幽淡的香水味袭来，那双带着弧度的薄唇直接朝她落下。

晨珀早有防备，一手捂住自己的嘴，一手去推对方的脸，结果他低嗤一声，半途换了方向，嘴唇落在她耳旁，在白嫩的耳垂上咬了一口。

晨珀顿时炸毛了，掐着他的腰使劲推他，可对方用身体将她压在墙上，她哪里推得开。

他一边占着便宜，一边侧着脸用漂亮的眼睛盯着她瞧。那眼神温存而勾人，里面仿佛有什么致命的东西，专注凝视的时候能勾得人神魂动荡。

她越挣扎，他就压得越紧，摆明了不会轻易罢手。分明是个任性带刺的丫头，却偏偏长了张令人想要推倒的脸，天知道他是怎么忍到现在都没对她出手的！

唐晗今晚本来不想理会她，可惜身体比他的心诚实，一抱住她，就什么气都没了。

他觉得自己有点拿她没办法，可又不想让她知道，心里恨恨，在她脖间游移的嘴唇也用力起来。晨珀只觉得颈上一阵刺痛，气得她直道："你再这样我就打110了！"

唐晗这回被气笑了："然后呢，报警的理由你要怎么说？现在在声世，谁不知道你和我关系匪浅。"说话的同时，他的手指在她纤细的脖颈上来回摩挲，指尖不时掠过她精致的锁骨和毛衣领口，大有朝下深探的意味。

晨珀捉住他不安分的手，想要甩开，却被他一把反握住。

凝视怀里再次开始挣扎的人，他低低叹了口气，敛了表情缓缓道："我和童冰什么都没有发生过。"

怀里的人蓦地不动了。

"小珀，我不知道事情会变成那样。"唐晗揽着她不再挣扎的身体，将秀气的下巴搁在她的肩膀上，继续道，"其实不仅是童冰，在和你相处的那些时候，我没和任何女人交往过，你看到的那些都是我故意带到你面前的。说我不成熟也好，太骄傲也罢，那个时候我做的很多事都毫无意义。我看不懂自己的心，既想欺负你，又不愿意放开你……"

Chapter 10

她的爱情故事

拍卖会那晚，唐晗没有回公寓，直接去机场买了机票飞回Z城。

凌晨两点多，当他敲开江枫的住宅，把自家妹妹从被窝里挖出来的时候，对方还以为他中了邪。

自接手声世后，她这个哥哥几乎不怎么回Z城。他在S城购置了公寓，拓展了新的朋友圈，前年还接受S城财经杂志的专访，上了封面。夸张的是，那次专访令他的微博账号瞬间涨粉几十万。

也是，这么年轻的CEO，出身好，有品位，颜值又高，女人们能不喜欢吗？

无论如何，唐羽琦眼中的哥哥，一直过着舒适而有品质的生活，他懂得享受，从来不会虐待自己成为工作狂，同时他也有事业心，几项改革让声世的发展蒸蒸日上。

他有自己的生活节奏，不会迁就别人，不会为了什么事或是人改变固有的习惯，哪怕遇到再棘手的问题，也能从容笑对。

可这晚，他却带着极度低落的情绪，半夜三更千里迢迢从另一个城市飞来找她，不过为了问她一句话："那个该死的简墨准和晨珀到底是怎么回事？！"

唐羽琦没有给他面子，裹上男友递来的厚棉睡衣，靠在客厅的懒人沙发上不以为然地嘲笑他："哥，你知不知道有个东西叫电话？"

唐晗扯开领带，解了扣子，俯身凑到自己妹妹面前："那你希望我现在用电话和我们亲爱的爸妈聊会儿天吗？"

"你这是威胁！"唐羽琦顿时黑脸，"每次都用这招，烦不烦你！"她和江枫的恋情一日不转正，她就一日受唐晗控制，有的时候想想，真巴不得哪个女人能给他点颜色看看，让他求而不得、辗转反侧。

如此一想，她倒突然来了兴趣："你能找来我这里，其实不都已经猜到了，还问什么？"

唐晗眸光一暗，虽然早已猜到，但毕竟没有确认过，现在亲耳听到唐羽琦肯定的答案，心里的失落比预料中的还要强烈。

"哥，你真的想听她的爱情故事？"唐羽琦表情认真地看着他，"我知道的其实并不多，很多事都是小珀事后说给我听的。我记得，那天我接到她电话，她说她认识了一个男人，他们开了一夜车，还一起看了日出。那时，她在拉斯维加斯。"

第一次听说简墨准时，唐羽琦还不知道他的名字，只知道有这么一个人，他有复杂的背景，和晨珀认识的过程不输电影。

他们为了躲避一个有势力的女人，从赌城的市区一路驰骋，最后开到了郊区，停在红石峡区外的路旁。

晨珀一直是个乖宝宝，无论她本性如何，最起码在唐羽琦的记忆里从未做过夜不归宿之类出格的事。所以当唐羽琦听到她在异国他乡上了陌生人的车并一夜未归时，第一反应是——

"妈蛋！你是不是被绑架了！夜黑风高孤男寡女，你简直是作死啊！还看日出，你小心被人先×后×！"

晨珀很无奈，讲这么大声，旁边人都听到了好吗！虽然知道他不懂中文，可她还是下意识回头看了他一眼。

她和他靠坐在车头，车就停在马路旁的一小片高地上，远方的山岭和近处的沙地在晨曦里呈现出层次不一的橘红色，衬着浅蓝色的遥远天幕，美到不真实。

男人凝望着面前的风景，他的侧脸在柔和的晨光下少了一分冷色，线条却仍干净清隽得无可挑剔。大约是觉察到了她的目光，他回头朝她看过来，眼眸深黑而沉静，眸底映入了整片天空的色泽。

哪怕是自称"心累苍老不会再爱"的晨珀，这一刻，心脏也狠狠地跳动了下。

昨天她怎么会觉得他和唐晗给人的感觉相似？

这男人的气场和气质，分明远胜唐晗。

这种差距并非是容貌上的，唐晗生得也好，那种精致秀美连女生都很少拥有，属于让人一见钟情型。面前人的样貌却更胜一筹，五官清俊完美，挑不出丝毫瑕疵，只是这种完美并不凌厉张扬，再加上他身上温雅清冷的干净气质，初见会让人下意识地忽略他的长相。

唐羽琦还在电话那头絮絮叨叨，问她到底失没失身，为什么甩开跟着的车子后不选择另一条路回城，反而在荒郊野岭待了一个晚上，是不是看到人家长得帅就脑残上身了……

晨珀觉得有点不好意思："我……其实车子出城后没多久我就睡着了，所以……"

关键还是拉斯维加斯的郊区夜晚太美了，风从荒芜的沙地吹拂而来，大地沉睡在道路的两旁，路灯昏黄，一盏盏如飞逝的流星，夜幕广阔寂寥。她就像是突然从繁华都市跳转到很久之前某个早已被遗忘的模糊梦境中，原始而纯净，仿佛闭上眼就能融入这片夜空。

唐羽琦霎时闭嘴，片刻后才有幽幽的声音传来："是我不好，是我太看得起你了，我不该对你的情商有指望。所以，既然你啥事都没有，打这个国际长途给我算几个意思？"

"因为我手机落在同学那里了，我又背不出他们的号码，就只记得你的，所以你给我室友米拉打个电话报平安。我记得之前用她的号码给你打过，还让你存了。"

"弄了半天我就是个传声筒啊！"

"……"

"再见！"

"……"

"哼！再见！！"

"……"再见为什么还不挂？

"要我原谅你也可以，你得先告诉我，你和他昨晚是怎么搅到一起的，谁搭讪的谁。"

"别闹，我用的别人的手机，国际长途！"

"这有什么，我打过来，你等着！"唐羽琦二话不说挂了电话。

片刻后，手机响了起来。晨珀捏着电话用英文问身旁的人："我朋友打来的，我能再用会儿手机吗？"

他朝她轻轻点头。

晨珀接了电话，尽量用精简的词语把昨晚发生的事讲述了一遍。唐羽琦的八卦之心被满足，自然也好说话了，表示会立刻通知米拉。末了，唐羽琦又语重心长地吩咐她："有黑社会背景的这类人呢，玩玩可以，千万不能当真，好歹你读的是Royal Academy of music，不说找个国际大师，至少未来另一半要能听懂你拉的小提琴，不能是个啥都不懂的保镖，是吧！"

"我连他的名字都不知道……"晨珀干巴巴地回道。

"哎哟，少来了，都一起过夜了，名字不名字的重要吗？"唐羽琦还在故意嗲声嗲气地说话，手机那头就已传来嘟嘟嘟的忙音。

她喂了几声才意识到自己被晨珀挂了电话，气得她对着手机好一顿骂，骂完又乖乖地找出米拉的电话打了过去。然而运气不好，连打几个，都无人接听。

唐羽琦一边想着这可怪不了她，一边心情不错地去敷面膜。

晨珀并不知道自己所托非人，她将电量所剩无几的手机还给身旁的男人，带着歉意道："不好意思，快没电了。"

"没关系。"他接过手机，"回城吗？你要是不赶时间，我们去附近吃点东西，顺便加油。"

晨珀被对方修长干净的手指吸引，不在意地嗯了声。她有点手控，学器乐的人其实大部分都是。他的手很大，指甲干净光洁，骨节均匀，显得手指修长而漂亮。

看这样的人开车简直是视觉享受，她开了车窗，一边感受拉斯维加斯夏日清晨凉爽的风，一边想象眼前这双手若拉起小提琴，会是什么模样。

直到许久后，他停车并出声提醒她，才发现他们已从无人的郊外来到了一个加油站内。

"这附近都没餐厅，里面有便利店，先去买点吃的吧。"

晨珀跟着对方下车，来到后面的便利店。这个加油站很小，便利店也不大，不过还好里面有卖热狗——非常简易的那种，但闻起来真的很香。

身无分文的晨珀问店员："我要两个热狗，还要两瓶水，可以刷卡吗？"

对方回了她一句"抱歉，刷卡机坏了"外加一个白眼。

"那付现吧。"晨珀无奈，只能看向身旁的男人。

他似乎愣了下，手伸向口袋却又很快停住："我皮夹不在身上。"

"丢了吗？"昨晚疯狂飙车，动作太大掉出来也有可能，"是不是掉车上了？"

"应该不是。"他沉默片刻，回头看她，"你身上有钱可以先付吗？"男人的眸子依旧平静，哪怕站在破旧的便利店里因为付不出一个热狗的钱而被迫向女生开口，也没有面露尴尬。

也是，司机保镖这类人，始终要放下自尊服务他人，他们应该早已习惯隐藏自己真实的情绪。只是可惜了这男人身上强大的气场，与他的职业有种深深的违和感。

　　这一刻，晨珀多想说："没事没事，我有钱，我来，统统我来！你这么帅，别说一个热狗，一百个热狗我都给你买！"

　　然而现实是，她有点不好意思地开口道："我身上只有一张卡。"

　　他愣了愣，从眼神中看不出什么情绪。两人对面，已经包好两个热狗拿了两瓶水的店员开始有点不耐烦："到底谁付钱？"

　　他突然想起什么，说了句"请等一下"，就转身出了便利店。

　　隔着玻璃窗，晨珀看到他高大的背影匆匆走至R8那边，拉开车门弯下腰似乎在找什么。不一会儿，他又关上车门返回店里，手里捏着一些硬币。

　　他将硬币放在柜台上，居然只有一枚是美元，其他都是美分。

　　然后，这个气质清隽、容色完美的男人就站在那里数了起来："五十美分、十分美分、二十五美分……"

　　晨珀和店员目瞪口呆地看着他。

　　片刻后，他将硬币分成两份，一份正好够买一个热狗和一瓶水，另一份则揣回兜里。

　　他将硬币推给对方，声音清冷而动听："只要一个热狗，一瓶水。"

　　店员这回没有忍住，收了硬币，将一个热狗重新放回去，转身低声咒骂。

　　店员是个小个子的黄种人，其貌不扬，还没有晨珀高，之前三个人都是用英文对话，这回骂人用的却是中文，还刻意把声音压得很低，显然并不想让他们听到。

　　他骂完心里爽了，却突然觉察有点不对，回头一看，发现那个一身小太妹打扮的女孩非但没有走，反而半靠在柜台上眸光灼灼地看着自己。

他被吓了一跳："你干什么！"

相比他的激动，女孩的声音轻软温柔得过分，用的是他熟悉的语言："你是妒忌他长得比你帅吗？"

"什、什么？"乍一听到中文，他有点慌，但他觉得对方应该没有听到他刚才的话，"我不明白你在说什么，你还要买什么，不买就走吧，别打扰我做生意！"

晨珀笑了笑，答非所问："我承认他的确长得非常帅，但他不是牛郎，也不是被我包养靠身体吃软饭骗钱的小白脸。"

店员的声音的确非常低，不过以她这么多年听音练习的耳力，想要听清不是难事。虽然不得不承认，连她自己都在猜测他的"不雅职业"，可此刻听到别人这么说他，她却有点不高兴："看到外面那辆车了吗，我不过陪他看了次日出，他就把车送给我了。这样有钱又帅又大方的男人，会不会让你更加妒忌呢？"

在店员铁青的脸色里，晨珀笑着和他挥手告别，转身没走几步，却看见原本已离开的男人不知何时重新返回，正静立在敞开的门口。

晨珀并没有解释，反正他也听不懂中文。她走到他面前，朝他恬淡一笑。

面前女孩的笑容文静而礼貌，看起来很乖巧。她脸上的烟熏妆还在，他很容易就想起了昨晚那个踹椅子拦路的不良少女。

他似乎想说什么，但最后只是淡淡勾了勾唇："走吧。"

男人的笑容温暖而柔和，舒展了他清冷的眉宇，晨珀再次毫无防备地被惊艳到！

因为没有钱加油，两人的车开出加油站之后没多久，油表宣告归零。

"前面一百米左右就有公车站，我们去坐公交车。"他拿起自己没电的手机和装着热狗的袋子，将车钥匙留在车里，然后下了车。

晨珀问道："车就留在这里？没问题吗？"

"没事，会有人来取的。"

晨珀想起那个可能会回来取车的人，打了个寒战，没问下去。

两人朝前走了一会儿，路旁果然出现了一个很小的公交车站。

他们走运，等了没几分钟就有一辆公交车开来，刚好是开到她住的那所酒店附近的。他取出口袋里的硬币，刚好够他们两人的车钱。

晨珀这才明白他为什么只买一个热狗，一瓶水。

公交车里很空，他们在最后一排坐下，她刚坐定，他便将手里的热狗和水递了过来。

晨珀表示自己不太饿，然而肚子却很不争气地叫了一声。

他眼底似乎有笑，将热狗外面的包装纸打开递到她手里，随后又拧开水的盖子，也递到她手里。

晨珀看着那双替她忙碌的修长大手，心里漾出一丝异样的暖："那你呢？"

"没事，我还不饿。"

晨珀没有出声，将手里的水递还给他，随后在对方不解的目光下用包装纸垫着手将热狗掰成两份，随后又将包装纸撕开裹了一份递给他。

女孩什么话都没说，只是用那双黑珍珠般的眼睛看着他。

他到底还是接了过去："谢谢。"

"是你买的，为什么谢我。"她这句话并非问句，也不用他回答，说完就朝手里的那一半热狗咬了下去，大约因为肚子饿，竟觉得挺好吃的。

晨风从公交车的窗户吹拂进来，带着夏日独有的气息。

"美好的天气。"他的视线投向窗外的晨曦。

"嗯，不用饿肚子，勉强算得上一个美好的清晨。"她一本正经地点头。

他看向她，不知想到什么，又是浅浅一笑，笑容美好得让她沉醉。

晨珀觉得，自己可能会永远记得这一幕。

在陌生的国度，她和不知道名字的他，身无分文，坐在公交车最后一排，分吃一个热狗，分享一瓶水，偶尔交谈几句。不知为什么，她的心很暖也很满，窗外的景色是从未见过的美丽。

女人真的很容易感动，有时候不需要多奢侈多极致的浪漫，这样简简单单的画面，如此容易便印入她的内心。

曾几何时，那人也带她看过日出日落，花大手笔替她放满整个夜空的烟花……如此种种，再回想竟有种恍然隔世的感觉。

如果，如果拉斯维加斯的记忆就停驻在这一刻，那将是无比完美的浪漫。

只可惜，世事无常。

酒店离公交车站很近，他便先陪她步行回到酒店。

刚进大堂，就听到一个惊喜的女声从一旁传来："Amber！你回来啦！没事吧！喂，你们几个快过来，她回来了！"

被几个好友团团围住的晨珀表示，大家的反应似乎有点激烈……

热情拥抱后，米拉瞧见了她身后的男人，几人顿时有些警惕地将她拉远了些，压低声音问："一个晚上你到底去哪儿了！你知不知道我们多担心！都以为你被人绑架了！"

"真抱歉，是我不好，但是你之前没有接到电话吗？"

"什么电话？"米拉这才想起来，"我们之前在警察局录口供，手机调了静音，没调回来。"

"警察局？你们以为我被绑架，报警了？"晨珀忍不住瞥向身后的男人，他身形修长挺拔，一夜奔波，身上的白衬衫却没有一丝褶皱，正安安静静地站在那里。

"怎么能不报警，你知不知道昨天你走了之后发生了什么！"帕分一脸愤慨，转头去瞪后面的男人，却被对方瞥来的视线给吓得缩了回去，"你瞧，我就说他不是什么好人！"

"你闭嘴！"米拉拽了他一下，"他好歹还是把Amber送回了酒店！"

"几位！"冷硬的男声插入他们的对话。晨珀抬头，两个警察模样的白种男人立在他们面前，还有一个警察则走向她后方的男人，"你们的朋友现在回来了，可以让她和我们回去做个笔录吗？"

"现在吗？"晨珀问道。

"是的！"

米拉他们报警的事可能会给他带去麻烦。晨珀自觉没有受到任何威胁，自然要去警察局把事情说清楚，她正要开口请对方等一等，让她去楼上换身衣服洗个脸，酒店外又匆匆走来一个棕发黑瞳的白种男子。

他非常年轻，看起来像是混血儿，有着令人眼前一亮的俊美，只可惜一边的胳膊受了伤，用绷带吊在胸前，看起来有些狼狈。

晨珀听见米拉他们几个人发出惊讶声，似乎是认识对方。

那位混血美男直接走到黑发男人面前，低声询问了几句话，随后向他们面前的警察解释。片刻后，那警察的脸色缓和下来，走回两个同伴身边耳语了几句。

之后，他们似乎放弃了将他带回警局的打算，只是表示仍需要晨珀回去录口供。

"怎么他不需要去，反倒我们报警的还要去？"乔治皱眉不满。

那边，简墨准原本正安静地听着男子说些什么，闻言朝晨珀这边看过来，随后迈步走上前。

"先生！"混血男子顿了一下，忙跟上来。

"怎么了？"简墨准走到晨珀面前，低头询问她。

四个好友见他过来，顿时如临大敌，昨晚还对他各种崇拜的米拉甚至退了一步。见他们都没说话，晨珀开口道："我们只是奇怪为什么你不需要去警局，而我却要去。"

"我知道了。"他示意身旁的混血美男，"菲尔，这件事和她无关，你去说明一下。"

菲尔犹豫了下，看了眼警察，忽然改用中文——虽然不太标准，但的的确确是中文，朝简墨准道："可是，伦娜小姐那边要一个交代……而且，昨晚的事，乔尔先生已经知道了，他很生气。"

"就算这样，也和她没关系。"黑发男人开口，竟然也是字正腔圆的中文，"是我把她拖进来的，我不希望继续给她惹麻烦。"

"但……"菲尔显然很为难。

"没事，回去我会和他们解释。"简墨准说完，菲尔只能上前和几个警察再次解释。

米拉他们几个并没有听懂两个男人之间的中文对话，此刻只能尽量伸长耳朵听那位混血美男如何与警察解释，但对方显然不想让他们听见，将三位警察拉到离他们较远的位置，他们根本什么都听不清楚。

无奈，米拉只能去问晨珀："他们刚刚说的是中文？说了什么？"

晨珀石化中——

满脑子只有四个字：他会中文。

她想起和羽琦的那通电话，对方在那头大喊先×后×，长得帅可以玩玩，她在这头把为什么会搭讪，如何搭讪，搭讪结果一一讲明说清，还有在便利店她说的那些话……

所以说，这些其实他全都听懂了！

一时间，纵是晨珀再淡定，也有种兜不住要崩溃的感觉。

"Amber？"米拉看见好友低头捂脸，还以为她不舒服，"警察走了，你不用去警局，累的话我们上去休息吧！"

晨珀含糊地嗯了两声，捂着脸转身就想走。

"等等。"身后有人出声，熟悉的清冷嗓音，用的是中文。

晨珀想假装没听见，但对方已几步走到她面前。

简墨准低头看着面前完全挡住脸的女孩，缓缓道："我还不知道你的名字——我说的是中文名。"

若换成以往，这种被极品男人搭讪的机会就算她放过，她身边这几个损友也不会让她放过。不过现在嘛——

晨珀一手捂脸，另一只手朝身前的人摆了摆："相逢有缘，后会无期，不用知道了。"说完，她颤抖着逃走了……

米拉四人并没有听懂，他们对视几眼，也跟着逃走了。

简墨准目送她有些仓皇的背影，眸色微动。

Amber，是琥珀的意思？

"先生，您没事吧？"菲尔看了看电梯，又看向自己的老板，忍不住皱眉。

"没事，走吧。"简墨准又想到什么，"我的车呢？"

"被伦娜小姐撞坏了，估计没有一星期修不好。"菲尔说完，从手里提着的皮包里取出一个皮夹，"您的钱包，我们现在去医院看伦娜小姐吗？"

"暂时先不去，腿都断了，这几天她也不会来闹，我们回酒店。"

"是！"

那晚后面发生的事，晨珀很快从朋友的嘴里得知了。

她被带上车离开后，他们还以为芭比美女——伦娜会很生气或是难过地离开，结果转瞬间，就有两辆车一前一后停在路边。

一辆是黑色轿车，车门打开后，下来数个精壮的白种男人，非常客气地上前和伦娜说话，然后那几个男人便转身将后面的黑色厢型车围了起来。

——经晨珀和米拉比对，那辆车就是后来被伦娜开着来撞他们的那辆。

厢型车一开始没有动静，上面的人也不下车。

几个白种男人从敲打车身到踢打，最后大概是伦娜火了，那几人直接掏出了枪——对的，就是枪，照着车玻璃就是几下。

震耳欲聋的枪声把一旁所有的人都吓傻了，包括米拉他们四个。

车窗碎了，几个男人打开车门，从驾驶座上拽下一个棕发黑瞳的俊美男人，将他一顿暴打，之后朝路边一丢。伦娜霸气无比地在众人的簇拥下坐上驾驶座，一行人丢下自己原本的车，就这么开着厢型车走了。

整个过程不到两分钟，场面堪比黑帮街头火拼。

再然后，颤抖的四个人直接报了警。

一想到当时的场面，几个人都心有余悸，虽然知道美国持枪合法，但在拉斯维加斯这种治安良好的闹市区说掏枪就掏枪，他们还是吓坏了。

"Amber，我们还是早点回去吧，那个男人的身份背景都不是我们能触碰的，你要小心别卷入奇怪的事件里！"

好友的劝告，晨珀自然听进去了，最后众人商量了下，把几天后的机票改签到了次日，然而经济舱的座位基本都满了，他们四个人只有三个位置，还有一个人得改签商务舱。商务舱贵很多，晨珀觉得这是自己惹来的麻烦，便主动承担了。好在她之前赢了不少钱，价格还在她的承受范围内。

那时的晨珀还不知道，有些事并不是她想避就能避开的。

如同她在拉斯维加斯和简墨准的冒险，再如她在匆忙返航时和简墨准的再次相遇。

她惊讶于两人频繁的遇见，内心有种莫名的奇妙感觉，但因着好友的忠告，她在看到对方的第一时间就将身体朝下缩了缩——幸亏她上飞机早，座位又在后排，刻意躲避下，对方并没有看到她。

下飞机时，她故意磨蹭了会儿，等他和他的朋友离开机舱后才下了飞机。

她给米拉发了条消息，让对方帮忙取行李，自己则从无行李通道直接出了关。她本意是想随便找家咖啡店坐一会儿，尽量避免和那个男人碰到。

结果在咖啡店的门口，她却再次看见了熟悉的身影。人来人往的机场内，身形挺拔高大的他醒目异常，她下意识就想掉头走开，然而已经晚了。

"Amber？"低沉而清冷的男声传来，带了抹极淡的不确定。

他的目光从她恬静白嫩的巴掌脸上掠过，她没有化妆，面容稚嫩，长发也束了起来，在头顶简单扎了个丸子。这样的她看起来更显小了，他几乎没认出来。

随着对方朝她走来，晨珀的心脏狂跳。要逃吗？那也太难看了！

观察到他眼底的诧异和不确定，想到自己今天的装扮，几乎是下意识的，晨珀用打量的眼神看了看对方，面带天真和不解："你是谁？在叫我吗？"她用的是法语，还特意将嗓音放得更软，看起来完全像个十七八岁的年轻女孩。

男人停下脚步，眉宇轻轻拧了起来："我们昨天才见过。"

这个时候，她也只能硬着头皮操着磕磕巴巴的法文继续下去："抱歉，请问你能说法文吗？我听不懂中文，也不太理解你在说什么。我真的不认识你，也从来没见过你，即便你长得非常帅，但我是个有原则的人。"

对方沉默，视线却仍停留在她身上，眼底的诧异已经转成另外一种情绪，从不解到了然，眸色深邃得让她几乎无法对视。

当她以为自己即将憋不住要落荒而逃时，对方收回了打量她的视线，神色重归平静，朝她淡淡道："抱歉。"

晨珀还没松一口气，脚步声便自背后而来，她的肩膀被米拉从后面揽住："好呀，坐了商务舱就是不一样，连行李都不会自己拿了是吧！"

"是啊，Amber！你自己一个人出来做什么，还不是要等我们一起回市区！"

四个好友七嘴八舌地说了几句，很快就注意到了晨珀面前的男人。

米拉倒吸了口气："怎么是他！"

"他怎么也在这里？不会和我们同一架飞机吧！"

"嘘……"不知谁嘘了一声，然后几人不约而同地闭嘴，场面一度有些尴尬。

"呵呵……"晨珀装傻装无辜已经很没脸了，居然还被当场拆穿，总在同一个男人面前丢脸，好背。

"不好意思，刚才只是开个玩笑。"她硬着头皮开口，这次用的是中文。其实她能感觉到刚刚对方应该认出了她，只是出于礼貌，才会选择作罢。这个时候道歉虽然有点丢人，但至少不晚。

然而这句抱歉，却令原本打算离开的男人再次停下脚步。

其他几人对他的警惕，简墨准早有察觉，并不觉得如何，然而对上女孩轻轻扯出的勉强笑容和眼底的躲闪，不知怎么的，他刚刚平静的心绪又波动起来。

他眉头微蹙，开口道："其实你不用道歉，是否选择和我交谈，是你的权利。"

男人的声音仍旧平稳低沉，站在他身后的菲尔却觉察出了某种不常有的怒意。他有些震愕，忙上前两步仔细去看简墨准的表情，很快他确定这不是自己的错觉。

虽然那怒意很淡，但的确存在，还是对一个年轻的女孩，这几乎是从未有过的！

对方的话堵得晨珀哑口无言，他这是在替她开脱吗？怎么感觉有点怪……

她想开口说些什么，例如她装不认识他的原因，不是故意耍着他玩，而是那晚她朋友目睹了枪战，对他的背景有些忌惮。虽然他的脸色依旧静淡，但她隐隐感觉到了他的一些情绪。说真的，即便不能做朋友，她也不想他误解她。

然而她才开口，对方便微微抬起了手。

修长白皙的手指停在恰到好处的位置，不会让旁人觉得太无礼，又清晰地表达了他的意思——让她不必再说下去。

她以为他会说什么，但对方只是礼貌地和她道别："很抱歉打扰了，再见。"

男人退后一步，旋身离开，明明很简单的动作，由他做来却有一种出众的优雅。

这个男人连离开时的背影都能吸引来旁侧女人的视线，米拉目送两人离开后，这才长长出了口气："我刚才大气都不敢出，这男人的气场简直了！"

几个朋友都问晨珀对方到底说了什么，后者却只是叹了口气。

分明知道他的背景，也明白刚才那些事让自己在他心里留下了很不好的印象，可最后他离开的表情和背影还是帅得心脏直跳。

这种感觉真是醉了……

即便是夏天，伦敦的气温也像是在初春，和灼热干燥的拉斯维加斯完全是两个世界。

无论米拉他们怎么问，晨珀都不愿意再提那天在机场的对话，只说请他们吃饭。

几个人新鲜了一阵，便把那些事抛去了脑后。和以往一样，他们在练习、聚会和郊游里度过了这个暑假。

伦敦的秋天很快来了。

九月的伦敦，白天不过十七八度，夜晚就更冷了，阴天多过晴天，但即便是阴云密布的日子，这座城市依然有着它独一无二的魅力。

晨珀最近很忙，她和四年级的同学两周后会参与一个大型音乐节活动，就在Southbank Centre（南岸中心）的Royal Festival Hall。虽然是免费的公演，但Southbank Centre一直是伦敦颇受欢迎的文化中心之一，人气极高，这次演出机会难得，他们所有人都很重视。

同去的大概有二十多人，除了她之外全部都是四年级生。演出曲目是《霍塔舞曲，作品52》，这首曲子的彩排已经进行过两次，教授听过后替他们做了些修改，这天便是修改后的首次合作。

小提琴声部有八个人，晨珀是合奏者之一，整曲并没有难度，关键是所有人的合作和默契。

两次练习后，负责的教授来了一趟，听完又给了他们一些修改意见。第三次演奏后，曲目基本成型。彩排结束，众人各自离开，教授喊住抱着小提琴盒正要离开的晨珀，问她有没有和竖琴合奏的经验。

晨珀摇头表示没有。

教授并不在意，告诉她四周之后在Wigmore Hall（威格摩尔音乐厅）有一个艺术节，他有一首全新的改编曲目，由钢琴、竖琴、大提琴及小提琴协奏，小提琴声部只有一个人，希望她能参加这次演出。

Wigmore Hall几乎是所有人心中最佳的古典乐演奏舞台，能在这样的场地进行演出——且非人数众多的集体演出，是个非常难得的机会。

晨珀自然点头答应，然而等教授离开之后，她才发现气氛有些古怪，几个四年级的同学都神色复杂地看着她。

见她回头，大部分同学都没说什么，继续收拾东西离开，其中一个金发的女生却丢下谱子径自走到她面前。对方很高，大约有一米七五，居高临下地看着她，眼神挑剔不满。

"嘿，东方妞，你知道吗，这个演出机会原本是希利尔的！"

"哦。"

"你才刚来两年，根本没资格去Wigmore Hall！在这样的演出上出丑，不仅是你，连同RAM都会一起丢脸！我希望你能明白，主动退出演出！"

"露西……"一旁有同学低声叫她，"我们所有人都知道你不满的原因，但这并不能成为你说这些话的理由！"

"为什么不能？"露西挑眉，"她根本无法和希利尔相比！"

"可是希利尔犯了错，不是吗？"

几个原本已整理完东西准备离开的同学都回头看过来，有人皱眉，有人点头，但几乎所有人都被绊住了脚步。十几个人停步驻足，唯独一个身影默默向外走去。

"谢谢，请让让。"晨珀抱着小提琴朝外走，等到露西注意到时她已经走到了音乐厅门口。

露西骂了句粗话，快步冲上去拦住她："谁允许你走的？我再说一遍，这次的演出机会不属于你，请你立刻退出！"

"哦。"

"什么？"

"我说哦，代表我知道了，我会找教授说这件事的。"音乐厅的门开着，凉风从外面灌进来，她拢了拢脖子上的围巾，把整张脸都藏了进去，只余下一双漆黑的眼瞳。

露西没想到她会这么快答应，一时竟不知道说什么。在她发愣的片刻，晨珀已经从口袋里摸出手机拨通电话，并开口道："您好，哈文教授，我是Amber，刚才露西说Wigmore的演出机会并不属于我，而是属于希利尔，她很严肃地要求我退出这次演出……"她的声音绵软而清润，语速缓慢，没有任何气恼或愤怒，而是带着纯然的天真，真挚异常地向教授表达拒绝。

只是这种拒绝的方式，让人目瞪口呆。

"哦，不可以退出吗？好的，我知道了，教授。"挂上电话，晨珀抬头看向比她高了一头的金发女生，微带无辜和歉意地朝她笑了笑，"抱歉，教授不同意。"

"那么，我现在可以走了？"没等露西回答，晨珀再次笑笑，"应该可以了。"

看着晨珀离开的背影，有人拍了拍露西的肩膀："之前有在学弟那里听过别人对这位东方女生的评价，那时以为是谣言，现在看来都是真的。算了，别为了希利尔做这些事，她并不像表面看起来那么好惹。"

露西反手拍开了那人的手："不！我并不怕她，现在这已经不是希利尔和她的事情了，而是我和她的事情！"

晨珀当然是故意的。

来RAM已经两年多了，这所著名的音乐学院面向全世界招生，那么多不同种族不同国家的学生聚集在一起，比国内的大学更容易发生矛盾。

最常见的便是部分西方人看不起东方人，部分东方人又鄙视白种人，除非你的实力强悍到所有人都不得不为之折服的地步，否则像这种"你凭什么拥有这样的机会"的质问会时不时发生。

谁让她每天上课时都顶着一张清纯可人的脸孔、一副乖巧懂事的模样呢？年纪稍大的西方教授就是喜欢她这副软萌乖巧的样子，就连她偶尔和教授提出不同意见，并在遭遇反对后坚持己见，也会有一种反差萌的即视感。

只要是人都会偏心的，何况她的确拉得好，右手很稳，对于新东西上手很快，会举一反三，有非常大胆的创意。所以不可否认，晨珀得到的机会总比旁人多一些。

有关希利尔的事情，其实她隐隐知道些。四年级生，小提琴手，和露西是男女朋友关系。希利尔一直是个优秀的小提琴手，技巧好，手速快，是四年级的明星学生。然而不知从何时起，他染上了吸食大麻的习惯。在英国，吸食大麻虽然不像在中国那样属于犯罪，但被警察看到，也会带去警局教育并罚款。希利尔还在读大学，在学校公然吸食大麻还被教授看到，自然被训了一通。然而他表面认了错，私下却屡屡再犯，最近又被抓了，而且认错态度还不好。

哈文教授对他很失望，Wigmore的演出机会自然不会再给他。

至于这个机会最后落在自己身上，晨珀还是挺意外的，毕竟她才刚升上三年级，但同时也很高兴，这代表自己的努力被肯定了。

现在遭遇这种质问，不干脆利落一点应对是不行的，她也不是第一次这么做，所以离开后很快把这件事抛去了脑后。

然而，人的运气总不可能一直都好。

四周之后，晨珀没能登上Wigmore的舞台。

上台前一刻，她被换掉了。同校的其他演出者在后台一边翻看手机一边朝她指指点点，米拉和艾玛她们轮流拨打她的手机，让她登录学院的网站，上面曝出了她和哈文教授的照片，以及一篇讲述不道德的师生交易的帖子。

照片里的她坐在哈文教授的大腿上正在拉小提琴，教授的手摸着她的大腿，一脸愉悦，再加上那篇图文并茂的文章，任谁看了都会觉得他们有着非正常关系。

晨珀脑中轰的一声，刹那间所有的血液仿佛逆流而上直冲大脑。

这绝对是PS的！有人在陷害她！

她知道自己没做过，她的朋友也相信她，可是其他人呢？

演出即将开始，为了不让这则丑闻影响到整个艺术节，校方只能采取措施。

然而四人的协奏曲，缺一不可，这种紧要关头该找谁补上？

关键时刻，希利尔站了出来，朝校方负责人诚恳地为自己先前犯的错误道歉，又表示自己练习过小提琴部分，他可以上台试试。

时间紧迫，校方也没有太多选择，最后希利尔还是站上了舞台。

临走之前，那个高瘦卷发的美国男生朝脸色苍白的晨珀投去了一个嘲讽的笑容。

简墨准抵达Wigmore的时候演出已经开始了，他并不在意，他不完全是来看演出的。

等在那里的工作人员接待了他，向他递上了一份节目单，并表示这件珍贵的藏品将在压轴节目上由伦敦交响乐团的首席小提琴手约瑟夫使用。

跟在他身后戴着白手套的菲尔捧着手里的小提琴盒上前，两人打算跟随工作人员去后台，然而音乐厅大门的旁侧却传来小提琴的声音。

悠扬柔美的弦音在空气里飘扬，带着美好和愉悦，还有对某些事物深切的怀念。

菲尔和那位工作人员面面相觑，后者连忙道歉，说可能是今天要在这里演出的学生在练习，他现在就去处理。

"不用了，你们去后台吧，我过去看看。"简墨准阻止了他，旋身朝传来音乐声的地方走去。

绕过音乐厅大门，要穿过一条走廊，旁侧是一排长形的窗棂，正统的格子窗。今天是个难得的好天气，午后的暖意从玻璃窗透进来，一路阳光披洒，伴随着柔和的弦音，仿佛正走在作者德尔德拉对舒伯特怀念追忆的梦里。

不，和原曲不同，这个人拉曲的方式要更自由一些，曲调轻盈婉转，仿佛带着在蔚蓝天空缓慢飞舞的喜悦，音色极其细腻，音准也毫无瑕疵。

三分半钟的演奏，这首曲子并不长，弦音停下的同时，简墨准也已停下脚步。

窗前，一个娇小的身影缓缓放下手里的小提琴，黑发的年轻女孩穿了件单薄的黑色小礼裙，正在——哭？

简墨准愣住了，不知是因为见到熟人，还是因为对方呈现出来的与演奏曲截然不同的情绪。能将情绪控制到这种地步，演绎完全相反的情感，这样的乐手并不多见。

他没有想到，那个初见时在夜晚的赌城随便搭讪男人的女孩竟然会拉小提琴，并且拉得这么好。

她应该听见了他的脚步声，知道有人过来，但仍倔强地侧着身子，没有回头。是怕被人看到自己这副狼狈的样子吗？

简墨准轻轻叹了口气，犹豫着是否要离开，如果对方是个陌生人，他应该已经离开了，可偏偏是她。

他正为难的时候，还在哭的女孩语气糟糕地开口："看个屁！没看过人哭啊！"

她用的是中文，想来只是一种发泄，并不想对方听懂，偏偏他……完全能听懂！

"《纪念曲》，很棒的演奏。"他还是开口了。

晨珀一惊，转过头，脸上的妆早已被她哭得乱七八糟："怎么是你？"

简墨准微微勾唇："是啊，怎么又是你。"

因为算是熟人，晨珀也不再顾忌，干脆抱着小提琴蹲了下来。她无意识地抚摸着怀里的琴，视线却投向窗外明媚的阳光里："我本该站在音乐厅的舞台上演奏这首曲子，而不是在这里，大门外的走廊上。"

简墨准走到旁侧的窗台边靠着，与她隔着几米的距离，安静地看着她。

"这四个星期，我几乎每天都要练习六个小时以上。其实我根本没这么喜欢古典乐……以前，相同一首曲子，我从来不会这样练。我觉得很浪费时间，我每天花半个小时就能做到的事情，为什么要花那么多的时间……"她只是单纯喜欢Wigmore的舞台，想站在台上拉小提琴给大家听。

她说到这里，便不再开口。

发生了什么，为什么会发生，她全都不想说，幸好简墨准也不是个多话的人。片刻后，他见她怔怔地蹲在那里发呆，开口问道："街尾有家不错的咖啡店，要去坐坐吗？"

"我身上没钱。"她侧头，用湿漉的黑色眼睛看着他，看起来可怜兮兮的。其实她是有点不好意思，毕竟上回见面她还故意装不认识人家……

简墨准笑了笑："我今天有带。"

他以为她还要再说些什么，但对方干脆利落地站了起来："走吧。"

"……你就这么去？"

"我不想回后台拿衣服。"

他点了点头，落后一步，脱下了身上的烟灰色长呢大衣，披在了她肩膀上。

"谢谢。"之前一时冲动从后台跑出来，晨珀其实早就觉得冷了。她也没矫情，道谢的同时顺手把小提琴和弓弦塞入他怀里："麻烦拿一下。"自己则将他的大衣穿好扣紧，这大衣穿在她身上长度几乎到了脚踝，把整个人裹得密不透风，倒是半点都不冷了。

咖啡厅很近，小小的一间，很传统的欧式建筑，外墙是深绿色的，占据着街角一隅，转弯就是步行街。这里人流并不多，大概还没到下午茶的时间。

她要了传统花茶和布朗尼蛋糕，尝了尝，发现味道不错，于是便低头安安静静地吃。

一整个下午她都没说话，他也一样。当时她心情不好，并没有留意这些。后来再回想，虽然两个人连朋友都算不上，几个小时都没有交谈，但气氛并不尴尬。他没有传达出任何不耐烦或是想要说些什么来打破安静的意图，似乎也只是在享受属于他的午后悠闲时光。

第一块布朗尼被她消灭的时候，他接了个电话："对，我不过去了，剩下的交给你。"

对方似乎非常意外，声音高了点，连她也听到了那头的男声，只是没有听清对方的话。那人在电话里说了一大通，他却只是淡淡道："没关系，你替我谈，你知道我的要求。"

对方大概没办法，只能应下，最后晨珀听见他又道："还有，结束后去后台帮我拿一个人的私人物品。对，是今天的演出者，中文名是晨珀，她所有的私人物品。我在街尾的咖啡馆，帮我送过来。"

"谢谢。"她这时才知道他下午本来还有其他事，很乖巧地开口，"我是不是耽误你工作了？如果你有事还是先去办吧！"

他放下手机，投向她的眼神带了些许诧异，很快又掠过一抹极浅的笑意。笑意来去太快，她甚至觉得是自己看错了。

"没事，我不过去也可以。"他瞥了眼空掉的盘子，又让人给她上了份新的蛋糕。

晨珀大约能感觉到他那个眼神的意思，看来之前留给他的印象着实不好，她稍微礼貌一点，他居然觉得诧异。她有点尴尬，忙转开话题："你怎么知道我的名字？"

"我看过今天的节目单，《纪念曲》小提琴声部只有一个人的名字。"

晨珀于是不说话了。

"简墨准。"他开口，见她不解，淡淡一笑，"我的中文名字，叫简墨准。"

Chapter 11

同学会

　　晨珀与简墨准相识的过程，唐羽琦没有完全说给唐晗听。他虽然是她哥哥，但晨珀也是她的朋友，这些说到底是晨珀的私事。

　　简单几句把两人如何认识的事交代后，唐羽琦把话题转向了晨珀几年前突然留学英国的原因。

　　唐晗从江枫的公寓离开后，一直在想唐羽琦最后说的那番话。

　　"哥，你真的喜欢她吗？她被你害得那么惨，你却不知道她为什么出国？换成是我，估计这辈子都不会再搭理你。至于简墨准，你大可放心，无论在英国他们有怎样的过去，现在晨珀和他是不可能的。"

　　他想要再问，唐羽琦却什么都不肯说了，她已经说得够多了，其他的事应该让晨珀自己选择说或不说。

　　声世年会后的第二天，晨珀匆匆收拾行李，请假提前回了Z城。

唐晗突来的转变和热情让她很不适应，以他的性子根本不属于和其他男人争夺女人。他只要笑吟吟地站在那里，女人们便会前赴后继地扑上去。

　　这么一个傲娇到病态的人突然示软，她简直蒙了。

　　直到后来他提到童冰，还有那番表白，仿佛一桶冰水从天而降，将她浇得全身透凉，从头到尾湿漉漉狼狈。

　　原来如此，他终于知道了。

　　知道她曾经因为他在学校里遭受的一切，所以他决定示软，想用这种方式挽回。

　　唐晗的真心话不容易听到，尤其是这样完全服软的示好。晨珀想，自己应该喜极而泣捶着他的胸口说"都怪你，都是你的错"呢，还是应该冷哼一声傲娇地说"别以为你说这些我就会原谅你"？

　　最终她没控制好自己，用力踹了他一脚，外加一个"滚"字，再次成功惹恼了他。

　　他看起来并没有太生气，薄唇微动，低低地重复了那个"滚"字，甚至还微微笑了一下，然而下一刻，他却将她压在墙上，使劲吻了下去。

　　平日里看唐晗，脸庞秀美细致，桃花眼微笑含春，身形纤长，好似没什么威胁。所以即便他有时会对她动手动脚，她也只是生气，从没真的怕过，总觉得只要她示弱，他就会收手，再不然发狠拒绝，总是能脱身的。

　　可那晚，当充满强硬男性气息的吻袭来，她才意识到，他到底是个男人——哪怕他们认识多年，再熟悉，他身上也总有些部分是她了解不到的。

　　斯文秀气的外貌下，是长期锻炼才会拥有的力度。

　　她示弱也好，发怒也好，踢打挣扎，软硬兼施却没有半点作用。他铁了心不松手，捏开她的牙关，深深探入她口中，气息交融，强迫她接受他所有的侵略，哪怕后面停下了吻，也仍旧压着她不肯松开半分。

晨珀都不知道自己后来是怎么脱身的，到底哭没哭，有多狼狈，她只记得自己回到公寓就开始收拾东西。

唐羽琦来机场接她，有些讪讪，看到她依旧肿着的嘴唇，八卦地问："上了三垒没？"结果自然是被晨珀一顿抽。

唐羽琦的好奇心被勾起，一路不死心地追问，惹得晨珀差点把包里给她买的整套香水直接丢了。

抢救下香水，唐羽琦做了个封口的动作。

从机场到晨珀的家车程约一个小时。小区位于Z城地段优良的开发区，附近有成熟的高档商圈及公园，交通便利。

为满足不同家庭的需要，小区楼型户型各异，晨珀父母买下的住宅属于精装高层，而且还是双层的大公寓，上下加起来有三百多平方米，有超大的露台和全玻璃墙面的观景客厅，装修是简洁大气的原木风搭配烟灰系家居。

这里的房价并不便宜。

晨珀自小随爸妈在奶奶的那套有园有树的平房住了十几年。高中即将毕业时，当她的爸妈没有贷款直接买下了这套价格直逼八位数的双层大公寓时，她才后知后觉地发现自家并不缺钱。

甚至连唐羽琦都比她早知道晨家的家境应该差不到哪里去，刚搬家那会儿见晨珀一脸不可思议地怀疑爸妈中了彩票，忍不住鄙视："拉倒吧你！都不想想你几岁开始学琴的，你初中时跟的那位教授，一个小时的行价四位数起，这还得看人家愿不愿意教你！你一堂课两小时，你爸要是个普通的工薪阶层，能供得起？看你奶奶的房子就知道了，市中心黄金地段，有园有树，你真以为普通人能住在那儿？还有你那些衣服鞋子小饰品，用的都是和我一个档次的好吗！就你眼瞎，成天拖着我逛夜市吃路边摊！"

"可我每个月零花钱只有几百块。"晨珀不解，后来悄悄去问妈妈。她家里严父慈母，老妈宠得不行，老爸却严厉到苛刻，总怪晨妈宠坏女儿。

晨妈摸着自家女儿乖巧可爱白生生的脸蛋，笑着告诉她，这是她老爸唯一坚持不变的教育观点，吃穿用度可以给好的，买得起就尽量给，可零花钱不能乱来。女孩子是要富养，但在她未成年之前，没必要过度奢侈，以免她优越感太盛，以后性子骄纵。

晨家是书香门第，家业几代流传，父亲随便一幅字画都能卖出高价，母亲又是学钢琴教钢琴的，家世能差到哪里去。

后来晨珀想想，觉得也是，若是普通家庭，哪里能收藏价值百万的小提琴。

电梯一路升到十五层，这栋楼每一层都是双层户型，十五层也就相当于实际的二十九层，一梯一户，出了电梯就是自家玄关。

听到声音，早早等在家里的晨母一下子拉开了玄关的门，结结实实地把自家女儿搂在怀里。

晨妈今年五十不到，保养得宜，气质又好，外加一米七的个头，抱着一米六二的晨珀，和唐羽琦抱她差不多。

"哎哟，我的乖囡囡，快给妈妈看看，是不是又瘦了，好好吃饭了吗？唉，好不容易盼你从英国回来，要不是那老头子非要你进什么乐队，妈可舍不得让你一个人住在外面！"晨妈摸着她巴掌大的白嫩小脸，使劲在她脸颊的嫩肉上亲了一口。自己生的宝贝女儿真是长得漂亮，越看越爱！

唐羽琦扶额，许久不见，竟忘了晨母是个极度恋女的性子。不过晨珀的确长得嫩，都已经二十四岁了，看起来还像十七八岁的女孩子，又生了张恬淡精致的娃娃脸，尤其不说话的时候，又软又纯安安静静的，连她也时常忍不住会对那张脸下手捏几把。

唐羽琦想着，手就不自觉地伸到了晨珀的脸颊边，正被自家亲妈蹂躏到面无表情的某人漫不经心地斜睨她一眼。唐羽琦发痒的手指立刻缩了回来，看这表情是已经到忍耐边缘了，她就不火上浇油了吧！

"阿姨，小珀刚下飞机，我们进屋里再聊吧！"

"呀，小琦也来了啊，瞧我，几个月没见小珀，光顾着她了！小琦真是越大越美，人也高挑，穿什么都好看！你去机场接的小珀吧，辛苦你了，等会儿午饭可要多吃点！"

晨妈一手牵着自家闺女，一手拍着唐羽琦的背，领着两人进了门。

"爸呢？"进门后，晨珀招呼唐羽琦自己坐，又把包里给爸妈带的礼物都拿了出来，然后朝书房的木质移门看了一眼，"在作画？"

"哪能啊，知道你提前回来，说要给你做辣炒螃蟹还有蒜蓉虾。"晨母笑吟吟地示意了下厨房的方向，给两个女孩一人递了一小碗红枣银耳粥，"还热的，先暖暖胃，马上就吃饭。"

晨家人口简单，晨爷爷去世早，晨老太太对老宅有感情，在世的时候无论谁劝都不肯搬。老太太生了四个，两个女儿嫁去了外地，两个儿子都在本地。晨父是小儿子，最是孝顺，不放心老太太独居，所以结婚后没有搬走。晨母和晨父是自由恋爱，感情原本就好，加上晨老太太也不是什么难相处的婆婆，所以就在一起住了十几年。

直到晨珀高中，老人家得病入院，撑了大半年还是去了。

料理完晨老太太的身后事，晨父思考之后决定买房，无论房型还是装修风格都是依照晨母的心意。这么多年，晨母虽然从不抱怨，但他始终欠她一个属于自己的家。

晨家平日的清洁卫生是请阿姨来做的，毕竟三百平方米，真要自己打扫太吃力了。但做饭这种事，晨母喜欢自己来，她是个很懂得生活情趣的人，偶尔晨父也会下厨。

晨珀端着红枣银耳粥走到厨房门口，悄悄把头探了进去，晨父正在剁蒜蓉，身上还穿着晨母的围裙。

半年多前，她拖着行李从英国回来，得知她私自休学的父亲震怒异常，差点不让她进家门。

"从小到大，小提琴都是爸你让我学的，你喜欢小提琴，喜欢古典乐，想进交响乐队，想当首席，想圆你自己的梦想！可是你从来没有问过我——我到底喜不喜欢！"当时她站在门外，红着眼睛如此说道。

父亲发着怒，母亲劝着，她却始终不肯回英国，而休学的理由她却说不出个所以然来，只表示自己暂时不会再回去，她甚至连工作都找好了，在一家星级酒店的顶楼咖啡厅做琴师，待遇很好。然而这份工作却令她的父亲更生气，直言没有她这样自甘堕落的女儿。

三年的学业都完成了，眼看毕业在即，她说停就停，晨父气得整整半个月没有和她说话。

那段时间家里气氛沉闷，她自觉亏欠父母良多，心里也不好受。后来还是晨母从中劝和，表示孩子也不是学坏，只是有自己的想法，木已成舟，与其生气，不如好好计划下面的事。何况，休学不是退学，等她想通了真要回去继续读也不是没办法。

退一步说，就算不回去了，没拿到毕业证是很可惜，但器乐这东西也不是非要走名校毕业这条路。在晨母看来，女儿并非不喜欢小提琴，只是喜欢的程度不比晨父，压力越大，逆反越大，与其强硬，还不如给她定个目标。

他们知道唐晗在S城管着一家乐团，也知道晨珀想要家里那把瓜达尼尼很久了，于是最后协商的结果是——英国她可以暂时不回去，但小提琴不能放弃，琴师的工作绝对不能继续，不去学校就先进乐团，至少要待满一年。

当然，仅仅工作满一年是得不到瓜达尼尼的，想要那把琴，至少要登上S城艺术大剧院的舞台——并且得是独奏。

这个条件虽然高，但比起之前晨父要求的大型交响乐队的首席小提琴手，已是降低了很多。

至于到底选择在乐团混一年日子，还是继续努力登上大剧院舞台，就看晨珀自己了。

这已是晨父最大的让步，所以尽管晨母心中再不舍，也不能强留女儿在身边。加上她心里也清楚，其实晨父比她更不舍，几年前晨珀刚去英国那会儿，他就整夜整夜地睡不着，总被她发现半夜三更在书房写字画画，偶尔也会去女儿的琴房拉一会儿小提琴。

这些事，晨母后来都一五一十地告诉了女儿。

父母对儿女的爱，从来都是不求回报且无私的。

不表现出来不代表少或者没有，只是晨母的爱更容易看得到，而晨父的爱，在心里。

"老爸。"

"回来啦。"晨父回了下头，推推鼻梁上滑下来的眼镜，又去看锅里的热油。

晨珀上前靠在爸爸的肩膀上："你做饭的时候最帅了。"

"少卖乖。在声世怎么样，还习惯吗？"

"别提了，我现在被调到电音组去了，拉电子小提琴呢！"

"小唐的主意？"晨父微微皱眉，但要女儿去声世是他的意思，也不能一听这些就拆唐晗的台，于是道，"他这么安排肯定有他自己的理由，你在声世暂时换一下手感练习练习也好，不过去电音组也不代表你在家不用练木提，自己的练习时间还是要安排好。"

晨珀的原意是想告状，结果老爸不接，只能作罢。

"还有，既然参加了比赛就好好地练。小唐说你初赛过得很轻松，电提虽然比木提简单，但常言道骄兵必败，过了初赛不算什么，可别仗着自己木提拉得好就看不起电提，只要是参与了，就得认真对待！"

"爸，你消息真的好灵通。我怎么会看不起电提呢，不都是小提琴吗！"唐晗这个嘴碎的！晨珀这会儿听到唐晗的名字就头疼，忙转移话题，说要给他打下手帮忙，晨父这才没继续说下去。

回家没两天，晨珀就接到老同学的电话，说要开高中同学会。据说很久不见，想趁着过年前大家都在，聚一聚，唐羽琦自然也接到了通知。晨珀大学读得不愉快，高中三年还是挺快乐的，问清了时间地点，便表示会到场。

然而回头翻看了一下手机日历，才发现约定的下周二是个很特殊的日子——二月十四日，情人节。

老同学的解释很有爱：同学会是故意放在情人节这天的，有伴的可以带着一起来，至于单身的，可以伺机瞧瞧当年暗恋的那个人是否还是心中的白月光，如果看得顺眼想要发生点暧昧也不是不可以。

"这馊主意也不知道是谁想的，不过倒是帮了我一个大忙！"唐羽琦原本抱怨过年前父母看得紧，偏偏今年过年晚，情人节在年前，家里原本是要小聚餐的，她想要在那天脱身有些麻烦。这下同学会倒是给了她一个好借口，江枫她是肯定不会带去同学会的，那帮人嘴碎，万一哪天传到她父母耳中，可有的闹腾。

周二那晚，她和晨珀先去同学会亮个相，留了张合影发在父母能看到的朋友圈，然后便打算去和江枫二人世界。

走之前，唐羽琦原本把自己同学会的那部分费用付了——他们聚会的地点是五星级酒店的湖景餐厅包厢，价格不便宜，AA是应该的。

可却被人笑拒了，开口的是王素雅，她自打今晚进门后便一直陪在一位身着香奈儿、手拎爱马仕的女同学身边。那位女同学高鼻梁大眼睛尖下巴一张丰嘴，身材性感火辣，一出现便成为众人焦点。可唐羽琦和晨珀看了又看，愣是没认出对方是谁。

后来唐羽琦丢给她两个字："整了。"

"嗯。"晨珀不怎么在意，爱美之心人皆有之，正常。

然后唐羽琦又丢给她三个字："沈妮妮。"

"噗……"晨珀一口饮料喷了出来。沈妮妮？这根本不是整容吧，这简直是投胎再生！然而惊讶归惊讶，这总归是别人的事，她不好管，加上她们两个和沈妮妮原本就不熟，于是打了声招呼便没再留意过她。

现在唐羽琦要走，取皮夹的动作反倒被那边的人注意到了。

"唐羽琦你可真不够意思，刚来就要走！是去和男朋友过情人节吧？"王素雅走了过来，围着沈妮妮的其他人也停止说话看向她，"不是说了有另一半也可以带过来吗，你看他们几个都带了！"

唐羽琦和王素雅以前也不算熟，这时便笑而不语，王素雅见状，只能继续说下去："好啦，你要约会就去吧！不过今晚这顿，妮妮早说了由她请客，大家都是同学，你就别和她客气了！"

晨珀有点意外，她记得高中时沈妮妮的家境很普通，甚至可以说有些拮据。

唐羽琦失笑："这里挺贵的。"对正常人来说，单人消费就已经很贵了，何况他们几十来人开了这么大的包厢，一个晚上酒水餐饮消费不会下六位数。

"你就别和我客气了。你觉得这里贵，我倒觉得消费一般。"沈妮妮在沙发上换了个坐姿，笑吟吟地开口，"我是常客，和这里的经理也认识，之前办了白金卡，也是我提议在这里聚会。大家都是同学，这么多年没见，谈钱太见外了。总之，今晚大家玩得尽兴就好！"一番话引得同学们惊叹不已，大赞沈妮妮如今果然不一般，真土豪女神范！

大长腿白富美唐羽琦被活生生打脸了。

这也不该怪人家，当初是她死活要跟着晨珀读市立九高的，加上她从来不刻意炫富，高中三年最惹眼的就是有一个开着黑色小跑车的哥哥。不过那车也不是宝马奔驰这种一眼就能认出的大众品牌，所以同学们充其量只是觉得唐羽琦家境富裕，不会想得更深。

晨珀正在喝服务员送来的每人一盅的花胶干贝汤，闻言立马抬头。唐羽琦见她顶了张无辜外加看热闹的嫩脸瞅着自己，心里好气又好笑，在她脸上狠狠捏了一把。

"好吧，既然你这么客气，那我就不和你见外了！正好我答应朋友要带瓶酒过去，那干脆就在这边拿了！"唐羽琦手一伸，招了服务员拿来酒水单，也没多看，直接点了第一页图片上的红酒。

晨珀没看清价格，不过价目单首页的东西通常便宜不到哪里去。

唐羽琦提着包装好的红酒甚是满意地走了，那边，王素雅拿着酒水单将刚才唐羽琦点单的那页递给沈妮妮看。虽然距离远，但晨珀还是感觉到沈妮妮那张妆容完美的脸微微抽搐了一下。但下一刻她就笑了，像是浑不在意地拍拍王素雅的手，让她把酒水单收起来，还问身边的人同学们都到齐没有，到齐可以叫服务员正式上热菜了。

今晚来了二三十人，这间包厢很大，圆桌也很大，正好坐两桌，上菜都是分菜式的。服务员服务周到，菜式精致，大家都吃得很满意。

高中毕业后，这是众人第一次大聚，每个人都变化不小，以前不漂亮的变美了，胖的变瘦，矮的拔高，也有原本学习不错的如今混得一般，谁家里做生意顺风顺水这几年跻身富豪了……众人边吃边聊，谈论的话题无非是在哪里工作，年薪多少，怎么一个人来，还没找到另一半？

话题虽然庸俗，但久不见面，也有些是抱着善意的询问。晨珀挺喜欢这种热闹的气氛，一边吃菜一边安静听着别人聊天。

邻座几个同学转头来问她的现状："你后来是不是考去了B城？去B城读书的好像就你一个，是音乐学院吧？怎么样，现在还在读书吗？还是工作了？小提琴天才少女什么时候也让我们这些人见识见识？"

她笑笑，回道："工作了，一般，就那样。"其他人见她答得模糊，只当她现状不好，也就没有深究。

后来几个女同学聊着聊着，不知怎么就谈到了唐晗。

唐羽琦不在，她们也没了顾忌。高中三年，若说谁是最大的亮点，非唐羽琦的哥哥唐晗莫属。男生被他抢尽风头，女生要么心动喜欢各种接近暗示，要么高冷地表示自己对那款不来电。

时隔多年，当她们再聊起唐晗，仍旧唏嘘感叹，几个当年异常高冷的竟也承认其实那时并非不动心，只是碍于面子，或是一种纯粹的不服输心态，不想承认罢了。

"听说他现在在S城呢，是声世乐团的CEO，我之前看过他的专访，更帅了，也不知道哪个女人能入他的眼！"

"谁知道呢，他有颜有钱有品位，当年学校里那么多女生和他表白，也没见他和谁好过！"

"你怎么知道没有，就算他和谁好过也不会告诉你，对吧！"王素雅听到这个话题，端着酒杯从隔壁桌走来，笑着插了句。

"我记得当年放学后他总是来接唐羽琦，开一辆黑色的敞篷跑车，唉，能每天放学时在校门外看到他是支撑我去上学的唯一动力！"

"对啊，我们还总幻想哪天他会走到谁面前，开口邀请我们上车，让他送回家！"

扯到这里，几个同学的视线又朝晨珀聚拢过来："说到底，当年除了唐羽琦，你是唯一坐过唐晗车子的女生！虽然是附带，但真的超级幸运！"

晨珀心道这话她接不了。

王素雅朝晨珀笑道："你那时是挺招人妒忌的，人长得可爱，会拉小提琴，唐羽琦又只和你玩在一起！"

这句话听起来就有点变味了，不过王素雅像是没觉察到，继续道："就为了这个，今天无论如何你得和我喝一杯。"她晃着手里的红酒杯，见晨珀不接话，低低哼笑了声，"我可先干为敬了！"

说着，王素雅一仰头，大半杯红酒喝了下去。

一旁有男同学鼓掌叫好，王素雅也神采飞扬，连声音都高了几分："怎么不喝？这么不给面子？"

晨珀瞥了眼起哄的几个男生，表情淡淡地看向王素雅："因为我长得可爱会拉小提琴，所以你妒忌我，那我又为什么要和你喝一杯？"

众人觉得她说得好有道理根本无言以对……

王素雅这回脸上没有挂住："你现在怎么这么……"她扯了两下唇角，还是没把牙尖嘴利说出来，而是挤了道笑容，"不给面子就算啦！对了，你和唐羽琦这么熟，这几年应该没少见唐晗吧，他现在怎么样，有没有女朋友？"原本觉得王素雅有点小丢人的几个女同学听她这么一问，顿时又双眼放光，无比期待地看向晨珀。

"不清楚。"

"少来啦，你怎么会不清楚？你是故意不说吧！"王素雅四下看了一圈，得到众女生一致期待的目光，情绪又高涨起来，"晨珀，你这就不上道了！你看大家都是同学，沈妮妮今晚这么豪气包掉所有费用，就连刚才唐羽琦要打包红酒，她也一句话没多说，你也展现一下你的同学爱嘛！给我们透露一点小秘密？"

晨珀看了眼另一张桌上微笑不语的沈妮妮："是不是刚才羽琦点的酒太贵了？多少钱我帮她给你。"这件事其实很简单，一个不乐意被割肉又不想出头，一个想要讨好前者，不能明说又不想让对方好过，当然只能这么来了。

沈妮妮像是被这话逗笑了："不是在说唐晗的事吗，怎么扯到我身上来了？"

这一个两个的，说话都喜欢兜圈子，晨珀心累。

"好了，我就是想代表大家问一问唐晗的事，毕竟高中三年他是所有人的男神，刚才沈妮妮也和我说起他了，这么久不见，很好奇如今的他！现在正过年，说不定唐晗也在Z城，有机会可以约出来叙叙旧啊！你应该有他电话吧！"这句话简直道出了所有女生的心声，顿时附和声四起。

晨珀临出门前还掐了唐晗五六个电话，将人直接拖入黑名单，这会儿听人唐晗唐晗说个没完，脑门疼得发涨，正想起身告辞，包厢门口却传来熟悉的女声。

"哎哟，还真是你啊！"这声音气场十足，带了抹女性特有的娇俏。

众人回头，一位五官明丽、留着黑色短发的陌生女孩走了进来。从年纪来看，她比在场的人都小一些，穿了条很单薄的露肩贴身羊绒小礼裙，一双镶钻的细高跟鞋，颈间硕大的蓝宝石项链在灯光下闪闪发光。

几乎在她走进来的同时，包厢里安静了下来。就算是不懂品牌的，也被来人通身的华光所震慑，再加上她目中无人的傲慢表情，一时间竟没人开口质问她是谁，来别人的聚会干什么。

"我说呢，刚刚看唐羽琦发朋友圈的照片背景这么眼熟！原本还以为我看错了，她可是从不来我家酒店吃饭的，结果还真是你们！"田艾丽抬着下颌巡场一周，"她人呢？"

晨珀有些愣。上次见面就在几天之前，当时她还留着一头顺长的直发，怎么这会儿剪得这么短？

发现她在看自己的头发，田艾丽哼了声："不好看吗？我是找佩文剪的，他现在可傲了，非一二线明星不剪，我用了娱乐圈的人脉才轮上！"

"很清爽，很适合你。"

"这么说真的挺适合我了？"田艾丽很霸道总裁地走过来，搭住她的肩膀道，"那天我去声世，正巧看见黄珏拿着个人物品离开，我原本还以为唐晗会让她留下呢！结果真开除了！哈哈哈哈……你说她那么会演戏，怎么不去做演员，想要人脉可以来求我啊！还有你，听他们说后来所有人都被赶走了。说！那天你和唐晗孤男寡女在酒店房间里都干了些什么！"

"喂！问你话呢，这么看着我干什么？"

"你不觉在这么一个陌生的场合，你的话有点太多了？"周围盯着她的目光变得难以言述，晨珀叹了口气，起身拿包取羽绒服，和众人表示自己先走了。

田艾丽扫了眼周围依然安静看着她的人，她习惯了到哪里都是焦点，还真不觉得自己话太多："这些，都是你们班的同学？嗯，那也是校友了！等下我让经理给这个包厢免单吧！"除了唐羽琦，田艾丽也是Z城富二代圈里哭闹着不肯去寄宿制的私立贵族学府，死活非要读市立九高的另一位奇葩，宁可每天来回横穿大半个Z城。唐羽琦是为了和好闺密一起，田艾丽则是为了接近唐羽琦的哥哥。

晨珀瞥她："一天到晚给别人免单，这是你家开的，又不是你开的！"

"这话说的，我是给你面子！"

"你是单纯想耍帅吧？"

被一语戳中心思的"霸道总裁"觉得很没面子："你少损一句会死啊！"

直到两人的争执声渐渐听不到了，包厢内表情奇异的众人才缓缓回过神来。

"嗤！"王素雅干巴巴地冷笑几声，"什么意思！她、她今天是故意来打我们脸的吗？"

旁边其他的女生心里虽然也有些不舒服，但到底不像王素雅那么不平衡："行了，今晚她就没说几句话，都是你在说。"

"我说什么？不是你们自己在问唐晗！"

"我们只是谈论，不像你，一直逼问别人的隐私！"

"我和她要唐晗电话的时候，怎么没见你们这么大义凛然？"

"好了，别吵了，吵什么呢！"

晨珀并不关心她离开后包厢里的情形——虽然大致能猜出来。她现在被田艾丽这块牛皮糖粘上，实在有些吃不消。对方匆匆去自己的包厢取了大衣包包，一路跟着她从酒店离开，非要追问那晚在酒店房间的事。

晨珀一想起那晚被占的便宜就炸毛，哪里肯理她。

两人拉拉扯扯地走出酒店。酒店前面的广场上有几个卖花的女生，见她们拉扯着出来还以为是情侣，跑上前推销，走近才发现是两个女生，说了声不好意思准备走，却被田艾丽叫住。

"多少钱？"田艾丽指指花。

"二十一朵。"

"全要了！"财大气粗的败家女点出五六张大钞，连对方的手提篮也一起拎了过来，然后往晨珀怀里一塞，"喏，给你的！"

晨珀愣住。

"你那什么眼神，说了我对你没兴趣！"

晨珀看看花。

"今天还没收到花吧？我对你好一点，你就不好意思和我抢唐晗了啊！"田艾丽自有她的道理。

"你上次才被他丢在路边……"

"能不能有点朋友爱？"

说话间，酒店保安开来了田艾丽的车，她示意晨珀上车："上次你载过我，这次还你，上来吧，我送你回去！"

Chapter 12

恋上一个人

晨珀走进小区时，感觉门卫看自己的目光怪怪的。

也难怪，刚才她下车时原本没拿花，是田艾丽叫住她将花篮从窗口递过来的。门卫眼神好，发现送花和收花的都是女生，再加上今天情人节，想不多想都难。

小区铁闸后是一片带喷泉的广场，大约因为过年，不少住户都回家或是出国度假去了，空旷的广场上，空无一人。

晨珀环视四周，心里浮起微妙的不安，怎么感觉有人在看她？

错觉？她不解，视线慢慢扫过广场旁侧的停车位。小区的保安工作不算太严密，只要报出楼号和房号，一般的轿车都是让进的。停车位那里并排停了几辆车，其中一辆是黑色的商务房车，有一点眼熟。

晨珀很快明白那些微妙的不安并非错觉，黑色房车的门慢慢移开，露出男人清隽而轮廓分明的脸。他坐在车里静静地看着她，神色微敛。

寒冬的夜，空旷寂冷。

走至商务房车前时，晨珀的脸上已一片苍白。对方没有开口，依然坐在车内，侧首看着她，视线慢慢自她手里装满红玫瑰的花篮掠过。

"你怎么会在这里？"这是拍卖会后他第一次出现，让她猝不及防。

他的目光扫过她略微发白的嘴唇，开口道："上车。"

她下意识地后退一步。

简墨准似有所觉，抬眸看了她一眼，微蹙的眉头松开，神态柔和了几分："我刚刚到，陪我去吃点东西。"

虽然他脸上的严肃已经退去，但晨珀的心依旧怦怦跳个不停。一种无声无息的紧张感自上而下朝将她笼罩起来，她不想上车，也不想和他独处，如果可以的话，她希望他就此消失，再也不要出现在她的面前！

她又退了一步，心脏跳得越发剧烈。

从西雅图到伦敦，从伦敦到S城，再到Z城……他似乎在悄无声息地向她展示他的能力。他从来不是话多的男人，事发至今，两人的交谈不过寥寥数句，可她却清晰无比地感受到来自他的压力。

在某些领域，他只手遮天。

可是，有必要做到这种地步吗？

当初她以为，世界这么大，她逃走就好了，去到他看不见也不了解的地方，就当一切没有发生过。就算他可能会找她，但学院那边她并没有留任何地址和电话，无论他心里怎么想的，找不到也就只能作罢。

可现在呢？

回来后，她曾和唐羽琦说过简墨准与她数次碰面的情形，或许是她当局者迷，总觉得对方这种找寻她的方式和面对她时的态度太过矛盾，完全解释不通。

唐羽琦沉思片刻后告诉她，并非她当局者迷，因为连她也觉察出了问题。

"他明明和你单独相处过，想说什么想问什么都可以，但他提都不提之前的事。站在他的立场，你突然消失了半年，正常来说，谁都会问一句为什么，可他没有，这解释不通！"

"我只想知道他到底打算做什么。"

"他没有质问，也没有表现出一点生气，就像你这半年根本没有失踪——要么，就是你真的误解他了，那天晚上的事不是真的。"

"这不可能，我不光亲眼所见，事后还去求证过。"虽然事发突然，她慌乱无措，但也不可能仅凭双眼就直接定论，"更何况，如果那晚的事不是真的，他再见到我就不该是这种态度。"

唐羽琦看了她片刻，这才往下说另外一种可能："那就是他对你消失的原因心知肚明，所以根本不用问！"

心知肚明？却表现出什么都没发生过的模样？

想到这背后的深意，晨珀手指一紧，没来由地打了个寒战。

"你不是说，整件事里，其实还有另一个知情的人吗？"当局者迷，唐羽琦点醒了她。

知情的人？晨珀瞬间睁大了眼，如果说他真的深入追究，一定会查到那个人身上，如果对方没有像和她保证的那样保守秘密，那简墨准一定是知道了她那晚的谎言，由此得出结论再简单不过！

唐羽琦看着好友，渐渐露出一个苦笑："其实你告诉我那件事时，我起初是不信的，不过见你说得那么认真，所以没多质疑，但现在……"

后面的话，唐羽琦没再说下去，她能感觉到晨珀情绪的低落。最后，她给出的建议是，与其拖拖拉拉，不如直接面对。简墨准不说，那就晨珀来说，找个机会和他彻底了结这件事。

至于结果如何，就看运气了。

运气？

晨珀看着车里的人，将翻涌的情绪一一收住，低头上了车。

"去哪儿？"她摸着包包里的手机，准备找机会给唐羽琦发个短信，把地址报给对方。

简墨准靠回椅背，指尖在额角揉了揉："我第一次来这个城市，你决定吧。"

晨珀闻言心下定了一分，想了想，说道："去桐安街。"

简墨准点了点前排座位，驾驶座上的人转过头来，向晨珀发问："桐安街哪一家？"

"到了再告诉你。"

"好。"说话的人是方谌，他问完，却注意到晨珀怀里的那一篮子玫瑰，眉头立刻皱了起来，"你，刚才该不会是去约会了吧！我说你这人……"余下的话，被简墨准轻点座位的手指打断。

他面色如常，淡淡说道："开车。"

桐安街是Z城有名的夜市，要论各类小吃美食，这里无疑是Z城最多的。即便是年关将到，仍有不少店铺坚持开业，准备做到大年夜再休息。

这里的东西物美价廉，一年四季都热闹喧嚣，很多初到Z城的人都会慕名而来。

直至抵达桐安街，方谌才明白晨珀为什么刚才没直接说去桐安街哪一家吃饭。面前的街道原本就不宽敞，两旁除了店铺，还搭出了高高低低的塑料大棚，车子根本就开不进去。

看着街道上一地的空酒瓶和食物垃圾，方谌的脸色很是难看，他看向已在街口下车的简墨准，对晨珀深深不满。这样的地方，她也好意思带先生来？

晨珀只当没看见方谌质问的眼神，她瞥了眼身侧高大的男人，巴不得他不满走人。

然而简墨准只是整了整薄呢长外衣，朝她道："哪一家，带路吧。"

桐安街上人声鼎沸，虽然快过年了，但因为是情人节，不少情侣、夫妻纷纷出门活动。

空气里弥漫着烧烤和火锅的香味，浓浓的烟火气扑面而来。晨珀对这里很熟，七绕八拐地进了一家店铺前的塑料大棚里。

因为位置靠里，这家的客人不算多，大棚里还有几张空桌，只是极其简陋，桌椅也大多是带着污迹的。

晨珀并不在意，抽了椅子正要坐下，腰上却一紧，男人搂住她，温热的体温瞬间将她包围。她身体僵了僵，却发现他并未要对她做什么，只是从外衣口袋中取出一块驼色的方巾，将它展开后铺在椅子上，这才让她坐下。

方谌一句"先生"卡在喉咙，先生极爱干净他知道，可他原本还以为他是准备铺了自己坐的……

他们这边刚坐下，旁边桌的一男一女已经忍不住议论起来。

女："用爱马仕的方巾给女朋友垫椅子，真是太帅了！"

男："哪个脑残会用这么贵的东西垫椅子！肯定是A货！"

女："A你个头！你也不看看那男人的打扮，看着低调，其实从头到脚好几十万呢！"

男："几十万？嚯，这么有钱能来这里过情人节？"

女："就不许人家有点特殊爱好啊！"

……

有特殊爱好的晨珀无语。

方谌不忍直视，见两人坐定，便暂时离开了大棚。

"吃什么？"简墨准接过老板娘拿来的简陋菜单，递向晨珀。

她没接，朝他道："我常来这类地方吃饭，不习惯你可以换地方，不必做这样的事，隔两条街就有适合你的餐厅。"说到底，他们原本就是两个世界的人，若没有在拉斯维加斯玩笑般的搭讪，这辈子都不可能有任何交集。

"我没说不习惯。"相比她不善的语气，他静淡得不像话，"吃什么？"

她作罢，直接开口报了一堆东西："一锅海鲜粥、酸辣白菜、五十根烤脆骨、十个烤生蚝、十个烤扇贝……"

"你们就两个人，吃得掉吗？"老板娘愣了。

"吃不完我打包。"她都这么说了，老板娘自然不会把生意往外推，立刻收了菜单去烤串。

东西很快就上来了，晨珀原本是想借着吃东西缓解紧张，可她喝了碗海鲜粥就再也吃不下了，总觉得心里膈应得慌。

餐桌对面，简墨准不紧不慢地喝粥。吃饭的时候他通常不怎么说话，这是他一贯的餐桌礼仪，只是今天这地方是她故意挑的，原以为他连碰都不会碰。可现在他却神情自若地用餐，分明是简陋不堪的大排档，分明与身边的环境格格不入，他却没有丝毫不自在。

她是真的看不透这个人，不懂他是真的一点也不介意，还是装着不介意。

可他有必要装给她看吗？

就像刚刚，任谁看了都会误会她今晚是去约会的，他却不闻不问，似乎毫不关心。可既然毫不关心，又为什么不肯放过她，一路从伦敦追来，一再出现在她面前？

这个男人，永远波澜不惊。

他到底知道多少？

是不是像唐羽琦说的那样，早已心知肚明？

"简墨准，为什么？"当晨珀意识到的时候，她已经问出了口，没头没脑的一句话，连她也不知道自己究竟希望他能听懂，还是听不懂。

对面的男人抬头看她，眼底的温度逐渐下降："你想说什么？"

"我只是想知道为什么。我不信你看不出来我在躲你，可是你……就好像完全忽略了这些。"

他搁下筷子，眼帘半落，长睫下的眼瞳越发深沉难辨："我不记得我们有分手。"

晨珀欲开口，对方却微抬指尖，制止了她想说的话："晨珀，我们没有分手，因为我并没有同意。"他再次与她对视，清隽的面容线条干净而完美，即便在这样简陋惨白的灯光下，气场依旧强大到仅凭眼神就能让她动弹不得，"玩够了，就回来。"

晨珀瞬间僵硬，她以为是自己幻听了。

这句话所表达的意思让她愕然。为了摆脱他，她用尽所有办法，甚至放弃了最重要的学业！面对父亲的失望，母亲的担忧，她这样破釜沉舟做的一切，在他眼里不过是玩闹？

所以他是在告诉她，他允许她以这种方式"玩闹"，但也仅止于此。

这样自以为是的专制，简直有病！

"不吃了吗？"他询问，神色静淡。

"吃不下！"怒气在她胸前翻涌，更多的是一种无形而沉重的压力。她感觉自己就像被人牵在手里的风筝，自以为一入蓝天翱翔任我，结果他在那端轻轻一拽，她便身不由己地坠落深渊。

"那我送你回去吧。"他起身，似乎是想过来拉她的手，却被她避开。

"不要你送！"晨珀这会儿怒多过怕，也不想再遮掩了。

停留在空中的手微不可见地顿了顿，随后收了回去，简墨准脸上依旧没有一丝不悦，只对她点头道："不是我送，我让方谌送你。"

留心里面情况的方谌这时正走进来，闻言问道："那先生您呢？"

"没事，我一个人走走。"

方谌还欲说话，但他到底跟了简墨准一段时间，觉察出他的情绪，只能应道："我知道了，那我送晨小姐回去，您一个人小心点，有事打电话给我。"

送人的人和被送的人脸色都不好。

晨珀觉得方谌也很有病，分明看她不顺眼不想送她，也知道她不想让他送，结果简墨准开口，他便将她硬拽上了车。

晨珀坐在后座，从她的位置，只要一抬头就能从后视镜里看到方谌的眼睛。他偶尔瞥向她的眼神里带着不满，没有任何掩饰的意图。

在车子行驶了十分钟后，对方还是没忍住："你不该这么对先生。"

晨珀歪在椅背上，不想搭理他。

"你知道吗，先生在车里等了你三个小时！他刚解决完欧洲那边的事就直接飞回S城，得知你请假回家，又一路赶来Z城。他不想错过这个节日，礼物也准备了，可是你……"

晨珀持续的沉默让方谌越发不满，原本只想说几句，现在却有些收不住了，责备她不该和别人去过情人节，责备她完全不顾简墨准的感受，责备她无理取闹，说消失就消失。

"……当初先生还病着，却没有去医院，非要去看你的演出，说你的第一次个人演出，他不想错过。结果你却没来，先生在演奏厅等了你很久……"

个人演出？晨珀眸光微闪。

她记得那时她异常狼狈地从西雅图逃回伦敦，还没想好到底该怎么办。

认识简墨准将近一年，他从来没对她说过喜欢，很多时候都是她主动亲近他。可那次她提出分手后回伦敦不过两三天，他便频频来电，一周之后，原计划在西雅图停留一个月处理公事的简墨准提前结束手中事务飞回了伦敦。

她很意外，但更多的是慌乱，想到即将要面对他，心底就涌起莫名的害怕，最后她逃了，连很重要的汇报演出都没有去。

"这些话不该我来说，毕竟我只是助理，但很多事我都看在眼里。晨小姐，今天我说的这些也许不太好听，但我还是得说，矛盾也好，小脾气也好，你都该适可而止。像先生这样的人，能纵容一个女人到这种地步，你就该明白他是在乎你的……"

车子准确无误地停在她家所在的那座高楼之下，方谌见晨珀沉默了一路，以为她不会再说什么，不料她的声音却从后排传来："你当他的助理，应该才半年多吧。"这句不像询问，倒像是肯定，"你觉得自己真的了解你的先生吗？"

"什么意思？"方谌皱眉回头，他觉得自己真的有点生气了。

"你以前并没有见过我。知道有我这个人存在，也是从那次缺席的演奏会开始的吧？"晨珀按下开门键，冷风随着缓缓移开的车门灌进来，让她有些发晕的头脑清醒了不少，"你是不是以为我和他之间只是简单的情侣闹矛盾，而我是蛮不讲理的那一方？"

她扯开嘴角，露了个有点惨淡的笑容。她脸孔稚嫩，这个略显世故而苍白的笑容和她很不搭："你知道他以前有个非常能干的助理吗？算起来，真是比你称职一百倍，假如那个人还在，你不可能成为他的助理。你不好奇那么称职的助理现在去了哪里吗？"

"你到底什么意思？"

晨珀走下车，脸上的笑容已经收了起来："我没有任何意思，谢谢你送我回来。"

晨珀第一次发现菲尔是简墨准的助理而非朋友，是在伦敦的那个深秋午后。

她的第二块布朗宁蛋糕刚吃到一半，一位棕发黑瞳的男子推开咖啡店的门走进来。他手里拿着她的小提琴盒、外套及包包，先走至简墨准身边喊了声"先生"，这才将东西搁到她身侧的座椅上。感觉到晨珀停留在自己身上的视线，他抬头朝她轻轻笑了笑。

身为一个混血儿，他原本就长得异常俊美，这样一笑竟有种纯净夺目的光辉，她仿佛瞬间看到无数鲜花在眼前绽放。

"是晨小姐吗？"对方用不太标准的中文开口，"您好，我是简先生的助理，您可以叫我菲尔。"

"你好，叫我晨珀就可以了。"听到他说中文，她才后知后觉地想起，之前在拉斯维加斯她就曾见过他，那天在机场他似乎也在，"谢谢你帮我拿东西过来。"

"不用客气。"对方向简墨准示意了一下，后者朝他低声吩咐了句。菲尔点头，离开前再次礼貌地朝晨珀笑了笑。

这个笑容太有杀伤力，以至于直到对方的背影消失在咖啡店门口，她才回过神，对上简墨准投来的目光，有点不好意思："你助理长得真帅。"说完又觉得在他面前说他助理帅似乎不太好，忙又补充道，"不过，你比他更帅。"

这倒是大实话，毕竟男人不能光看脸。无论身高、气质，简墨准都是完胜，更何况他的五官也无可挑剔，菲尔和他是完全不同的类型。

对她的称赞，简墨准没有什么反应，她想这些话他应该听得太多了。

结束下午茶时，他提出送她回去。

"不用了，你应该还有工作要忙，我已经打扰了你一下午，不想再麻烦你了。"伦敦地铁四通八达，从这里回学生公寓很方便。

他的视线在她脸上停留片刻，仍旧道："我建议还是让我送你。"

"谢谢，真的不用麻烦！"关键是上回坐他车的阴影仍在，她拢紧外套的衣襟，朝他笑着挥手道别。

晨珀稍稍转好的心情在返回公寓时再次跌到谷底——她这才明白他刚才为什么坚持要送她。

玄关光洁的落地镜里，女孩的眼妆早因眼泪而化开了，面色苍白，外加一对硕大无比的熊猫眼，简直不忍直视。

她……她就顶着这张脸和简墨准面对面喝了一下午的茶，还觍着脸对他们评头论足？之后又拒绝对方送她，十分洒脱地自己坐地铁回家？

真是跪了……

这件事直接导致了某些后遗症。比如她换掉了全部的眼妆用品，再比如很久之后，当她在马路上捡到田艾丽，对方哭得伤心不已，她关心的重点却在她的眼妆不防水上。其实她真的不是在嘲笑对方，而是很诚恳地建议。

学生与教授曝出丑闻不是小事，演奏会结束后，校方当天就着手开始调查。哈文教授在校执教多年，师德有口皆碑，校方对他虽然是信任的，但是也必须给所有师生一个交代，所以调查是必须的。

很快，照片就被鉴别出是假的，文章里说的那些也就不足为信。校方在学院网上公告了这件事，并严重谴责了造谣者，表示会继续对这件事做深入调查。

校方的公告出得很快，并删除了那个造谣贴，等到次日下午的时候，整件事基本已经解决。米拉和帕分他们来找晨珀，为了庆祝她重获清白，约定晚上一起去吃大餐。

晨珀的情绪并不高，登台的机会已经错失，而且她不觉得校方贴出的那则公告能解决所有问题。经验告诉她，人心是最难琢磨的。有时明明没有亲眼所见，却能当成事实四处传播，有时明明已被更正，却依然有人相信不实的消息，只因为那些更有趣更有谈资。

晨珀没有料错，她成了校园里的焦点人物。她时常收到陌生号码发来的骚扰和调戏的讯息，一些以前根本不认识她的人会在她现身时驻足打量她，偶尔低语轻笑。并没有人公开指责评价她，哈文教授现身给他们上课时，也没有谁会露出异常的表情，但流言蜚语依旧存在，在暗中流传，像是要将她孤立。

这是一种冷暴力。

晨珀尽量让自己忽略这些，告诉自己那些人喜欢怎么想怎么说都是他们的事，她没办法堵住别人的嘴，改变别人的想法，她只要做好自己该做的事就行。

但想做到和能做到毕竟是两回事，就在她的负面情绪累积到即将爆发的时候，擅长电脑的乔治突然跑来告诉她，找到散布谣言的罪魁祸首了！

其实这几天，乔治一直和自己几个校外的朋友在追查发帖者的IP，以及PS照片的原型。然而发帖者显然也是个高手，将自己隐藏得非常好，他们查到校外某个IP地址后就再也查不下去了。

可一个小时前，校网上出现了一篇自曝贴。发帖者自称是整件事的幕后黑手，还上传了两张未PS过的照片，一张是哈文教授在公园里逗猫，另一张是晨珀坐在台阶上拉小提琴。两张照片显然都是偷拍的，甚至连当事人都忘记了究竟是什么时候被拍下的。两个人的姿势很眼熟，和先前的暧昧照片一模一样，显然，这两张照片才是原图。

发帖者不光讲述了陷害晨珀的理由，还公告了自己的身份，并向受害者及学校所有人公开道歉。

"你之前的猜测是对的，果然是希利尔搞的鬼！他是故意挑那个时候发布的，因为他知道太早曝光，学校只要一查就能查出照片是P的，不会对你的演出有任何影响。只有在临开场前突袭，才能让你没办法登台！就为了一次演出机会，也太过分了！"

几乎是一瞬间，困扰了晨珀近一个星期的问题完全解决了！

校方严肃处理了这件事，由于希利尔主动道歉，校方没有开除他，而是记了大过，并让他停学三周。晨珀在校长室的外面，看到了走出来的卷发男孩。他脸色并不好，见到她，眼神有点凶狠，可像是又想到什么，那种敌对的情绪一瞬间又被压了下去。

他想要走，晨珀却开口问道："为什么你要自己跳出来？根本没有证据指向你。"

希利尔的表情很复杂，似乎是憋着怒意和不甘心，却又畏惧和警惕着什么，所以不敢向晨珀叫嚷，只压低了声音道："别再问了，这件事是我做错了，我不该招惹你，我再次向你道歉！"说到这里，他似乎挣扎了一下，才开口，"还有，如果有机会，可不可以请你向你的朋友表达一下你已经原谅我了？不用说明，只要表现出比较愉快的情绪就可以了！"显然，希利尔非常不习惯这么低声下气和低年级的女生说话。

"朋友？"晨珀疑惑。

"那就拜托你了！"希利尔不愿意再逗留，快步离去。

晨珀在原地沉默了几分钟，忽然想到什么，取出手机开始编辑信息。

"今晚有空吗？我请你吃饭吧！"

她看着收件人的名字，犹豫了好一会儿才点击发送。

她惴惴不安地等着，直到两个小时后，她甚至以为他不会回复她的时候，对方发来了短信。

"有空。想吃什么？我来接你。"

看着屏幕上的字，她的心跳又开始不争气地加速。

"地方你决定，定好告诉我时间地点就行，我自己过来。"

"好。"

放下手机，晨珀的心脏依旧鼓噪不已。

除了米拉、帕分他们四个，她在伦敦没有其他朋友，或者说没有其他有能力的朋友。

所以希利尔口中的那个人——只可能是简墨准。

法餐，靠窗的两人桌。

依旧是一家不大且客人很少的店，带一点中世纪的陈旧感，外墙是烟灰色的砖面，有岁月的痕迹，窗棂则被漆成亮眼的红色，在冬日的夜晚透出一抹生动的活力。

他似乎很喜欢这类比较安静的店铺，家庭式经营，宁和温馨。

店里的壁炉透着温暖的火光，音乐轻缓，鲜花与蜡烛点缀了窗台与桌面，让晨珀鼓噪了一下午的心渐渐平静下来。

她提前二十分钟到的，可她到的时候他已经坐在那里了。

今天很冷，太阳落山后更冷，她早就裹上了羽绒服。他穿得却不多，上身一件蓝灰色圆领薄毛衣，长裤单薄，椅背上搭着一件不算厚的驼色大衣。

她进门的第一眼就看到了他，他正和一位上了年纪的胖厨师说话。店门处悬挂的铃铛随着她的进入丁零作响，他侧首看过来，清隽干净的面容在火光的映衬下带上了温暖。

见到是她，他微微颔首，礼貌而优雅。

晨珀觉得很不可思议，明明有着危险而复杂的背景，可他本人却总是给她一种绅士般从容优雅的感觉，这和她印象里粗糙蛮横的黑帮人士完全不一致。

"你怎么到这么早？"她脱下羽绒服和围巾，里面是一件厚厚的粉色羊绒衣，和她今天的粉色唇蜜很搭。虽然不想承认，但因为之前的黑历史，她的确花心思打扮了下，头发也放了下来，长长的黑色微卷发，让她看起来像个精致白皙的洋娃娃。

"下午在附近，就早点过来了。"他将菜单递给她，"想吃什么？"

"有推荐吗？"她不太懂法国菜，扫了眼菜单还是询问他。

他给她推荐了今晚的几道主菜，她依照自己的口味选了头盘、汤、菜和甜品。

他要了鹅肝酱，装在透明玻璃罐里，那罐子造型很漂亮，她忍不住多看了几眼。对方将那个玻璃罐挪到她面前："试试看。"

她拿着餐刀去挖，结果用力过猛，挖松的那块酱直接弹到了他的胸口。

晨珀慌了："抱歉！"

"没事。"大抵是感觉到她的窘迫，他朝她微微勾起唇角，这才不疾不徐地取下那块牢牢粘在他衣服上的鹅肝酱，并用餐巾擦拭残留的污迹。随后，他取过罐子，重新挖了块鹅肝酱并在面包上涂抹均匀，递到她面前。

男人的手指好看得像是艺术品，连带那块面包也变得极具诱惑力。

晨珀的心跳有点加速，道谢后接过咬了一口。正统的鹅肝酱其实并不合她的口味，应该说那味道她非常不喜欢，不过已经吃进嘴里，又不能吐出来，只好艰难地咽下去。

对方又递来一杯柠檬水，她忙接过，喝了一大口。

"谢谢。"晨珀说完，又补充道，"不是指这个，是指照片的事。"

她突然提起，他却并不意外："希望不是多此一举，那张照片的PS痕迹很明显，校方应该已经替你澄清了，对吗？"

"不！我很感谢你，你帮了我很大一个忙。"正因为如此，她才更不好意思，"我不明白，你为什么要帮我？我知道，你对我的印象并不好，之前在机场我那样……换作是我，上次在Wigmore根本不可能搭理一个故意装不认识的人！"

听她主动提起机场的事，简墨准一时有些沉默。离开机场后他就觉察出自己的情绪有些不对，对方后来已经明显表示出歉意，但他连让她开口的机会都没给便径自离开了。

转念想想，那真的不是什么了不起的事，顶多算是年轻女孩的恶作剧，只是当时他诧异于两人的重逢，而她态度冷漠，他有些意料外的不悦。或许是他年纪大了，看不懂年轻人的世界。

他凝视她的眸光深邃而专注，她看着他，安静等他的回答。

她的眼神和表情，就像是一只做错事的宠物看着自己的主人。这个女孩，初见时不知进退一再搭讪他，再遇时又一脸纯稚地装无辜，就如同她自己说的，他对她印象并不好。他甚至觉得这大约又是一个有点家底和背景的富家女，整日无所事事，在异国夜晚无所顾忌地玩耍，待到白天又戴上矜持的假面，扮演应该的角色。

然而，那天在Wigmore，她又将他的这些推测全部推翻。

因为无法上台表演，她独自在音乐厅外的走廊上拉她的演出曲目，明明在哭，却非要演奏美好喜悦的乐曲，狼狈而固执，却终究无力改变事实。

某个瞬间，他仿佛看到了自己，无论做什么、怎么做，都始终不及父亲在那人心中的万一。

女孩还在盯着他看，他收回心神："你没做错什么，不必这样说。流言蜚语虽然不会造成致命伤害，但是这些负面的东西很容易让一个人的心里蒙上阴影。你很有才华，也很努力，未来会有远大的前途，不该让这些东西影响到你。"

他的话清冷缓慢，却有一种温柔而沉静的力量，如同他给人的感觉，任凭周遭世界再喧嚣浮华，他始终保持着自己的节奏，不惊不躁，沉稳而睿智，以自己的方式应对一切。

她的心脏，再次鼓噪不安地跳动起来，一下一下，清晰而响亮。

她曾以为，唐晗之后，她不会再喜欢上什么人。感情这种事，她不擅长，也不了解，敬而远之是最好的方式。

这天以后她才明白，人生里总有些事，来得猝不及防且毫无理由。哪怕清楚地知道自己应该和他保持距离，哪怕根本不懂接下来应该怎么说怎么做，仍然无法控制那颗跳动的心。

就好像他于她，有一种致命的吸引力，如火焰之于飞蛾，飞鸟之于鱼，星河之于大地。

是的，哪怕如今她逃避、畏惧、不愿面对，也不得不承认，两个人之间，是她先对他动心的，一开始追求对方的人也是她。

她甚至把唐晗用在她身上的浪漫全部用在了简墨准身上。

而他的态度始终是淡淡的，并非冷淡，而是一种成熟的礼貌。

在她的十次邀约里礼貌性地应下几次，很绅士地提前半小时抵达，且在餐后将她送回公寓。如果她表现出冷，他会脱下大衣给她披上；如果她故意带他步行路过花店驻足，他会买花送给她；如果她送他礼物，他会微笑地表示感谢，且在下一次见面时回礼。

两人似乎已经成了朋友，却始终无法更进一步，毕竟她是女生，而且还是一个半点恋爱经验都没有的女生！她能主动邀约求见面已经很不容易了，又怎么可能率先做出肢体接触？

再加上他的礼貌，使得两人之间保持着距离，令她面对他时，始终有种仰望的感觉。

似乎近在咫尺，却又高不可攀。

晨珀后来回想，若不是之后发生了那场意外，可能直到现在，简墨准和她之间的关系都不会发生改变。他是个非常冷静成熟的男人，知道自己要什么，起初的距离也会是最终的距离。

所以当她从RAM退学，从伦敦逃回Z城时，压根没想过他会再次出现在她的生活里。

他从来没有表现出过多的情感，即便后来开始和她恋爱，也始终带了种严谨的冷静。和他在一起，与其说是情侣，不如说他更像是她的长辈。

体贴入微的照顾，温柔的态度，平淡的约会，就是没有热恋的甜蜜和激情，他们甚至从来没有吵过一次架。

诚然，八岁的年龄差是一个问题，但两人之间肯定还存在其他一些她不了解的障碍。

直到后来，在西雅图的那一晚，她才明白，其实她根本就没有看懂过真正的他。

Chapter 13

音乐的瞬间

　　复赛定在周六，正月十二，大部分人都已回到了工作岗位。

　　声世的假期比一般企业更长一些，正月十五之后才是工作日。不过因为器乐大赛，大部分人都提前回了S城。

　　声世鼓励乐队成员参赛，所以这次进入复赛的六十八人里，超过一半都是声世自家人。其中落选或是其他不参赛的声世成员，也可以进场观看。

　　相比初赛，复赛正式很多，会邀请电视台全程录制，后期剪辑成节目在音乐频道及网上播放。评审方面，初赛时的三位声世评审会去掉一位，一位专业赛事评审不变，另外增加两位乐界名家，组成五人评审团。

　　复赛的地点仍在声世演播厅。这一次所有参赛选手都会坐在台下观看比赛，等准备的时候才会去后台。由于比赛曲目总共只有十首，六十八人自行挑选，撞曲的肯定有一大半，这样全程坐在台下观看别人演奏，其实很考验心理素质。

通知的复赛时间是上午九点，晨珀租住的小公寓离那里有段距离，她怕迟到，七点不到就起床了。

在早春的七点起床真的是很考验人——特别是长假后，晨珀起床时是蒙的。她一路飘着进了浴室洗漱，套上毛衣和带绒的牛仔裤，穿上羽绒服前，还是对着镜子刷了刷睫毛再涂了点唇蜜。

考虑到上镜，估计大家都会化妆，她这没睡醒的惨淡脸色，还是别挑战所谓的素颜了。

临出门前露易丝给她来了信息，说自己还没吃早餐，一会儿在声世楼下的咖啡厅见。

露易丝不参赛，不过她住在S城，今天是纯粹来陪她比赛的。晨珀一边锁门下楼，一边给她回复短信。

走出楼道的时候她似有所觉，一抬头果然看见熟悉的阿斯顿马丁停在不远处。见到她下楼，驾驶座上的人开门下了车："小珀。"

晨珀的脸色一下就变了，转头就朝旁边走。

身后传来急促的脚步声，唐晗到底腿长，她没走出多远就被从身后抱住了腰。

急促的呼吸伴随着香水味从她耳侧袭来，晨珀一下就炸了毛，举起手里的小提琴盒就去打他："松手！"

"好好，我松手，你别生气！"唐晗松了手绕到她前面，怕她走，半伸着手臂将她拦住，"都这么多天了，还没消气？"

这话问得真是！他凭什么觉得隔了几天她就该消气了！

"我今天有比赛，不想影响情绪。"晨珀重新抱好琴盒，"让路！"

"我就是知道你比赛才会过来接你。"唐晗双手抱臂，低下头笑着去看她的脸，近半个月没见，他早就想她了，"上次是我过分，别再生气了好不好？"他的声线原本清朗，这样刻意压低嗓音，带了抹撒娇的意味，听得晨珀眼皮直跳。

她不想和他多费唇舌，转身想绕过他，然而他又怎么可能让她走："我在楼下等了你一个小时，就是不想你自己去声世，天这么冷，还是我送你！"

晨珀这回连开口都不愿意，直接换个方向离开。

几次反复之后，他直接抱了过来，一手掐住她的腰，一手按住她拿着琴盒欲砸向他的手："两个选择，要么上车，我保证不碰你，直接送你去声世；要么你就继续在这里和我纠缠下去，反正只是复赛，我到不到场都无所谓。"

最后晨珀还是上了车，她本想坐后面，结果刚拉开后座的门，就被他拉回去塞进了副驾驶。

车里开足了暖气，他穿得并不多，见她裹着羽绒服，便让她把外套脱了，结果晨珀根本不理他，皱着眉头脸色严肃地目视前方。

唐晗伸出食指抚了抚眉心，秀气的薄唇微扬，露出有点无奈的笑意："怎么办呢，看到你这张脸露出这种表情，真想直接停车把你按在椅子上做一些事……"

"呵呵，害怕了？你以为我想对你做什么？"

他的确没有碰她，不过一路各种言语骚扰没有半刻停过，整个车厢里弥漫着浓烈的硝烟味道。

好不容易到了声世地下停车场，她立刻推门下车，身后传来唐晗宠溺而愉悦的笑声："比赛加油！"

妈蛋！这种奇葩到底是怎么长成的！她刚才差点忍不住把琴盒砸他脸上，直接车毁人亡算了！

晨珀板着脸朝电梯走，一个念头诡异而突兀地冒了出来，她取出手机打开微信开始编辑内容。

片刻后，一则新消息在"叙叙旧，聊聊天，谈谈情"的同学群里跳出，并@了所有人。

然后，沉寂了一个多星期的高中同学群顿时炸了。

　　哇！这是晨珀发的吗？她是不是被盗号了？

　　我不是看错了吧？唐晗的所有联系方式还有S城的工作地址！情感状况——目前单身？！

　　真的假的啊！晨珀，你那天不是什么都不肯说吗？

　　我去，连微博链接都直接发过来了！好多照片！我去！好帅！

　　哟！这是怎么了？

　　不管怎样！这不是有唐晗的微信吗！我先去加他，哈哈！我正好也在S城，今天就去约他吃饭！

　　啊！太狡猾了！我也要加他！我还要去他微博留言！

　　……

　　整个高中同学群炸了，群里大约有五六十人，超过一半都是女生，就在晨珀进出电梯的这会儿工夫，群里就堆了一百多条讯息。

　　晨珀顿觉神清气爽，穿过前楼直奔两楼之间的咖啡店。

　　露易丝还没到，坐唐晗的车省了不少时间。她替露易丝点好了咖啡和三明治，找了个空位刚坐下，唐羽琦就来了电话。

　　"我哥又做什么了？"她也在群里，自然目睹了一切。

　　"不得不说，你真的挺了解你哥。"

　　"我是了解你，二垒？三垒？"

　　"……克制点。"

　　"咳……"唐羽琦努力克制了一下，"我说，你这么搞法，不怕我哥他找你？"

　　"今天是复赛，他不会乱来。"

　　"那明天呢？"

　　"明天再说吧！"晨珀也是憋了太久，有点破罐破摔，反正就算

212

她不做这些，他也时不时抽风折腾。不是自以为魅力无限，荷尔蒙爆棚吗？那就不要浪费，资源共享一下吧！

等了一会儿，露易丝也到了，距离九点还有段时间，两人也不着急，边吃早餐边聊天。这阵子她们经常联系，露易丝那天虽然没当面问，但心里其实是好奇的，后来问起她唐晗的事，晨珀觉得没有隐瞒的必要，就直接说给她听了。当然，说得没那么详细，但大概的关系都告诉了她。

露易丝后来也说了自己的事给她听。

晨珀调去电子乐部之后，露易丝和文蕊起先还是在一块儿练习聚餐的，毕竟是同批进来的人。文蕊这个人除了过分自卑其实也没什么，她很喜欢交朋友，只是人缘一直不好。后来黄珏不知怎么和文蕊熟了起来，露易丝对黄珏虽然有点看法，但有时文蕊提议，三个人也会一块儿吃个饭喝喝下午茶什么的。

露易丝一直以为黄珏只是喜欢占嘴上便宜，虽然有心机，但工作在这样一个环境，你不可能要求人人都合你的心意。

露易丝先前谈了个男朋友，本地人，时间不算长，半年多。对方在外企工作，收入不错，人长得也好，还贷款买了辆宝马X5。有时露易丝练习晚，或者在外面吃饭碰到下雨的时候，他都会来接她，如果她朋友在，也会很客气地将人先送回家。

结果谁都没想到，这么几次之后，黄珏竟私下和她男友联系上了，还时不时发一些暧昧微信给他。要不是有一次露易丝拿他的手机玩游戏正巧看到，都不知道还要当傻瓜当多久！

虽然她男友一再否认，说和黄珏只是聊聊，并没有做出出格的行为，但露易丝仍旧气到爆炸。这件事严重影响了她对他的信任，露易丝直接找黄珏摊牌，对方却不甚在意，表示只是聊天而已，没什么大不了。

也因为这件事，露易丝和黄珏彻底翻脸了，拿露易丝的话来说，这种女人谁沾谁倒霉。她之前曾觉得田艾丽有点任性、气焰过盛，但自从她霸气开除黄珏后，她看田艾丽倒是顺眼不少。

"原来你们是一个高中的，所以她那次认出你之后，直接把矛头指向了你，倒把文蕊丢一边了。"露易丝是个很聪明的人，应该说在一些事情上的感觉比较敏锐，将所有事结合起来，即便晨珀没说田艾丽和唐晗之间的事，她也猜到了七七八八。

然而，说曹操曹操就到。

"霸道总裁"田艾丽踩着八厘米的高跟靴一路气势汹汹地进了咖啡店，直奔晨珀的座位："他们说刚才是唐晗送你来的，是不是！"

晨珀一口三明治噎在喉咙口，她真想知道究竟是哪个"他们"消息灵通成这样。

"太过分了，就知道接你，我也很怕冷啊！"

露易丝斜她一眼："你不是自己开车吗?"

"我又不是和你说话！"

"情绪波动这么大会影响今天的演出。"露易丝慢条斯理地喝着咖啡，"你好歹是上届电音组冠军，这次要是真输了可不好看，要不然，直接退赛？"

"你是不是也不想在声世做了？！"

"呵呵……"

"呵你妹啊呵！"

晨珀被她们吵得头疼，起身去吧台又买了份热咖啡和三明治，搁到田艾丽面前："吃。"

"我吃过早餐了。"田艾丽嘴上这么说，却还是坐下喝起了咖啡。

两人聊天变成了三人聊天，田艾丽说自己最后还是选了大卫的 *Smooth Criminal*。这首虽然是电子小提琴的首选曲目，但不同的人演奏效果是完全不同的，毕竟谁都不可能有大卫的手速，演奏整曲的速度究竟能快到什么地步，就看个人发挥了。

"你呢？别告诉我你选了萨拉萨蒂，虽然选那首铁定进决赛，可用电子小提琴拉简直是自虐！"田艾丽说的萨拉萨蒂自然是指他的名曲《流浪者之歌》，八分钟的长度，艰涩深奥的技巧，堪称魔鬼备选曲目。晨珀一直是学古典的，选曲时侧重点可能会和一般拉电提的不同。

"《音乐瞬间》。"晨珀嘴里还塞着三明治，于是简单丢了四个字。

"啊？"田艾丽以为自己听错了。

晨珀喝了口咖啡，才道："舒伯特，《音乐的瞬间，作品780》。"

田艾丽愣住。

露易丝挑眉："你用电子小提琴拉《音乐瞬间》？"

"是啊，怎么了？"

"没怎么。"露易丝虽然诧异，但没有追问。

田艾丽就不同了："你没毛病吧？选这首？为什么啊？"

《音乐瞬间》是一首非常简短的钢琴曲，简单到如果是从小学习钢琴的孩子，差不多学个两年便能熟练掌握这首曲子。虽然小提琴也可以拉，也有乐团将这首曲子改编成协奏曲，但她真的从没听人用电子小提琴拉过这首曲子，因为这么演奏根本没有意义。简单重复的乐章会让整个演奏变得单调，而且难度太低，得分不会高。

晨珀吃完最后一口三明治，朝两人笑笑："因为很短啊。"相比电提，她的确更喜欢木提的手感和音质，但喜欢拉木提并不代表她喜欢艰涩烦琐的古典乐。学习古典乐是一回事，自己的喜好又是另一回事。这次的比赛没有任何目的性，她当然是怎么随心怎么来。

田艾丽和露易丝都沉默了。三人面面相觑时，一个怯怯的嗓音在旁边响起："晨珀，露易丝，你们都在这里啊，我能一起坐吗？"

三人侧头，文蕊一手举着托盘一手拿着琴盒，正用有些期待的目光看着她们。

"可以啊。"

"不可以！"

两个声音几乎同时响起，田艾丽瞥了眼晨珀，丢了个傲娇的笑容给文蕊："首先，你故意装没看到我，很没礼貌。其次，我们三个在聊一些不适合你听的事，所以……唔……唔！"田艾丽剩下的话被晨珀塞入嘴里的三明治给堵了回去。

晨珀将自己的琴盒挪了个地方，让出座位，示意文蕊坐下。

"谢谢！"她有些不安地搁下东西，看看露易丝，发现她并没有和自己说话的意思，又转向晨珀，"你们在聊什么？"

田艾丽取出嘴里的三明治，一边对着镜子补口红，一边笑吟吟地抢话："我们在聊唐晗。他刚刚送小珀来声世了，真是二十四孝好男友啊！"

大小姐，你这是什么心态！晨珀对她无语："别听她乱说，唐晗不是我男朋友！"

"我可没乱说，刚才是他送你来的啊！"田艾丽放好口红，朝脸色僵硬的文蕊眨眨眼，"我说你就别再做梦了，唐晗哥哥喜欢的是晨珀，就算没有晨珀，候选对象也是我。反正无论如何都不会轮到你！"

"别说了！"文蕊赫然站了起来，她垂着眼，僵了两秒钟，拿起琴盒低声道，"对不起，我还是先上去吧。"

她走得很匆忙，甚至忘记拿早餐。

赶跑了讨厌的人，田艾丽心情不错地抿了抿唇，回头见晨珀和露易丝都沉默不语地看着自己，有点不耐烦道："干吗啊，都这么看着我，我说的是实话啊！而且你们不觉得她和我们根本就不像一个国家的人吗？我不是歧视她的外貌长相，而是她的性格，你们不觉得她很虚伪吗？总是到处讨好别人，对谁都一副包子模样，尤其那种每到一处都散发的'我长得丑，没人喜欢我，你们不和我做朋友不喜欢我是应该的，我会默默走开不会再打扰你'的那种信号，实在让人很受不了。我身边也不是没有长得一般的姐妹，可人家正正常常过自己的日子，该笑笑，该生气生气，人缘好得很！"

露易丝没想到她会正经八百地说出这样一番分析来，她笑了声："你比我想象中要聪明一点！"

田艾丽傲娇地哼了一声，她看向晨珀："你呢，觉得我说得不对吗？"

"对不对都和你无关，她喜欢怎么样是她的事。"田艾丽说的这些晨珀当然也能感觉到，只是她认为，人和人是不同的，自信这种东西不是所有人都有。文蕊不自信甚至很自卑，晨珀不可能靠语言让她自信起来，也不可能像个圣母一样教训每一个看不起文蕊的人。所以，不干涉不排斥不嘲笑，平等对待就是她的处事方式。

不过她知道这些话田艾丽就算懂也不爱听，所以面对田艾丽再次不服气的争论只是笑了笑，叫来服务生将文蕊的早餐打包。她提前了一段时间上楼，找到文蕊将打包的早餐递给她。

"谢谢你……"文蕊低着头打开早餐，像是犹豫了好一会儿，才抬头看她，"晨珀，你为什么要和田艾丽做朋友？"

这个问题她曾经问过一次，不过那次文蕊的表情没有这么认真，表现出来的更多是一种打探和诧异。但这次，晨珀能感觉到她是非常认真地在问她理由。

所以，晨珀也很认真地看着她："其实她人不坏，只是有时候说话难听。"

"所以，你们现在真的是朋友了？"文蕊还记得上次她的回答，和现在是不一样的，"可是……她针对过我，现在也喜欢笑话我！"

"你不用当真，她就那样，其实你也可以嘲笑回去，不用给她留面子。"见文蕊有些不可置信地看着自己，晨珀叹了口气，"算了，你和她之间是另外一回事。"果然，性格不同，有些事根本勉强不了。更重要的是，中间牵扯到了唐晗。而田艾丽对她的敌意之所以消退，也是因为误会简墨准是她男友。

文蕊"哦"了一声，重新低下头开始吃早餐。

九点，所有复赛选手齐聚声世五楼的演播厅。

原以为会看到评审和电视台工作人员严阵以待的参赛者们，奇怪地发现演播厅内除了他们之外，只有一位曾经在初赛时见过一面的声世评审。连其他想进入演播厅观看的声世成员，也被暂时拦在门外。

那位评审见人到齐，便拿着话筒走上了舞台。

"我们已经收到了你们全部人的复赛曲目，从这一刻开始，已经选定的曲目无法更改。现在宣布复赛规则——挑中相同曲目的参赛者，今天上午将进行组合演奏……"

此言一出，厅内全体参赛者哗然。怎么会这样？想也知道，会挑选相同曲目的人，基本都是同一组器乐的竞争者！原本的竞争对手，居然变成临时合作者，这要怎么合作？

评审扬手示意众人安静："同一首乐曲的合作组上限为三人，分组等一下会进行公开抽签。现在是九点，抽签之后你们有一个小时的时间与你的合奏者磨合。请注意，组合演奏只占整个复赛比分的百分之四十，另外百分之六十的分数仍会留给个人演奏。个人演奏会在下午进行，所以请不要过于担心个体演奏水平的差异问题，我们希望看到的是良性竞争。好了，现在请选定不同曲目的参赛者按照曲目序号过来抽签……"

众人虽然吃惊，但评审后面这番话也算让他们提起的心放下了一半，尤其是对自己演奏水平非常有信心的参赛者，如果复赛只是单一的组合演奏，他们怕会被合作者拖累。

相对于选择了适合单一器乐乐曲的参赛者，挑选万能曲目的参赛者压力要小很多，万能曲目适合多类器乐，届时可能和其他器乐演奏者合奏，所以压力不大。

监督参赛者抽签的是声世几位年长的编曲老师及先前他们见过的几位评审。

晨珀抱着琴盒从观众席上随人流走下来，六十多人在偌大的演播厅里并不显多。她看了两圈都没有找到黄珏的身影，她记得她也是进入了复赛的，看来除了丢失工作，她连比赛资格也被声世取消了。

上前抽签的参赛者表情各不相同，有人仍窃窃私语抱怨复赛临时增加组合演奏的规则，也有人低语讥诮那些抱怨者实力不够。

说实话，临时增加组合演奏这一决定的确有些任性，但说到底这并非国际赛事，甚至不是全国性赛事，只是声世集团为挑选值得培养的潜力对象而设立的比赛。虽然拉上了电视台及其他传媒公司共同制作，也邀请了国际大师坐镇评审席，但一切比赛规则的制定仍以声世为主。

下了观众席，人流分散，去了各自对应的曲目栏抽签。

"一会儿见！"田艾丽拍拍她的肩膀，丢了个笑容给她，便在旁人的侧目下朝另一个方向走去。

声世的"电音天后"果然到了哪里都是焦点。

晨珀想起自己最初被逼着参加这个比赛的理由，再看看"肇事者"，不禁有种啼笑皆非的感觉。她选的曲目是十首曲子中的最后一首，抽签位置也在最后，当她挤过人群走到那里时，发现抽签台前格外冷清。

一个看起来不过十八九岁的男孩正等在那里，见她过来，猛地朝她招手："是晨珀吗？"

"你认识我？"

"你好，我是廖清，是除了你之外所有人里'唯二'选择《音乐瞬间》的参赛者！所以我们不用抽签，直接合奏就行。"对方没有带器乐，应该是钢琴组的——只有钢琴组参赛者无法自带器乐，很好辨认。

声世开放了四楼的二十多间小型练习室，所有参赛者将在那里进行一个小时的准备。

十点，电视台的工作人员就位，复赛第一部分组合演奏在演播厅拉开帷幕。

弧形的阶梯观众席被分成三个部分：右侧座位留给所有参赛者，左侧座位留给前来观赛的声世非参赛者；至于前排VIP坐位，已被布置成了评审席，就座的除了他们见过的两位声世评审和专业赛事评审，还有两位面目陌生的男人。一位大约三四十岁，白衬衣搭配黑色薄呢长大衣，容貌清雅，气质卓尔，只是此刻唇角微抿，神色略微严肃。另一位就年轻多了，不过二十多岁的样子，容貌俊朗，穿着阿玛尼的修身小西服，头发染成栗色，正是刚刚在欧洲获得了大奖的钢琴演奏家白洛。此刻他的唇角带着笑意，正一边观察右侧座位上的参赛者，一边和他身边的声世评审说些什么。

VIP席位最左侧位置的桌面上没有对应的名牌，代表这里坐的并非评审。但坐在那里的人却是最吸睛的，尤其是非声世内部成员的参赛者，很多都是第一次见到他。这个人，自然是唐晗。

他坐下前视线朝右后方转了一周，对着某个方向传递了一个笑容，引得一众女生脸色绯红，心里小鹿乱撞。

田艾丽赌气似的掐了晨珀的手臂一把，后者拍开田艾丽的手，只当没看到唐晗含笑的目光。

除去黄珏的六十七位参赛者此刻依照各自选择的曲目及抽签结果分成二十四组，其中三人组共十九组，其余五组则为二人组。

比赛将以每位参赛者起初报名时的序列号之和为演出顺序，即数字越小，排在越前面。序列号之和由声世工作人员代为统计，已在参赛者于四楼准备时分发至各人手中。

晨珀手里的比赛序号是"22"，她原以为自己报名还算早，而且是两人组，怎么也能排在上中段，结果廖清居然是最后一位报名的，直接把他们的出场顺序拖到了倒数第三。

比赛进程是赛一候二，就是后台等候区只提前进两组，也就是说她会在观众席坐上很久。

晨珀另一侧的男孩有些忐忑不安地凑过来："不好意思啊，我报名太晚了，害得你也出场晚。"

晨珀冲他笑了笑，对方仔细分辨着这个笑容，见她真的没有生气才悄悄松了口气。

他先前没有这么怕她的。

练习前他告诉晨珀，之所以选择《音乐的瞬间》，是觉得这首曲子最简单，参赛者选择的概率比较小，没有比对，竞争压力也会相对小些。

然而一个小时的练习之后，他万分后悔自己没有选择大众曲目《卡农》。

组合演奏，评审倾听，之后是点评及打分环节。这次是以百分制打分，也就是五位评审手里各有一百分，上午总分为四十，下午的总分为六十，两者相加便是这次的复赛成绩。

六十七人，复赛成绩前二十四名进入决赛——即每组不同器乐各选前六人，且会公布总分前五名的参赛者姓名与成绩。

分数并不即时公布，将由后台工作人员统一计算，会有公证局的人全程参与监督。

晨珀发现，五位评审里，坐在最右侧的男人很少开口。从她的角度，偶尔能看见他半个侧脸，长相很清雅，是那种气质型的男人，只是神色太过肃穆，每个被他点评的参赛者都一脸战战兢兢的模样。

之前听主持人介绍，他是一位很有名的指挥家，只是长年在欧洲活动，加上近几年不怎么出现，众人对他的认知度低了些。

主持人说这些的时候晨珀并没专心听，所以没留心他的名字。直到几场演奏后，他开口点评，她才真正注意到他。

不得不说，字字珠玑，句句都在点上，只是言语太过犀利，非常不给人面子。

晨珀去后台候场时，穿过最右侧的通道后，朝评审席的方向望了一眼。那男人面前的桌面上摆着的名牌是——单泽修。

单泽修？

竟然是那位被誉为"魔魅之手"的天才指挥家！

在后台的时候，她看见了刚刚表演结束的文蕊。

因为从观众席到后台有一段距离，所以晨珀是提前走的，那时文蕊刚上场演奏，她的演出晨珀并没有看到。

她的表情不是太好，双眼无神，情绪有些游离。

她也在两人组，大概因为选择的是《流浪者之歌》，相同曲目的参赛者不多，只有四个人，抽签分成两组。此刻，和她合奏的另一个男生脸色更加难看，一路骂骂咧咧。

"水平不够就别选萨拉萨蒂！呸！什么玩意儿！"

后台的另外几个参赛者也都没看到演出，见他这么生气，纷纷问怎么了。

"问她吧！老子不想说！"他回头瞪了文蕊一眼。

文蕊无神的双眼扫过站在一旁的晨珀时，顿时多了几分难堪，像是很不愿意自己此刻的模样被熟人看到。她低下头匆匆从她身边擦过，晨珀还没来得及开口，她已加快脚步离开了后台。

之前站在帘幕旁观看的候场者这时已经说开了："嗯，断了两次……要是独奏估计还不明显，偏偏是合奏……"

"我听声世乐队的人说，她之前面试时也是这个毛病，后来被破格录取了，没想到还是这样……"

"呵呵，就这样还敢选萨拉萨蒂？和她合作的人真是倒霉！"

晨珀叹了口气，回头见廖清一直在活动手指，问道："紧张？"

"紧张死了！你不知道，之前的评审名单里根本没有单泽修。一想到他坐在台下，我的心都快跳出来了！难道你看见他不紧张吗？"

"呃……还好。"

很快便轮到晨珀和廖清演奏，主持人在一旁用平实的语气报幕——

第二十二组，舒伯特《音乐的瞬间，780》，演奏者：第77号参赛者，电子小提琴组晨珀；第228号参赛者，钢琴组廖清。

晨珀上台之后，廖清才僵着身体同手同脚地走了出来。

台下传来其他参赛者压低的轻笑声。唐晗有些不悦地皱了皱眉，其实从看到曲目分组名单时，他就对晨珀的选曲非常不满。

田艾丽表演完毕，早已和另一侧席位的露易丝坐到了一起，看见同手同脚的廖清，两人都有些不忍直视。《音乐的瞬间》本就简单，如果再紧张失误，基本不会拿到好分数。

然而，随着廖清前面四小节的弹奏，场内气氛立刻变得轻松起来。他的手很稳，虽然脸上依然能看出紧张，但从他指尖弹奏出来的每一个音符都愉悦而稳健。第五小节开始，悠扬跳动的电子琴音加了进来，音量力度被控制得很好，并没有超过钢琴的旋律。

这是一首很简单的ABA段落乐曲，到B段落，曲调更加悠长缠绵。观众很明显地感觉到，钢琴的声音弱了下去，而悠扬的电子琴音凸显出来。B段落结束后，乐曲回到轻快跳跃的A段落，电子琴音弱了下去，跃动的钢琴再次成为主奏。

短短一分多钟的演奏，虽然简单，但很舒适、明快，像春日跳动的阳光，美好而温馨。

两位声世评审低声交流，都觉得有些可惜，这两人水平都很好，然而却选择了难度最低的《音乐的瞬间》，即便演奏得再好，难度分也很难打高。

一分半钟后，当所有人以为演奏要随着渐弱的跳音走向终点时，电子提琴再次欢快地响了起来。

"又是A段落？这是要重复？"那位穿着西服的年轻评审勾唇一笑，眼底多了分兴致，"哦？曲速快了一倍？升了半个调？有意思。"

舞台上，电子提琴与钢琴相互配合，在短短四五十秒的时间里完成了第二遍演奏。由于无缝衔接，配合默契，以及越发欢悦的音符，众人的心也蠢蠢欲动起来。如果说刚才是春日的阳光，那么此刻便来到了夏日的海边，所有人都迫不及待地要离开室内，冲向大海。

随着第二遍演奏的钢琴乐段临近尾声，有人看见晨珀再次扬起了原本已经放下的弓。

台下有观众惊讶："不会吧，还要重复？难道还会加速？！"

晨珀很快用小提琴告诉了他们答案，这次没有从头开始，她直接进入了B段落。曲速再次提了半拍，同时又升高了半度，在B段落最后两小节时，一改原本渐弱的结尾，在钢琴一连串有力的和弦里，两人终止了演奏。

直到最后一个音符结束，场内的人才重重舒了口气，刚才那一段演奏飞扬而疯狂，几乎激起了每个人身上的音乐细胞。当乐曲结束时，他们突然觉得——这样的节奏，这样的旋律，才是真正的音乐瞬间！

在参赛者观众席后排的角落，文蕊看着由唐晗开始鼓掌，进而带动全场掌声雷动，脸色变得更加苍白僵硬。

她听见评审席上有人开口："改编曲子，是谁的主意？"

开口的人之前的犀利点评仿佛还在耳畔，晨珀没吱声，廖清小心翼翼地用手指了指身边的人。

那人沉默几秒，淡淡笑了："很取巧的合奏，不过不得不说，这样的方式很聪明，瞬间将这首曲子的难度分拉了上来，胆子很大。"这声音虽低沉却很优雅，带了点挑剔与苛刻的意味，不过就他今天上午所有的点评来说，这已经属于非常中肯的褒奖了。

"的确胆子很大，不过建议下次参赛者选择难度更高的乐曲来演奏！"唐晗看着台上的晨珀，松了口气的同时，依旧有几分不满。

单泽修和唐晗都这么说了，其他几位评审自然不会把难度分打低，毕竟一个是交响乐的权威，一个是他们的衣食父母！

文蕊静默地起身，像个游魂一样悄无声息地离开了演播厅。

因为下午还有个人赛，所有参赛者的午餐都是由声世统一提供的。就餐地点就在两楼之间中心广场旁的餐厅。

晨珀找了一圈都没见到文蕊，她的手机也关机了，不知道人去了哪里。

"找她干吗！"田艾丽今天发挥不错，合奏者也没拖后腿，她心情很好。

"文蕊今天上午被骂得有点惨，估计又躲起来了吧。"露易丝和文蕊练习并同台过几次，对她比较了解。

"她被谁骂了？"文蕊的演奏晨珀没有看到，自然也没听到点评。

"还有谁，单泽修呗！"田艾丽用纸巾小心地擦去口红，这才开始吃饭。

听完田艾丽的话，晨珀的眉头皱了起来。下午的个人赛开始时，她的某个预感成真了——文蕊竟缺席了个人赛。

这天，直到所有的参赛者都完成了自己的演奏，文蕊也没有出现。

复赛的成绩在所有人演奏完成后的一个小时里全部统计了出来。田艾丽毫无悬念地成为电子小提琴组的第一名，总分排名第二。

田艾丽一脸理所当然的傲娇模样，同时对总分排在第一的人从头至尾进行了一番评价，最后，她看向晨珀："还有你，虽然不知道你的排名，但很显然你复赛的分数比我低。想要在决赛赢过我，你可要努力了！"

晨珀有点无辜："我什么时候说过我要在比赛里赢过你？"

"你没说过？你之前答应参加电提比赛，不就是答应我的挑战吗？"

"我记得我的原话是这样的——我会参加电提比赛，但输赢和唐晗没有任何关系。你喜欢谁是你自己的事，我没兴趣为了你的想法承诺什么。"晨珀复述完，侧头看着她，"所以你看，谁输谁赢有关系吗？"

田艾丽被搞糊涂了："你没答应我，那我干吗二次参赛？"

露易丝用咳嗽掩饰了笑声，拉着晨珀表示可以走了。

"喂！晨珀，这事不对啊，你说清楚！哎！你们两个等等我……"

晨珀完全没想到，会在公寓门外见到失踪了一下午的文蕊。

她回家的时候已经超过十一点。复赛顺利结束，田艾丽心情不错，拉着露易丝和她一起去吃饭唱K。要不是晨珀喊困想回家睡觉，估计田艾丽还打算换酒吧来第三趴。

这栋老式洋房并没有安装大铁门，所幸小区环境不错，附近又有不少二十四小时便利店和商铺，所以治安一直都很好。

不过陡然在感应灯亮起来的刹那瞧见自己家门口坐了个人，晨珀还是被吓了一跳。

"你回来了。"文蕊依旧抱着她的小提琴盒，一头红发在黯淡的灯光下显得亮眼而突兀，她应该哭过，眼睛又红又肿，"我等了你很久……"

"你怎么不打给我？"她掏出钥匙开了门，"先进来吧。"

壁挂式空调送出阵阵暖风。晨珀从洗手间出来的时候，文蕊依旧坐在客厅沙发旁的地毯上一动不动，茶几上的那锅泡面原封不动地搁在那里，已经有些发涨了。

她在地毯的另一侧坐下，将泡面朝文蕊面前推了推："刚才不是说饿？"

文蕊怔怔抬头，呆呆地拿起筷子吃了几口泡面，又慢慢停下："我觉得特别绝望。"

晨珀叹了口气："只是一个很小的比赛。"

"不是的，你不懂。"文蕊没有看她，眼神呆滞地停留在面前的泡面上，继续道，"你这么聪明，什么事情都能做得那么好，你怎么会懂？"

"我没那么好，论小提琴技巧，你比我更好，起码我不会选择

226

《流浪者之歌》参赛。"见她不出声，她又问，"你下午为什么不来比赛？"

"还比什么，都被人说成那样了。"文蕊露了个比哭还要难看的笑容，"你知道单泽修是怎么说我的吗？"她知道自己有个致命的问题——怯场，可即便这样还是选择了《流浪者之歌》，因为人少的时候她可以很圆满地完成这首曲子。她每天都练习很久，过年的时候还特意在亲戚面前表演，就是为了克服怯场这个问题。

她知道自己的技巧不比任何人差，她想要站在舞台上听到大家的掌声，得到赞美和肯定——尤其是唐晗的肯定。她不知道做过多少次梦，当她完全克服怯场，在耀眼的舞台上像田艾丽那样完美帅气地演奏完一首高难度乐曲，她会看到台下其他参赛者羡慕的眼神，听到唐晗对自己的肯定。她想要向他证明自己，想让他看到自己真正的才华！

可是——为什么复赛会突然增加合奏部分？

那个和她合奏的人，从抽签结果出来就一直在她耳边抱怨和怀疑。练习时她有任何一点小失误，他都会唉声叹气，各种小题大做，连同她也被影响得焦躁不安。

她已经控制得很好了，音准什么都没问题，但仍有两处乱了节奏，换作是独奏的话，以《流浪者之歌》的自由曲风，根本不成问题。

可偏偏是合奏！

"125号，你的脸怎么了？是没办法控制你自己的表情？还是说你和小提琴有仇？《流浪者之歌》就一定要一脸纠结难受？"一连四个提问，直接让台上的文蕊脸色苍白。她知道唐晗就坐在评审台的另一侧，演奏厅内所有的人都在看着台上的她，她手脚冰凉，一阵阵强烈的耳鸣几乎让她失聪。可尽管如此，台下那个人依旧没有停下他的话："你知不知道我看你拉琴感觉很痛苦，这八分钟对我来说简直是种折磨。"

刻薄到近乎冷酷。

"他那么权威，难道不懂说出这些话对别人造成的影响！"文蕊狠狠攥起拳头，脸庞上的肌肉因为过于愤怒而微微抖动着，"我是失误了，可是我拉得有他说的那么差吗！说到底，还不是因为这张脸！"她颤抖的手落在自己宽大粗糙的脸颊上，"如果我长得赏心悦目，他还会这么说吗！"

"不是的。"晨珀感觉到面前的人走进了一条死胡同，"不是因为你的长相，他说的是情绪。《流浪者》中所描写的吉卜赛民族，虽然居无定所、四处流浪、饱受各种歧视，但他们的情绪是积极乐观的，并非一成不变……"

"我不要听你说这些！"文蕊赫然打断了她，她睁大眼看着她，对方睫毛浓密、肤色白皙，即便素颜时也眉目如画、恬淡优美，"我说的是我这张脸！如果我和你一样美，上午练习时那个男生就不会抱怨连连，单泽修也不会那样说我！甚至我在声世乐队也不会这么被排斥，交不到一个朋友，谁都看不起我，大家都在背后嘲笑我！"

晨珀不解："黄珏和你……"

"黄珏？"文蕊有些失神又自嘲地笑起来，"她就是在利用我，她在乐队没朋友，大家都不喜欢她，我愿意跟在她身旁做她的绿叶，她又怎么会拒绝。"

见晨珀怔怔地看着自己，文蕊心里有点莫名的小得意："怎么，你以为我不知道？我又不傻，我当然知道黄珏是怎么看我的。我只是不想被孤立，你调去电音组了，露易丝忙着约会，我不想每天总是一个人练习吃饭，下班后连个说话的人都没有……"

"就算我们没有每天和你在一起，也不代表我们两个不是你的朋友。"这不是连上个厕所都要结伴同行的学生时代，已经工作的成年人，任谁都不可能总是黏在一起。

"朋友？"文蕊重复着这两个字，看着她的视线里多了种复杂而莫名的情绪，"如果你们真的把我当朋友，就不会和田艾丽关系那么好！更不会告诉别人当初面试的事！"

晨珀想起之前在后台听到的话："你是说你在面试时出错那件事？"

"对我来说这是非常丢脸的事，我不想别人知道！"

"我没有说过，露易丝也不会。"事实上，要不是今天在后台听人说起，她根本就忘了这事。

"如果不是你们说的，乐队里的人怎么会知道！"大概是感觉到自己的质问声太大，文蕊强压下几分激动的情绪，"从我进乐队开始，所有人都在背后议论这件事……我知道，在你们看来也许这真的是件微不足道的事，随口就说了出来。可能真的是无意的，但你们不懂这种无意对别人会造成什么样的伤害。就像田艾丽，你们和她做朋友，就等于默认她对我的嘲笑！"

室内静了两秒，晨珀看着她："你一直都是这么看我和露易丝的吗？"

文蕊依旧倔强而委屈地抬着下颔，尽量避开晨珀突然冷下来的眸色。

其实晨珀本来还有其他话想说，她从来不是爱劝导、适合安慰别人的那类人，可单泽修对文蕊的评价却让她想起自己的往事。只可惜，对方竟连开口的机会都没给她。

片刻后，晨珀拿起手机："很晚了，这附近公交车都没了，我给你叫一辆车，你今天情绪不好，早点回去吧。"

"我还没有说完，你为什么要赶我走？"文蕊歇斯底里地大叫起来，"我今天过来，是想和你好好谈谈，不是来追究责任的！要不是你说朋友不朋友，我根本不会提这件事！谁要你帮我叫车！我自己没有钱吗！别假装好心，你不就想赶我走！"

文蕊叫完，才发现室内静谧得让人不安。

"晨珀……"

"算了，今天先谈到这里，我送你下楼。"她取过文蕊的大衣递给她，率先出了门。

周三，声世迎来长假后的第一个工作日。

那晚之后，晨珀每次在声世见到文蕊，对方都会远远地避开。她不知道文蕊是否依旧停留在自己的世界观里，不过她避开也好，有些说出口的话是没办法收回的，她自认不可能豁达到那种地步。

春日伊始，随着天气的回暖，各种演出活动也逐渐增加。除了乐队周期性的大型演出之外，声世和本城电视台签有长期合约，一些音乐类综艺节目需要的演奏人员也会从乐队里找，声世通常会根据不同的演出情况推荐不同的成员。

晨珀如今在电子乐组，落到她身上的演出机会，也从交响乐演出转变成电视台演出。

关于乐手与明星合作，声世成员的态度分为两种：一种是不屑，另一种则是追捧，通常以合作明星的咖位和节目的受欢迎程度为标准。

有唐晗这个强硬的后台，晨珀这一次的合作明星就是众人一面倒的追捧对象。

"当红小鲜肉卢辰，二十七岁，去年最受欢迎新人歌手奖得主，会跳舞，会打篮球，擅长弹钢琴，微博粉丝目前两千多万。你这才拉多久电提啊，他就敢把这样的演出机会给你！"虽然羡慕的人很多，但真正会跑到晨珀面前表达不悦的也只有田艾丽。

不过也因为她的科普，刚拿到演出曲谱的晨珀才对合作对象有了非常全面的了解。

这档名为《我是大明星》的真人秀节目是电视台从H国引进的，去年第一季就收获了惊人的收视率、网络点击率及微博话题量，连带捧红了两个上过节目的素人演奏者。虽然这两位演奏者并非籍籍无名，他们在其各自的专业领域里原本是有一定名气的，只是这点名气，和生活在聚光灯下的明星相比简直微不足道。

上了节目之后，这两位演奏者因明星的流量带动而出名，各类演出邀约和培训邀请不断，事业上算是有了一个质的突破。

　　所以，即便只是陪衬明星的绿叶，这样的演出机会也竞争激烈——更何况，合作对象是卢辰。然而这个机会直接落在了晨珀身上，如果说以前众人对她和唐晗的关系还只是猜测，如今差不多已被脑补完整了。

　　一时间，在她背后羡慕、嫉妒、议论的有，更多的却在明面上表现出了亲近。谁也不傻，与其吸引唐晗的注意从而飞上枝头变凤凰，还不如讨好晨珀这种现成的关系户来得实际。

　　晨珀在声世的日子前所未有地"热闹"起来。时常会有她记不住脸孔的女生笑着上来挽住她的手臂，问她衣服哪里买的穿起来真显身材，用的什么护肤品怎么皮肤这么好；在餐厅吃饭时碰到以前乐队的总监、正团、副团，对方都会神色亲切和蔼地问她在电子乐部是否适应，最近练习如何，决赛曲目准备得如何，等等；至于其他男性成员，碰到她时则格外礼貌客气地打招呼，却始终记得和她保持一定的距离……

　　莫名其妙成为声世的"团宠"一周后，晨珀遇到了更加莫名其妙的事，唐羽琦打来电话问她："你和我哥正式恋爱了？"

　　晨珀呆了几秒："什么？"

　　"你不知道？"唐羽琦啧啧两声，"果然是这家伙自编自导！你之前不是在同学群公开了他的各种联系方式吗？昨晚有人把他加进了微信群里，也不知道是谁问起了女友问题，他说他有女朋友了，那个人就是你！你知不知道群里都炸了！他有问必答说得有条有理，还让大家对你多照顾，连我都信了！现在看来这根本就是对你的报复啊……"

　　唐羽琦还在电话那边絮絮叨叨地说着，晨珀已经点开微信。同学群的聊天她是屏蔽的，有消息来不会有声音提示，但只要有人说话，消息都会保留在群里。

未读留言有一两千条，上下翻看了几下，眼都花了。她很快找到了唐晗那个熟悉的头像，很多留言都是他发的，就像唐羽琦说的，他完全以她的男友自居，别说这些同学，就连她自己都要信了！现在群里一面倒都是对她的鄙视，谴责她明明已经恋爱了却还装傻，然后便是唐晗温柔又大气的解释，说什么小珀不喜欢高调，本来就同在声世乐团，避嫌也是能理解的，希望大家多包涵等不要脸至极的发言……

晨珀搁下电提直奔顶楼。

仍是先前见过的那位美女助理，不过她的态度比起以前不知道好了多少倍，没有阻止她一路闯进办公室，反而跟在后面柔声细语地朝她解释说最近有几台大型演出，唐总下楼去乐队那看集训练习了。

晨珀一边下楼一边打唐晗手机，分明就接通了，可她打一次他挂一次，摆明是故意的。

她匆匆赶到集训练习室门外时，暴躁的情绪已逐渐冷静下来。唐晗的目的或许就是这个，让她满世界地找他，而他什么都不必做，她便将自己送到他面前。

晨珀停下脚步，正准备走，透过大门玻璃瞧见她的副团林栋已经开门走了出来。

"是晨珀啊，有什么事？是不是找唐总？"对方和颜悦色，见她不反驳，便继续说了下去，"唐总已经走了，他要招待评审团的人，其实主要还是因为单教授和白洛在，他想给你们这些进决赛的选手争取几节培训课。"这件事虽然不必特意保密，但若是一般成员他是不会说的。

对方的目光和蔼慈祥地笼罩着她，晨珀有点承受不来，谢过后就打算离开。练习室的门再次打开，嘈杂的说话声从里面流泻而出，应该是休息时间到了。

她走了几步，听到有人从背后怯怯地叫住她："晨珀。"

文蕊站在不远处，用忐忑不安的目光看着她："晨珀，你还在生

232

气吗？"她似乎不敢太靠近，大概是怕她还在生气，露出有一点祈求意味的笑容，格外小心翼翼。

晨珀看着她的笑容，一时没有出声。她怔愣的片刻，文蕊已走上来拉住她，带她进了一旁的小间练习室。

她说了很多，说她不该说那些话，说她太在乎比赛，可她也明白自己能留在声世已经是唐哈格外开恩，根本不该奢望更多。她语速有点快，声音却很轻，带着微微的颤抖。最重要的是，她希望晨珀不要再生气，能原谅她。

晨珀不太能说上来自己心里是什么感觉。她似乎又重新变回那个好脾气的文蕊，将自己放在最卑微的位置，可怜兮兮地看着她，好像只要她能说一句原谅，就是对她最大的恩赐。

晨珀叹了口气，将自己的手轻轻地抽了回来："文蕊，我也不是傻瓜。"

"什么？"她带着祈求意味的笑容一下子僵住了，想再拉晨珀的手，却被她避开。

"我知道你很想有朋友，我也好，露易丝也好，黄珏也好……我也知道，有些人不愿意理你，所以剩下那一部分不会嘲笑你排斥你的，你便会想尽一切办法和她们成为朋友。你希望得到认可，希望别人都喜欢你，可是你知不知道，想要得到真正的朋友，你就不能总是假装喜欢别人，假装关心别人。谁都不是傻瓜，时间长了，别人总会感觉到的。"

随着晨珀缓慢而清晰的话语，文蕊的脸色逐渐变得苍白灰败："你是什么意思，所以你现在不想继续和我做朋友了吗？我知道了，一定是田艾丽！一定是她在你面前说我的坏话对不对！"

"这是两件事。"

"这怎么可能是两件事！她那么讨厌我，一定想尽办法让我不好过！像她那种自私跋扈的大小姐，自以为高人一等，根本就看不起我！我交不到朋友，她又凭什么有朋友！就因为她有钱吗？你以为她请你吃饭，买高级的东西送给你，她就是你朋友了？你知不知道她陷害过你！她藏了你的琴，害得你背黑锅，让所有人都以为是你弄丢了琴！"

文蕊的脸孔因为过度用力的叫嚷而有些变形，晨珀看着她没有说话，练习室一下子变得安静下来，偌大的空间只剩下两人的呼吸声，一个均匀微弱，另一个则带着重重的喘息。

没有等到两人再开口，练习室的门就被人从外面打开，一个乐队男成员的脸探了进来，见到文蕊，有点不耐烦地道："你怎么在这里，赶紧出来，《我是大明星》的编导过来了，正要说演出的事！你既然被选上伴奏，那就该认真对待！你要不乐意去，队里想去的人多着呢！"

文蕊动作粗鲁地擦了擦泛红的眼眶，昂着下巴朝晨珀看了一眼，别过头朝那人道："谁说我不想去！这是我的演出机会，我谁都不会让！"

走的时候，文蕊没有再看晨珀，她重重地甩上了练习室的门，像是在宣告她的决心。

【未完待续】

图书在版编目（ＣＩＰ）数据

你是我的乐章：全2册 / 南绫著. -- 南京：江苏
凤凰文艺出版社，2018.11
ISBN 978-7-5594-2790-8

Ⅰ.①你… Ⅱ.①南… Ⅲ.①言情小说－中国－当代
Ⅳ.①I247.5

中国版本图书馆CIP数据核字(2018)第194158号

书　　　名	你是我的乐章
作　　　者	南　绫
选 题 策 划	北京记忆坊文化
责 任 编 辑	姚　丽
特 约 策 划	暖　暖
特 约 编 辑	单诗杰　林　璧
营 销 编 辑	杨　迎
责 任 监 制	刘　巍　江伟明
封 面 绘 图	卜若梨
封 面 设 计	80零·小贾
版 式 设 计	段文婷
出 版 发 行	江苏凤凰文艺出版社
出版社地址	南京市中央路165号，邮编：210009
出版社网址	http://www.jswenyi.com
印　　　刷	山东泰安新华印务有限责任公司
开　　　本	880毫米×1230毫米　1/32
字　　　数	427千字
印　　　张	15.5
版　　　次	2018年11月第1版，2018年11月第1次印刷
标 准 书 号	ISBN 978-7-5594-2790-8
定　　　价	56.00元（全二册）

影视版权抢订热线　　010-57194853
江苏凤凰文艺版图书凡印刷、装订错误可随时向承印厂调换

你是我的乐章

下

YOU ARE MY MOVEMENT

南绫 著

江苏凤凰文艺出版社
JIANGSU PHOENIX LITERATURE AND
ART PUBLISHING, LTD

CONTENTS

目录

Chapter 14

崩溃

这天走出声世大厦的时候，晨珀还在想下午的事。

接近三月中旬，拂面而来的风不再冷得让人受不了，从S城的夜空里已能感受到春天的气息。

搁在外套口袋里的手机响了起来，她将电提盒移到另一只手里，取出手机查看。

是个陌生号码。

也不能说全然陌生，这不是她第一次看到这个号码，只是一直没存进手机。她捏着手机犹豫之间，铃声便停止了。不多时，来了一条短信，还是刚才的号码，消息很简单，只有一句话："祝演出顺利。"

大概是有了准备，她居然没有太过慌乱。

早在复赛后的第二天，她就见过这个号码，当时她没接，后来对方来了消息，也只有一句话："恭喜进入决赛。"

回国后她当然不会用原来的号码，起初简墨准都是直接出现，每回她都毫无防备，总是内心战战兢兢。情人节那晚后他再没有那样突兀地现身，反倒开始用手机联络她。她猜测他应该早就有了她的号码，之前不联系大概是觉得没必要吧。

现在呢？

晨珀猜不出对方的心思。

那天她能在方谌面前说那番话，固然是被简墨准的话刺激到了，可心底也隐隐有了挑破一切的准备。

他如果不出现不提起，她就过自己该过的生活。

如果他真开了口，那她就直面吧，一味逃避根本没用，有些事总要解决的。

至于这类电话短信，她不准备理会，就当没看到好了。

转眼到了彩排的日子，时间安排在下午。

《我是大明星》节目这次与声世合作，邀请的乐手不止她一人，除开和卢辰的合作，还有另外两位艺人也需要弦乐配合，一个是弦乐四重奏，另一个是小提琴合奏。这两个节目需要的乐手由乐队成员自荐，节目组的编导最后决定。

演奏的乐曲没有太大难度，加上是集体伴奏，愿意参加的都是些很年轻的新手。

像这类经由声世，又在声世之外的演出活动，公司是乐见的，且所有演出酬劳都归演出者个人，声世需要的只是字幕上的挂名。

后台人来人往，声世的人都被安排在同一个化妆间内，今天只是彩排，乐手们先熟悉一下演出的流程、演奏要求及舞台要求，最后则要配合明星共同彩排。

最后一项才是他们今天最重要的任务。至于届时需要彩排几遍，还得看明星自己的状态。

前面的一系列工作很快便完成了，然而几位明星还没到，众人只能在后台无聊等待。聊起这次演出，大家纷纷羡慕起晨珀，能和卢辰合作，她算是赚到了，毕竟他那么红，随便几张街拍就能上半天热搜。

晨珀心知这个机会落在自己身上的原因，面对大家羡慕的眼神也只是笑笑。说笑中，她视线一转，落在文蕊身上。她坐在很里侧的位置，从头到尾都板着脸一语不发。

其他人对她不感冒，也没有谁主动上前搭讪聊天。

众人聊了好一会儿，仍不见来人通知去彩排，有人去问来来往往的工作人员，对方带着歉意地说几位明星还没有到，让他们再等等。

这一等就差不多到了傍晚，无聊还是其次，主要是快到饭点，几人都饿了。他们正商量着要不要先出去吃点东西，范芯带着助理风风火火地走了进来，两人手里提着几个外卖口袋，见到他们爽朗地笑了。

"辛苦了啊，先吃点东西，刚才我问过编导了，应该就快来了。"

行政经理亲自来送外卖，众人都有点受宠若惊，一拥而上接过袋子，发现比萨、寿司、甜品、饮料一应俱全，纷纷出言感谢。

不过他们很快便知道劳动行政经理亲自来送外卖的原因了。身形纤长的秀美男子唇角带笑，在行政经理之后缓步走进化妆间，他手里勾着一个口袋，径自走到晨珀面前，将东西搁在化妆台上："你爱吃的，和他们的都不一样。"

在一众或羡慕或恍然或了然的视线里，晨珀忍着抽动的嘴角，恭恭敬敬地喊了声唐总。

唐晗眉梢轻扬，弯腰凑近她："听说这几天你在找我？"

晨珀在心里怼了句"找你妹"，想站起身推开他，却被他伸手按住肩膀，另一只手已直接摸到她的发上。

"你干什么？"她下意识就想挣扎，他却很快理了理她的鬓发，满意地收回手："刚刚头发有点乱，现在好了。"

他侧身靠在化妆台上，双腿交叠，看着面前女孩想发怒又强忍怒气的小脸，心里万分舒畅："不吃吗？你这份可是我亲自去买的。还是你不想在这里吃？那我们可以换个地方单独吃啊。"

有了那次酒店房间里的教训，晨珀哪里还愿意和他"单独"吃？宁可坐在这里接受旁人的注目礼，反正现在全声世上下都以为她和他关系匪浅，她要另找地方，他肯定会跟来，别人不一定会传成什么样！还不如在这里，众目睽睽，她就不信他堂堂一个总经理，真敢这么没下限。

事实证明唐晗真的没有下限。见她不理会自己开始吃东西，他便凑在旁边拿了双筷子时不时从她手里抢点吃的，或是夹了东西硬要喂她。

晨珀实在忍不住，丢下筷子说了句要去洗手间，起身离开。

唐晗朝围观的众人笑了笑，紧随其后走出化妆室。等到唐晗的身影完全消失，化妆室里一阵哗然，传闻听了很久，但也只是各种脑补和猜测，事实上，这是他们第一次见到唐晗在晨珀面前的模样，简直颠覆了他们对这位总经理先前的所有印象！

"她上辈子一定是拯救了地球！"有女生声音酸楚地叹息，她们倒不是多爱慕唐晗，只不过这样一个音容样貌不输明星的总经理成天在眼前出现，是人都会心生倾慕的。先前虽然确定两人关系匪浅，但也可以是亲戚之类，而今唐晗这模样，等于坐实了情侣关系。

众女生虽然失落，但叹息几句也就继续吃东西聊天了。有人注意到一侧的文蕊，幸灾乐祸地笑起来："我记得她好像追求过唐总，送过爱心便当对不对？也太没有自知之明了！"

"人家可聪明呢，知道和晨珀交朋友，至少近水楼台啊！"

"近什么水啊！摆得再近，唐总能看上她？她这么凑上去只会更加衬托别人！是个人都不会看上她！"

"那可不一定，我刚来的时候在电视台外面见到一个年轻的小哥拉着她说话，对方虽说不帅，但高高壮壮五官挺端正的，人家就算丑也是有追求者的！不然哪里来的自信去追求唐总呢！"

"我说她怎么这么大胆呢，原来自信是这么来的！"

"少说几句，没看她情绪低落啊，要是一会儿哭起来多有碍观瞻啊！"

"讨厌啦，你好刻薄……"

……

窃窃私语，还有压低的笑声。

一旁的范芯叹了口气。她们没指名道姓，又压低了嗓音，她也不好管这类事，侧头远远地看了文蕊一眼，见她始终低着头在吃饭，也不知道那些话她听没听到。

唐晗跟着晨珀走过几个转角，突然将她拽入无人的消防通道。

晨珀这次早有准备，他动手一搂，她就抬脚踹过去——朝着两腿正中心。唐晗慌忙躲开，之后心有余悸地对她道："你谋杀亲夫啊！"

"你算哪门子的亲夫！"晨珀笑了声，手很快从口袋里取出一个小瓶子，去掉盖子对准他，"你再试试靠过来，我保证你明天变成整个声世公司的笑柄！"

唐晗有点呆。

这是——防狼喷雾？

"你居然对我用这种东西？！"他说不清自己对她是生气还是好笑，防狼喷雾？亏她想得出来。

其实晨珀准备这东西不光是因为他，不过这话她也不会和他解释："我还没用呢，你再靠近一些，我肯定会用。"

"OK！"唐晗举手做投降状，退了两步，才道，"这里是电视台，你以为我真的饥渴到不分场合吗？我就是想逗逗你而已。"

"现在逗完了你可以走了。"晨珀面无表情。

"你急什么？"他笑。

晨珀今天穿了件修身的纯黑色毛衣，贴身的衣料清晰地勾勒出她纤细的腰身及胸前完美的弧度。她不常穿这个颜色，大多时间穿白色或粉色，那些颜色衬着她娇嫩的脸，格外清新可人。然而这么一张白嫩软糯的脸，穿上黑色时却有种让人窒息的禁欲感，尤其她此刻神情严肃，更令他心思萌动，异常渴望剥去她这一身束缚，让她这张脸上露出不一样的娇柔表情。

面前的男子一动不动地看着自己，形状优美的桃花眼逐渐流泻出潋滟的波光。晨珀不用想就知道他起了不好的念头。

"你自重点好不好！"她皱起眉，"烦不烦！这种以我男友自居的把戏希望你到此为止！"

他低低哼笑了声："什么叫自居，我本来就是你男友啊！"

晨珀被气笑了："男友？"

他看着她，朝前走了一步："这是早晚的事，承不承认都好，你总归是我的，谁都抢不走。"说到"谁"这个字，他不知想起了什么，原本还是笑吟吟的模样，下一刻却敛了笑意，严肃而认真地再次道，"谁也不行。"不管那个人是什么身份，和她有什么过往。

晨珀的心沉了几分，他若总是面带笑容还好，这样敛了神情认真凝视她的样子，反而让人心里沉甸甸的，极不舒服。

大概是顾着之后的彩排，唐晗盯了她片刻还是先行离开了。

为了避嫌，在他走后，晨珀又等了片刻才推门走出消防通道，没走几步，却听到范芯喊她。

"你怎么还在这里？"范芯从拐角处朝她快步走来，"卢辰来了，编导正找你彩排呢！"

"我知道了，现在过去。"

范芯看了眼她身后，这里并不是洗手间的方向，她心下有数并没有多问，倒是问起晨珀有没有见着文蕊。

"文蕊？她不是和大家一起在化妆间吗？"

"没有，之前编导通知说人到了准备彩排，她就出去找你了，你没见到她？"

"她说出去找我？"晨珀有些诧异。

"先不管了，彩排重要，走吧！"

两人的声音随脚步远去，空无一人的走廊里，从消防通道对面的储物间缓缓走出一低一高两个身影。

前面那人一头酒红色短发，圆脸，矮矮胖胖的身材，正是文蕊。她呆呆地站了一会儿，缓缓蹲下身。后面的青年站在她身后看着她，几次想开口，却始终没有勇气。

晨珀和卢辰的彩排大致顺利。

卢辰的行程很紧，从头到尾只能逗留一个小时，编导简单向他介绍了一下晨珀，便让两人开始合作彩排。

卢辰摘了墨镜，挺鼻深瞳，五官相当帅气，只是因为没上妆，脸色稍显憔悴。他打量了晨珀几眼，见对方也在看自己，下意识皱眉：一则觉得对方年轻怕没经验，二则还是怕她借着合作的机会缠上来。

晨珀读懂了那眼神的含义，立刻挪开自己的视线。真要说模样，不说简墨准，就连唐晗都长得比他好，不过因为明星光环和包装，她好奇而已。

卢辰因这两点介意，怕对方配合不了自己，起初各种挑刺，不过两遍顺下来，他基本已挑不出毛病。对方看着年轻，可无论他怎么要求，她都能迅速调整并配合。

接收到卢辰略显诧异的目光，晨珀脸色淡淡。对拉惯了烦琐古典乐的专业小提琴手来说，流行歌曲即便改编再复杂也足够应付，更何况她之前练习了整整一周。

彩排结束后，卢辰便要离开，这个时候文蕊还是不见踪影，其他乐队成员倒是都来了，经过对方经纪人允许后上前讨要签名。他们人数不多，加上也算合作者，卢辰耐着性子一一给他们签名，不过婉拒了合影的要求，他今天只是彩排没有上妆不方便。

卢辰走后片刻，文蕊才姗姗来迟，脸色并不太好。范芯问她去哪儿了她也不说，睁着无神的小眼看了看她，就被喊上台去彩排了。

不知道是因为她表情不好还是其他原因，一遍顺下来，编导便要求文蕊和另一个女生调换位置，从中间位调去了最左侧。这个节目和晨珀的不同，因为人多，六个乐手原本就站在舞台后方灯光偏暗处，位置一换，文蕊几乎完全陷入了黑暗里。

她也没争，老老实实地站在黑暗里完成了整场彩排。

倒是台下的其他乐队成员暗自嘀咕，这样的安排明显是看脸，文蕊却半点意见都不提，之前在乐队不是很爱表现出耿直倔强的一面吗，怎么一遇到艺人导演这类星光闪闪的人物就蔫儿了？

晨珀听着旁人的议论，看着舞台没有出声。

彩排之后的第二天，便是《我是大明星》的正式录制。

虽然不是直播，但节目现场也有三四百观众入座，全程拍摄后期剪接，算起来，也属于小型演出。

但凡是表演，自然谁都不希望在舞台上出错。

傍晚五点，距离节目正式录制还有一个小时，和彩排时不一样，明星要化妆，都已早早抵达，从VIP通道进入各自的休息室准备。

声世的所有成员依然共享同一间大型化妆室，在繁忙拥挤的后台这已是特别关照了。

晨珀的情况比较特殊，属于特邀小提琴手，她的发挥会直接影响卢辰的整个演出。所以她刚刚换好服装上完妆，便有人来请她去卢辰的休息室。

"艺人休息室在九楼，到了那层你再问人吧。"那位工作人员抱着一堆鞋盒，也没时间亲自领她去，便嘱咐了她几句。

晨珀所在的楼层是二楼，她走的时候没忘记带上她的电提盒，人来人往的后台比那次赛前演出的更加杂乱，她可不想再出什么丢琴事件。

楼里的电梯有四部，一号和二号电梯在一起，三号和四号电梯在大厦另一头。一号电梯今天属于VIP通道，专供给明星；二号电梯此刻几乎包给了服装道具组，进出的人不是推着衣架就是抱着大纸箱。晨珀看了看，决定去乘坐离她所在的化妆室较远的三号或者四号电梯，要从走廊过两个拐弯再走到头。

离演出时间近了，人都拥在后台化妆室附近，这儿反倒没什么人。她进了三号电梯，里面没空调有点冷，她拉了拉披在身上的外衣，按下9。

电梯朝上升了一层，在三楼停下，电梯门打开，晨珀看着电梯外的人，顿时愣住了。

电梯外的人，是简墨准。

相较晨珀的惊讶，他只淡淡地瞥了她一眼，便继续和身边的人说话。

他不是一个人，一位挂着工作证的中年男士正神态亲切地和他说话。那人的工作证和晨珀的不一样，她认得那颜色，应该是电视台制片人那个级别的。

电梯是那人摁的，见到门开，有些诧异地问道："上？"

晨珀点头。

那人失笑："看我，电梯都按错了。"他松了压在按键上的手，显然想让晨珀继续向上。

晨珀一口气还没回落，即将合上的电梯门就被一只修长的大手挡住了。

简墨准跨了进来，朝那位不解的制片说："没事，升上去也总要下的，我自己走就行，不必送了。"

那人多看了电梯里的晨珀一眼，脸上的诧异被一个笑容取代："好，请慢走，简先生。"

电梯门终于关上，晨珀提着的那口气却怎么都落不下去。

她能感觉到简墨准落在她身上的视线。她穿着一条浅蓝色的抹胸垂纱裙，腰线收得很漂亮，后背露出大片雪白细腻的肌肤。虽然现在被外衣挡住了，不过裙子的领口开得很低，她感觉浑身都不自在。

电梯的数字才刚跳到5，慢得让她心慌。忽然他动了动，朝她靠过去，晨珀抱着琴盒警惕地退了两步，后背已抵上电梯壁。

"你……"她才说了一个字，面前高大的男人却俯下身单膝着地，替她将松脱的细跟凉鞋重新绑好。他动作缓慢生涩，并不太熟练，只有翻动的手指格外修长漂亮。

"我自己来！"晨珀怔了一下才反应过来，弯腰想去够，他却已站了起来。两人贴得太近，男人的身高是无形的压力，她几乎能感觉到他拂在额头的呼吸，晨珀顿时不敢动了。

他对她的紧张恍若未觉，伸手帮她理了理长发，又将她滑落到肩头的外衣朝上拉了拉，最后指尖拂过她的脸颊："下次候场演出时披件厚一点的衣服。"

完全是那时在伦敦的相处方式，纵然两人的关系已变得这么奇怪，他依旧能淡定自若地和她相处。晨珀不禁有些奇怪，难道方谌那天回去什么都没对他说？

正思忖着，电梯突然狠狠地晃了一下。

晨珀立刻抓紧扶杆，面前的男人也伸手抓住了她身后的扶杆。几乎在两人握紧扶杆的同时，电梯朝下重重一坠，然后仿佛弹跳车一样抖了两下，伴随着让人心惊的吱嘎声，紧接着完全静止不动了。

晨珀咬紧下唇，恐惧化成寒意从她的后背蔓延到四肢百骸，生死一线的瞬间，她脑中一片空白，浑身的血液都仿佛被冻住了。

"没事的。"低沉的男声自她头顶传来。她感觉到男人柔软温热的唇在她额前贴了贴，随后他松开手，朝边上走了两步。电梯的数字已经从8跳回到7，他将从7到1的数字都按了一遍，又想去按紧急呼叫按钮，也就在这时，电梯里赫然一黑，电没了。

晨珀将手里的电提盒放下，一手仍拽着扶杆，一手去掏外套里的手机。不知道是因为手指僵硬还是紧张，掏了两次都没掏出来。

身旁，一道微光亮起，简墨准打开手机的照明功能，又将手机背面朝上放在电梯一角，整个电梯里仿佛开了一盏小灯，驱散了黑暗带来的窒息气氛。

"别怕。"男人几步走到她身旁，将身体僵硬的女孩揽进怀里，"应该只是故障，过不了多久就会有人来修电梯。"电梯停电，紧急呼叫按钮也坏了，手机又没信号，如果没有旁人发现，他们可能会在电梯里困上很久。然而这些不利消息他并不打算告诉她，他能感觉到怀里的身体在微微发抖，尽管她极力控制，但还是能感觉到她的害怕。

"冷吗？"他触了触她的脸颊，将身上的薄呢风衣脱下来，连带她的外套一起裹住，又半俯下身仔细替她将每一颗纽扣都扣上。

"我脚有点麻。"晨珀其实想说，相比电梯停电，她更怕抱着她的他。不过考虑到这样的话在这个时候说出来，面前的男人再绅士都有可能发怒，她还是吞了回去。

简墨准淡淡看了她一眼，她避开他的视线，想站远一点，结果一动才发现因为过度紧张，脚真的麻了。

晨珀歪斜的身体再次被他揽住，她想躲，但这次被他瞥过来的深幽眸光定住了。

他在电梯里坐下，伸手将她抱在自己腿上，让她侧身靠着自己，随后将她的细跟凉鞋脱掉，用手心的温度慢慢熨着她发麻的双脚。

她有点发怔。

有短暂的一瞬间，她就像回到了从前。

在某些方面，他真的将她照顾得很好，细致体贴入微。这种温柔的周到，其实和他的背景很不搭，虽然与他强大的气场并不违和，但偶尔会给她是在和长辈谈恋爱的错觉。

他到底大了她八岁……

"在想什么？"男人的声音打断她飘远的思绪。

"我只是不明白。"她的声音有点闷。

环在她腰上的手臂紧了紧，他的唇落在她的发上，声音越发低沉，语气却凉了几分："还记得那时我说过的话吗？"他并不是真要她回答，"晨珀，我说过，我不是个适合恋爱的对象，我们年龄差距大，观念也完全不同。如果我们在一起了，只要我没说分开，你不能单方面决定这段关系的结局。"

是的，这些话他一年前就说过，可那时她正迷恋他，又怎么会去考虑分手这种事，或者说她巴不得不和他分手呢！

"我那时没想那么多。"

"那就从现在开始好好想一想。"他替怀里的人顺了顺头发，"我暂时不会回欧洲，你随时都能找到我。"

晨珀没有出声，许久后才开口道："你为什么一句疑问也没有？没有生气，没有谴责，也没有……问原因。"即便如他所说，在他看来两人从未分手，这也不是一个正常的态度。

昏暗的狭小空间里，男人的体温和心跳近在咫尺，她禁不住想，如果没有发生那件事，是不是现在她还在伦敦，还和他在一起？

"简墨准。"她听见自己的声音，带着某种细微的颤抖，"你为什么不问理由？"她离开的理由，让她连一句话都没有留下，仓促逃离伦敦的理由。

他将下颌轻轻搁在她头顶："你现在想告诉我吗？"

她再次陷入沉默。或许他什么都知道，或许他是真的不知道，她一直以为自己仅仅是在畏惧，直到这一刻她才明白，逃离不光因为害怕，还因为她不想去面对。那个简墨准，陌生、苍白、冰冷，和她认识的喜欢的简墨准完全是两个人。

她不想到了最后，连回忆里的他都失去。

节目录制即将开始，卢辰的表演在第三个，距离上台仅剩下二十分钟，直至这时，工作人员才发现和卢辰合作的小提琴手找不到了。

唐晗和范芯闻讯从摄影棚赶至，他在赶来的途中拨了几次晨珀的手机，都暂时无法接通。

"怎么办，临时换人卢辰肯吗？"范芯焦急不已，"晨珀她是不是运气不好，怎么每到演出总出事！"上次丢了电提，这次人都不见了。要知道，这次演出，原本节目组想用的是田艾丽，毕竟她比较有名气，演出经验也多。是唐晗一力担保推荐了晨珀，并为此提供了不少赞助费。可以说，晨珀的这次演出，是声世全力促成的。

见唐晗和范芯脸色不佳，化妆室里候场的声世乐手都好奇地看过去。文蕊小心而讨好地喊了声"范经理"，随后看向唐晗："唐总，你们怎么了，有事需要我们帮忙吗？"

唐晗没出声，范芯只能开口："没事，你们好好准备，等着上台就行。"

和范芯关系好的关编导也赶了过来，对方和唐晗打过招呼，三人避开人群，去了一旁："吴丽说她最后见晨珀是在化妆室，卢辰那边有事让她上去，后来就没见到了。"

"卢辰那边没见到人？"唐晗问。

"没有，我已经问过了，卢辰的经纪人说他并没有派人去找晨珀，也不知道是谁误传的。"关编导眉头紧皱，"这里很大，人又多，可能只是暂时没找到人，我已经让小周他们几个去找了，电话能打通吗？"

"无法接通。"唐晗来回踱步，这次的演出机会非常难得，他知道她有这个实力，只要能顺利上台演出，一定能崭露头角，所以他比任何人都着急，"对了，这里应该都有监控吧？"

他的话提醒了关编导，走廊和几处电梯口都有摄像头，如果她是坐电梯去九楼的，应该会被拍进去。三人匆匆离开的身影又引得声世成员们频频侧目，看这模样，到底发生什么事了！

等到三个人赶至监控室时，正碰上从里面出来的两个安保人员。对方表示不久前一个安保人员切换镜头时一个屏幕黑了，他们检查发现不是显示器问题，现在正要赶去摄像头那里。

"哪里的摄像头？"关编导问。

“三号电梯内。”

唐晗蹙眉：“能调这台电梯之前的监控出来吗？”

“可以可以！”对方忙不迭道。

一行人又匆匆进了监控室，片刻之后，屏幕上出现了熟悉的身影。

“等等……”唐晗朝拖动时间轴的工作人员喊道，“这里，放大！”

小屏幕上的画面被放到了最大，电梯里除了晨珀，还有另一个人——一个他最不想见到的人。

文蕊站在几个声世成员的后面，捏着小提琴的手有些发汗。

她身上穿着黑色短袖小礼裙的演出服，除了尺码，和其他两个女成员的裙子没什么不同。集体伴奏和单独伴奏的待遇自然不可能一样，更何况那人还有唐晗的特殊关照。

她见过晨珀那条演出的裙子，如海洋一般的蓝色，随着走动流泻出一地璀璨星光，很美很美。

人和人果然是不同的。有些人从出生就幸运，一路掌声鲜花被宠爱，最好的演出机会，最好的男朋友，被旁人羡慕不已的时候还能一副不在乎无所谓的模样，仿佛一切理所当然。

而她，明知再努力也不可能得到真正想要的，可依旧不得不努力，因为如果不努力，就真的什么也不剩了。从知道自己有怯场的问题开始，她就加倍苦练技巧，希望多少可以弥补一些。她那么勤奋，花在小提琴上的时间是别人的几倍，可到头来她依然只能站在最黯淡的角落，做一个陪衬。

演出结束从摄影棚出来之后，她看见远处匆匆走来了几个人。走在最中间的那个，一袭浅蓝色抹胸长裙，衬着浅栗色的柔顺长发，美得让人绝望。

晨珀最终还是顺利完成了演出，虽然临时失踪让卢辰的经纪人很不满意，但被困在电梯里也不是她故意的，埋怨两句还是作罢了。

唐晗的心情从调出监控画面起就变得不太好，尤其当工作人员撬开电梯门，看见里面依偎在一起的两个人时，他差点直接跳进去揪人，最后还是范芯拉住了他。

身为女人，范芯在某些事情上直觉很准，当下便发现困在电梯里的另一人居然是简墨准，回头再看晨珀时，范芯心里便多了点不满。唐总对她够好了吧！她倒好，一边享受着唐总给的资源，一边和公司的合作方搅和到了一起！

范芯虽然不满，但也明白这些事轮不到她来不平，只是见到三个人气氛尴尬，又惦记着演出的事，便开口打了圆场，态度恭敬地让工作人员带简墨准先去后台休息。

然而对方直接拒绝了，表示会自行去摄影棚看演出。

范芯没办法，只好把晨珀拉走。

待到演出顺利结束，她才算彻底松了口气，正准备和卢辰一行人分开，却又有工作人员行色匆匆而来，对方附在她耳边，告诉了她一个消息。

晨珀感觉到范芯朝自己看过来的视线，带着疑虑和担忧。

独立化妆室内，几个当事人结束谈话，室内暂时陷入沉默。

技术部不久前查清，电梯的事，不是故障，而是人为的。

有人关停了电梯。

至于是意外还是有人故意的，就不得而知了。监控摄像头没有拍到关停电梯的人，电视台这样的地方，人来人往进进出出，排查起来是个非常大的工程。

如果说是故意的，最多归为恶作剧，要不是他们运气不好，三号电梯的紧急呼叫按钮正好坏了——正常情况下电梯停运，安保那儿得到通知，技术部人员第一时间就会赶到，做这样的事根本没有意义。

所以，技术部的人将紧急呼叫按钮修好之后，便让电梯恢复了使用。至于安保那里，因为今天的录制本来人手就不够，自然也不可能将监控录像细细排查。

所以这件事情便到此为止了。

范芯对这个结果很不满，如果不是有人通知晨珀去九楼，她原本好好地待在后台根本不会进电梯，这件事显然不是意外，而是有人有针对性地那么做！

"这点确实有疑问，我会再去查一下。"关编导也清楚声世对晨珀的重视，事情有蹊跷，她也不能完全当没看见，唐总那里交代不了。然而还没等她去叫人，一直静立在旁的晨珀却突然开口了。

"关编导，不好意思，这件事能不能让我这里先处理？"她还没卸妆，只换回了自己的衣服，抱着琴盒站在一侧。

"你处理？"关编导反问了一句，随后想到什么，"该不会是你知道……"她的话只说了半句，毕竟旁边有不少电视台的工作人员，卢辰的助理也在——大概是来听消息的，别人公司内部的事，传扬出去不好。于是她点点头，和晨珀表示如果需要帮忙，可以再来找她。

范芯这时也大概有了猜测，拉着她到化妆室外的走廊上，低声问："你一个人行吗？"

"可以。"

见她回答得简洁，范芯便没再多问，等到晨珀离开后，便拨了个电话给唐晗。

走廊另一头的公用化妆室内，几个声世成员因为演出顺利心情很好，相约一起去吃夜宵。对比他们的热闹，独自卸了妆换好衣服的文蕊显得格外安静。

她在几人时不时飘来的视线中默默穿上外套拿起琴盒离开了化妆室，刚走出门，便有一个工作人员迎面而来："是声世的文蕊吗？"见她点头，那人继续道，"你现在去一下三楼的二号休息室，有人找。"

文蕊的心跳了一下："是谁？"

"是你们唐总吩咐的。"

"好，我知道了，谢谢！"不知道是因为雀跃还是紧张，她的心跳得越发厉害。三楼人并不多，来到休息室门外时，她伸手敲了敲门，门很快被打开，然而门里的人并不是唐晗。

"晨珀？你怎么会在这里？"

"找唐总吗？先进来吧。"

休息室不大，就十来平方米，一眼就看到头了，里面只有晨珀一个人。

文蕊脸色微变，刚想要走，便听见对方问道："你为什么要关停电梯？"她猛地回头，问出这句话的女孩正脸色平静地望着她。

"我不知道你在说什么。"文蕊神色冷淡地挪开视线。

"不，你知道的，文蕊。"晨珀叹了口气，"如果是那个什么都不知道的你，现在应该一脸惊慌失措又无辜地看着我，然后真诚地问我发生什么事情了。"

文蕊抱着琴盒的手指紧了紧，再次看向她："我是来找唐总的，如果唐总不在，那我就先走了！"

"不是唐总，找你的人是我。就像在演出之前，找我的人根本不是卢辰，而是你。你看，传话这种事根本不需要自己出面，这里是后台，大家都很忙，能进来的人不是工作人员便是演出人员，没人会怀疑这种传话的真实性。毕竟，谁会无聊到开这类玩笑呢，没有意义。关停电梯也是，除了耽误点时间，不会对人造成任何实质伤害。"

"我不知道你在胡说八道些什么！"文蕊咬了咬唇，一脸气愤，"你被关在电梯里，和我有什么关系！就算我们现在不是朋友，你也不该冤枉我！我为什么要做这种事！"

"为什么？"晨珀叹了口气，"这个理由，和你弄坏黑提的理由是同一个，不是吗？"

文蕊瞪大眼睛看着她，捏着琴盒的指关节已经紧到发白："我不

♫

明白你今天怎么了，把我叫来这里，又冤枉我……"

"文蕊。"晨珀打断了她的话，"你上次说是田艾丽藏了我的琴。你怎么会知道？"

"这件事情很多人都知道！"

"不，没有很多人。"如果不是这次演出出了事，她可能永远不会问她这件事，"这件事，知道的就只有我和田艾丽，还有那天发现碎琴的方谌、唐晗和监理祝霍。碍于田家，这件事被唐晗严令禁止外泄半句。祝霍不会说，唐晗也不可能告诉你，至于方谌——你根本就不认识，就算认识他也不会和你说。难道你想跟我讲，是田艾丽自己告诉你她藏了我的琴？"

随着晨珀的话，文蕊的脸色终是惨白起来。

"既然不是别人告诉你的，那就只有一个答案，黑提事件你也是参与者。你看到田艾丽藏了我的琴，你没有说，反而等她离开后将电提弄坏了，对吗？"田艾丽再三表示她只是藏琴没有弄坏，她已经被抓现行，没必要再说谎，晨珀自然是相信她的。黄珏之前针对她，她曾猜测是她弄碎了琴，可那天在声世，文蕊气急败坏下却说漏了嘴。

"你不希望我顺利上台演出，是不是？"只有这个答案，才能解释得通，"我只是不明白，你怎么知道我会坐紧急呼叫按钮坏掉的三号电梯去九楼？"

面前女孩眸色幽黑，此刻的语气已不再是求证，而是肯定。文蕊脑中嗡嗡作响，随后彻底安静下来，她慢慢扬起下颌，尽量让自己的声音平静："我不知道，我只是碰碰运气。"

三号梯紧急呼叫按钮坏掉的事，她是从王孝安那里得知的，本来技术部的人想要等演出全部结束后再来修。因为不是大的故障，晚几个小时而已，也不会影响众人进出使用电梯。

没有人想到那部电梯那么巧就出事了。

不，不应该说是巧。

晨珀放弃乘坐就近的电梯去另一头时，文蕊便远远跟在她身后，亲眼看着她进了三号电梯。然后她的心疯狂而剧烈地鼓噪起来，她没有迟疑，拿出手机迅速给他发了消息。

她认识王孝安差不多有两年了。他老家在农村，能进大城市的电视台当技工，于他来说已是非常了不起的事。他最大的愿望便是能在这座大城市娶个老婆，落地生根。

两年前他刚来这里的时候，在车站丢了最重要的一个包，当时文蕊也在车站，那么巧的是她捡到了包，交到警卫室时王孝安已经在那里急得快哭了。对他来说，文蕊是个心地善良的女孩。

文蕊长得不好，他并没有对她一见钟情，直到后来他发现这个貌不惊人的女孩居然会拉小提琴！

在农村孩子眼里，小提琴这种东西简直和神话传说一样。

在那以后，一切都变得不同了，这两年他一直默默喜欢着她。他以为她不知道，但其实她早就知道。王孝安嘴笨内向，不善言辞，始终找不到机会表白，而她，就这样装作不知道。

她是长得不好，但也不至于到头来找个农村来的技工。

她喜欢唐晗的事没有瞒他。不过在王孝安眼里，那种身份、地位、样貌的男人根本不可能喜欢她，他觉得她的喜欢更接近普通人对明星的崇拜，所以他并不生气，反而对她越发好。

直至这次，她开口说要他帮她。

他犹豫了，一面是喜欢的女孩，一面是赖以生存的工作。最后她哭了，她告诉他那个演出机会本来是她的，就因为她长得不好，所以被更美丽的女孩拿走了。

他最终还是答应帮她，可惜晨珀运气好，在最后一刻赶上了演出。

电视台的后台依旧忙忙碌碌，而三楼的某间休息室内，空气却沉闷凝滞。

猜到真相和亲耳听到真相始终是不一样的，许久，晨珀才开口："就算今天我上不了台，你也不可能取代我演出，做这样的事情根本就没有意义。"

"那又怎么样，我只是不想让你上台，不喜欢你那么轻而易举地得到别人再怎么努力都无法得到的东西！"事已至此，她什么都无所谓了，"我曾经是真心想和你做朋友，可是你呢？你一直都在骗我，从来没把我放在眼里，你明明知道我讨厌田艾丽，可你还是要和她做朋友！我比赛时被评审针对，你却只知道说什么曲风！你明知道我喜欢唐晗，却什么都不告诉我，看着我像个傻瓜一样单恋他，可背地里你们两个早就在一起了！得到一切高高在上的感觉是不是很好？"被人嘲笑，比赛失利，失去友情……似乎所有糟糕的事都集中到了她的身上。可她对自己说，没关系，别人嘲笑她，她可以不理会，比赛失利那就不再比赛，就算没有朋友，天也不会塌！唯独唐晗，是她没有办法放弃的。

她第一次这样喜欢一个人，他格外开恩让她留在声世，他带她去吃饭，还送她回家，除了他们两个没有别人。就因为这样，无论别人怎么嘲讽讥笑，她都没想过放弃，心里始终存着希冀，哪怕只有万分之一的可能，她也希望有一天他能喜欢上她。

可直到昨天彩排，看到了唐晗在晨珀面前的模样，她才真正明白，那个男人永远不会用那样的眼神看她，永远不会对她露出那种宠溺的笑容，也永远不可能对她说出那样充满占有欲的话。

她永远都不可能得到他的喜欢。

这个认知，让她绝望。

"原来你是为了唐晗。"她也曾一度以为她是为了田艾丽的事，可碎琴事件发生时，她和田艾丽还不是朋友，"我已经说过我和他不是男女朋友。"她觉得有些无力，这种因为唐晗而被人厌恶排挤的事情究竟要到什么时候才能停止！

"你说谎！你以为我真有那么傻？"文蕊的情绪逐渐有些激动，"那天我看到了！我看到你和他在路边接吻！什么朋友，都是骗人的鬼话！你明明知道我有多喜欢他，可你却背着我勾引他！你凭什么！

就因为你长得漂亮？"

晨珀很快明白过来她在说什么，那已经是很早的事了，而她什么异样都没有显露，仍然在她面前扮演那个因为她一点小小的示好就受宠若惊的怯弱而木讷的女生。

"所以，为了唐晗，即便你心里讨厌我，依然要和我做朋友。你是不是觉得当我的朋友就能有更多见他的机会？"面对文蕊的失控，晨珀脸上却是一片漠色，"你们这些人，明明是男人的问题，却总是把关注点放在女人身上。你想知道我和唐晗的事？那我告诉你，我十六岁就认识他了，我暗恋了他四年，可他不喜欢我，完全把撩拨我当成一个游戏，所以我去了英国。三年后我回来，不再喜欢他，他却告诉我他其实一直都喜欢我，现在依然喜欢我。你说你早就看到了，为什么不直接问我？如果你问，我会告诉你，你看到的不是我愿意的，是他单方面冒犯我！我和他已经不可能了！我在英国爱上了别人，我不会再喜欢唐晗！"

"你怎么可能不喜欢他？他那么好！"文蕊大叫起来，像是一只突然被踩中尾巴的猫，"说得这么冠冕堂皇，你觉得你是好人，只有我是坏人吗！你明知我喜欢他，却什么都不告诉我！"

"为什么要告诉你？"晨珀看着她，"那时我和你才认识不久，根本谈不上朋友，这些事情连我爸妈都不知道，我凭什么要把这些隐私告诉一个刚认识的人？你总说别人不喜欢你是因为你长得不好，再努力也得不到想要的东西。你找过自己的原因吗？我是长得还行，可我的人生从来都不是轻而易举的。曾有个很著名的钢琴家对我说过，你毫无天赋，要不是你这张脸，我不会用你。那年我才十二岁，在他的一个私人派对上当他即兴表演的伴奏——我的小提琴老师介绍我去的时候，大概没想到我会这么遭人嫌弃。初中时，我第一次参加大型的集体演出，被一个有名的小提琴前辈排挤，她当众批评我说就算再过十年，我依旧是个三流的小提琴手，只配在集体演出的舞台角落里演奏……学习成长，谁能说自己是一帆风顺的？你不是，我也不是。

我没有看不起你，换成别人，我也是这样对待。你和其他人没有任何区别，一切都在于你自己的想法！"

"你在说谎，为了让我后悔。我不会相信的！"

"你相不相信和我有什么关系。"晨珀站起身，从上衣口袋里取出手机，将录音键关停，"你刚才的话我都录下来了，这件事我不想闹大，但我没有那么豁达，我以后不想在声世看到你，你自己辞职吧。"

"你、你凭什么！"文蕊如遭电击，"你居然录音！"她看到晨珀朝门口走去，立刻冲上前。

休息室的门被人从外面打开，开门的人脸色阴沉，秀气精致的眉宇紧锁。文蕊看到来人，一下子僵住了。

唐晗的视线从文蕊身上一掠而过，带着毫不掩饰的厌恶，那种厌恶让文蕊手脚冰凉瑟瑟发抖。她蠕动着嘴唇，试着开口说话，对方却直接挥挥手："人事部会给你出辞退信。"

唐晗连追究处置文蕊的心思都没有，他来得不算早，但该听到的都听到了。最该死的是，刚才站在门外的不光他一人。他看着面前的女孩，她的目光却越过他，停留在身后的另一个男人身上。

简墨准的神色一如往常般清淡平静，然而在那双深邃的眸底，沉淀着某种她读不懂的情绪。

他看着她，缓缓道："恭喜你，演出很成功。"

Chapter 15
绯闻缠身

晨珀几乎是逃出电视台的。

她根本没想到简墨准会在门外，她对文蕊说的话也不知道他听了多少。即便那时在伦敦，她主动追求他的那阵子，她也从没对他说过喜欢，更别提"爱"这个字。

不是不想，而是不敢。

他那种成熟的礼貌，严谨的冷静，以及天生的强大气场，都是她心跳加速的原因。她自认不小了，个性也足够从容淡定，可在他面前，她永远像一个局促不安的小女孩。

现在回想，她都佩服那时敢频频主动约他的自己。

爱情让人变得盲目冲动。她至今都记得米拉意外看到简墨准送她回学生公寓时的表情，当时她嘴里能塞下个鸵鸟蛋了。

"你知道你自己在干什么吗？"那是晨珀认识米拉以来第一次看

见她那样认真凝重的表情。

她那时没有回答，只是非常慎重地点了点头。

"希望这是你清醒状态下的选择，也希望你不要因此受到任何伤害。"

晨珀没有多说，上前抱住好友，道了声"谢谢"。

那时别说米拉他们几个，就连晨珀自己都在心里做好了某些准备——可能在未来的某一刻，她将会放弃安稳的生活，随他去浪迹天涯，做一对危险恋人。在漆黑的深夜飞车奔驰在陌生国度的郊外，在寒冷的黎明互相依偎着等待日出的到来，偶尔缺钱的时候，她还可以去街头卖艺……

事实证明，她真的想多了。

当伦敦的冬天过去，春日来临，晨珀终于知道自己追求了那么久的男人根本不是她以为的那种身份。

他做藏品生意，经手的东西无一不贵重，他很有钱，甚至比她想象的，比她认识的所有人都要有钱。然而性格使然，他不是一个高调的人，平时用车也是保守的奔驰——在欧洲，奔驰根本算不上什么好车。

他的衣着打扮很低调，以黑白灰色为主，款式大多简单，只求舒适简洁——像她这种连普通奢侈品牌都不大认识的人，又怎么会懂何谓全手工私人定制款？

所以，即便他从没刻意隐瞒，她也完全没留意到这些。

那天是他的生日，四月二十三日。

他当晚接到她的电话，知道她为自己准备了生日礼物，便匆匆自家庭生日聚会上抽身赶来。而等在马路上的她，差点被驶到面前的豪车炫花了眼。

那车子实在太惹眼了，即便她不懂牌子，也知道这车子不是普通人能用的，更何况还配了司机。一停车，司机便殷勤地下车替站在路边有点呆滞的她打开了车门。

平日里他就已经够好看了，那晚的简墨准则帅到她根本不敢直视。修身的纯黑色西服，白色衬衣，黑色领结，坐在奢华宽敞车厢内的他显得优雅而高贵，那种明明内敛却依然强大到无以复加的气场，让她的心跳频频失衡。

她费了好大力气才克制住自己扑上去的冲动，努力用面瘫维持自己淡定美少女的形象，在心里一遍遍提醒自己——目前这个男人还不是她男朋友。

也是在这晚，她弄清楚了在拉斯维加斯米高梅酒店外那辆加长林肯车里的人真正的身份——那是他的爷爷。

她的朋友没有感觉错，他的确是在挨训，原因是他半途离开了爷爷替他安排的相亲约会。而约会对象正是她后来见到的那位芭比美女——不巧，她有一点特殊的家族背景。

她口中的乔尔先生便是简墨准的爷爷。他见简墨准年岁渐长却不交女友，也始终不肯接受家族安排的联姻，于是便为他安排了一次次的相亲。

那次大约是他爷爷发怒了，勒令他即便不愿意也得在这三天里好好陪游——毕竟人家为了这次相亲见面，特意从俄罗斯飞来。

之后就是晨珀和朋友见到的那一幕。

不过三天而已，简墨准原本觉得可以忍，然而对方显然并不清楚他的底线在哪里。同样是女人，他宁可面对一个陌生人。说到底，爷爷的要求只是女人，至于这个女人是谁，他想他应该不会干涉。

所以，所谓的特殊背景，竟是一场相亲引起的误会？

晨珀那时啼笑皆非，打定主意当那些不靠谱的猜测从来没有过，自然不会向他透露一个字。

现在再想，一个人的背景和他呈现出来的状态根本无须一致。她太早放下所有戒备，才导致了后面的一败涂地。

夜风扑面而来，让晨珀鼓噪的心跳平缓了几分。

她是借口去洗手间才脱身的，怕他会追来，她一路抱着琴盒小跑着穿过电视台前的马路，差点被正转弯的一辆厢型车撞到。

　　司机降下车窗低斥她，后座的车门却缓缓移开，露出卢辰的脸："是你啊？这么晚了怎么一个人在路上跑？"

　　"不好意思。"

　　"住哪儿？上来吧，我送你。"

　　"不用了，谢谢。"

　　遭到拒绝，卢辰眉梢一跳，笑了："我还是第一次看到拒绝让我送回家的女生。你别误会，我没有其他意思，今晚你也不容易，那种情况下还能完美地完成演奏，让我的演出很成功。这个时间这里很难打到车，我送你回去，也算是替我经纪人向你道歉。"

　　他指的是他经纪人之前对她的责怨。

　　晨珀这会儿确实想尽快离开，想了想便道谢上了车。

　　经纪人坐在前排副驾，助理则坐在最后排，中排的座位只坐了卢辰，晨珀便在中排另一边的位置坐下。车门关上，司机问清她的地址后车子缓缓驶动。

　　卢辰的行程很满，这会儿大概也累了，她上车后只偶尔说了几句演出的事。和他相比，晨珀话就更少了，有针对性地答了几句，大多数时候只是嗯几声。

　　到后来，卢辰干脆停下不说了，感觉到他落在自己身上的视线，晨珀侧头看过去。

　　"你还真是挺特别的。"他侧首撑着额头，唇角带着一抹饶有兴致的笑意。

　　这话晨珀不想接。没像一般女生看到他就尖叫发狂恨不得贴上去跪舔就叫特别吗？这个人分明很讨厌女性借着工作之便对他纠缠，可当碰上完全不为所动的人，又忍不住反过来搭话。

　　晨珀乖巧恬淡的长相再一次让她的沉默被人自动归入内向少语类，他再次笑笑："这个节目我后面还有数期要录，到时有需要，还可以再请你来伴奏吧？"

这话一出，前面的经纪人忍不住回头看了他一眼。

卢辰只当没看见，继续道："毕竟我们两个合作过，比较有默契。"

"这些事电视台方面应该会有安排。"毕竟坐着别人的车，她不想答应但也不能直接拒绝。

卢辰低低笑了几声，之后没再试图开口和她说话。

路程不远，很快就到了晨珀住所楼下。

车门移开，她再次道谢下车，抱着琴盒正要走时，车里的人伸出手拉住了她的手臂。

她迅速回头，同时甩开了他的手。

被她黑白分明的眼瞳灼灼地看着，卢辰脸上却半点尴尬都没有，非常自然地朝她行了个飞额礼，露了个极帅的笑容："今晚和你的合作很愉快，下次再见！"

"再见。"晨珀转身，飞快地走进楼梯间。

车门移上，卢辰唇角带笑地目送她的背影远去，之后轻轻嘁了一声。

自进入声世以来，这是晨珀第一次踏进后楼。

之前听祝霍一脸兴奋地说起这次课程时，她还有点蒙，后来听到主讲人之一是单泽修，便明白过来。单泽修是古典乐界的传说级人物，即便是外行人，但凡听到"指挥家"三个字，第一时间联想到的名字便是单泽修。对他，晨珀其实一直抱有疑惑，像他这样的天才指挥家，怎么会在事业的最高峰突然半隐退了呢？如果十年前他在古典乐界继续待下去，现在绝对会攀上众人无法想象的高度。

这让人不免有点惋惜。

上课地点在后楼二层的小型音乐厅，有资格参加课程的只有进入决赛的二十四个人，以及声世重点培养的几位乐手。

除了单泽修，比赛的另一位评审白洛也会来。晨珀也是听祝霍说才知道，白洛原来是声世旗下的人，有合同关系，属于声世最最顶级的那类演奏家。

参加课程的乐手们都很兴奋，晨珀到得已经算早了，进去后才发现其他人基本都来了，正坐在一起聊天，她熟悉的人里只有田艾丽和廖清参加这次课程。课程分三节，课时一个半小时，单泽修负责两节，白洛负责一节——他本身是学钢琴的，不像单泽修那么全面。

今天是单泽修的课。

没办法，白洛太忙了，单泽修稍后也要飞欧洲，两个人很难凑到一起。

"听说这次课程是唐总亲自去争取来的！单老师近几年基本不授课了，虽然听闻他很多年前曾担任过B城音乐学院的客座教授，但那也是看人情才去的，这次也不知道唐总到底用什么法子请来他的，真是太厉害了！"廖清后知后觉地向晨珀透露他打听来的"秘闻"，"我们只是参赛，还没和声世签约呢，唐总就这么重视我们，大家都非常感动！"

听到唐晗的名字，田艾丽拍拍廖清的肩膀示意他挪　个位置，自己凑到晨珀身边："我今天来的时候看到文蕊在办离职。"

晨珀看向田艾丽："你知道了？"

"嗯，唐晗和我说的。"扣在头上的黑锅终于被揭，她心情很不错，"他还和我道歉了！"说完盯着晨珀的眼睛细细看了好一会儿，"你现在真的一点也不喜欢唐晗了？"

晨珀失笑："放心，决不会和你抢。"

"也是，你男朋友身高、气场、事业都远超唐晗，你没道理来和我抢他。"

"你见过？"印象中，田艾丽应该没见过简墨准。

"上次住你那儿时，不是有人来送小提琴吗，当时他们说是简墨准简先生吩咐的。那人我听我妈说过，之前声世举办的拍卖会，他是所有器乐藏品的提供者，非常厉害的人物！"

晨珀没吭声，要是田艾丽知道当初她藏黑提的事是简墨准的助理方谌揭露的，不知道还会不会对他大加赞誉。

"不过文蕊这回可真是自作自受，那架黑提虽然不是声世藏品里最贵的，但因为是限量版，也要几十万。公司不会公开起诉她，但弄坏了东西肯定要赔。范芯说已经让她签了欠款协议，用的是她爸妈的房子做抵押，七年内分期还款，到时如果还不出，声世就有权卖掉房子取部分钱款抵债。"对于文蕊，田艾丽丝毫不同情，"听说她爸妈来公司签字时气得用鞋子抽她，真是活该！你怎么不说话，该不会还在同情她吧？"

晨珀并不同情文蕊，每个人都要为自己的行为负责。羡慕、妒忌、厌恶……这些情绪正常人都会有，人心这么复杂，有谁能保证自己人见人爱。只是一般人不会将这些情绪在现实里放大到这种地步，砸碎黑提，将她关在电梯里，这些早已越过了底线。

"我的同情心没有这么泛滥。"她只是不喜欢在背后议论别人。

"能别一本正经吗？你这张脸比我表妹都嫩，我看着膈应！"

"别看。"晨珀丢给她两个字。

"更加膈应了！"田艾丽捶胸。

尽管众人都见过单泽修，但他出现的时候，大家还是颇为激动地鼓起掌来。

他今年已经四十多了，岁月却待他格外宽容，除了眼尾浅淡的纹路，时光几乎没有在他脸上留下痕迹。他不爱笑，现身后没有介绍与交流，而是直入主题。

他是指挥家，同时精通钢琴和小提琴，会作曲编曲，年轻时主攻古典乐，二十二岁时以独特的理念演绎了一场华丽的古典乐盛宴，可谓一战成名。

三十多岁半隐退后，他偶尔现身，也会涉猎电子器乐。

他的成功之路是别人无法复制的，三个小时的学术课也不可能传达足够多的信息，所以他将重点放在参赛诀窍、跨越自身瓶颈，以及如何平衡梦想与工作这几个方面。

每个学器乐的人都会有瓶颈，这种瓶颈不是一时的，而是当学习演奏到了某个阶段，发现无法更上一层楼。

器乐这东西最讲求天赋。有人天生为器乐而生，十多岁就能扬名；有人到了二十多岁却发现无论如何都没办法掌握高一级别的技巧；也有人明明掌握了技巧却屡战屡败。

学器乐的人那么多，真正能名扬四海的却寥寥无几，就如同金字塔，越往上人数越少。而此刻坐在音乐厅里的人，不能说处于金字塔底部，但大部分仍处于二、三层的位置。想要继续往上，并非时间的问题，有太多人终身困于此。

到最后，当激情与梦想被现实磨灭干净，器乐便成了一个只能挣钱养活自己的工具。

所以，相比技巧，心态和情感更加重要。

声世器乐大赛，不过小试牛刀。每年，国内国外此类比赛数不胜数，但真正有权威的赛事仅有几个。小赛事的冠军好拿，大的国际比赛，可能连复赛都进不了。每个人的精力有限，目标决定终点，想要攀上多高的山峰，取决于自己的割舍和付出。

"并非说你学了乐器，就是钢琴家、小提琴家、大提琴家。我知道你们每个人的目标都不一样，所以在比赛里保持清醒的头脑非常重要。得失心要有，但别太重。不同的评审裁判，打分标准也不一样。可能你满怀希望和信心地冲着冠军而去，结果却溃不成军；也有可能你完全没有把握，却得到一致的好评。"说到这里，单泽修从音乐厅的小舞台上走下来，在一旁抽了把椅子坐到众人面前，"我有一个朋友，他会拉小提琴，但从来没参加过考级和比赛。我认识他多年，他也从没在我面前拉过。他因为某个家人的评价，一直觉得自己拉得不好，加上也不靠这个生活，所以权当爱好。我曾以为他是真的拉得不好，直到数年前，他在偶然情况下参加了欧洲一个小提琴大赛并得到当年的冠军——我才知道他拉得有多好。

"那个比赛非常权威，是国际上很重要的小提琴比赛之一，只要他愿意，他的成就不会亚于我。我以为乐界又会多一位年轻有才华的小提琴家，可那次之后，他再也没拉过琴，甚至连他的小提琴都被封藏起来。他说那是他第一次也是唯一一次参赛，为的只是向某个人证明一些事——一些他可以做到却不愿意再做的事。我无法理解，也觉得可惜，但我不会对他的决定多加干涉，因为他的梦想不在这里，他的目标也仅仅到这里。你们也一样，目标决定终点，技巧很重要，心态和情感更加重要。你是真正爱你手里的器乐，还是爱它给你带去的名利，考虑清楚自己想要的，再规划人生吧。"

不知道是不是错觉，晨珀总觉得单泽修在讲述这段往事时，视线总若有似无地从她身上划过。

最后自由发问时间段过后，众人带着意犹未尽的心情离开了音乐厅。晨珀准备走的时候，单泽修却径自朝她走来，压低声音道："你留一下。"

这时她才知道，刚才并非是自己的错觉。

她跟着单泽修去了顶楼的休息室，近一百平方米的私人休息室装修低调奢华，占了楼层东南面的一个角，顶部高挑，两侧都是巨大的落地玻璃窗。

他从自己的行李里翻出一盒光盘，递到她面前："挺久的比赛了，所以网上很难找到视频，这是当年的比赛录影，你回去好好看一下。"

晨珀接过光盘，有点蒙："单教授，这个？"

单泽修看她一眼，没有回答，给自己点了根烟，长指夹着香烟在沙发上坐下，这才朝她道："不用叫单教授，叫我Simon吧。"

如果有镜子，晨珀觉得这时自己一定是"黑人问号脸"……

他却不在意她的反应，径自缓缓道："其实我原本没有答应来这个比赛当评审。"

晨珀点头，的确，这样小的比赛，根本请不动他这样的大人物。

"所以你该谢谢简。"在对方愕然的目光中，他动作优雅地弹了弹烟灰，"对，我说的是简墨准，刚才那个故事的主人公也是他。"

"什么？"听到最后一句话，她完全被震住了。

"因为他的拜托，我才会来当比赛评审。简单来说，这一次，我就是为你来的。"

"谢、谢谢。"

单泽修抬头看她一眼，唇角扬了一下，可能是被逗笑了："你觉得我叫你上来是需要听你这声谢谢？我只是想让你头脑清醒一点。"他唇角的笑意还在，语气却让人隐隐生寒，"你为什么学小提琴？什么理由让你休学？既然休学为什么又要参赛？参加比赛，不用木提却用电提，挑选《音乐的瞬间》是因为这首最简单吧？"一连串的问句，却不是真的要她回答。

单泽修抖了抖烟灰，再次开口："简告诉我，你拉小提琴的方式和他完全不同，你很有天赋。我相信你的确有一点，例如你的右手运弓很稳，左手音准也好，临场表演非常稳定，情感层次也很丰富。不过，你有个致命的缺点……"

到了这一刻，晨珀的心反而平静下来："我的态度不够认真。"

"还不错，有自知之明。"单泽修点头，"你没有那么爱小提琴——或许这和你改用电提有关，你没有求胜心，也没有所谓的目标。"

"我比较喜欢木提。"

"既然喜欢木提，那为什么要参加电提比赛？反过来说，如果今天你参加的是木提组，你的态度就能足够认真？"他将烟头按灭在烟缸内，重新走到她面前，"声世的唐总在促成这次学术课时也向我大力推荐了你。至于简，他一再希望我能认真听听你拉的小提琴，这么多年，这还是他第一次开口让我帮忙。"

S城这个乐团邀请他来当评审时，他就有预感简墨准会开口，果不其然，他收到邀请的当夜，好友就来了电话。

耳闻了这么久，始终没见到本人，他也是会好奇的。不过他一直以为晨珀是个温婉大方、成熟优雅的女人，在他看来，那样的女人才适合简墨准，结果她和他想象的类型完全不同。

她看起来很年轻，完全是少女模样，个性从她上次的演奏里就能窥见一二，总之和简墨准非常不搭。

不，是完全不搭。

想到这里，单泽修的戏谑地说道："能让他那样清心寡欲的人做这些，我原本对你还有些期待。可惜，你的复赛让我失望了。回去仔细听一下他的小提琴演奏，你身上欠缺的东西能在他那里找到答案。"

"我明白了，谢谢。"晨珀脸上没有过多的难堪，也没有刻意去解释那些听起来对她不好的评价。

她平静接受的模样倒是让单泽修满意了点，总归不是个蠢人。他点了点头："好了，该说的我都说了，你可以出去了。"

晨珀闻言没有立刻走，见她没动，单泽修又回过头去看她："还有事？"

她顿了顿，还是问出了口："不知道是否是我的错觉，冒昧地问一下，你是不是对我有某种敌意？"

单泽修微微一怔，没有回答。

屏幕上的简墨准只有二十来岁，年轻得不像话，面容清隽俊美，眉宇舒展，深瞳挺鼻，修长而浓密的睫毛微垂，站在舞台上拉琴的时候周身仿佛有莹莹微光。

他站在伴奏的乐队前方，身形笔直修长，灵活的手指翻飞舞动，不时侧首，展露出的侧颜线条漂亮优美。他拉琴的专注模样，实在让人怦然心动。

初相识时，她就留意过他的手，修长白净，那时在心里就想象过这双手拉琴的模样。只是没想到真的有一天看见他拉琴的样子时，竟会震撼至此。

帕格尼尼这首《G大调随想曲》是他用帕伊谢罗的歌剧《磨坊女》中的咏叹调《我心惆怅》为主题，改编而成的一首主题变奏曲，后人称其为帕格尼尼最难的曲目。整首曲子由主体加六个变奏构成，使用了各种高难度的小提琴演奏技巧，很少会有参赛者在这么重要的比赛上选择这首曲子。

因为实在是太难了，除了技巧之外，还要求演奏者有超强的表现能力。

艰涩冗长的纯古典乐，繁复的曲式和情感变化，他都把握得丝丝入扣，零失误，零瑕疵，这是一场无可挑剔的完美演奏，完全看不出是在比赛。

晨珀仿佛着了魔一般，将这短短十几分钟的演奏一遍遍地重复播放，听着结束时舞台下雷动的掌声，她仿佛置身现场。

她想告诉唐羽琦她猜错了，他不光能听懂她的小提琴，他甚至拉得远比她好——在她还是一个懵懂女生的时候，在她还拉着《卡农》《野蜂飞舞》讨长辈赞美的时候，他就已经站在欧洲最耀眼的舞台上，让所有的裁判评审及观众都为他的小提琴演奏折服！

单泽修说得没有错，她所欠缺的东西，都能从简墨准那里找到。

可是，为什么他不再拉琴了呢？

而且最奇怪的是，一个能夺得欧洲古典乐比赛冠军的人，后来又怎么会沾上那种复杂的背景？

晨珀心里添了无数疑问，然而还没等她找到机会再去找单泽修，一则新闻，或者说是绯闻将她原本还算平静的生活搅了个天翻地覆。

有生之年，晨珀从未想过自己有一天会上热搜。

几张下车的照片，一个拉手臂的动作，只因为对方是卢辰，便让她在数个小时内红遍网络。

信息爆炸的时代，加上当红的顶级流量小鲜肉，让深夜、卢辰、神秘女子这几个关键词登上了热搜首位。照片的拍摄距离虽然有些远，但她的五官还是能比较清楚地看到，包括卢辰脸上的笑，两人的肢体接触。卢辰的粉丝爆炸了，众人很快排除了她是卢辰身边工作人员的可能，紧接着投入到照片分析及人肉搜索的工作中。

晨珀也有微博，但平时用得不多，尤其在回国后。所以当网络上一片讨伐的时候，她还在琴室专注地练习。

消息是唐晗带给她的，他这两天原本就心情阴郁，当助理通知他网上曝出照片时，情绪更是跌到了谷底。

他闯进琴室，琴室的门被他重重拍开，砰的一声撞在墙上，着实把晨珀吓了一跳。

"你……"见到那张软嫩小脸上明显的不悦和嫌弃，唐晗的气就不打一处来，直接把手里的平板拍到她面前的谱架上，"你为什么就不能好好地安分几天？"

晨珀狐疑地点开平板，很快被上面的照片和文字吸引住视线。很明显，这是演出那晚拍摄的，她和卢辰的接触，总共也才那么一次，不得不说拍照的人非常有水平，明明再单纯不过的一件事，居然能拍出如此暧昧的效果。尤其是卢辰拉她手臂的那个动作，就那短短的一两秒钟，对方竟然清晰地拍了下来，且只拍了卢辰的正脸。他是微笑着的，脸上似乎带了抹亲昵和宠溺。

光是这样一个笑容，就足够人浮想联翩了。

"你招惹谁不行，偏偏是卢辰！你知不知道他有多少粉丝，那些人现在正在全网搜索你，你的真名、地址、工作……要查出来只是时间问题！"唐晗见她只是低头默默浏览网页，并不开口解释，感觉心里的火噌噌直冒，"怎么，吓到了？没想到会被拍？不过就是个靠脸吃饭的小子，至于让你动心思吗？"更何况，那张脸怎么看都比不上他，不过就是在娱乐圈混得不错，有点名气。他觉得晨珀是故意的，

♪

他将这个演出机会推到她面前，她却反过来招惹对方气他。

晨珀半垂的睫毛动了动，将视线从网页上移开，看向面前的男子："在你看来我就是这么肤浅的白痴？"

唐晗心里当然明白她不是那种女人，但她和卢辰这几张照片拍得暧昧亲密，连他看到时都下意识地信了。卢辰那人他不熟，但他在圈内有几个朋友，多少也了解一些。

卢辰对外虽然一直声称是单身状态，但私下不可能没交过女友。据说他很招女艺人喜欢，主要还是因为家世好，长得帅，身边资源一直都不错。女艺人爱亲近他，一半是冲着那张脸，一半也是因为那些资源。以前他不在意，觉得这样子也算公平。

不过之前某个女艺人仗着和他的关系闹出了一点事，事情还挺大，虽然很快被压了下去，但也因为这件事，卢辰对圈内那些女人有了排斥心，后来倒是真的单身了挺久。也因为这件事，他对工作中接触的异性一律不假辞色，公私分得清清楚楚。

要不是因为这点，唐晗也不会直接把这个工作机会给晨珀。他不知道晨珀追不追星，但女孩子总会对聚光灯下的明星有些向往，卢辰能公私分明最好。

彩排那天，他也分明看到了卢辰对晨珀的冷淡，甚至因为她多看他一眼而有些排斥，结果才几天工夫居然就曝出这种照片。

"要不是你自己去惹他，他怎么会送你回家？"别人可能不清楚，但唐晗知道那几张照片是在她住所楼下拍的。以他的了解，如果卢辰对她一点意思也没有，怎么可能亲自送她回去？

晨珀这下连表情都懒得做了，她将平板递给他，指了指琴室大门："出去。"

"所以你这是承认了？"唐晗没想到她居然连解释的打算都没有。他过来就是希望听她的解释，然后说一下解决的方法，毕竟卢辰太红，这件事解决不好，她会有很大麻烦。结果她竟是这种态度，他再喜欢她，再愿意服软讨好，也不可能在这种情况下不要脸面地凑上去。

"行啊，既然你有本事招惹卢辰，那这件事你就自己解决吧！"

那天，唐晗怒气冲冲地来，又怒意不减地走了。离开之后虽然有点后悔，但他也没有再回去。他知道，晨珀没和娱乐圈的人接触过，不明白这类事会引发什么样的风暴及后果，等到她面临无法解决的问题，自然会回头来找他。所以当范芯来问他这事如何处理时，他直接回了"暂不处理"四个字。

然而，网络的力量比预计的更大，不到两天时间，晨珀的名字和工作地址便被人扒了出来。

这天上班时，晨珀发现声世大楼外的马路边多了好些戴口罩的年轻女孩子。其实这两天她和卢辰的经纪人联络过。她从节目组那里要到经纪人的电话，直接打了过去。

这件事看似严重，但只要关键人物出面澄清，一切就能迎刃而解。就算之后还会有影响，粉丝的态度也绝对不会像现在这样疯狂。

经纪人似乎很忙，只简单和她说了几句，表示会转告卢辰，但具体如何做何时做还得团队开会后给她结果。毕竟卢辰是当红明星，每一次发声都不是小事，需要整个团队协商。

晨珀对此表示理解。直到这天看见大厦外的粉丝，她才意识到自己小看了卢辰的名气和粉丝的狂热度。

下班的时候，声世大厦外的年轻女孩不减反增，她们基本都戴着口罩，背着水和食物，守在马路边没有离开。

那个区域不属于声世集团的管辖范围，保安没法赶人，不过可能中途打过一个110。有一名警察过来询问了几句，女孩们稍微散了些，然而等警察一走，那些原本就没走远的女孩又重新聚了回来。

临近下班时间，晨珀琢磨着要不要从后门离开，虽然光天化日她不信那些女孩会做什么，但被人围观或是尾随的感觉还是不太妙。

走出电梯时，她接到卢辰经纪人的电话。对方没有寒暄，很直截了当地告诉她，这件事会在这周五晚上澄清，希望她少安毋躁，届时配合他们。

今天才刚周一，距离周五还有四天，未等晨珀开口，对方便给了解释。

周六是《我是大明星》节目的播放日。卢辰和她的照片在网上掀起了风暴，节目组那边打算让这件事炒一阵子，保持热度，等到播放日前一晚由卢辰这边的团队澄清，电视台那里放出节目照片和视频预告片段，借着这股热度为节目吸引收视率和点击率。

这台节目录制那晚，现场虽然有观众，但因为节目效果需要签订保密协议，也不允许观众携带电子仪器进入。即便有人从绯闻照上认出晨珀是卢辰的伴奏，也没有照片能传上网，所以不会影响节目组的计划。

挂上电话，晨珀心里松了口气。

虽然还要拖个几天，但能澄清就好，反正她平时也宅，除了在家练习睡觉就是来声世练习，绯闻对她的影响不会太大。

她最后还是走了正门，这里离公交站近，过了马路走五百米就到，从后门走要绕很大的圈子。那些等了一天的女生此刻都伸着脖子去看从大厦走出来的人。

声世是乐队，尤其是古典乐组，下班时间从来不固定，因此这时从大厦离开的人并不多。很快有眼尖的女生认出了她，马路旁散开的女生们慢慢聚在了一起，视线跟雷达一样向晨珀身上扫。

晨珀从大厦广场的另一侧朝对面走，尽量和她们保持距离。经过广场过马路的这一段路和她们距离最近，她耳尖，没走几步就听到飘来的窃窃私语。

"哪里好了，还没有我高……"

"长得也一般，和辰辰完全不配！"

"穿的都是什么，一点气质也没有……"

"发育也不好，看起来好小……"

"太普通了，就是一路人……"

晨珀无语，她本来就是路人好吗！

她还以为她们是来堵人的，结果居然是纯围观。不过这样也好，看看也不会少块肉，她当没听见好了。晨珀在二十多道视线的围观下淡定地过了马路，准备朝前面的公交车站走去，没走几步，就听到后面传来轰鸣的马达声，一辆黑色双门跑车缓缓在她身旁停下。

"嗨！"车窗降下，露出戴着墨镜的帅气脸孔，驾驶座上的人朝她笑了笑，随即开门下车，"一起去吃饭吧，我有事和你说！"

晨珀还没反应过来，马路对面已经爆发出高分贝的尖叫声。

"老天！是卢辰吗！是本人吗！"

"真的是他！好帅啊啊啊啊！"

"他怎么会来！"

"不可能吧！他居然来接她！"

"辰辰！"

女孩们全疯了，举着手机又笑又哭又叫着朝马路这边冲过来。

晨珀的第一反应就是跑，水本来就浑，他居然还来搅，这种混乱场面她可应付不了，还是先走为妙。只可惜她没跑几步就被一只有力的手拉住了胳膊，伴随着女孩们越发高分贝的尖叫，她被卢辰塞进了跑车。面对外面只差几步路的女孩，他居然还冲她们挥手笑了笑，随后一踩油门，车子扬长而去。

卢辰升起车窗，专注飙车，一连过了两条路，才一脸探究地去看副驾驶座上的人。

她上车后一直没说话，感觉是被刚才的场面吓住了。这样一个又安静又软萌的女孩子，突然和一个超级巨星扯上关系，而他又意外现身开车载她，对任何女生来说，都是如偶像剧一般的梦幻情节。他猜她现在应该很紧张，同时也很激动，毕竟今天车上只有他们两个人。

男女之间，在卢辰看来，只有他愿不愿意，一旦他主动，还从来没有人能抗拒得了——他的思绪在看清身旁人的表情和动作后戛然

♬

而止。

看起来不过十八九岁的女孩面无表情，一手抱着琴盒，一手捏着一个奇怪的小瓶子，举在手里正对着他："你是想被我喷，还是停车放我下去？"

号称亚洲男神的顶级流量小鲜肉卢辰愣在那里。

黑色双门跑车在一条人少的僻静街道缓缓停下，这里距离晨珀的公寓还有段距离，走路回去的话要二十多分钟，但这附近人少，在这里下车比较安全。

车停稳的时候，晨珀刚退出几乎被各种语音和文字信息挤爆的微信，这几天找她的人实在太多，都是冲着她和卢辰的照片来的。唐羽琦第一时间就从她这里打听到了事情原委，之后没什么诚意地安慰了她几句，末了还感叹她运气太好，让她羡慕嫉妒恨。

田艾丽这几天在外地演出，听说挺忙的，居然不忘发消息冷嘲热讽她几句，最后评价说卢辰一定是瞎了眼。

露易丝倒是和往常一样，没怎么多问，只让她自己小心男女关系。至于她爸妈，她真是谢天谢地他们压根不上网也不用微博，所以暂时不知道这件事。其他那些朋友同学，说什么的都有，她都只看不回。这几天甚至干脆把微信设置了静音。

退出微信，她又点开微博浏览。拜卢辰所赐，她这个几乎废掉的账号这几天访问量超高——基本都是来骂街的，粉丝能人肉出她的工作地址，自然不可能搜不到微博，上面寥寥几张在伦敦的自拍照成了最好的证据。她万分庆幸自己在另一个网站上发的小提琴视频从不露脸，起码在因为这件事被人人喊打的时候，她这几年来的心血和成果没有受到丝毫牵连，还能适时给她增加点正能量。

微博上，短短几十分钟，她和卢辰的最新照片已经被放了上去。那几个女生几乎@了所有娱乐新闻账号，谁都知道卢辰今天来接她约会了，"恋情坐实"四个字，让沉默了一路的她吐出一个字："草！"

卢辰突然觉得反差萌什么的其实还挺吸引人。

晨珀收拾好东西准备下车，他忍不住叫住她："你真的要下车？其实都这样了，不如一起去吃个饭。"

"我已经发消息给你经纪人解释过了，希望除了公事，我们私下不用再见面了。"晨珀推开门。

"你就不好奇我为什么会私下来找你吗？"他不死心。

晨珀看了他一眼，在下车关门之前反问道："我看起来真的那么好骗？"

"什么？"

"我只是想说，抱歉，你的脸还没帅到勾勾手指就能让我对你神魂颠倒的地步。"

晨珀觉得今天一定是自己的倒霉日。

被人拦住的时候，她正打算从一条巷子里穿出去——这是位于两条大马路之间的小巷，安静人少，不算偏僻，她以前也走过几次，直穿过去可以节省一半时间。

面前的人已经絮絮叨叨说了十几分钟，从自己两年前第一次见到卢辰说起，怎么一点点了解他爱上他，怎么在网上给他各种应援，怎么追着他在各个城市跑……

寒凉的初春夜晚，淅淅沥沥地下起了雨。对方仅穿了条露肩露腿的薄裙，外面罩了件极大的风衣，声情并茂，说到投入处眼角带泪，一般形容这种打扮和表情，人们都会用上"楚楚可怜"四个字。

然而晨珀却要鼓足勇气才能强迫自己将视线在对方的身上停留片刻。

实在是太辣眼睛了。

虽然长发飘飘穿着性感，但依然无法改变他是个男人的事实……

所以，这是遇上变态咯？

并且是卢辰的死忠粉。

晨珀的衣服早已湿透了，她忍着寒意耐着性子听对方絮叨了十几分钟，却始终不见有人经过这里。大概因为下雨，连前方巷子口的马路上也见不到一个行人。

他虽然自觉是"女性"，但人高马大、孔武有力。晨珀刚被拦下的时候就想过跑，结果被对方一把拽住，涂着紫色眼影的单眼皮朝她忽闪忽闪地眨，眨得她鸡皮疙瘩掉了一地。

看过警匪剧的都知道，这类人不能刺激，一旦受到刺激控制不住自己，不知道会做出什么。但这类人同时也很敏感自卑，如果有旁人出现，有可能会自行离开。

只可惜她运气不好，现在只能自救。

晨珀本来两手都抱着胸前的琴盒，此刻小心地分出一只手去掏口袋里的喷雾瓶。尽管她的动作非常缓慢，但还是被他发现了。

"你干什么！"对方停下了对卢辰种种爱的表述，朝她走了两步，一脸警惕，"你想打电话给卢辰吗！你想告状对不对！你想说我坏话！"

"我只是喉咙不舒服，想拿喷雾喷一下。"晨珀停了动作，示意他看自己背在左肩的包，一脸平静，"我的手机在包里，右手够不到。"

对方大概是信了，虽然仍不放心地盯着她，但没再阻止她的动作。晨珀保持着不急不缓的动作将湿漉冰冷的手伸进外套口袋，在摸到那个小小的瓶身后轻轻使力，尽量在不发出声音的情况下将盖子打开。

眼看着就要成功，她包里却突然传出小提琴激越的旋律。

"不许动！你不许动！"他像是突然被刺激到了，急急地朝她吼，"你干什么了！"

"没干什么，那是我的手机铃声。"

"你的手机怎么会突然响！是不是你通知卢辰了！你这个贱人！想装可怜通知卢辰来救你是不是！"他的浓妆早已被雨水晕花了，脸色看起来格外狰狞，他从口袋里取出一把匕首，对准了她，"你不许再动了！"

很小的一把匕首，应该是水果刀，但即便是这样一把小刀，被它刺中也不是开玩笑的。

晨珀捏着琴盒的左手缓缓用力，紧紧握住把手部位，脸上依旧维持着平静："我又没打给他，他怎么会知道我在这里。应该是我的朋友，她今天约了我吃饭，现在我迟到了。"

像是验证她的话，手机响了片刻便自己停了。

对方捏着匕首，上上下下地看着她，情绪明显和刚才不一样了："不！你在骗我！你和他一样！说什么最爱的永远是粉丝，结果却和你在一起！你有什么好！你有什么好！"

晨珀抿唇不语，一边盯着面前颤抖不已的匕首，一边打开了喷雾瓶的盖子，并将食指按在了喷射处。

"我知道了，你一定在他面前拉琴了！他那么喜欢音乐热爱音乐，所以才会被你勾引！是你不要脸勾引他！我不能让他被你迷惑！我要救他！让他清醒过来！"

他手里的匕首朝着她的左手刺了过去，晨珀早有准备，握着琴盒朝右躲了躲，匕首划过她的衣服，有轻微的刺痛传来。她来不及查看，反手举着琴盒朝他握刀的手腕重重砸下，同时右手取出瓶子朝着他的眼睛用力喷出喷雾。

刺激性的液体让他痛得大叫起来，晨珀再次用琴盒砸向他拿刀的手，匕首终于跌落，她一脚踹飞匕首，没有迟疑转身就跑。

然而刚跑出一步身上就是一沉，转头发现他一手捂着眼睛，另一只挥舞的手恰好拉住了她的外套下摆。晨珀再次用琴盒狠狠砸向他的手，这次用力过猛，摆脱他的同时琴盒落在了地上。

她没有去捡，趁着他哀号时，飞快地冲向巷子口。

浑身湿漉，冰冷的雨水模糊了她的视线，手臂的疼痛开始蔓延，心跳激烈得仿佛要跳出胸口，她却跑得前所未有地快。

终于脱离了小巷，马路上路灯昏黄，这片是学区，马路对面都是围墙，只有左侧前方很远处有一家亮灯的店。她再次跑起来，结果脚下一滑重重摔在马路上。

在她撑着地面用力想站起来时，后方有车辆的灯光打来，她下意识地挡住眼睛，以为车子会绕过她离开，结果却在距离她几米的地方停下。

有急切的脚步声传来，透过指缝她看见一双修长的腿正快速向她而来。

下一个瞬间，她被男人宽阔温热的手臂揽住，耳边传来简墨准低沉的嗓音："找到你了！"

Chapter 16

无处可逃

雨还在下，似乎越发大了。

落地窗外，整座城市尽收眼底。水雾朦胧了城市的灯光，忽闪的霓虹犹如印在玻璃上的灵动画作。这套公寓分上下两层，位于城东湖畔住宅区一栋高层的顶楼，单层面积上百平方米，东南两面都是通透的落地玻璃，烟灰色调，原木地板，室内几乎没什么陈设，看着很是清冷。

在她不知道的时候，简墨准在这座城市买了房子。

方谌后来告诉她，自她的新闻出来后，简墨准一直关注这件事，今晚照片更新后，他隐隐觉得不对劲，便过来找她。然而她并不在家，他原想等在门口，但后来还是决定让方谌开车在附近找找。那个电话也是他打的，因为打不通所以越发担心。

简墨准将她从阴冷湿漉的马路上抱起来的时候，原本替他们撑伞的方谌看着她的手臂发出低呼。她今天穿的是浅色外套，此刻左手臂上已晕染出一片刺目的红。

他拧眉，同时加快脚步，将人小心地放上后座，才问道："怎么回事？"

"只是划伤，小巷里有个穿女装的男人。"她简单说了两句，简墨准看了眼方谌，后者放了雨伞，一边取出手机报警，一边朝小巷跑去。

然而耽搁了这么些时候，小巷里早已没人了，只剩下晨珀遗落的琴盒。小提琴装在琴盒里，就算用力砸，盒子里面的琴也不该坏。但方谌到的时候，琴盒已经被人打开，那把电提琴被用大力砸得四分五裂，琴盒上还被小刀划出了无数道岔。这种泄愤的方式，让人有些头皮发麻。

去医院的路上，简墨准搂着她一言不发。从她的角度看去，他原本清隽的脸绷得有些紧，直视前方的眼瞳深不见底。

大概是感觉到她的目光，他看向她，温热的大手拂过她的脸颊，低头在她冰凉的额角吻了吻："没事了，这件事我会处理。"

尽管曾主动逃离他，但晨珀从未怀疑过这个男人言出必行的能力。他说会处理，便是接手所有的事，包括她和卢辰的照片所带来的巨大麻烦。

晨珀此刻完全放下心来，可她又忍不住疑惑，就连唐晗也第一时间被照片误导，他为什么一句都不问她呢？

"你还是太不了解先生了。"她在医院缝完针后，简墨准在不远处和公安交谈，去药房取药回来的方谌对她如此说，"对他来说，你做过什么，是否做过并不重要。重要的，只是你。"

晨珀没有出声，缝针的手臂上了麻药，此刻感觉不到什么疼痛，只是整条手臂都木木的，没有知觉一般。

片刻后她才又道："你怎么知道我在想什么？"

"你的表情已经说明一切了。"身为助理，方谌最清楚这些事务的处理方式。照理，绯闻出来后整件事应该由晨珀的公司出面解决，然而两三天过去，声世那边没有丝毫动静。若不是唐总授意，声世的公关怎么可能毫无作为。以他对那位唐总的了解，这明显是公私不分导致的迁怒。

简墨准原本给他的期限只有三天，若三天后那边毫无动静，那么方谌便会接手，替晨珀交涉解决这件事。只是没想到她那么倒霉，卢辰的别有用心加上跟踪她的疯狂粉丝，导致了今天的意外。

晨珀静静地听完，再次看向那头的简墨准："我不了解你家先生，你就非常了解了？"

方谌顿了顿，明白过来她在说什么，朝她点头道："嗯，你说的事我没忘。我在查，你再等等。"

她没想到会听到这样的答案："我以为你对他是百分百忠心的。"

"我当然是百分百忠心的，但先生这么看重你，我不会对你说的话完全漠视。"方谌直觉，这件事有可能是晨珀和简墨准之间关系的突破口。查清楚她说的那个人，和他为简墨准工作，殊途同归。

疯狂粉丝在逃，晨珀的住所变得不再安全。

从医院出来后，简墨准没有和她商量，直接让方谌开车来了这里。

"在绯闻事件结束，以及犯人被抓之前，你先住在这里。"

晨珀愣了愣："我和你住一起？"

简墨准刚换下鞋，闻言回头看了她一眼："有什么问题？"公寓只亮了一圈射灯，他的眸色如寒夜里的星辰一般清亮耀眼。

问题很大，不过在他这样的注视下，她没敢说。

反正是一起住，又不是一起睡，想到这里，晨珀摇了摇头："没问题。"

他的目色似乎柔和起来，从鞋柜里取了双新的拖鞋搁到她脚前，随后半蹲，替她将脚上早已湿透的短靴脱了下来。

晨珀有点尴尬："我自己来就行。"

"你手受伤了，还是我来吧。"他低着头，她看不见他的表情。

"只是划伤，又不是骨折，而且我可以用右手。"她缩着脚避开他的手，那双如艺术品一般的手，应该属于舞台和小提琴，"简墨准，你不用做这些……"

他的手顿了顿，仍然替她将另一只脚上的靴子脱了。靴子里面的袜子并没有湿，但她今晚其实被冻得不轻，此刻脚底冰凉，他替她脱了袜子让她穿上厚实的拖鞋。

简墨准站起身，脱了鞋的晨珀在他面前越发显得娇小，他拨了拨她的头发："去泡个热水澡，小心别弄湿伤口。"

"没换洗衣服。"洗澡什么的真心抗拒啊！

"里面有新的浴袍，你先穿，等会儿方谌会把你需要的物品送过来。"

果然是万能的特助先生啊！

浴室很大，足有二十多平方米，洗漱区和浴区是分开的，黑色的玻璃隔栏后，只有一个靠窗的方形浴缸，除了伸手可及的玻璃置物柜和一些尚未开封的洗浴用品，周围空荡荡的。

这所公寓，给人的感觉更像是酒店而不是一个家。估计是他不常住的原因。

晨珀因为在医院处理伤口缝针，身上衣物的左袖已经被截了一段，回来时外面披了简墨准的衣服。这会儿虽然只有一只手，但花点时间也脱了下来——还好不会出现无法脱衣需要人帮助的狗血情节……

浴缸放满水后，她将裹着绷带的左手小心搁在浴缸外，这才放松身体整个人沉入水里。温暖的水驱散了身体的冷意，她舒服地长长叹气。

折腾了一个晚上，好不容易安静下来，她的大脑开始放空。莫名其妙住到简墨准公寓里这种事，简直比和卢辰的绯闻还让她心烦。

不过幸好，她现在在他面前不会再像之前那样如坐针毡。

纵然她看不懂他的很多事，但起码有一点可以确定，简墨准没有为难她的意思。他待她的态度和从前并无二致。

所以，不管他是不是知道，他都没有追究的意图，起码不会因为她离开的事和她计较。

这算好事吗？

晨珀的头隐隐作痛，总觉得似乎更复杂了。

毕竟现在她和他之间，已经不是她消失离开，就能利落解决的了。

就连她自己的立场，也没有之前那么坚定。晨珀再次长长叹了口气，屏住呼吸把脸完全没入水中。

她裹着浴袍从浴室出来时外面的雨还没停，春雨绵长，看来要下一夜了。

二十四小时恒温的公寓里非常舒适，她光脚趿着拖鞋，用没受伤的右手擦拭头发。方谌大概还没来，公寓里静悄悄的。她一直知道简墨准是个极简主义者，不过简洁成这样的公寓她也是第一次见。一层除了卫生间外一个房间都没有，墙壁全部打通，独留几根承重柱，连厨房都是开放型的中央岛式。

此刻厨房那块儿亮着暖黄的灯，穿着深蓝色棉质居家服的高大身影正背对着她站在那里。

简墨准会做饭。

这种事起初发现的时候，晨珀心里的惊讶不比知道他会拉小提琴时的惊讶少多少。

她穿着软底拖鞋，几乎没有发出脚步声，但他还是第一时间觉察到了，回头看她一眼，说道："正好可以吃，去桌子那里坐吧。"

晨珀腹诽：果然是学器乐的，听力和她一样好，以前怎么就没发现？

餐桌其实就是厨房流水台的另一侧，向外延伸出一块长长的木质桌面，搭配几张原木色高脚凳。她一坐下，便正对着他。

简墨准盛了碗粥放到她面前，又将煎好的西式蛋饼盛在盘中，同样搁在她面前："冰箱里东西不多，先简单吃点。"

其实已经不简单了，蛋饼里面放了洋葱和番茄，白粥煮得浓稠正好，散着米粒独有的清香。

"谢谢。"

她客气地道谢，他抬眸看了她一眼，没有出声。

晨珀带着微妙的尴尬心情在对面人的注视下开始用餐。

她以前是不说谢谢的，自从他成为她男朋友后，她回应他所有照顾的方式就是撒娇。大概因为他总是一副清淡宁和的冷静模样，她格外想亲近他——毕竟如果连她都不主动，这恋爱谈得和普通朋友也没太大差别了。

不过她到底是女生，又是第一次恋爱，一般情况下也主动不到哪儿去。最多是八爪鱼一样巴着他，一边欣赏男人线条清隽的美颜，一边问他为什么对她这么好，是不是因为她特别可爱？再不然就是勾着他手臂在他脸上亲一口，然后在他回视她的时候一脸乖巧等待他的下一步动作。

可通常，他并没有下一步动作……

那张帅出天际的脸只差没写上"禁欲"二字。

那时的失落，现在想来依然那么令她心塞。

她低头搅着碗里的粥，连对方走到她身后都没觉察，直至简墨准拿起毛巾开始替她擦拭湿发，她才回神。

晨珀心里有些憋气，开口时自然带上了情绪："这些事我自己都会做！"

身后的人没有回应。

"简墨准，我说了你不用做这些！"

"……"

"一声不吭离开你的人是我！你不用再对我这么好！"几乎是她话音落下的同时，身后的人动作停了下来，然后下一秒她的身体就随着椅子被人猛地转了过去。

"你……"她手里还捏着勺子，连带那碗粥都被这动作掀翻在桌上，她还没来得及说话，男人就已经低头堵住了她的唇。

晨珀蒙了。

他的嘴唇柔软而温热，落在她唇上的力度却让她感觉到了疼痛。

嘴唇被覆盖，呼吸被截住，他的手托着她的后脑，强迫她抬起头，几次厮磨后舌尖抵开她的牙齿闯了进来。仿佛带着怒意，更多的却是绵长的思念，他一遍遍吮吸着她的舌尖，无论她朝哪个方向逃，他始终牢牢追着她，步步紧逼，直至她退无可退。

他从未对她的离开表达出任何情绪，即便那天在与声世的饭局上，她意外出现，他仍旧能波澜不惊地假装出首次见面该有的礼貌和疏淡。之后屡屡再见，他的情绪依旧完美得不像一个人，随便换成谁，都不可能像他这样，把一切收敛得毫无破绽——哪怕敏锐如唐晗，也是在他借出"怀念"后才对他们的关系有所怀疑。

她一直以为他是真的没那么在乎。

直到这一刻，他突如其来的吻，她才发现原来他也是有情绪的，只是先前那些还没触到他的底线。所以，她刚才到底哪一句话触及了他的底线？

想不起来了。

晨珀仿佛陷入了泥潭，头原本就痛，此刻被他的唇舌包裹，她的头脑越发昏沉。她觉得自己很不争气，分明说了分手，也雷厉风行地行动了，怎么现在被他这样吻着，却连推开的力气都没有？仿佛坠入了一场缠绵的梦，陷在温软无边的云间，连意识都快飘远了……

她不知道他吻了自己多久，当他终于离开她嘴唇的时候，晨珀只能感觉到自己如同擂鼓般剧烈的心跳，以及热到发烫的双颊。

他的指腹在她的唇角下颌流连，男人近在咫尺的眼瞳深不见底，那种专注的凝视让她的尾椎骨上划过一丝丝酥麻的电流。

晨珀有些哭笑不得。光是眼神就能让她战栗，她究竟有多害怕这个男人？还是……有多喜欢他呢？

他抱住她，将她紧紧按入怀中。他的怀里有烟草和薄荷的清香，他是标准的宽肩窄腰身材，双腿修长，这样的怀抱足以将她淹没。

他在她耳旁叹了口气，然后说道："你走后，我一直后悔没对你更好一些。"

半夜，晨珀发起烧来。

她不常生病，自觉年轻底子好，熬夜淋雨挨冻都不会有事，这次不过淋了会儿雨，居然直接发烧了。她觉得应该是被那位性感的"粉丝"吓的，反正坚决不承认是因为刚才那个绵长的吻。

她睡在上层朝南的房间，这套公寓的房间都在楼上，卧房只有一间，很明显是他的房间。他将房间让给她，自己则抱着毛毯去了隔壁书房。

她挣扎着取过手机看了看，凌晨两点多，房间里暗沉一片，落地窗外的雨还没有停。她浑身上下都不舒服，麻药的药劲过了，左手臂的伤口一跳一跳地疼，头胀痛欲裂，嗓子也火燎似的。

她勉强撑起身体，伸手想去开床边的灯，试了几次都没摸到，最后一用力竟然将台灯推落在地。

砰的一声，在寂静的夜里听来格外惊人。

她斜趴在床边，半个身子都在床外。房间外很快传来脚步声，随后壁灯被人按亮，一双有力的大手将她抱起重新放回床上，并替她盖上薄被。

他的手在她额头上探了探，随后快步离开了房间。

片刻后，他重新返回，坐在床沿将她揽在怀里。一杯温热的水被递到唇边，她立刻就着杯子喝了起来。喝了大半杯水，火燎似的嗓子舒服了很多，但身体还是很不舒服。她被重新放回床上，昏涨的额头敷上了湿毛巾，以缓解头部的不适。

晨珀努力睁开眼，房间的灯光已被调成适合的亮度，柔和温暖。

他坐在床沿，正用一块湿毛巾替她擦着手心。男人的肩膀很宽，低着头专注替她降温，垂落的睫毛修长，在鼻翼处形成漂亮的阴影。

简墨准。

她在心里念着这个名字，又昏昏沉沉地闭上眼。

即便在昏睡中，她依然能感觉到手臂上伤口的疼痛。她觉得自己的胆子真是太大了，当时如果稍有差池，伤到的就不是手臂而是左手。对拉小提琴的人来说，左手就是生命。

晨珀突然想起以前，像这样濒临险境，并不是第一次。

一年前，她也遭遇过这样的危险。不过那次对方更狠，直接就是冲着她的手来的——原因据说是她用这双会拉小提琴的手，"引诱"了对方看中的男人。

那是在简墨准生日过后没几天，她约了米拉在路口的甜品店喝下午茶，打算和她聊简墨准的事。正值多雨的初春，伦敦天气阴冷，她在离校没多远的路上被几个外国彪形大汉拽上车，扬长而去。

有几个路人目睹了整个经过，当下有人议论，有人报警，米拉在嘈杂中走出甜品店，发现了被丢在路边眼熟的背包和小提琴盒。

对方仗着背景，向来肆无忌惮，拉斯维加斯也好，伦敦也罢，压根没把当地警方放在眼里。也因为这一点，米拉及时发现了好友的遭遇。晨珀来伦敦读书才两年多，人际关系一直很单纯，要说小麻烦是有，但绝对没到被人当街掳走的地步。她唯一想到的可能和这件事有关的人，便是那个气质神秘而有背景的东方男人。

米拉当下便从她背包里翻出手机，幸亏两人同住了很久，她知道晨珀手机的密码，立刻解锁点开了电话，几乎不用她找，简墨准的名字被放在了个人收藏里。

米拉打了过去，片刻，那头传来低沉的嗓音："喂？"

"你好！我是Amber的同学，我们在拉斯维加斯见过，Amber出事了！"米拉尽量以最简洁的语言说清楚了整件事。她并不肯定这件事和对方有关，但即便无关，以他的背景应该也能帮上忙。

对方的回答让米拉确定了自己的猜测："我知道了，谢谢你通知我。"

紧急关头，米拉纵然有再多质疑和不满，也不会在这时追问过多，她只希望对方能尽快把晨珀平安带回来。

简墨准的行动比米拉希望的更加迅速。

他知道在他生日宴那晚，伦娜就已经飞抵伦敦。他被家族安排着相亲多次，这是最麻烦的一次。

伦娜骄纵大胆、张扬自信，他越是冷淡，她越是有兴趣，那晚她赶来伦敦为他庆生，而他却因为别人一个电话，在自己的生日宴还没进行到一半时就离场了。伦娜精心打扮地过去，连他的面都没见着。碍于他的家人，她没办法当场发飙，也没有找他质问，只好派人去查了简墨准近期接触的人。

简墨准和晨珀的来往没有避着别人，有心人要查自然很快便能查到。

伦娜大为光火，放着她这么性感火辣的美人不理，却和一个还没发育的小女孩来往！

在她看来，现在这件事和她喜不喜欢简墨准无关，重点在于她到底哪里比不上一个干瘪普通的女学生？就因为她会拉那该死的小提琴？

被绑架的"会拉小提琴的还没发育的干瘪普通小女孩"晨珀非常无语地低头看了看自己的胸口，又去看面前长腿丰满的芭比美女："怎么说都有B啊！以我这个身高体重来说长成你那样会很畸形好不好！"

"她在说什么？"伦娜听不懂中文，她的保镖兼打手们更不可能听懂。不过不管对方说什么，她都无所谓，她查到的讯息是，这个小女孩并不是简的女朋友，既然不是女朋友，充其量只是一个纠缠她男人的小麻烦，那她动手就方便多了。

"会拉小提琴是吗？"伦娜的视线掠过她的手，那双手小巧纤细白嫩，指甲圆润干净，非常漂亮，她扯了扯嘴角，口吻轻淡地朝几个保镖说道，"我要她以后再也拉不了小提琴！"

晨珀皱眉退了一步，用英语说道："简和我说过你。"

伦娜虽然没有认出她，她却很清楚伦娜是什么样的人，闹市开枪、伤人飙车……那个世界的人是她完全没办法应付的，她现在只能尽量拖延时间，并期望在甜品店等她的米拉能及时发现她丢在街上的包和小提琴，尽快报警。

虽然被抓上车时她头脑一片空白，手却下意识地松开了，任凭自己的背包和小提琴盒掉在街上。那里离路口的甜品店很近，她出学校前才和米拉发过消息，对方知道她已经下课马上就过去，等不到她自然会觉得奇怪。

"你以为我很在乎他对我的评价？"伦娜不屑地笑了笑，手却下意识地扬起，阻止了已朝晨珀走去的保镖。

"不，我不是这个意思。"晨珀的手指紧了又松，尽量让自己冷静下来，"我是想说，虽然他曾描述过你，可我一直不信，直到今天看到你……我才明白为什么简始终没有接受我。"估计就是被这种女人吓到了。

"什么？"对方果然有了兴趣。

"其实现在说不说都一样，我已经打算离开这个伤心地了。"潜台词就是她根本不用费心思对付她，因为她会主动走……

伦娜看着她没有说话，眉却慢慢皱了起来。

"不过我知道我是否离开对简来说根本没什么影响，对他来说我只是一个妹妹。"晨珀努力让自己看起来伤心欲绝，"你瞧，对他来说我只是个没长大的孩子，而你才是可以视为恋爱对象的女人。其实他不是不喜欢你，只是他那种性格，不希望女方太过强势，他更需要一个温柔的女人，而你连让他开口说这些的机会都没有给……"再说下去她自己都要信了！

伦娜的眉头却皱得更紧了，盯着她的眼底浮起疑惑："我以前在哪里见过你？"

该不会话太多被认出来了吧？

然而在拉斯维加斯那次毕竟是七个多月前的事了，而且还是在晚上匆匆一面，晨珀又化了很浓的烟熏妆，伦娜疑惑了半天依旧没想起来。

晨珀才刚刚松口气，却看到一旁有个保镖走近伦娜，在她耳旁低语了一句，下一刻伦娜立刻朝她投来愤怒的目光："你就是那晚带走简的女孩！"

明明是简墨准带走她好吗！

伦娜好不容易平息下来的怒火再次被点燃，这次不必她吩咐，几个壮硕的保镖已经朝她走来，其中一个揪住她的手臂将她摁在地上，另一个则按住了她的另一只手。

伦娜从其中一个保镖手里接过一根高尔夫球杆，踩着高跟鞋脸色阴冷地朝她走来。

意识到对方要干什么，晨珀惊得连汗毛都竖了起来，惊慌失措的瞬间，脑中除了父母，还闪过简墨准的脸。真是太冤枉了，如果简墨准真是她男朋友倒也算了，偏偏她追了这么久，两人还是朋友！一点便宜都没占到却要被当成情敌对付，好亏！

伦娜扬起高尔夫球杆的时候，晨珀惊惧地闭上了眼，然而预期的疼痛并没有到来。

身后传来杂乱的脚步声，她听见伦娜略带失措的声音："简？！"

简墨准来了？

晨珀被压得动弹不得，连想要转头去看都办不到。直到那些杂乱的脚步声来到身旁，两个保镖松开了她，一双有力的手将她抱了起来。

那是她第一次从他一贯冷静的脸上读出焦急。

"有没有事？"他的声音里甚至透出一丝紧张，而晨珀只是愣愣地看着他。

她的外套早就在车上挣扎的时候被扯破了，头发也因为被按倒在地而凌乱无比，嘴唇更是苍白，此刻一言不发，完全是一副被吓到的可怜模样。

"贱人！"伦娜咒骂的声音自一旁传来。

简墨准的眸底掠过冷意，他瞥了眼身后被警察制住的女人，冷淡开口："麻烦你们亲自送她上飞机。"

"简！你不能这么对我！乔尔先生很重视我……"

"我想你弄错了。"简墨准轻轻握住面前女孩冰凉的手，将她整个揽在怀里，语调平淡而冷漠，"我爷爷重视的是我是否有交往对象，而这件事从头至尾都和你没关系。更何况……"说到这里，他顿了顿，转头再次瞥向对方，"你现在动的人是我交往中的女朋友，所以在你回莫斯科后，一定记得向你父亲转达我的不满，合作已经取消，我不希望再在我女朋友身边看到你。"

"这不可能，就为了她？这太可笑了！简……"

伦娜之后说的话简墨准没兴趣再听，他揽着晨珀大步朝外走去，发现她脚步踉跄地跟着自己又停了下来，将她打横抱在怀里后才又继续朝外走。

说来也可笑，伦娜所在的这栋别墅，还是乔尔家的人替她安排的，而她竟然在他的地方动他的人，真不知道该说她大胆还是愚蠢。

别墅外，车和司机已经等在那里了。

两人上了车，晨珀垂着头依旧一言不发。

简墨准摸了摸她的头发，有些无从开口，最后只是道："我先送你回去。"

回去的路上，他仔细检查了她的手和手臂，还好只有一些被抓出来的瘀青，见她缩在那里不说话，简墨准犹豫片刻后将她抱进自己怀里："抱歉，这次是我的疏忽，我应该第一时间就安排她离开的。

Amber，别这样什么话都不说，我会担心。"

男人身上有浅淡而宁和的熏香味，清雅怡人，将她包围其中。他说话的时候气息就停留在她额角，车子偶尔有轻微的颠簸，便有柔软温热的触感贴上她的额头。

晨珀不是吓呆了，而是高兴得蒙了，甚至有点不敢相信面前的男人是真实的。

追了他差不多五个月了，她几乎快要放弃了，现在这是因祸得福——春天终于来了吗？

不行，她得冷静，好好思考一下。

然后晨珀便这样冷静了一路，直到车子停稳他打开车门，揽着她下车，打算送她上楼。上一刻还一动不动的女孩，突然踮起脚使劲搂住他的脖子。

"怎么了？"他扶住她的腰，微微俯身迁就她的身高，使她不至于踮脚踮得那么吃力。

她不说话，只是用柔软冰凉的双手搂着他的脖子不肯放，身体似乎在微微发抖。

他摸了摸她的头发，还是托起她的腿弯，将她整个抱进怀里。怀里的女孩又小又软，蜷缩在那儿几乎没什么重量，却依然固执地搂着他的脖子，最后甚至将冰冷微颤的脸颊贴在了他的颈窝。

简墨准突然后悔就这么轻易将伦娜送走，应该给她一些更深刻的教训，好让她这辈子都牢牢记得。

得到通知下楼来接晨珀的米拉："……哟呵，这是被人打残了吗？"

"你还好吗，Amber？"米拉不太敢靠近那个高大的男人，他此刻拧着眉，脸色看起来有点可怕，"你……要不要下来？"

"没事，我抱着就可以。"简墨准冲她点了点头，"今天谢谢你。"

"呃……应该是我说谢谢，Amber是我的朋友。"米拉还是不敢太靠近他，于是绕到他身后去看晨珀的脸，却发现想象中被打残的好友正扒着他的脖子忍笑忍得全身发抖。

晨珀看到她，用口型朝她说了句谢谢，然后抱着简墨准用轻微而颤抖的声音开口："我怕……别离开我……"

米拉打了个冷战，是被恶心到的。

"没事，我在。"

"她说要废了我的手，让我以后都拉不了小提琴，我好怕……"

"放心，我在。"简墨准将手臂收得更紧了些，"我陪你上去。"

"嗯……那你不能离开我……"

"好。"

米拉恶心归恶心，好友的忙还是要帮的，她领悟了晨珀的意图，适时开口道："简先生，不好意思，我们住的公寓很小，实在不方便。如果您那里方便的话，这几天可以帮我照顾一下Amber吗？学校那边我会替她请假。"

简墨准这次没有犹豫太久，其实她现在这种状态他也不太放心，于是朝米拉颔首："也好，那我暂时先带她回去。"

"好的，谢谢您！我上去给她收拾一些东西，马上就好！"

就这样，在米拉的助攻下，晨珀顺利地被简墨准带回他的住所，并在那几天里，将两人的恋人关系完全确定下来。

那时，他也像这次一样，照顾她，给她做饭，无微不至地照顾她。

简墨准不是个话很多的人，甚至根本不会安慰人，更别说像唐晗那样随时随地地张口就来的甜言蜜语。可是他会无声地替她做好一切，在她需要的时候陪着她，这种陪伴和照顾并不刻意，却体贴入微。

她喜欢吃什么，不喜欢吃什么，习惯用的东西，爱吃的甜食，甚至晨起后的洗漱习惯……只要看一次，他便能记住，并亲力亲为，不需要其他人动手。

后来她回想，以他的睿智，应该在带她回住所后没多久便发现了她是假装害怕，以及这么做的意图，但是他并没有多问什么，只是每次看她表现出"害怕"时，眼底会带上淡淡的纵容和笑意。

他总是愿意宠着她，可能因为年岁的差距，他眼里的她还只是个孩子。

而一年后的现在，她才发现，这种宠爱是因为相信。他愿意去相信她，不管在她身上发生了什么，即便被拍下可以作为"证据"的照片，即便连认识多年口口声声说爱她的唐晗都不相信她，他却连怀疑的念头都没有。

唐晗关心和在乎的是他自己的感受，而简墨准，他更关心她的情绪。

晨珀再次醒来的时候，身体已经没那么难受了。

她原本就是受凉才会发烧，休息了一个晚上，又有人端茶递水地照顾，加上她本来体质就不错，到第二天下午的时候已经完全退烧了。

窗外雨已经停了，室内温度舒适，晨珀只披了件薄外套，坐在客厅落地窗边的地毯上，看着下方人来车往的城市。有阳光自阴云的间隙透下来，丝丝缕缕地投在落地窗旁铺着米白色地毯的原木地板上，为素白的公寓添上了生动明媚的色泽，看得人心情大好。

"声世那边，我让方谌给你请了假，你可以等到整件事平息后再回去上班。"简墨准弯下腰，将瓷白到近乎透明的茶壶杯碟搁在她面前的矮几上，骨瓷茶壶里是刚泡好的水果茶，碟子里则搁着曲奇饼干。

他在她对面坐了下来。

阳光落在男人白皙的脸颊和形状漂亮的嘴唇上，晨珀脑中浮现的却是他吻她时的模样，他嘴唇的温度，他舌尖探索的力度和味道，还有她的反应……她尴尬地挪开视线："谢谢。"

替她倒茶的手顿了顿，他嗓音微沉："你打算每一次都说谢谢吗？"

晨珀语塞，只能努力让自己面无表情，转移话题："方谌和谁请假的？"

"唐晗。"

她闻言立刻看向他。唐晗和简墨准合作过，自然也认识方谌，方谌替她请假，也就代表简墨准替她请假。以方谌的作风，搞不好这会儿唐晗连她住在简墨准公寓的事都知道了。

他似乎料到了她的反应，手仍在倒茶，视线却一直没从她脸上移开，见她看向自己，缓缓道："有什么问题吗？"他的神情虽淡，眸底却压着一丝不悦。

晨珀当下明白过来，他这是会错意了："没有。"

她并不是顾忌唐晗知道她在简墨准公寓这件事，而是对简墨准无声宣示主权这一态度表示惊讶。只是单纯请假，直接打给祝霍就可以了，他是电子乐部监理，她的顶头上司，方谌也认识他，根本不用惊动唐晗。

毕竟，他曾经轻描淡写地告诉她，玩够了就回来，言语中半句都没提及唐晗，似乎完全不把他和她的关系当回事。

她还以为，他是真的一点都不在意。

傍晚的时候，简墨准去了附近的超市，她才退烧，加上是个伤患，自然没有跟去。

她手机的电量早在昨晚遇袭后就耗尽了，方谌送衣服的时候给她带了新的充电器，但后来因为发烧也没顾得上充电。这会儿一个人在公寓，想到卢辰那件事，打算上网看一看，于是上楼从房间的物品里翻出充电器开始充电。

手机刚开机，便有一连串消息进来，基本都是未接来电，显示的号码大部分是同一个。

她并不打算回，随手点开微博，却发现原本定在周五澄清的节目照片已经发上了网。"约会对象神秘女子原来是节目伴奏"的标题一目了然，还贴出了她和卢辰录节目时的演出照。简墨准的办事效率一如既往地高。

原本在她微博下面大骂的粉丝纷纷留言道歉，虽然有不少人仍在讨论昨天卢辰去她公司接她的照片，但也有很多人赞她人美气质好，又有才华，可以理解卢辰为什么会和她做朋友，并表示朋友之间一起吃饭再平常不过了。

总之，有道歉的，有赞美的，有仍怀疑的，也有路过看戏的……信息爆炸的时代，网络比任何一部电视剧都更百转千回，更加精彩。

晨珀一条条地看来，觉得啼笑皆非。

成百上千的留言里，有一个微博名为"白天不懂夜的黑"的留言引起了她的注意。这人对今天网络上的澄清照片大为不屑，直称自己认识生活中的晨珀，说她本人就是个绿茶婊，仗着模样单纯，在交响乐团勾搭上司，各种混富二代圈，靠关系往上爬。这次和卢辰的事根本不是什么误会，她的的确确在录节目时仗着合作关系故意接近他、勾引他。要不然以卢辰这种咖位的大明星，怎么会送一个名不见经传的小提琴手回家，还去公司接她下班，这分明就是打着朋友的幌子倒贴卢辰。可惜卢辰居然上当了，估计根本没想过这么一个模样单纯的女孩会是个心机深沉的绿茶婊。

虽然这人的留言引来卢辰粉丝的攻击，说相信的人并不多，但晨珀还是隐隐觉察到了点什么。毕竟，"勾搭上司"和"靠关系上位"这两点，若不是现实里认识她的人，是不可能编出来的。

正思忖的时候，手机突然响了起来。

晨珀没接。

片刻后，电话断了，来了一条信息："接！别逼我打给你爸妈！"

电话再次响起的时候，晨珀皱眉接听了。

"在哪里，给我地址！我过去接你！"唐晗的声音带着压制不住的怒意。

"没必要。"

"我从今天上午开始就一直在打你电话！你想养伤也好，暂时避风也好，我都有地方给你住！别去麻烦别人！"他的气息不稳，似乎很勉强才能让自己维持冷静，"晨珀！我耐心有限，你最好乖乖听话！"只要一想到她昨天整晚都和简墨准待在一起，他就克制不住自己的情绪，恨不得把她生吞活剥了！

"不顺你的心意就是不听话？我为什么要听你的话？我和谁在一起跟你没关系。唐晗，我不明白到底是我说得不够清楚，还是你对我的意愿根本无所谓。"

"我说过了，我很后悔那时没有正视自己的心，我知道你生气，但再怎么样这是我们两个人之间的事！你要怎么发脾气和我闹都可以，但是简墨准不行！我知道这次的事我没有第一时间相信你是我不对，但我只是太在乎你，晨珀——你根本不懂我有多在乎你！"

"你在乎的是你自己。"有些话，她原本不想说，"唐晗，我知道那天我和文蕊说的话你都听见了。我和简墨准之间的事，你无权插手也插手不了。没有我和你，只有我和他。"她是喜欢唐晗很多年，可说到底，和她谈过恋爱的只有简墨准。真正的恋爱，和单方面的喜欢是不一样的。就算后来她排斥、害怕、逃离、躲避……那也是她和简墨准之间的事，任何人都无法插手。

"晨珀！"他咬牙切齿，几乎用尽全身力气才能阻止自己砸烂电话的冲动，"你到底要我怎么样？你说！"

"单纯的上下级关系，别再插手我的私生活，尽量离我远一点，或许可以交个新女友。"

"不可能！"怒吼之后，是电话被强行中断的忙音。

唐晗没有忍住，到底还是将手机狠狠地砸在地上。

怒火和妒火交织在一起，简直要把他活生生烧成灰烬，从来没有一刻让他感觉自己如此失控。他花了那么长时间，好不容易才看清自己的内心，明明伸手可及的女孩，他又怎么能放弃！

她离开的这几年，他身边几乎没有断过女人，各种类型的，或清纯或妩媚，偶尔还会在酒吧一夜情。即便从她离开的第一年就开始想念她，他也从来没亏待过自己。

然而，很多时候当身体满足了，心却会莫名其妙地空起来。不知道是不是总是太容易得到，那些女人从来没有一个能在他身边停留很久。

这么多年过去，他甚至已经将思念当成了一种习惯，甚至觉得哪怕她回来，再见到她，也可以像现在这样，一边念着她，一边继续和别人交往。

但他很快就发现，不行。看不见她，和看得见她，是两回事。

心里念着想着的人就在触手可及的地方，他根本没心思再去和别的女人逢场作戏。就像那会儿她在另一座城市的大学，他既想见她，又忍不住戏弄她，故意在她面前和她的女同学暧昧约会，可每次和别人出去时，却忍不住打听有关她的一切。

再后来，他已经认命了，一心一意只想要她。

可千方百计想要捧在掌心好好喜欢的女孩，居然语气冷淡地让他去交个新女友！

简墨准。

他反复咬着这三个字，想到那个男人的家世背景及完全不输自己的容貌气质，他第一次感觉到了心慌。

会输？

他自嘲地笑了笑。

到底是将会输，还是……早就已经输了？

Chapter 17

一直都是你

　　唐晗的电话让晨珀很不舒服，尤其是搬出她父母威胁她这一点。

　　电话挂断后，她拔了充电线，捏着手机在二层来来回回地走，考虑要不要先给爸妈去个电话？

　　可这件事今天已经被澄清了，过两天等风波过去就能彻底平息，她现在主动提起，除了让他们瞎担心之外没有任何好处。

　　想了想，她给唐羽琦去了个电话。

　　对方关注着网上的情况，以为这通电话是事情解决之后好友打来聊天的，结果遇袭、发烧、入住简墨准公寓这一系列事情惊得她直骂"shit"（该死）。

　　"你和简墨准单独在一起真的没问题？"整件事她是唯一的知情人，"你可别过几天就失踪了……"

　　"他……不会对我做那种事的。不管他对别人怎么样，他对我都不会这样。"

"你确定？"

"嗯。"

"你确定就好。"

"还有，我和你哥的事，我想你也知道一些。他最近有点钻牛角尖，尤其涉及简墨准，你如果有时间，帮忙劝劝他。"

唐羽琦沉默了片刻："你和他真的不可能在一起？"

"嗯，如果从来没有遇到简墨准，我可能会考虑，但现在是真的一点可能都没有。"

"也好，虽然他是我哥，但他那么花心，如果你真和他在一起也太亏了！"唐晗这几年的状况唐羽琦是很清楚的。虽然是同胞哥哥，但她还是受不了那种明明心里喜欢一个人，却能和不同女人上床的男人。

和唐羽琦聊完电话，晨珀的心里也安定了几分。手机原本就没充多少电，一个电话打完又快关机了，她想回去继续充电，却发现自己所在的房间有点奇怪。

她是聊电话时无意间走过来的。

这套公寓的二层除了卧房和书房，只剩下西面的这个房间。之前几次经过她都没有在意，因为门是关着的，她以为是置物间，可现在才发现里面空荡荡的，什么家具都没有。

三面墙，朝西一扇半拢着窗帘的小落地窗，地面上散着一些她没见过的工具，靠窗处搁着一把简单的椅子，以及一张极大的长桌，靠墙的则是一些被防水布包裹好的物品和几桶油漆。

整个房间没有任何装饰，只有漆成烟灰色的墙壁和深棕色的地板，天花板上坠着吊灯和一圈射灯。

单调到粗糙，色调风格都和这所公寓格格不入，却有些诡异地似曾相识。

直到这天晚餐时晨珀才想起来，那种诡异的似曾相识感是因为她一年前曾在简墨准的公寓见过类似的房间。

晚餐吃的是西餐。

芦笋培根意大利面、水果沙拉、奶油蘑菇汤，菜式清淡，味道却非常好。比起中餐，简墨准做起西餐更加拿手，简直是大厨水平。

用餐时，他依然话不多，而她尽量避免开口，导致餐桌的气氛有些低迷。

"决赛曲准备选哪首？"

突然听他问，晨珀有些愕然。先前几天被绯闻缠身，她差点忘记他一直在关注自己这次比赛，甚至连比赛的重量级评审单泽修，都是因为他的嘱托才会回国担任比赛评审的。

"还没选好。本来这几天想试试手的，不过琴之前被人弄坏了，手又伤了，现在也没办法。"她是打算等到变态粉丝被抓，她安全有保障之后再去买一架新的电提，随后再选曲，决赛是在四月下旬，应该来得及。

"方谌明天中午会送几架电提过来，你到时选一架就行。"这事他昨天就着手在办了，只是还没来得及告诉她。

"真的不用，我现在伤还没好，也拉不了，等过几天拆线了，我自己去买。"以他的习惯，这几架电提恐怕便宜不到哪里去，她已经收了他一把不知道多贵的木提"怀念"，又怎么肯再收第二把。然而一想到"怀念"，她又觉得现在是个好机会，当下便提出要把"怀念"还给他。

见他没第一时间拒绝，她便缓缓继续说道："其实我早就想还给你了，只是一直没找到机会。那把小提琴太名贵了，平时我练习用不着这么好的琴。"

直到她说完，男人依然没开口，他拿起银色的雕花沙拉夹，取了些水果沙拉放入她的盘中，这才抬眸看她："你不是很喜欢那把琴？"

那么好的小提琴谁不喜欢！关键是太贵了！能被小提琴收藏家胡崇光错认的琴，想也知道会有多贵。

"那把琴真的太贵重了，我就算留着也不敢用，所以……"

"为什么不敢用？"不知道是不是她的错觉，他凝视她的眼神似乎有一丝无奈，"那把琴就是做给你的，送给你，它就是礼物，你想怎么用都行。你把它还给我，它就只是一件作品。"

"做……给我的？"晨珀一时有些反应不过来。

"你不是很喜欢Messiah？"他搁下叉子，侧头喝了口水，"那把琴是完全仿照Messiah做的……"

"等一等！"晨珀的脑中闪过些念头，赫然打断他，"你的意思——难道那把琴……是你做的？！"她一时激动，直接站了起来，结果动作太猛，碰翻了桌上的水杯，顿时一片混乱。

简墨准起身扶起杯子，取了餐巾去擦，面前的女孩却压住他的手，抬着头用迫切的目光看着他，那双黑色瞳孔里透出的惊讶和专注，让他的唇角渐渐扬起一道浅淡而温柔的弧线。

当初决定做这把琴的时候，他还曾被人调侃过，说他不懂情趣寡淡乏味，居然连送女孩的礼物都和他的工作相关。在对方看来，哪怕这架小提琴做得再好，也不如首饰、香水、化妆品、衣服、包之类的东西。毕竟对女孩而言，那些东西更有吸引力，也更浪漫。

所以去年她生日的时候，他送出的礼物是一条MIO的小礼服，并非这架小提琴。

要不是后来赛前演出临时出了状况，他让方谌送"怀念"过去救场，他可能永远也不会知道她这么喜欢这把琴。

他抚上她的脸，用指腹在她柔软的面颊上摩挲："真正的Messiah我没办法给你，所以就自己动手做了一把。"这把琴，差不多花了他大半年的时间，面板、背侧、琴颈、指板……每一处的木料他都精挑细选，耐心打磨。原本是想给她一个惊喜的，所以一直没说，哪知她却忽然离开，导致制琴的过程一度停滞。

还好，最后他还是完成了，并且有机会坐在舞台下，看着她用这把琴完成演出。

"我很高兴，你是第一个用它演奏的人。"

晨珀看着他怔了许久都没说话，下一刻突然转身朝楼上走。

西侧的房间门被推开，她伸手摁下墙上的开关，明亮清澈的光线流泻而下，整个房间透亮无比，几乎没有一处黯淡死角。她走到靠墙处的防水布前，弯腰掀开，下面果然都是木料，不同的防水布包裹着不同的木料，但基本都是她熟悉的——乌木、云杉木、枫木。

原来这里是制造间！

她喜爱木提，自然也研究过手工小提琴的制造过程，正是因为知道，她此刻才更震撼，她很清楚一个能仿制出斯氏琴音质的手工小提琴制作师意味着什么！

而她居然到了今天才知道。

黑帮背景、藏品商人、得奖的小提琴手、小提琴制作大师……所有这些，很难让人相信居然会同时存在于一个人身上！

他到底，还有多少她不了解的事？

从方谌口中得知异装癖变态粉丝被抓获的消息时，晨珀长长地松了口气，这意味着她终于可以搬离简墨准的公寓回自己家了。

水深火热都不足以形容她这几天的日子。

她之前想得太简单了。即便不是一起睡，两个人在同一屋檐下，也多的是各种微妙的尴尬时刻。

她以为他会很忙，不说早出晚归，白天也总要外出处理些事务或者和人应酬饭局之类，结果这几天除了去超市之外，他没离开过公寓半步，两人几乎朝夕相对。

方谌还是照计划送了几架新的电提过来，连配备的音响都一起带来了。他过来时简墨准在楼上，开门的是晨珀。

一共三架，两架是全镂空的，一架黑色乌木，一架白色吉他造型，还有一架是酒红色的五弦琴，这多出来的一弦是C弦，低音部分能兼容中提琴的音色，晨珀还是第一次见。

晨珀自从在声世选中两架超贵的电子小提琴后，就恶补了一些电子小提琴的知识，现在大致能看出面前三架琴的价格，一时有些沉默了。

"不选吗？"方谌有些不解，先生前天夜里就吩咐他去办，还特意让他送到公寓来给她挑选，"都不喜欢？还是都喜欢，不知道选哪架？"

"不是……"

"三架都留下吧。"开口的是简墨准，他一身黑色居家服立在楼梯上，身形挺拔而优美，垂眸看向他们。

她不是这个意思呀！

最终晨珀还是选了酒红色的五弦琴，半吉他造型，拿在手里极有质感。其实多一根弦的小提琴她从来没拉过，也没把握能拉好，不过因为好奇想试试看。反正拉不好最多不用那根弦，并不影响她演奏。

只是这小提琴一选，她欠简墨准的就更多了，前一把琴还可以说是礼物，这次却不同。虽然他明显不在意这些东西的价值，但她还是朝方谌问道："这琴多少钱？"哪怕贵一点，至少知道了价格她可以先存钱再还。

方谌笑了笑，朝她道："这三架电音小提琴都是和先生有生意往来的商家赠送的，并不是买的。"见晨珀有些疑惑地看了眼简墨准，又看着自己，他笑容不变，"晨小姐还有其他事吗？没有的话我这边收拾完了还有事要办。"作为一名特助，表情管理也是一项必修技能。所以，无论他这会儿心里有多为自家先生不值，笑容依旧要如同春风般和煦。

商家赠送的……才怪！

简墨准前天得知她的琴被砸碎后，就吩咐他去购买新的电提，且牌子款式都是指定的。换句话说，这三架琴其实都已经买下来了，她真要喜欢，都留下也可以。只是不知为什么，昨晚他又接到先生的电话，让他隐瞒购琴的事，还说若晨珀问起，就说是商家赞助的。

赞助个鬼啊，她又不是明星，参加个小比赛而已，哪个商家会赞助这么贵的电提！

虽然他只是助理，但他也是个男人，且是个自认为非常了解女人的男人。

男人为喜欢的女人花钱那是天经地义的，只是，花钱也得花得值得啊，要让对方知道，要让对方感激，借机获取好感。

像简墨准这样花了钱还硬要说没花的，他真心无法理解，都不知道他图什么！

更何况如果他没记错的话，先生很少有说假话的时候，即便在某些事上不愿意说或是不方便说，他通常也会选择不置可否或直接拒绝对方。

大概是方谌的模样非常有说服力，晨珀没有在电提的价格上再发问。

有了琴，自然可以开始备曲。她虽然暂时还拉不了琴，但备曲是没问题的。

晨珀以前都习惯在网上选曲，虽然练习时要打印，但可以直接听。所以她那间小公寓里的乐谱书并不多，都是些学过的，以及自己有兴趣的。

而简墨准楼上的书房内，竟然有整整一面墙的书柜摆放着各式乐谱书和CD，从古典乐到现代乐，从大热的名家到冷门的只出过几首曲子的作曲家，应有尽有，有不少她竟连听都没听过。

晨珀看到这面书柜时，忍不住在心里叹息。她以为这套公寓他只是偶尔暂住，现在却发现他的的确确有在这座城市长住的打算，不然谁会花工夫购买这么多乐谱。除开乐谱书，其他几面墙也基本被填满了，很大一部分是外文原版书，从经济类的专业书到科幻小说，种类十分多样。

乐谱书和CD的摆放按照作曲家名字的首字母顺序，每一个格子对应一个英文字母，二十六个格子大小不一，错落有致地形成一面漂亮的白色书墙。在晨珀看来这完全是强迫症的表现。

决赛曲目她心里已经有了大致方向，她的优点正如单泽修总结的那样：音准好，情感表达能力丰富，临场不慌乱，缺点是对过于冗长的纯古典乐非常缺乏耐心。所以她要么挑选时长较短、节奏欢快的古典乐，要么干脆演奏现代乐，DJ OKAWARI的轻音乐和久石让的曲子都是她很喜欢的类型，再不然直接拉Diana的*Purple Passion*（《紫色激情》），粗暴、简单、直接地表达自己有一颗现代乐的心……

幸亏，简墨准这里收藏丰富，她可以慢慢挑选。

晨珀左手有伤，取低处的书和CD倒没什么问题，有本乐谱搁在最高一层的格子内，她踮起脚伸手刚刚可以摸到书，她试着用手指将书往外勾，力度却始终差了点。正考虑要不要去搬张椅子过来，一只修长白皙的大手在这时从她头顶越过，轻而易举地拿下了书。

晨珀转身，春日午间的明光下，高出她一头有余的男人正侧首看着拿在手里的乐谱书："里姆斯基？"

他一手插着裤子的口袋，一手举着书。从她的角度正好能看见他下颌至锁骨的线条，干净清隽的弧线，修长的脖颈，还有露在柔软居家服之外的一点锁骨，令他整个人看起来有种温润而禁欲的气质。

他将书递给她："你想拉《野蜂飞舞》？"他稍一思索便明白了，这首取自歌剧《萨旦王故事》第三幕第一场的名曲，的确很适合她。

"只是备选。"她接过书，翻看出版社资料和版次，"毕竟马克西姆的经典演绎少有人能超越。"马克西姆是跨界音乐大师，这首古典名曲经过他的改编演绎，既有古典曲的风韵，又能显现出现代电子音乐的气质。她想要拉好这首曲子不难，只是珠玉在前，她怕自己的演奏不够特别和出彩。

晨珀还有其他乐谱要找，想着先把手里这本放到一旁的书桌上去，然而一抬头，发现面前的男人正垂眸看着自己。

他和她之间的距离似乎比刚才近了一些，原本替她取下乐谱的手也越过她耳侧，搁在了她背后的书架上。

近距离看简墨准，总让她有种难以言述的压力，不光因为那件事产生的畏惧感。或者说，随着他越来越频繁的出现和靠近，那种她以为的单纯的畏惧，早已混杂了其他的情绪。

就像是经过了漫长冬眠之后逐渐复苏的动物，或是终于冲破黑暗自地底发芽的种子。

那天在电视台被困的电梯里，当她清楚地认知到自己的想法时，一切都不一样了。

她再不可能在面对他时，继续保持一种畏惧而疏离的态度，把两人之间的界限划分得清清楚楚。

"为什么？"看着离她越来越近的男人，晨珀终于还是忍不住问，"你为什么要来找我，甚至比以前对我更好？你到底想要什么？"她承认，自己懦弱、无用、任性，遇事只会逃，再见面也不敢坦言求证。怕他会用理所当然的目光无声肯定，怕他陌生的冰冷模样，怕连他喜欢她这件事都只是她自以为是的错觉。

若不是这几天的相处，她感觉到他对她的情感和在乎，她一定不会问这些话。

男人低头凑过来的气息在她嘴唇前停住，他看着近在咫尺的恬淡面容，轻声道："你。"话语的尾音消失在他侧头吻下来的动作里。

她被圈在他和书柜的中间，并不像上次那样完全动弹不得，可是她没有躲。

男人的气息如同醇厚的美酒，熏得人微醉。

从浅浅的吮吻嘴唇，到深入她口中的探索纠缠，还有逐渐在她腰身收紧的手臂，以及他靠过来的温热胸腔，他的每一个动作和呼吸，她都清晰地感受到了。

简墨准在吻她。

光是在脑中产生这个意识，就让她的心泛起一丝又一丝的酥麻。

然而，在这个吻开始之前，他回答她的是什么？

你？

是的，晨珀。

他的Amber。

——我想要的，一直都是你。

面对禁欲如同神父的简墨准，她可以撒娇装可爱，甚至不顾脸面地卖萌，只为让他多看她一眼，更爱她一分。她甚至在心里幻想着被他壁咚、地咚、车咚的场面，最好是强势而令人战栗的那种，要知道越是清隽温润、冷静理智的男人，女孩就越想看到他为自己失控的模样。

曾经，她以为终其一生都不可能的事，如今，频频上演。

然而这样的简墨准，她完全招架不住。

在书房的时候，她被壁咚了整整十几分钟，到最后气喘吁吁腿都软了，都不知道自己是怎么坚持下来没窒息的。

之后，晨珀婉拒了他的下午茶和甜点，把自己关在卧室里用手机对照着乐谱书试听选曲。

直至夜幕降临，他第三次来敲门让她下楼吃饭，她才掩着依然红肿的嘴唇出了卧室。还好，他的餐桌礼仪一向非常好，晚饭吃得平静和谐。

饭后她帮忙收拾并清洗了碗筷，又一头扎进曲海——认真程度连她自己都觉得发指。

快九点的时候，她实在撑不住了，眼睛看得发痛，头也有些昏沉。卧室里有自带的浴室，除了第一天，之后她洗漱都是在这里进行的。

洗澡出来时她就觉得渴了，但忍住没有下楼，抱着手机开始刷新闻和游戏。

恒温的公寓虽然舒适，但温度高了也越发让人口渴想喝水。临近十点，她终于忍不住了，将房门开了条缝，外面静悄悄的。她探出头，旁边书房的门缝下漆黑一片，并没有光线。

她估摸着简墨准应该睡了，他的作息和他的性格一样，严谨有序，极有时间观念。

为了不发出声音，她连拖鞋都没穿，光着脚悄无声息地下了楼。楼下没有亮大灯，只剩下墙角处儿盏刻意留着的昏黄夜灯。

她踩着地板，一路来到岛式厨房的置物台旁，摸到杯子倒了杯水一口气直灌下去，这才长长出了口气。

为避免夜里再口渴，她重新倒满了一杯水，准备拿上楼。

然而转身的时候太着急，晨珀的膝盖撞在身后的置物柜上，柜门的质地十分坚硬，她感觉像是撞上了石头，甚至能听到非常响亮的"砰"的一声。

她扶着置物柜，好歹稳住了手里的杯子，可膝盖上的疼痛却让她差点背过气去，实在太疼了！她咬着下唇没让自己叫，她不想吵醒简墨准。

然而，身后很快传来脚步声，厨房区域骤然被明净的光线照亮，简墨准几步来到她身边，扶住她摇摇欲坠的身体："撞到了？怎么不开灯？"

看他这速度，绝对不是从楼上下来的。

晨珀抬头，顿时石化。

男人只在腰间裹了块浴巾，上半身竟然是赤裸的。他头发湿漉漉，平日里打理清爽的额发此刻软软地垂在额前，身上还有未擦干的水珠，肌肤泛着沐浴后独有的微红，透着薄荷的清香。他的肩膀宽阔，腰身紧窄，身体的线条优美而强悍，六块线条分明的腹肌简直标准得没天理。

他平时穿衣风格简洁却也严谨，即便是夏天，衬衣也总习惯扣到最高一颗纽扣，颜色以黑白灰为主，毛衣或是休闲服也多是圆领。到刚刚那一刻为止，她见过他身体最深入的部分不过是锁骨。

所以她完全无法想象他此刻的模样。

这一刻，她才明白男人所谓的"穿衣显瘦，脱衣有肉"究竟可以养眼到什么地步。

晨珀下意识地咽了咽口水，直至被他打横抱起搁到沙发上，面前的男人半蹲下查看她膝盖的时候，才涨红着脸回神，脖颈僵硬地努力移开视线。

她绝对不承认是因为看到了什么才在瞬间回神——只及大腿的浴巾，再加上下蹲的动作，他一定是故意的！

晨珀按住眼睛，感觉身体快被掏空了……

"很疼吗？你等等，我去拿医药箱。"他的心思却完全在她撞伤这件事上。

晨珀抖了抖，还是开口道："在拿医药箱之前，你可不可以先穿一下衣服？"对方没有回应，她抬头，微微分开手指，从指缝里看向他。

简墨准侧身站在离她不远处的灯光下，回头看向她的视线里带着一分探究，天花板的水晶吊灯光线明亮而柔和，有闪耀如钻石般的细微光点折射在他身上。

这个距离看只裹着浴巾的他，感觉更震撼了。

晨珀面无表情地咽了咽口水，移开目光瓮声瓮气地道："先去穿衣服，简墨准。"

晨珀下楼倒水时只穿了件及腿的套头长卫衣，膝盖是露着的，所以上面被蹭破了很大一块皮，白嫩的皮肤上泛着血丝，颜色对比强烈，格外触目惊心。

简墨准替她用碘酒消了毒，没贴创可贴，也没包纱布，伤口接触空气会好得比较快。

给她上药的时候他已经套上了居家服，依旧半蹲在沙发前，一言不发地给她处理伤口。不知道是不是她的错觉，总觉得他的表情过于淡漠，看起来似乎有些不悦。

周围的空气因为他的沉默而变得凝滞，室内格外安静，以至于他关上医药箱时的细微声音也显得异常清脆。

"谢谢。"内心充斥着各种微妙尴尬的晨珀几乎在同时站起身，准备回房间。哪知刚一起身，就被简墨准重新按回了沙发。

他的力度并不大，大概是怕碰到她膝盖的伤口，然而被他这么按着，她压根动弹不了。

"怎么了？"她着急离开，语气不由得重了几分。

他默默注视了她片刻，开口道："你太明显了。"

"想避开我没有关系，但我不想看到你再为这种事受伤。"他的表情并不温柔，眸底甚至还带着告诫的意味，直白地向她展露他的不悦。

然而，用这种方式表达出来的关心，似乎比纯粹的温柔细语更令人心动。

她突然觉得他好会撩……

意识到自己跑偏的思绪，晨珀忙回神："我知道了。"

他低低"嗯"了声，伸手揉了揉她的头发："上楼梯时小心点，没什么事早点睡吧。"

以为又要被"咚"的晨珀松了口气，尽量用不那么急迫的速度上了楼。身后，男人的目光如影随形，直至她拐过楼梯转角，出了对方的视线范围，紧绷的精神才彻底放松下来。

之后两天，各种微妙的尴尬时有发生。

几乎二十四小时待在一起的孤男寡女，多的是不可言说的时刻。晨珀每天都被电得不要不要的，感觉再这么下去总有一天自己会忘记那件事重新沦陷……

所以当方谋带来变态粉丝已被抓获的消息时，晨珀有种终于解脱的感觉。

当然，还需要她去一趟公安局配合调查，确认罪犯模样。但这些都是小事，她当下表示为了方便，要简单整理一下东西再去公安局，这样结束后可以直接回去。

"你今天就要搬回去？"方谌下意识地瞥了眼简墨准，后者端着一杯茶坐在沙发上，闻言只是动了动眼帘，并未出声。

"是啊，都一个星期了，这阵子谢谢你帮忙照顾。"晨珀见简墨准没开口，和方谌道谢后就上楼去整理东西了。

她原本是空手来的，之后用的衣物及其他日常用品都是方谌和简墨准陆续买的，现在要走，她只收拾了自己穿过的一些内衣和居家服。

卧室的柜子里还挂了四五套搭配好的春装，这几天她都没出过门，自然也没穿过。这些衣服她没动，只选了一件深红色的长款收腰风衣穿在身上——她来时被剪了袖子的外套早被扔了。

比起黑白色，她更喜欢鲜艳明亮的颜色，所以刚才下意识地拿了这件外套。然而衣服上身后，她才发现这件衣服无论是做工还是质地都非常精致，款式也很好看，她明明不算高，风衣腰带一收却显得整个人都修长起米。

感觉价格应该不便宜，不过穿都穿了，她也不想矫情再换，反正简墨准买的东西都不便宜，没准儿一换换了件更贵的。

为数不多的内衣和居家服被她卷卷塞进了背包，那架红色电提她也拿上了，走下楼梯时，晨珀发现简墨准竟也换好了外出的衣服。

白色休闲衬衣加黑色毛衣开衫，下身是黑色休闲西裤，简单清爽的款式，却硬是被他穿出了T台模特的感觉。

"我陪你过去。"简墨准接过她手里的背包，说完便走向门口，显然没有给她拒绝的余地。

晨珀歪头看他一眼，无声地跟了上去。

晨珀没想到，会在公安局见到卢辰，显然他是因为变态粉丝一案来配合调查的。

这件事虽然因他而起，但他是公众人物，而且犯人作案和他并无直接关系，他就算不亲自过来也说得过去。

经纪人陪在他身边，另外还有一个助理跟在一旁替他拎着东西。大概是考虑到卢辰身份特殊，民警给他提供了单独的房间，两个年长的民警一个提问，另一个负责笔录。

因为是同一起案子，晨珀也被带到了这间屋子。房间的门原本是关着的，冷不丁有人进来，卢辰的经纪人立刻警惕起来，见到来人是她，眼中警惕减半，冲她点点头算是打招呼。

卢辰还在回答民警的问题，中途抬头看了她一眼，视线不着痕迹地扫过她身旁的高大男人，最后停留在她的左臂上，眼神有些莫测，显然已经知道了她夜晚受袭的事。

说到底她这次完全是被他连累，要不是他被记者跟踪拍照，那个变态粉丝根本不会找上她。偏偏这个男主角半点事都没有，她却又进医院又发烧，回想起来真是心塞。

晨珀不待见卢辰，只当他透明，带路的民警示意她先去另一张桌子旁坐下稍等片刻，她便径自去了。两位老民警结束卢辰那边的工作，便来她这边处理。

先前她受伤报警在医院缝针时，就有民警过来做过记录，这次主要是再复述一遍，然后认一认人。晨珀是先去认了人才过来的，这会儿只要做完笔录并签字就行。

据说民警抓获变态粉丝时，在他独居的屋内墙上发现了卢辰大量的海报，凡是和他同镜头出现的女艺人，脸部都被换成他自己的照片——化了女妆的那种。上面也有晨珀和卢辰被拍到的照片，她的照片不光头部被挖了，身体也被钉子钉满，连她曾发在微博上的照片，也被他打印下来，去手去脚钉在墙上。

晨珀听得有些毛骨悚然。

民警说幸好是抓到人了，主要还是犯案那晚他的装扮太惹眼，被监控拍下，又有目击者曾见过他，这才让心细的民警顺藤摸瓜找到了他的藏身地。

他们会请精神科医生对他做出精神评估，不出意外，他下半辈子都会在精神病院里度过，这比判个故意伤害罪关几年再放出来要有保障得多。

毕竟这类人会做出什么事谁都说不准，要是关几年被放出来，搞不好还会找晨珀报复。

笔录过程很快，签字结束后，民警理了理资料，便示意他们可以走了。

晨珀站起身，却发现卢辰一行人还没有离开，他原本在和经纪人低声说话，见她结束，便起身朝她走来。

"对不起。"他的视线重新落在她的左臂上，"我没想到延迟澄清绯闻会连累你受伤，你还好吧？我听说你在比赛，伤口对你会不会有影响？"

对方诚心道歉，晨珀再不待见他也不能当没听到，但也不想和他说太多："已经没事了。"

"那就好。"他笑了笑，似要离开，目光却又在她身上停留了会儿，"红色很适合你，你穿这件很漂亮。"

晨珀没说话，她第一次被人称赞却感觉不到丝毫愉悦。

"对了，我用我经纪人的手机给你发一个号码，你记得存下来。以后如果再遇到类似的麻烦，可以直接找我，不用通过他。"

卢辰从脸色不佳的经纪人手里接过电话，晨珀正要拒绝，却有人先她一步开了口。

"抱歉，请别做这样多余的事。"开口的人是简墨准。

卢辰询问伤口、赞美晨珀，他都没有打断，一直立在旁边，安静得仿佛不存在。但事实上，以简墨准的气场，即便站在那儿不开口，也没有人能忽视他。

"多余的事？呵呵，如果她之前有我的号码，直接打给我，这件事可能早就解决了。"卢辰微微一笑，他一早就在猜测对方和晨珀的关系，以及与这次剧照提前放出有无关联。

这次提前放照的事，是电视台那边直接决定的。原本电视台捂着剧透照不发是为了节目宣传，但涉及卢辰，电视台不可能不和他们通气就私下决定，对此，经纪人自然不会拒绝，但也以此向电视台要求后期更多的资源。然而之后电视台提前放照，经纪人几乎是在照片上网时才得到消息，编导说是高层那边的决定，所以连他们得到消息时都为时已晚。

简墨准微微眯起眼："不会。"

"你说什么？"卢辰被这种简洁的说话方式搞得莫名其妙。

方谌笑了笑，非常礼貌地开口："我来解释吧。先生是在说，就算晨小姐有你的号码，这件事也不可能尽早解决。毕竟当初找人曝出绯闻的是你，事发后又怎么可能轻易解决呢？"

简单一句话，却如同重磅炸弹，别说晨珀，就连站在卢辰身侧的经纪人都微微变了脸，他看着卢辰瞬间僵硬的脸色，这件事的真实性已不言而喻。

"看来，卢辰先生的经纪人也有些了解不及时的事情啊。"方谌的语气越发礼貌了，"那么，我们就不妨碍几位处理内部问题了，再见。"

相比方谌的周到热络，简墨准仅仅朝对方经纪人微微颔首，便拉住晨珀的手，径自走了出去。

娱乐圈里的事向来复杂，真真假假从来没个准儿。

卢辰自编自导的原因，简墨准没有兴趣去深究，总归不会是出于好意。对他来说这件事很简单，把要保护的人保护好，适当的时候让她知道应该知道的，其他的麻烦他都会替她解决。

被保护的当事人表示，真相来得猝不及防，没及时反应过来踹卢辰一脚让她很心塞……

周六，《我是大明星》在S城卫视及各大网络平台播放，这是这档节目第二季的第一期，电视台非常重视。各类宣传铺盖之下，再加上之前曾被炒上天的卢辰和神秘女子，节目的收视率相当惊人。

相比逐一出场的明星，晨珀的镜头最后被控制在一个很微妙的平衡点上。她的镜头多为侧脸和全身镜，唯一的正脸特写也是在灯光黯淡的时候，不会太过出挑引起观众热议，也没有一刀切沦为背景。

相比去年第一季刻意突出的素人伴奏，这回算得上相当低调。

晨珀估摸着这应该不是原来的播放版本，改动的原因她不清楚，但没有绑着卢辰刻意炒作，让她心里觉得舒服不少。

她的确想要成名，尽早登上S城艺术大剧院的舞台，正大光明地在父亲面前拉响Messiah——虽然她现在有了简墨准送的"怀念"，但这两把琴的意义不同，她对Messiah有着长达十多年的执念。所以她之前对这次演出并没有抗拒，想着以自己拉小提琴的实力再搭配电视台的曝光，可以缩短奋斗的路程。

然而，后期一系列的事早已让她打消了这个念头，依靠小提琴本身出名和博人眼球出名是完全不同的，她还是老老实实拉她的小提琴吧。

周末之后，晨珀返回声世上班，其实她手臂上的伤还没拆线，但临近四月，乐队演出场次增多，还有即将到来的艺术节活动，让整个古典乐部都非常忙碌。

之前她就听林栋说过，乐队先后走了黄珏和文蕊，人手方面虽谈不上不足，但就怕会有尴尬情况出现，所以他希望需要时晨珀可以去串个场，毕竟她本来就是拉古典的。

她的拆线日是周二，原打算周三再回去上班，然而周日祝霍亲自打来电话询问她伤势如何，在家还是在医院，听闻她伤势无大碍已回家后便让她周一就回去。临近艺术节，电子乐部二十来号人也个个都忙，她暂时不能练习没事，可以先熟悉谱子，熟悉演出流程和安排。

电子乐部监理都这么说了，她当然不能觍着脸继续宅在家，周一早便打车去了声世。

快到声世的时候唐晗来了电话，她关了声音只当没听到。她就知道，以祝霍的个性，怎么会打电话来催她上班？而且她受伤请假的事，方谌当初是直接找的唐晗，如果不是他说的，祝霍又怎么会知道，还一打电话就问她在家还是在医院，这也太明显了！

唐晗为了逼她现身，通过下属曲线救国的事都干得出来，周一一准儿堵在她楼下，还好她不笨，早了两个小时出门打车。

时间尚早，晨珀上了十一层后，发现向来清冷的电子乐部已经来了不少人。她在电子乐部虽然也待了几个月，但因为都是各练各的，其他人演出通告忙碌，所以这里面起码有一半人她不认识。

自然，这些人里也有很多不认识她的。

"哟，哪儿来的妹子，长得可真水嫩，我说，你找谁啊？是不是迷路了，要不要哥哥陪你去找人？"留着小辫蓄着胡子穿着皮衣的朋克风青年，一脸怪叔叔模样地拦在她面前。

"你放心，我不是坏人，我叫韩柯，是田艾丽专属乐队的贝斯手，今年二十一岁。"

才二十一？这位怪叔叔长得挺着急。

"小妹妹不要怕嘛，来告诉哥哥，你到底找谁啊？"

朋克青年又引又逗，一侧却传来断断续续的笑声。

"来找人却迷路的小妹妹"晨珀看了眼前方练习室门前笑得花枝乱颤的"霸道总裁"兼电音天后，面无表情地开口："其实我比你大。还有，小朋友你堵着我练习室的门了，麻烦让一下。"

"朋克风小朋友"搭讪无果，沮丧地去了。

"难得看到你这么早来。"田艾丽嬉笑着走过来。

她觉得晨珀来得早，其实晨珀也在感叹竟能在声世看到她，毕竟她这阵子演出很多，各种拍照宣传通告，基本忙得和艺人差不多了。这个时间能在声世看到她，估计也是因为艺术节的事。

果然，询问之后，田艾丽便和她说起了这次艺术节。

艺术节年年都有，各个地方都有，不过大大小小的艺术节里，这次即将到来的艺术节算是声势最浩大的。首先是因为它的跨地域性，由各大音乐艺术机构合办，全国乃至全亚洲各地的音乐家、艺术家届时都会前来参加。整个艺术节为期一个月，从四月二十七日一直到五月二十七日，每天都会有不同的演出活动。声世作为一家民办艺术机构，这次能收到邀请函和数量可观的节目邀约，可以说很被看中。

声世对这次活动自然也非常重视，为了在艺术节上大放光彩，训练彩排的时间都大幅增加。

不过这些都不算重点，田艾丽真正想说的是这次艺术节的首站举办地。

看着她一脸神秘莫测的笑意，晨珀觉得自己猜到真相了："该不会是……"

"对的，就是Z城！"

即将在家门口工作的好心情在一整天的演出流程安排会议，以及决赛备曲的忙碌中被冲淡得几乎微不可见。再算上其间唐晗几次三番的打扰，以及田艾丽频频飞来的眼刀，晨珀这一天过得可谓精彩纷呈。

但是，所有事情纠结在一起，都不及她下班后在大厦外的马路旁看到熟悉的人和车时内心的复杂程度。

他立在车外靠着车身，看模样应该已经等了一会儿了。今天是个和煦的春日，夕阳暖暖，在他身上镀了一层淡金色的微光，他清冷的五官和修长身形因而产生了油画般的质感。

这样一个面容无可挑剔，气场又强大的男人，落在谁眼里都是一道风景。晨珀下楼已经算晚了，可声世大厅及外面的广场上依然还有不少人没离开，几乎是清一色的女性，看着同一个方向，不时低声交谈，偶尔笑几下。

等晨珀弄清她们在看什么的时候，简墨准也已经看见了她，她只能硬着头皮走上前去："你怎么会过来？"

"怎么还没拆线就来上班了？"他很自然地接过她的背包，伸手将她被风吹乱的头发夹去耳后。

"电子乐部的监理昨天给我打了电话，最近比较忙。"对于他的举动，晨珀并没有阻止，最近天天被撩，现在这种程度根本算不上什么。只是她没放在心上的事，落在旁人眼里却是另一回事。

这个男人和晨珀什么关系！举止这么亲密，难道是男朋友？可是，晨珀不是他们家唐总已经半公开的女友吗？这会儿怎么又突然冒出另一个男人？

"看清楚了，那个身高、长相、气场都超过一米八的男人才是晨珀的正牌男友！"在众人疑惑的时刻，不知何时出现的田艾丽为大家答题解惑，"我们唐总和她只是朋友，会格外照顾她是因为唐总的妹妹和晨珀是关系非常好的闺密！以后可别再弄错了，晨珀的男友会不高兴的！"田艾丽憋了一天的闷气终于在这会儿散发干净，唐晗再喜欢晨珀又能怎么样，人家早就名花有主了。虽然她还是很喜欢唐晗，不过能看到不理睬自己的人被另一个人甩，田艾丽的心里诡异地平衡了。

那边众人议论纷纷，这边晨珀已经上了简墨准的车。

今天方谌没有跟来，简墨准自己开车，黑色A8，相比他的其他车，已经算得上非常低调了。这是他来国内后，她第一次看到他亲自开车。

当车子掉头驶入主干道，他开口询问她晚上想吃什么，晨珀才后知后觉地反应过来——这是在约会吗？

没听到她的回应，他侧首看向她，眸色深邃，眼底却带着温柔，只一眼便叫她心口悸动。

她忙目视前方，端正脸道："找家离我住处近点的就行，吃完我得早点回家备曲。"

"你家附近有日本料理店吗？"

"有是有，可我还没拆线，不能吃海鲜。"

"我知道，不过我之前去过一家日式餐厅，那里最出名的是鹅肝寿司，还有空运过来的和牛，只是地点不在你家附近，想不想去？"

他一定是故意的！

"要去吗？"

晨珀扶额咬牙，半晌才艰难地吐出一个字："去。"

闻言，扶着方向盘的男人轻提唇角，在车载导航里输入了目的地。

那家日料店位于一所星级酒店内，不算很大，但位置很好，可以一边观看日料师傅娴熟的烹饪技巧，一边俯瞰城市的夜景。

简墨准用餐时向来话少，大概因为她不能吃海鲜，他自己也没有点，只偶尔往她盘子里搁薄切的牛肉、鲜嫩的牛舌，还有肥厚多汁的鹅肝……一顿晚饭吃得比她想象中愉快多。

用餐快结束时厨师长过来和简墨准打招呼，对方向晨珀极力推荐了一款甜品，其实她这会儿已经有点吃撑了，结果还是没抵住诱惑。

那是一款白色巧克力球，很大的一颗摆在盘中，用热烫的黑巧克力淋上去，中空的白色薄巧克力球瞬间融化，露出中间摆成花形的精致蛋糕。这个甜品实在漂亮，分量也很足，晨珀挖到一半实在吃不下了，不知何时坐到她身旁的男人接过她手里的银勺，将她抿了一半的蛋糕送入自己嘴里。

晨珀有点木然地看着他一边和厨师长说话，一边神态自若地将她吃剩的蛋糕吃完，不知怎么地，脸上烧得慌。

讨厌，感觉又被他撩了……

觉察到她的视线，简墨准回头看她，用指腹将她唇角的巧克力汁拭去，又转头继续和厨师长说话。

晨珀突然有种自己正一步步滑入深渊的作死感。

还好，餐后他没再提出去其他地方，直接开车送她回了住处。但晨珀很快就发现，这么早回家并不是个好主意。

简墨准打开车门送她下车的时候，停在楼底不远处的另一辆车门也开了。

唐晗扶着车门，脸色阴沉地看着他们，一脸风雨欲来的表情。

Chapter 18

决赛

"简先生，谢谢你送我们家小珀回来，真是麻烦你了。"

唐晗上前说出这句话的时候，简墨准正低头将晨珀的外衣纽扣一一扣起，他的手指修长灵活，闻言只是微微一顿，便又专注于眼前的事，片刻后全部扣好。

唐晗被无视，脸上却也不露尴尬，直接伸手朝晨珀头上摸："晚饭吃了？"

晨珀对唐晗这种强大的心理素质和自说自话实在很无语，她刚刚站着任由简墨准替她扣纽扣就是为了让他看清事实，可他却能将这些全部忽视。眼看对方的手指即将摸到她，晨珀蹙眉想要躲开，但她身边的男人已经先她一步拦住了唐晗的手。

两只手一触即分，唐晗终是忍不下去了："简墨准，你到底什么意思！"

"唐总。"相较于唐晗几乎要化为实质的怒意，简墨准的神情平淡得几近漠然，"请你自重。"

只是四个字，却像一记清脆的耳光甩在唐晗脸上。

唐晗近一米八的个子，在普通人里已经算高了，偏偏面前的男人还比他高出了半个头，他几乎将晨珀全部遮挡在身后。印象里的简墨准素来一副寡言少语的清冷模样，不常笑，气场强大，却并不凌人。

可此刻，唐晗却清晰无比地从对方身上感觉到一股低冷的气压，就像是在告诫他已触碰到他的底线。

所以，晨珀就是他的底线？

唐晗觉得可笑，分明早就认识，那次他特意带着晨珀去和他见面的饭局，对方却能毫无波澜地看着他坐在一起，看着他对她各种亲昵。现在，不过几个月而已，他就碰都碰不得了？

"简墨准，我比你早认识她很多年，你只是一个后来者，不管你们在伦敦有过什么，都只是短暂交集，而且还是过去式。我已经清楚地明白了自己的感情，我和她用各自的方式喜欢了对方很多年，我们之间的牵绊不是那么容易断的。"

晨珀真不知道他哪里来的脸居然说出这种话，他到底有什么资格评价她和简墨准之间的感情？各自的方式喜欢对方？他那种游戏般的戏耍和暧昧也配称为喜欢？

"你……"她气得直笑，上前一步就想开口，却被身前男人拉住了手。

"你弄错了一件事。"简墨准的神色比之前更冷淡了，他将身侧女孩的手握在掌心，"我和她并未分手。现在，我仍是她的男朋友，未来，我将会是她的丈夫。"

说罢，他转身开门取下车钥匙，再度拉起晨珀："走吧，我送你上去。"

电梯门叮的一声打开，晨珀被一语不发的简墨准牵出电梯来到住所门前。

气氛古怪。

晨珀在对方的注视下拿出钥匙开了门，正想和他道晚安，却被他揽住腰身推进了门。

黑暗中，男人的唇落了下来，她的嘴唇被他的舌尖抵开，男人的气息瞬间充满了她的唇齿。略微有一点急促的吻，他侧着头，揽着她腰身的大手将她提了起来，压在了她身后的门板上。

晨珀有点被吓到了，身体不免僵硬，唇舌躲了几下，仍被他卷了过去。

许久，他才带着微喘松开她，寂静的室内他的喘息声落在她耳中竟有种致命的性感。尽管目前于她来说，和简墨准的关系还未明朗，可她仍然不想他因为唐晗的那些话而误会。

"你别听唐晗的，我和他根本没什么，我也早和他说清楚了……"

"我知道。"男人缓缓平复的气息落在她额前，温软的一个吻，仿佛之前那个激烈的吻只是她的幻觉。

墙上的开关被按下，他在门灯柔和的光线下凝视着怀里的人。对比仍停留在她嘴唇上反复摩挲的灼热指尖，他的神情平静清淡："抱歉，吓到你了，我只是，突然想吻你。"

他再这么撩下去她血槽绝对归零……

那晚之后，简墨准开始接送她上下班——相比他后来提出的让她重新搬去他公寓住的提议，晨珀退而求其次选择了前者。

然后毫无例外地，他每天都会带她出去吃饭。

尤其在周三她伤口拆线后，他带她吃了久违的海鲜——空运来的新鲜雪蟹和海胆，超大只的澳龙和生蚝，还有她已经吃上瘾的鹅肝寿司，鲜嫩的牛排，花样百出的甜品……

这是想把她喂成猪吗？

简墨准的表现几乎让声世所有人都默认了他的晨珀男友身份，而根据唐晗秘书的闺中密友的小道消息，唐总这阵子脾气相当暴躁。看情况，这件事并不像田艾丽先前说的那样——妹妹和晨珀是闺密，他和晨珀只是朋友。

众人隐约嗅到了大秘密的味道。

四月，就在这样暗潮涌动的日子里无声过去，转眼便到了决赛日。

四月二十日，周六，声世器乐大赛决赛在S城艺术大剧院的华音厅举行。艺术大剧院是S城最大的文化中心和中外文化艺术交流的桥梁，音乐剧、话剧、交响乐、室内乐、歌剧、芭蕾等大型演出都在这里举行过。声世也在这里举办过多次交响乐和室内音乐演出。历届声世器乐大赛的举办地点不一，艺术院校、星级酒店、电视台都有，但是在艺术大剧院举办还是首次。

华音厅是大剧院三个剧场里大小居中的那个，台下可以坐近五百人，除了有电视台的人来主持及录制播放外，也会邀请各家媒体记者及乐界同行现场观看。

评审方面，除了复赛那五位评审外，又新增了一位格莱美奖获得者出任评审。论专业，这个格莱美奖获得者不一定比得过单泽修，但单单这个头衔就能吸引不少的目光，更多地像是声世宣传比赛的一个噱头。

得知此次决赛地点的当天，晨珀就给老爸去了电话，觍着脸表示这次比赛要在艺术大剧院举行，算不算是完成他要求的以独奏身份登上艺术大剧院的舞台？结果自然是被老爸一通教育，末了又问她决赛选的哪首曲目。

当时距离决赛还有段时间，她并没有选定，只告诉父亲可能会拉单曲，这类作品更能展示演奏者的技巧，易加分。所幸从小到大她参加过不少赛事，舞台也没少上，晨父并没多追问，只嘱咐她好好练习，不能懈怠。

决赛不再限制曲目，二十四位选手可以自行选曲，规定曲长不能少于三分钟，不得超过六分钟，少于三分钟取消比赛成绩，超过六分钟会被叫停，但不会影响比赛成绩。决赛时可以使用伴奏带，或者自带伴奏人员，伴奏人员最多不能超过五位，伴奏器乐除钢琴外都需要自己携带。

决赛规则比起复赛要宽松合理得多，让部分心有余悸的选手松了口气。

晨珀临比赛前三天还在到底是拉纯古典还是现代乐之间纠结，古典乐她最后选定的不是大热作品——爱德华的《随想曲，作品17》，这是一首突出技巧的欢快曲子，也就是常说的小提琴炫技小品，小提琴主奏，需要钢琴伴奏。这首曲子她以前拉过，技巧方面不是问题，然而电提的手感毕竟和木提不同，尤其她现在使用的还是五弦电提，拉是能拉，但加上钢琴伴奏，她总觉得怪怪的。

权衡再三，她最终还是决定以现代乐参赛。现代乐的伴奏就好办多了，直接用伴奏带就行。

田艾丽对她比赛的关注度简直胜过对她自己，晨珀一换曲，她就第一时间过来听壁脚了，听完后很是不满："居然用伴奏带，你这是故意放水给我吧！"

"输给你不好吗？"晨珀不在意地反问。

"哼，我可不占你这便宜，临时换曲找不到伴奏的人吧？"田艾丽笑嘻嘻地说，"我把韩柯他们借给你好了，反正比赛那天他们也要帮我伴奏，多你一个不多咯！"

晨珀有些意外，侧头注视了她许久，田艾丽被她看得浑身都不自在，以为她不领情，刚想冷嘲热讽几句，晨珀却忽而冲她笑了起来："谢谢你，田艾丽。"

那笑容很灿烂，女孩原本恬淡安静的脸上瞬间透出夺目耀眼的明媚。田艾丽感受着突然加速的心跳，很是郁闷地抚着心口：我该不会真的喜欢女人了吧……

决赛那天，简墨准也去了。

他低调地从侧门通道进入，坐在后排的靠边位置，几乎没几个人留意到他。

决赛的演出顺序不再依照初赛的号码，而是打散重来，共分四组，每组六人六个号码抽签。晨珀再次抽到了分组末位，好在电提组排在第二位，她第十二个出场，总算不用在后台坐到最后。

五百人的华音厅并没有全部坐满，前几排除了评审之外，坐的无不是各家媒体记者及乐界同行。台下正中央架着专业的摄影机器，加上把舞台照得纤毫毕现的明亮灯光，不少人在幕布后偷偷看台下时就已经开始紧张了。

偷看过台下情形的参赛者回到后台个个神情肃穆，有人插上耳机反复听比赛曲子，有人再次和伴奏确认等会儿的配合，也有人干脆拿出了乐谱不发声地练习。

田艾丽坐在一边，正和自己乐队的几个人开着玩笑，商量晚上去哪里聚餐，气氛轻松得可以。

感叹完人与人之间差距的参赛者们，又转头看向另一边伏在化妆桌上闭目养神的晨珀，紧张的时候看看这两位，似乎能缓解一下紧绷的情绪。

晨珀是真的在睡觉，该练的早练熟了，这会儿也没什么可看的。她八岁就开始上台，那个年纪还不懂什么叫怯场，等到懂的时候，由于经验丰富，她早就已经习惯了舞台。

最近她一个人待着的时候，除了练习就是睡觉。她和简墨准相处的时间越多，潜藏在心底的不安便越发蠢蠢欲动。毫无疑问，简墨准对她而言依旧有着致命的吸引力，也因而让她重新陷入矛盾的泥沼。

很多问题她不愿去想，下意识地得过且过，于是只能多睡觉。

后台紧张的参赛者等得焦心，然而比赛正式开始后，时间却仿佛快了起来。

演奏加评审点评，平均每人五到十分钟的时间，晨珀很快被工作人员叫醒，众人看着田艾丽专属乐队的人跟着她二度出场，都诧异了好一阵。

有人觉得她大胆，连竞争对手的乐队也敢用，不怕被故意下绊子？

也有人觉得她运气好，这支乐队里人人都是舞台经验丰富的高手，有他们伴奏，即便一会儿她的演奏中途出点小问题，他们也能第一时间反应过来将曲子继续下去。

晨珀选的这首现代乐，其实并不比《随想曲》简单多少，毕竟*We Will Rock You*（《我们将震撼你》）原本就是皇后乐队具有代表性的摇滚曲目，她是在戴维的小提琴版本上再做改编的。

戴维有全世界速度最快的小提琴手之称，他的版本已经很快了，高潮处音符如瀑布般华丽连贯地倾泻而下。她没有改节奏，打算按原速演奏，不过降了调，为的是能够使用这架电提上的第五根弦，她今天将会用小提琴拉出中提琴的部分音色。

这对习惯了正常小提琴的人来说是一个很难的改动。毕竟四根弦各自对照G、D、A、E，一般人早就习惯这四根弦的音准把位，贸然多一根C弦，就算有一定的练习量，临场演出时也不能保证一定不出错。

晨珀心里其实没把这次比赛看得多重，挑战一下新的东西，反而让她认真不少。

演奏过程很顺利，有了架子鼓、贝斯及吉他的配合，整个演奏丰满而激昂。她是那种很容易专注于某件事的性子，也就是俗称的心定。

她以戴维的原速完成了全曲，就连特意跑来幕布后看她演出的田艾丽都被她这次的表演震住了。

外表看起来那么软萌的女孩，在拉摇滚乐的时候竟能让人如此热血沸腾！这已经是相当成熟的表演，演奏水准完全不在她之下。原本因为晨珀复赛时的表现，她还笃定自己肯定能赢，现在却觉得胜负结果还不一定。

曲子并不长，刚好卡在三分钟。

两位声世评审及一位专业赛事评审都给出了极高的评价，然而轮到单泽修时，场内却一时陷入了安静。

所有人都看着他，等待他的点评，而他却蹙眉注视着台上年轻的参赛者，眼底有一丝不明显的冷色。

正当主持人打算救场时，他开口打破了僵持的气氛。

"不伦不类。"毫无温度的四个字，再次让场内陷入冷寂。

坐在他身旁的白洛诧异扬眉，其他评审也有些不敢置信地看去，他们都以为是自己听错了。不应该啊，明明是非常完美的表演啊，而且复赛时她的表现还没有这么好，他也给了不错的评价，这是怎么了？

不断有人交头接耳的场馆内，单泽修冷苛的声音再度响起："小提琴手就好好做小提琴的表演，加什么C弦，为了展示你可以熟练拉出中提琴的音色？那我们还要中音提琴做什么？你还来参加小提琴的比赛干什么？"

几个评审脸色都很尴尬，也都顾不上参赛者的心情了，他们刚刚还极度赞扬，这会儿却被乐界前辈打脸，很没面子好不好！

"我不否认你的技巧，可比赛适度炫技叫聪明，炫技过头就是自作聪明！"然而，单泽修的话还没有结束，苛刻的挑剔一句接着一句。

台上，晨珀一直静静站着，没做任何辩驳——或许，单泽修并不需要她做任何回应。那次她在声世私下问过他，是不是对她有某种敌意——这纯粹只是她的感觉，但这种感觉很强烈。虽然他说过，他是因简墨准的拜托而来，但她能很清楚地感觉到单泽修对她的不喜。而当时，他没有给她任何答案，沉默本身似乎就已是答案了。

场内后排，简墨准缓缓拧起眉心。

第一排的左侧位置，西服笔挺的唐晗默默盯着台上的人，随后朝一侧的工作人员做了个手势。

主持人收到工作人员传递来的信号，忙开口圆场，感谢了单泽修的点评，又请钢琴家白洛继续点评。白洛看着晨珀的眼神多了些同情，避开单泽修的评价观点，气氛缓和了不少。然而单泽修到底是在场评审里最权威的一个，影响力非常大。

最终，决赛成绩公布，晨珀无缘电提组冠军，排名仅在第三。决赛四个分组都设有冠亚季军，其实她也算是获奖了，但这个奖拿得着实令人同情。

不过，晨珀今天的霉运并未就此结束。

领奖之后，晨珀在后台见到了一脸严肃的父亲。

快四月底了，春风里已夹杂着夏日的气息，晨珀降下车窗，花朵的甜香和草木的清爽芬芳被风送进车里。

这是个美好的傍晚，车子驶出市区后，沿湖滨大道一路朝近郊而去，沿途的美丽风景并没有让她的心情变好多少。并非因为单泽修毫不留情的点评，也不是因为错失冠军，而是在后台，父亲对她说的那些话。

"为什么要临时换曲？如果你今天拉的是古典乐，评审根本无从挑剔！"

"小珀，我知道你用的是电提。可就算用电提，也该有古典乐的矜持，为什么用现代乐参赛？这么多年古典难道都白学了？"

"我没有看不起，只是欣赏不来！"

"小唐说你最近和一个男性朋友走得很近，练习的状态不对……"

"我不是干涉你交朋友，也不会全听信小唐的话，你什么样的性格爸爸很清楚，不过你到底是女孩子，交朋友方面慎重一点好。"

"算了，回头我找小唐谈一谈，还是让他把你调回交响乐队去！"

"没的商量，你在电子乐部浪费的时间已经够了！你要明白，你的目标是交响乐队小提琴首席的位置！"

……

说到底，如果她今天比赛拉的是古典乐，即便还是遭到评审的批评无缘冠军，父亲也不至于这么生气。总是这样，从小到大，但凡涉及了现代乐，就会被父亲评价为不务正业。可在她心里，音乐无国界无类型，只要可以打动人，都是值得尊重和学习的作品。

晨父来去匆匆，因为生气，甚至连晚饭都不肯留下吃就买机票回了Z城。她送完父亲从机场出来时，在机场大门外看到了熟悉的高大身影。

他朝她走来，摸了摸她的头发，将她略凉的手牵在掌心："送完伯父了？走吧，带你去吃晚饭。"

"你怎么会在这里？"

"我听你说要来送机，就开车过来了。"

"你都听见了？"晨珀侧头看他，"我是不是不该用现代乐参赛？"

他垂眸看她，再次摸了摸她的头发："先去吃饭，等吃完饭，你就有答案了。"

晚饭的餐厅位于城郊风景区最贵的那个区域，三层楼的古典建筑，透过大片明净的落地玻璃窗可以将外面的湖光与散落湖面的岛屿尽收眼底。

她接过简墨准递来的菜单翻看的时候，包厢里又进来一个人。见到对方时，晨珀才明白简墨准说的答案是什么意思。

相比她的怔愕，单泽修看向她时的表情十分淡漠，似乎一点也不意外会在这里看到她。他脱了外套，在圆桌靠近简墨准的那一侧坐下，接过服务生递来的菜单很熟练地开始点菜，偶尔还会向简墨准推荐一两道菜。

晨珀虽然早就知道，但到了这一刻，才有种简墨准和单泽修是朋友的真实感——毕竟，坐在斜对面的这个男人在几个小时前还当着几百个人及电视台的摄像机，毫不留情地将她今天的演奏批得一文不值。

她现在应该是拍桌而起大声质问呢，还是干脆摔门离开？

晨珀托着下巴叹了口气，还是算了吧，其实想想单泽修也没说错，她用小提琴拉中提琴的音域，的确过于炫技了，她在意的无非是他这些话对老爸的影响。真要怪得怪唐晗，要不是他，她爸爸根本不会特意飞来看她的比赛。

而且，她挺想听听简墨准承诺给她的答案。

晚餐吃得很安静，菜一道道上桌，大半都是湖鲜，但凡水产她都爱。简墨准和单泽修一直在聊天，中文夹杂着英语，都是和比赛无关的事，偶尔谈到一些器乐的专业性话题，再就是分享一些不同国家的美食餐厅。听对话，单泽修之前几年去过不少地方，不过都是独身一人。

晨珀不禁有些奇怪，他都四十岁了，居然还没结婚？想想也是，性格这么挑剔苛刻，独身也正常。

后来两人聊到简墨准的工作。

单泽修知道他在S城买公寓的事，虽然制作小提琴并不限制工作地点，但他之前长居英国，加上还有藏品生意，现在在这里总会有些不方便。

单泽修知道他是为了谁才在这里长住，视线便忍不住移到晨珀身上。

她正夹着碗里的虾去蘸酱油，边吃边用手机浏览网上的各类新闻视频。那只玉色的小碗里堆满了硕大的虾仁，那是不久前简墨准一边和他聊天一边剥的，他自己没吃，剥好一碗直接搁到她面前。

眼下他又取了一个干净小碗，在剔鱼肉。这是白鱼，鱼刺特别多，晨珀吃了一筷子就没再夹，他留意之后便又开始剔鱼肉。

单泽修喝了口酒，冷眼看着好友，有点无语。

他早就知道晨珀在简墨准心里很有分量，不过现在看来，这何止是很有分量，分明是喜欢到不行，简直当成女儿在宠。

这么个宠法，是会把人宠坏的。

两人同样单身这么多年，单泽修真的有点不适应这样的简墨准。

又是半碗鱼肉递到她面前，晨珀抬头，身旁的男人半侧着脸，眸色温暖而沉静。从她的角度看去，那件黑色的低领打底衫衬得他的脖颈格外修长性感，晨珀忍住了伸手摸一把的冲动，再度默默吃起来。

窗外，夜幕悄悄降临，湖面漆黑一片，只余远处岛屿上的点点星火和近处湖岸边的盏盏路灯。

桌上的菜已经撤了下去，换上茶具，泡了两壶当季新茶。简墨准去洗手间之后包厢里立刻安静下来，晨珀看了眼冲洗茶盏的人，起身准备同去洗手间。

"躲什么，怕我又骂你？"单泽修瞥了她一眼。

晨珀回了他一个"呵呵"。

"坐下吧，我知道你心里不舒服。"他冲好茶盏，倒了三杯茶，一杯递到她面前，"很多年前，我曾经见过一个和你相似的小提琴手，同样富有才华，也同样喜欢用一些特殊的方式展示自己的技巧。当然，也和你一样尚未成熟，因为用五分力甚至三分力就能做到别人要花十分力才能做到的事，所以不肯再多花费一分力气去做别人做不到的那些事。"

见单泽修沉默下来，晨珀忍不住问道："后来呢？"

"后来？"他眼底掠过一丝阴暗，语气明显变冷，"后来他拐走了我最爱的女孩。"

晨珀呆住了。

"每次看你拉小提琴，都会让我想起他。"

"抱歉，今天是我偏颇了，是我的失误。所幸，这并不是决定前途的赛事。"

晨珀托着下巴："世界级大师都像'您'这么任性吗？"

"我虽然有迁怒，但也是你自己给了我迁怒的理由。"单泽修的歉意来去匆匆，瞬间便恢复了本来面目，"你对你今天的表演满意吗？"

晨珀有些烦躁地拉着发梢："我觉得……还不错啊！你该不会也认为我不该拉现代乐吧？"

"不是这个问题。"对方转着桌上的烟盒，半晌还是抽了支烟出来，低头点燃，夹在指间，"你今天的表演是不错，但也仅仅只是不错，就像我刚才说的，你用五分力就做成了这件事，所以你不愿意再多花费一分努力。你知道学器乐的人，天赋和努力哪个更重要吗？"

"努力？"晨珀试探着问，毕竟他说来说去都是在批评她不够努力，不够认真。

"是天赋。"他笑了笑，"努力人人都能做到，天赋却是与生俱来不可改变的。我知道，你每次小提琴考级的成绩都是优秀，而且是近乎满分的优秀，从小到大也参加过不少地区性的小比赛，无一例外都是冠军。可你现在二十四岁了，还在一家知名度一般的民办乐团工作，演出甚至不是首席，参加比赛也仅是炫个技巧，敷衍了事。拥有大部分人都没有的天赋，却没有大部分人都可以做到的努力，你不觉得你的人生有点失败？"

天啊，他起初分明是和她道歉的，怎么说着说着又批评上了，还把她说得这么一文不值……

"上次给你的CD看了？"单泽修抖掉长长的烟灰，继续将香烟夹在指间，并不抽，见她乖巧点头，才道，"知道自己和他的区别了？"

晨珀沉默了片刻，才道："他全身心地爱着小提琴，非常非常热爱。"说来讽刺，这么深爱小提琴的简墨准自此不再拉琴，而她日日拉着小提琴，却难说自己究竟有多喜欢。

"你有天赋，有家人给你提供的环境，却不愿意付出十分的努力，你的小提琴很失败。"

他一字一句，缓慢清晰，却正中她的下怀。

晨珀试图解释，想说小提琴是父亲让学的，想说父亲的意向和自己的喜好相悖，想说自己不喜欢繁复冗长的古典乐……可是此刻这些理由说出来似乎都是借口。

最后她什么都没说。

简墨准还没回来，她这时也明白过来，他是故意出去把空间留给单泽修和她的。

指间的香烟早已燃尽，单泽修将它按入烟缸，开口道："别待在乐团了，不适合你。乐团注重整体性，不能太有个性，需要协作配合，这些你应该都不喜欢，固定模式会限制你的个性和思维。去参加比赛吧！我说的是真正的国际大赛，那种你可能在复赛就会被刷下来的大型赛事，那里高手如云，去参加之后你才会知道自己有多普通，在那种环境和压力下你才会更努力！不喜欢古典乐没关系，喜欢小提琴就行，把这个过程当作达成你梦想的必经之路。只有当你真正拉好了古典乐，才有资格说是否喜欢。也只有到了那时，你才有选择的余地！"

晨珀再一次哑口无言。

然而心中，却有一团小小的火焰开始燃烧。

从六岁学习小提琴至今，她似乎才发现，父亲的梦想和自己的梦想或许并不相悖。

当有一天，她能完全超越首席小提琴手这个位置的时候，就算是她父亲，也不会硬拖着她停留在那里。也只有到了那时，她才能真正自由地拉琴。

那天单泽修走的时候，从车上取了件东西递给简墨准："明早我就走了，礼物提前给你。"说罢，伸手拍了拍好友的肩膀，视线意味深长地从他旁侧的女孩身上掠过。

感觉到扫过自己的犀利目光，晨珀忍不住想起不久前在包厢里，单泽修最后说的那句和小提琴无关的话。

"另外，这是我的忠告，如果没有陪伴他一辈子的决心，就不要轻易给他承诺，有些事可一不可再。"

身为简墨准的多年挚友，单泽修最清楚不过，同样的事情，简墨准不能再经历第二次，他也不想再看到去年夏天时的他。

他这样性格的人，不善表达，习惯承受和收敛，再加上他又那么宠她，有些事他根本不可能告诉她。一路至今，他失去太多，单泽修一直以为好友不可能像个正常人那样去接受谁，爱上谁。可显然，他错了，无论晨珀是怎么做到的，事已至此，他也改变不了什么，只希望她别仗着简墨准对她的感情，再去伤害他。

然而，她还这么年轻，还没定性，身边也不是没有其他追求者。单泽修对她并没太大信心。唯一能帮好友做的，是将她从声世里拉出来，并让她更专注在学术上面。

单泽修驱车走了，他最后的话晨珀没有完全听懂，而对方显然不肯多说。

她叹了口气，单泽修当面送礼物的举动，提醒了她另一件事。

大后天是四月二十三日——简墨准的三十二岁生日。

去年他的生日，她还不是他的女朋友，提前准备了礼物，忐忑不安地打电话给他。他从家庭聚会中抽身赶来，却也因此让伦娜遭到冷遇，知道了她的存在，也才有了后面一系列的发展。

算起来，伦娜也是神助攻了。

转眼一年过去，这一年，发生了太多事。

以她现在的心境，再不可能像去年那样只是单纯地送他礼物陪他过生日。

"可结果你还是准备了礼物。"视频中，唐羽琦搅着杯中的水果茶，"你的身体还是很诚实的嘛……咳咳！好，说正经的，既然已经准备了就送吧，朋友之间送个礼物一起过生日不算什么，反正你也没答应他复合。"

"复合什么呀，在他眼里我们根本就没分过手。"晨珀一手拿着手机，一手摸着茶几上的手工水晶杯。这礼物其实去年她就已经准备好了，当时去工坊里做了一套，水晶杯曲线略弯，单看看不出什么眉目，两个贴在一起才会拼出一个心形。

去年她是想着先给他一个，等以后真和他在一起了，再送这一个。

后来虽然匆忙离开，但这个水晶杯她到底没舍得丢掉，且一路带来了S城。

"所以，你到底要不要送？"唐羽琦喝了几口茶，又道，"或者这么问吧，你到底准备和他怎么着？"根据晨珀的描述，唐羽琦不觉得她这位死党对"主动型的简先生"有任何抵抗能力——她压根就不想抵抗！她觉得晨珀应该已经意识到这个问题了，或许连答案都有了。

不出所料，片刻的沉默后，晨珀眸光平静地看着屏幕上的好友："我想和他坦白，告诉他其实那晚我都看见了，我知道他从不曾在我面前展示过的另一面是什么样子，并且我会试着接受。"

唐羽琦做了个"是不是我聋了"的表情："就算你现在知道他真的很喜欢你，可也不能把最基本的道德观念抛弃啊！"

"没这么严重。"

"不，就是这么严重！"唐羽琦虽然总喊着遇到帅哥不要放过，但正经事上她比谁都清醒严谨，"仅仅是他喜欢你，并不足以让你放弃这二十四年来所持的道德观和社会观。"

这一次，晨珀沉默了很久，久到唐羽琦怀疑是不是断网了，她才慢慢开口："羽琦，如果换作是你，换作是江枫呢？逃不掉，躲不了，又守不住自己的心，你该怎么办？"

唐羽琦叹了口气，当初简墨准再出现的时候，她压根没想过对方居然一没阴谋二没算计，就是纯粹来追回女友的！

"就知道你会这么问我。可你那位的情况真的有点特殊，退一步说，就算你和他开诚布公地谈过也在一起了，以后你要怎么和你爸妈解释？"

晨珀烦恼地揪着发梢，问题一个接着一个。她拉个现代乐她爸都能一通训，要是真知道了简墨准的背景，搞不好会揍死她。别人恋爱简单又甜蜜，她谈个恋爱怎么就这么复杂，当初在拉斯维加斯她就不该胡乱搭讪陌生人！

"别揪了，会秃。要不你先回来一趟？反正离他生日还有几天，你回来冷静一下，避开他，自己好好考虑一下。"

从S城到Z城飞机不过两个小时，今天又是周日，比赛结束了，下周六开始就是艺术节，地点就在Z城，即便她请假提前几天回去，声世那边也说得过去。

晨珀觉得可行，当下就用手机定了机票，行李也不收拾，要用的家里都有，只要带上钱包、手机和小提琴就行了。

临出门前，她还是给简墨准打了个电话："那个，我今天回一趟Z城。"

电话里的男人有片刻沉默："怎么了？"

"临时有事回家，不会待太久。"不会错过你的生日。

"需要我陪你回去吗？"他在电话那头低声问。

"不用，你放心吧，我一个人可以。"

"那好，自己路上注意安全，到了Z城给我打个电话，发个消息也行。"

"嗯。"

一个多小时后，晨珀人已在机场了。S城的机场不算太大，就一个航站楼，二楼出发，一楼抵达，出发口分国际和国内，抵达的出口却是不分的。

时间还早，二楼外面也没什么吃的，她便坐电梯下到一楼大厅找了家咖啡店，点了杯咖啡和蛋糕。

咖啡店侧对着抵达的出口，从她的角度恰好可以看见旅客一波波从里面出来，有三两成群的朋友，有亲密相偕的情侣，有温馨的三口之家，当然也有脚步匆匆的独行旅人。

晨珀的目光很快被一个修长的身影吸引住。快五月的暖春，那人戴着帽子裹着围巾还戴了口罩和墨镜，几乎把整张脸遮得严严实实，但从面部的线条依稀可以感觉到他的长相应该很不俗。

从出口至大门的短短一段路上，他吸引了好几个女生的视线，甚至有人举起手机拍他。

明星？估计是哪个明星吧，不然她不会有种似曾相识的感觉。

晨珀看了几眼又不在意地移开视线，经过卢辰事件，她对明星更加无感了。这个短暂的插曲很快被她抛去脑后，数个小时后，她已身在Z城机场。

手机开机后，跳进来一条陌生号码的短信。

晨珀点开一看，发现竟是方谌发来的，对方并没有加她微信，所以让她给他一个邮件地址，他有图片要发过来。

晨珀回消息给他："你直接加我微信吧，就是这个号码。"

片刻后，方谌发来验证，她通过后，对方很快发了张图片给她。

那是一张没有调好焦距的照片，大概因为拍摄的人太过匆忙，或者被拍摄的人只在镜头里匆匆闪过，因而抓拍得不太清晰。

但晨珀还是第一时间认出了照片里的人。

他是简墨准的上一任助理，也是导致事情走到今天这一步的那个人。

他站在人群里，戴着口罩和帽子，照片拍了他的大半张脸，虽然有口罩挡着，但还是能看到露出的那部分脸颊布满凹凸不平、颜色丑陋的疤痕。

她突然想起去年在咖啡馆的惊鸿一瞥，他朝她露出笑容时俊美到耀眼的脸庞，怎么会变成这个样子？

而且这照片，究竟是什么时候拍的？

他应该、应该已经死了啊？！

早在大半年前，西雅图那个迷离而陌生的夜晚，死在了简墨准的别墅里！

晨珀意识到什么，心跳得飞快，耳朵嗡嗡作响，仿佛能听见自己血液逆流的声音。她飞快地打字，方谌很快给了她答案：

"这不可能。照片是上个月拍的，在奥伦堡。"

Chapter 19

封藏的秘密

菲尔。

晨珀第一次见到他的时候，绝对没想到这个男人的名字会成为扎在自己心里的一根刺。

她和简墨准在一起的事，菲尔是除了米拉外，第二个知道的人。

他不仅是简墨准的工作助理，也是他的生活助理，简墨准公寓的一切琐碎事宜都是他在打理。她那次借口受伤住进简墨准的公寓，之后某个清晨，她穿着睡衣从浴室梳洗完毕出来，和打开密码锁从大门进入公寓的菲尔撞了个正着。

晨珀有些错愕，但对方显然比她更吃惊。

她前阵子追着简墨准跑，其间也见过菲尔几次，每一回他都朝她露出最温文礼貌的浅笑，这还是她第一次从他脸上看到浅笑以外的表情。

"你和先生……"话到一半，他似乎意识到自己的身份，便收了口。

其实根本不用问，答案是显而易见的。

晨珀在简墨准公寓赖了整整一周，其间，从装病要赖求安慰到求拉小手求抱抱，简直无所不用其极。

她至今都记得那个烟霞绚烂的傍晚，他在岛式厨房准备晚餐，她又一次在他面前装头求关爱，对方看了她一眼，没有回应，甚至没像之前那样露出关心。他缓缓将手洗净擦干，走到她面前，将她整个人横抱起来，随后放在餐厅长长的大理石桌面上，让她坐好正对着自己。

他双手撑在她身体两侧，微微俯身，眸光专注而深沉，甚至带了一丝严肃："我今年三十一岁。"

她有点被搞蒙了，只是怔怔点头。

"我……不是个适合恋爱的对象。"

她屏着呼吸不敢出声，生怕他下一句便是拒绝。

"我大你八岁，我们的成长背景不一样，性格也完全不同。严格来说，我们并不了解对方，一些你喜欢的东西我可能从来没听过，我喜欢的事你也可能完全没兴趣。"

晨珀越听越心惊，这分明是"你很好，我也很好，我们只是不合适"之类的经典拒绝台词啊！莫非因为她这几天太得寸进尺，终于让他忍无可忍了？

她虽然胆子小始终不敢直接表白，这时却发现要是自己再不开口，以后可能就永远没机会了！

"我知道你比我大很多，也知道我们之间有很大差距和不同，你说的我都知道，可是……我就是想和你在一起。"

有些话一旦出口，似乎就没那么难了："我知道一开始你对我印象不好，可印象那么差，你还愿意帮我。我也不知道自己怎么了，就像着了魔一样，总是想见你，想和你说话，想听你的声音。我没有谈过恋爱，不知道该怎么办，我只会约你见面。你每次答应和我见面，我都很高兴，又开心又不安，挑衣服就要花几个小时，晚上还会失眠，又担心见你时会说错话……"说着说着，她觉得自己有点语无伦次，明明想说的不是这些，可偏偏控制不了自己。

事实证明，她就只敢打擦边球，要她正正经经表白时，就怂透了！

好蠢，不忍直视，这个一直絮絮叨叨的傻瓜绝对不是自己……

对自己失望透顶的晨珀捂住眼，没看到面前男人深幽的眸底逐渐泛起暖色和宠溺。她双眼一闭，干脆抱住了他的脖子："就试试好不好？我们就试一下，如果不合适再分开……"

"不行。"他似乎想也没想，直接就说出两个字。

当面遭拒的感觉实在太悲剧，晨珀抱着他的脖子坚决不放手，假装不堪打击身体不适准备在他身上多赖一会儿。

然而这时，男人原本搁在桌上的手却自她头上缓缓抚下。她听见他的声音在耳旁响起，清冷微沉："如果我们在一起，只要我没有说分开，你不能单方面决定这段关系的结局。"

什么？！晨珀猛地睁开眼，身体却依旧靠着他一动不动。

"你同意吗？"男人的另一只手圈住了她的腰，将娇小的她揽入自己怀中。

"同、同意！"就算晨珀在感情方面再迟钝，这会儿也明白了过来。简墨准他不是在拒绝，而是——答应了？！

"你不必着急回答我，考虑清楚以后再给我答复。"

"不用以后，我已经考虑得很清楚了！真的！"她都追了他六个多月了！哪里还用以后！她收紧手臂，欢喜地将脸颊贴在他的脖颈上，从现在起，这个男人属于她了，"我要和你在一起，怎么样都行！"

片刻的安静，她甚至听得到自己胸口那局促不安的心跳。

"好。"他终是出声，手再一次从她发上抚过，将她抱在怀里。

其实算起来，从她和简墨准开始恋爱到她离开不过一个多月。

可对她来说，这四十多天，短暂却又漫长。

因为她能清晰地记住每一天发生的事，去了哪里，吃了什么，做了什么。他并不常在伦敦，她之前追他约他见面的时候，他没有应下的那些都是因为人不在伦敦。那时她只是他的朋友，也不能多问，以为是他刻意和她保持距离，恋爱之后正大光明地问他在哪儿，才知道他先前并非故意拒绝见面。

她搬回宿舍后的第二天，他因公事外出，晨珀即便再想见他也只能在电话里撒娇几句。然而次日傍晚，她刚刚踏出学校大门，便看见了等在路旁的菲尔。

"先生让我来接你。"对方朝她礼貌微笑，接着打开了路边的车门。

这一天，简墨准刷新了晨珀对约会吃饭的正常观念。她以为简墨准是提前回来了，让菲尔接她去吃饭的地方。结果菲尔却直接将车开去了机场——不是那种民航机场，而是私人的直升机机场。

直升机不大，客座只有面对面的两排，她从菲尔手里接过耳麦时，还在研究安全带的系法。

"我来。"坐在对面的菲尔凑过来帮她系好安全带，因为靠得近，对方身上的香水味传入她鼻端，很奢靡诱人的味道，以前似乎她有个朋友用过，是唐晗，还是羽琦？对方替她系好安全带，似乎也打算帮她戴上耳麦。

晨珀觉得对方实在靠得太近，忙表示自己来。

菲尔笑了笑，那笑容干净而明媚，却也坦然，晨珀顿时觉得自己有点多心。他是简墨准的助理，平日里习惯了照顾人，她现在是简墨准的女朋友，他多照顾一点也很正常。

"我们去哪儿？"

"比利时，先生在布鲁塞尔等你。"

所以说，她之前究竟是怎么把简墨准当成是保镖兼司机兼暖床的？这个男人，连约会吃顿饭都能跨个国，她居然还想着和他浪迹天涯，没钱的时候自己去街头卖艺……

这天正好周五，她和简墨准在布鲁塞尔度过了整个周末。

春天的塞纳河畔，配上哥特式风格的建筑，让人心旷神怡。他们去了圣弥额尔圣古都勒主教座堂，去了比利时皇家美术博物馆，还去了布鲁塞尔剧院听歌剧。

晨珀虽然拉小提琴，但并不是个文艺的人，她是一个偶尔小资、本质庸俗的女孩，喜欢看网络小说和美剧，喜欢唱K、咖啡店，可以将一下午时间都花在甜品屋里。

但她对简墨准安排的行程没有半点异议，他喜欢的东西她虽然未必喜欢，可是她喜欢他，所以也愿意去看一看他喜欢的那些东西。

在布鲁塞尔的几天，菲尔全程充当司机，身为助理，他的工作极其到位，对布鲁塞尔的大街小巷了如指掌，甚至能在堵车时随时改换路线。除此之外，菲尔对各美食餐厅也做过研究，早午晚餐没有一次重样的。

正因如此，晨珀虽然觉得浪漫的异国约会里多了个灯泡有点不完美，但也并不排斥。她只是觉得少了很多和简墨准独处的私密空间有点可惜，原本还指望着能在异国亲亲抱抱举高高——好吧，是她想多了，简墨准是个绝对的绅士，连订的房间都是分开的。

虽然他始终没对她说过喜欢，但晨珀对自己说没关系，本来就是她追的他，哪怕现在不那么喜欢，以后慢慢相处，他总会更喜欢她的。

其间简墨准有数个小时不得不去处理公事，考虑到她待在酒店难免无聊，他把菲尔留下给她，外出时可以充当翻译和司机。

比利时大部分人说法语，而她的法语很烂，也幸亏有菲尔，否则若简墨准不在，她只能待在酒店发呆。

也就是在这几天，她隐隐觉察到了菲尔的问题。

他对她，似乎有些热情过头了。

她不愿意这么想，毕竟对方本来就是助理，又是听从简墨准的吩咐照顾她，做事周到没什么不妥。可问题就在于，他对她实在太周到了。

她上车后，他会俯身替她系好安全带再绕去前面上车；喝咖啡时，他替她拿好糖奶、可可粉、纸巾，连吃蛋糕的一次性小勺都会剥去包装纸搁在她手边；走上人多拥挤的电梯时，他甚至张开手臂替她圈出空间。

电梯那回实在太尴尬了，因为他们是最先进去的，后来的人往里面挤，他便转身和她面对面站立，用背替她挡人。有人上来时，他便朝她靠近几分，那股奢靡诱人的香水味一个劲朝她鼻子里钻，到最后她甚至能感觉到他拂在她额头的呼吸。

说这是工作吧，总觉得有点过头；觉得有问题吧，除此之外菲尔并没有其他举动。

难道她真的想多了，这只是东西方文化差异造成的误区？

她和简墨准才开始恋爱，自然不想因为这种不确定的小小猜疑而抱怨，之后简墨准不在的时候她便留在了酒店。

也就是因为这次布鲁塞尔之行，她彻底爱上了欧洲的古典建筑和人文风情，她P了诸多美图上传朋友圈。羽埼来过几次英国和法国，意大利这样的热门国家也玩过，但欧洲这么大，还有很多她没见过的风景，尤其是没和晨珀一起玩过，于是便约着早晚要再来一次长长的假期，徒步于欧洲小镇，感受与东方完全不同的人文气息。

回到伦敦后，她和简墨准再见面，菲尔出现的次数便少了，一般情况下都是简墨准自己开车。她也很快把这件事抛去脑后，直到一星期后的某天，她才发现原来真不是她多想。

那天突下大雨，伦敦很少有这种暴雨天，五月中旬的温度原本就不高，大雨一下，整个城市又湿又冷。她中午还和简墨准发过消息，他是坐下午的飞机回来，准备晚上接她去吃饭。

在他看来，恋爱大概就是约会，而"约会=吃饭=喝咖啡=喝茶=逛街"。晨珀觉得可能是之前她追他时约见的次数太多，习惯成自然，所以确定恋爱关系后，两人的约会方式并没发生太大改变。

不过她到底是女生，能在见面时挽着他的胳膊撒撒娇，偶尔在他脸上亲一口，已经是极限了。

所以，当米拉问她简墨准床上表现如何这种异常深层次的问题时，她真的不好意思说他和她连接吻都没有……

因为下雨，飞机误点，菲尔恰好因为有任务提前一班飞机回来，便先来学校接她。

他直接进了学校，带着伞在教室外等她，刚下课的学生都很好奇地看着他，菲尔那张脸实在生得漂亮，甚至有几个女生上前搭讪要电话。

看着他略显局促的脸，晨珀忙上前："你怎么进来了？"

"先生飞机误点，他之前吩咐过如果他误点就让我先接你去他的公寓。"他转身，撑开伞，朝她伸手，"走吧。"

晨珀没有去握他的手，拢了拢单薄的外套，抱着背包走到伞下。

雨实在很大，撑着伞也抵挡不住摇曳的雨线，冷风一吹，她浑身湿冷，冻得有些发抖。菲尔忽然停步，将伞柄塞进她手里，随后飞快地将西服外套脱了下来披在她肩头，一手撑着伞，一手搂过她的肩膀，将她整个护在怀里。

晨珀完全没想到他会有这个举动，下意识地挣扎了下，结果他却抱得更紧了。

"麻烦忍耐一下，很快就到车上了，如果您感冒，先生会很担心。"他目视前方，还用了敬语，似乎完全没有其他意思。晨珀虽然尴尬，但这种大风大雨的时候也没办法计较太多，只能加快脚步上了车。

一路上晨珀都没和他说话，那种感觉又来了，她很不喜欢。

因为大雨，堵车很厉害，开到简墨准的公寓花了两个小时。

她自己下了车，朝电梯走，菲尔远远跟在后面。

"你先去忙吧，我自己上去就可以。"晨珀在电梯口将西装递给他。

菲尔接过，摇摇头："我送你上去就走。"

晨珀于是不出声了，两人走进电梯，她刻意和他保持了些距离。

上楼后，晨珀开了密码锁，再度赶人。

"我身上都湿了，可以进去拿块干毛巾吗？"他穿着衬衣，之前撑伞时又大部分偏向她这边，半个身体都被雨淋得透湿，此刻脸色苍白地看着她，笑容礼貌。

这个要求不过分，这到底是简墨准家不是她家，他常来常往，她也没什么借口说不，又不能为了她的猜测就做得太过分。

晨珀让开身，菲尔说了声"谢谢"，进门去了浴室拿毛巾。

她换鞋放包，开灯之后，被客厅全身镜里自己氲得乱七八糟的妆容吓了一跳，她可不想用这张脸迎接简墨准，忙取出湿巾擦拭。

将脸上乱七八糟的残妆擦拭干净，一转身，发现菲尔不知何时站在她身后，似乎已经看了她很久。

他的眼神和平时有些不同，晨珀眉头一跳，朝他道："你先走吧，今天谢谢你。"

"很漂亮。"他低低出声。

她没听清："什么？"

"就算不化妆，你也很漂亮，看起来像一个水晶做的东方娃娃。"他的眼底掠过一抹异色，突然快步朝她走来，双手扳住她的脸，在她唇上亲了一下。

晨珀崩溃！这是她的初吻啊！她怒火上涌，用力打开他的手，一脚踹在他腿上。

菲尔没有防备，被踹得后退几步，一脸受伤地看着她："Amber？"

晨珀恼怒不减，随手抓起搁在一旁的背包朝他打去："Amber也是你叫的！你以为你很帅啊！变态！"她用包狠狠砸了他几下，仍不解气，正想寻找更趁手的东西，却发现公寓的门不知何时开了，男人修长挺拔的身影立在那里，表情微怔地看着他们。

要换作以前，晨珀打死也不相信这么狗血的一幕会发生在自己身上。

她在男朋友的公寓，被男朋友的助理非礼，同时这一切还被男朋友目睹……这究竟是什么运气啊！

那天之后，菲尔被开除了。

感受到了男人的险恶，晨珀连着数日情绪低落，当然最主要的原因还是菲尔居然赶在简墨准前面亲了她——这话怎么感觉有点毛病？

"我没有勾引他！"事后，她向简墨准这样解释过，毕竟她有不良的搭讪前科——虽然她只搭讪过他一个。

男人将视线从电脑屏幕上移开，看向抱着他手臂半挂在他身上的女孩，他面容清冷，眸色并没有太大起伏："嗯。"

就"嗯"？没了？她知道他这两天很忙，少了菲尔，新的助理还没找，以前那些繁复杂乱的工作他都是自己在处理，可也不至于这个反应吧。

照理说，自己的女朋友被别的男人碰过，应该一怒而起壁咚她亲吻她，在她唇上狠狠烙下自己的印记，抹去别人的气息并丢下自己身为合法拥有者的宣言才对啊——言情小说里不都是这么写的？

难道是在生气？

可也不像啊，除了对这件事的态度，其他方面一切正常。

晨珀视线灼灼地看着他，恨不得在他身上戳出个洞，好深入他内心看看他究竟在想什么。

灼热的视线终于再次引得男人侧目，他合上膝盖上的笔记本电脑，看向她："饿了？"

才吃了午饭，饿什么啊！

他的大手在她头上摸了摸："冰箱里有我昨天做的乳酪芝士，自己去拿。"

见她不动，他放下电脑，去了冰箱那边拿蛋糕，装在瓷白的小盘里，还配上醇香的咖啡，搁在两人面前的茶几上："吃吧。"他在她脸上抚了抚，继续打开电脑工作。

晨珀有种身为宠物被主人投喂的感觉，她心不在焉地吃了几口蛋糕，又不死心地凑到他身旁，冲他仰起脸。

简墨准不解地看着她："怎么了？"

晨珀不说话，继续仰着脸嘟起嘴。

男人从茶几上抽了张纸巾，替她将唇角的芝士碎末擦拭干净。

晨珀郁闷地靠向沙发，感觉这么下去一辈子都亲不到面前这个男人了。身侧的男人偏偏还在这个时候靠近她，低沉道："还没擦干净。"

"没事，舔舔就好……"她的话音，被贴上她嘴唇的柔软中断。

男人的唇有一点干燥，但是很软也很温热，有她熟悉的浅淡熏香味，带着她完全陌生的触感。

她的心跳瞬间停滞，连舔在唇角的舌尖都赫然停住，直到数秒之后，感觉到自己舌尖抵住的嘴唇是他的，才慌忙将舌头缩了回去。柔软的舌尖不小心掠过他的唇，晨珀酥得连心肝都颤抖起来，睁着眼睛屏着呼吸一动都不敢动。

面前的男人闭着眼，睫毛浓密修长，鼻梁挺拔，眉宇间一片温宁柔和，侧着头在她唇上轻轻微吮。

她曾想象过被他壁咚是什么样的情形，以两人的身高差，一定是强势而炽热的；却从没想过，仅仅只是这样浅淡的轻触，就已经让她酥得头皮都快炸开了。

学校里大部分都是西方人或是美洲人，在这方面十分开放。读书快三年，她曾多次看到米拉和不同的男生抱在一起热吻，前前后后也有十多个，就连一直暗恋米拉的帕分，身边都换过三四个女朋友。她一直以为，接吻只是恋爱的第一步，就像咖啡上的奶泡，看电影时的爆米花，吃西餐时的开胃菜。虽然美好，但始终不算最重要的，有时甚至只是个形式。

直至此刻被他吻住，浅浅的轻吻就让她脑中炸开无数烟花，真的无法想象若有天他强势壁咚她，她会不会紧张得晕过去……

她不知道其他女孩第一次被人吻时都是什么样的感觉，但她知道，若对象不是简墨准，她一定不会像现在这样。

晨珀和简墨准的初次接吻浅淡而柔和，对她来说刚刚好。

终于被吻的晨珀心里万分甜蜜，也就没再对他在菲尔这件事情上的态度过多纠结。

那之后，两人继续"约会=吃饭=喝咖啡=喝茶=逛街"的约会方式。几天后，他突破之前的模式，带她去了一个拍卖会场，场内所拍的无一例外都是器乐珍品，她对其中一架出自瓜达尼尼家族的小提琴尤其感兴趣。

这把小提琴是乔瓦尼·巴蒂斯塔·瓜达尼尼晚期的作品，他受斯特拉迪瓦里影响，制作的小提琴极具斯氏琴风格。

这架小提琴最终被拍出了百万美元的天价。

晨珀从简墨准那里打听出收购价后，不由惊叹于他之前一语带过的藏品生意。这样一买一卖，既救济了濒临破产的原收藏家，又给珍贵的小提琴找到了一个会珍爱它的新主人，而作为中间商的他更是赚得不要不要的，简直一箭三雕！

那次，兴奋之余她告诉简墨准，她家里也有一架仿斯氏的瓜达尼尼琴，虽然制作者是瓜达尼尼家族最后一位继承人，颇有些萧瑟的意味，但当时在意大利，他也被誉为天才制琴师。

也是在这天，她向他阐述了自己对斯氏琴无可救药的迷恋。

男人看着女孩的脸，静静听她用欢快崇拜的语气说着家里的瓜达尼尼，说着她的Messiah。于是，他收起了原本打算说出口的一些话，例如他真正的职业，例如他为什么会做收藏器乐的生意。

他想要给她一个惊喜——或许当时他仅仅想给她一份礼物，他对斯氏琴颇有研究，要做一架独属于她的仿琴，完全没有问题。

他期待完成之后她看到小提琴时的欣喜，会不会也像现在这样用愉悦而崇拜的目光看着他？算算日子，从现在开始的话，十二月之前应该可以完工，到时就当作她二十四岁生日的礼物送给她。

习惯沉默寡言的男人没有想到，这份礼物在刚动工没多久后差点伴随着她的离开夭折……

无论如何，此刻两人的恋爱还正甜蜜。

一些事，有了开头，便也顺理成章。

虽然，大部分时候主动的人是她，不过晨珀也只是在米拉偶尔问起时心塞一下。能吻到他就好啦，她才不想让自己把时间花在计较这些有的没的上。

然而两人的甜蜜不代表第三个人的消失。

这天，简墨准照旧来学校接她去吃饭。在去餐厅的路上他就频频看向后视镜，等从餐厅出来时，他先送她上车，随后在驾驶座的车门外站立了片刻。

"怎么了？"晨珀探头问道。

"没事。"他上车，抚了抚她的脸颊，驱车离开。

虽然他说没事，但在送她回学生公寓的途中，他的视线依旧不着痕迹地数次瞥向后视镜。这样的状态让晨珀想起在拉斯维加斯的那夜，她猜测着问："我们被人跟踪了？"那次被跟踪的经历在她心里留下了不可磨灭的印象，"不会又是伦娜吧？"

"不是，别担心。"他拍了拍她的手，晨珀趁机一把反握住，在他修长漂亮的手指上来回摩挲。

他专心地开着车，似未觉察，她试探着将他的手搁在嘴边，在上面亲了一下。

方向盘小幅度地歪了一下，男人迅速扶正，诧异回头，她却一本正经道："别看我，专心开车呀！"

到公寓楼底的时候，她抱着他劲瘦的腰身不肯放开。她今天穿着平底鞋，这么抱着他，身高却连他的下巴都没到，整个人像只小猫一样窝在他怀里。

现在不过晚上八点，米拉的夜生活还没开始，她却已经要和他道别了。

于是她轻轻抱怨："真不想回去！"

"早点睡，明天等你下课我来接你。"

"你明天不是要去维也纳吗？"这事她记得他几天前就说过。

"嗯，临时取消了。"

"也好，多陪陪我。"她搂住他的腰，踮起脚在他的下巴上亲了一口，没办法，他不弯腰的前提下，她根本亲不到他的嘴唇。

简墨准似要说什么，然而眼神却突然冷厉起来。

晨珀被那眼神吓了一跳，片刻后才反应过来他看的是她身后。她顺着他的视线回头，在不远处的绿植旁，立着一道半隐半现的修长身影。

那是——菲尔？！

原来不是她的错觉，真的有人跟踪他们。

那夜，菲尔在被看到后便转身走了，并没有上前多纠缠。

可之后，他又出现过数次，每一次都和他们保持一段距离，既不上前，也不说话，直至两人觉察，他又无声离开。

这种跟踪的方式虽然不激烈也不犯法，可是给人的感觉非常不好。晨珀知道菲尔给简墨准做了很多年助理，各方面都无可挑剔，这次的事，简墨准已经作为惩罚将他开除，不可能再像对待伦娜那样对他下死手。

而他这样时不时地跟踪，总归对两人造成了困扰。

简墨准修改行程，在伦敦时坚持亲自接送她，然而维也纳那边的珍品收藏方指定要他本人过去。他没办法，便安排了四个保镖和车轮流负责接送她。

二十四小时的随身保镖，让米拉他们几个大开眼界，再次猜测起简墨准的背景。他们对晨珀口中透露的藏品生意不以为然，越是这样的实力，背景就越不简单，毕竟如果只是普通人，怎么可能有那么多防范手段。

然而在这样的严密防范下，依旧让菲尔找到了空隙。

这天她被米拉几人拖去打网球，因为不是周末，场内人不多，她打完一轮去上洗手间，两个随身保镖就站在门外等她。她走出格子间洗手的时候，突然感觉到不对劲，一抬头发现了镜子里的菲尔。

晨珀下意识就想张口喊外面的保镖，然而菲尔早有准备，上前一手圈住她的腰，一手捂住她的嘴："嘘，我不会对你做什么，只是想和你单独说几句话。他把你看得太好了，我跟了你几次都没找到机会。"他的中文发音依旧不太标准，浓烈的香水味袭来，她照着捂着她嘴的手指狠狠咬了下去。

她下口不轻，齿间甚至尝到了血腥味，可身后的人却没有松开分毫，甚至在她咬完后依旧神色平静地道："咬完了吗？咬完的话就好好听我说完，三分钟，我保证，这次之后我不会再跟着你。"

晨珀掰不开他的手，只能点点头。

他松开手，退后几步。晨珀知道如果这个时候她大叫，门外的保镖一定会想办法进来，可是这种被跟踪的状态她早就烦透了，既然他说只要听他说完，这次之后就不会再跟踪，那她不妨试一试。退一步说，就算他心怀不轨，她只要一喊，门外的人就会进来。

晨珀用水漱掉齿间的血腥味，取纸擦干嘴，走到离大门更近的补妆间，和他保持了一段距离。

"你很喜欢他？"菲尔没有太靠近，见她警惕地盯着自己不说话，继续道，"你认识他的时间不长，你觉得自己有多了解他？有些事我比你清楚得多，他不适合你，和他在一起你早晚会受伤！我和他几乎是同一时间出现在你面前的，我比他更温柔，比他更懂照顾你，也比他长得好看，你为什么喜欢他不喜欢我？"

晨珀翻了个白眼："你还有两分钟。"

"Amber，我真的很喜欢你。我母亲也是东方人，和你一样小巧精致，一头黑发，看到你的第一眼我就喜欢上你了。我发誓，如果你和我在一起，我一定会对你更好，如果不是因为太喜欢你，我又怎么会做出那么不理智的事。我本来想忍的，想把对你的感情默默放在心里，可是看到你出现在他的公寓，看着你和他在一起，我根本没办法控制我自己！"

他满含深情地看着她，他的脸分明这么漂亮、完美、耀眼，可不知怎么地，晨珀心里却阵阵恶心，感觉多看一眼都受不了。

"都说完了？"她抚着犯恶心的胸口，"说完了那就麻烦你以后好好控制自己，别再在我面前出现了。"

她转身走向大门，身后传来菲尔近乎绝望的声音："你根本不了解他，不清楚他是一个什么样的人……只凭感觉喜欢上他，你终有一天会后悔！"

晨珀旋开门锁，停步回头，面色冷淡："也许吧，但即便那样，我也要和他在一起。"

如菲尔所说，那天后他果然没再出现。

几天后简墨准从维也纳回来，晨珀去机场接他。原本站在她身后的保镖上前接过简墨准的行李，同时不着痕迹地在他耳边低语几句。

简墨准的目光顿时朝她投来，晨珀知道对方是在汇报之前的事——那天菲尔找上她的事，事后他们应该知道了，保安工作差点出错，自然第一时间要和老板汇报。

晨珀没打算瞒他，也不心虚。简墨准将行李交给对方，上前抚了抚她的头发："怎么昨天通话时不告诉我？"

"怕你担心我啊！"她笑着答了，知道他不会多追究。

这天晚饭，他带她去吃了她最喜欢的海鲜，并告诉她六月份即将去西雅图一个月。

"自己的公事，也有家里的一些事。"

"真要一个月吗？"她哀叹，"那我岂不是一个月都见不到你？"

"不会。"他抬头看她，"我准备带你一起去。"

简墨准并不是空口白话，而是早有准备，签证都给她办好了，学校方面也有考虑：他在西雅图给她安排了几场学术交流课，由校方发出邀请，再加上六月也快放暑假了，她这一年的学分早就足够，所以应该不难请假。而她的三年级汇报演出，反正是独奏，彩排加演出不过两天时间，到时回来一趟好了。

至于她身边朋友的态度——

唐羽琦："你才恋爱多久啊，就敢跟他去那么远的地方，还一个月？不怕被他从头到脚吃个一干二净？"

晨珀："求吃！巴不得被吃！"

唐羽琦恨铁不成钢："不争气！倒贴上门的不值钱，懂不懂啊你！"

晨珀："不懂！反正他再不吃我，我估计要忍不住吃掉他了！"

唐羽琦无语。

帕分："其实你真该多谢我和米拉，要不是我们当初打赌，你怎么会认识他？又这么帅气地当上老大的女人！"

晨珀："求别提当初！"

帕分无语。

乔治："你有男朋友了？什么时候的事？谁这么不长眼看上你？他有恋童癖？"

晨珀："……再见！"

至于米拉和艾玛，两人神神秘秘地帮她收拾了行李箱，然后晨珀临行前才发现箱子里多了数盒杜蕾斯，以及性感泳衣、内衣和睡衣……

晨珀……给跪了！

那时满心欢喜和期待的晨珀完全没有想到，她的人生会在西雅图狠狠拐了个弯，再回不到当初。

　　直至今日，她想起当时在西雅图发生的事，依然如鲠在喉。这种吐不出来又咽不下去的感觉日复一日纠缠着她，她只能让自己尽量忘记有关西雅图的一切记忆。

　　初见时机场的湛蓝天空，驱车穿行于不眠夜时映入他眸底的城市流光，还有出席商务宴会时，一袭正装帅到无与伦比的他……所有一切，她都努力淡忘。

　　然而再怎么努力，那一夜的每一幕就像是刻在了她脑海里一样，没法忘记。

　　简墨准在西雅图的美色岛上有一栋很大的别墅。这里是富人区，别墅之间都保持着一定距离，浓密高大的树木隔开了旁人的视线，私密性绝佳。

　　他的别墅靠海，欧式古典建筑，有一个私人码头。说是一栋别墅，其实是两栋别墅被并到了一起，大约因为这两栋别墅离得比较近，他不想受人打扰，所以直接把两栋都买了下来。别墅周围很安静，几乎看不到什么人。美色岛上有直通西雅图市区的90号公路，但少部分人还是会选择水上飞机或是快艇之类的交通工具。

　　宴会后的第二天，简墨准有公事，午饭后就出去了。下午，之前负责晨珀宴会造型的美女特助米菲雅给她送来了市区一家很有名的甜品屋的点心，她会说一点中文，聊天之余透露了一个秘密。她说她在乔尔家族的公司工作四年多，还是第一次见到简先生出席商务宴会，尽管那只是一个很小型的熟人餐会，却足以说明晨珀在他心中的地位——他想用比较正式的方式介绍她。

　　对方显然是在用这种方式和她拉近关系，而效果也很好。晨珀再不纠结为什么宴会上尽是些长腿美女，转而纳闷为何他爷爷名下公司的人，称呼他为简先生。

　　米菲雅送来的甜品非常好吃，见她称赞，便笑说她和简先生的口味真像，他每次来西雅图都会派人去买这家的甜品，有时干脆自己开车去吃，他们这些人都习惯了。她今天带了这么多过来，也是顺便给他送的。

"那我给他留着吧。"晨珀原本还想每种都尝一口，现在觉得等他回来和他一起吃会更开心。

米菲雅捂着嘴笑，之后和她聊了一会儿，又问她有没有去过这栋别墅里的星空屋。

晨珀才来了两天，之前的注意力都在市区，至于这栋别墅，还真的没多研究过。

米菲雅告诉她，那间星空屋是这栋别墅很特别的一角，位于别墅西面最高一层，一百二十度的弧形外墙上镶嵌着数扇狭长的玻璃彩窗，落日时，夕阳会让整间屋子布满彩虹。而当夜晚来临，开启屋顶的自动移窗，整个天花板都会变成透明的玻璃，在远离市区的夜里，可以躺在摇椅上看到美丽的星空。

"不过据我所知，先生去星空屋的次数基本为零，估计他自己都忘记别墅里还有这样一间屋子了吧！在浪漫这方面，先生似乎非常欠缺，所以我们大家都很佩服你，这么年轻有朝气，却能和那么古板沉闷的先生在一起……"

米菲雅的调侃，晨珀并没有放在心上，不过她的话倒是让她有了一个不错的念头。

"你是说简墨准差不多都忘记别墅里有一间星空屋了？"

"嗯，西雅图他一年差不多只过来住一到两个月，忘记很正常。怎么了，你想要给他一个浪漫的星空甜品之夜吗？那请一定记得先斩后奏，保持神秘哟，如果直白地告诉他，我怕你会被他闷坏的！"米菲雅笑吟吟地道。

晨珀没有说话，取出手机给简墨准发微信："你什么时候回来呀？"

"估计晚饭前后，怎么了？"

晚饭前后，那彩虹夕阳是赶不上了，星星倒是可以一起看。

晨珀想了想，继续打字："米菲雅过来了，下午我想和她去逛街，可以吗？"

"那我派人开快艇送你们过去。"

"不用，她开车过来的，我们从公路过去。"

"什么时候回家？"

"看情况吧，现在都快四点了，有可能和她在外面吃饭。"

"如果在外面吃饭，等吃完饭让她送你回来。"

"嗯，我知道了。"

晨珀刚收起手机没多久，米菲雅的手机就响了，她看了眼屏幕，朝晨珀道一声："是简先生。"

"我和他说要和你出去逛街吃饭。"

米菲雅秒懂，接听后态度立刻变得恭敬，一连串"是"和"请放心"后，她挂上电话长出了口气。以米菲雅的情商，已经猜到晨珀所说的和她出去只是借口，她应该是想趁着这两小时的空隙布置星空屋，在他不知情的情况下给他一个惊喜。

"有什么需要我帮忙的吗？"米菲雅问。

晨珀想了想："有没有办法让别墅门外那几位保镖以为我和你出去了？"

米菲雅先是一愣，随后笑眯眯地弯起了唇角。

这件事再简单不过了。她载她出去，在隐蔽的角落放下她，她再从小路折回来从别墅的另一扇门进去。豪华型别墅就是有这个好处，从车道出来还要拐两个弯才能到真正的大门，晨珀半途下车，谁会知道真正离开的只有米菲雅一个呢？

晨珀先把甜品及晚上需要的蜡烛和其他东西悄悄搬上星空屋，无暇欣赏这间漂亮的屋子，她换了件外出的连衣裙，在保镖的目送下上了米菲雅的车。

片刻之后，米菲雅的车子离开，而晨珀已经悄悄从侧门回到别墅。

这栋别墅因为常年空置，所以并没有请管家和佣人，只有每年他来西雅图的时候，会让钟点工来清洁。每天上午七点，钟点工会带着新鲜的蔬菜、牛奶、水果过来，做好午饭，且在午饭后收拾好离开。

简墨准很注重隐私，别墅安装了触警装置，凭密码和指纹入内，根本用不着摄像头，所以只在出入的庭院大门及私人码头安了监控。

晨珀顺利地回到了星空屋，开始晚上的布置。

六点半时，简墨准的车驶入车道，他同时来了信息，问她是否回来吃饭，她告诉他在外面吃。

西雅图的夜来得很快。晨珀打开了屋顶的移窗，站在烛光微弱的屋里，星辰抬头可见。她走到窗前，透过彩色玻璃之间的透明玻璃可以很清楚地看到另一栋别墅里的情景。

简墨准正在对面那栋别墅里看书，一旁还搁着装在碟子里的三明治。

他回来后就去了对面，那栋别墅比这栋小得多，只有两层，家饰非常少。屋前有一个游泳池，二楼东南面是全玻璃的墙体，是个巨大的书房。晨珀去过一次，里面简直像个小型图书馆，什么类型的书都有，特别是古典乐类的。

他在那里度过了整个黄昏，直至夜幕降临，明澈的灯光继续为看书的他不遗余力地工作。

晨珀取出手机准备给他发消息，视线却突然被另一个出现在书房的身影吸引。

他是……菲尔？

晨珀异常惊讶，他怎么会在这里？他是——怎么进来的？

简墨准搁下书，似乎同样惊讶。菲尔上前和他说话。隔着两间屋子的墙壁和数十米的绿植带，晨珀听不到他们说话的内容。

她正想转身下楼，对面玻璃书房内，简墨准忽然一拳击向菲尔，后者踉跄后退，跌在茶几旁，带落了上面的咖啡和盘子，一地狼藉。菲尔半爬起来，不知道又说了什么，简墨准再次上前揪起他揍了一拳。

晨珀惊得睁大了眼，她看到了什么？

简墨准居然动手打人？！而且身手利落，看样子并不是第一次。菲尔被揍了几拳，也开始反击，揪着简墨准的衣领朝他喊着什么，可显然，他的身手完全没办法和简墨准比，不过几个回合，他便倒在地上再也动不了了。

简墨准似乎打算离开，然而菲尔突然拉住了他的裤脚，开口说话，简墨准转头看他，那目光冰冷得让人浑身发寒。片刻之后，他也开口说话，两人交谈了几句，菲尔松开手，简墨准表情漠然地离开。

晨珀正犹豫着要不要下楼，简墨准却一路走至私人码头，上了游艇，片刻之后，游艇在漆黑的水道划开波纹而去。

而在这之后发生的事，完全颠覆了她二十三年来的道德观。

几乎在简墨准走上私人码头的同时，两个黑衣保镖出现在二楼的书房里。那时菲尔正挣扎着坐起身，完全没有防备，一个保镖操起手里的东西狠狠击在他的后脑上。晨珀听不见声音，但是她知道那一下一定很重，因为菲尔立刻倒在地上一动不动，还流了很多血。

晨珀浑身冰冷，脚却像是被钉在了地上无法移动。

保镖似乎照着他的头又打了两下，另一个保镖展开一个巨大的黑色袋子，两人将菲尔装进了那个袋子，又把之前打他后脑的东西一同装了进去。晨珀这时才看清——那东西是个黑色的铅球。

乳白色大理石地面上的血迹被一个保镖用菲尔身上脱下来的衣物擦拭干净，另一个保镖找来拖把，把余下的痕迹清理好。

整个过程非常快，不到五分钟，处理好后他们便搬着那个黑色袋子从侧门出了别墅。

晨珀动了动，跌跌撞撞地扑到朝水道的那一侧窗前。别墅外树荫重重，两人选灯照不到的小径走，很快来到岸边，他们没有犹豫，将黑色袋子小心投入水中。

没有发出丝毫声响，几乎连水花都没有，那个黑色袋子就这样直接沉没下去，再看不见。

晨珀捂住嘴巴，站在窗后瑟瑟发抖。

她看到了什么！她到底看到了什么！

握在手里的手机这时突然响了起来，尽管之前她已经开了振动，可在这一刻，就连这振动声都响得要击穿她的鼓膜。

屏幕上，"简墨准"三个字如咒语般在她眼底闪动。

她像是被烫到似的丢开了电话，没有接。

她不知道自己在干什么，后来的记忆再次变得一片模糊。她手忙脚乱地收起了星空屋里自己亲手布置的那些花瓣、蜡烛还有甜品，胡乱装在口袋里，不知道丢去了哪儿。

她在别墅外的树林边坐了很久，其间手机被她关了静音，简墨准不知道来了多少个电话，后来就连米菲雅也开始打她的手机。

看到"米菲雅"三个字的时候，她突然清醒了一瞬，回了她一个消息："你一定要说，我是在晚饭后才和你分开的。"

对方回消息说知道，然后又问她在哪里，为什么简墨准到处找她。

晨珀回了句"谢谢，我没事"，便关掉手机。

之后，她听见别墅外的几个保镖有了动静，几辆车子纷纷驶离别墅，估计是去找她的。晨珀苦笑了下，在这陌生的异国，她到底能去哪里？

她跌跌撞撞地起身，一步步远离了简墨准的别墅。

不管如何，这个时候她不能在这里出现。

她都忘记自己是怎么走到市区的。离开90号公路，她就迷路了，随便在不认识的路旁坐了下来，捏着手机继续陷入沉寂。

她身上只穿了件单薄的连衣裙，西雅图的夜晚凉入心扉。高楼林立的都市，夜晚的天空被闪烁的霓虹灯光映成深蓝色。她看着这座城市，有种陌生而遥远的抽离感。

临近黎明，一辆熟悉的车子在她面前停下，那个男人下了车，快步走来，俯身将她抱进怀里。

有保镖走上前为他们打开车门，晨珀的视线从保镖熟悉的黑色西装上一掠而过，然后又硬生生地别开。

一夜没睡，他的脸色很不好，眸底深处似乎有微微慌乱，在车上也不肯放开她，将她抱在腿上，上下查看。

"我没事，我不知道怎么回事晕了过去，醒来后就在一家小旅馆的房间里。我手机坏了，包不见了，也不认识路，又报不出别墅的地址，走得累了就在这儿坐会儿……"其实她这些话太多破绽，若他仔细推敲一定会发现不对的地方。

可他似乎并没有注意到这些："还记得是哪家旅馆吗？"

"我忘了。"

他抚着她的头发，在她额头吻了一下。那嘴唇比她的前额还要冰冷，晨珀忍不住打了个哆嗦。

"很冷？"他立刻抱紧了她，"回去洗个热水澡，好好休息。"

她跟着他回了别墅，洗过热水澡换了衣服后，他端着牛奶敲开了她的房门。

晨珀坐在床沿低头喝热牛奶，能感觉到他落在她身上的目光。她停了下来，抬头看向他，低声问："完全醒来之前我好像模模糊糊听到一个人的声音。"

"谁？"

"好像是菲尔……"说出这个名字，她嘴唇微抖。

简墨准眼底掠过冷色："米菲雅应该送你回来的。"

"不怪她，我想去旁边的店买东西。"话已出口，尽管她浑身冰冷，依旧道，"是我的错觉吗，到底是不是菲尔？"

她不知道自己想问什么，明明事实摆在面前，却依然想要给他一个解释的机会。可她终究没有勇气直接问，只能以这样的方式求证。

男人的手轻轻抚上她的脸，在她苍白冰冷的脸颊上停住："放心，他以后不会再来打扰你，我保证。"

晨珀握着玻璃杯的手指骤然收紧。

她的视线似不经意地掠过他的手背，看着几个指关节，开口问："怎么破皮了？"

他低头看了眼手背："没事，不小心蹭到的。"

"记得要涂药。"

"知道了。"他将她轻轻揽入怀里，语气和缓了几分，"你乖一点，以后别再乱跑，记得一直待在我身边，就不会再出事。"

她在他怀里无声点头，木然而僵硬。

他取走她手里的杯子，替她盖上薄毯，坐在床沿并没有马上离开。

男人肩膀宽阔，居高临下遮住了床头的灯光，逆着光线，她有些看不清他脸上的神情。然后，他吻了下来。

两人的嘴唇都有些冷凉。他在她唇上吻了一会儿，气息逐渐加重，舌尖试探着分开她的嘴唇探入她口中，缠住了她微微轻颤的舌尖，与她呼吸相融，气息纠缠。

这样的吻，晨珀已经期待很久了，可当这一刻来临时，她却满心只剩畏惧。

良久，他才从她口中撤出，停留在她唇上轻轻喘息。

男人修长的手指拂过被自己吻得湿漉红润的唇，再度在上面吮吻片刻，这才起身："早点休息吧。"

"嗯。"她的声音听起来很是乖顺。

他关灯离开。

晨珀蜷缩在单薄的毯子里，瑟瑟发抖，如坠地狱。

你保证？简墨准，你到底用什么来保证？

一天之后，她外出散步，却发现身后跟了几个保镖。

之后每天她都会在附近散步片刻，保镖始终在她身后保持着不近不远的距离。三天后的黄昏，她照旧去散步，遇上附近放风的金毛犬，便和对方去附近树林里一起玩。

等到保镖觉察她进去的时间太久，过去找她时，才发现她已经不见了。

这时，晨珀缩在米菲雅车子的后排座，随车子飞快地驶向机场。她身上除了护照、手机和钱包，其他什么都没带，就连惯用的小提琴都留在了简墨准的别墅。

"谢谢你帮我。"她在机场和米菲雅道别，对方似乎想开口，但看到她苍白的脸色，最终只是上前给了她一个拥抱。

飞机起飞之前，她用手机给简墨准发了条微信："不用找我，我很安全，有事先回伦敦。还有，我想过了，我们可能不是很适合，还是分手吧。"

然后她关掉了手机。

Chapter 20

西雅图的真相

晨珀下了出租车，手机屏幕上，菲尔的照片就像一个最恶劣的玩笑，恣意无情地嘲笑着她的人生。

在她以为他已经死去的一年后，他居然被宣告还活着？！

在机场时，她和方谌通了电话，她在这通电话里把那个曾经封藏起来的秘密告诉了他。

根据他查到的资料，去年六月菲尔的确有入境西雅图的记录——问题是，除了入境，还有出境的记录，就在入境的几天后，居然比她还早两天离开。

如果他真的头部重伤又被丢入水里，就算是他挣扎后逃出，也不可能在短短两三天内就恢复到能自行离开西雅图的程度。

两人的对质让方谌发现了疑点。他现在手里的资料都比较粗略，因为之前的调查没有指向性，现在结合晨珀的话，他已经有了方向。

"你再等我两天，这件事情上我相信先生，你也要相信他。"

"好，我等你消息。"如果当年的事真的有隐情，对现在的晨珀来说无疑是新的希望。

挂上电话，她整个人有些焦躁不安。曾经被认定的事情，困扰她多时的事情，已经打算接受的事情，突然被全盘推翻——她甚至开始怀疑那天夜里是不是自己看错了！

如果错的那个人是她，那简墨准就是无辜的，而她居然抛下无辜的简墨准，还用休学来避开他。这一年，她到底都做了些什么！

这些事不能多想，想得太多就会陷入浓浓的自我怀疑和愧疚中。

现在，她只能等待。

她并没有等多久，方谌在她回到Z城的第二天早上，给了她另一个消息。

"我查到菲尔最新的行踪，就在四天之前，他入境了。"

"入境？"

"对，他现在就在国内，四天前在B城机场，目前不清楚他具体去了哪座城市，你等等，我把照片发过来。"

片刻之后，晨珀收到一张不算太清晰的路拍照。里面的男人站在人群中，衣着并不显眼，这一次他裹得更严实，帽子口罩围巾，除了眼睛，脸部其他地方都被遮挡了起来。因为挡得严实，他脸上的疤痕也被尽数掩盖。

然而晨珀看着这张照片上他的衣着打扮，却有种诡异的熟悉感——等等！昨天她在S城机场看到的那个人！因为对方当时戴着墨镜，连眼睛都遮挡住了，所以她第一时间并没有反应过来！

现在回想，当时她看到的那个男人就是菲尔！

他去S城做什么？

她这次没有用语音，直接给方谌打了电话。

"菲尔在S城？"时间有限，西雅图的事他还没完全查出来，但根据之前的调查，菲尔这一年的确在故意隐藏踪迹。他搬离了伦敦的公寓，注销了手机，没有和之前任何熟悉的人联系，所有认识他的人都以为他失踪了。所以方谌打听他的行踪，很是费了番功夫。

一个故意隐藏踪迹的人突然现身，还跑去S城？S城有什么？

"难道他是去找先生？"方谌有种不太妙的预感。

同样的预感晨珀也有，菲尔不知道怎么没有死，又不知道怎么毁了容，隐身一年后突然出现在S城，这让整件事都透出一股诡异感。不管西雅图的真相究竟如何，菲尔对简墨准始终有敌意在，他如果是冲着简墨准去的，绝对不会是好事！

挂上电话，晨珀立刻打给简墨准，然而电话却显示不在服务区。

她又打去他的公寓，依然没有人接。

晨珀焦躁不安，连母亲喊她吃早饭的声音都没听见，一直捏着手机，过一会儿就打一次，可电话始终没有接通。

最后她被母亲直接拎到了饭桌上，无奈只能草草喝了两口粥，又回到房里开始打电话。

两个小时后，晨珀终于忍到极限，她订了最早一班回S城的机票，随便换了身卫衣、牛仔裤，拿上钱包、手机就走出房间。

然而当她经过客厅时，却发现沙发上多了一个人。

唐晗衣衫革履，正笑吟吟地和晨父聊天。晨母从厨房端了水果出来，见她站在那里，忙道："你总算是出来了，小唐都来一会儿了，之前就想叫你，不过他说你可能有事忙，不想吵到你。"她把果盘放到茶几上，招呼唐晗吃，"小唐说中午和我们一起出去吃饭，你早饭就没好好吃，中午想吃什么？"

"你来我家干什么？"晨珀这会儿心急火燎的，自然没好口气。

"怎么说话的！"晨父抬头瞪了她一眼，"有没有礼貌？我平时就这样教你的？"

"叔叔，别骂小珀，她就这脾气。"唐晗笑容不减，似乎完全不受影响，"说起来是我打扰，没提前说一声就过来了。主要是再过几天就是艺术节了，到时会很忙，想着难得回来一趟，趁有空先来看看叔叔阿姨。"

"你来就来了，下次别买这么多东西，浪费钱！"晨家家境也好，然而唐晗一出手就是顶级的燕窝，各种空运来的海鲜，虽然都是吃的，但这么几大箱子还是价格不菲。

"阿姨你别和我客气，小珀和我都认识这么多年了。"

晨母的情商可比女儿高多了，一看唐晗这架势就猜出了他的心思，加上他之前告诉过晨父晨珀最近似乎和一位男性朋友走得很近，她就明白对方这是急了，在从他们这儿曲线救国呢！

说来唐晗是羽琦的哥哥，这么多年，两家大人虽不常来往，但孩子都是知根知底的；再者他长得好，人也有本事，要真追自家女儿，她并不反对。

晨母看唐晗顺眼，自然待他热情。

"行，反正你是来看我爸妈的，中午就让我爸妈招待你吃饭吧，我现在有事要出去一趟，就不打扰你们聊天了！"晨珀说着就要走。

"说什么话！你要去哪儿？"在晨父眼里，唐晗始终是女儿的上司，他没有晨母的想法，纯粹觉得晨珀不懂礼貌。

飞机是下午一点半的，那边情况未知，她觉得今天未必能回来，于是老实道："我要回一趟S城。"

"怎么才回来又要回去？艺术节呢？"晨母纳闷了，唐晗坐在这里，女儿回去肯定不是为了公事，那是去干吗？

"妈，艺术节还有几天，不急。"她上前揽住老妈的肩膀在她脸上亲了一口，"我估计一两天就回来了，你别担心！"

唐晗看她匆忙换鞋，唇边的笑容已经完全淡了下来。

晨父原本已经有了猜测，现在见到唐晗的表情，几乎是肯定了："站住，你回去找谁？"

晨珀穿鞋的动作一顿，她转头看向唐晗。之前的事，她不知道他是怎么和父亲说的，但无论怎样，他的做法实在让她很厌恶。

这个时候，她突然觉得一些话也没那么难开口了："爸，我男朋友那边有点事，很重要，我保证回来后和你们好好解释！"

随着"男朋友"三个字出口，屋内三个人顿时表情各异。

晨母是诧异，晨父是生气，唐晗的脸则完全阴了下来。

"你说的男朋友，就是让你为了他从伦敦退学的那个？"哪料到，晨父又是一句话丢来。

晨珀看着唐晗，表情全冷了："你做得实在太难看了！"她没想到，他居然连这件事都和她爸妈说了。

"小珀，怎么回事？你爸说的是不是真的？你有男朋友了？对方是做什么的啊？你是不是被骗了？"显然，晨父没有把全部事情告诉晨母。

晨珀看了看母亲，又看向父亲，坦然点头："爸说的是真的，不过我没有被骗。"

"还没被骗！为了一个男人，你任性放弃学业！小唐之前告诉我的时候，我还不相信！你到底什么时候变成这个样子？居然为了个男人不顾父母，不顾前途，不顾梦想……"

"等艺术节之后我就会辞职……"

晨父怒了："别胡闹！"

"就当我是胡闹任性吧，其实我一直都不是个听话的女儿，也永远做不到你心中的一百分，但我也有自己的梦想，为了这个梦想我会努力的。至于现在，我真的必须去，那个男人对我很重要。"她穿上鞋，又道，"还有，我辞职是为了回伦敦复读，你们不用太担心！"

"胡说八道，都已经工作了，还回去干什……"晨父这次说到一半就被晨母揪着手臂白了一眼。

"小珀啊，你决定好了，真的要回去复读？"晨母试探着问。

"决定好了，我要完成学业。"

"好！"晨母一拍晨父，赶在他面前开口，"妈妈支持你！你男朋友现在不是有事吗，赶紧先去忙，记得到了给妈妈打个电话，有什么事都回来再说！"

"知道了，老妈！"晨珀开门，临走前想到什么，又回头，"还有，爸，以后这个人如果再来我们家，记得别给他开门，也别再相信他说的任何话！他不是好人，之前非礼过我，两次！"有来有回，这句话算是晨珀给唐晗的回礼。别以为占了她便宜可以当什么都没发生，还在她爸面前告密装好人，想得美！

"你说什么？！"晨父这次瞪得连眼珠都突了出来。

"他追求我不成就非礼我，就在年前，这事羽琦也知道，她还帮我一起骂他了！不信你们去问她！"丢下重磅炸弹，她也懒得看唐晗的表情，直接出了门。

飞机延误了一个小时，这一个小时内简墨准的手机仍然接不通。其间晨珀打了个电话给母亲，表示飞机误点，会延迟抵达，届时没接到电话不用担心，她一到就会发微信给她的。

母亲在电话里叮嘱了她几句，然后埋怨她没早把唐晗欺负她的事告诉他们，还说晨父火大得不行，一通训斥后直接连人带礼物丢出了门。

晨珀听得一阵暗爽，她爸对她虽然严格，但是在这种事情上从来不会含糊。初中时有喜欢她的男生故意欺负她跟踪她，被她老爸知道后直接捅到老师那里。那会儿她小，要面子，还觉得老爸太小题大做，现在却只想怒赞一声"老爸真帅"！

母亲又告诉她，就算她不回伦敦复读，她和她爸都建议她辞职；还有之后的艺术节，也不要参加了，唐晗到底是声世管事的，要想为难她，或是再对她做什么，他们都不放心。

晨珀表示这事不急，等她回去再商量好了。

还好，飞机误点的时间不算长，然而等晨珀抵达S城也快五点了。方谌这几天正好在N城，有了猜测后也立刻订了最早一班飞S城的机票，N城离S城还要远一点，不过没误点，比晨珀早到了十几分钟，就在出口等着她。

"你也打不通？"晨珀跟着他上了出租车。

"嗯，不过我已经让人把先生手机的位置定位出来了。"方谌打开手机，"你放心，应该没什么事，先生今天本来约了一个小提琴收藏家见面，手机定位的位置是在郊区的一个度假村。那个度假村靠湖，有高尔夫球场，也能坐游艇去湖区，湖面上信号不好也是可能的。"

"可现在都五点多了，还是打不通。"

一整天都没信号，的确有些说不过去，方谌其实心里也有些担心，不过还是安慰了晨珀几句，随后让司机稍微开快一点。

好在从机场到那个度假村不用进城，路上不堵车，半个多小时后两人就抵达了度假村。

方谌打开手机，通过度假村地图和定位地址的比对，确定简墨准的位置是在湖边的一栋别墅。这时已经六点多了，湖边空气清凉，晚霞漫天，晨珀一直捏在手里的电话响了起来。

屏幕上是她找了一天的人。

她立刻接听："喂，你没事吧？"

"怎么了？"对方听出她的急切，"我很好，为什么这么问？"

晨珀长长出了口气："没事就好，你现在是不是在19号别墅？"

他有些诧异，但还是回答道："对。"随即他想到什么，"你现在在哪儿？"

"你等着，等我过来再说！"晨珀心下大定，挂上电话朝方谌道，"看来是我们想太多了，菲尔来S城可能只是个巧合。他在19号别墅呢，我们过去吧！"

度假村面积很广，从大门至别墅区步行要二十多分钟，还好酒店有代步的四轮电瓶车，只是这种车速度也不快，等抵达19号别墅时，天边已经收起了最后一丝霞光。

湖畔的别墅都间隔很远，隐私性非常好。因为还没到旅游旺季，加上度假村的昂贵消费，周围的别墅大都无人入住。暮色之下，只有他们面前的这栋两层别墅灯火通明。他们走到门口的时候，门正好从里面被打开了，晨珀还以为是简墨准，抬头却对上一张中年男人的脸。

对方五十来岁，衣着休闲，微胖，唇角带着淡淡的笑，似乎心情不错。让晨珀奇怪的是，她喊不出对方的名字，却觉得面前的人有点眼熟。

对方看着她想了片刻，突然道："你是，晨珀？"

"你好，请问您是？"

"呵呵，你在声世器乐大赛的赛前演出上给我留下了很深的印象，我是胡崇光。"

晨珀瞬间反应过来："您是那位把'怀念'错认成Messiah的小提琴收藏家？"

听到这句话，胡崇光脸上掠过一丝惭愧："大乌龙大乌龙！还连累你被人揣测，是我的失误！"自拍卖会后，胡崇光就对"怀念"的收藏者起了执念。声世那边不对外公开"怀念"目前的收藏者是出于对对方的保护，这一点他也明白，毕竟是那么贵重的琴，收藏者都不喜欢高调。

他在唐晗那里碰了钉子后，愤愤了一阵子，后来费了不少人脉和心思才打听到那场拍卖会背后的人是简墨准，也知道那架琴已经被他送了人，并且绝无再次转让的可能，他这才歇了心思。

方谌倒是不惊讶，胡崇光约见简墨准的事他也知道。胡崇光不知从哪里打听出简墨准的另一重身份，想要对方替自己做一把琴。不过简墨准之前一直在陪晨珀，把所有公事都押后了，所以这次见面才会拖到今天。要不是因为这样，方谌之前也抽不出时间来调查菲尔的事。

"呵呵，他在二楼，我有个朋友有藏品要卖，他们正聊着。我这边还有两个朋友在餐厅那边等我，我先过去，你们一会儿等他聊完记得一起来吃饭啊！"胡崇光心情很好地走了，方谌猜应该是简墨准答应了制琴。

"先生完成'怀念'之后就一直没再制琴，原本的订单也全部推后了。这个胡崇光不知道是运气好还是有本事，居然说得动他！"方谌和晨珀进门，楼梯在大厅最左侧，两人一前一后踏上台阶，正要上楼，却听见上面传来一个男人激动的声音。

因为隔着一层楼，那人说话的内容他们听得不是很清楚，可当这个声音入耳，晨珀却是如遭电击。

"怎么了？"方谌觉察到她的异样。

"好像是菲尔……"她看向方谌。

"什么？"方谌惊讶，他没有见过菲尔本人，也听不出他的声音，"你是不是听错了，胡崇光说是他的朋友。"

晨珀侧头想要再听，然而这时，伴随着激动的男声，楼上传来重物落地的碰撞声和破碎声。两人对视一眼，立刻朝楼上冲去。

"别担心，先生是跆拳道黑带，菲尔真要对他不利，一时半会儿也讨不了好！"方谌跑得气喘吁吁，其间不忘安慰晨珀。

晨珀点了点头，她想起一年前那夜，菲尔在简墨准面前完全没有招架之力，不过这些画面并不能缓解她此刻的紧张。

别墅楼层高，台阶也多，两人寻着声音好不容易跑到二楼尽头的书房，却发现门被上了锁。方谌没有犹豫，一脚踹向房门，好在这不是厚实的大门，只是装饰用的复合木门板，被他两下踹了开。

然而下一刻，书房里的情形却让两人僵立在原地。

他们一定是瞎了！

书房里没有想象中菲尔持刀持械对简墨准不利的画面。灯光通明的书房里一片狼藉，落地灯横躺在地，椅子倒了，玻璃杯子碎了一地。靠墙的沙发上，简墨准似乎被逼到了角落，他脸色铁青，可这种铁青里似乎隐隐透着一股不正常的红。他身上的衣服微乱，一手撑着扶手，一手抵住正欲靠近他的菲尔。他的肩膀被人按住，下巴被捏起，而制住他的人原本正打算……吻他？！

那、那是准备吻下去的动作吧？只是好巧不巧被他们打断了！

有人闯入，菲尔惊慌回头，他没有戴口罩，半边脸颊上都是坑坑洼洼的疤痕，配上他此刻的表情，着实有些狰狞。

然而当他看清晨珀的脸后，那种惊慌变成了难堪："你为什么会在这里？"行动之前，他完全打听清楚了她的动向，确定她在另一座城市才选择在今天动手。

"先、先生……"方谌好不容易逼出两个字。简墨准神色一凛，趁着菲尔分神，一脚重重地踹在他身上，这一脚他用了死力，哪怕被下了药此刻身体发软、手脚无力，还是把人踹飞了出去。

晨珀已跑至简墨准身边，一接触到他才发现他的体温高得不正常，整个人还抑制不住地发着抖："怎么回事？"

简墨准脸色很不好，庆幸她在这时出现，却又矛盾地不想被她看见自己此刻的狼狈模样。

那边方谌已经眼疾手快地制住了还欲上前的菲尔，他也学过几年跆拳道，虽然不如简墨准，但对付菲尔还是足够的。

"把人看住，别让他逃了……我还有话要问他！"简墨准借着晨珀扶他的力气站了起来，然而药效发作得太快，他身体一晃差点没站稳。

"你怎么了？"她担心地去摸他的脸，却被男人一把拽住，他半搂半拖着她，踉踉跄跄地朝外走去。

身后，传来菲尔不甘的声音："简，我不许你去！我不许你碰她……"

方谌和晨珀都愣住了。

原来刚刚不是他们瞎了，菲尔是真的打算吻他！

而且还是强吻，看这样子，简墨准似乎还被下了药……

一直想弄明白真相的两人被这个真相糊了一脸。方谌浑身都起了鸡皮疙瘩，照着菲尔的后脖子就是一记刀手："安静！"

晨珀被拽进了黑漆漆的房间。

她还来不及伸手去开灯，就被男人重重压在门板上，嘴唇被吻住，男人炙热的舌尖迫不及待地闯进她口中，勾住她无措的柔软，拼命纠缠。

"简……"匆忙中她只发出一个破碎的音，便被男人吞没了全部呼吸。这样的简墨准她从来没有见过，即便是被壁咚的那几次，他情绪再高涨也始终带着一份理智和慎重，现在却像是完全疯掉了一般。她的舌根被他吸得生疼，腰身几乎要被勒断，最重要的是他的手，已经撩起她衣服的下摆，从腰际一路摸上去，捏住她一侧的柔软狠狠揉捏。

妈呀！晨珀疼得眼泪都快出来了，这还没做什么呢，就感觉自己的身体要被拆掉了，要是他真的做下去，她今天一定会死在他身下！

她开始用力挣扎，一开始不想太过分，可是她再挣扎，握在她胸前的手也没松开丝毫，反而扯开她的内衣，直接按了上去。

男人掌心的温度灼烫了她的肌肤，她狠狠地战栗了下，感觉他加重了呼吸，随后更加用力地纠缠她的舌头，简直恨不得把她吞下去。

她迫不得已开始踢打他，最后甚至去扯他的头发，然而还是被他托着臀部架起了双腿压在门上。有硬挺的东西抵在了她双腿之间，晨珀被他吻得身体酥软，又气又羞之余起了听天由命的念头。

随便吧！

反正她这么喜欢他，早晚都要做的，要做就做吧！只是今天做的话，以他目前的状态，她估计得吃点苦头……

正胡思乱想着，身前的男人却停了下来，他维持着压住她的动作，将脸埋入她的脖颈沉沉喘息。

"简墨准？"她被弄得莫名其妙。

"别出声。"男人的身体因为她这一声又瞬间紧绷，他放下她，捧住她的脸颊在唇上重重吻了几下，随后很是艰难地放开她，扭头朝房间里的浴室走去，"等我……"他的气息越发不稳，走路踉踉跄跄的，中途还撞到了床，好不容易才摸到浴室的门，进去后立刻关门上锁。

里面很快传来水声，中间还隐隐夹杂着男人低沉沙哑的呻吟，晨珀这才明白他去干什么了……

对方的声音太过撩人，她甚至能想象出里面的画面，再想象一下他平时高冷淡漠的禁欲模样，她感觉鼻血都快要流出来了……

他能有这样的自制力她觉得很欣慰，不过心底那冒上来的隐约失望又算怎么回事？

晨珀摸了摸发烫的脸颊，估计他一时半会儿应该完不了，她决定先去解决另一件事。

再次面对菲尔，她的情绪变得异常复杂。今天要不是她和方谌及时赶到，她真不敢想象他会对简墨准做出什么事。

方谌在简墨准和晨珀离开后，就用冷水浇醒了菲尔。他懂得盘问技巧，加上早已从晨珀那里得知了一部分事，两者拼凑便得到了真相。

从头到尾，菲尔喜欢的都不是晨珀，而是简墨准。

菲尔被绑在椅子上，看到晨珀出现，眼神依旧灰蒙死寂，那里面根本没有一丝所谓的情感在。

"为什么要假装喜欢我？一年前在西雅图你明明就已经死了——到底怎么回事？"

从女孩漆黑的眼底，他看见了自己丑陋的半边脸，那样惨不忍睹，让人心生厌恶。

菲尔扭过头，闭上了眼。

他是个同性恋，但简墨准并不是。不仅如此，他还是他的上司，这样的身份差异让他没办法把这份爱说出口。

他当了他四年助理，是他最信任的人，也知道他身上所有的秘密，甚至知道他的病。

简墨准这么多年来一直都是单身，他虽然没办法得到他，但能待在他身边，一直为他工作，似乎并不是太悲伤的事。

他曾以为自己能当他一辈子的助理，就这样一直待在离他最近的地方。这么多年，简墨准碍于乔尔先生的命令，相亲过很多次。他的气场一般女人不怎么敢靠近。而这些被家族挑选出来安排好的相亲对象，他通常不会见第二次，甚至因为意识到不想有男女关系，会刻意回避。

其间，也遇到过强势且死缠烂打的相亲对象，例如伦娜，仗着自身条件和身份地位，强硬进攻。只可惜简墨准也不是温软的性子，对方越是强势，他就越是排斥。

当然，偶尔也会有一两个无论性格条件都无可挑剔的女孩，他怕简墨准会动心，便借着助理身份，向对方展开追求。菲尔知道自己的脸有多好看，而且他比普通男人更加了解女人，知道她们喜欢什么样的男人。简墨准虽好，但性格淡漠，那些女孩初次见面稍有好感，还远不到爱上的地步，他稍稍花点手段，就手到擒来。

每一次和女性接吻的时候，他都觉得恶心，但效果显而易见，尤其当那几个女孩看到自己和他的激吻视频甚至更露骨的视频后，无一例外选择了沉默离开。

直到，晨珀出现。

机场重遇那次，他就觉察到了简墨准的态度。这个女孩，对他来说是不同的。

但他知道简墨准那时并没有喜欢她，而且萍水相逢，两个人根本不可能再见面。可后来，他们在Wigmore再一次遇到。

他们之间，就像是有什么东西在互相牵引着，哪怕距离再远，都会一次次重遇。

他想要故技重施，可东方的女孩都比较保守，想凭一两次见面就把人弄上床似乎不太可能，再加上简墨准和她的见面实在太频繁了，他无从下手。

随着时间过去，他慢慢发现两人之间并没有发生他所担心的事，简墨准对她是很特殊，但两人始终是朋友。那阵子，他偶尔也会心潮澎湃，想象简墨准或许是因为他，才不交任何女友。

就在他逐渐放下警惕的时候，晨珀却突兀地出现在简墨准的公寓里。

那套公寓从末有任何女人去过。公寓的一切琐事都是他在打理，他总是怀着幸福的感觉替他处理每一件细小的事，从没想过有一天这里会住进一个陌生的女孩。

他看着对方惺忪的睡眼和身上的居家服，愕然失声，也就是在那一刻，他打定主意要把她从简墨准身边赶走。

接近她，利用一切可以暧昧的机会，可她似乎很警惕，觉察出什么后便开始和他保持距离。

他很焦急，他们已经在一起了，他总会忍不住想象在他看不见的地方简墨准和她会做些什么。这所有的一切都让他辗转难眠，他心急如焚，终于沉不住气出手了。

那天大雨班机延误，简墨准吩咐他接了人先送去饭店，他下飞机会直接过去，可结果飞机提前抵达，而简墨准临时先回了趟公寓。

阴差阳错，让简墨准目睹了这一幕。

他被开除了，没有任何挽回的余地。

他不甘心，他当了他这么多年助理，他居然说开除就开除。就这样把他抛弃？菲尔告诉自己绝对不可能！

既然她这么喜欢他，无论他怎么做都不肯离开简墨准，那么他就换个方式。他曾从简墨准那里听说过晨珀误会他有复杂背景的事，便决定从这一点入手，让她畏惧他，然后主动离开他。

他开始计划筹谋。

西雅图是实行计划最好的地方。他跟了简墨准多年，在西雅图属于乔尔先生的公司里，有自己的人脉。

那两个假装"杀害"他，收拾残局并投尸入水的保镖，那个看起来亲切开朗的米菲雅，都是他的人。甚至为了激怒简墨准，让他动手，他不惜让对方厌恶自己。

在他被开除的时候，他就问过他，为什么不能给他一次机会？

很多年前，他曾经救过他，那时简墨准承诺过，无论以后他做错什么，他都会原谅他一次。

所以菲尔问，为什么不守承诺，为什么不愿意原谅。

简墨准却只是淡淡道："这件事不行，晨珀不行。"

那时他就知道，晨珀在他心里有多重要。

要激怒这样一个男人，太简单了。

他了解简墨准的生活作息，知道他总喜欢在傍晚前后看一会儿书。而别墅书房的位置他一清二楚，当初还是他负责装修陈设的。他躲在米菲雅的车里藏进别墅，耐心等着暮色降临，然后做出孤注一掷混进别墅的模样，求简墨准把晨珀让给他，他真的很喜欢她。

遭到预料中的拒绝后，他恶狠狠地告诉简墨准，如果他不肯放手，那他就用其他的方式。他会找机会对晨珀下药，他喜欢她，她不喜欢他没关系，就算只有身体他也会夺走。

"有本事你一直看着她，一眼都不要离开，否则我一定会得到，早晚有一天我会把她弄上床！"

简墨准终是发怒动手，这个男人总是优雅而清隽，可此刻当他暴怒，菲尔才知道对方的身手有多好，他根本不用装出很疼的样子，他是真的很疼。

他被揍倒在地的时候心里却在笑，他知道此时此刻在另一栋别墅，那个女孩正在看着这一切。

但她仅仅只能看到，并不能听到。

他假装害怕，向简墨准提出条件，说自己只是不甘心，才会说那些话，如果他愿意给他一笔钱，他保证以后不会再跟踪他们，也不会去打扰晨珀。

他答应了。

之后的一切，都如他计划的一样。

他做出了被"杀害"的假象。

米菲雅很快给他传来了晨珀失踪的消息，再然后，晨珀私下求助让她安排离开的机票。

一切比他计划的更加顺利，那个女孩甚至为了躲开简墨准选择了休学。为了不让简墨准起疑，他在收到钱的当天就离开了西雅图，把晨珀离开的事完全从自己身上撇清。

他回了伦敦，注销了手机号，离开原本的公寓，甚至不再和之前的任何朋友联系。

他必须做出自己已经失踪死亡的假象，等到晨珀彻底从简墨准的生活里消失后，他再回来。或者，不回来也可以。

他知道简墨准不可能喜欢他，可是他得不到的，他也不希望任何人得到。

晨珀刚离开英国时，他着实忐忑过一阵子，他太清楚简墨准的能力，要是他有心去查，一定能查出蛛丝马迹。可不知道为什么，那两个月一直风平浪静。

他心里不安，到底不敢回伦敦，时不时更换国家及住处，最后甚至远离欧洲。

也就是在那时，他碰到了某个曾被他拍下性爱视频的女人。那时他是乔尔家族的人，简墨准身边的助理，而且在英国，对方就算再愤怒也不能动他。

可现在他独身一人，行踪低调，又在她的地盘，她当然不会这么容易放过他。

她找人毁了他的脸。

那种痛，菲尔不愿回想第二遍。

他在医院躺了很久，花了很多钱做治疗，可脸上依然留下了丑陋的疤痕。这一切都是为了简墨准，可简墨准呢？当他偶然查看新闻，却发现他在S城举办拍卖会的事。

他找了私家侦探去查，最后绝望地发现，他不仅找到了她，还重新和她在一起了。

他在异国的出租房里，愤怒地砸碎了所有能砸的东西。

他失去工作，毁了容，到处躲藏，可那两个人居然重新在一起了！原来他还是低估了简墨准对那个女孩的感情，哪怕她抗拒逃离，他仍旧执着地追回了她。

他没有办法接受，既然无论怎么做他都会和别人在一起，那他还有什么好顾忌的！

他花了点手段，和胡崇光有了联系，透露了简墨准身为小提琴制造师的事，最后还表示自己手里有件不错的非小提琴藏品想要出售，但他想和简墨准面谈。只是碍于这张脸，他不喜欢面谈时有第三者在场。

胡崇光爽快地应下了，他还借着胡崇光的手，让简墨准喝下了加了药的茶水。

就差最后一步了！

他差一点就可以得到他！

只差一点。

Chapter 21
新起点

晨珀的指尖紧了又松，松了又紧。

哪怕在看到菲尔的时候她已经预感到了一些事，现在这个真相仍旧超出了她的想象。

喜欢男人不是错，喜欢一个不喜欢自己的人也不是错，可是为了自私的占有欲，他筹谋了一场这么大的骗局，实在让人恨得咬牙切齿。

更让她生气的是，她居然上当了！就像一个傀儡一样，一步步按照他的指示，伤害他、逃避他、远离他，自以为是地试探着他，却连一个解释的机会都没有给他！

在她发送分手的消息之后，他到底是以什么样的心情一次次发消息给她，并提前飞回伦敦来找她？

那次汇报演出，她曾和他约定，让他一定要来，坐在舞台下看她表演。他听她拉过很多次小提琴，但是站在舞台上的演奏，还从来没有过。

最后，他如约而至，她却匆忙办理休学，逃离伦敦。

那天，他拖着生病的身体坐在演播厅等她，却不知道是在等待一个永远不会出现的人。方谌说他不肯去医院，说他等了很久……只要一想到这些，就有一种剧烈的疼痛从她身体里蔓延开。

然后呢？

七月、八月、九月、十月、十一月、十二月……当她以为一切都已经过去，当她只是偶尔才会沉浸在莫名惶恐的情绪里时，他却再次出现了。

没有质问，没有强势的逼迫，甚至在感觉到她强烈的排斥时，不再出现打扰。

她的电提不见时，他送来了"怀念"。

情人节为了见她一面，他不远千里赶去她的城市，在车里等了她三个小时，甚至在她拒绝他之后，还不忘让方谌送她回家。

她想起一次次比赛和演出前，他发来的文字鼓励。

她想起那次在电视台偶遇，他俯身亲手替她系上松脱的凉鞋绑带。

她想起那个遭人袭击的雨夜，他紧抱住她的温暖双手。

他为她做了"怀念"；他为她留在S城，在她不知道的时候买了房；他替她解决了缠身多日的绯闻……

看得见的和看不见的。在她不知道的时候，他究竟还为她做了多少事？

这个男人，冷静，不热烈，甚至在恋爱时过分古板，她曾经以为他是不够喜欢，可现在她才明白，他的喜欢远比她的要多得多。

换作是她，莫名被分手，对方又失踪得彻底，她有没有可能花费这么多时间，花费这么多心血，找到他，不问对错，没有责问，一心一意待他一如从前？

当然不可能。

晨珀闭上眼，转身出了书房。

别墅一层朝南的客厅玻璃移门外，是一片延伸出去的木质露台，再往外就是湖水。周遭静谧，夜灯昏黄，她在露台上坐下，想着自己这一年所做的事。

离开喜欢的人，抛下重要的学业，让父母伤心失望……家庭、事业、爱情，每一件事她都搞砸了。

人生第一次，她陷入对自己的无比厌恶中。

她不知道自己坐了多久，直至有人将她从地板上抱起。

"夜里很凉，想把自己弄病吗？"男人微哑的低沉嗓音从她头顶响起。

晨珀抬头，简墨准那深邃的目光正注视着她，一如以往。

"你好了？"这么问出口，她原本还挺不好意思的，然而当她看到他微微侧头的动作，以及逐渐染上可疑红晕的耳根，她心口又泛起莫名的情绪，酥酥麻麻的，让她的心软成了一片。

她想对他说：简墨准，别喜欢我了，我有什么好，懦弱任性，嘴上说着喜欢，可根本经不起考验，甚至连当面问一句的勇气都没有。

可她舍不得。

还陷在菲尔的谎言中时她就舍不得，现在更舍不得了。

晨珀勾住他的脖子，任他抱着自己走回客厅的沙发上坐下。她将脸埋在他的脖颈处，他身上有浴液的淡香，混合着他的体息，是他独有的味道。

"你都知道了？"她闷闷地开口。

"嗯，方谌报警了，保安部的人一会儿会过来带他走。"他的手一下下地抚在她发上，像是在安慰，"今天……还好你来了。"

"就算我不来，他也碰不了你，那种变态，你两三下就解决了……"她顿了顿，声音弱下去，"对不起，简墨准，都是我的错，只会嘴上说喜欢，轻而易举就中了他的圈套……"

"没关系，就算你离开，我也会来找你。我说过，只要我不同意，你不能单方面决定这段关系的结局。"

时隔许久，再度听到这句话，她才能真正理解这里面所包含的情感。"你真的一点都不生我的气？"她在他怀里抬头。

他看着她，轻轻抚着她的脸："你没有做错什么，担惊受怕的是你，我不会为了这种事生气。"

是了，她应该记得的，从认识至今，他几乎没有对她生过气。她一直以为是他的年龄摆在那里，他心智成熟，能更好地控制情绪，所以即便生气她也看不见。

现在她才知道，他是真的没有对她生过气。

"可是我丢下你一个人在西雅图，发了个分手的消息就不再见你，还休学逃走……你分明就什么错都没有，为什么后来再见到我，连一句责怪都没有呢？"

这次，他凝视着她，许久之后才慢慢开口："我以为，你厌烦了。"就连单泽修都曾诧异，说他如此沉闷和寡淡的个性，怎么会有年轻女孩受得了。

他本来就不是话多的人，特殊的身世背景让他比普通人更安静孤僻。十二岁那年的事故之后，他的话就更少了，情绪也更收敛，可以一个人几天几夜躲在房间里，拉小提琴、制琴，不开口说一句话。

他从没想过要找女朋友，企图心太强的那些人从一开始就被他拒之千里。

晨珀会成为例外，是因为她没有表现出企图心，他一直以为她把他当成朋友。那样的见面方式，他并不排斥，甚至每次都觉得很轻松很愉快。

他很喜欢她拉琴的方式，自由，充满生气，无拘无束，和他完全不同。

直到伦娜把她带走，担心恐惧将他整个占据，而后怒意降临。当他意识到自己的怒意——异常少见的汹涌怒意时，才明白过来晨珀对他的重要性。

后来他发现，如果是她，他完全不会排斥。她的靠近和触碰只会让他的心变得柔软。

他知道他在做一个很重要的决定，这不是简单见一面的相亲，这有关未来，她的，还有他的。

他必须慎重。

从决定和她在一起开始，他就没想过分开。

只是，他不懂也不擅长恋爱，又比她年长许多，不善言辞，不知道怎么做才能让她开心。偶尔，他会觉得自己面对她时太过古板笨拙，学不会主动，时常都让她觉得无趣。

她曾不止一次说过想去哪里哪里玩，可两人见面后，更多的时间他都在公寓里看书，而她通常会抱着他抱怨几句无聊，最后枕着他的腿睡着。

那一直是他非常喜欢的时刻，宁静悠闲，没有嘈杂的人、事、物，只有他和她。

可她离开后，他一次次回想，才恍然想到，那样的宁静悠闲，或许只是他喜欢，而她并不喜欢，只是因为喜欢他，所以愿意陪伴。

就像她陪他去喜欢的餐厅，去看他喜欢的艺术品，去听他喜欢的歌剧，随他去西雅图……

可没有人能一直忍受自己不喜欢的东西。

他想她或许是到极限了，不再喜欢，开始厌倦和厌烦。

只是哪怕如此，他也不想放弃，再多的不适合又怎么样，情感并不会因为不适合而减少半分。她想要离开，他就暂时不去打扰。

他可以给她一段时间的自由，但是分手，他从未想过。

他飞越半个地球找到她，看到她的冷淡逃避，总觉得自己是在以一种作弊的方式强迫她，又怎么可能去质问和生气。

他所有的小心翼翼，无声宠溺，只是因为不想再次失去她。

"我怎么会厌烦你？得有多瞎的女人才会厌烦你啊！你这张脸我

就算看一辈子都不会腻好不好！"晨珀简直目瞪口呆，"更何况……更何况，你那么好，患得患失的人是我才对……我就是太喜欢你了才会连亲口问你一句的勇气都没有，懦弱地选择了逃走……"

他怔住了。

虽然那晚在电视台的门外他曾经听她说过同样的话，可到底不比这样面对面地亲耳听到。

怀里的女孩柔软而温热，惊讶的表情让她看起来格外生动明媚，他心里有一种奇异的情绪涌了出来，他搂紧她，喊了她的名字，之后低头吻住了她。

这是个热烈的吻，不似刚才那样疯狂，却比他之前任何一个吻都要炙热。纠缠住她的唇舌柔软而坚定，第一次，两人之间像是卸下了所有的隔离和顾忌，坦诚而投入。

知道对方也如自己般在乎着喜欢着自己，这种心意相通的契合感让他欲罢不能，下意识地想将她抱得更紧，吻得再深一点。

他的怀抱宽广而温热，在她口中索取的舌尖带着一种让人眩晕的魔力，晨珀肺里的空气都已经用尽，几乎有种溺毙感，可她不舍得推开，反而更紧地揪住了他的衣服。

谁会相信呢，被这个人用这样的情感喜欢着、宠着、爱着，她就像瞬间从严重的自我否定过渡到了人生赢家。

学业，她已经决定重拾，父亲的希望和自己的梦想，她也一定会找到一个平衡点。

一切，从现在开始，重新出发。

菲尔的后续处理，她没有多过问。

胡崇光虽然不了解具体的事，但知道自己介绍的人不安好心设下圈套害人，终归内心不安，一再和简墨准表达自己的歉意。

后来交谈间，胡崇光才知道"怀念"是被赠送给了晨珀，顿时了然地笑起来："原来那把琴是简先生做给自己女朋友的！倒是我这个老头儿不解风情，还一个劲儿地想把它买下来！"

那天胡崇光临走之前，再次对简墨准答应制琴一事表达了谢意，得知晨珀即将参加Z城的艺术节活动，当下表示届时会去观看她的演出，如果她能用"怀念"演奏就再好不过了。

胡崇光除了是个有名的小提琴收藏家，也是著名的乐评人。艺术节这类的活动他基本都会出席，也会在各大网络平台撰写评论，意在替大众推荐有才华的乐界新人。这是示好的意思，晨珀知道自己沾了简墨准的光。

原本让晨珀纠结的问题如今不复存在，次日一早她带着礼物去了简墨准的公寓。

"这么早，早饭吃了吗？"他诧异地看了看钟，八点都还没到。他取了拖鞋，习惯性地半蹲下替她换上，才刚起身，她就已经扑进他的怀里。

"生日快乐！"她紧紧揽住他的腰身，能这样毫无顾虑地接受他的好，晨珀感觉万分甜蜜。

男人弯了弯唇角："谢谢。"

"想我吗？"其实她不好意思说，昨晚他送她回去后她一个晚上都没睡好，在床上翻来覆去的，脑子里都是和他认识以来的画面，后来迷迷糊糊睡去，结果一大早就醒了，还半点不困，简直跟打了鸡血一样。

他低头看怀里的女孩，她今天穿了件连帽的粉红色卫衣，颜色极其衬她，似乎还化了淡妆，那双漆黑的眼瞳十分清亮，嘴唇也红润润的，格外水嫩。

他伸手抚上她的脸，感受指下嫩滑的触感，一时忘记了回答，结果就这短短的几秒钟时间，没等到回答的人已经耐不住了。

晨珀勾住他的脖子，努力踮起脚，把嘴唇朝他唇上送。

他叹了口气，一手体贴地揽住她的腰身减轻她踮脚的负担，另一只手有些无奈地挡在她唇上："我还没刷牙。"

晨珀使劲蹦跶都亲不到他，感觉好气，直接张嘴在他手指上咬了一口。

　　不过很快，她就后悔了。五分钟后，从洗手间出来的简墨准把她按在墙上吻了起来，先勾着她的舌尖诱她进到自己口中，然后不轻不重地回咬了她两口。

　　晨珀被咬得脊背发麻，只感觉一股电流从脚底直冲上后脑，整个人都软了。

　　总感觉再见面后，他在某些方面和以前不同了，她从来没想到他这么会撩，伏在他怀里喘息的时候，她忍不住问："你是不是和谁实战过了？"

　　他微微一怔，随即明白过来，眸色深了几分："我的实战对象只有你。"顿了顿，他反问道，"你呢？"

　　看到他眼底的深意，心虚的晨珀只能呵呵呵……

　　由她的提问引发的反问所导致的结果就是，一上午简墨准周围的气压都很低，尤其是在给她做早饭时，全程一语不发。

　　简墨准面无表情的时候气场极其惊人。那时在拉斯维加斯，她是喝多了才敢一而再地和他搭讪，若放在正常清醒时，比起米拉他们每次见到他时的局促不安，她估计也好不到哪里。但真是这样，也就没有后来的心动迷恋了。简墨准这个人，得接触之后才能知道他的温柔。

　　晨珀知道他有点生气，可她也没法直白解释这事，难道要她和他说，其实不多，就吻过两回，而且都是被强迫的？

　　呵呵，她可不傻。

　　吃过早饭，他也不用她收拾，独自撤了餐盘，将白色居家服袖口挽至手肘，放入水槽开始清洗。

　　她趴在流水台对面的木质餐桌上，软着口气道："今天你生日，想去哪里吃饭？你想去哪儿我都陪你！"

　　他用软布擦干一个盘子，这才缓缓抬头看她。

晨珀被他看得心里发虚。

唐晗生气时会冷笑讽刺，言语怎么刻薄怎么来，那会儿对方说话再不中听，她也没感觉过怕，听得不顺耳还会反讽几句。

可简墨准什么都不说，什么表情都没有，就这么眸色深深地看着她，她的心脏便不争气地跳了起来。

解释和撒娇都没用，那就只能转移话题了。

晨珀跳下桌子，绕到他身旁，抱着他的手臂靠在他身上，抬头看向他："简墨准，等过了夏天，我打算回伦敦继续读书。"

他似乎并不意外，侧头看着她，淡淡道："你想好了？"

"嗯。"她原本就打算听从单泽修的建议，尝试在古典乐上投入百分之百、百分之二百甚至更多的努力，"有一句话他说得很对，只有当我真正拉好了古典乐，才有资格说是否喜欢。也只有到了那时，我才有选择的余地。"

所以，现在的她还没有资格去谈梦想，路要一步步走。

"他说的话，做参考就行。"简墨准擦干净手，在她柔软的脸颊上轻抚，"别给自己太大压力，我希望看到你自由快乐地拉琴。"

晨珀顺势搂住他的腰，用下巴在他的胸口蹭了蹭："简墨准，你会宠坏我的。"

他轻轻勾起唇角。

同样的话单泽修也说过，可在这之前他从没感觉到这是一种宠，他只是想对她好，仅此而已。

两人一起去了超市，她知道他喜欢安静，打算在公寓亲自动手给他做晚饭。

简墨准推车跟在晨珀身侧，偶尔停下接过她取的菜放入购物车里。从进超市开始，晨珀一路收获了各种各样的注视，有惊艳的，有好奇的，有羡慕的，也有不屑的——当然，惊艳这类绝对不是给她的。

她瞥了眼身侧正在挑选红酒的男人，出挑的身高，宽肩窄腰长腿，再加上那张干净清隽的脸，即便连衣服都没换，只穿棉质休闲装，站在那儿依旧醒目得不得了。

她甚至看到有几个年轻女孩子站在不远处，一边交头接耳地笑着，一边用手机对准了他拍照。

只可惜，被围观的男主角丝毫未觉，或者说习惯了也根本不在意。

晨珀的思维正发散性扩张着，手却被一只大手握进掌心，男人低头看着她，那双深黑的眼眸宁和沉静，里面只有她："还有什么想吃的？"

晨珀笑起来，反握住他的手："简墨准，过完生日，和我一起去Z城吧。"

今天的晨家，气氛格外严肃。

当然，那股严肃的低气压基本都来自于端坐在沙发上的晨父。

晨珀提前打了电话，表示会带男朋友回家给他们过目。相比开明溺爱她的晨母，晨父的内心是拒绝的，但同时他又认为自己必须见一见——哪怕他并没有打算承认对方。

在晨父的想象中，能让女儿谈恋爱谈到休学的男人，一定不是什么正经人，应该会有一张不错的脸，年轻会打扮，染发戴首饰，外加性格开朗很会甜言蜜语。

这样的小青年他最看不惯，同意见对方也是为了好好挑剔敲打。

然而，从简墨准踏进晨家的那刻起，晨父就陷入了诡异的安静。

首先，对方很高，起码比他高了一头，衣着简洁干净，低调的黑白色系，棉麻质地的长袖衫，穿在对方身上却有一种高贵的优雅感。

脸的确不错，这点在他意料内，不过不是他想象的类型，对方的气质很沉稳，五官干净清隽，没有染发戴首饰，身上更没有一丝张扬的气息。

最重要的是，他应该比女儿大上很多，虽然从那张脸上丝毫看不出年岁的痕迹，但到了晨父这年纪，一个人的年龄其实可以透过其眼底略知一二。

一句话，他完全不是那种开朗外向的类型。话不多，但礼仪无可挑剔，且出乎意料地稳重，尤其是气质，明明很收敛，但依然能让人感觉到，他绝对不是普通人家出来的。

晨珀的介绍非常简单："简墨准，我男朋友。"她早就得到老妈通风报信，知道老爸要亲自盘问，所以把交流的机会留给了他们。

晨父到底是个艺术家，心里再不乐意，也不会咄咄逼人说难听的话，最多是言语间稍微冷淡客气一点。若碰上一个爱面子又年轻冲动的小青年，可能还会被这种隐约的排斥和冷淡激到，但可惜对方是简墨准。

他缓慢而耐心地回答着每一个提问。这种耐心，并非因为条件优越而产生的自信和笃定，而是一种性格习惯。如绅士般的优雅和风度，是已经渗入他骨髓的东西，是一种常态，无须装扮。

就像他生气从不会破口大骂；和初次见面的人交际不会刻意彰显热情；注重承诺和信用；不会对任何人保持同样的仪式性质的微笑，却依然能在言谈间让人感觉到一种礼貌和尊重。

牛津大学音乐学与经济管理学双学位，做藏品生意，同时是一名小提琴制造师。

中国出生，英国长大。

三十二岁。

没有婚史。

与晨珀认识将满两年。

音乐和文学艺术方面都有涉猎，但大多是兴趣爱好，谈不上精通。

虽然是英籍，但很清楚自己是个中国人，所以花费时间研习了中国历史文化，沟通并无障碍。

已经在S城购置房产，支持晨珀回伦敦修完学业，至于未来居住地，一切都看她的需求，他这边没有任何意见。

……

虽然早就料想到不会有什么问题，但大半个小时后，看着父亲一脸兴致昂扬地带简墨准进入书房鉴赏自己的作品，晨珀还是有些目瞪口呆。

老妈已经转去厨房准备烧饭了，她跟着蹭了进去："妈，爸他这是……同意了？"

"哪这么容易！"晨母捏了捏女儿的小脸蛋，笑得高深莫测，"你爸精着呢，这是第二轮考察，他不是说研习过中国文化吗，漂亮话谁不会说！你爸要不亲自考一考，能凭别人说几句就相信？"

晨珀想起老爸书房里的那一面大书柜，大部分都是能直接催眠她的纯文学类著作，一部分是古典乐曲谱，还有一部分是各种历史书，正史野史都有。变态程度和简墨准公寓里的书房有一拼。

晨母见女儿沉默，以为她是担心，又安慰道："不过你也知道你爸他就是个小提琴迷，小简就算其他什么都不懂，只要会做小提琴这点是真的，你爸早晚会松口。"

话虽这么说，但在两人进书房的半个小时后，晨珀还是没忍住端了盘水果送进书房里。

晨父见女儿端水果进来，当然知道她的心思，冲她看了两眼，又将视线投回书桌上。晨珀搁下水果，抬眼一看，发现老爸居然拿出了家里的藏品瓜达尼尼，一边小心翼翼地用软布擦拭，一边和简墨准细聊当年意外购入这把琴的来龙去脉。

简墨准听得认真，感觉到她的视线，朝她看过来，晨珀就等着他看自己，立刻嘟起嘴朝他送了个无声的吻。他大概没想到她会当着父亲的面暗送飞吻，脸上有瞬间的怔然，愣了数秒才将视线转回晨父，继续认真地听他说话。

晨珀最爱看他这张一本正经的脸破功的模样，当下心满意足地退了出去。

午饭晨母拿出了看家本事，烧了一大桌子菜，热情地招呼简墨准多吃。

晨珀家的桌子是长方形的六人桌。晨父坐在主位，晨母在他左侧，原本晨珀是坐在晨母的正对面，不过今天简墨准来了，这个位置就让给了他，晨珀朝旁边挪了个位置，不管夹菜还是和父母说话，都最先看到简墨准。

简墨准吃饭向来不习惯说话，晨家却没这个习惯。晨母一直待简墨准很热情，一边让晨珀给人夹菜，一边询问简墨准菜式是否合口味。晨父偶尔也点评几句晨母今天的发挥，其间询问晨珀声世那边的事处理得如何。

晨珀当初签的合约是一年，提前离职按照合约要赔偿三个月工资。所幸她在网站上一直有不错的收入，加上她也不是个喜欢乱花钱的人，存款丰厚，三个月工资对她来说并不算多。

原本她是想回Z城和父母商量后再决定辞职时间，然而简墨准得知她有辞职意向后，在生日第二天就送她去了声世递辞职信。

晨珀总觉得他这一举动和前一天"实战对象"的话题有关，不过她也没有傻到去问，反正都是要辞职的，既然他希望她尽早离开，那就早一点好了。

简墨准将她送至声世，便去了附近的咖啡厅等她。

晨珀不知道唐晗是否回了S城，有没有在公司，她并没有上十五层，而是直接将辞职信递给了顶头上司祝霍。祝霍接过信，眼珠都差点瞪了出来，还以为她因为比赛的事在和唐晗闹脾气，直让她收回去。

"我和唐晗真不是那种关系。"晨珀叹了口气，不愿再多解释，去了人事部办离职手续。

范芯得到人事部的通知后匆匆下楼。她是知道唐晗对晨珀的心思的，拉着她到一旁的会议室，问她是不是真想好了。得到肯定的答复后，范芯便问她艺术节的事怎么办。

这次的艺术节声势浩大，届时全亚洲的音乐家、艺术家汇聚一堂，以演出的形式进行艺术交流，这是音乐界的盛世，诸多媒体将通过各种形式向全亚洲乃至全球的观众报道这场盛宴。

晨珀的演出节目早就报了上去，无疑离职不会直接让演出暂停。但如果她这个时候离开，声世肯定会取消她的演出，她将失去参与这场音乐盛典的机会，这对她来说是个很大的损失。

她能听出范芯话里的意思，只朝她笑笑："没关系，艺术节每一年都有。"

离开人事部后，她去了古典乐部和露易丝告别，田艾丽不在声世，她给对方发了消息，最后回练习室收拾私人物品。

等唐晗接到范芯的电话自饭局上抽身赶回时，晨珀早已带齐东西离开了声世。甚至，当他挣扎数日后来到晨珀住处时，发现她竟连小公寓都已经退了租。

仿佛避之不及，连一句再见都没有，就这样离开得彻底。

唐羽琦劝他说："哥，算了。小珀对简墨准用情很深，加上现在他们两个误会也解开了，你再挤进去也不是个事。"

用情很深？他听了只想笑，明明他才是最先认识她的那个人，明明她第一个喜欢上的人是自己，怎么现在他却变成多余的那个了呢？

其实他早就看明白了，有简墨准在的地方，晨珀眼里根本看不见第二个人。

他只是不信自己这么低声下气顺着她哄着她，她能一点都不动心。

哪怕是现在，他依然无法甘心平静地放手。

有些事，历经多年，已经成了执念。

晨珀办离职手续的事，晨父晨母都表示赞成，总归要辞职的，干脆一点好。不过她觉得自家老爸心里还是有点可惜的，毕竟是亚洲盛典，她试探性地问了一句，却被丢了句"以后要专心学业"。

后来母亲私底下告诉她，难得这么盛大的艺术节在家门口举行，她又要上台演出，他哪里可能不期待，连一起去观看她演出的朋友都叫好了。要不是唐晗那个浑小子做出的混账事，她就算想辞职，他也铁定让她在艺术节之后。

其实晨珀这十几年上过的舞台，参加过的比赛真不算少，晨母早就习惯了，偏偏晨父对小提琴舞台有一种谜之迷恋，跟集邮似的，错过一场都肉痛。

她马上又要去伦敦了，虽然真心不想让父亲失望，可艺术节也不是她个人想去就能去的。

艺术节的前一天，简墨准接了个电话，简单两句交谈后把手机递到她面前。

她不明所以地接过，电话那头传来单泽修淡冷的嗓音："巴赫的作品熟练度怎么样？"

晨珀被问蒙了："大神，范围太大，给个框框。"

"a小调。"

"哦，还算熟。"巴赫的作品她还是比较喜欢的，贵族宫廷范儿，练得多一些。

"如果明天就要上台的话，选哪个乐章？"

"一。"第一乐章最短……

听见她的回答，他似乎低笑了声："料到了，行，那就这首，今天练习一下，明天上台。"

"上什么台？"

"简还没说吗？你自己问他吧，曲目我给你报上去了，明天别丢我的脸。"单泽修说完就挂了电话。

晨珀捏着手机回头看，身后的男人正将切好的水果放入沙拉碗，又加了炼乳进去，完全一副"家庭煮夫"的模样——几乎让她忘记了这是在酒店。

他拿着沙拉碗走过来，朝她嘴里喂了几块，又低下头将她唇边的炼乳亲掉。整个动作如行云流水，无论是投喂的眼神还是舔舐的动作都认真而专注，晨珀被他弄得心里又颤又酥。

这种每天被撩的生活，她究竟要到何时才能习惯！

"因为是以单泽修门生的身份上台，所以节目很靠前，也会格外被媒体关注。"他已经知道她想问什么，在她开口之前慢慢说道。

"门生？"晨珀惊得差点噎着，好不容易才把嘴里的苹果咽下去，"什么时候的事情，我怎么不知道？"

"对外的说法而已，毕竟明天就是艺术节了，没有合适的名头，主办方也不能随便塞人。"

晨珀忍不住感叹："果然我走到哪里都离不开裙带关系吗？你又去拜托他了是不是？"她本来就想抱他，现在更是趁机扑进他怀里，仰头一脸感动地道，"你总是这样，什么都不用我说，就默默在我背后为我做好一切。你让我欠你一次又一次，这么多次下来我欠你的永远都还不清了！怎么办，看来除了以身抵债也没有其他办法了……你说吧，你有什么要求我都会照做的，你想怎样就怎样……"

前面她说的时候他还在认真地听，几句之后就知道她在胡闹，他又无奈又好笑，抱着她任她胡说八道了会儿，结果后面她越说越没正经，他蹙眉在她纤细的腰身上捏了下。

结果她半点不收敛，被他一掐还故意娇滴滴地叫了声："哎呀，原来你喜欢这样子啊，可是我怕痛啊，能换个不痛的吗？"这阵子她特别喜欢逗他，仗着他的宠爱，欣赏完他愕然无奈的模样，笑着就跑。

以前她怎么就不开窍呢！

这样禁欲古板的简墨准简直太好欺负了。偶尔她稍微过一点，咬一口他的耳朵，或是在外面吃饭的时候在桌子底下用脚去蹭他的腿，他愕然的同时眼底还会掠过窘色。

那些第一眼便被他的气场震慑住从此敬而远之的人，永远都不可能知道，这个男人还有这样的一面。

某次和唐羽琦碰头时说起这些，对方露了个见鬼的表情，祝贺她已在强攻的路上一去不复返。

然而夜路走多了总会遇到鬼，当她还带着窃喜的心情继续逗他时，面前的男人已经弯腰抱起了她。

晨珀被压到沙发上的时候人还是蒙的。

吻来得无声而强势，男人掠过她的唇齿，轻而易举地侵入她口中，鼻端、齿间、口中全部是他的气息。凹陷的沙发宽大柔软，她被上方的人压着，深陷其中动弹不得。

两人的身体紧密贴合，长久的缠吻让她透不过气，她推了他几下。像是要惩罚她的恶作剧，他非但没有松开反而抓住她的手将它们按在头顶上方，然后继续吻她。

整个房间里，只有两人细碎而沉重的呼吸声，等到他终于松开她的唇扬起头时，她的脸孔早已涨得通红，那双黑润润的眼睛瞪着他，像是恨不得在他脸上咬一口。

相比她的窘迫，他的神情很淡，眼底却似有笑意，他再次低头，在她红润的小脸上吻了几下，沉声问道："下次还闹吗？"

被彻底反撩的晨珀一脸憋屈。

"乖。"

打电话给家里告知父母她今天要在简墨准的酒店留宿时，晨珀直接被老爸喷了一通。

什么女孩子要懂得自爱，送上门的不值钱……说了一大堆。

末了晨珀不得不打断他："爸，你想哪里去了，我留这里练曲子呢，简墨准帮我找了人，明天我要参加艺术节。"

"真的？！咳……就算是这样，你也不用住那里吧！家里不能练？"

"是协奏曲，我一个人怎么练？而且，他住的套房很大，除了他，他的助理也在。"

"助理？"

"他的助理叫方谌，现在应该到了。他是过来帮我拿小提琴的，就是我房间那个银色的盒子，还有明天要穿的裙子，在柜子里……"

果然，片刻之后，一个衣衫革履、面带微笑的年轻人敲开了晨家的门。他言谈得体有礼貌，晨父问了他几句，他也一一耐心回答了。

问及和晨珀合作的人时，方谌说出了单泽修的名字。晨父着实一怔，单泽修这个名字简直是乐界权威，如雷贯耳，只是之前声世器乐大赛，在决赛时当众批评女儿的人也是他，现在这又是哪一出……

晨父心里疑惑，但和方谌毕竟不熟，也不好逮着人继续问，当下拿了琴盒和晨母简单收拾的衣服用品给他，准备等明天晨珀演出之后再仔细问问。

方谌带着琴很快回了酒店，将琴盒和衣服交给晨珀后就去了隔壁房间。

简墨准的套房就算再大，他也不可能和老板住一起，更何况还有晨珀在。

巴赫的《a小调小提琴协奏曲》是巴赫对自己的鼓舞之作，那时他的妻子刚刚去世，他情绪悲痛，于是便谱了这首曲子给自己。因为带有鼓励的意味，所以这首协奏曲和巴赫以往的风格不同，是他少有的激情之作。乐曲分三个乐章，她这次演出要拉的就是第一乐章。

通常这首曲子需要室内乐的伴奏，不过两个人协奏也是可以的。

依照简墨准的说法，单泽修今晚会从外地赶来，明天和她一起上台的是他本人。

对此，晨珀有点无法理解。开口说情是一回事，亲力亲为地帮她又是另一回事。可单泽修对她的演奏不是很鄙视吗？这次居然要和她一起上台？脑子坏掉了？

简墨准轻轻抚着她的头发，笑了笑："Simon不会浪费时间在他鄙视的人身上。就算是我开口，他也只会破例一次，如果不是看到你在小提琴上的才华，他不会一次又一次地帮你。"

"可是，他也不至于自己上台吧。"说到这里，晨珀放慢了语速，小心翼翼地看着他，"其实，你也可以啊。"

他顿时陷入沉默。

片刻后，抚在她发上的手才重新动起来："我也猜到他会告诉你。"

"他给了我一张你当年参加比赛的碟片。"也是从那时起，她才明白为什么每一次她在他面前拉小提琴时，他都会用那样温柔而眷恋的目光看着她。其实他真正眷恋着的，是她手中的小提琴，"既然这么喜欢，为什么要约束自己，和我一起拉小提琴不好吗？"

简墨准轻轻摇头："我已经答应过我爷爷这辈子都不会再拉小提琴。"

"可是，为什么？"她还是忍不住追问了句。

"这件事，涉及了很多其他事。"

"如果不方便说……"

"不是。"他打断她，并不想让她误会，"那些事早晚我都会告诉你，只是今天不是个好时机，你要准备演出的曲子，而告诉你那些会花上很久的时间。等你演出之后，如果还想知道，我会全部告诉你。"

"勉强的话不用告诉我。"每个人都有过往，她关心他，所以想知道，可如果这个过程会让他不愉快，那她宁愿他不说。

他的眼眸染上了暖色："放心，比起拉小提琴，我更喜欢做小提琴。"

对于这点，晨珀毫不质疑。因为他每到一处，居住的房子里永远都会有一间制造室，就说这次陪她回Z城，因为不知道会住多久，所以他在酒店包了个总统套间，而紧随其后的方谌则带来了他制琴用的所有木料和工具，并在当天便将其中一间房收拾出来，当成工作间用。

这几天，除了去晨家及陪她，他大部分时间都在制琴。

也是在这几天，她才真正见到了他工作中的模样。

都说认真工作的男人最帅，可单单用一个"帅"字，却形容不

167

出简墨准专注制琴时的万一。他的手指很美，修长白皙，在灯光下有一种莹润如玉的质感，指间的木料被他一遍遍地打磨，不厌其烦地重复，细心无比。他眸色专注，睫毛低垂，那种凝视，仿佛在他指间的不仅仅是木料，而是最亲密的恋人，最珍贵的宝藏，藏着一整个世界的静谧美好。

晨珀毫无意外地迷恋上了他制琴时的模样，甚至故意跑来酒店又待在酒店不出去，只为了能看他工作时的模样。

她的思绪还在游离，简墨准已经打开提琴盒，将"怀念"取出："今晚，你的重心应该在这里，希望你明天能有一场快乐的演出。"

Chapter 22
思念如海

　　晨珀被放了鸽子，单泽修当晚并没有赶到Z城。

　　他是第二天下午才到的，那时晨珀已身在艺术节会场内了。

　　Z城的文化中心是近年新建的，位于开发区最繁华的商圈，建筑设计极具格调，拥有全玻璃外墙，优美的曲线弧度，分东西两楼，矗立在一片绿意盎然的公园内。

　　这里有Z城最大的音乐厅，各类风格不同的展厅、宴厅、会议室，以及非常适合夜晚表演的露天音乐喷泉舞台。

　　为期三十天的艺术节首站就在这里，其他演出地点还包括B城和S城。

　　Z城作为首站，下午将有一个大型的开幕典礼，晚上还会有开幕派对。正式的开幕演出则放在晚上八点之后，晨珀的演出就是在这个时间段。

今天上台的基本都是器乐类，独奏或是室内乐协奏及乐队演出，也特邀了几个明星艺人来登台演出。

之后的每晚都会有固定演出，且每一个晚上的演出都不尽相同，可谓包罗万象：器乐、歌唱、舞蹈、音乐剧……所有与艺术有关的节目，来自亚洲乃至世界各地身负才华的人，都会在这里登台。

白天还有各类摄影展和画展。

除此之外，艺术节期间还会开设音乐教室和摄影教室，固定时间点开设课程。也有几次与艺术家、音乐人面对面的座谈会。

热爱艺术的观众可以按照演出时间表购买自己喜欢的演出的门票，参与这场艺术盛宴。

当然，在所有的演出活动里，第一天和最后一天是重中之重。

一个是开幕，一个是闭幕，前来观看演出的观众人数最多，出席的媒体最多，受到网络上大众的关注度也最高。无可避免地，这两天的演出位置也是竞争最激烈的。

有人的地方就有纷争，哪怕是在艺术领域。

单泽修一个电话就能在临开演前将晨珀加进首演名单内，他的影响力可见一斑。

临近五月的晚春，阳光明媚，白天的温度超过二十五度，开幕典礼上尽是打扮清凉性感的美女。这样的盛典，艺术界大咖云集，也是各明星一展魅力的舞台。

晨珀到达的时候已经是傍晚，她是来彩排的，正赶上露天音乐派对的开始。

摆满精致餐点、甜品、酒水的欧式长桌，现场演奏的乐队，不断变换各种颜色的音乐喷泉，还有杯斛交错的艺术界、时尚界及娱乐圈的宠儿们，交织成一幅流光溢彩的画面。

卢辰在她进场后没多久就看到她了。他所在的区域很隐蔽，属于VIP区，是主办方给他这样的超级大牌的照顾，尽量避免他被粉丝打扰。

他其实也到了没多久，还没正式露面。他是恰好在通告的间隙有一个晚上的时间，经纪人便帮他接了这次邀约。

之前的绯闻事件，他没有通过经纪人，私下玩了一把火，导致这阵子对方高度警惕，就算是他的私人时间，也恨不得把他的行程排满。

晨珀的白色小外套下是一条黑色露肩小礼裙，露出漂亮白皙的锁骨，流苏下摆水钻点缀，将她纤细的腰肢勾勒得格外诱人。她染成浅栗色的长发尽数盘起，柔软的刘海散落在额前，小巧的耳朵上坠着黑色的天鹅状耳饰，那一点黑色将她柔嫩的肌肤衬托得越发白皙动人。

无论是她脚上裸色的细高跟鞋，手里的红色手包，还是配饰的牌子，他都认得，唯独这条裙子，卢辰认不出。毕竟奢侈品方面，他只负责穿，并不是所有的女装都知道。

倒是他一旁的经纪人，用颇为诧异的声音"咦"了一声："呵呵，这女孩身边的人果然不简单。"

"怎么了？"

经纪人瞥了他一眼："招惹别人之前你就没查过对方的背景吗？那条裙子是MIO的东西，英国顶级的奢侈品牌，所有款式从设计到制作，量身打造绝无雷同，看到裙摆上面的钻没有？别以为那是水钻，其实都是真的钻石，拼成的图案正是MIO的独家标记。"

卢辰呛了口酒，视线却忍不住移向女孩身边的男人。

是那天在公安局见过的那位，身形高大挺拔，一袭低调的纯黑色西服配烟灰色衬衣，同样看不出是什么牌子。他手里提着一个银色的小提琴盒，另一只手揽着旁边女孩的腰。两人的身高差让她看起来格外娇小纤细，加上减龄的丸子头，她看起来就更小了，倚在他怀里像个还没成年的软萌小女生。

"软萌小女生"晨珀此刻心里是崩溃的。

快六点了，单泽修的飞机还没落地。

今天的演出虽说是她的独奏，但如果单泽修不出现，她还真不好意思一个人上去。

"我已经让方谌等在机场了，Simon一到就能过来，你的节目不在第一个，还有时间。"

晨珀点点头，她已经认命了，反正彩排不指望，只希望他能赶在演出前到，好歹跟她合一遍。

两人穿过派对现场，朝演出的音乐厅后台走去。中途他们碰到了胡崇光，胡崇光热情地和两人打招呼，并有意向他推荐几个同样醉心于古典乐的同行。

简墨准对胡崇光，似乎一直有种特别的优待。晨珀和他打过招呼，又在对方要求下让一旁的记者给他们两人合了影，之后独自进了后台。

她的彩排时间是六点三十，还没有到，她想去看看其他人的演出，便提着琴盒坐上了观众席。相比派对，这里人并不多，大部分彩排结束的人都去了派对，剩下的都是还没有彩排的。

晨珀完全没想到会在这里碰到熟人，对方化着浓妆，鼻梁高挺，下巴尖尖的，身穿一袭深红色的抹胸落地长裙，身姿摇曳地来到她面前。

"嗨，晨珀！"娇柔而优雅的声音，带了高人一等的自信。

晨珀愣了一下才反应过来："沈妮妮？"

沈妮妮出道了，以偶像歌手的身份。

她是在年后签的经纪公司，在网上发了第一张个人EP，虽然只有三首歌，但都是公司为她量身打造的，各渠道的宣传力度也不错，在网络上有了小小的人气。

今天的艺术节开幕演出，是公司替她接下的活动。不过她自己表示，这样的活动她真的没太大兴趣，要不是经纪人勒令她一定要来，她宁可去美容院躺着。

"今天是首演，一般的小提琴手想要挤进来很不容易，看来唐晗对你不错啊！"沈妮妮一边说话一边漫不经心地拨弄长发。

她的笑容优雅，语调柔和，但话里话外的奚落再明显不过。

晨珀早料到她不是来叙旧的，也不觉得意外，等她长长一番话说完，淡淡瞅她一眼："你真小气。"

沈妮妮不欲撕破脸，依旧保持着笑容："呵呵，你似乎有点紧张？"

单大帅这个点还在飞机上，她能不紧张吗？晨珀内心腹诽，恰好这时工作人员喊了她的名字，她便提着小提琴盒上了舞台。

对方对比了下她出入证上的名字和照片，便开始给她讲注意事项。晨珀的节目并不需要伴奏，简单配合灯光走一下场位，演奏一遍曲子，彩排就算结束了。

沈妮妮还坐在台下，晨珀懒得和她打交道，直接朝后台走，从幕布旁经过时，有人叫住了她。

"你和沈妮妮很要好？"卢辰站在帷幕角落的阴影里，双臂交叠，脸色微沉地看着她。

晨珀的第一反应便是去看周围，查看是否有隐藏的镜头。

"现在是彩排时间，记者进不来。"卢辰朝她走了一步，仍把身影掩在层层帷幕的阴影里。

"她是我高中同学，我们之间谈不上要好。"甚至还有点小矛盾，这句话晨珀虽然没说出口，但卢辰已经从她的表情里看了出来。

他原本紧锁的眉头松开了几分，若有所思地看了她一眼，露了个有点古怪的冷笑："原来如此，既然不是朋友，那么劝你一句，小心一点沈妮妮这个人。"

卢辰说完这句，便转身沿着阴影处离开了。

不知道是不是她的错觉，总觉得他离开前的眼神有点可怕。

十几分钟后，在派对上和胡崇光聊天的晨珀收到一条微信，这才知道刚刚那个眼神不是自己的错觉。

微信是用卢辰经纪人的号发来的，不过看语气她知道这条微信的发送人应该是卢辰。

微信发的是文字，不长，内容却让她愕然。

她一直不明白，自己从没见过卢辰，和他也没有过节，为什么他会突然接近自己，甚至故意曝出照片。原来，这背后有一场不负责任的谎言。

而谎言的始作俑者，就是沈妮妮。

舞台上，艺术节首演已经开始。

沈妮妮捏着话筒等在幕后。下一个就是她的节目，三首出道曲目里的慢歌。

其实她并不像自己表现出来的那么放松和不在意。她没有太多舞台经验，至于唱功，只能说是普普通通。要不是好不容易攀上的那位金主的推动，她根本没办法签约现在的经纪公司。

这些年，她整容隆胸，一路从一个透明小网红爬到有点名气的女主播，再到如今终于可以正式出道，不知道挤掉了多少竞争对手，自认并不好招惹。

那天的同学会，表面是王素雅操办计划的，实际上最先起意的人是她。

早在年前她就已经被告知签约即将落实，只是一天没签字，就一天不能公开。她那阵子心思活跃，听到一直和自己有联系的王素雅说起高中时代的男神唐晗，想起了青涩年代从未将自己放在眼里的旧同学，而现在自己脱胎换骨有钱有脸还马上要进娱乐圈，便生出了聚会的念头。

只可惜，聚会到后来，风头全让晨珀给占了。

晨珀？一听到这名字，沈妮妮心里就不痛快。

从高中起，晨珀就受欢迎。她家境好，长相清纯，个性文静，小提琴又拉得好，总有她参加比赛获奖的消息传来，学校里暗恋她的男生多了去。那些总是喜欢在她抽屉里丢杂物，在她书本上乱画，或是逮着她叫眯眯眼、土包子的可恶男生，到了晨珀面前都是一副乐于助人的好学生模样。更别提，那会儿也只有晨珀坐过男神唐晗的车。

高中三年，其实沈妮妮和晨珀并无太多交集。但青涩的年代，她其貌不扬，家境又差，内心其实是很敏感自卑的，也曾经妒忌地想过为什么自己不是晨珀，为什么父母要离婚，为什么自己不会拉小提琴，为什么唐羽琦不是自己的朋友……所以，即便在生活状况已经翻天覆地的现在，她对晨珀也喜欢不起来，见到她，不免让她想起那时妒忌自卑的自己。

那晚，经纪公司里某个很有地位的主事人过生日，她作为刚进门的新人，也凭着交际手腕硬是挤了过去。一众人在常去的会所开了包厢，唱歌喝酒聊天玩闹，她自认见过世面，也对自己的脸和身材有信心。可这圈内最不缺美女，到场的人都在圈子里混了许久，见多识广的大咖根本不会把她这样的网红放在眼里，她带着笑容交际了半个晚上都没什么存在感。

生日会进行到后半段，又来了几个人，她惊喜地发现卢辰竟然也在其中。卢辰是公司的一线艺人，她进公司后只闻其名，还没见过真人，他和那位主事人关系似乎很好，一来就和对方喝了几杯酒。

圈子里的人都玩得很开，加上是熟人，也没什么顾忌，众人喝酒笑闹不断。

沈妮妮说什么也不会错过这个机会，拿着酒杯硬挤上前，甜甜地叫着卢辰"前辈""师兄"，非要敬他。

卢辰不摆架子，倒是和她喝了杯，她趁机自我介绍，靠在他边上坐下，想再多搭话，卢辰却已经不再理会她了。

沈妮妮听到旁边有女人在笑她，不过她不在意，掩饰住尴尬，依旧纹丝不动地坐着，其后她听到卢辰和主事人的聊天。卢辰表示因为彩排才过来晚了，原本没想去，可节目要求严格，不去不成。不过这次的合作对象倒是挺懂规矩的，没借机攀关系，对他的态度还挺冷淡，专业素质也过硬，所以彩排还算顺利。

再然后，一个熟悉的名字和几句对话飘过她耳旁。

声世？

叫什么珀？

看起来年纪很小，小提琴拉得却很不错。

沈妮妮惊讶极了，立刻开口道："卢辰哥，你说的难道是晨珀？"

她这一开口，卢辰和主事人的视线都转了过来："你认识？"因着这两位大咖的视线，包厢内几个男星也看了过来。沈妮妮被忽略了一晚上，这会儿终于尝到成为众人焦点的满足感，眼珠都不用转，直接道："晨珀嘛，长得很清纯又会拉小提琴的那位，我不认识她，不过我知道她，她可厉害呢！好多人崇拜她！她从高中起就是风云人物，男生都是追着她跑的。你说她对你态度冷淡这话我可不信，她是你的粉啊！之前曾说过想靠小提琴进娱乐圈，最大的梦想就是睡你！"

这话题有点劲爆，主事人来了兴趣，递了杯酒给沈妮妮，她当下笑颜如花地谢过接了，继续道："卢辰哥，你别看她一副未成年的清纯模样，她同时和几个男人都有交往，就连声世的总裁也是她的裙下之臣，不然她一个没啥名气的小提琴手，怎么能有机会和你合作！她对谁冷淡都不会对你冷淡啊，这是故意在钓你呢……"

那晚，沈妮妮说得非常痛快，一众人听得也很开心。主事人直说卢辰这次栽了，被人勾了还不明所以，觉得人家不错，这欲擒故纵的段数高啊。

卢辰冷笑了声："欲擒故纵？我像是那么容易被擒的？"

"呵呵，看来有人要倒霉了。"主事人不甚在意，有些话听得开心就行了，他对这个新人的话并不当真。嘻嘻笑了几声，又开始和人喝酒。

沈妮妮看到卢辰眼底饶有兴致的神色，其实有点后悔，怕卢辰真的会对晨珀有兴趣。可她话已出口，自然不可能收回。然而转念一想，又觉得这根本不可能。卢辰可是明星，晨珀再怎么样，也就是一素人。晨珀碰上卢辰，只可能是被要弄被抛弃的那个。

不过这些她就管不了了，卢辰去做什么她也控制不了。她不过说了几句话，至于晨珀会怎么样，她才无所谓。

　　道听途说这个道理卢辰自然也明白，他也不蠢，不至于一个女人说几句就相信，只是心里到底对晨珀多留意了几分。

　　结果演出当晚发生意外，事情虽然没闹大，但凭他的关系还是很快得知了原委。在他看来，会被人陷害的人本身一定也有点问题，人不可貌相，他倒是真的对她有了兴趣——玩游戏的兴趣。

　　之后他试探晨珀，她看起来却完全不为所动，他不相信有女人能拒绝自己，半途发消息给熟悉的记者，送了个头条出去。

　　这种没有实锤的照片对他来说不过一个小水花，可对于一个普通人却是惊涛骇浪。

　　卢辰觉得，是个女人都有虚荣心，她玩欲擒故纵，他就直接让她感受一下在大众面前成为明星的女人是什么滋味，等她在聚光灯下膨胀，分分钟搞定。

　　结果，他不仅踢到了铁板，还被人警告了。

　　今晚，卢辰作为神秘嘉宾，事先并没有多少人知道他来参加艺术节首演。他在帷幕后看到沈妮妮和晨珀"相谈甚欢"，第一反应是自己被这两个女人联手耍了。不过稍一思索，他还是选择相信晨珀的话。

　　明明是高中同学，沈妮妮却说不认识晨珀。

　　所以，他这是被一个十八线的小明星当枪使了？

　　卢辰很不爽。

　　他心情不爽，又怎么会放过始作俑者。

　　于是，这晚的沈妮妮悲剧了。

　　她声情并茂表演到一半的时候，音响出现了问题，音乐半途中断，然后全场所有人包括到场的记者们都发现这位居然在假唱！

　　假唱不是新鲜事，但被人当场发现却异常难堪，尤其是在这样盛大的艺术节首演会上。这么昂贵的门票，观众花钱捧场可不是为了来听假唱的，沈妮妮在观众们的嘘声和记者们的快门声里狼狈下台。

♪

下台后，她和从后台走来候场的晨珀迎面撞见，她心里愤愤，认定这事和晨珀有关，经过她身边时故意大力撞了她一下。

好在晨珀身侧的单泽修伸手扶了她一把。

晨珀手里的"怀念"因她身体重心不稳在地上蹭了下，她当下来不及追究沈妮妮，忙将琴举起来仔细查看，确认没有任何刮痕才松了口气。

"这琴没这么脆弱。"单泽修松开扶住她双臂的手。

"那也得确定一下，这是简墨准花了大半年做给我的！"晨珀此刻的心情不比沈妮妮好多少。单泽修五分钟前才抵达，她连和他配合一遍的时间都没有，连他用钢琴还是小提琴伴奏都不知道，今晚这样盛大的艺术节，台下新老艺术家济济，她真怕自己会出丑。

单泽修定定地看她一眼，蹙眉："紧张？"

"单大神，我上台真的很少会紧张……"

"我听出来了。"他脸上没什么表情，"等一会儿，你拉你自己的就行，不用理会我。"

她想理会也没那个能力啊……

亚洲艺术盛典，在Z城拉开了完美的序幕。

小提琴收藏家，著名乐评人胡崇光先生，向大众重点推荐了一位富有才华的小提琴新秀。照片里和他合影的女孩不过十八九岁光景，手里拿着致敬斯氏琴的昂贵仿琴"怀念"，气质恬淡，笑容明媚。

更值得一提的是，这位年轻的女孩居然是世界级古典乐大神、天才指挥家单泽修的学生。众所周知，单泽修自十年前半隐退后，已鲜少出现在幕前，寥寥数次现身，也大都以指挥或是评审的身份。像这晚一样，以演奏者的身份上台伴奏，几乎没有过。

众人热论单泽修这位学生的同时，更多地是在赞叹这晚的演出。

无疑，单泽修会上台纯粹是替自家学生开路，但不得不说，这真是一场精彩的演奏。年轻的小提琴手手速极快，将巴赫《a小调第一乐章》的精致细腻及激情展现得淋漓尽致，那种丰满而炫丽的音质非常特别。尤其是后半段，当单泽修丢开小提琴，坐在三角钢琴前改用更有力度的琴键伴奏时，小提琴的音色竟发生了改变，变得愈加明亮，充满了穿透般的力量感。

这短短三分钟的演奏完全点燃了古典乐爱好者们的激情，整台演出结束后，开始有人上网搜索晨珀及她手中小提琴的资料。

这把名为"怀念"的小提琴是英国一位神秘的天才制琴师致敬斯氏琴1716"Messiah"的仿琴。事实上，很多音乐家至今都在讨论，一部分人认为斯氏琴虽然珍贵，但瓜纳里小提琴的音色比斯氏琴更稳定，更有力量感，并且更易演奏；也有一部分音乐家认为，斯氏琴的珍贵之处在于它拥有更多层次的音色，这点是瓜纳里小提琴无法比拟的。

无论如何，有一点是所有音乐家一致承认的，那就是不同的人演奏斯氏琴会产生不同的效果，只有能力更高的人才能将斯氏琴的音色效果更好地演绎出来。

在这点上，这位年轻的小提琴新秀做到了。

由此可见，在不久的未来，又将有一位中国籍的小提琴新星在世界乐坛冉冉升起。

唐羽琦半夜哭哭啼啼打来电话的时候，整个艺术节演出已经过半，而晨珀在三座城市的三场相同演出也已结束。

晨珀还没睡，正和远在伦敦的简墨准视频说话。

艺术节首演后没几天，简墨准便接到电话，乔尔先生——他的爷爷，晕倒入院。

老乔尔是纯英血统，皇室贵族，这一入院，整个家族都乱了。

简墨准原本打算陪着晨珀完成全部演出，在Z城住上一阵子，再和她一起回伦敦办理复学手续。现在家里人出事，晨珀也不能不讲道理硬让他留下。

简墨准匆匆回了伦敦，晨珀则陷入了"每天想男朋友一千遍"的忧伤里。

她在艺术节的演出结束后，不是没想过提前飞去伦敦，顺便办理复学的事。可晨父看透了她的心思，她刚一张口，就被驳回了。身为一个父亲，他坚决不同意女儿不知自爱不远万里主动送上门去倒贴男人，不管这个男人条件有多好都不行！

晨珀被喷了一脸，只能作罢，每天靠着和简墨准视频缓解"忧伤"。只是他家人生病入院，她也不好太腻歪，一天就和他视频一次，每回都只是询问一下他爷爷的病情，再问问他今天做了什么。

"复学的事我已经让方谌去办了，你明天记得把资料传给他。"手机上，简墨准靠着医院休息室的沙发，正用指尖轻轻按着额角，清隽的脸庞有些倦色。

"你好像瘦了。"晨珀很想他，可又心疼，知道他晚上都没睡好，和他聊了几句便催促他去休息一会儿。

"没事，想和你说说话。"他淡淡笑了笑，线条优美的眉宇舒展开，看得晨珀心里发痒。

看得见摸不着啊！

两人差了半个地球呢，这感觉何止是忧伤！

唐羽琦的电话就是这个时候打来的，她很少会半夜打电话给她，就算找她聊天，也基本是发微信。她叮嘱简墨准多休息，又朝手机上的人嘟嘴献了个吻，这才挂了视频，想给唐羽琦打回去。

然而她还没回拨，唐羽琦已经再次打了过来，她刚一接，那头便传来对方的哭声。

晨珀被吓了一跳，唐羽琦的个性不说强悍，但一直都是没心没肺大大咧咧的。认识她这么多年，也只看她哭过两次，一次是两人初中毕业后唐羽琦要被家里人送出国读书，另一次是她高二时连着几次测验没及格，她爸妈扣掉了她的零花钱。不过这两次说到底也只是假号，哭是手段，不是目的。

可这次，电话里的声音带着沙哑哽咽，断断续续地连话都说不完整，可着实把晨珀给吓住了。

"怎么了？你在哪儿？先别哭，告诉我发生什么事了？"晨珀一边开了免提，一边爬起来穿衣服。五月的夜里不冷，她换了件长袖棉T恤，穿了牛仔裤，又套了件小外套，翻出手机、钱包就朝外走。

差不多快十一点了，晨母最近在追剧，还没睡，见女儿穿着外出的衣服开房门出来，忙按了暂停："半夜三更的这是去哪里啊？"

"妈，我出去一趟。"晨珀这会儿已经挂了电话，"羽琦有点事。她人这会儿在酒店，我今晚应该不回来了，住她那里。"

女儿和唐羽琦是多年的朋友。唐羽琦进了大学就从家里搬出来，让家里人给她购置了套白领公寓，晨珀还没出国前周末回Z城也偶尔会去她那里过夜，母亲并不太担心，只是吩咐她和羽琦碰了面后给自己来个消息："大半夜的自己小心点，有事给我打电话！"

晨珀一边应下一边用打车软件叫了车。

唐羽琦失恋了，原因竟然是江枫劈腿。

"到底怎么回事？"

羽琦和江枫这对至今也两年多了。江枫家里条件没有那么好，唐家父母从一开始就是反对的，倒也不是势利眼，只是觉得儿子低娶可以，女儿低嫁却不行，时间短还没什么，时间长了女强男弱会有矛盾。

江枫父母是很普通的打工族，他也才踏上社会，至今租着房子坐着地铁，哪里能承担得起一个家。

这段恋情在刚开始没多久就被喊了停，那时唐羽琦虽然喜欢江枫，但还算清醒，加上也谈了不久，就分开了。几个月后她和新认识没多久的男朋友，以及男友的另一对情侣朋友去自驾游，在路上又遇见了江枫，本来见面也当陌生人，可好巧不巧那天他们在山路上遭遇了山体滑坡，发生连环车祸。关键时候，新认识的男朋友只顾自己逃跑，是江枫逆着人流，回到山体滑坡的那一区域，将困在车里的唐羽琦救了出来。

经此一役，唐羽琦算是认定了江枫。她这次学聪明了，没有让父母知道，而是开始了地下恋。

她的本意是想等江枫事业稳定一点，至少能付得起房子首付时再让他们知道。不过她在外地出了车祸，进医院住了几天，这件事没能瞒过唐晗，父母那边也是唐晗帮着瞒的。

好友这段恋情分分合合发生的时候，晨珀还在国外，大部分事情都是经由唐羽琦口述才得知的。不过她见过江枫几次，对他也算了解。

那是个很干净清秀的青年，就是别人常说的温润如玉型，很爱笑，脾气也非常好，毋庸置疑也非常喜欢唐羽琦，否则不可能在分手几个月后还冒险去救她。

两个人恋爱后一直腻歪得很，晨珀难得几次假期回国，唐羽琦也总带着江枫一起。去年六月她休学回Z城后，亦是多次遭遇唐羽琦重色轻友的待遇。偶尔唐羽琦也会和她抱怨一些日常小矛盾，但每回吵架江枫都会先哄她——无论对错。

这样一个男人，怎么会连一点先兆都没有，突然劈腿呢？晨珀感觉这里面应该有误会，但好友正在气头上，连公寓都不肯回去，跑去酒店开了个套房，叫了客房服务，在晨珀赶到之前已经干掉了一瓶红酒。

唐羽琦的酒量还没有晨珀好，一瓶红酒下肚早醉了，一看到晨珀就抱着她哭，哭着哭着又开始骂江枫。可怜晨珀九十斤都不到的小身板，被前凸后翘还大长腿的好友压得腰都快断了，却连江枫到底怎么劈腿、和谁劈腿都没问出来。

好友不肯说，只一口咬定不会原谅江枫，之后拉着晨珀喝酒。

这样闹腾了几个小时，唐羽琦终于彻底昏睡过去，晨珀给好友擦洗了脸，去房间拿了毯子，替沙发上睡着的人盖上，自己也累得不行，倒在另一张沙发上睡着了。

这一睡就睡到了第二天中午，晨珀被手机声吵醒，电话里传来田艾丽恼火的碎碎念："居然让我等了你一个小时！晨珀，你有没有时间观念！"

晨珀头还痛着，愣了片刻才想起今天本来和田艾丽约了吃午饭。

之前她去S城演出时和田艾丽碰过面。田艾丽表示最近哪里都找不到唐晗，她非常心累，正巧晨珀回S城演出，她便二十四小时跟在她身边，想碰碰运气看唐晗会不会现身。

结果唐晗没现身，田艾丽跟着她吃吃喝喝了几天，她自己还是老样子，田艾丽体重涨了三斤……

田艾丽表示很生气，说等她回了Z城，要第一时间找她吃饭，然后看着她吃，自己不吃……

这约饭的理由让晨珀哭笑不得，不过总归是约好了时间的，现在爽约是她不好。本想和田艾丽再约时间，对方却说了句不用了就挂上电话。

她正诧异着，套房卧室的门被打开，唐羽琦穿了条性感的吊带裙，洗了头发，脸上化好了妆，手里还推着个行李箱，冲着晨珀道："是时候开始一场说走就走的旅行了！"

晨珀说："……我牙还没刷。"

门口适时响起了门铃声，晨珀朝好友做了个少安毋躁的表情，立刻跑去开门。门一开，田艾丽就冲了进来，她摘下墨镜，一言不发地四处查看，看到唐羽琦时似乎愣了一下，但还是执着地打开所有房门，把每个角落都检查了一遍，连卫生间都没有放过。

晨珀感觉自己一定还没清醒。

唐羽琦问："你找谁？"

田艾丽轻咳一声："谁说我在找人？这家酒店是我们家的竞争对手，我看看罢了！"总不能说她以为唐晗又找上晨珀，还把人关在酒店里吧……

"你怎么知道我在这里？"晨珀不解。

"你带着手机呢，要查你在哪儿还不简单！"田艾丽在沙发上坐下，看到茶几上空掉的两瓶红酒，乱七八糟的食物，还有空了大半的纸巾盒，笑着看向唐羽琦，"哟，这是打算去哪儿，海岛？失恋疗伤吗？"

唐羽琦冷着脸看了她片刻，突然笑道："你该不会以为我哥在这里吧？"

"唐羽琦，我忍你很久了！"田艾丽一把甩了包，怒气冲冲地站起来。

"来啊，就你那小样儿，来一个我打一个！"唐羽琦撸着不存在的袖子，大步上前。

两位富家千金对峙了一会儿，回头却发现晨珀已经盖着毯子重新倒在沙发上睡着了。

田艾丽问："不打了吗？"

唐羽琦说："不打了，没意思！"

"你真失恋了？"

"你不也是！"

"你哥到底去哪儿了？连手机定位都查不到！"

"你觉得他会告诉我吗？"

"既然大家都失恋，要不然一起去旅行吧？"

……

就这样，数天之后，三个人坐上了同一班飞机。

当然，作为被强拖上的第三个人，晨珀争取到了选择目的地的权利。

这座别墅位于伦敦郊区的湖边，依山傍水。这片区域的别墅并不多，每两栋之间都保持了相当的距离，环境十分清幽，从这里到最近的超市开车都要半个多小时。

这里是三个人旅行的最后一站。这十天，她们从布拉格一路朝西，途经法兰克福、阿姆斯特丹，最后抵达伦敦。

晨珀到达伦敦那天，简墨准亲自开车过来接机。

唐羽琦和田艾丽都不是第一次见简墨准，然而看到站在机场出口处面容清冷的高大男人时，仍有种望而却步的诡异畏惧感。

两人看着晨珀飞奔上前，用力扑进对方的怀里，一脸喜色地蹭蹭时，开始由衷地佩服。

"有想我吗？"此刻的晨珀正努力地踮脚嘟嘴求亲亲。

男人清冷的面容瞬间染上温度，他揽着她的腰身，无奈又宠溺地笑："很多人。"虽然这样说，但他依旧低下头，任由她吻上自己的唇。

女孩的嘴唇温热而柔软，带着水果的清甜，男人指尖微颤，他没有忍住，收紧揽住她腰身的手臂，探入她口中感受她的触感和娇软。

太久没有见到，他远比他表现出来的要想念得多。

很多事，他依然不善表达。视频的时候，也尽量不表现出过多的思念，怕她会因此更加想念和难过。他不舍得看她难过，哪怕是因为思念才有的难过。

"哎哟，好辣眼睛……"田艾丽阴阳怪气地嘀咕，结果遭到唐羽琦的嘲笑。

"别羡慕嫉妒恨了，走吧，去吃晚饭！"

那天晚上，两个失恋的女人遭受到了来自好友的满满恶意。

任凭简墨准再严谨再克制，晨珀无下限的秀恩爱仍让两人做出了一个决定——伦敦之行，暂时分道扬镳。

Chapter 23

深爱一个人

在出发去别墅度假之前，简墨准带晨珀去看望了他的爷爷。

老乔尔已经出院了，只是大病一场，如今不良于行，要依靠轮椅代步。

乔尔家族的这片庄园已有数百年的历史。六月的伦敦正是玫瑰绽放的季节，庄园里铺开了大片大片的玫瑰花田，什么颜色的都有，美得犹如梦幻。

在这之前，晨珀一直以为简墨准是混血儿，他的长相应该是遗传他中国籍的父亲或母亲更多一些。

然而这天简墨准告诉她，他的父母都是中国人。他和乔尔先生没有血缘关系，他是被收养的。

收养他的人，是乔尔先生的小儿子——乔尔先生和一位中国姑娘的私生子。

简墨准带着晨珀走进房间的时候，轮椅上的老乔尔正用一块软布擦拭桌上的相框。照片里的人是一位有着黑发和湛蓝色眼睛，气质儒雅的中年男子，神态很柔和，眸底却带着一丝哀伤。

　　"爷爷。"简墨准拉着晨珀的手在他面前站定。老人年纪已经很大了，银白色的发丝梳理得很整齐，面孔是常见的西欧人长相，高鼻梁，眼眶深邃，脸上有很深的法令纹，嘴唇严肃地抿着。

　　他抬头瞥了简墨准一眼，视线从他身侧的女孩身上掠过，那种不苟言笑的严谨模样让晨珀下意识地挺胸收腹，立正站好。

　　"您好，乔尔先生。"

　　老乔尔没有出声，只是点了点头，小心翼翼地将相框放好，这才再次看向晨珀："听说，你拉小提琴？"

　　"对，学了很多年。"

　　"中国是个优雅而美丽的国家，很多年前我曾在那里住过。"老乔尔转动轮椅，简墨准上前握住轮椅扶手，三个人进了房间旁的玻璃花房。

　　这是个很美丽的午后，和风日丽，天气不冷也不热，舒适度刚刚好，四周都是绿植和各色花朵，他们三个人在玻璃花房用了顿精致美味的下午茶。

　　除开起先的不苟言笑，老乔尔的待客态度无可挑剔，给晨珀准备的下午茶是非常符合女孩口味的玫瑰花茶和巧克力松饼。然而这种客气和礼貌，不仅仅对她，对待简墨准，老乔尔亦是同样的态度，不冷也不热，保持着某种距离，也难怪她和她的朋友第一次在拉斯维加斯见到他们的时候，会误会两人的关系。

　　他们看起来完全不像是亲人。

　　下午茶进行了大半个小时，老乔尔在管家的照顾下回卧房休息。他并没有问晨珀太过私人的话题，也没有谈及她和简墨准之间的事，只是和她聊了聊他记忆里的中国——那时的城市，那时的风景，那时遇到的美丽姑娘。

这样平淡如水的一次见面，导致晨珀在离开的路上一直疑惑地去瞅简墨准。

"怎么了？"他空出一只手，抚了抚她紧抿的嘴唇。

晨珀舔了下唇边的指尖，满意地看着他眸底浮起的无奈和宠溺，开口问道："你爷爷是不是把我当成你的女性朋友了？"

他听明白了她的意思："今天其实是他想见你。"

"那他怎么什么都不问？他是你的长辈，一般来说总会问及我和你的一些事啊。"

简墨准盯了晨珀片刻，才又道："问题不在于你，而在于我。"爷爷只需要他像个正常人那样恋爱，或是结婚，他并不需要知道细节。

看着他清冷的侧脸，晨珀心口一痛："就因为你和他没有血缘关系？"

"这只是原因之一。"

即便简墨准和乔尔先生没有血缘关系，但因为收养他的人是他最爱的小儿子，爱屋及乌，所以起初他们之间的关系并不像现在这样。

老乔尔年轻时风流多情，偏偏最爱的儿子——Lance是个情种，被深爱的女人伤过之后，再也没有起结婚的念头。

在Lance三十多岁的时候，因工作去中国住了半年，半年后他回伦敦时，带回了一个五岁的小男孩。

那就是简墨准。

当年也不是没有人怀疑，这个男孩会不会是Lance的私生子，就像他的父亲乔尔一样。对此，Lance一笑置之，若真是他亲生的孩子，有什么必要说成是收养的？

男孩的中文名早就已经有了。Lance很爱这个孩子，没有强迫他改名，中间名则取了他姓氏的发音——Lynn Jay Joel。

时间一长，大家便直接称呼他为简。

简墨准初到异地，陌生的环境使得原本就内向的他更加安静，甚至有一点自闭倾向。

是养父悉心的照顾，才令他慢慢好起来。

他很爱这个父亲，他个性温柔而耐心，会花很多时间陪伴他。

Lance受家族影响，自小学习小提琴，他年轻的时候就已经是欧洲很有名的小提琴家，而让他惊喜的是，简墨准也在这方面表现出了极高的天赋。

他亲自教他小提琴，给他讲述家族的悠久历史，送他去最好的学府。他虽然没有结婚，不能给他一个完整的家庭，可确实倾其所有，给予了他一个父亲所能给孩子的一切。

可惜，一切终止在简墨准十二岁那年，一场意外的火灾改变了所有。他的养父为了救他，双手被毁，从此不能再拉琴。

Lance早年失去爱情，伤心伤身，这次连唯一的梦想都难以实现，可以说是致命的打击。他失去笑容，变得忧郁而沉默，再也没教过简墨准拉琴，甚至很少陪伴他。

两年后，Lance因病去世。

老乔尔大受打击，所有的悲痛和怒火，都转移到了简墨准身上。

这个和乔尔家族毫无关系的孩子，却害得他最爱最优秀的儿子毁了手，最后抑郁而终，他有什么资格再拉小提琴！老乔尔告诉简墨准，趁早放弃小提琴，因为无论他多努力，也永远不可能比得上他的父亲！

"那时我不愿意放弃小提琴，就自己偷偷地学，结果被爷爷发现，关了一个月。"简墨准将几包意大利面放入手推车，回头见晨珀怔怔地看着自己，便握住了她的手，淡淡一笑，"这些事已经过去很久了，你也知道，我原本就是个喜欢安静的人，独处对我来说算不上什么大的惩罚。倒是因为没法拉小提琴，所以我才会开始制作小提琴。"

晨珀轻轻嗯了一声，伸手抱住他的腰："你这么聪明，不管做什么都能成功。其实我也听单泽修说过一些事，当然他说的时候我并不知道那个人是你。他说你那时参加了一个权威的比赛还拿到冠军，是为了向一个人证明一些事，那之后你再也没碰过小提琴。那个人是你爷爷吧？"

"我父亲曾经得过这个比赛的冠军，我只是想向他证明自己。他答应让我参赛，不过条件是比赛结束后，他不允许我再拉小提琴。"

"可是你得了冠军，你爷爷他……"

简墨准将一瓶调料放入购物车，低头看怀里的女孩："已经不重要了，我已经做到了想做的事，我并没有遗憾。"其实这样也好，发生了这种种之后，每一次拉琴，他都会想到为了救他而毁掉双手的养父，他的确对小提琴充满眷恋，可他的琴声有太多的悲伤、压抑和不自由。

即便他再喜欢小提琴，也敌不过这些负面情绪，反倒是制琴的时候，当他一点点打磨木料，当小提琴不同的部位在他手中慢慢成形，他的心会奇异地平静下来。

"所以，你看到他有任何冷淡或是疏离的态度，都不是针对你。"

他说了这么多，最终目的却还是为了她。晨珀安静地看了他数秒，突然朝他嘟起嘴。

这说变就变的画风让他无奈叹息。

"有什么关系，昨天在机场我们也亲了！你低一点嘛，我今天穿的是平底鞋，你这样我真的够不到你！"男友身材太好也是烦恼，每次想要偷亲都做不到。

她的手臂已经缠上了他的脖子，这里到底不是国内，西方男女之间要开放得多，有顾客在看他们，但都带着笑意。

简墨准拿她没有办法，微微弯腰，主动送上了自己的唇。

她的嘴唇甜暖而柔软，这一刻，简墨准突然有点后悔之前对她两位好友的邀请。

当晨珀和简墨准结束购物，开车在约定的地点接上唐羽琦和田艾丽一起抵达他湖畔的别墅时，西方的天空已经收起最后一丝余晖。

方谌早就已经等在别墅了，全能助理将这栋漂亮的尖顶三层小楼

190

收拾得妥妥当当。

田艾丽看到方谌，暗地松了口气，拉着唐羽琦耳语：“还好我们不是仅有的两个灯泡，之前我真有点后悔说要一起来！你不觉得今天这位简先生一路上气压都有点莫名地低吗？”虽然他待人接物的礼仪优雅得无可挑剔，但田艾丽就是有这种直觉。

“不想当灯泡你可以自己叫车回市区啊！”唐羽琦瞥了她一眼。

“怎么说话的！”

“之前说要来的是你，现在后悔的又是你。来都来了，能不能少废话？”

“唐羽琦，你心情不好别找我碴儿，有本事你骂那个劈腿男去！”

“我说过别再提他，你是不是这辈子都不想见我哥了？”

“就知道你要说这个！”

……

楼梯上，简墨准停下脚步回头看去。

被这两人荼毒了整整十天的晨珀早已见怪不怪，她勾住男人的手臂，朝他甜甜一笑：“她们在交流感情，我们先上楼吧！”

唐羽琦和田艾丽只在别墅住三个晚上，三天后她们会返回伦敦市区，再坐飞机回国。毕竟英国这两人都来过好几次了，周边该玩的都玩过，这回要不是因为晨珀，她们在阿姆斯特丹就直接回国了。

晨珀稍后会去RAM办理复学手续，顺便和米拉他们聚会叙旧，只要老爸没有异议，她暑假也不一定会回去。她打算在别墅多住一阵子，所以三个人里，只有晨珀把行李带了过来。

别墅虽然有三层，但卧房并不多，除了主次卧，只有一间客房。

田艾丽不喜欢和别人一起睡，客房自然给她用。

剩下的两间卧室，唐羽琦主动选了次卧，随后私下问晨珀：“你是和我睡还是和他睡？”

“我倒是想和他睡……”

“什么意思？不会到了现在你们还没那个吧？”唐羽琦对此表示

出了极大的惊讶，"昨天晚上你们都在干什么？"

"别提了，昨天他送我回酒店后，就自己回公寓了……"

唐羽琦看着面前一脸郁闷的好友，皱眉问："他该不会是……不行吧？"

晨珀想起之前他被菲尔暗算之后的表现，低咳一声，正经地道："他绝对非常……行。"

"上过三垒了？"作为一个老司机，唐羽琦秒懂，表情立刻变得暧昧起来，"有多行？"

"你表情好色。"晨珀一脸淡漠，"行了，晚上我和你睡，有你们两个大灯泡在，我还能干什么！"

"我不介意的。"

"……"

"是怕别墅隔音不好？"

"……克制点。"心好累，感觉聊不下去了，和老司机一比，她还是太嫩了点。

晚餐是简墨准做的，方谌给他打了下手，晨珀她们三个则不时跑去厨房门口探头探脑。当然，晨珀是因为喜欢看他专注做事的模样，而另外两个，是为了确定真的不是自己幻视。

"我去，这样的男人居然为了你亲自下厨做饭！"田艾丽感觉又被塞了口狗粮，"身为一个女人，你可真是废柴。"

晨珀无语。

"那你怎么不进去帮忙？"唐羽琦嗤了声。

"我是客人。"

"脸真大。"

"我脸哪里大了！"田艾丽一听这话立刻爆了，她颧骨稍高，脸孔看起来的确没那么小巧。

"这么明显的事能不能别问了，自我揭短很有意思吗？"

"唐羽琦！我真的从来没见过你这么刻薄的女人，怪不得你男朋友要劈腿！"

"我说了别提他！"

"我就爱提！"

……

被骂废柴还没来得及开口自我辩驳的晨珀暗想，算了，她还是去沙发上睡一会儿吧。

两个互相"伤害"的女人最后都喝多了，晚餐后早早各自回房睡觉。

方谌帮着收拾了厨房，开车返回市区。

简墨准倒了两杯牛奶端到客厅，刚搁在茶几上，晨珀抱了条厚厚的毛毯从楼梯上下来："我们去院子里看星星吧！"

别墅靠湖的那一面有一个漂亮的庭院，两侧被葱郁的树木包围，中间铺砌着深色地板，做了一个下嵌式的方形卡座，柔软的垫子散在宽大的沙发上，四角的圆柱撑开上方一道弧形的玻璃顶。

朝湖面延伸出去的几阶朝下的大理石台阶，一路蔓延至水下。

这片湖水很清澈，在群山映衬下静谧而美丽，四周都是翠绿的植物，若是温度再高一点，可以直接下湖游泳。

之前从湖畔蜿蜒的小路开车进来，她看到最近的房子距离这边也要十几分钟的脚程。太阳落山后，周遭只余下晚风拂过树叶的沙沙声和偶尔的虫鸣声，别墅仿佛遗世独立一般。

晨珀在简墨准怀里找了个最舒服的位置，脱了拖鞋，将毛毯盖在两个人身上："这栋别墅是你爷爷的还是你买的？"

"是我养父留给我的。"他抱着怀里的女孩，伸手替她将毛毯盖得更严实一点，"我从小性格就很沉闷，不太合群，喜欢独处，和乔尔家其他的孩子也玩不到一起。他早早买了这里，打算在我十八岁那年作为成年礼送给我。"

"你小时候也很沉闷吗？"她的手指爬上他的脸颊，在他漂亮的五官上流连，"就没有调皮捣蛋或是叛逆的时候？"

"那时候刚刚来伦敦，别人说的话我都听不懂。"他低头看怀里的人，任由她的手在自己的脸上轻抚，那双深邃的眼眸在昏黄地灯的衬托下带上了某种梦幻般的色泽。

他的凝视并不灼热，平静而宁和，却让晨珀的心口开始怦怦作响，明明就已经确定心意在一起了，可偶尔被他这样注视，她还是会不由自主地紧张，那种熟悉的酥麻感又一路自脊背攀爬而上。

这种紧张感一直维持到他的唇靠近，然后落下，绷紧的情绪仿佛一瞬间被推到了极致，随后砰的一声在她心底炸开，化成绚烂的焰火。

嘴唇被抵开，他的气息无声侵入，她被困在他怀里动弹不得，仅有的清晰触感只剩下被吻着的嘴唇，以及从她腰间轻抚而上带着细茧的温热手指。

她的身体颤了颤，说不清是激动欣喜还是紧张害怕，总觉得今天的简墨准有点不一样，他的气息微微急促，覆在她胸前的手指有点不温柔，与她紧贴的身体也渐渐升温。

她知道这种时候胡思乱想不好，可她淡定不下来。身上穿的内裤是卡通的，内衣也不是新的，和性感更不搭边。何况这里再安静无人也是室外，楼上还有两个大电灯泡……

在所有情绪通通纠结成一团时，他的嘴唇终于离开了她。

他与她气息相交，低垂的眼帘半掩着他眼眸里某种浓重的情绪。

"Amber……"他吻住她的耳垂，声音低哑，"如果你暂时还不想，以后别再这么看着我……我不是圣人。"

他不是圣人，他也会有欲望，只是克制力更好，并且珍惜她，有些事想留到婚后再做。

晨珀心乱如麻又感觉好气。

所以，她刚刚到底怎么看他了？明明是他在放电好不好！

晨珀表示，被撩的日子总是过得很快。

唐羽琦和田艾丽则表示，被塞狗粮的日子总是过得慢。

两人好不容易挨过第二天，最后一致决定，过了今晚就收拾收拾准备离开。这里虽然很好，可以划船钓鱼、爬山野餐、呼吸大自然的新鲜空气，但所有这些都抵不过晨珀时不时丢来的狗粮。

要换个其他男人，或许她们还能回以嘲讽，来几句带颜色的调侃作为回应，以缓解内心的不平衡。可偏偏对象是简墨准。

其实他不是冷厉难相处的男人，相反，因为从小所处的环境，以及接受的教育让他待人极其礼貌绅士，只可惜——他不爱笑。

或者说，他对晨珀之外的其他人——哪怕是她的朋友，也很少笑。

一个男人，一旦有了俯视别人的身高和清冷深邃的双眸，再加上没必要对任何人都笑的认知，所有的礼貌都会让人对他肃然起敬。

让她们对这样的简墨准调侃嘲讽？她们又不是脑残……

"总之，我现在对晨珀是彻底服气了！"田艾丽从唐羽琦嘴里挖出她和简墨准相识的经过后，由衷感叹。

第二天，为了给两人践行，她们商量后决定晚餐时在别墅外烧烤。

方谌午后驱车送来了大量腌制好的食物和炉炭，其他人则布置了烧烤场地。傍晚，空气里飘起第一丝肉香的时候，一位访客缓缓而至。

他穿着居家休闲服，一手夹了根香烟，一手插着口袋，站在别墅边上。

单泽修？

晨珀感觉非常意外。

这个时间这个地点，他怎么突然出现了？还穿得这么……随性？

"好帅的大叔！"唐羽琦压低声音，吹了声口哨。

"单泽修？"田艾丽一下子就认了出来。

"你认识？"

"你也见过啊，艺术节和晨珀同台的那位，之前声世器乐大赛他来当过评委，非常有名气的交响乐指挥家！"

"原来是他。"唐羽琦听晨珀说过这位当评审时的"事迹"，一下子没了兴趣，"他今天看起来和舞台上的样子差别真大。"

单泽修今天的衣着的确随意了点，带着褶皱的居家服，凌乱的黑发，光脚穿了双露趾拖鞋，眼眶下还有明显的阴影，胡楂都没刮，简直像是刚刚从床上爬起来。

简墨准倒是不意外："怎么过来了？"

"你这里太热闹了，隔那么远我都能听见。"单泽修上前，在一旁的垃圾桶上掐灭了烟头，视线从晨珀身上掠过，那目光里带了几分难以觉察的冷意。

晨珀明白过来："他住在隔壁那栋？"

说是隔壁，其实距离挺远的，真要说从那栋别墅听到这里的动静是不可能的，看他这样子，倒像是刚睡醒出门散步，不小心晃过来的。

单泽修也不和简墨准客气，已经来了就顺便坐下一起吃。

和唐羽琦对待单泽修的随意不同，田艾丽到底是这行的人，行内大神坐在面前总归有点小紧张，同时也想借着这个机会刷存在感。

"真没想到居然会在伦敦再见到单老师，运气真好！"田艾丽长期面对舞台和镜头，自认最擅长的就是社交，"只是，单老师怎么也在这里买了别墅？别误会，我没有其他意思，这里的确很美，但实在太僻静了。"

单泽修原本对她还算客气，虽不热络，但也没摆架子，可不知道田艾丽这次说错了什么，他的脸色微沉下来。

餐桌上的气氛变得有点古怪，一直在投喂晨珀的简墨准默不作声地夹了块牛排搁入单泽修盘中，单泽修看他一眼，慢慢缓了脸色。

田艾丽早就在比赛上见识过单泽修的毒舌和刻薄，这点脸色的变化她根本没放在眼里，倒是简墨准递送食物的动作让她脑中灵光一闪。她太惊讶，脱口而出："单老师之前提到的那个会拉小提琴的朋友不会就是你吧？"

简墨准正将晨珀杯子里的红酒倒入自己的酒杯，闻言抬头看了田艾丽一眼，颔首作答。

单泽修蹙眉，这一次，他眼睛里的温度完全降了下来。

晨珀莫名感觉到微微寒意，无意间抬头，正对上单泽修冷然的目光。

她能理解单泽修作为简墨准的好友，不希望自己朋友不太愉快的过去被提及。但她不明白的是，他对她生什么气？

这件事从头至尾她都没和田艾丽说过，她会突然提及，恐怕也是因为想起之前培训课上，单泽修亲口说的那个故事。

所以，田艾丽不知情也没有恶意。

真要追究，他只能责问自己之前为什么要在课上说这件事，今天又为什么这么巧出现，一脸不爽地看着她做什么？

晨珀不知道，因为今天的这顿晚餐，她期望中浪漫温馨的两人世界并没有随着唐羽琦和田艾丽的回国而到来。

在她的两位好友离开后，单泽修带着一沓曲谱及一台平板电脑出现在简墨准的别墅里。

晨珀当时正趴在沙发上玩手机，简墨准则在开放式厨房里做她喜欢的巧克力涂层蛋糕。

平板电脑和曲谱被人重重丢在她背上，晨珀回头，对上单泽修毫无温度的目光，有点不爽："干吗？"

"准备准备，这是你一周后参加比赛的曲子。"

"……"

"不是决心要努力吗？整天好吃懒做只会让你退步！"

"Simon。"简墨准直起身子，蹙眉看着他。

"我也是为了她好，这件事你别管。"单泽修看了看手机，"你只有三个小时熟悉曲子，三小时后我要听到成品。"

晨珀维持了数秒的黑人问号脸，开口道："我感觉到了浓重的敌视和厌恶。"

单泽修环抱手臂："你想说什么？"

她面无表情地看着他："你不会也一意孤行地暗恋着我的男友吧？"

单泽修嘴角抽动了下："滚！"

两个月后，Wigmore。

八月的伦敦，和风宜人。

舞台上，晨珀拉完最后一个音，抱着"怀念"朝舞台下方鼓掌的观众们深深鞠了一躬。

她终于做到了，在那起"PS照片恶意中伤事件"过去近两年后，堂堂正正站上了Wigmore的舞台——并且是以独奏的身份！

和艺术节那次不同，她没有依靠任何人的关系，而是凭着自己的实力从校方那里争取到了这次独奏的机会！

所以，参加比赛拿奖还是非常有用的。

在这一点上，她很感激单泽修。

连续两个多月的高压教导，终是让她感觉到了值得。虽然他这两个多月对她的种种苛刻要求其实也带着私心，但此时此刻，她是真心感谢他。

"谢谢。"她用口型朝台下的单泽修说了两个字，下一刻视线已经被捧着花束走上舞台的高大男人吸引。

黑色的三件套正装，逆天的长腿，还有在舞台灯光下越发深邃俊美的脸孔——平日里着装讲求舒适随意的简墨准今天简直帅到炸裂！

她没有接花，一手抱着"怀念"，一手勾住他的脖颈，在他微微诧异的目光中努力踮起脚尖在他唇上重重亲了一口。

事后，晨珀很是得意地告诉唐羽琦，高跟鞋于女人还是非常有用的，若那天在舞台上她没有穿那双十几厘米的高跟鞋，根本不可能在众目睽睽之下亲到自己的男友。

不过也因为这次成功的偷亲，她被老爸打来电话教训了半个小时。

是的，很不幸地，她忘记了，在春季的亚洲艺术节上，小提琴"怀念"惊艳登场，幕后神秘制琴师进入大众视线。在网络发达的今天，只要不刻意隐瞒，生活里根本没有秘密可言。

晨珀在艺术节上和小提琴收藏家兼乐评人胡崇光的合影，晨珀、简墨准及胡崇光三人的合影不久后在网络上流传开来。据可靠消息称，照片上这位堪比顶尖艺人长相的男人便是那位神秘的英国制琴师。在颜即正义的时代，简墨准那张清隽禁欲的脸孔、秒杀众人的身高，以及自带的贵族气质，都令女人们心神荡漾。

于是，简墨准成了名人。

而晨珀在Wigmore演出舞台上的这一吻，也被摄像机忠实地记录下来。"英国著名制琴师恋情公开，女友Wigmore献吻恋人"，这样浪漫的一幕，足够让媒体发挥充分的想象力，更何况，晨珀之前曾在艺术节上以指挥家单泽修学生的身份与其合奏。再之前，她和卢辰那则误传的绯闻也曾吸引过大众的视线。

无论如何，两人的消息着实上了一阵子热搜。

以晨父对自家女儿的关注度，不知道才有鬼呢！

除晨父外，另一个因这则新闻而斥责她的人是单泽修。

单泽修讨厌她这件事，晨珀起初就有感觉，后来他虽然解释过是因为她让他想起了以前的情敌，但那天在别墅烧烤，晨珀却感到事情可能没这么简单。

在她不遗余力近乎自虐般和他对着干，随后换来更严苛的练习要求的几天后，原本对两人之间的事不予干涉的简墨准开了口。

"Simon，如果你的严格是因为迁怒，我希望你可以停止。"简墨准站在敞开的落地窗外，他合上手里的书，神色冷淡地走进来，取走晨珀手里的小提琴，轻触她指尖的伤处。她是从小练习小提琴的人，手指早就应该习惯，可仅仅几天时间她的手指便又肿又红，今天还破了皮，可见单泽修要求她的练习强度有多高。

"你应该清楚，我的病情和她无关，早在你认识我之前，这个病就一直存在。"他说着，将小提琴和书本搁到一旁，从柜子里找出医药箱，取出药水低头细细给她消毒，"Simon，我很感谢你身为朋友替我做的一切，我知道这栋别墅会让你想起去年发生在我身上的种种，但这些事，都和她无关。"

晨珀听不明白："什么事？"

简墨准没有回答她，处理完她的伤处，抬头看向眉头紧蹙的好友："即便，所有事都和她有关，所有事都是她造成的，但这个女孩，连我自己都不舍得责怪……我希望你能理解。"

单泽修看着好友，慢慢收敛了全部的表情，他嗤笑了声："行，是我多事了。"他说完，取过自己的外套，推门出去。

单泽修离开前的表情有一点可怕，晨珀目送他离开，回头看向简墨准时，才发现面无表情盯着自己的他更可怕。

原本想问的话就这么卡在了她喉咙里。

说好的不舍得责怪呢？

面前人的气场太冷，她有些艰难地咽着口水："你……别生气了。"

"你知道我在生气？"他眉头微蹙，"那你知道我在气什么？"

"我不该故意惹怒单泽修。"

他点了点头，后退两步靠在书桌的边缘，将她拉近自己，用指腹轻轻摩挲她的指尖，听她疼得嘶了一声，又立刻松开："任何情况下，都不许用这种方式寻求答案。你可以问我任何事，我都会回答你，我不会故意隐瞒你，但前提是你开口问。"见她面带沮丧地看着自己，他又心生不忍，叹了口气，将人拉进怀中，"Amber，你得明白，只要你开口，我可以给你任何你想要的东西——只要我能给。"

晨珀乖乖点头，担心地问道："去年你发生了什么？你病了？"

"不是生理上的疾病。"

社交障碍，心理疾病的一种。

抗拒陌生人，惧怕别人的眼神和视线，自我怀疑，情绪长期消极低落，逃避外界的一切……严重的时候甚至会导致呼吸困难。

幼时被收养，来到一个语言不通又完全陌生的环境，过程远没有描述的那般轻松。在庄园里也好，去学校也罢，他都是一个特殊的存在。

他年纪尚小，原本就内向安静，又无法流畅地和别人用语言沟通，而且Lance还特地给他安排了接送的专车，并配了司机。无论他去哪里，都不需要花费心思，于是他便更少开口说话了。时间一长，安静便成了清高孤僻。

年幼的孩子，豪华的专车，身负乔尔家族的光环，却只是个不被乔尔先生看中的养子。

有人好奇，有人漠视，有人不屑嘲笑，但更多的则是羡慕和妒忌——因为即便在伦敦上流社会，乔尔家族也是个令人仰望的存在。

等到Lance意识到自己忽略的那部分时，简墨准已经患上了很严重的社交障碍。

Lance很自责，从此花费更多的时间和精力陪伴他，帮助他慢慢好了起来。

只可惜那场意外的火灾，让Lance没能陪伴他直至成年。

即便没有老乔尔的迁怒，那种深深的自责和负罪感也几乎将一个孩子逼疯。

他的病复发了，并引发了很严重的抑郁症。

很长一段时间，几乎每天都要见一次心理医生。

制作小提琴，是偶然，也是必然。一个人，一个房间，远离人群，打磨木料是唯一能让他舒缓下来的方法。

心理疾病常常会反复发作，他是个不喜欢给别人造成负担的人，所以在病情稳定之后，一直尽可能地控制着自己，让情绪更收敛更平静。这种自我控制带来了不错的成效，近几年他的生活已基本与正常人无异。

以至于晨珀和他相处了这么久，一点端倪都没有看出来。

"也因为患过这个病，所以当初对是否要和你在一起，我犹豫了很久。"恋情，会让情绪起伏不定。他深知她对自己的影响力，所以在这方面会考虑更多一些。但最终，顾虑敌不过对她的喜欢，想要和她在一起的心情太过强烈，他不想错过她。

"原来，你那时要求我不能够单方面决定这段关系的结局，并不是毫无理由的。"她想到自己的不告而别，"那去年我离开之后，你又……"

"没那么严重，不算复发，只是情绪有点不稳，所以我一直留在这栋别墅里，尽量不接触外人。那时候，Simon在照顾我。"单泽修为了方便照顾他，又不想给他太大压力，干脆买下了附近的别墅。他这个朋友为他所做的一切，他非常感激。所以，哪怕他从一开始就觉察出单泽修对晨珀的厌恶，也始终没开口说什么。

"怪不得他那么讨厌我！"晨珀想起那次吃饭，单泽修临行前给她的忠告：

"如果没有陪伴他一辈子的决心，就不要轻易给他承诺，有些事可一不可再。"

原来一切早有迹可循，只是她没有深究，还仗着简墨准对她的宠爱每天在这栋别墅里蹦跶，换作其他男人这样对待唐羽琦，她也会发怒的！

身前的男人伸手，捏起她的下颌在唇上吻了下："我说了和你无关。"

晨珀抿抿唇，脸上突然浮起浓浓的自责和沮丧。

他叹了口气，揽着她的腰身将她抱进怀里："你看，这就是我之前一直没和你说这件事的原因。"

晨珀窝在他怀里等了又等，最终没憋住，主动抬头朝他嘟起嘴。

"一下不够，我很沮丧。"她解释。

他忍不住笑，扶住她的脖子，低头吻了下去。

那天，晨珀后来陆陆续续问了他很多以前的事，果然像简墨准说的那样，但凡她问，他就会答，并没有隐瞒的意思。

次日，晨珀去敲了单泽修别墅的门。

门很快就开了，他上下打量了她几眼："看来你都知道了，怎么，想责问我为什么没早告诉你吗？"

她原本还担心他一怒之下会回城，还好人还在，态度差了点也没什么："不是，我是来和你道歉的。你是他最好的朋友，替他抱不平很正常，我理解这种心情。也希望你可以原谅我去年不告而别给他带去的麻烦，还有——你说的话我记住了，有些事可一不可再。能不能和他一辈子我现在不能保证，但我很爱他，我绝对不会再这样离开他。"

单泽修大概有点意外，眼底掠过一丝愕然，就这样站在门里看了她很久，久到晨珀以为他是不是酝酿着什么刻薄的话。结果他轻轻嗯了一声，便关上了别墅大门。

事实上，她的道歉还是有用的，单泽修在这天之后再次恢复了上门"虐待"她的日常。

说真的，以单泽修的水平，外面多的是人想上门求虐，她能被他主动"虐待"，是因为她命好能成为简墨准的女友……好吧，她承认，以上是单大神的原话。

虽然，他对她的态度依旧不太好。

虽然，当他知道她努力争取在Wigmore的独奏机会的真正理由后，曾批评她心态不正。

虽然，因为在舞台上那一吻引来大众关注的事被他批评为哗众取宠……

……

但晨珀能看出来，她以实力站上Wigmore的舞台，他心里还是骄傲的——当然，这一点她大多是靠脑补。

总而言之，因为近两个多月她被单泽修逼迫着进行了大量高难度的练习，以至于量变带来了质变，她尝试着创作了两首小提琴曲。

曲风是她喜欢的现代乐，轻快明亮，带着恋爱的甜蜜味道。

不过为防止被他批得一文不值，她完工后只拉给简墨准听过。他宠归宠，却不偏袒，听完后给她提供了自己的意见，她照着他的意见反复修改，最后出来的成品让她自己很满意。

无论如何都是处女作，她还想听到更多人的建议，于是将曲子录制完毕传上了网。粉丝们的留言很给力，鼓励的占大部分，也有人留言说，早在听到她那些原版改编的曲目时就料到她会走上创作的道路。

大众反应良好，对她是最好的鼓励，她创作的兴趣更浓，朦朦胧胧间仿佛看到了未来的另一种可能。

也就是在这之后不久，她在网站上收到了一条私人信息。

对方对她的原创小提琴曲表示出了很大的兴趣，并且留下了联络方式，希望她能尽快联系。

于是，八月下旬，在RAM开学之前，她坐上了返回S城的班机。

Chapter 24

白夜的妒忌

离开S城将近四个月，走的时候还是春天，现在却已到炎夏。

对方约见的地点是电视台旁的一家咖啡厅。因为靠近电视台，咖啡厅的客人大部分都是圈内人，难免有粉丝故意蹲点拍照，咖啡厅把二楼做成了专区，只招待圈子里的人。

那人姓陈，自称是M&S公司设在S城分部的经纪人。

晨珀在这方面没经验，简墨准自然不放心她一个人去，停完车之后，和她一起进了咖啡厅二楼的隔间。

对方三十多岁，长相普通，但一言一行很有风度，只在第一眼看到简墨准的时候稍稍怔了片刻，之后很快便进入主题。

所有事宜都是晨珀自己沟通的，简墨准只是陪她过来，并不会干涉她的思路和决定。

陈经纪人表示自己手里的某位艺人很喜欢这两首小提琴曲，想买下之后找人填词，以小提琴搭配旋律的方式，将两首歌收录进新专辑。

价格方面，因为晨珀是新人，并不算高，但她之前打听过行价，知道对方报的数字算是中肯。同时，对方也表示，小提琴原创曲被制作成歌曲并收入专辑的例子在行内并不多，这对她来说是个非常好的跨界机会。这位艺人的新专辑他们会大力包装宣传，歌曲推出之后给她带来的诸多好处将是现在的她难以想象的。

一切交流沟通似乎都很顺畅，对方甚至连合同都准备好了，如果她同意，可以立刻签字。

只是，当晨珀问起是哪位艺人使用小提琴曲时，对方却没有给明确答复，只解释道，因为涉及很多方面的原因，暂时不能告诉她，但确实是M&S里的艺人，这点毋庸置疑。并且他觉得这一点并不影响晨珀方面的权益，所以希望她可以理解。

因着这一点，晨珀没有立刻答应下来，而是收起合同，表示自己想要考虑几天。

对方有点意外，但也没有强迫，很爽快地答应了，并定下答复期限，要求她无论签约与否都不能外泄合同内容。

离开时候，陈经纪人起身和晨珀握手，之后和简墨准握手时，却若有所思地问道："这位先生有点面熟，似乎在哪里见过？"

晨珀心里明白，有点面熟的缘由大概是因为之前在网络上的那些照片，毕竟以简墨准的气质和长相，想不引人注意都难。

不过她没有多解释，简墨准也仅仅礼节性地和对方握了握手，便带着她离开了咖啡厅。

两人上车后，晨珀就小提琴曲使用者的身份做了各种猜测。

简墨准顺了顺她的头发："不用猜了，这件事我会让方谌去查一下。"

"能查出来吗？"

"只要查一查这位经纪人手里都有哪些艺人就可以。除了那些大牌艺人的经纪人，其他经纪人可能同时带着几个人，但一般不会带相同类型的艺人，例如歌手这类的话，手里一般只有一个。"他很耐心地给她分析。

晨珀一脸崇拜地托腮看着他："你好厉害呀，没了你我该怎么办呢！"

他当然知道她是故意的，次数多了，他也多少有了些免疫力，在她白嫩的脸颊上轻轻捏了捏便继续开车。然而唇角，却不由自主地勾了起来。

他们这次回来住的是简墨准之前购置的那套公寓。公寓在他离开后便一直空置着，不过和他在西雅图的别墅一样，主人不在的时候，每周固定时间会有人来做保洁工作。所以无论他们离开多久，公寓依旧光洁无尘。

他们只在S城停留了几天，解决签约的事，参加胡崇光的寿宴，之后会飞去Z城再住两天。临近九月，晨珀即将开学，届时他们必须返回伦敦。另外，随着九月的到来，帕格尼尼国际小提琴大赛的预选赛也即将开始。

这是国际上非常重要的小提琴比赛之一，因1954年第一届举办以来，多次出现冠军空缺的情况，所以现如今改成了每两年一次。

错过今年的话，她就要再等两年才能参加，可这样就会打乱她小提琴演奏生涯的全部规划。

所以，今年这次比赛，她一定不能错过。

"帕格尼尼国际小提琴大赛？"之前还在伦敦时，当单泽修听她提到这个比赛，便用一种很古怪的目光上下打量她。

起先她以为单泽修是觉得她还没资格挑战这样高难度的权威赛事，可当他随即用莫测的目光看向简墨准时，她才恍然明白过来。

"难道……"她匆匆绕到敞开式厨房里，那个高大的男人正弯着

207 ♫

腰，往烤盘里面挤着一块块花朵状的曲奇饼干，"你当年参加的小提琴大赛就是帕格尼尼？"

简墨准的注意力都在饼干上，闻言只淡淡嗯了一声。

晨珀整个人都惊呆了，虽然曾听单泽修说过他参加的是个很权威的赛事，但她完全没想到竟然会权威成这样！这个比赛的难度在于，为了保持比赛的高水准，它的冠军从来不设置并列，并且有规定分数，换言之，即便在所有参赛者中个人分数达到了第一名，但只要没有超过冠军的规定分数，这个人也没资格获得冠军，只能获得亚军的奖项。

这也是这一比赛在往年多次出现冠军空缺的原因。

尤其是近些年，比赛的冠军已经空缺了许多次，很多乐界的人都在猜测，到底是谁能打破这长久的沉寂，再次摘得桂冠，获得这一荣耀。

而她面前这个人早在十多年前，就已经一举拿下这个比赛的冠军，却在这之后不再拉琴，转而退居幕后制作手工小提琴，且在十多年后的今天以神秘天才制琴师的身份，凭借致敬斯氏琴的小提琴"怀念"再次为世人所知。

于乐界而言，简墨准这个人本身就是一个奇迹啊！

知道这个消息后，晨珀好几天都处于极端兴奋的状态。

她已经决定了，她不仅要参加这个比赛，还要拿到这个比赛的冠军！

因为是纪念帕格尼尼的小提琴大赛，每届比赛中，帕格尼尼的协奏曲和技巧性乐曲都被指定为必选曲目。

换作以前，光是看曲谱都能让她睡着。可现在有了动力和目标，她居然能心静如水地练习同一首曲子四个小时以上不休息。

往往都是简墨准看不下去，强行让她休息，她才会放下小提琴休息一会儿，有时隔了一小会儿，想到某几个地方的技巧运用，还会偷偷溜进房间再次练习。

这样极大强度的练习，导致的结果是，她的手指又肿到破了皮。

发现她伤口的时候，他周身的气压一下子降了下来，他没有说话，只是取走了她手中的小提琴，直接把人抱出了练习的房间。

他蹲在沙发前替她上药，全程面无表情一语不发，害得晨珀只顾着心肝颤，连被上药的伤处都没怎么感觉到疼。

他给她上完药，见她一脸乖巧模样地看着自己，又忍不住倾身吻住她。

晨珀没有动，乖乖地任由他抵开她的嘴唇，在她口中索取。

柔软的带着水果味道的嘴唇，一日比一日考验他的自制力，偶尔在这样因她而情绪不稳的时候，自制力便会弱化几分。

吻着吻着，男人的气息逐渐加重，忽而蹙眉，起身将她压在了沙发上。他的舌尖在她口中和她勾缠，纯正的男性气息扑面而来，她还有点没反应过来，只能怔怔地被迫承受。

感觉气息被堵得有些难受时，她伸手推了推他的肩膀，他没有停下，反而抓住她的手腕，将她的手扣在头顶两侧。

初秋时的衣服单薄，两人之间只隔了两层薄薄的布料，她能清晰感觉到他身体的变化。紧绷的肌理，逐渐升高的体温，从T恤下摆探入的手指，还有抵着她下腹的硬挺……

她只感觉自己的脸颊如火烧一般发烫，也不知道是呼吸不畅憋的，还是被他灼热的体温传染的。

良久，他才艰难地松开她，见她脸颊通红看着自己的无辜模样，又在她唇上吻了几下："记得要适可而止，否则什么比赛都不许参加，明白没有？"

晨珀虽然被吻得晕晕乎乎，但其实心里挺想问他，是不是像你这样箭在弦上却还能说停就停的适可而止？

不过最后还是一脸乖巧地点了点头。

简墨准心里明白她其实并不是这么听话的女孩，这种无关原则的小事，她可能今天答应了他，明天就背着他继续做。

然而他对她也无可奈何，舍不得骂，只能作罢，最多以后多看着她一些。

两人离开咖啡厅后，简墨准直接驱车前往郊外。

晚上有个小聚餐，地点就在他们之前去过的高尔夫度假村。这个度假村客人不多，安静清幽，正适合聚会活动。

他们约的是晚餐，现在才刚刚下午，正好够他们开游艇去湖面晃一圈。

之前因为菲尔的事，晨珀匆忙地去又匆忙地回，连度假村什么模样都没好好看过。

湖面上吹着清凉湖风，再吃一口冰镇水果，无疑是最消遣的休闲模式。晨珀换了条舒适的拖地雪纺吊带裙，戴着墨镜坐在二楼艇尾雪白的软皮沙发上，一边打手机游戏，一边在微信组里给唐羽琦她们发度假村和湖面的照片。

　　帕格尼尼下届冠军（晨珀）：大热天的还在工作吗？好美慕你们的敬业精神！可惜我还是个学生。

　　短发小脸美少女（田艾丽）：滚！休学一年的少刷存在感！

　　远离渣男珍爱自己（唐羽琦）：看到你第一张照片的时候，我就直接下楼了！现在已在出租车上，我带了换洗衣服，准备在那里住几天。

　　露易丝：每次看到你们的名字，都有种……淡淡的忧伤。

　　短发小脸美少女：露易丝你再等我一会儿，陈烁老头今天不太正常，编曲改到现在还没弄完！

　　露易丝：没事，反正我男朋友还没下课，不用急。

　　远离渣男珍爱自己：小田，你等会儿打算开着你那辆车去接露易丝的新男朋友吗？呵呵……

短发小脸美少女：说了一百次别叫我小田！还有，呵呵是个什么鬼！你可别拿我和黄珏那路货色比！我很挑的好不好！

露易丝：真的谢谢你们用如此含蓄的方式表达了对我男朋友的评价！

帕格尼尼下届冠军：别理他们，你家戚筠弟弟帅呆了！其实我本来也打算找个比我小的！

远离渣男珍爱自己：有本事把这话在你家简先生面前说一遍！

短发小脸美少女：有本事把这话在你家简先生面前说一遍！

露易丝：有本事把这话在你家简先生面前说一遍！

帕格尼尼下届冠军：我准备把三套口红都丢湖里……

远离渣男珍爱自己：别！我错了！限量版啊！丢了你会遭天打雷劈的！

短发小脸美少女：排！

露易丝：排！

田艾丽发了个排字就没有声音了，估计又开始了魔鬼式彩排。

晨珀和唐羽琦露易丝交代了几句来时的路线，问了问她们晚上想吃的菜，便端着水果去给开艇的男朋友喂食了。

唐羽琦为躲江枫，结束欧洲之行后便收拾行李搬来了S城。她这几年心思都在恋爱上，读书基本三天打鱼两天晒网，反正她爸妈对她并没有什么要求。

她也曾说过，像他们这样的人家，女孩子只要不闯祸就行了，工作赚钱养家什么的就算了吧。

所以父母对她搬去S城的事并没有反对，反正唐晗也在S城。

唐晗失踪一段日子又现身的事，唐羽琦和晨珀提过一嘴，据说除了瘦了些许，其他一点异状都没有，并且恢复了以往丰富多彩的夜晚娱乐活动。

唐羽琦住的公寓和唐晗对门，偶尔也会看见他往家里带人，有时是脸熟的，说不准哪天就换了另一个。倒也没见那些女人撕起来，可见他已深谙男女游戏之道，无论私生活如何，只要白天西装一换，人前就还是令无数女生芳心暗动，活得精致又有品位的唐总。

当然，并不是每一个声世成员都只看到了表象。

自唐晗回S城后，田艾丽对他的每一个动作都了如指掌。原本她以为自己早已习惯了，这些年，她也不是不知道他交往过的那些女生，可她一直对自己说没关系，男人不都是这样的吗！

越是优秀的男人，身边围绕的女人就越多。

她的爸爸也是这样，她的妈妈一开始还管过，后来便彻底放任不理了。

她不在乎唐晗有过多少个女人，只要最终他只有她一个人就好。

可自从去了趟伦敦，见识过简墨准对晨珀的好之后，她的想法慢慢有些不一样了。并不是每一个优秀的男人都喜欢让自己身边堆满不同的女人，有些男人，自始至终只想让自己最喜欢的那个留在身边。

她忍不住想，哪怕有一天唐晗真的和她在一起了，他又能对她好多久？

而她，难道真的一点都不介意他丰富的情史吗？

女人的身体要慎重，男人的身体便能这么不当回事吗？

田艾丽喜欢唐晗这么多年，竟第一次萌生了退意。某个深夜，她犹豫许久，最终还是给晨珀发了讯息。

她问她，同样是年少情窦初开时喜欢的人，她甚至比她更加具有天时地利，当年到底是什么样的理由，让她放弃了他，远走伦敦？

这些事，田艾丽不敢和母亲说。她身边几个交情好的朋友，虽然知道她这么多年一直喜欢着唐家公子，但她们很早就劝她别在一棵树上吊死，凭她的家庭和自身条件，哪里找不到好男人，所以她和她们也说不通。

想来想去，她唯一能倾诉的人，只有晨珀。

晨珀明白她的纠结，她也曾有过迷茫的时候，无论田艾丽以前如何任性，她的本质并不坏，她是真心希望对方能走出困境——无论勇往直前，还是转身放弃。

"我不希望自己最美好的年华和最憧憬的爱情，被一个不会珍惜的人游戏般地肆意挥霍。我是个执着的人，不会轻易放弃一件事，但前提是我觉得值得。所以，你怎么想的我不知道，但对我来说，唐晗不值得。"

每个人都有自己衡量一件事物的价值观，她选择放弃，而田艾丽不想放弃，这都没有错。

从表面来看，唐晗热情风趣，风度翩翩，而简墨准疏离冷淡，无趣古板。

可爱情，并不是流于表面的肤浅可以令其长久的，认识一个人，喜欢一个人，了解一个人，再深爱一个人，这是一个累积的过程。

唐晗不懂感情，自负傲气，又太过以自我为中心。但晨珀从来不否认他身上的优点，只是这些优点，或许只有在情窦初开的年纪，才会让她轻易地沦陷和迷恋。而那些，对现在的她来说早已失去了吸引力。

可能再来一次，她依然会在年少的时候喜欢上唐晗。

可无论重来多少次，最终的最终，她只想做简墨准的新娘。

驾驶台在二层前端，简墨准和晨珀一样换上了更舒适的衣物，纯白色棉质圆领T恤和同款的宽松中裤。一般男人穿这类衣服都会显得臃肿，然而他身高腿长，这么普通的一身衣服非但没有减损他的气质，反而衬得他肌肤如玉，在阳光下耀眼得有些晃人。

晨珀看着他专注的背影，心脏很不争气地加速跳动，她搁下水果盘，悄悄走上前从后面抱住了他的腰。

一丝笑意攀上男人的脸颊，他将手搁在她的手臂上，侧头问她："要试试开艇吗？"

"你开就好，我喜欢抱着你。"她将脸颊埋在他宽阔的背上，轻轻嗅着他身上清淡的须后水味，用带点撒娇的口吻絮絮道，"其实，你喜欢我什么呢？老实告诉你，在红石峡谷那次，我就已经被你电到了。那时我就在想，世界上怎么会有这么干净好看的男人！"说着她想起什么，"对了，那会儿你为什么假装听不懂中文？"

他伸长手臂，将她搂到身前，让她站在自己双臂中间，顺着她被湖风吹乱的头发："我没有假装，是你自己误会的。"

晨珀想了想，觉得还真是这么回事："我那时候在你眼里一定很奇怪……"当时她一边用中文和唐羽琦八卦身边的人，一边用英文和他装正经。

他微笑："没有，觉得你很有趣，还有一点可爱。"

晨珀知道他不会故意说好听的话来哄自己，顿时心花怒放地看着他："真的？"

"真的。"他低头在她光洁的额头上吻了一下。她笑起来的样子格外明媚生动。那般鲜活的朝气，是他永远不可能拥有却在心底向往的。到底喜欢她什么？其实他也这样问过自己，但是直到现在他都没办法很清楚地给自己答案。

他只是不想放开她，想让她永远留在自己看得见的地方，照顾她，宠着她，让她每一天都能喊着他的名字，冲他这样子笑。

等到田艾丽结束彩排，接上露易丝和她的男朋友戚筠抵达度假村时，天差不多已经黑了。晨珀她们和早到的唐羽琦正在餐厅靠湖的包厢里点菜。

晚餐照顾了所有人的口味，什么类型的菜都有。唐羽琦她们知道简墨准有钱，也没有给他省，点完菜后直接要了几瓶最贵的红酒。

晨珀才回来，今晚是第一次见露易丝的新男友，之前只看过照片。他今年才十九岁，马上升大二，一米八的个头，古铜色的健康肌肤，剪着板寸，看起来年轻而矫健，倒是看不出只有十九岁，如果换一身成熟一点的衣服，和露易丝站在一起还挺配。

戚筠虽然小了女友八岁，但很懂得照顾人，时不时帮她夹菜、递餐巾纸、倒水什么的。

唐羽琦和田艾丽对视了一眼，又回头去看简墨准和晨珀，这位就更夸张了，剥虾、剔鱼刺、擦嘴、摸头顺毛，只差没直接送到她嘴里。

唐羽琦和田艾丽再次感受到满满的恶意，狗粮一把把地吃，真是够了！

餐至中途，简墨准接了个电话，随后把一个名字告诉晨珀。

陈经纪人手里是歌手身份的艺人有两个，一个是出道八九年还在七八线徘徊的男歌手，另一个是今年刚签下的新歌手。

新歌手叫作白夜，本名沈妮妮。

沈妮妮最近过得挺不爽的。

假唱事件虽然产生了些许负面影响，但她到底还是个新人，加上公关团队的处理，这个小危机最后还是解决了。

她并不知道，那天的假唱曝光是卢辰在背后操作的。她依旧使劲蹦跶在娱乐圈，今天自拍刷存在感，明天留下几张灯光昏暗的录音棚照片或是深夜跑步照片，表示自己一直在努力。

只是，相比之前刚出道的那几个月，她无论做什么事都极度不顺——约定好的综艺节目飞了；原本交好的制片人莫名疏远；去美容院打个针都被狗仔跟踪；在网上放出的照片和心灵鸡汤，黑粉的评论总是比真爱粉多……

直到后来某天，在她经纪人的努力下，才有人提点她道：你是不是得罪了卢辰?

大牌艺人一般都不会和这样的小透明过不去，除非她曾经做过什么。

沈妮妮这才惊觉有些事大概是露底了。

不过她能混到现在这位置多少也有点魄力，当下寻求门路去找卢辰低头认错了。攀着金主的关系，借着那点人脉，沈妮妮放低姿态求爷爷告奶奶，好不容易让卢辰熄了火。

不过经此一事，公司里不少同期的艺人私下都把这事当成笑料谈论。

沈妮妮不敢恨卢辰，也不能骂这些落井下石的人，一口气憋在心里，最后全算到了晨珀头上。同样参加艺术节活动，她因为假唱曝光被媒体批评，晨珀却被捧上了天，天才指挥家的学生? 富有才华的小提琴新秀?

这样的对比，比直接打脸还要让她不爽。

要不是因为晨珀，她怎么会得罪卢辰? 她不相信他们之间一点事都没有! 算起来，一个卢辰，一个唐晗，还有一个身份神秘的制琴师，她身边男人可真不少，看似单纯的样子，对付男人倒是真有一套。那三个男人，一个比一个长得好，尤其那位制琴师，清隽优雅得跟个贵族似的，无论气质、长相都远超卢辰。

果然无论什么样的男人，都喜欢表里不一的绿茶婊!

沈妮妮心里不爽，时不时上网用小号到晨珀的微博里各种爆料留言。

估计看晨珀不爽的不止她一个，前不久有人发私信给她的小号，爆了些晨珀的事给她。有些事沈妮妮知道，有些不知道，大部分都是晨珀在声世公司里的事，也不知道是真是假。不过现在她早就不在那里做了，曝出那些事也掀不起什么风浪。

沈妮妮没理会，倒是点开了对方给她的资料里的某个网址后，起了另外的心思。买一个小提琴手的两首歌而已，花不了多少钱，不过能把对方辛辛苦苦以为可以赚大钱甚至成名的劳动成果捏在手里，光是这一点就值得她出手了。

她真的很想看看，当晨珀签完合约，发现买歌的人居然是她时脸上的表情，一定会很精彩！

沈妮妮心情美丽地躺在美容院的床上等着打针，结果针还没打完，经纪人就给她来了电话，说晨珀那边已经给了答复，她不同意签约。

"什么！"沈妮妮气得脸都歪了。

"另外。"陈经纪人的声音里带了些不满，"对方让我带一句话给你：'沈妮妮，你真小气。'"

"靠！"沈妮妮掀开盖在身上的毯子坐起来，她看了看一脸诧异看向她的护士，匆忙出了房间并带上门，"怎么回事！她怎么会知道是我要买歌？你说的？你该不会看那个晨珀长得清纯被她哄得漏了口风吧？"

经纪人被惹火了："沈妮妮，你最好搞清楚你自己的情况，你之前的负面形象还没有洗干净，卢辰那边才刚刚熄火，你要是不想在这行做下去，不需要这么'作'，直接告诉我就行！我陈铭的确只是个小经纪人，粗不过你的金主大腿，但这是M&S，上面有的是人，真闹大了，你背后那位能搞定几个？"陈铭没有说的是，对方既然有能力在不到半天的时间里查到背后的人是她，那么在娱乐圈里的人际关系也一定在他们之上。这样的人，去招惹不是有病吗！

沈妮妮被噎得差点吐血。

但对方说得没错，她的金主能力有限，不可能什么都是他说了算。要是他真这么有本事，负责她的也不会是个小经纪人。而且，能做到和愿意为她做是两回事，之前卢辰的事已经让金主有点不满了，她若是真闹出大事，金主搞不好会直接甩了她换个新的，那她就真的惨了。

然而，想明白和接受事实是两回事，尤其在晨珀这件事上，沈妮妮基本算是魔怔了。

她挂了电话，咬着嘴唇在美容院曲折隐蔽的长廊上来来回回地走，冷不丁有一个娇怯的女声响起："请问，你是白夜吗？"

沈妮妮回头，站在她身后的是一个一头黑色中长发的漂亮女生。

五官精致又清纯，大眼挺鼻小小的红唇，腿不算长，但胸很大，看着她的视线里带着惊喜和崇拜。这种眼神让沈妮妮的心情好了一点，她露出面对媒体记者时的招牌笑容，略带倨傲地点了点头："是我。"

"哇，我好幸运啊，居然见到你本人！你真人比上镜还要漂亮耶，你今天没有化妆吧，你皮肤真的好好！"

在这种崇拜的语气下，沈妮妮心情回暖，和对方有一搭没一搭地开始说话。

"对了，之前我好像听你提到……晨珀？"

沈妮妮神色一凛，有些警惕地含笑看向对方："应该是你听错了吧。"

"你别误会，我不是晨珀的朋友，我只是听我一个朋友提过她，我这个朋友吃过她的亏，不过也不知道我们说的是不是同一个人？"对方笑了笑，那笑容带了抹淡淡的不自然，但这张脸却十分甜美可人，完美得如同一幅画作。

沈妮妮的插曲，晨珀很快就抛去了脑后。不过这件事多少让她起了警惕心，等到不久后有人自称导演再度给她留言，表示对她的原创小提琴曲很喜欢很想合作时，她压根没理会。

除了忙于彩排和演出的田艾丽之外，其他几人当晚都在度假村住了下来，就连露易丝和第二天要上课的戚筠也住了一个晚上。

晨珀和唐羽琦好久没见，整晚都靠在沙发上盖着同一条毛毯聊天。

聊美食，聊旅行，聊过去，聊未来，聊现任男友和过去的男友，感叹易逝的青春，以及不变的友情。

　　"你和江枫，真的不行了？"有些话，晨珀只能在只有她们两个人的时候问。唐羽琦和她相反，她外表柔弱，实则坚韧理性，而唐羽琦看似直爽坚强，其实内心柔软感性得很。她对江枫用情很深，如果对方来求，她极有可能动摇。所以，这也是她搬到S城的原因。

　　唐羽琦摇摇头："什么事都可以原谅，只有这一件不行。无论什么原因，什么理由，做了就是做了。"她说着，靠在晨珀身上，抱着她的胳膊闭上了眼，"我知道他是真的爱我，我也以为我们会在一起一辈子，可是我不能回头不能心软，这个槛我过不去。小珀，有的时候我真希望这一切都是梦，梦醒了什么都没有发生。他还在我身边，我们还在一起，一起看喜欢的电影，一起吃饭，一起平淡快乐地过每一天……"说着，唐羽琦的声音哽咽，"小珀，我很难过，都几个月了，心里还是揪着痛……可是我不能回头，真的不行……"

　　晨珀听得心痛，轻轻拍着靠在身上的人："不行就不行，咱们不回头，恋爱而已，总会有下一个的。他不是你的真命天子，只是一个过客，你会忘记的……别哭了，有我呢，我陪着你，大不了你来伦敦住一阵子，我认识很多帅哥，都介绍给你……"

　　唐羽琦哽咽着嗯了一声，今天借着聚会她喝了不少酒，这会儿酒意上来，只觉得头昏脑涨，闭着眼睛慢慢睡了过去。

　　唐羽琦不用上班，暂时也不上学，有大把的时间，这晚后几乎每天都找晨珀外出活动。她之前对晨珀的这位男友始终有点敬而远之的畏惧和顾忌，可经过这几天，唐羽琦不得不承认，简墨准的脾气是真的好——她日日抢人，当电灯泡，对方却始终待她礼貌如初，甚至时不时给她们充当司机的角色。

　　即便当初她和江枫最腻的那会儿，他也不可能为她做到这样。

　　唐羽琦心里明白，他愿意这样做并非因为他想，而是因为晨珀想。爱才会迁就，只能说这个男人把晨珀的意愿放在了所有事和所有人的前面，包括他自己。

　　转眼到了胡崇光寿宴这日，他是著名乐评人，乐界老前辈，音乐界的很多名人都来了，前辈新秀齐聚一堂。

　　简墨准送上了不久前在伦敦制作完毕的小提琴。这把琴并未参照任何名琴，同以往他制作的木提一样，带有他个人的风格，琴身质朴，曲线柔和，音质却明亮有力。

　　胡崇光对这把小提琴爱不释手，当下带他们进了宴厅旁的休息室。

　　片刻后，有前来祝寿的熟悉友人敲门而入，胡崇光见到来人立刻上前迎接。晨珀好奇地看去，来人六十来岁，满头银丝，身姿却依旧挺拔，面容矍铄，目光清朗。

　　她正在回忆到底在哪里见过对方时，胡崇光已经面色愉悦地替他们介绍。

　　"这位是小提琴家冯光生，帕格尼尼国际小提琴大赛中国首位获奖者！"

　　晨珀这才恍然："冯光生先生吗？我小时候见过您，当时考级领奖时，是您给我颁的奖。"她记得那时候他还在音乐学院当客座教授，所以那次考级才会请到他来颁奖，之后不久他就不再出任了，如今露面也少。

　　冯光生态度谦和，和她握了握手，又在胡崇光的介绍下一脸欣赏地看向简墨准："我听老胡提过，简先生这么年轻就在小提琴制作上取得了这样的成就，后生可畏啊！"

　　简墨准眸光沉沉地凝视着对方，缓缓伸手和冯光生交握，又轻轻收回，再正常不过的动作，晨珀却从中感觉出了一丝异样。

　　等到双方结束寒暄，两人出了休息室，她才向他问道："你认识冯光生吗？"

　　他看着身侧的女孩，伸手与她十指交缠："你真聪明，他是我的一位故人。"

　　"他是……"

　　他拉着她，将她带到走廊一处安静的造景旁："其实我也不清楚，也许是我亲生父母的朋友，也许是他们的家人，也或许他就是我的亲生父亲。我只知道，当初把我送去孤儿院的人，就是他。"他在绿植后的一排休息椅上坐下，让女孩坐在了自己的腿上，好把她整个人搂到怀里。

　　"你没有查下去？"以他的能力，如果真想知道，一定能知道。

　　他摇了摇头："在我心里，父亲永远都是Lance。无论真相是怎样的，都不会改变我现在的生活，而我也不想去打扰对方的生活。想明白这点，我就不再查下去了。之前没告诉你，有没有生气？"说着，他在她红润的嘴唇上细细亲吻。

　　晨珀被他亲得心肝酥颤，完全是缺氧状态，哪里还想得到生不生气，只呢喃道："你身上的味道好好闻，嘴唇也好软，我喜欢你这么亲我……"

　　他无奈又宠溺地笑着，见她嘟着嘴一脸期待地看着自己，用力收紧了圈住她腰身的手臂，再度吻住她时呼吸不由自主地急促了几分。

　　女孩的唇小巧甜美，是漂亮的粉色，像一块柔软的糖，又甜又软。他才刚刚打开嘴唇，她柔嫩的小舌尖就灵活地滑入他口中，和他缠到了一块儿。接吻这么多次，这是她第一次主动探入他口中，简墨准浑身一颤，没能控制住手上的力道，在她纤细的腰身上用力掐了下去。

　　她发出低低的呼声，瞬间撤出自己的舌尖，他追入她口中，缠住她吻了许久，直到她开始抗议，才克制着喘息松开她。

　　他把娇小的女孩摁在怀里，很久才平复下来。

　　有些事，有些情绪，已越来越逼近临界点。如果今天他们不是在酒店走廊的一隅，而是在他的公寓里，他真的不知道自己还能不能停下来。

晨珀就坐在他腿上，对他的反应一清二楚，哪里不知道他此刻的情绪。她想了想，还是瓮声瓮气地道："其实你不用忍的……"

他松开她一点，低头与她对视，女孩白嫩的脸蛋虽然通红，但是那双眼睛却清亮无比。

"你还小呢……"他的眼睛里全是温和的宠溺。她看起来依旧只有十八九岁的样子，柔软娇小，稚嫩清纯，总让人忘记她的真实年龄。他总是下意识地觉得自己大了她太多，有些事要慢慢来。

"我都快二十五岁了。"她露了个明媚的笑容，随后感觉圈在她腰身上的手臂又收紧了。

"乖。"他低头亲向她的耳垂，声音低沉而沙哑。

那灼热的气息又让她的心肝酥颤，头脑发热，直到回到宴厅里也没弄明白他这个"乖"字到底是什么意思。

胡崇光是个时髦的老人家，寿宴弄成了自助餐音乐会形式，乐界人士汇聚的夜晚，不时有新秀以贺寿的名义自请上台演奏一曲。

有人渴望成为焦点被关注，自然也有人成为被人关注的焦点。

简墨准如今凭借天才制琴师的头衔声名在外，想要和他认识的人不在少数，无论新秀还是前辈。他向来不爱交际，那时在伦敦这类事大多交给助理打理，偶尔助理不在，别人看他态度清冷也会自觉地让出空间。只可惜这是在人情往来热络的中国，他淡漠清冷的态度也无法让人退却。片刻后，冯光生亦再次上前，表示想和简墨准单独聊一聊。

单从对方的脸上，晨珀看不出什么端倪，很难说对方究竟是只想聊聊，还是真的觉察到了什么。

她点点他的手臂："去吧，我自己在这里吃点东西。"

简墨准沉默片刻，还是点点头，摸了摸她的头发，让她等他回来。

简墨准一走，留意她这边的人就少了，她乐得轻松，拿了个盘子去取吃的，结果没走几步，便看见了一袭盛装打扮的沈妮妮。

对方不久前还想坑她，这会儿自然没脸上来装旧识，只态度倨傲地看了她一眼，移开视线继续和身边的助理说话。

胡崇光交游广泛，沈妮妮多少算个明星，会出现也不奇怪。对方不来刷存在感挺好，晨珀取了点吃的，走去靠近露天花园的餐桌旁。这里临近宴厅外围，安静无人，她很满意，坐下开始吃东西。

结果没吃几口，就听见身后砰的一声，随着玻璃落地的碎裂声，她半个身子还有头发、衣服都毁在一大碗椰香杧果奶昔里。

冰冷黏湿的液体惊得她整个人都站了起来，闯祸的女服务生吓蒙了，呆了几秒才忙不迭地朝她道歉："真、真对不起！真对不起！我马上帮您擦干净。"

看着对方几乎要哭出来的脸，晨珀其实也有点想哭："别忙了，这根本擦不干净，洗手间在哪儿，我去那里处理吧。"

对方一边和她道歉一边跟着她，表示自己会帮她解决的，希望她千万别投诉。

"您的头发上都是，还有这衣服也是……去洗手间也弄不干净，我带您去楼上的客房吧，您把这身衣服换下来再清洗干净等我，我去帮您买套新的衣服！"对方战战兢兢的，不过总算想了个不错的解决办法。

晨珀摸了摸黏糊的头发，冲她点点头。

房间就在宴厅上面一层，她用工作卡给她开了门，请她先处理身上的脏污，表示马上就去酒店的商店里买衣服，临走前还贴心地提醒她记得锁门。

房间是很普通的大床房，她先从手包里取出手机给简墨准发了条短信，说明自己在楼上房间处理弄脏的衣物，以免他回来看不见自己担心。发完消息，她将手机搁在茶几上，从衣柜里取出干净的浴袍，开了浴室的灯，反手锁上门，取了点餐巾纸，先擦拭头发上、衣服上一小块一小块黏糊的杧果。

　　一边擦一边还暗自庆幸，幸好是冰镇甜品，要是一碗热的甜羹，她这会儿就是毁容了……

　　擦完零碎的杧果块，她正要脱下衣服，却听到房间的门铃被人按响，对方按了几下，见无人回应，又不耐烦地开始拍门。

　　晨珀从浴室出来，凑到猫眼上一看，门外的人不是简墨准也不是那个女服务生，居然是唐晗！

　　她都快忘记上次见他是什么时候的事了，这个地点这个时间他突然出现还一脸阴沉地拍着门板，这事也太诡异了。她没有开门，隔着门板问他什么事。

　　"先开门！"听到她的声音，他拍门拍得更起劲了，"刚才那个女服务生有问题，总之你先开门！"

　　"什么问题？"不怪晨珀犹豫，实在是对方劣迹斑斑，她这会儿真不敢开门。

　　"我之前看到她和白夜身边的助理在说话，本来也没什么，但这之后没多久，她就带着你上楼了，我不放心！就跟上来看看，听到她和你说去买衣服，后来我又跟着她，发现她根本没去商店，反而去找了那个助理。"唐晗没办法，只能站在门外解释，正想着要是她还不肯相信他该怎么办，面前的门开了。

　　晨珀脸孔紧绷，站在门口神色不定地看着他。

　　他先进房四处看了看，又问她那个女服务员刚才有没有和她说别的。

　　"就让我先处理这身，还提醒我锁门。"

　　唐晗皱着眉头想了想，转身进了浴室，他将浴室所有的灯都打开，四下查看。片刻之后，神色愤怒地从排气扇的缝隙里取出一个东西。

　　"是什么？"晨珀上前。

　　他看着她，脸色难看地咬牙切齿道："是针孔摄像机。"

224

晨珀惊住。

"你到底是怎么得罪白夜的？"他本来心情就不好，这会儿发现这东西更是急火攻心，"这么久不见，你也不知道长进一点，做事怎么就不动动脑子？你知不知道今天我要是没来，你会有什么结果！"

晨珀心里也在后怕，现代法制社会，她一直以为一个人讨厌另一人，最多耍点手段排挤陷害，说到底也不是多大的仇，可对方居然这样恶毒！真的太丧心病狂了！

她拿过茶几上的手机打算报警，刚按了110，就被唐晗一把夺过。

"报警？你报警打算怎么说？在酒店的房间找到摄像头？这种情况下，背黑锅的就是酒店，白夜估计巴不得你报警，你一报警，这事就和她没关系了！"

"可是有证人啊！那个女服务生打翻东西在我身上，也是她领我来这个房间的！酒店走廊都有监控，她不可能抵赖！"

"那又如何，她只是不小心做了一件错事，最多被开除，你有证据证明这摄像头和她有关？"唐晗眸色冰冷地看着她。

"可是你之前看到她和那个助理在说话。"

"那又能证明什么？"

晨珀陷入了沉默，她刚才太过震惊，这会儿冷静下来也慢慢理顺了整件事。

女服务生肯定是被收买的，否则不会不去商场反而接触沈妮妮的助理，但她不一定知道摄像头的事。

助理替沈妮妮办事，所以这件事肯定是沈妮妮授意的。

装摄像头的人肯定不是女服务生、助理及沈妮妮中的任何一个。

综上三点，即便她报警，即便女服务生说了实话，针孔摄像头的事也和沈妮妮没有关系。

见她冷静下来，唐晗脸上的怒意才缓了几分，只是一开口仍是讽刺的话："你的那位真爱呢，不是时时刻刻都和你难分难舍吗，怎么在你最需要的时候反倒不在了？"他看着她的脸，眸光停在她的唇上，那粉色的嘴唇还有些微肿，他脑中再次不由自主地浮现出不久前看到的画面。

其实今晚他早就到了，也知道她今天一定会来，只是他觉得自己应该没什么心情看着她和那个男人相偕出现的画面。

然而，越怕什么就越来什么。当他在长廊尽头的小露台上抽完烟准备返回宴厅时，却在半掩的绿植后面看到了正在接吻的他们。

那一瞬间，他身体发冷，感觉身处最严寒的冬天。中央空调的冷风一丝丝地透过他的衣物朝他的骨头缝隙里钻，整个人仿佛被肢解一样，一动也动不了。

女孩依旧美丽，柔软的小脸，明亮的笑容，还有全心全意看着对方的依恋眼神。这一切，都让自以为已将她抛开忘记的他感觉到一种钝痛。那种痛从他身体的最深处蔓延开来，他根本无从阻止就已经席卷了他全身。

他的目光锐利森冷，带着强烈的侵略性。

晨珀不想再横生枝节，动作飞快地从他手里抽回手机，朝他说了声谢谢就打算离开。

他伸手拦住了她，并不是想做什么，只是她这样忙着逃离他的模样看起来非常刺眼："我去找过你！艺术节之后，我一直在找你！可是我找不到，你爸妈看到我连门都不肯开，羽琦也什么都不肯说。我甚至去了伦敦，去你的学校找你，可你也不在那里！"

后来他偶然间看到艺术节的照片，看到了胡崇光和他们的合影。他没有办法，去找了胡崇光，结果对方还记着之前的事，对他态度很差，和他打起了太极，兜兜转转几天，连一句真话都没透露。最后竟然还教训他，告诉他年轻人要豁达，别觊觎不属于他的人。

"我在伦敦住了一阵子，每天都会去你学校附近走一圈，想着有没有可能哪天就看到你从街道的另一头走来。可是，你一直没出现。"

"我是在伦敦，只是没住在学生公寓。"

他有些凄然地笑起来："你和他住在一起对吧？你是不是觉得我很可笑？就像个白痴一样，一个人在伦敦住了两个多月，只为了能见你一面。可是这又能改变什么呢？你根本没有真正属于过我！"

"你既然都明白，以后就别再做这些事了，我和他是不会分开的。"她想绕过他，可他伸长手臂拦在房间的走廊处，就是不肯松开。

"我知道你和他不会分开，我不是要你们分手，我已经接受这件事了，我只是希望……"这下面的话，他似乎说得很是艰难，"我们仍然是朋友，偶尔你也能出来和我聚聚聊聊天，而不是像现在这样，像个陌生人似的，一看到我就要逃！"

晨珀闻言看向他，片刻才道："抱歉，这件事我办不到。"

他僵住了，她冷酷得让人不敢置信："晨珀！我只是想偶尔见见你，难道这样也不行？！"

"就算你真的只是单纯想见我，我也不会答应。我的心就这么一点，只装得下他，任何会让他不开心的事我都不会去做。"和男友在一起的时候还和自己喜欢过的人保持联系？这种事有些人愿意做，但她不行。

"你就这么爱他？"他冷笑了几声，怒气又渐渐上涌，"你以为他有多完美？你知道他的过去吗？你知道他曾经是个什么样的人吗？我虽然没有找到你，可我在伦敦那么久也不是白过的！Lynn Jay Joel这个名字你有没有听过？你想不想知道他父亲是怎么死的……"

"唐晗！"晨珀火了，"做人不要这么卑鄙。别说他的事我都知道，即便我现在不知道，只要我想，他也会没有丝毫隐瞒地告诉我。从前你就总是喜欢去抓自己得不到的，却从来不看跟在自己身边的！"就像那时的她，现在的田艾丽，"你真的不值得田艾丽这么爱你！"

她趁他愣神，从他撑着的手臂下方钻了过去，然而还没走两步，

227 ♫

就被身后的人用力按压在墙上。

男子带有侵略性的气息从她背后袭来，她的腰被他的手臂死死锢住，他的气息从颈后袭来。随着男子喊她名字的愤怒声音，一股疼痛从她脖颈处传来，然后是他急促而粗重的喘息。

"放开我……"她用力朝后踢，一脚接着一脚，不知踢到了哪里，他发出痛苦的低呼，瞬间松开了对她的禁锢。

晨珀匆忙朝房间外跑，唐晗捂着下身还想拽她，她用力躲开，同时身形不稳朝前扑去，结果落进一个熟悉的怀抱。

晨珀抬头，对上简墨准怔愕的脸，她只觉得委屈，立刻抱紧了他："你怎么才来！"

"出什么事了？"他的手在她的背上轻轻抚着，"我在这里，你慢慢说。"

晨珀三言两语把服务生、摄像头还有唐晗及时制止她的事说了，简墨准的脸色已然沉冷下来："别担心，这件事我会解决。"自去年伦娜掳走她的事件后，他已经很久没被挑起过真正的怒意了。这件事，绝对不可能就这么算了。

他抬头，朝盯着他们的男子道了声谢谢。

对方如此坦然地道谢，在唐晗耳中却异常讽刺："我和她的事，不需要你道谢。"

简墨准没有理会他，继续轻拍怀里的人："是我不好，不该让你一个人，你有没有事？"

晨珀蔫巴巴地趴在他怀里撒娇："还行，不算有事，幸好你及时来了……"

闻言，简墨准的眉头再度蹙起。

他一边亲吻着她的额际安慰她，一边将冷漠的视线投向房间里的人，对方挑衅地看了他一眼，用拇指抚了抚自己的唇角。半晌，待晨珀情绪暂缓，他拉着她走到走廊上，示意她站在这里等他一会儿。

接着，他转身进了房间，并带上了门。

片刻后，有物体碰撞声及东西落地时的碎裂声传来，晨珀吓了一跳，还没等她探头去看，简墨准一边理着歪掉的袖钉一边走了出来。

"走吧。"他重新搂住她。

晨珀看着他冷淡的脸色，忍不住问："刚刚……"

"没事，给了他一点教训。"他轻描淡写地说了句，之后便将一身狼狈的她横抱在怀里离开了酒店。

Chapter 25
宠爱

晨珀身上黏黏腻腻的实在难受，简墨准就近找了家五星级酒店，直接要了顶层的总统套间。

两人进房没多久，管家便将换洗的衣物送了上来，简墨准锁上门，进了主卧的浴室。

晨珀正在脱身上的衣服，没想到他会进来，不过这时她一身狼狈，衣服又黏在身上脱不下来，也顾不上不好意思。

"我来。"他将干净衣物放在架子上，去帮她解后面的扣子。这件衣服在后颈处有两颗暗扣，晨珀骨架小，平时不解也能穿，但这会儿衣服黏在身上，不得不解了扣子再脱。

男人帮她解开扣子，却依然站在她身后没有动。

晨珀看向镜子里的人，他低着头，视线凝固在她颈后某处。

她心里一跳，大概明白过来他看到了什么，忙道："我有挣扎，我踢了他，之后你就来了。"

他抬头看了眼镜子里的她，在她额角亲了亲："洗澡吧。"低沉的嗓音听不出什么情绪，说完便出了浴室。

晨珀花了半个小时才将头发和身体上的黏腻洗干净。她取过干净的衣物，发现居然只有一条新内裤和一件宽大的白色长T恤，连内衣都没有。

她原本的内衣已经泡了水，也没法穿了，只能将干净衣物换上，用毛巾擦着头发走出了浴室。简墨准正坐在主卧的床尾，他已经清洗干净并换了浴袍。浴袍的带子没有系紧，敞开的襟口露出了白皙的肌肤，胸口的肌理线条流畅而强悍，晨珀看着看着觉得心肝又莫名地酥颤起来。

他拉她坐下，接过她手里的毛巾，替她擦头发。

擦着擦着，他的视线又落在她后颈处，女孩白嫩细滑的肌肤上有一个清晰的齿痕，那是另一个男人留下的。

"怎么了？"见他半天不动，晨珀正要回头，他却突然低头将唇落在那个齿痕上。一阵细微的刺痛从那里传来，简墨准搂住她的腰，在她后颈处吮吸啃噬。

他这是……吃醋了吗？

晨珀知道这个时候不应该，可嘴角就是控制不住地上翘。

"简墨准……"她喜欢连名带姓地叫他，感受这三个字在自己舌尖的变化，每一次都好像让她和他更紧密了一些。

听到她的声音，他松开她的后颈，将人整个搂入怀里："弄痛你了？"

"不痛，我喜欢你这样子。"晨珀抱着腰上的手臂，软软地靠在他身上，"他想继续和我做朋友，让我以后时不时出去和他聚聚，我拒绝了，大概就是这样惹到了他……"

"我不是生你的气。"

她忙嗯了几声，她当然知道他不是生她的气，只是吃醋了嘛！

她在他怀里转身，搂着他的脖子，将脸颊贴在他带着浴液清香的脖颈间。他的锁骨很漂亮，线条优美，肩膀却很宽，看着很有安全感。

她将嘴唇贴上他的锁骨，轻轻吮吻。

他身体一僵，握紧了她的腰身："Amber。"

她抬头看他，脸孔纯真，眼瞳深黑，唇角带着明媚灼目的笑意。

他与她深深对视，偌大的房间内一片安静，她仿佛听得到彼此的心跳声，清晰而有力，带着对彼此的深切情愫。

对视得太久，久到她差不多都快要放弃的时候，他却吻了下来。

从温柔而缓慢的厮磨到炽热深切的缠吻只是片刻的工夫，她被他压在床上，男人的身体贴了上来。她陷进柔软的床榻，全身都被笼罩在他的气息下。

他细细亲吻着她的脸颊和眉宇，反反复复，温柔而清浅，唇从下颌一路朝下，在她脖颈上深深吮吸，白嫩的肌肤绽开一点点红色的印记。

她的衣物被剥离，白色浴袍从他的肩头滑下，男人藏在衣物之下的健硕身形露了出来。她细细喘息，感觉脸烫到不行……

两人肌肤相贴的瞬间，她倒吸了口冷气，胸部被碾压和厮磨的动作逐渐加重。他吻住她，呼吸沉沉，凝视着她的眸色暗得不见天日，那里面深藏着他全部的隐忍和渴望。

女孩的身体娇软而白嫩，丰盈在他指间绽放，纤细的腰身微微颤抖着，让人又爱又怜。他终是有些控制不住地吻了上去，一路吮咬，引得她细细低呼。

每一处，都娇俏可爱到不行，汹涌的情绪在他体内叫嚣着，冲击着他的理智，他要很努力才能稍稍克制住自己激烈的动作，可即便这样，她白皙的身体依旧被他留下了无数痕迹……

他分开她双腿的时候，半撑起身体垂眸看着身下的她，嘴唇虔诚地吻住她的额头，然后沉腰用力，缓缓地顶开了她的身体。

她叫了一声，疼痛让她下意识朝后躲闪。

"别动……"他按住她，几乎用尽全部的克制力才让自己稍稍停止，他撑在她身体上方急促喘息，额前沁出隐忍的汗水，"别怕，乖……"

他轻哄着她，再次朝里挺近。

"不行，好痛！你快出去……"晨珀疼得脸都白了，这种疼痛根本没法忍，她瞬间就后悔起来，"不做了，我不做了，好痛……"

男人额头的汗水滴在她身上。

他总是很宠她，任何事都愿意顺着她，可是这一次任凭她如何哭叫拒绝，他依旧不为所动，细细吻着她眼角的泪水，趁她抽泣撒娇时，压着她挺身而入。

被贯穿的瞬间，她的身体抖了抖，张嘴想叫，却惶然失声。那种仿佛被人劈成两半的痛楚让她连声音都发不出来，只能努力吸着气，以此缓解身体的不适。

"Amber，我爱你……"男人在她耳边喘息亲吻，一遍遍重复着同样的话，哄着她。

晨珀哭着咬住了嘴唇，这种时候说爱她，她能怎么办？

她告诉自己，忍吧忍吧，忍忍就过去了……

男人的唇落在她的嘴唇上，不让她咬伤自己，探入她的口中，和她深深地缠吻。

她被吻得头脑缺氧，昏沉之际以为疼痛差不多已经过去了。然而，当身上的人真正开始动作的时候，她才明白自己的天真。

她再一次后悔："痛、痛……别……"

她一直在哭，喊着疼，娇声娇气的，仿佛幼兽在细细低鸣。

然而男人始终没有停，一下下，每一次都似乎进到了她身体的最深处。

那种娇软的细呼还有带着抽泣的喘息，都让他在崩溃的边缘徘徊。然而隐隐地，他知道不能让自己真的失控，那样一定会更伤她，他始终克制着，紧绷着身体，一边艰难地动作，一边垂眸凝视着身体

233 ♫

下的女孩。

柔软的像花一样的身体，此刻只为他绽放。

他的眸光浓成了化不开的墨，全世界似乎只剩下他和她，仿佛坠入地狱，又仿佛置身云端。

天堂与地狱，原来只是一线之隔……

事后，每当晨珀回忆自己和简墨准的第一次，内心深处总是不由自主地浮现出四个字——惨不忍睹。

主动撩他的人是她，做到一半又哭又闹要停下的也是她……

本该浪漫的第一次就这样硬生生被她毁成了犯案现场，也不知道当时简墨准是怎么忍下来的——直到距离那晚一个星期后，当她在他的温柔低哄下再次被压倒，当她在他激烈失控的动作下喘息低吟，当她数次昏沉睡去又被男人炙热的身体烫醒时，她才知道，第一次那个晚上，他从头至尾都在迁就她。

强忍着身体的本能来让她适应，忍耐着，逼迫着自己，不能快，不能重，不能太深……对男人来说，这根本就是酷刑吧。

就连事后，她满脸泪痕地指责他，愤愤表达自己的各种难受疼痛时，他也什么都没说，只是抱着她，一边用手替她擦眼泪，一边温柔而宠溺地亲吻她。

被一个男人宠到这种地步，晨珀觉得自己真的没什么好抱怨的，那些当时充斥了满心满眼的委屈现在想想也就是她任性的撒娇罢了。

因为初夜的疼痛，她在床上躺了一整天，又在酒店里赖了两天不愿意搭理他。等到后来她消气时，才知道针孔摄像机的事已经被简墨准解决了。

就如她猜测的那样，女服务生的确不知道有针孔摄像机一事，她只是拿了钱，弄脏她的衣服，确保她进房间。沈妮妮那边的说辞是有人要给她惊喜，打算在今晚向她求婚。那女服务生见对方说得真切，加上重金引诱，最后没忍住，同意了。

至于沈妮妮的助理，她倒是知道自家艺人没安好心，只是对于摄像机一事，连她也是毫不知情。她知道沈妮妮之前得罪卢辰处处被整的原因，当沈妮妮开口说想要给对方一个教训时，她便照做了。能在圈子里混的人，胆子都大，也见惯了各种阴谋诡计，只是弄脏对方的衣服让她狼狈离场，根本不算什么。所以当她知道浴室被安了针孔摄像机时，惊得瞪大了眼。

之后，酒店排查了走廊的监控，查到当天上午，曾有人以服务员的身份进入房间，但问题是那间房之前并没有客人，根本不需要清洁。

那位服务员也是他们酒店的人，只是刚来工作没多久，还在试用期，那之后便再没出现过。

官方的调查至此差不多就结束了，追查试用工的工作仍在进行，但不是一天两天就能出结果的。

方谌私下接手了其后的工作。

他直接调出了沈妮妮近来的全部动向及账目记录，查到她在近期有数笔去向不明的转账。其中一笔是打给一个外号浩青的男人的，对方表面上开了家财务公司，实则是个本地社团，私下放高利贷，也收钱替人做事。

摆在明面上的证据似乎并不足够，但显然沈妮妮不会无聊到随便打钱给一个财务公司的老板。

"这女人很狡猾，目前证据并不足够，即便露馅最多也是被警方请去喝几次茶，不会有事。"方谌递上连日来的调查文件，"倒是这次调查她的时候，发现了其他一些有趣的事情。"

简墨准翻看完，脸色冷淡地将调查资料丢在一旁："这件事你去办妥吧，别让她再有闲心在背后弄这些阴谋诡计。必要时，从Simon那里借一点人脉，一次到位。"

方谌点点头，拿着资料离开了。

这件事再容易不过。

整容、当情妇、第三者插足、涉黑……一个本身就漏洞百出的女人，要让她以最难堪的姿态从镜头前消失并不是一件难事。

白夜很快因为铺天盖地的绯闻和爆料被M&S取消了一切行程和通告，介于她和M&S长达十年的合约，即便她想先靠着绯闻炒作，再从黑转白都不可能。

因为这十年，M&S的高层不会允许她再出现在镜头前。

换言之，她被雪藏了，以她入行的时间和之前的名气，解封日遥遥无期。即使十年后合约到期，她想东山再起，也得看届时她还有没有这个资本再找到肯在她身上花钱的金主。

沈妮妮的事，晨珀没多深究，一则事情交给简墨准她很放心，另一个原因就是随着九月的到来，他们重返伦敦，对晨珀而言最重要的一场赛事即将来临！

帕格尼尼国际小提琴大赛分为预选赛、半决赛及决赛三个部分。

举办地是帕格尼尼的故乡——意大利的热那亚。评审席将由七位以上来自不同国家的著名音乐大师坐镇，为避免贿赂作弊等现象，任何在过去两年里给参赛者做过指导的人都不能成为评审。即便出现意外，评审也必须提前说明，并且不能给自己做过指导的参赛者投票。

在正式的预选赛开始前，所有递交过资料且获得参赛资格的选手，其资料都会保密，直至正式比赛开始。

严格的比赛制度只为了最大限度地让比赛公平进行。

晨珀之前数月在欧洲几个地方参加了数场中小型赛事，接连数次拿下了前三的成绩，所以递交资料的过程极其顺利。

据她所知，中国报名参加帕格尼尼的选手不在少数，国家对这样A类大赛的得奖者都另设奖金，可以说是相当鼓励。

准备从Z城离开重返伦敦的那天，她老爸语重心长地告诉她，尽力就好，得失心不要太重，毕竟这是她第一个A类赛事，就当试试水。但如果万一，她真的幸运进入了最后的决赛，他和她妈妈一定会飞到意大利在现场为她加油。

于是晨珀笑嘻嘻地道："为了老爸你和老妈的二度蜜月之行，我也要努力入决赛啊！"这笑闹调侃的模样自然又引得老爸好一顿语重心长，他一再叮嘱她，千万别因为是参加A类赛事而紧张。

她不紧张，真的。

相比其他参赛者，她真的轻松得可以。她当然清楚，这是一个很重要的比赛，但它也仅仅是一个比赛，她人生里的比赛之一，不是最重要的，也不是最后一个。

她有夺取冠军的野心，但并不是孤注一掷。

比赛方为来自世界各地参加预选赛的选手选择了一所安静漂亮的花园酒店作为入住地点。规定参赛选手可以携带一位家属陪同入住，而陪同的家属在这个阶段大部分扮演的是保姆角色，管吃管喝管穿衣冷暖。

预选赛是大浪淘沙，入围名额很宝贵，很多人一进房间就再也没出来过，都在抓紧最后的时间练习再练习。

每个人都很忙碌，当然，晨珀也很忙。

入住的第一天，她就拉着简墨准出去玩了，热那亚是港口城市，又是欧洲著名的文化古都。一下午的时间，她逛完了圣·劳伦佐主教教堂、哥伦布故居及灯笼塔，最后跟着简墨准来到海边一家风格温馨的家庭式餐厅，在地中海舒适的海风里，昏黄的夕阳下，吃到了她这辈子吃过的最美味的罗勒酱意大利面。

餐厅的主人是个胖胖的中年男人，一脸憨厚的笑容，简墨准应该和他认识，在他们的晚餐上来之前，他一直在用意大利语和对方交谈。

柔和的海风拂过他身上宽松的浅色上衣，他坐在露天阳伞下，唇边笑容温和，身后绚烂的夕阳成为衬托他的背景板，他就像是这风景中最亮眼的一抹。

晨珀咬着饮料的吸管，在他和餐厅主人说话时一直怔怔地看着他——即便她完全听不懂意大利语，即便这个男人已成为她的，即便前一天晚上他还将她压在床上激烈地进出她的身体，这一刻，她的心还是为这个画面里的人而怦怦直跳。

晨珀感觉自己是好不了了，她完全没法想象自己一年前是凭借什么样的勇气才离开他的，至少换作现在，她无论如何也做不到。一个人怎么能这么喜欢另一人呢？

似乎是觉察到她的视线，他在交谈的间隙朝她看来，晨珀抓紧时间又比心又嘟嘴又送飞吻，毫无意外地看到他脸上一掠而过的不自在。晨珀得逞，心里乐极了。

这人也真是的，私下里什么都做过了，在床上时常哄着她又这样又那样的，人前却总这么一本正经，让她忍不住想捉弄他。

晚上回到酒店的时候，用餐时间还没结束，来往的人比下午多了不少，都是下来觅食的参赛者。也有之前和她说过话的女参赛者冲她打招呼，但对方的视线无一例外都会瞥向她身边的男人。

自家男人带得出手，她很自豪，别人喜欢看，她就大大方方地让人看，反正看看也不会少块肉。只是简墨准并不喜欢这种围观，他摸了摸她的头，示意她慢慢聊，自己先上楼回房去了。

A类赛事的参赛者都是具备实力的新秀或是身经百战的资深小提琴手，因为参赛年龄限制在十六到三十周岁，所以大多数都是年龄相仿的人。

相比外貌早熟的西方人，晨珀那张脸实在是嫩得出水，即便站在人群里，也容易吸引到别人的注意，时不时有人过来和她说话。

"你好！"一个礼貌而柔怯的嗓音自她背后响起，对方说的是中文。

晨珀回头，一个黑色中长发的女生朝她微笑着伸出手："身为同胞，认识一下吧，我叫贝贝，你呢？"她长得很漂亮，五官比例非常标准，甜美清纯，穿了一条很显身材的红色连衣裙，脖间、手腕、耳垂上搭配着各种时尚饰品，最吸引人的是她的胸部，非常波涛汹涌。

对方见她打量自己，朝她弯唇笑了起来。

那笑容甚是美丽，可不知怎么地，晨珀总觉得有点不自然。

"你好，我是晨珀。"两人握手的瞬间，一丝异样窜上她的心头，还未等她弄明白，握着的手已经分开了。

"晨珀？我知道你，我看过之前几次比赛的视频，很不错哦！"对方依旧笑吟吟的，不时和她聊几句比赛的事，一切都再正常不过，可那丝窜上心头的异样始终没有消退。

这种状况一直延续到预选赛正式开始。

预选赛，又称初选。一般来说，国际大赛的预选赛对评审而言都是个苦差事，由于参赛人数比较多，一个个上台演奏要花好几天的工夫。这一过程是冗长而枯燥的，而评审需要从头至尾仔细聆听，并给每一位参赛者打分和点评。有时，评审甚至会和在初选时就被淘汰的参赛者见面，给予更详细的点评和指导。

初选没那么正式，也没有大型交响乐队的伴奏，基本就是钢琴伴奏，或者没有任何伴奏的独奏。服装方面也没有太多要求，仪容整洁就好。

其他参赛者可以在不打扰到评审的前提下在观众席观看。

初赛的曲目是指定的，从帕格尼尼的协奏曲和技巧性乐曲，以及二十四首随想曲里选择。

晨珀的初赛选曲是《b小调第二小提琴协奏曲》的第三乐章，回旋曲。李斯特著名的钢琴协奏曲《钟》就是根据这一乐章改编创作的。

这首曲子是帕格尼尼最常被演奏的曲目之一，极具古典风格，曲中有大量的断奏和抛弓技巧，演奏时小提琴会发出类似时钟的声音。

她选择这首作为初赛曲目，单泽修是不赞成的，初赛就炫技，那半决赛怎么办，到了决赛又怎么办？

晨珀不服气地反驳："帕格尼尼有哪首曲子不炫技吗？我参加的本身就是超高难度的小提琴大赛，初赛成绩和半决赛成绩都会作为总决赛时的参考，不把基础打扎实了，就算我真的连闯三关拿到第一名——结果评审一打分，好！没到冠军线，这届冠军再次空缺，我不哭死啊！而且你不都说了，我的强项和缺点都是喜欢炫技，所以我的计划就是，炫技、炫技、彻底地炫技！"

单泽修被她噎得哑口无言，简墨准却在一旁低头忍笑。其实他能看出来，单泽修虽然表面上没说什么，实际上对晨珀这次参加比赛的事极其看重。A类国际大赛的冠军，是跻身世界一流小提琴手的第一步。

踏出这一步，一切都会变得不同。

晨珀每天都会去看其他选手的预选赛表演，她的名次靠前，很多人都觉得排位靠前的选手比较有优势，评审精神饱满，耐心十足，打分也会相对宽松一些。

事实证明，评审的耐心并不如大家估计的那样。

晨珀那天只拉到三分之一，评审就喊了停，然后跳过数个章节，要求她拉另外一部分，之后没多久再度喊停，称赞几句后微笑着表示她可以下台了。

进入半决赛的名单不会即时公布，因为大浪淘沙，这么多人里只选十二个人，名额宝贵，他们会在全部参赛者结束后再开会讨论，毕竟很多时候会出现同分的状况。

她演奏后的第二天上午，轮到贝贝上台，也就是在这天，在看完对方的演奏后，那一丝缠绕在她心头许久的异样瞬间得到了答案。

那一刻，晨珀很是震惊，但她又很快平静下来。

各人有各人的活法，她只能尽量做好自己。

数天之后，名次公布，她轻松入围半决赛，陈贝贝也入围了——贝贝姓陈，她不觉得意外。

公布名次那天，贝贝很激动地和她身边的几个朋友拥抱，这是她这几天在这里交到的异国朋友，几乎都是男性参赛者。她很有自信，也很喜欢与人交际，会交到朋友不奇怪。

这天，晨珀随人群离开演播厅的时候，贝贝在后面叫住了她："恭喜你入围半决赛！"她的嗓音依旧柔怯，无论多嘈杂的地方，她都喜欢以这种轻柔的声音说话。

晨珀笑了笑："也恭喜你入围！"

对方精致的眉头一挑："晨珀，记住我今天这句话，我——陈贝贝，将会成为你最大的竞争对手！"

晨珀看到不远处熟悉的高大身影，立刻没了和对方继续说下去的兴趣："抱歉，我老公来接我去吃饭了，我们半决赛见！"

目送晨珀离去的纤细背影，陈贝贝嘴边的笑容慢慢淡了下来，直至整张脸上没有丝毫笑意。

半决赛很快就开始了，仅剩下十二个人，比赛的场地气氛和之前大不一样，舞台上的灯光和伴奏也一一到位。

半决赛那天，单泽修也来了，坐在台上表情严肃地听完了晨珀的演奏。

她的参赛曲目是《D大调第一号小提琴协奏曲》第三乐章！

说来有意思，一年之前，她去声世参加面试的时候，连完整的曲子都拉不出来，可是现在她不仅能在乐队的配合下完美演绎全曲，还能游刃有余地把每一个技巧表现得淋漓尽致，至于乐曲的情感体现，这本来就是她的长处。

演奏完毕后，有几个评审为她轻轻地鼓起了掌，至此，单泽修那张黑漆漆的脸才算缓和了些，但眉头仍有些不满意地皱着。

晨珀在心里吐槽了一句吹毛求疵，便欢乐地下台找简墨准去了。

她不知道的是，陈贝贝今天演奏的曲目也是《D大调》，同一首协奏曲，同一个乐章。

而最终的结果是，晨珀进了总决赛，成为六人之一；陈贝贝，被淘汰了。

晨珀从洗手间出来，在演奏厅后台的狭窄走廊上被陈贝贝拦住。

"为什么？"对方的眼底似乎带着强烈的愤慨。

晨珀莫名其妙："什么为什么？"

"为什么同样的曲子，你留下了，我却被淘汰了？！"

晨珀看她一眼，声音冷淡："这问题你应该去问评审，你被淘汰了，按照惯例他们会私下和你见面，给你更详细的点评。"

然而此刻陈贝贝情绪激动，根本不想听晨珀说这些："是你！你是不是又找人开后门了！我在台下看到单泽修了！我知道他和你的关系，这次他虽然不是评审，但是以他的身份和地位，和那些评审肯定认识！要不然明明是同一首曲子，我拉得不比你差，为什么会淘汰我没有淘汰你！我没有怯场！我完全克服了，我拉完了整首曲子！我表演完的时候，那些评审明明就对我笑了！他找人改了我的分数对不对！"

大概是因为情绪激动，陈贝贝的声音不再柔怯，听起来是如此耳熟。

晨珀静静地看着她，最后低低叹了口气："我还以为你真的成了陈贝贝，不过一次比赛，你就又变回了原来的那个你了——文蕊。"

随着她说出口的最后两个字，对面妆容精致、衣裙鲜亮的漂亮女生顿时脸色惨白，大大的眼睛里全是惊惧："你、你……"

"是，我认出你了，早在预选赛的时候，我就认出你了。你和以前一样，还是那个文蕊——陈文蕊。"

是的，文蕊姓陈，尽管大多数时候，大家都只叫她文蕊。

对方终于强迫自己镇定下来："你是怎么认出我的？"

"你的手。我一直对别人的手部很敏感，初次见面握手的时候，我就觉得有点奇怪，后来看完你的演奏，我就基本确定了。每个人拉琴的方式都是独一无二的，我记得你手部的触感，还有你拉琴的动作。"

"居然这样就能认出来？"陈贝贝，或者说陈文蕊，捂着额头笑得浑身发抖，"我刚恢复回到家里的时候，连我爸妈都没认出我，你居然这么简单就认出来了！"亏她还一直想着，要等到赢了她之后再告诉她自己是谁。可结果，她早就认出来了，而她再次输给了她。

晨珀终是忍不住伸手，轻轻触了触对方不停颤抖的脸颊："很疼吧，这样子改头换面的整容手术，恢复的时候一定很疼很疼。只可惜，整容改变不了你的内心，改变的只是外在。"

短短几个月时间，整容、恢复、从头至尾地打扮自己，甚至还改了名字，文蕊做了这么多事，终于能丢掉怯场这个毛病，在台上发挥自己应有的水平。可是她忘记了，这几个月她并没有进步多少。

而晨珀，却在飞速地成长。

当别人进步的时候，她却停滞了。

当原本就有天赋的晨珀比其他人更努力的时候，她又怎么可能赢过她？

"你懂什么！"她赫然大吼，"你从小顺风顺水，你又懂什么！你知道我为了今天付出了多少吗！这不公平！这根本不公平！"

绕了一圈，话题再次回到原点，不过这次，晨珀已经不打算再解释什么了。

对她来说，除了输赢，人生还有很多更重要的东西，比如家人、友情，比如美食、夕阳，比如爱情，甚至是雨后的彩虹，又或是夏日午后拂过发梢的一阵轻风……

人生，输赢永远都不是最重要的。

就像晨珀曾经对自己说的，帕格尼尼只是她参加的比赛之一，是很重要，但不是最重要的，也不会是最好的比赛。

不过这个道理，不是每个人都懂。

晨珀绕开文蕊，头也不回地离开了。

决赛那天，热那亚万里无云。

晨珀小心翼翼地抱住装着"怀念"的琴盒，在演奏厅的大门外停下。

"怎么了？"她身旁，清隽的高大男人停步看她。

"今天天气真好，等下结束了我们去海边日光浴吧！"她一直都想看简墨准穿泳裤的样子，之前在伦敦别墅时，他因为忙于制琴始终没有下水游过泳，这一直是她心中的一大遗憾。

"好。"男人宠溺地应下。

"今天是决赛日，你脑子里还在想这种东西？"单泽修从厅内走出，一脸嫌弃，"决赛不比半决赛，所有人都会拿出拼命的架势，别以为可以投机取巧。"说着看了简墨准一眼，语气缓和了几分，"既然选择了《G大调随想曲》，就该有所觉悟。"

"我很有觉悟，你别说了，我会紧张的。"

这次，简墨准和单泽修眼神里的意思很一致：你哪里看起来紧张了？

"我爸妈呢？"她有些奇怪，"他们不是说早点过来吗？"晨珀进决赛的消息传回老爸那里后，据老妈说，这位晨姓老人激动得一个晚上没睡着，连夜收拾了行李，拿着早已申请好的相关证件，买了次日最早的一班飞机直接飞了过来。

之后的三天，晨姓老人用一张张在意大利的全家福刷爆了朋友圈，朋友圈里所有人都知道他去了意大利，目的是为女儿争夺国际小提琴大赛的冠军加油，大家甚至连冠军的奖金有多少，得奖后国家又会发多少奖金，都知道得一清二楚。

晨珀深深觉得，她要是没拿到这个冠军，简直没脸回去了……

"他们不想干扰你比赛前的情绪，所以我刚刚送他们进了演奏厅。"单泽修回道。

"谢谢！"

"真难得。"他低笑了声。

"不仅这件事，所有的都谢谢你，单老师！"她敛了表情，很认真地向他鞠了一躬，"谢谢你的悉心教导，我会永远铭记于心的！"

单泽修一时有些怔住了。

结果晨珀一道完谢就找简墨准邀功："我说了，我乖吧，等学校放假时，你要带我去迪拜！"

简墨准无奈地笑着摸了摸她的脸颊，朝她做了个"嘘"的动作。

单泽修无奈地看着她。

"好了，我要进去了。"她踮起脚尖，勾住简墨准的脖子，朝他笑道，"等着我，我会用你获奖的那首曲子，得到和你相同的奖项！"就像定情信物那样，这是她想要送给他的礼物。

"加油，我的Amber。"他揽住她的腰身，在她红润的嘴唇上吻了吻。

晨珀回亲了他一口，心满意足地提着小提琴，逆着光走入了比赛会场。

半个月后，新一届帕格尼尼大赛获奖者名单出炉！

中国二十四岁的天才小提琴家晨珀成功闯入决赛，摘得这个荣耀的桂冠，改变了帕格尼尼国际小提琴大赛连续四届冠军空缺的状况！

半年之后，在飞往迪拜的头等舱内，晨珀看了眼走廊对面正在翻看杂志的男人，凑到自家男人耳边小声道："为什么单泽修也会来？"

"每隔一段时间他都会去迪拜。"简墨准将一块水果喂入她口中，在她鼓起的脸颊上亲了亲，"他就是在这里丢失了他曾经最爱的女孩，当时他因为一个误会满世界找她，结果女孩却在这里和别人在一起了。"

"哦……好悲伤的故事。"晨珀一边等着被简墨准喂食，一边悄悄打开笔记本电脑，在群聊里发了条讯息。

　　　帕格尼尼冠军本人：你们到机场了吗？

　　　长发小脸美少女：早到了，不过飞机误点了！

　　　遗忘过客珍爱自己：感觉我们两个这次过来是当大电灯

泡的，你家简先生很难接近啊！

长发小脸美少女：是的，我们在商量要不要转道去土耳其！

帕格尼尼冠军本人：别啊！有变化，我这里多了个单身男人，钻石王老五！又帅又酷又有钱！另外还非常有才华！你们努力一下看看谁能脱单吧！

遗忘过客珍爱自己：听起来好耳熟。

长发小脸美少女：有种不祥的预感……

十个月后。

美女小提琴手陈贝贝在一个综艺节目的录制现场发生意外，一侧胸部发生凹陷，被送入医院急救。

不久之后，美女陈贝贝整容前的照片遭到曝光，与其现在的容貌判若两人。

之后半年，陈贝贝频频在各大比赛中失利。

一年之后。

晨珀顺利拿到了RAM的毕业证书，同年，她为电影《你是我的乐章》创作的小提琴主题曲冲上各大音乐排行榜前三位。

对晨珀来说，梦想才刚刚开始。

【全文完】

后记

这是我正式出版的第十本书（再版除外），很有纪念意义的一本，因为这本书我写了三年。

不可否认，一部分原因是生活上的琐事让我近年来写书的速度大降，当然，更重要的是，这本书很难写。

早在2010年的时候，我就写过古典乐的故事，然而当时为了连载任务，很多情节来不及仔细琢磨，中间一度写得不太顺畅。等那本书完稿之后，再想改也已经没了心情。后来出版时，那本书无论封面还是书名，我通通不满意，总觉得很遗憾。因为古典乐一直是我很喜欢的题材，想写得更好，故事线更有趣更丰满，人物更立体，也想要更美的封面，更好的书名。

那之后我便和编辑说，我一定要重写一本古典乐题材的小说。

所以，就有了这本《你是我的乐章》。

这个故事，发生在第一个古典乐故事的十年后。有一个人物，贯穿了这两本书，将它们变成了一个真正的世界。

无论人物设定，还是情节构思，书的主旨，每一个细节，都经过深思熟虑，反复修改。古典乐是个很晦涩的题材，我学过钢琴，基础知识都有，不过更深的部分，就需要查大量的资料。

书里提到的所有古典乐或是现代乐，我每一首都听过二十遍以上，都是很好听的曲子。

写这本书的三年，我听了不下三百首古典乐，写作的同时也想以自己的方式，向大家展现古典乐的美妙世界。

和我从前的书相比，这本书，更突出了梦想。

当然，依然少不了我最爱的爱情童话，起源于生活，超脱于生活。

每个女孩，在青春年少的时代，都会遇见她的唐晗。

我知道可能有人又要骂唐晗了，不过说真的我不讨厌他，我觉得他就是现实中很普遍的那类男人。

当你全心全意喜欢他的时候，他因为优越感，或是因为觉得你哪里不够好，或者他觉得自己还年轻有本钱，想多看看这个花花世界，所以对你若即若离，各种暧昧，就是不挑破。

其实他也明白，若是挑破，就得正正经经地谈恋爱，因为你不是那种可以随便玩玩的女生。但他还不想正正经经地谈，所以他可以和任何人恋爱，唯独不会和你，让你整日在暧昧的游戏里沉浮，最终伤心伤身。

等到时间过去，你远离，或是不再追逐，他就开始失落，会反过来对你各种追。说到底，得不到的才是最好的，越是得不到，越是觉得你最好，仗着以前你那些喜欢，以为你永远都会在那里等待。

这样的男人，现实里太多了，不能说有多讨厌，只是本来就存在于这个世界的最多的那类人。

至于简墨准，可能真的只有小说里才有吧。

他严谨，冷静，不热烈，甚至在恋爱时过分古板，让晨珀一度以为他对自己不够喜欢，可当真相大白时，她才明白，他所有的小心翼翼，无声宠溺，只是因为不想再次失去她。

他的喜欢，远比她以为的要多得多。

这样子的简墨准，是个绅士。

或许有些年轻的女孩不喜欢过分沉闷的男人，可只有经历过的人才会懂，这样一个能将另一半当成女儿来宠的男人，是所有女孩或是女人们的梦想，是真正可以承担得起婚姻的男人。

所以，唐晗代表的是恋爱，是现实。

而简墨准代表的是爱情，是婚姻，是梦想。

年少的时候，我们都会爱上唐晗，可是最终，我们都梦想成为简墨准的新娘。

这本书，就讲述了这样一个爱情故事。

如果有机会，希望这个故事能搬上银幕，毕竟写了三年，对它的感情很深，期待那一天能早日到来。

最后，新的故事已经在写了，一个依旧是都市现言，另一个是末世故事。

末世是我很喜欢的题材，这个故事挖坑是在2016年的夏天，姐弟恋，废墟末世。当时因为这本书还没完稿，所以暂时搁置，能否出版得看是否能过审，我尽力而为。实在出版不了，就只能连载。

至于都市现言，应该会比末世先完稿，是我很爱的一个故事，争取在这个秋天写完。

世界很大也很小，生活一旦选择就无从改变。

能在这个世界的角落，用心和文字，创造出一个个不同的世界、鲜明的人物，于我而言，是非常幸福的事。

希望能一直写下去，到我老去的那天。

沧海桑田，创作不息。

陪伴你们长大，工作，结婚，生子。

南绫

2018年8月27日夜

图书在版编目（ＣＩＰ）数据

你是我的乐章：全2册 / 南绫著. -- 南京：江苏
凤凰文艺出版社，2018.11
ISBN 978-7-5594-2790-8

Ⅰ. ①你… Ⅱ. ①南… Ⅲ. ①言情小说－中国－当代
Ⅳ. ①I247.5

中国版本图书馆CIP数据核字(2018)第194158号

书　　　　名	你是我的乐章	
作　　　　者	南　绫	
选 题 策 划	北京记忆坊文化	
责 任 编 辑	姚　丽	
特 约 策 划	暖　暖	
特 约 编 辑	单诗杰　林　璧	
营 销 编 辑	杨　迎	
责 任 监 制	刘　巍　江伟明	
封 面 绘 图	卜若梨	
封 面 设 计	80零·小贾	
版 式 设 计	段文婷	
出 版 发 行	江苏凤凰文艺出版社	
出版社地址	南京市中央路165号，邮编：210009	
出版社网址	http://www.jswenyi.com	
印　　　　刷	山东泰安新华印务有限责任公司	
开　　　　本	880毫米×1230毫米　　1/32	
字　　　　数	427千字	
印　　　　张	15.5	
版　　　　次	2018年11月第1版，2018年11月第1次印刷	
标 准 书 号	ISBN 978-7-5594-2790-8	
定　　　　价	56.00元（全二册）	

影视版权抢订热线　　　010-57194853
江苏凤凰文艺版图书凡印刷、装订错误可随时向承印厂调换